DUMONT

Eine geheimnisvolle Bibliothek in einer ummauerten Stadt am Ende der Welt, die nur betreten kann, wer seinen eigenen Schatten zurücklässt: Hier lebt das wahre Ich des Mädchens, in das sich der namenlose Erzähler mit siebzehn Jahren unsterblich verliebt. Er macht sich auf die Suche nach ihr, gelangt in die Stadt, aber das Mädchen erkennt ihn nicht mehr. Unter rätselhaften Umständen gerät der Erzähler zurück in die Welt jenseits der Mauer. Er zieht nach Tokio, arbeitet im Buchhandel, hat wechselnde Freundinnen. Doch die Erinnerung an das Mädchen und die ummauerte Stadt lässt ihn nicht los. Schließlich kündigt er und nimmt eine Stelle in einer alten Bücherei in der Präfektur Fukushima an. Die Realität gerät knirschend ins Wanken – und der Erzähler muss sich fragen, was ihn an diese Welt bindet.
Ein melancholischer, zärtlicher und philosophischer Roman über eine verlorene Liebe, eine wundersame Reise und die Möglichkeit, Mauern zu überwinden.

Haruki Murakami, 1949 in Kyoto geboren, lebte längere Zeit in den USA und in Europa und ist der gefeierte und mit höchsten Literaturpreisen ausgezeichnete Autor zahlreicher Romane und Erzählungen. Sein Werk erscheint in deutscher Übersetzung bei DuMont.

Ursula Gräfe, geboren 1956, übertrug u. a. Yukio Mishima, Hiromi Kawakami und Sayaka Murata ins Deutsche. 2019 erhielt sie den japanischen ›Noma Award for the Translation of Japanese Literature‹.

HARUKI MURAKAMI

DIE STADT UND IHRE UNGEWISSE MAUER

Roman

Aus dem Japanischen
von Ursula Gräfe

DUMONT

MIX
Papier | Fördert gute Waldnutzung
FSC® C083411

Das bei der Produktion dieses Buches entstandene CO_2 wurde durch die Finanzierung von Klimaschutzprojekten kompensiert:
climate-id.com/17531-2110-1001/de

Juli 2025
DuMont Buchverlag, Köln

Die japanische Originalausgabe erschien 2023 unter dem Titel ›Machi to sono futashika na kabe‹ bei Shinchosha Publishing, Co., Ltd, Tokio.

Übersetzung: Ursula Gräfe
Lektorat: Stephan Kleiner
Umschlaggestaltung: Lübbeke Naumann Thoben, Köln
Umschlagabbildung: © olga_hmelevska/iStockphoto
Satz: Angelika Kudella, Köln
Gesetzt aus der Haarlemer
Druck und Verarbeitung: CPI books GmbH, Leck
Gedruckt auf säurefreiem und chlorfrei gebleichtem Papier
Printed in Germany
ISBN 978-3-7558-0544-1

www.dumont-buchverlag.de

Wo Alph, der heil'ge Fluss, durchströmt
Höhlen, die kein Mensch durchmisst,
Hinab ins sonnenlose Meer.

Samuel Taylor Coleridge,
»Kubla Khan«

INHALT

TEIL I

1

Du hast mir von der Stadt erzählt.

An jenem Sommerabend wanderten wir, den süßen Duft von Gräsern atmend, flussaufwärts. Mehrmals stiegen wir die Kaskaden kleiner Wasserfälle hinauf und blieben hin und wieder stehen, um die schlanken silbrigen Fischlein in den Tümpeln zu beobachten. Wir gingen schon eine Zeit lang barfuß. Das klare kühle Wasser umspülte unsere Knöchel, und unsere Füße sanken tief ein in den feinen Flusssand – wie in weiche Wolken in einem Traum. Ich war siebzehn, du ein Jahr jünger.

Deine flachen roten Sandalen hattest du in deine gelbe Plastikschultertasche gepackt und watetest nun ein Stück vor mir von Sandbank zu Sandbank. Kleine Blätter sprenkelten deine nassen Waden wie hübsche grüne Satzzeichen. Ich trug meine abgetragenen weißen Turnschuhe in den Händen.

Anscheinend müde vom Gehen setzt du dich ins Gras und blickst, ohne etwas zu sagen, in den Himmel. Zwei kleine Vögel durchschneiden ihn mit schrillem Gezwitscher. Es ist still, und die blauen Vorboten der Dämmerung hüllen uns immer mehr ein. Als ich neben dir sitze, überkommt mich das wundersame Gefühl, Tausende unsichtbarer Fäden würden deinen Körper an meine Seele binden. Jeder Wimpernschlag von dir, selbst das leiseste Zucken deiner Lippen lässt mein Herz erbeben.

Zu der Zeit haben weder du noch ich einen Namen. Du bist sechzehn, ich siebzehn, die sommerliche Dämmerung, die lebhaften Fantasien im Gras am Flussufer – mehr gibt es nicht. Nach und nach beginnen über uns Sterne zu funkeln, aber auch sie sind namenlos. Nebeneinander sitzen wir im Gras am Ufer einer namenlosen Welt.

»Die Stadt ist von einer hohen Mauer umgeben«, holst du die Worte aus der Tiefe der Stille herauf wie verborgene Perlen vom Meeresgrund. »Die Stadt ist nicht groß, aber so klein, dass man sie einfach überblicken kann, ist sie auch nicht.«

Es ist das zweite Mal, dass du die Stadt erwähnst. Und auch, dass sie von einer hohen Mauer umgeben ist.

Die Stadt liege an einem schönen Fluss und habe drei steinerne Brücken (Ostbrücke, Westbrücke und Alte Brücke), erzählst du weiter, und es gebe dort eine Bibliothek, Wachtürme, eine verlassene Gießerei und einfache Gemeinschaftsunterkünfte. Schulter an Schulter sitzen wir im schwindenden Licht des Sommerabends und blicken auf die Stadt. Mal blinzelnd aus der Ferne von einem Hügel, dann wieder mit großen Augen aus so unmittelbarer Nähe, dass ich sie fast mit Händen greifen kann.

»Mein *wahres* Ich lebt in der Stadt mit der hohen Mauer«, sagst du.

»Heißt das, das, was ich jetzt sehe, bist in Wirklichkeit gar nicht du?«, frage ich natürlich.

»Nein, was du siehst, ist nur eine Art Stellvertreterin. Ein wandernder Schatten.«

Ein wandernder Schatten? Ich überlege und beschließe, mir meine Meinung erst später zu bilden.

»Und was macht dein *wahres* Ich in der Stadt?«

»Ich arbeite in der Bibliothek«, antwortest du leise. »Von ungefähr fünf Uhr nachmittags bis ungefähr zehn Uhr abends.«

»Ungefähr?«

»Alle Zeiten sind dort *ungefähr*. Auf dem Marktplatz in der Mitte der Stadt steht ein Uhrturm, aber die Uhr hat keine Zeiger.«

Ich stelle mir eine Uhr ohne Zeiger vor. »Kann jeder in die Bibliothek gehen?«

»Nein. Niemand kann sie einfach betreten. Dazu braucht man eine besondere Fähigkeit. Aber du könntest hinein. Du besitzt diese Fähigkeit.«

»Und was ist das für eine Fähigkeit?«

Du lächelst, aber du antwortest nicht.

»Aber wenn ich in die Stadt käme, könnte ich deinem *wahren* Ich begegnen, oder?«

»Wenn du sie finden würdest. Und wenn ...«

Du verstummst und wirst ein wenig rot. Aber ich höre deine unausgesprochenen Worte.

Wenn du mein wahres Ich wirklich, wirklich suchen würdest ... Das sind die Worte, die du damals nicht laut ausgesprochen hast.

Behutsam lege ich meinen Arm um dich. Du trägst ein hellgrünes, ärmelloses Kleid. Deine Wange ruht an meiner Schulter. Aber es ist nicht dein wahres Ich, das ich an diesem Sommerabend im Arm halte. Es ist dein Schatten, der deinen Platz einnimmt.

Dein wahres Ich lebt in der von der hohen Mauer umgebenen Stadt, wo es den schönen von Weiden gesäumten Fluss, Hügel und friedliche Weidetiere mit nur einem Horn gibt. Die Menschen leben in alten Gemeinschaftshäusern und führen ein einfaches Leben, aber es fehlt ihnen an nichts. Die Tiere ernähren sich von den Blättern und Samen der Bäume, die dort wachsen, aber in den langen Wintern, wenn der Schnee alles unter sich begräbt, verlieren viele von ihnen ihr Leben.

Wie sehr sehnte ich mich danach, in diese Stadt zu gelangen, um dort deinem *wahren* Ich zu begegnen.

»Die Stadt ist von einer hohen Mauer umgeben, und es ist schwierig, hineinzugelangen«, sagst du. »Und noch schwieriger, wieder herauszukommen.«

»Wie müsste ich es denn anstellen?«

»Du brauchst es eigentlich nur zu wollen. Aber es ist nicht einfach, etwas von ganzem Herzen zu wollen. Es kann eine Weile dauern. In der Zwischenzeit musst du vielleicht auf vieles verzichten. Auch auf Dinge, die dir wichtig sind. Aber gib nicht auf. Denn ganz gleich, wie lange du brauchst, die Stadt wird nie verschwinden.«

Ich stelle mir vor, wie es wäre, in dieser Stadt deinem wahren Ich zu begegnen. Ich male mir alles aus – die ausgedehnten Apfelhaine vor der Stadt, den Fluss, die drei steinernen Brücken und die Rufe der unsichtbaren Nachtvögel. Und die kleine alte Bibliothek, in der dein *wahres* Ich arbeitet.

»Dort ist immer ein Platz für dich bereit«, sagst du.

»Ein Platz für mich?«

»Ja. Es gibt nur eine freie Stelle in der Stadt. Du füllst sie aus.«

Was für eine Stelle könnte das sein?

»Du wirst ›Traumleser‹«, sagst du mit gedämpfter Stimme, als würdest du mir ein bedeutsames Geheimnis anvertrauen.

Unwillkürlich muss ich lachen. »Ich kann mich ja nicht einmal richtig an meine eigenen Träume erinnern. Für so jemanden könnte es ziemlich schwierig werden, Träume zu lesen, meinst du nicht?«

»Es sind nicht seine eigenen Träume, die der Traumleser liest. Er muss die alten Träume aus dem Archiv der Bibliothek lesen. Doch das kann nicht jeder.«

»Aber ich kann es?«

Du nickst. »Ja, du kannst es. Du besitzt die Fähigkeit dazu. Und mein *Ich dort* wird dir bei deiner Arbeit helfen. Ich werde jeden Abend bei dir sein.«

»Als Traumleser lese ich also jeden Abend die alten Träume im Archiv der Bibliothek in der Stadt. Und du bist immer bei mir. Also dein *wahres* Ich«, fasse ich noch einmal zusammen.

Ich spüre, wie deine nackte Schulter unter meinem Arm zittert. Doch plötzlich erstarrst du.

»Aber eins muss ich dir noch sagen. Mein Ich in der Stadt wird sich nicht an dich erinnern, wenn wir uns begegnen.«

Warum nicht?

»Du weißt nicht, warum?«

Doch, ich weiß es. Denn die Schulter, um die ich meinen Arm gelegt habe, ist lediglich die deines Schattens. Dein *wah-*

res Ich lebt in der Stadt. In jener geheimnisvollen fernen Stadt hinter der hohen Mauer.

Deine Schulter fühlt sich glatt und warm an. Wie könnte sie nicht deinem wahren Ich gehören?

2

In der *wirklichen* Welt leben wir an zwei verschiedenen Orten. Sie liegen nicht weit voneinander entfernt, aber auch nicht so nah, dass wir uns spontan treffen könnten. Um zu dir zu kommen, muss ich zweimal umsteigen und brauche anderthalb Stunden. Aber unsere jeweiligen Wohnorte sind nicht von hohen Mauern umgeben. Wir können also kommen und gehen, wie wir wollen.

Ich wohne in einem ruhigen Vorort, du in der belebten Innenstadt, wo es viel lauter ist. In diesem Sommer bin ich in der zwölften Klasse, du in der elften. Ich besuche eine öffentliche Schule in der Nachbarschaft, du eine private Mädchenschule. Meist treffen wir uns ein- oder zweimal im Monat, abwechselnd bei dir oder bei mir. Wenn ich dich besuche, gehen wir in einen nahe gelegenen Park oder in den öffentlichen Botanischen Garten. Der Botanische Garten kostet Eintritt, aber neben dem Gewächshaus gibt es ein kaum besuchtes Café, das einer unserer Lieblingsorte ist. Dort bestellen wir Kaffee und Apfeltarte (ein kleiner Luxus) und schwelgen in der Zweisamkeit unserer Gespräche. Kommst du zu mir in die Vorstadt, gehen wir meist am Fluss oder am Meer spazieren. Bei dir in der Innenstadt gibt es natürlich keinen Fluss und auch kein Meer, weshalb du, wann immer wir uns bei mir treffen, zuerst den Fluss oder das Meer sehen willst. Offenbar fühlst du dich zu der großen Menge an natürlichem Wasser hingezogen, die es dort gibt.

»Ich weiß nicht, wieso, aber der Anblick von Wasser beruhigt mich«, sagst du. »Ich liebe das Rauschen.«

Wir haben uns irgendwann im letzten Herbst kennengelernt und sind seit acht Monaten zusammen. Bei unseren Begegnungen umarmen wir uns möglichst unbemerkt und küssen uns zärtlich. Weiter gehen wir nicht. Einer der Gründe dafür ist, dass wir nicht genügend Zeit haben. Und dann ist da noch der praktische Umstand, dass uns der geeignete Ort für eine intime Beziehung fehlt. Doch der Hauptgrund besteht vermutlich darin, dass wir völlig in unseren Gesprächen aufgehen. Weder du noch ich sind bisher einem Menschen begegnet, mit dem wir so frei und natürlich unsere Gefühle und Gedanken austauschen können. Für mich grenzt es an ein Wunder, jemandem wie dir begegnet zu sein. Deshalb reden wir bei unseren ein- oder zweimal im Monat stattfindenden Treffen so viel, dass wir die Zeit darüber vergessen. Wir können noch so lange über welches Thema auch immer sprechen, wir kommen nie zum Ende, und wenn wir uns schließlich an der Fahrkartensperre verabschieden, scheint immer viel Wichtiges ungesagt.

Natürlich ist es nicht so, dass ich kein körperliches Verlangen verspüre. Ausgeschlossen, dass ein Siebzehnjähriger keine sexuelle Erregung empfindet, wenn er den Arm um ein sechzehnjähriges Mädchen mit sich rundenden Brüsten legt. Aber ich spüre intuitiv, dass dafür später noch Zeit ist. Was ich jetzt brauche, sind unsere Treffen, wenn auch nur zweimal im Monat, und unsere langen Spaziergänge, auf denen wir über alles reden können. Unsere geheimsten Gedanken austauschen und uns von Mal zu Mal besser kennenlernen, uns im Schatten eines Baumes umarmen und küssen – ohne noch mehr in diese wunderbare Zeit hineinzupressen. Das könnte etwas Wichtiges zerstören, und wir könnten vielleicht nicht wieder zu dem zurückkehren, was wir einmal hatten. Das Körperliche können wir uns für später aufheben. Glaube ich. Zumindest sagt mir das meine Intuition.

Doch worüber redeten wir eigentlich die ganze Zeit, wenn wir die Köpfe zusammensteckten? Ich weiß es nicht mehr. Wir redeten so viel, dass es mir unmöglich ist, die einzelnen Themen zu benennen. Aber nachdem du mir von der eigentümlichen Stadt mit der hohen Mauer erzählt hattest, machte sie den größten Teil unserer Gespräche aus.

Im Wesentlichen schildertest du mir, wie die Stadt angelegt war, und ich stellte praktische Fragen dazu, die du so beantwortetest, dass ihre konkreten Einzelheiten zunehmend Gestalt annahmen. Die Stadt war von Anfang an deine Schöpfung. Oder etwas, das schon lange in dir war. Aber ich glaube, auch ich trug nach Kräften dazu bei, sie sichtbar und mit Worten beschreibbar zu machen. Du erzähltest, und ich schrieb es nieder. Ebenso wie die getreuen Jünger der antiken Philosophen und religiösen Lehrer im Hintergrund alles akribisch aufzeichneten. Als eifriger Jünger hatte ich mir sogar ein kleines, einzig diesem Zweck vorbehaltenes Notizheft angelegt, um alles aufzuschreiben. In diesem Sommer gingen wir ganz und gar in dieser unserer gemeinsamen Arbeit auf.

3

Im Herbst überzieht ein dichtes goldglänzendes Fell die Körper der Tiere, sodass sie der bevorstehenden kalten Jahreszeit trotzen können. Das aus ihrer Stirn wachsende Horn ist spitz und weiß. Sie spülen ihre Hufe im kalten Flusswasser, recken die Hälse nach den roten Beeren an den Bäumen und rupfen die Blätter des Besenginsters ab.

Es war eine schöne Jahreszeit.

Ich stehe auf einem der Wachtürme entlang der Mauer und warte auf das abendliche Hornsignal. Kurz vor Sonnenuntergang ertönt es einmal lang und dreimal kurz. So will es die Vorschrift. Sein weicher Klang gleitet in der langsam einsetzenden Dämmerung durch die Straßen aus Kopfsteinpflaster. Unverändert wiederholt sich dies seit Hunderten von Jahren (oder womöglich länger), breitet sich der Klang aus, dringt bis tief in die Risse der Steinhäuser und Statuen ein, die den Marktplatz säumen.

Sobald das Horn erklingt, heben die Tiere einer uralten Erinnerung folgend die Köpfe. Manche hören auf, ihre Blätter zu kauen, andere mit den Hufen auf das Pflaster zu stampfen, und wieder andere erwachen aus einem Schläfchen in der Abendsonne. Und alle wenden ihre Köpfe in dieselbe Richtung.

Jäh sind sie wie zu Statuen erstarrt. Einzig ihr weiches goldenes Haar weht leicht im Wind. Doch wohin schauen sie? Sie verharren reglos, den Blick nach oben ins Leere gerichtet.

Kaum, dass der letzte Ton verklungen ist, stützen sie sich auf die Vorderläufe und erheben sich, stehen aufrecht, um sich dann nahezu gleichzeitig in Bewegung zu setzen. Mit einem Mal ist der Bann gebrochen, und eine Zeit lang beherrscht ihr Hufgetrappel die verwinkelten Straßen. In einer Reihe ziehen sie über das Kopfsteinpflaster. Keines der Tiere setzt sich an die Spitze, offenbar spielt es keine Rolle, welches den Zug anführt. Mit gesenkten Blicken und schwingenden Flanken trotten sie durch die Stille hinunter zum Fluss. Und dennoch scheint eine unauflösliche Verbindung zwischen ihnen zu bestehen.

Nachdem ich sie mehrmals beobachtet habe, stelle ich fest, dass ihre Wegstrecke und ihre Geschwindigkeit streng reglementiert sind. Sich aneinanderdrängend, überqueren sie die leicht gewölbte Alte Brücke und erreichen den Marktplatz mit dem spitzen Turm (dessen Uhr, wie du sagst, ihre Zeiger verloren hat). Dort schließen sie sich einer kleinen Schar an, die auf der grünen Wiese am Ufer geweidet hat. Gemeinsam ziehen sie weiter flussaufwärts, vorbei am Fabrikgelände, entlang des ausgetrockneten Kanals, der nach Norden führt, und gesellen sich dort zu einer Herde, die im Wald nach Beeren gesucht hat. Nun wenden sie sich nach Westen und durchqueren den überdachten Gang zur Gießerei, wo eine lange Treppe zum Nordhügel hinaufführt.

Die Mauer, die die Stadt umgibt, besitzt nur ein Tor, das zu öffnen und zu schließen Aufgabe des Torwächters ist. Es wirkt schwer und massiv und ist mit sich kreuzenden Eisenbeschlägen verstärkt. Dennoch vermag er es mit Leichtigkeit zu bewegen. Niemand außer ihm darf das Tor auch nur berühren.

Der Torwächter ist ein großer, kräftiger, seiner Arbeit pflichtgetreu ergebener Mann. Sein spitz zulaufender Schädel ist sauber und glatt rasiert, ebenso sein Gesicht. Allmorgendlich erhitzt er Wasser in einem großen Topf, um sich mit einem scharfen Messer gewissenhaft zu rasieren. Er ist von unbestimmtem Alter. Zu seinen Aufgaben gehört es, morgens und abends das Horn zu blasen, um die Tiere zusammenzutreiben. Dazu besteigt er einen ungefähr zwei Meter hohen Ausguck vor der Wächterhütte und stößt in das Horn. Wie schafft es dieser grobschlächtige, fast vulgäre Mann, einen so weichen, strahlenden Ton hervorzubringen? Wann immer ich in der Dämmerung das Horn höre, wundere ich mich darüber.

Sobald sämtliche Tiere außerhalb der Mauer sind, drückt er das schwere Tor wieder zu und legt geräuschvoll den großen Riegel vor. Es klingt trocken und kalt.

Vor dem Nordtor ist ein Platz für die Tiere, an dem sie schlafen, sich paaren und ihre Jungen zur Welt bringen. Es gibt dort auch einen Wald, viel Gestrüpp und einen Bach. Auch dieses Gebiet ist von einer Mauer umgeben. Sie ist niedrig, eigentlich nur ein Mäuerchen, kaum über einen Meter hoch, aber aus irgendeinem Grund können die Tiere sie nicht überwinden. Oder sie wollen es nicht.

Die große Mauer zu beiden Seiten des Tors hat sechs Wachtürme, die, wer will, über eine alte hölzerne Wendeltreppe besteigen kann. Von den Wachtürmen hat man einen freien Blick auf den Lebensraum der Einhörner. Doch in der Regel steigt niemand hinauf. Die Stadtbewohner scheinen sich nicht für sie zu interessieren.

Nur in der ersten Frühlingswoche klettern Leute auf die Wachtürme, um von dort die ungestümen Kämpfe der Tiere zu beobachten. In dieser Zeit sind sie unvorstellbar wild, ganz anders als sonst. Die Bullen fressen nicht mehr und liefern sich tödliche Kämpfe um die Kühe. Unter lautem Röhren versuchen sie ihrem Rivalen ihr spitzes Horn in die Kehle oder den Bauch zu stoßen.

Während der Paarungszeit dürfen die Tiere eine Woche lang nicht in die Stadt. Der Wächter hält das Tor geschlossen, um die Einwohner vor der Gefahr zu schützen (deshalb entfällt auch das morgendliche und abendliche Blasen des Horns). Bei den Kämpfen werden nicht wenige Tiere schwer verletzt, und manche lassen sogar ihr Leben. Die blutgetränkte Erde bringt eine neue Ordnung und neues Leben hervor. So wie die Weiden im Vorfrühling nahezu gleichzeitig ihr frisches Grün austreiben.

Die Tiere leben nach ihrem eigenen Rhythmus und einem für uns unverständlichen System. Alles ist ein sich ständig wiederholender Kreislauf, in dem sie durch ihr Blutvergießen ihre Ordnung erneuern. Sobald die wilde Woche vorüber ist und der sanfte Aprilregen das vergossene Blut fortgewaschen hat, kehren die Tiere zu ihrem ruhigen und friedlichen Dasein zurück.

Allerdings habe ich diese Szenen nie mit eigenen Augen gesehen. Du hast mir nur davon erzählt.

Wenn die Tiere im Herbst auf ihren Weideplätzen lagern und ruhig warten, bis das Horn verklingt, glänzt ihr goldenes Fell in der Abendsonne. Ihre Zahl dürfte in die Tausende gehen.

Wieder neigt sich ein Tag in der Stadt dem Ende zu. Die Tage verstreichen, die Jahreszeiten wechseln. Aber letztendlich sind sie flüchtig in ihrer Vergänglichkeit. Die wahre Zeit der Stadt liegt andernorts.

4

Wir besuchen einander nie zu Hause. Auch unsere Eltern und Freunde stellen wir einander nicht vor. Kurz gesagt, wir wollen von niemandem – in welcher Welt auch immer – gestört werden. Unsere Zweisamkeit stellt uns vollauf zufrieden, und wir empfinden keinerlei Bedürfnis, ihr irgendetwas hinzuzufügen. Auch körperlich ist kein Platz für mehr. Denn wie gesagt, haben wir uns so unendlich viel zu sagen, und unsere gemeinsame Zeit ist begrenzt.

Du erzählst nur selten von deiner Familie. Alles, was ich über dich weiß, sind Bruchstücke. Dein Vater war früher Beamter, aber als du elf Jahre alt warst, wurde ihm wegen eines Missgeschicks gekündigt, und er unterrichtete inzwischen in einer Yobiko, einer Vorbereitungsschule. Um welche Art »Missgeschick« es sich gehandelt hatte, weiß ich nicht, aber offenbar etwas, worüber du nicht sprechen willst. Deine leibliche Mutter starb an Krebs, als du drei Jahre alt warst, weshalb du so gut wie keine Erinnerung an sie hast. Du weißt nicht einmal mehr, wie sie aussah. Als du fünf warst, hat dein Vater wieder geheiratet, und im Jahr darauf wurde deine kleine

Schwester geboren. Einmal sagtest du, du fühltest dich deiner Mutter »vielleicht näher« als deinem Vater, obwohl sie ja deine Stiefmutter sei. Es klang wie eine beiläufige klein gedruckte Fußnote am Ende einer Buchseite. Über deine sechs Jahre jüngere Schwester erfuhr ich nicht mehr, als dass sie »allergisch gegen Katzenhaare« war und ihr deshalb keine Katze halten konntet.

In deiner Kindheit war deine Großmutter mütterlicherseits der einzige Mensch, zu dem du eine natürliche, liebevolle Bindung hattest, sodass du bei jeder Gelegenheit allein mit dem Zug zu ihr in den Nachbarbezirk fuhrst. In den Schulferien durftest du auch manchmal mehrere Tage bei ihr übernachten. Deine Großmutter liebte dich bedingungslos und kaufte dir von ihrer mageren Rente sogar kleine Geschenke. Doch nach jedem Besuch bei ihr fiel dir die gekränkte Miene deiner Stiefmutter auf, und obwohl sie nichts sagte, fuhrst du immer seltener zu deiner Großmutter, bis diese vor einigen Jahren plötzlich an einem Herzleiden verstarb.

Du berichtetest mir so bruchstückhaft von diesen Ereignissen, als würdest du ein paar Fetzen Papier aus der Tasche eines alten Mantels kramen.

Und noch etwas kommt mir in den Sinn, wenn ich an damals denke. Wenn du von deiner Familie sprachst, starrtest du aus irgendeinem Grund ständig auf deine Handflächen. Als müsstest du die Geschichte daraus ablesen (oder etwas in der Art), um ihr richtig folgen zu können.

Über meine Familie gab es nicht viel zu erzählen. Meine Eltern waren konservative, ganz normale Leute. Mein Vater arbeitete in einem Pharmaunternehmen, meine Mutter war Hausfrau. Sie verhielten sich wie durchschnittliche Eltern und redeten auch so. Wir hatten eine alte schwarze Katze. Auch über meine Schulzeit gab es nicht viel zu sagen. Meine Leistungen waren nicht allzu schlecht, aber auch nicht so herausragend, dass es aufgefallen wäre. Mein Lieblingsplatz in der Schule war die Bibliothek, in der ich mir überaus gern die Zeit mit Lesen und Träumen vertrieb. Den größten Teil der Bücher, die mich damals interessierten, las ich in der Schulbibliothek.

Ich erinnere mich noch gut an unsere erste Begegnung. Sie fand bei der Preisverleihung für einen Aufsatzwettbewerb der Oberschulen statt. Eingeladen waren die Preisträger bis zum fünften Platz. Wir hatten den dritten und den vierten Platz belegt und saßen nebeneinander. Es war Herbst, und ich war damals in der zehnten Klasse und du in der neunten. Weil die Preisverleihung eine langweilige Angelegenheit war, flüsterten wir zwischendurch kurz miteinander. Du trugst deine Schuluniform mit dem marineblauen Blazer und dem dazu passenden Faltenrock, eine weiße Bluse mit Schleife, weiße Söckchen und schwarze Halbschuhe. Die Söckchen waren schneeweiß und die Schuhe so fleckenlos blank, als hätten sieben freundliche Zwerge sie noch vor dem Morgengrauen gründlich poliert.

Nicht dass ich besonders gut im Schreiben von Aufsätzen gewesen wäre. Ich hatte schon als Kind sehr gern gelesen und nahm, wann immer ich Zeit hatte, ein Buch zur Hand. Allerdings traute ich mir selbst kein Talent zum Schreiben zu. Doch nachdem unsere Klasse dazu aufgefordert worden war, einen Japanisch-Aufsatz für den Wettbewerb zu verfassen, wurde meiner als bester ausgewählt und an die Jury geschickt.

Unerwartet schaffte ich es in die Endrunde und gewann einen der Hauptpreise. Um ehrlich zu sein, war mir unverständlich, was an meinem Aufsatz besonders sein sollte. Auch nach mehrmaligem Lesen fand ich ihn ziemlich mittelmäßig und nicht gerade genial. Aber da die Jury ihn für preiswürdig befunden hatte, musste er wohl etwas zu bieten haben. Meine Klassenlehrerin freute sich sehr über den Preis. Es war das erste Mal in meinem Leben, dass eine Lehrkraft sich derart beifällig über eine von mir erbrachte Leistung äußerte. Also beschloss ich, nicht weiter zu zweifeln und den Preis dankbar anzunehmen.

Der Aufsatzwettbewerb fand jeden Herbst in unserem Bezirksverband statt, und jedes Jahr wurde ein anderes Thema vorgegeben. Da mir leider kein einziger »Freund« einfiel, über den ich fünf Seiten lang schreiben wollte, schrieb ich über unsere alte Katze. Ich schilderte meine Beziehung zu ihr, unseren gemeinsamen Alltag und unsere – sich in ihren natürlichen Grenzen bewegenden – Gefühle füreinander. Über die Katze gab es eine Menge zu erzählen, denn sie war sehr intelligent und hatte eindeutig Charakter. Vielleicht saßen auch einige Katzenliebhaber in der Jury. Die meisten Menschen mit einer Vorliebe für Katzen hegen eine natürliche Zuneigung und Sympathie für andere Katzenliebhaber.

Du hast über deine Großmutter mütterlicherseits geschrieben. Über die Herzensbindung zwischen einer einsamen alten Frau und einem einsamen kleinen Mädchen. Über die lauteren und unverfälschten Werte, die daraus erwuchsen. Ein bezaubernder, anrührender Aufsatz. Um ein Vielfaches besser als meiner. Es ist mir unbegreiflich, dass mein Aufsatz den dritten Platz belegt und deiner nur den vierten. Was ich dir auch ganz offen sage. Du lächelst und erklärst, du fändest meinen Aufsatz ganz im Gegenteil viel besser als deinen. Und das sei wirklich nicht gelogen, fügst du hinzu.

»Eure Katze ist toll.«

»Sie ist sehr klug«, sage ich.

Du lächelst.

»Habt ihr auch eine Katze?«, frage ich.

Du schüttelst den Kopf. »Meine Schwester ist allergisch gegen Katzenhaare.«

Dies ist die erste rein persönliche Information über dich, die ich erhalte. *Ihre Schwester ist allergisch gegen Katzenhaare.*

Du bist ein sehr schönes junges Mädchen. Zumindest in meinen Augen. Klein und zierlich mit einem eher runden Gesicht und hübschen schlanken Fingern. Du trägst dein Haar kurz, auch der schwarze Pony über deiner Stirn ist kurz geschnitten. Exakt wie ein feiner Schattenriss. Du hast eine kleine gerade Nase und sehr große Augen. Nach landläufiger Meinung besteht vielleicht ein gewisses Ungleichgewicht zwischen der Größe der Nase und der der Augen, aber gerade dieses Ungleichgewicht ist es, das mich anzieht. Deine blassrosa Lippen sind klein und schmal und immer fest geschlossen, als würden sich bedeutende Geheimnisse dahinter verbergen.

Die fünf Gewinner betreten der Reihe nach die Bühne, und man überreicht jedem von uns ehrerbietig eine Urkunde und eine Gedenkmedaille. Ein großes Mädchen, die Gewinnerin des Hauptpreises, hält eine kurze Ansprache. Die Nebenpreise bestehen jeweils in einem Füllfederhalter (der Hersteller war Sponsor des Wettbewerbs, und der Füller blieb über viele Jahre lang mein Lieblingsschreibgerät). Kurz vor Ende der sich in die Länge ziehenden und ermüdenden Preisverleihung reiße ich ein Blatt aus meinem Notizbuch, schreibe mit Kugelschreiber meinen Namen und meine Adresse darauf und stecke es dir heimlich zu.

»Würdest du mir irgendwann einen Brief schreiben? Also nur, wenn du Lust hast«, flüstere ich dir heiser zu.

Normalerweise bin ich nicht so verwegen, sondern von Natur aus ein eher schüchterner Charakter (und feige). Aber der Gedanke, mich jetzt von dir zu verabschieden und dich vielleicht nie wiederzusehen, fühlt sich so völlig falsch und ungerecht an. Also nehme ich meinen ganzen Mut zusammen und greife zu dieser tollkühnen Maßnahme.

Leicht erstaunt nimmst du den Zettel entgegen, faltest ihn ordentlich zusammen und schiebst ihn in die Brusttasche deines Blazers. Oberhalb der Wölbung deiner Brust. Du streichst dir die Haare aus der Stirn und errötest ein wenig.

»Ich würde gern mehr von dem lesen, was du schreibst«, sage ich wie einer, der sich in der Tür geirrt hat und nun eine lahme Ausrede hervorbringt.

»Ich möchte auch unbedingt einen Brief von dir lesen«, sagst du und nickst ein paarmal ermutigend.

Eine Woche später bekomme ich einen Brief von dir. Er ist hinreißend. Ich lese ihn mindestens zwanzig Mal. Dann setze ich mich an meinen Schreibtisch und schreibe dir mit meinem frisch gewonnenen neuen Füllfederhalter zurück. So beginnt unsere Brieffreundschaft und damit unsere persönliche Beziehung.

Waren wir ein Liebespaar? Konnte man das so nennen? Ich weiß es nicht. Doch zumindest waren wir, du und ich, fast ein

Jahr lang unzertrennlich. Und irgendwann schufen wir uns eine besondere geheime Welt, nur für uns beide – die wundersame Stadt, umgeben von der hohen Mauer.

5

An meinem dritten Abend in der Stadt stieß ich die Tür des Gebäudes auf. Es hatte keine besonderen Merkmale, war alt und aus Stein. Wenn man ein Stück die Uferstraße entlang nach Osten ging, lag es hinter dem Marktplatz gegenüber der Alten Brücke. Der Eingang war nicht gekennzeichnet, sodass das Gebäude für einen Fremden nicht als Bibliothek erkennbar war. Nur ein beschlagenes, kaum noch lesbares Messingschild mit der Nummer *16* war nachlässig dort angebracht.

Die schwere Holztür öffnete sich laut knarrend nach innen und gab den Blick auf einen schwach beleuchteten quadratischen Raum frei. Er hatte eine hohe Decke, eine Hängelampe beleuchtete ihn spärlich, und es roch nach getrocknetem Schweiß. Niemand war zu sehen. Alles wirkte so körnig und verschwommen, als könnte es mir nichts, dir nichts von der Düsternis verschluckt werden. Die abgenutzten Zedernholzdielen knarrten hier und da, wenn ich darauftrat. Es gab zwei hohe längliche Fenster und kein einziges Möbelstück.

Die schlichte Holztür auf der gegenüberliegenden Seite hatte ein kleines Milchglasfenster, auf dem ebenfalls in altmodischer Schrift die Zahl *16* stand. Hinter dem Milchglas schimmerte ein schwaches Licht. Ich klopfte zweimal leicht an die Tür und wartete, aber es kam keine Antwort. Auch Schritte waren nicht zu hören. Nachdem ich einen Moment lang den Atem angehalten hatte, drehte ich den abgegriffenen Messingknauf und stieß sachte die Tür auf. Sie quietschte warnend, wie um zu sagen: »Achtung, da kommt jemand.«

Hinter ihr befand sich ein etwa zwanzig Quadratmeter großer Raum, dessen Decke nicht so hoch war wie die im Vorraum. Auch hier war niemand. Es gab kein Fenster. Die Wände waren verputzt, aber kein Bild, kein Foto, kein Poster, kein Kalender und schon gar keine Uhr zierte sie. Da waren nur die kahlen Wände, eine grobe Holzbank, zwei kleine Stühle, ein Tisch und ein hölzerner Garderobenständer, an dem allerdings kein Mantel hing. In der Mitte des Raumes stand ein altmodischer rostiger Holzofen, in dem ein rotes Feuer loderte und auf dem ein großer schwarzer Kessel dampfte. Am anderen Ende gab es eine Art Büchertheke mit einem aufgeschlagenen Register. Offenbar hatte die Bibliothekarin mittendrin etwas Dringendes zu erledigen gehabt. Vermutlich würde sie gleich zurückkommen. Die dunkle Tür hinter der Theke, die anscheinend in ein Archiv führte, war ein Hinweis, dass es sich um eine Bibliothek handelte. Obwohl kein Buch zu sehen war, vermittelten die Räumlichkeiten eindeutig diesen Eindruck. Ob groß oder klein, alt oder neu, sämtliche Bibliotheken der Welt haben diese ganz besondere Atmosphäre.

Ich zog meinen dicken Mantel aus, hängte ihn an die Garderobe, setzte mich auf die harte Holzbank und wartete, mir die Hände am Ofen wärmend, darauf, dass jemand kam. Um mich herum herrschte vollkommene Stille wie auf dem Grund eines tiefen Gewässers. Versuchsweise räusperte ich mich, aber es klang nicht wie ein Räuspern.

Nach etwa einer Viertelstunde (glaube ich, aber da ich keine Uhr habe, kann ich es nicht genau sagen) geht die Tür zum Archiv auf, und du erscheinst. Als du mich auf der Bank sitzen siehst, hältst du einen Moment inne, und deine Augen weiten sich. Dann holst du langsam Luft. »Tut mir leid, dass du warten musstest. Ich wusste nicht, dass jemand da ist.«

Mir fehlen die richtigen Worte, also nicke ich nur ein paarmal stumm. Deine Stimme klingt nicht wie deine. Zumindest nicht so, wie ich sie im Gedächtnis habe. Oder vielleicht hören die Geräusche und Stimmen sich hier auch anders an als woanders.

Plötzlich klappert der Deckel des Kessels, und ich zucke zusammen wie ein aufgescheuchtes Tier.

»Was kann ich für dich tun?«, fragst du.

»Ich suche alte Träume.«

»Alte Träume, ja.« Die schmalen Lippen zusammengepresst, siehst du mich an. Natürlich erinnerst du dich nicht an mich. »Wie du weißt«, fährst du fort, »haben nur Traumleser Zugang zu den alten Träumen.«

Schweigend nehme ich meine dunkelgrüne Brille ab und sehe dich mit geöffneten Lidern an. Meine Augen sind unverkennbar die eines Traumlesers. Damit kann ich nicht ins grelle Tageslicht hinaus.

»Ich verstehe. Du hast die Fähigkeit«, sagst du und senkst leicht den Blick. Vielleicht beunruhigt dich der Zustand meiner Augen. Aber das ist nicht zu ändern. Um die Stadt zu betreten, musste ich meine Augen dieser Behandlung unterziehen.

»Fängst du heute an zu arbeiten?«, fragst du.

Ich nicke. »Ich weiß noch nicht, ob ich gut lesen kann, aber ich muss mich allmählich daran gewöhnen.«

Noch immer ist kein Laut zu hören. Der Kessel ist wieder verstummt. Ohne auf mich zu achten, fährst du rasch mit deiner Arbeit am Register fort, mit der du gerade beschäftigt bist. Ich beobachte dich von der Bank aus. Äußerlich hast du dich nicht im Geringsten verändert. Du siehst noch genauso aus wie an jenem Sommerabend. Ich denke an die leuchtend roten Sandalen, die du trugst. Und auch an die Grashüpfer, die aus der nahen Wiese sprangen.

»Haben wir uns nicht schon einmal irgendwo gesehen?« Ich kann die Frage nicht zurückhalten, auch wenn ich weiß, dass sie sinnlos ist.

Den Bleistift in der linken Hand, blickst du von deinem Register auf und musterst mich kurz. (Stimmt, du bist ja Linkshänderin, hier wie andernorts.) Du schüttelst den Kopf.

»Nein, ich glaube nicht, dass wir uns schon einmal begegnet sind«, antwortest du höflich. Vielleicht weil du noch sechzehn bist, ich jedoch nicht mehr siebzehn. Für dich bin ich inzwischen ein wesentlich älterer Mann. Bei all meinem Wissen um die Unaufhaltsamkeit der Zeit versetzt es mir einen Stich.

Nachdem du deine Arbeit am Register beendet hast, klappst du es zu, stellst es in das Regal hinter dir und kochst mir einen Kräutertee. Dazu nimmst du den Kessel vom Ofen und brühst mit heißem Wasser zerstoßene Kräuter zu einem tiefgrünen Aufguss auf. Du schüttest ihn in eine große Keramiktasse und stellst sie vor mich hin. Es ist ein besonderes Getränk für Traumleser, und es gehört zu deinen Aufgaben, es zuzubereiten.

Ich lasse mir beim Trinken Zeit. Der Kräutertee hat eine eigentümlich ausgeprägte Bitterkeit und ist nicht leicht zu genießen. Aber seine Nährstoffe haben eine heilende Wirkung auf meine verletzten, gereizten Augen. Das Getränk dient diesem besonderen Zweck. Unsicher beobachtest du von der anderen Seite des Tisches, ob mir der von dir zubereitete Kräutertee schmeckt. Ich nicke dir kurz zu, um dir zu verstehen zu geben, dass alles in Ordnung ist. Ein erleichtertes Lächeln huscht über deine Lippen. Es hat mir gefehlt, dieses Lächeln. Ich habe es so lange entbehrt.

Es ist still und warm im Raum. Auch ohne Uhr verstreicht lautlos die Zeit. Wie eine schlanke Katze, die auf leisen Pfoten an einem Zaun entlanghuscht.

6

Wir schrieben uns nicht häufig, nur etwa alle zwei Wochen. Dafür war jeder Brief für sich genommen ziemlich lang. Und insgesamt gesehen, waren deine um einiges länger als meine, glaube ich. Natürlich hatte die Länge der Briefe keine besondere Bedeutung für unseren Austausch.

Ich habe alle deine Briefe aufbewahrt, allerdings nie einen von meinen kopiert, sodass ich mich nicht mehr an ihren konkreten Inhalt erinnere. Er kann nicht weltbewegend gewesen sein. Meist berichtete ich dir von meinem Alltag und den kleinen Ereignissen um mich herum. Ich schrieb über die Bücher, die ich las, die Musik, die ich hörte, und die Filme, die ich mir ansah. Wahrscheinlich auch über die Schule. Ich war Mitglied im Schwimmclub (dem ich, wiewohl kein begeisterter Schwimmer, beigetreten war, weil es sich einfach nicht vermeiden ließ), also schrieb ich vermutlich auch über das Training. Dir konnte ich ohne Hemmungen schreiben, was ich wollte. So freimütig alles erzählen, was ich dachte und fühlte, dass es an ein Wunder grenzte. Zum ersten Mal in meinem Leben flossen mir die Worte so leicht aus der Feder. Wie gesagt, hatte ich bis dahin geglaubt, nicht schreiben zu können. Ganz gewiss hattest du diese Fähigkeit in mir geweckt. Besonders gefalle dir, sagtest du, der Humor in meinen Briefen, denn das war es wohl, woran es dir in deinem Dasein am meisten mangelte.

»So wie man Vitaminmangel haben kann?«, fragte ich.

»Ja, genau«, sagtest du und nicktest zustimmend.

Ich war hingerissen von dir und dachte unablässig an dich. Im Wachen und gewiss auch in meinen Träumen. Aber in meinen Briefen mäßigte ich mich, so gut ich konnte, um meine Verliebtheit nicht allzu offen zutage treten zu lassen. Ich hatte mir vorgenommen, vor allem über alltägliche, konkrete Dinge zu schreiben. Ich wollte mich damals an das Greifbare halten und es, wo möglich, mit ein wenig Humor würzen. Denn aus irgendeinem Grund fürchtete ich, in eine Sackgasse zu geraten, sollte ich dir von Liebe oder Verliebtheit, also den inneren Regungen meines Herzens, schreiben.

Im Gegensatz zu mir schriebst du statt über konkrete Ereignisse immer über Dinge, die dich im Innersten bewegten. Wovon du geträumt hattest oder auch kurze Geschichten. Einige deiner Träume hinterließen einen tiefen Eindruck bei mir. Häufig waren sie lang, und alle Einzelheiten waren dir noch lebhaft im Gedächtnis. Wie von etwas, das tatsächlich passiert war. Es war beinahe unglaublich für mich.

Ich selbst träumte so gut wie nie, und wenn doch, dann konnte ich mich kaum je an den Inhalt meiner Träume erinnern. Sobald ich morgens aufwachte, zerbarsten sie in tausend Stücke und lösten sich in nichts auf. Auch wenn ich ausnahmsweise einmal so lebhaft träumte, dass ich nachts aufwachte (was höchst selten vorkam), schlief ich sofort wieder ein und erinnerte mich am nächsten Morgen an nichts.

Als ich dir das sagte, erzähltest du mir von dem Notizheft und dem Bleistift, die immer am Kopfende deines Bettes lagen. »Sobald ich aufwache, schreibe ich auf, was ich geträumt habe. Auch wenn ich etwas anderes zu tun habe oder in Eile bin. Besonders wenn ich mitten in der Nacht aus einem lebhaften Traum aufwache, notiere ich mir seinen Inhalt so ausführlich wie möglich, egal, wie müde ich bin. Weil das meist wichtige Träume sind, aus denen ich viele bedeutsame Dinge lernen kann.«

»Was denn für bedeutsame Dinge?«, fragte ich.

»Dinge über mich, die ich nicht wusste«, erwidertest du.

Für dich standen Träume beinahe auf einer Stufe mit Ereignissen in der Wirklichkeit und waren keineswegs etwas, das man vergessen konnte oder das einfach verschwand. Für dich waren deine Träume eine kostbare innere Quelle, aus der du reichlich schöpfen konntest.

»Das ist eine Frage der Übung. Wenn du dir Mühe gibst, schaffst du es bestimmt, dich an die Einzelheiten zu erinnern. Versuch es doch mal. Es würde mich wirklich interessieren, was du träumst.«

Also gut, sagte ich, ich würde es versuchen.

Doch ungeachtet aller Bemühungen (die allerdings nicht so weit gingen, dass ich mir Notizheft und Bleistift ans Kopfende legte) konnte ich einfach kein Interesse für meine Träume aufbringen. Sie waren so verworren und widersprüchlich, dass sie sich meinem Verständnis entzogen. Was darin geschah, war wenig greifbar, und die Szenerie ergab kaum einen Sinn.

Mitunter war der Inhalt zu verstörend, um mit jemandem darüber zu sprechen. Viel lieber hörte ich dir zu, wenn du von deinen langen und bunten Träumen erzähltest.

Mitunter kam auch ich in ihnen vor, was mich besonders freute, da ich so – in welcher Form auch immer – Teil deiner Vorstellungswelt war. Und auch dir schienen meine Auftritte in deinen Träumen zu gefallen, auch wenn ich in ihrer Dramaturgie meist nur eine bedeutungslose Nebenrolle spielte.

Ob du vielleicht mitunter zweideutige Träume hattest, über die mit mir zu sprechen dir schwerfiel? So wie ich sie oft hatte (wobei ich manchmal unfreiwillig meine Unterwäsche befleckte)? Jedes Mal, wenn du mir einen Traum erzähltest, fragte ich mich, ob du mir wohl alles sagtest, was du geträumt hattest.

Es hatte den Anschein, dass du mir vieles ehrlich erzähltest. Aber wer weiß schon, was wahr ist und was nicht? Es gibt wohl keinen Menschen, der keine Geheimnisse hat. Wir Menschen brauchen Geheimnisse, um auf *dieser Welt* zu überleben.

Ist es nicht so?

7

»Wenn es etwas Vollkommenes auf der Welt gibt, dann ist es diese Mauer. Niemand kann sie überwinden oder zerstören«, verkündete der Torwächter.

Auf den ersten Blick wirkte sie nur wie eine alte Backsteinmauer, die beim nächsten Sturm oder Erdbeben leicht zum Einsturz kommen konnte. Wie konnte er so ein Gemäuer als »vollkommen« bezeichnen? Als ich eine Bemerkung dahingehend machte, verzog der Wächter das Gesicht wie einer, der haltlose Beschimpfungen seiner Familie über sich ergehen lassen muss. Er zerrte mich am Ellbogen an die Mauer.

»Schau genau hin, aus der Nähe. Da ist nicht eine Fuge zwischen den Ziegeln. Außerdem ist jeder von ihnen ein bisschen anders. Die einzelnen Ziegel fügen sich so perfekt ineinander, dass nicht einmal ein Haar dazwischenpasst.«

Er hatte recht.

»Hier, kratz mal mit dem Messer daran.« Der Torwächter holte ein Klappmesser aus der Jackentasche, ließ es aufschnappen und gab es mir. Auf den ersten Blick wirkte das Messer abgenutzt, aber seine Klinge war sorgfältig geschärft.

»Ich wette, du kriegst nicht den kleinsten Kratzer hin.«

Er hatte wieder recht.

Die Klinge erzeugte nur ein trockenes Scharren, ohne dass eine Schramme sichtbar wurde.

»Siehst du? Stürme, Erdbeben, Kanonen, nichts kann die Mauer zerstören. Du kannst sie nicht mal ankratzen. Niemand hat das je geschafft, und niemand wird es je schaffen.«

Er legte die Handflächen an die Mauer und sah mich stolz mit eingezogenem Kinn an, als würde er für ein Erinnerungsfoto posieren.

Nichts auf der Welt ist vollkommen, dachte ich. Alles, was eine Form hat, hat unweigerlich eine Schwachstelle oder einen blinden Fleck. Aber ich sprach den Gedanken nicht aus.

»Wer hat die Mauer gebaut?«, fragte ich.

»Niemand«, sagte der Wächter voll unerschütterlicher Überzeugung. »Sie ist seit Anbeginn hier.«

Bis zum Ende der ersten Woche hatte ich einige der von dir ausgewählten alten Träume in die Hand genommen und versucht, sie zu lesen. Aber ich konnte keinen Sinn darin finden. Alles, was ich vernahm, war undeutliches Gemurmel, und sehen konnte ich auch nur verschwommene, bruchstückhafte Bilder. Es war, als würde mir eine Audio- oder Videokassette aus wahllos zusammengeschnittenen Fragmenten rückwärts vorgespielt.

Im Archiv der Bibliothek reihen sich statt Büchern unzählige alte Träume aneinander. Offenbar hat sie so lange niemand berührt, dass sie alle von einer weißen Staubschicht überzogen sind. Die alten Träume haben die Form von Eiern, doch jedes hat eine andere Größe und Farbe. Als wären sie von verschiedenen Tierarten gelegt worden. Allerdings sind sie nicht exakt eiförmig. Als ich sie in die Hand nehme und genau betrachte, erkenne ich, dass die untere Hälfte dicker und schwerer ist als die obere. Diese Unregelmäßigkeit verleiht ihnen einen festen Stand, sodass sie auch ohne Stützen nicht aus den Regalen fallen.

Ihre Oberfläche ist hart und glatt wie polierter Marmor. Allerdings sind sie weniger schwer. Ich weiß nicht, aus welchem Material sie bestehen oder wie stabil sie sind. Ob sie zerbrechen, wenn sie zu Boden fallen? Auf jeden Fall muss ich sehr vorsichtig damit umgehen. Wie mit den Eiern seltener Tiere.

In der Bibliothek steht kein einziges Buch – nicht eines. Gewiss sind die Regale früher voller Bücher gewesen, und die Einwohner der Stadt sind hierhergekommen, um Wissen und Unterhaltung zu finden. Wie in eine normale Stadtbücherei. Ein Hauch dieser Atmosphäre liegt noch in der Luft. Doch offenbar hat man irgendwann alle Bücher aus den Regalen entfernt und stattdessen die alten Träume darin aufgereiht.

Es scheint keine anderen Traumleser in der Stadt zu geben. Im Moment bin ich wohl der einzige. Ob es vor mir schon andere Traumleser gegeben hat? Mag sein. Angesichts der genau ausgearbeiteten und zu befolgenden Regeln und Verfahren für das Traumlesen ist das vermutlich der Fall.

Deine Aufgabe in der Bibliothek ist es, die dort befindlichen alten Träume zu schützen und angemessen zu verwalten. Du hast die zu lesenden Träume auszuwählen und im Register zu vermerken, dass sie gelesen wurden. Außerdem obliegt es dir, die Tür zur Bibliothek vor dem Abend zu öffnen, die Lampen anzuzünden und in der kalten Jahreszeit den Ofen zu heizen. Daher musst du dafür sorgen, dass der Vorrat an Rapsöl und Brennholz nicht ausgeht. Für den Traumleser – also für mich – bereitest du den dunkelgrünen Kräutertee zu, der den Schmerz in meinen Augen lindert und mich beruhigt.

Behutsam wischst du mit einem großen hellen Tuch den weißen Staub von dem alten Traum und legst ihn mir auf den Schreibtisch. Ich setze meine grüne Brille auf und umschließe ihn mit beiden Händen. Nach etwa fünf Minuten erwacht der alte Traum allmählich aus seinem tiefen Schlaf, und seine Oberfläche beginnt schwach zu leuchten. Eine angenehme, natürliche Wärme überträgt sich auf meine Handflächen. Und der Traum spult sich ab. Erst bedächtig, dann mit zunehmendem Eifer, als würde ich die Fäden eines Kokons abwickeln. Die Träume wollen sich mitteilen. Sie müssen geduldig im Regal darauf gewartet haben, aus ihrer Schale zu schlüpfen und sich zu entfalten.

Aber ihre Stimmchen sind zu fein, als dass man sie deutlich hören könnte. Und die Bilder, die sie projizieren, haben nicht genügend Substanz, sie verblassen sogleich, fallen in sich zusammen und verschwinden. Oder vielleicht liegt es gar nicht an ihnen, sondern eher daran, dass meine neuen Augen noch nicht richtig funktionieren. Oder dass meine Fähigkeit als Traumleser nicht ausreicht.

Irgendwann ist es Zeit, die Bibliothek zu schließen. Es gibt nirgends eine Uhr, aber du weißt natürlich, wann es so weit ist.

»Wie geht es? Kommst du gut voran?«

»Es wird langsam besser«, antworte ich. »Aber nach einem Traum bin ich schon todmüde. Vielleicht mache ich etwas falsch?«

»Keine Sorge.« Du bewegst den Schieber und schließt die Lüftung des Ofens. Nachdem du die Lampen gelöscht hast, setzt du dich mir gegenüber an den Tisch und blickst mir ins Gesicht. (Es macht mich nervös, wenn du mich so direkt ansiehst.) »Du brauchst dich nicht zu beeilen. Wir haben hier Zeit im Überfluss.«

Beim Schließen der Bibliothek folgst du stets gewissenhaft dem vorgeschriebenen Ablauf. Mit ernster Miene, ohne Eile und mit sicherer Gelassenheit. Die Reihenfolge der einzelnen Schritte scheint immer die gleiche zu sein. Während ich dir zusehe, frage ich mich, ob es notwendig ist, die Bibliothek derart gründlich zu sichern. Wer würde in einer ruhigen, friedlichen Stadt wie dieser nachts hier einbrechen, um alte Träume zu stehlen oder zu beschädigen?

»Hättest du etwas dagegen, wenn ich dich nach Hause bringe?«, wage ich mich vor, als wir am dritten Abend das Gebäude verlassen.

Du wendest dich mir zu und schaust mich mit großen Augen an. In ihrer Schwärze spiegelt sich ein Stern, der hell am Himmel steht. Du scheinst den Sinn meiner Frage nicht zu verstehen. Warum muss er mich nach Hause bringen?

»Ich bin neu in der Stadt und habe außer dir niemanden, mit dem ich reden kann«, erkläre ich. »Wenn möglich, würde ich gern einen Spaziergang machen und mich dabei unterhalten. Außerdem möchte ich dich besser kennenlernen.«

Du überlegst und errötest ein wenig.

»Aber deine Unterkunft liegt in der entgegengesetzten Richtung.«

»Das macht nichts. Ich gehe gern spazieren.«

»Aber was willst du denn über mich wissen?«, fragst du.

»Zum Beispiel, wo du wohnst. Und wer noch dort wohnt. Und wie es kommt, dass du in der Bibliothek arbeitest.«

Du schweigst einen Moment lang.

»Ich wohne nicht weit von hier«, sagst du dann. Mehr nicht. Aber es ist eine Tatsache.

Du trägst eine Art Armeemantel aus grobem blauem Stoff, einen schwarzen Pullover mit Rundhalsausschnitt, der an einigen Stellen ausgefranst ist, und einen etwas zu großen grauen Rock. Alles sieht aus wie die abgelegte Kleidung von jemand anderem. Doch selbst in dieser ärmlichen Aufmachung bist du schön. Während ich neben dir die nächtliche Straße entlanggehe, schnürt es mir das Herz ab, sodass ich kaum Luft bekomme. Du raubst mir den Atem. Wie an jenem Sommerabend, als ich siebzehn war.

»Du sagst, du seist neu in der Stadt. Woher kommst du?«

»Aus einer Stadt weit im Osten«, gebe ich vage zur Antwort. »Einer großen Stadt, die sehr, sehr weit weg ist.«

»Ich kenne keine andere Stadt als diese. Denn ich bin hier geboren und war noch nie außerhalb der Mauer.«

Deine Stimme klingt weich und zärtlich. Alle Worte, die aus deinem Mund kommen, stehen unter dem unermüdlichen Schutz der soliden, acht Meter hohen Mauer.

»Warum bist du eigens von so weit her in unsere Stadt gekommen? Ich begegne zum ersten Mal einem Menschen, der von woanders kommt.«

»Tja, warum?«, gebe ich unverbindlich zurück.

Ich bin den ganzen Weg hierhergekommen, um dich zu sehen, kann ich ja nicht sagen. Dazu ist es zu früh. Vorher muss ich noch viel mehr über die Stadt herausfinden.

Im spärlichen Licht der wenigen Straßenlaternen folgen wir der Uferstraße nach Osten. Wie früher gehen wir Schulter an Schulter. Leise dringt das Rauschen des Flusses an mein Ohr. Aus dem Wäldchen am anderen Ufer ertönt der Schrei eines Nachtvogels.

Du möchtest mehr über die »ferne Stadt im Osten« erfahren, in der ich gelebt habe. Dein Interesse bringt dich mir ein bisschen näher.

»Was ist denn das für eine Stadt?«

Ja, was war das eigentlich für eine Stadt, in der ich noch bis vor nicht allzu langer Zeit gelebt hatte? Unzählige Worte kamen und gingen, überquellend von all der Bedeutung, die in ihnen steckte.

Aber wie viel würdest du verstehen, wenn ich sie dir erklärte? Du bist in dieser stillen wortkargen Stadt geboren und aufgewachsen, die so einfach, friedlich und vollkommen ist. In ihr gibt es keine Elektrizität, kein Gas, bloß eine Turmuhr ohne Zeiger und eine Bibliothek ohne ein einziges Buch darin. Die Worte, die die Menschen sprechen, haben nur eine Bedeutung – ihre ursprüngliche –, und alle Dinge bleiben an ihrem jeweiligen Platz oder in einem Umkreis, in dem man sie sehen kann.

»Wie leben die Menschen in der Stadt, in der du früher gewohnt hast?«

Ich weiß nicht, wie ich dir diese Frage beantworten soll. Ja, wie hatten wir dort eigentlich gelebt?

»Aber ist das Leben in deiner Stadt nicht ganz anders als hier bei uns?«, fragst du. »Worin unterscheidet es sich am meisten? In der Größe der Stadt, in ihrer Organisation oder in der Lebensweise der Menschen?«

Ich sauge die Abendluft tief ein, während ich nach den richtigen Worten suche. Wie drücke ich es am besten aus? »Die Menschen dort leben alle mit ihren Schatten zusammen.«

8

Ja, alle Menschen dort lebten mit ihren Schatten zusammen. Ich und auch du, jeder besaß einen eigenen Schatten.

Ich kann mich noch gut an unsere Schatten erinnern, weiß noch, wie du damals im Frühsommer auf der menschenleeren Straße auf meinen Schatten tratst und ich auf deinen. Schattentreten war ein Spiel, das ich aus meiner Kindheit kannte. Aus welchem Anlass wir damit anfingen, weiß ich nicht, aber damals zeichneten unsere Schatten sich so schwarz, scharf und lebendig auf der frühsommerlichen Straße ab, dass ein Tritt darauf beinahe wehtat. Natürlich war es nur ein harmloses Spiel, aber wir gaben uns redlich Mühe, auf den Schatten des anderen zu treten. Als wäre es ein Akt von großer Tragweite.

Als wir danach allein auf der Böschung saßen, küssten wir uns zum ersten Mal. Nicht dass einer von uns den Anfang gemacht hätte oder wir den Kuss vorher geplant hätten. Es war keine bewusste Entscheidung, sondern es ergab sich ganz natürlich. Unsere Lippen mussten sich an dieser Stelle treffen, und wir folgten nur dem Strom unserer Herzen. Du hieltest deine Lider geschlossen, während unsere Zungenspitzen sich leicht und zögernd berührten. Ich weiß noch, dass wir danach länger nicht sprachen. Wir fürchteten wohl, das köstliche Gefühl auf unseren Lippen könnte durch ein falsches Wort verloren gehen. Also schwiegen wir. Irgendwann später wollten wir gleichzeitig etwas sagen, sodass wir einander ins Wort fielen. Wir lachten, und unsere Lippen trafen sich erneut.

Ich habe ein Taschentuch von dir. Es ist sehr schlicht, aus einem weißen, gazeartigen Stoff, nur am Rand ist eine kleine gestickte Orchideenblüte. Du hast es mir bei irgendeiner Gelegenheit geliehen. Eigentlich hätte ich es waschen und dir zurückgeben sollen, aber das tat ich nicht. Ich behielt es absichtlich (obwohl ich es dir natürlich zurückgegeben und so getan hätte, als hätte ich es nur vergessen, sobald du mich dazu aufgefordert hättest). Häufig nahm ich es hervor, um das Gefühl, den Stoff in den Händen zu halten, ausgiebig auszukosten. Es war wie eine direkte Verbindung zu dir. Mit geschlossenen Augen rief ich mir ins Gedächtnis, wie ich meine Arme um dich gelegt und dich geküsst hatte. Auch nachdem du *irgendwohin* verschwunden warst, änderte sich das nicht.

Ich erinnere mich noch gut an einen Traum (oder besser gesagt den Teil eines Traumes), den du mir in einem deiner Briefe geschildert hast. Es war ein langer achtseitiger Brief auf waagerecht liniertem Briefpapier, geschrieben mit dem Füllfederhalter, den du bei dem Aufsatzwettbewerb gewonnen hattest, wie üblich in türkisblauer Tinte. Wie einer unausgesprochenen Vereinbarung folgend, schrieben wir immer mit diesen Füllfederhaltern. Für uns waren die nicht einmal besonders teuren Füller ein wertvolles Andenken, ein Schatz, der uns verband.

Die Tinte, die ich verwendete, war schwarz. Tiefschwarz wie dein Haar. True Black.

»Ich schreibe dir, was ich letzte Nacht geträumt habe. In meinem Traum kamst du auch kurz vor«, begann dein Brief.

Ich schreibe dir, was ich letzte Nacht geträumt habe.
In meinem Traum kamst du auch kurz vor. Tut mir leid, dass du keine besonders wichtige Rolle darin gespielt hast, aber so sind Träume eben, da kann man nichts machen. Denn ich erschaffe sie nicht selbst, sondern bekomme sie – sieh da – spontan von jemand anderem und habe (vermutlich) nicht die Freiheit, ihren Inhalt nach meinem Gutdünken zu ändern. Außerdem sind in allen Theaterstücken oder Filmen die Nebenfiguren immer sehr wichtig. Der Eindruck eines Stücks oder eines Films kann je nachdem, welche Nebenfiguren auftreten, sehr unterschiedlich sein. Also hab Geduld, auch wenn du nicht die Hauptrolle spielst, und arbeite auf eine Art Oscar für den besten Nebendarsteller hin.
Jedenfalls hatte ich, als ich aufwachte, Herzklopfen [das Wort hattest du dick mit Bleistift unterstrichen]. *Wieder in der Wirklichkeit angekommen, hatte ich nämlich das Gefühl, du stündest direkt neben mir. Interessanter wäre es gewesen, wenn du wirklich da gestanden hättest … Haha, nur ein Scherz.*
Wie immer habe ich den Traum sofort detailliert (schreibt man das so?) mit meinem kleinen Bleistift in das Notizheft an meinem Bett eingetragen. Das tue ich immer als Erstes, wenn ich aufwache. Egal ob morgens oder mitten in der Nacht, ob ich schlafwandle oder in Eile bin, ich halte meine Träume, so genau es mein Gedächtnis hergibt, in dem Notiz-

heft fest. Ich habe noch nie ein Tagebuch geführt (ein paarmal habe ich es versucht, aber nie länger als eine Woche durchgehalten), aber meine Träume schreibe ich immer auf, ohne es einmal zu versäumen. Dass ich kein Tagebuch führe, aber grundsätzlich meine Träume aufschreibe, klingt vielleicht, als würde ich den Ereignissen in ihnen größere Bedeutung beimessen als meinem wirklichen Alltag.
Eigentlich empfinde ich das aber gar nicht so. Selbstverständlich unterscheidet sich das, was sich im Traum abspielt, völlig von dem, was in meinem Alltag passiert. Es ist, als würde man eine U-Bahn mit einem Luftballon vergleichen. Und ich sitze, wie alle anderen auch, unweigerlich in meinem Alltag fest und friste gefangen auf der Erdoberfläche mein armseliges Dasein. Niemand kann der Schwerkraft entkommen, ganz gleich, wie reich oder mächtig er ist.
Aber wenn ich mich unter meiner Bettdecke verkrieche und schlafe, ist die »Traumwelt«, die mir dann erscheint, ganz real und mitunter (aus irgendeinem Grund mag ich das Wort »mitunter«) realer als mein Alltag. Außerdem sind die Ereignisse, die sich dort entfalten, so gut wie unvorhersehbar und spektakulär. Und folglich kann ich mitunter nicht mehr unterscheiden, was was ist. Und ich frage mich, ob ich etwas wirklich erlebt oder nur geträumt habe. Geht dir das nicht auch manchmal so? Dass du nicht mehr klar zwischen Traum und Wirklichkeit unterscheiden kannst? Wahrscheinlich habe ich eine weit stärkere Neigung dazu als die Menschen in meiner Umgebung (so stark, dass die Nadel eines Messgeräts über den Anschlag hinausschnellen würde). Vielleicht ist das angeboren.
Ich habe es erst bemerkt, als ich in die Grundschule kam.

Wenn ich mit meinen Schulfreundinnen über meine Träume sprechen wollte, zeigte kaum jemand ein Interesse daran. Keine von ihnen nahm ihre Träume so ernst wie ich, geschweige denn, dass sie darüber reden wollten. Außerdem war das, was die anderen träumten – falls sie es mir erzählten –, meistens nicht so bunt, beklemmend und unmittelbar. Warum, weiß ich nicht. Also gab ich es auf, mit meinen Schulfreundinnen über meine Träume zu sprechen. Auch mit meinen Eltern rede ich nicht darüber (allerdings rede ich, ehrlich gesagt, wenn es sich vermeiden lässt, überhaupt nicht mit ihnen). Stattdessen liegen Notizheft und Bleistift am Kopfende von meinem Bett. Im Laufe der Jahre ist das Heft zu meinem besten Freund und unentbehrlich für mich geworden. Wahrscheinlich ist das unerheblich, aber ich finde, seine Träume kann man am besten mit einem kurzen Bleistift aufschreiben. Er braucht nicht länger als acht Zentimeter lang zu sein. Am besten, man spitzt abends schon ein paar davon mit dem Messer an. Neue, noch lange Bleistifte sind nicht geeignet! Warum? Warum ich meine Träume nur mit einem kurzen Bleistift notiere? Schon komisch, wenn ich darüber nachdenke. Es ist ein bisschen wie mit dem Tagebuch von Anne Frank. Das Notizheft ist mein einziger Freund. Natürlich lebe ich nicht umzingelt von Nazisoldaten in einem winzigen Versteck. Immerhin tragen die Leute um mich herum keine Armbinden mit Hakenkreuzen. Jedenfalls gab es dann diesen Aufsatzwettbewerb, und bei der Preisverleihung habe ich dich kennengelernt. Das war mit das Schönste, was mir in meinem ganzen Leben passiert ist. Nicht der Wettbewerb natürlich, sondern dich kennenzulernen! Und du hast dich für meine Träume interessiert

und mir aufmerksam zugehört. Das war das Allerschönste. Es war fast das erste Mal in meinem Leben, dass ich darüber reden konnte, so viel ich wollte, und jemand mir aufmerksam zuhörte. Echt!
Verwende ich eigentlich das Wort »fast« zu häufig? Fast kommt es mir so vor. Manchmal verwende ich unentwegt – ich kann mir das Kanji für »unentwegt« einfach nicht merken – das gleiche Wort. Ich muss aufpassen, noch einmal gründlich durchlesen, was ich geschrieben habe, und an meinen Sätzen feilen (wieder kann ich das Kanji nicht schreiben), aber wenn ich noch mal lese, was ich geschrieben habe, nervt es mich so, dass ich es am liebsten zerreißen und wegschmeißen möchte. Echt!
Ach so, ich wollte ja von meinem Traum erzählen. Den muss ich dir wirklich erzählen. Immer wenn ich anfange zu schreiben, schweife ich sofort ab und finde nur schwer zu meinem eigentlichen Thema zurück. Eine meiner Schwächen. Was ist übrigens der Unterschied zwischen »Schwäche« und »Makel«? Ist in meinem Fall »Schwäche« richtig? Aber egal, es ist ja fast [mit Bleistift unterstrichen] *das Gleiche. Aber zurück zum Thema. Also, mein Traum von letzter Nacht.*
In diesem Traum bin ich anfangs nackt. Splitternackt. Kennst du den Ausdruck »splitterfasernackt«? Ich fand ihn immer etwas übertrieben, aber dann habe ich genau hingesehen und bemerkt, dass ich tatsächlich keine einzige Faser am Leib hatte. Vielleicht ein paar Fusseln am Rücken, wo ich es nicht sehen konnte, aber das ist ja egal. Und ich sitze in einer länglichen Badewanne. In so einer klassischen weißen im westlichen Stil. Vielleicht eine mit so niedlichen Tatzen. Aber

es ist kein Wasser darin. Ich liege also nackt in einer leeren Badewanne.
Aber als ich mich genauer anschaue, merke ich, dass es nicht mein Körper ist. Die Brüste sind zu groß. Eigentlich wünsche ich mir schon länger größere Brüste, aber als ich nun tatsächlich welche habe, fühlt es sich unnatürlich und unangenehm an. Irgendwie seltsam. Als wäre ich gar nicht ich. Vor allem sind sie schwer, und ich kann nicht sehen, was unterhalb davon ist. Auch die Brustwarzen kommen mir zu groß vor. Ich glaube, wenn ich so große Brüste hätte, würde mich ihr Gewackel beim Laufen oder so stören. Wahrscheinlich war es besser, als ich die kleineren hatte, denke ich.
Dann fällt mir auf, dass mein Bauch sich wölbt. Aber nicht, weil ich dick bin. Mein übriger Körper ist schlank. Nur mein Bauch ist angeschwollen wie ein Ballon. Mir wird bewusst, dass ich schwanger bin. In meinem Bauch ist ein Baby. Der Wölbung nach zu urteilen bin ich ungefähr im siebten Monat oder so.
Was glaubst du, war mein erster Gedanke?
Ich überlegte, was ich anziehen sollte. Meine Brüste waren so groß und mein Bauch so dick, dass ich nicht wusste, was ich anziehen sollte. Schließlich war ich nackt und musste mich bedecken. Diese Vorstellung beunruhigte mich sehr. Ich konnte doch nicht nackt durch die Stadt laufen.
Ich machte einen langen Hals wie ein Kranich und sah mich im Zimmer um, aber nirgends war so etwas wie ein Kleidungsstück zu entdecken. Nicht mal ein Bademantel. Genau gesagt nicht mal ein Handtuch. Buchstäblich keine einzige Faser.

In dem Moment klopfte es. Zweimal, laut und kurz. Ich erschrak fürchterlich. Niemand durfte mich in diesem Zustand sehen. Während ich noch fieberhaft überlegte, was ich tun sollte, ging die Tür auf, und jemand betrat den Raum.
Der Raum war, obwohl es sich um ein Bad handelte, übermäßig groß. Ungefähr wie ein normales Wohnzimmer, und es stand sogar ein Sofa darin. Auch hatte er eine hohe Decke und mehrere Fenster, durch die die Sonne hereinschien. Nach dem Einfall der Sonnenstrahlen zu urteilen, war es wohl später Vormittag.
Aber wer war dieser Jemand? Letztlich erfuhr ich es bis zum Schluss nicht. Denn ich konnte sein Gesicht nicht sehen. Sobald die Tür aufging, wurde das durch die Fenster scheinende Sonnenlicht so grell, dass sich ein Lichthof bildete und ich im Gegenlicht nichts mehr sehen konnte. Nur einen großen dunklen Schatten, der drohend im Türrahmen stand. Doch aus seinem Umriss konnte ich schließen, dass es ein Mann war. Ein sehr großer erwachsener Mann.
Ich will mich unbedingt bedecken. Schließlich bin ich »splitterfasernackt«. Und da steht ein mir unbekannter Mann. Wie gesagt ist da nichts, mit dem ich mich hätte bedecken können. Kein Handtuch, keine Waschschüssel, keine Bürste, nichts. Also bleibt mir nichts anderes übrig, als zu versuchen, den heiklen Teil unterhalb meines Bauches mit den Händen zu bedecken, aber so sehr ich mich auch bemühe, meine Hände reichen nicht bis dorthin. Meine Brüste und mein Bauch sind zu voluminös und meine Arme eindeutig kürzer als sonst.
Der Mann kommt langsam auf mich zu. Ich muss etwas tun. In dem Moment beginnt das Baby – wahrscheinlich ist es das

Baby – in meinem Bauch heftig zu strampeln. So als würden drei wütende Maulwürfe in ihrer dunklen Höhle revoltieren. Plötzlich merke ich, dass der Raum kein Badezimmer mehr ist. Vorhin habe ich geschrieben, er sei ein Bad so groß wie ein Wohnzimmer gewesen, aber jetzt bin ich in einem richtigen Wohnzimmer und liege nackt auf dem Sofa. Aus irgendeinem Grund haben meine Handflächen in der Mitte Augen. Sie haben echte Wimpern und blinzeln. Sie sind pechschwarz. Sie starren mich an. Aber ich verspüre keine Angst. Beide Augen haben helle Narben. Und vergießen Tränen. Stumme Tränen voller Trauer.
Jetzt, wo ich bis hierhin geschrieben habe (und die Geschichte sich ihrem albernen Höhepunkt nähert, an dem auch du deinen kurzen Auftritt als Nebendarsteller hast), muss ich leider aufhören. Ich habe etwas zu erledigen und muss meinen Schreibtisch verlassen. Also unterbreche ich und stecke, was ich bis jetzt geschrieben habe, in einen Umschlag, klebe eine Briefmarke drauf und werfe ihn in den Briefkasten am Bahnhof. (Wie geht das Kanji für »einwerfen«? Und warum schlage ich nicht im Wörterbuch nach?) Demnächst schreibe ich dir, wie der Traum weiterging. Darauf freue ich mich schon. Und bitte schreib mir. Einen Brief, so lang, dass ich es nicht schaffe, ihn zu lesen.

Doch letztlich erzählte sie mir nie, wie ihr Traum ausgegangen war. In ihrem nächsten Brief schrieb sie von ganz anderen Dingen (bestimmt hatte sie das mit der Fortsetzung vergessen). Also erfuhr ich nicht, welche (Neben-)Rolle ich in ihrem Traum gespielt hatte, und werde es wohl auch nie erfahren.

9

Ja, dort lebten die Menschen mit ihren Schatten.

In dieser Stadt hat niemand einen Schatten. Erst wer seinen Schatten abgeworfen hat, begreift, dass der ein bestimmtes Gewicht hatte. So wie man sich im normalen Leben selten der Schwerkraft auf der Erde bewusst wird.

Natürlich ist es nicht leicht, seinen Schatten aufzugeben. Es ist stets ein beunruhigender Verlust, sich von jemandem oder etwas zu trennen, mit dem man gewohnheitsmäßig viele Jahre verbracht hat. Wer oder was es auch sei. Bevor ich die Stadt betreten durfte, musste ich meinen Schatten am Eingang der Obhut des Torwächters übergeben.

»Mit einem Schatten kannst du nicht hinter die Mauer«, sagte er. »Entweder du lässt ihn bei mir oder du verzichtest darauf, die Stadt zu betreten. Eins von beidem.«

Ich beschloss, meinen Schatten abzugeben.

Der Torwächter schob mich an einen warmen Platz in der Sonne und griff sich meinen vor Schreck zitternden Schatten.

»Ganz ruhig, keine Angst«, fuhr der Torwächter meinen

Schatten an. »Es ist ja nicht so, als würde ich dir die Fingernägel ausreißen. Es tut nicht weh, wir sind gleich fertig.«

Der Schatten wehrte sich trotzdem noch ein wenig, hatte aber dem kraftstrotzenden Torwächter nichts entgegenzusetzen. Sobald er mir entrissen war, sank er kraftlos auf der Holzbank neben uns zusammen. Von mir getrennt, wirkte er erstaunlich schäbig. Wie ein ausrangierter alter Stiefel.

»Für sich genommen, bieten sie einen schäbigen Anblick«, sagte der Torwächter. »Kaum zu glauben, dass man so ein Ding ewig mit sich herumgeschleppt hat, oder?«

Ich murmelte eine unverbindliche Antwort. Ich hatte den Verlust meines Schattens noch nicht ganz begriffen.

»Schatten spielen wirklich keine Rolle«, fuhr der Torwächter fort. »Oder kannst du dich erinnern, dass dein Schatten dir je von besonderem Nutzen gewesen wäre?«

Ich konnte mich nicht erinnern. Zumindest nicht in dem Moment.

»Na also«, sagte der Torwächter großspurig. »Sie sind Maulhelden. Selbst bringen sie nichts zustande, haben aber jede Menge Spitzfindigkeiten auf Lager.«

»Was wird nun aus ihm?«

»Er ist mein Gast, und ich werde gut für ihn sorgen. Er bekommt ein Zimmer und einen Platz zum Schlafen. Die Verpflegung ist nicht üppig, aber immerhin kriegt er drei Mahlzeiten am Tag. Ab und zu muss er mir bei der Arbeit helfen.«

»Arbeit? Was ist das für eine Arbeit?«, fragte ich.

»Was außerhalb der Mauer so anfällt. Es ist nicht viel. Äpfel pflücken, sich um die Tiere kümmern … je nach Jahreszeit.«

»Und wenn ich meinen Schatten zurückwill?«

Der Torwächter musterte mich mit zusammengekniffenen Augen, als würde er durch einen Vorhangschlitz ein leeres Zimmer inspizieren.

»Ich arbeite schon sehr lange hier, aber ich habe noch nie erlebt, dass jemand die Rückgabe seines Schattens beantragt hat.«

Verzagt kauerte mein Schatten auf der Bank und sah mich flehend an.

»Mach dir keine Sorgen«, sagte der Torwächter aufmunternd zu mir. »Du wirst dich an das Leben ohne Schatten gewöhnen. Bald hast du vergessen, dass du je einen hattest. Es ist mehr so wie: Ach ja, so was hatte ich vielleicht auch mal.«

In sich zusammengesunken lauschte mein Schatten den Worten des Torwächters. Unwillkürlich fühlte ich mich schuldig. Schließlich hatte ich, obwohl mir keine Wahl geblieben war, einen Teil von mir im Stich gelassen.

»Dieses Tor ist der einzige Weg, der in die Stadt hinein- und wieder hinausführt.« Der Wächter deutete auf das Tor. »Bist du einmal drin, kommst du nie wieder raus. *Die Mauer gestattet es nicht.* So lautet die Regel der Stadt. Das ist die Abmachung, nicht mit Blut besiegelt oder so was, aber dennoch unumstößlich wie ein Vertrag. Das ist dir doch klar, oder?«

»Ja, habe ich verstanden«, sagte ich.

»Und noch etwas. Du wirst Traumleser, deshalb brauchst du die Augen eines Traumlesers. Auch das ist eine Regel. Es kann sein, dass du ein paar Beschwerden hast, bis deine Augen besser sind. Auch das weißt du, ja?«

So ging ich durch das Tor in die Stadt. Ich verzichtete auf meinen Schatten, bekam die schmerzenden Augen eines Traumlesers und band mich an die stillschweigende Übereinkunft, den sogenannten »Vertrag«, das Tor nie wieder zu durchschreiten.

Ich erkläre dir, dass in der Stadt (in der ich zuvor gelebt habe) jeder einen Schatten hinter sich herziehe. Und dass die Schatten Menschen (und Gegenstände) im Licht stets begleiteten und sachte verschwanden, sobald das Licht erlosch. Dass sie, wenn es dunkel wurde, gemeinsam schlafen gingen, jedenfalls nie getrennt waren, und dass die Schatten, ob sichtbar oder unsichtbar, immer bei den Menschen blieben.

»Dienen die Schatten den Menschen zu etwas Bestimmtem?«, fragst du.

Nicht dass ich wüsste, erwidere ich.

»Warum werfen die Menschen ihre Schatten dann nicht ab?«

»Oftmals liegt es vielleicht daran, dass sie nicht wissen, wie. Aber wahrscheinlich würden sie es auch nicht tun, selbst wenn sie es wüssten.«

»Warum nicht?«

»Weil sie an die Existenz der Schatten gewöhnt sind. Unabhängig davon, ob diese einen konkreten Nutzen haben oder nicht.«

Am Stamm einer dürren Weide am Fluss war ein altes Holzboot vertäut, sodass die darum herumfließende Strömung dort leise plätscherte.

»Unsere Schatten werden abgetrennt, bevor wir uns ihrer überhaupt bewusst sind. So wie bei einem Baby die Nabelschnur durchschnitten wird oder einem Kind die Milchzähne ausfallen. Die abgetrennten Schatten bleiben außerhalb der Mauer.«

»Sie leben also allein in der Außenwelt?«

»Die meisten kommen in Pflegefamilien. Es ist nicht so, dass sie einfach in der Wildnis ausgesetzt werden.«

»Was ist aus deinem Schatten geworden?«

»Ich weiß es nicht, aber er ist bestimmt längst gestorben. Schatten, die vom Körper abgetrennt wurden, sind wie Pflanzen ohne Wurzeln. Sie leben nicht lange.«

»Du bist deinem Schatten nie begegnet, oder?«

»Meinem Schatten?«

»Ja.«

Verwundert blickst du mich an. »Das dunkle Herz wird irgendwohin weit fortgebracht und verliert bald sein Leben«, sagst du.

Seite an Seite gehen wir am Ufer entlang. Ab und zu streicht der Wind über den Fluss, und du raffst mit beiden Händen den Mantelkragen zusammen.

»Auch dein Schatten wird in naher Zukunft sein Leben verlieren. Mit seinem Tod verschwinden auch die dunklen Gedanken, und Ruhe kehrt ein.«

»Und die Mauer bewahrt diese Ruhe, oder?«

Das Mädchen sieht mir ins Gesicht. »Deshalb bist du doch in die Stadt gekommen? Von so weit her.«

Das »Fabrikgelände« ist eine verlassene Gegend nordöstlich der Alten Brücke. Der Kanal, in dem einst schönes klares Wasser geflossen sein soll, ist ausgetrocknet, und sein Bett besteht nur noch aus einer dicken Schicht festgebackenen grauen Schlamms. Obwohl es dort schon lange kein Wasser mehr gibt, ist noch Feuchtigkeit in der Luft zu spüren.

Unmittelbar hinter dem düsteren, verlassenen Fabrikgelände reihen sich die Unterkünfte der Arbeiter aneinander. Es sind alte einstöckige Holzhäuser, die aussehen, als könnten sie jeden Moment einstürzen. Die Menschen, die hier leben, werden »Arbeiter« genannt, auch wenn sie gar nicht in der Fabrik arbeiten. Die Bezeichnung ist nur noch eine inhaltsleere alte Gewohnheit. Die Fabrik ist längst nicht mehr in Betrieb, und ihre hohen Schornsteine rauchen schon seit einer Ewigkeit nicht mehr.

Das Kopfsteinpflaster der schmalen Gassen, die sich labyrinthartig zwischen den Gebäuden hindurchschlängeln, ist getränkt von den Gerüchen und Geräuschen zahlreicher Generationen von Menschenleben. Kein Laut entsteht, als unsere Sohlen über das von unzähligen Schritten glatt geschliffene Pflaster gehen. An einer Stelle des Labyrinths bleibst du plötzlich stehen und wendest dich mir zu.

»Vielen Dank fürs Bringen«, sagst du. »Findest du den Weg nach Hause?«

»Ich glaube schon. Wenn ich erst mal am Kanal bin, ist es einfach.«

Du rückst deinen Schal zurecht und nickst mir kurz zu. Dann drehst du dich um, gehst mit schnellen Schritten auf eines der für mich ununterscheidbaren dunklen Holzhäuser zu und verschwindest darin.

Hin- und hergerissen zwischen zwei mächtigen Empfindungen mache ich mich langsam auf den Heimweg. Zum einen spüre ich, dass ich nicht mehr allein in der Stadt bin, während ich mich zum anderen noch immer unendlich einsam fühle. Mein Herz ist zweigeteilt. Leise raunend wiegen sich die Weidenruten im Wind.

10

Man hat mir eine kleine Dienstwohnung im sogenannten Beamtenviertel zugewiesen.

Sie ist mit den notwendigsten Möbeln und Einrichtungsgegenständen ausgestattet – einem Einzelbett, einem runden Esstisch aus Holz, vier Stühlen, einigen in die Wand eingelassenen Regalen, einem nicht allzu großen Schrank und einem Holzofen. Außerdem ist da ein kleines Bad. Einen Schreibtisch zum Arbeiten oder ein Sofa zum Ausruhen habe ich allerdings nicht. Vollständig fehlen auch Dinge, die man als Zimmerdekoration bezeichnen würde. Es gibt keine Vasen, keine Bilder, keine Ziergegenstände, keine Bücher und natürlich auch keine Uhr.

In der Küche kann ich mir einfache Mahlzeiten zubereiten. Zum Kochen dient ein kleiner mit Holz zu befeuernder Herd – es gibt weder Strom noch Gas. Geschirr und Stühle sind ausnahmslos einfach, abgenutzt und uneinheitlich in Form und Größe, als hätte man sie hastig von irgendwoher zusammengeklaubt. Die Fenster haben hölzerne Läden, die tagsüber geschlossen werden können, um das Sonnenlicht abzuhalten (eine wegen meiner empfindlichen Augen unentbehrliche Vorrichtung). Die Eingangstür hat kein Schloss. Die Menschen in dieser Stadt verriegeln ihre Häuser nicht.

Das Viertel war früher gewiss eine sogenannte bessere Gegend. Auf den Straßen spielten Kinder, von irgendwoher ertönte Klavierspiel, Hunde bellten, und abends wehte aus allen Fenstern der Duft von warmem Abendessen. In den Vorgärten blühten je nach Jahreszeit hübsche Blumen. Mancherorts ist noch etwas von dieser Atmosphäre zu spüren. Die meisten Bewohner sind, wie der Name schon sagt, Beamte oder Offiziere.

Vor der Mittagszeit stehe ich auf und koche mir ein einfaches Gericht aus den mir bereitgestellten Zutaten, das ich anschließend verzehre. Es ist die einzige Mahlzeit, die ich zu mir nehme. Offenbar kommen die Stadtbewohner mit einem einfachen Essen am Tag aus, und auch mein Organismus hat sich erstaunlich schnell an diese Lebensweise gewöhnt. Nachdem ich gegessen und aufgeräumt habe, verbringe ich den Nachmittag bei geschlossenen Fensterläden im abgedunkelten Zimmer und schone meine Augen, deren Verletzungen noch immer nicht ganz verheilt sind. Friedlich verstreicht die Zeit.

Ich setze mich auf einen Stuhl, befreie mein Bewusstsein aus dem Käfig meines Körpers, um es auf der weiten Wiese meiner Gedanken umherschweifen zu lassen – so wie man einen Hund von der Leine und frei laufen lässt. Ohne an etwas zu denken, liege ich im Gras und beobachte die am Himmel dahinziehenden weißen Wolken (sinnbildlich natürlich, denn ich schaue ja nicht wirklich in den Himmel). Ereignislos vergeht der Nachmittag. Nur im Notfall rufe ich mein Bewusstsein mit einem Pfiff zurück. (Natürlich auch nur sinnbildlich. Ich pfeife nicht wirklich.)

Sobald die Sonne untergeht und die Dämmerung hereinbricht, hole ich mein Bewusstsein endgültig zurück und verlasse das Haus, um mich auf den Weg zur Bibliothek zu machen. Ich gehe den Hügel hinunter und flussaufwärts am Ufer entlang. Die Bibliothek liegt etwas abseits hinter dem Marktplatz. Gegenüber der Alten Brücke erhebt sich wie ein Wahrzeichen der zeigerlose Uhrturm.

Außer mir betritt niemand die Bibliothek, und so gehört sie stets uns beiden allein.

Allerdings macht meine Technik als Traumleser keine erkennbaren Fortschritte. Die Zweifel und Ängste in meinem Herzen werden zunehmend größer. Liegt meiner Berufung zum Traumleser womöglich ein Irrtum zugrunde? Vielleicht verfüge ich mitnichten über die Fähigkeit, Träume zu lesen? Vielleicht bin ich am falschen Ort und man lässt mich etwas tun, wofür ich nicht geeignet bin?

In einer Pause vertraue ich dir meine Ängste an.

»Mach dir keine Sorgen«, sagst du. Wir sitzen einander am Tisch gegenüber, und du siehst mir in die Augen. »Jetzt dauert es nicht mehr lange. Lass dich nicht beirren und arbeite einfach weiter. Denn du bist am richtigen Ort und tust das Richtige.«

Deine Stimme klingt liebenswürdig und heiter, voller Zuversicht. Fest und unerschütterlich wie die aus Ziegeln gefügte hohe Mauer.

In meinen Traumlesepausen trinke ich den dunkelgrünen Kräutertee, den du bedächtig und mit der ernsten Miene einer Chemikerin, die ein Experiment durchführt, zubereitest. Nachdem du die Kräuter gewissenhaft in einem kleinen Mörser zerstoßen und aufgebrüht hast, seihst du den Tee durch ein Tuch ab. Hinter der Bibliothek liegt ein kleiner Garten, in dem die Heilkräuter gezogen werden, und es gehört zu deinen Aufgaben, ihn zu pflegen. Einmal erkundige ich mich nach den Namen der Kräuter, aber du kennst sie nicht. Vielleicht haben sie, wie vieles in der Stadt, auch gar keine Namen.

Nach Beendigung meines Tagewerks und dem Abschließen der Bibliothek gehen wir am Ufer entlang flussaufwärts, und ich bringe dich zu deiner Behausung im Arbeiterviertel, wie es mir zur täglichen Gewohnheit geworden ist.

Um uns fällt ohne Unterlass der Herbstregen. Lautlos und fein, ohne Anfang und ohne Ende. In der Nacht gibt es weder Mond noch Sterne, keinen Wind und keine Nachtvögel. Nur von den Spitzen der schlanken, die Sandbänke säumenden Weidenruten fallen Tropfen.

In nahezu völligem Schweigen gehen wir nebeneinander die dunkle Straße entlang. Aber unser Schweigen bedrückt mich nicht im Geringsten. Vielmehr begrüße ich es, denn es regt mein Gedächtnis an. Auch dich stört es nicht zu schweigen. Die Menschen in dieser Stadt brauchen nicht viele Worte, wie sie auch mit wenigen Mahlzeiten auskommen.

Wenn es regnet, trägst du einen dicken, steifen gelben Regenmantel und einen grünen Regenhut. Ich verwende einen alten, schweren Regenschirm, der in meiner Wohnung stand. Dein Regenmantel ist dir vermutlich zwei Nummern zu groß, und sein Rascheln, wenn du gehst, erinnert mich an das Aufrollen von Geschenkpapier, ein Geräusch, das mich irgendwie wehmütig stimmt. Wie gern würde ich dir den Arm um die Schultern legen (wie ich es früher getan habe), aber hier ist das unmöglich.

Vor deiner Unterkunft im Arbeiterviertel bleibst du stehen und siehst mir im spärlichen Licht mit leicht gerunzelter Stirn ins Gesicht, als wärst du im Begriff, dich an etwas Bedeutsames zu erinnern. Doch am Ende fällt es dir nicht ein. Die Möglichkeit wird irgendwohin verschluckt und verschwindet, ohne Gestalt angenommen zu haben.

»Bis morgen«, sage ich.

Wortlos nickst du.

Auch nachdem du nicht mehr zu sehen bist und alle Geräusche verstummt sind, bleibe ich noch eine Zeit lang allein dort stehen, um deiner Präsenz nachzuspüren. Dann mache ich mich allein durch den anhaltenden Nieselregen auf den Weg zu meiner Wohnung auf dem Westhügel.

»Kein Grund zur Sorge. Es braucht nur ein bisschen Zeit«, sagst du.

Aber mir fehlt deine Zuversicht. Durfte ich der Zeit – oder dem, was sich in dieser Stadt Zeit nannte – so weit vertrauen? Und was sollte überhaupt nach diesem scheinbar endlosen Herbst kommen?

11

Ich fahre mit der Bahn an deinen Wohnort, um mich mit dir zu treffen. Es ist ein Sonntagmorgen im Mai, der Himmel ist blau, und die einzige Wolke, die an ihm dahinzieht, hat die Form eines schlanken Fisches.

Zu Hause habe ich gesagt, ich ginge in die Bücherei. Aber ich fahre zu dir. In meinem Nylonrucksack habe ich ein in Plastikfolie eingewickeltes Sandwich (das meine Mutter mir gemacht hat) und meine Schulsachen, aber ich habe nicht vor zu lernen. Es ist nicht mehr ganz ein Jahr bis zu den Aufnahmeprüfungen für die Universität. Aber daran will ich möglichst nicht denken.

Am Sonntagmorgen ist die Bahn nur spärlich besetzt. Ich mache es mir bequem auf meinem Sitz und denke über das Wort »beständig« nach. Allerdings ist es für einen Siebzehnjährigen, der gerade in die letzte Klasse der Oberschule gekommen ist, gar nicht so einfach, sich beständige Dinge vorzustellen. Dementsprechend gering ist das Spektrum meiner Vorstellungen von Beständigkeit. Das Einzige, was mir dabei in den Sinn kommt, ist der Anblick von Regen, der aufs Meer fällt. Immer wenn ich sehe, wie Regen aufs Meer fällt, überkommt mich eine Art Rührung. Vielleicht liegt es daran, dass das Meer etwas Ewiges – oder annähernd Ewiges – ist, etwas, das sich nicht verändert. Meerwasser verdunstet und bildet Wolken, die wieder abregnen. Ein ewiger Kreislauf. Auf diese Weise wird das Wasser des Meeres nach und nach ausgetauscht. Aber das Meer als Ganzes ändert sich nie. Das Meer bleibt immer das Meer. Es ist ein Ding, das man anfassen kann, doch zugleich ist es eine reine und absolute Idee. Vielleicht empfinde ich deshalb diese gewisse Erhabenheit, wenn ich Regentropfen aufs Meer fallen sehe.

Wenn ich mir also wünsche, dass das Band zwischen unseren Herzen stärker und *beständiger* wird, dann denke ich an einen sanften Regen, der auf das Meer fällt. Du und ich sitzen am Strand und blicken auf das Meer und den Regen. Aneinandergeschmiegt sitzen wir unter einem Schirm. Du hast deinen Kopf leicht an meine Schulter gelehnt.

Das Meer ist sehr ruhig. Es weht kein Wind, und kleine Wellen schlagen regelmäßig und beinahe lautlos an den Strand. Ein Geräusch wie trockene Laken im Wind. Wir können ewig hier sitzen bleiben. Allerdings haben wir auch keine Ahnung, wohin wir sonst gehen könnten oder sollten. Denn nebeneinander unter dem Schirm am Strand zu sitzen, ist bereits Vollendung. Aber aus der Vollendung aufstehen und dann wohin gehen?

Oder vielleicht ist das einer der Problempunkte an der Ewigkeit. Dass man nun mal nicht weiß, wohin man sich fortan wenden soll. Aber was ist eine Liebe wert, die nicht nach Ewigkeit strebt?

Ich gebe es auf, über die Ewigkeit nachzudenken, und denke

stattdessen an deinen Körper. Ich denke an die Wölbung deiner Brüste und an das, was unter deinem Rock ist. Ich stelle es mir vor. Ungeschickt knöpfe ich deine weiße Bluse auf, löse den Haken deiner vermutlich weißen Unterwäsche auf deinem Rücken. Ich schiebe meine Hand unter deinen Rock, berühre die weiche Innenseite deiner Oberschenkel und dann … Nein, daran will ich nicht denken. *Auf keinen Fall.* Aber ich kann nicht aufhören, daran zu denken. Denn diese Dinge sind wesentlich leichter vorstellbar als die Ewigkeit.

Aber sobald ich sie mir vorstelle, versteift sich ein gewisser Teil meines Körpers so sehr, als wäre er Teil einer unanständig geformten Marmorfigur. Mein erigierter Penis fühlt sich grässlich an in den engen Jeans. Wenn er nicht schnell in seinen Normalzustand zurückkehrt, ist es fraglich, ob ich überhaupt aufstehen kann.

Wieder versuche ich, an den aufs Meer fallenden Regen zu denken. Vielleicht kann der beruhigende Anblick meine überreizte Libido ein wenig besänftigen. Ich schließe die Augen und konzentriere mich. Aber ich kann das Bild nicht mehr heraufbeschwören. Mein Wille und mein sexuelles Verlangen streben in verschiedene Richtungen, beide mit verschiedenen Landkarten in der Hand.

Wir sind in dem kleinen Park in der Nähe des U-Bahnhofs verabredet, in dem wir uns schon mehrmals getroffen haben. Es gibt dort ein paar Spielgeräte für Kleinkinder, einen Trinkbrunnen und eine Bank unter einer Glyzinienlaube. Ich setze mich auf die Bank und warte auf dich. Aber zur verabredeten Zeit tauchst du nicht auf. Das ist ungewöhnlich. Du kommst nie zu spät. Eigentlich bist du sogar immer vor mir am Treffpunkt. Selbst wenn ich eine halbe Stunde vor der vereinbarten Zeit dort ankomme, wartest du schon auf mich.

»Kommst du immer so früh?«, frage ich dich einmal.

»Allein auf dich zu warten, macht mir den meisten Spaß«, sagst du.

»Das Warten?«

»Genau.«

»Mehr, als dich mit mir zu treffen?«

Du lächelst, beantwortest aber die Frage nicht. »Das Warten«, sagst du nur, »eröffnet unendliche Möglichkeiten. Alles könnte noch geschehen. Wir könnten alles tun. Findest du nicht auch?«

Vielleicht hast du recht. Wenn wir uns dann tatsächlich treffen, werden diese grenzenlosen Möglichkeiten unweigerlich durch eine einzige Realität ersetzt. Das ist wohl schwer für dich. Ich kann verstehen, was du meinst. Allerdings sehe ich selbst es nicht so. Denn Möglichkeiten sind eben nur Möglichkeiten. Ich ziehe es bei Weitem vor, mit dir zusammen zu sein, deine Wärme auf meiner Haut zu spüren, deine Hand zu halten oder dich heimlich und unbeobachtet zu küssen.

Aber nun sind seit der verabredeten Zeit dreißig Minuten vergangen, und noch immer ist nichts von dir zu sehen. Während ich unablässig auf meine Armbanduhr schaue, ergreift mich Unruhe. Ob dir etwas zugestoßen ist? Mein Herz pocht Unglück verheißend. Bist du plötzlich krank geworden oder hattest einen Unfall? Ich stelle mir vor, wie ein Rettungswagen dich ins Krankenhaus bringt, und lausche aufmerksam auf Sirenen.

Oder hast du gespürt – wenn ich auch keine Ahnung habe, wie –, dass ich mich an diesem Morgen in der Bahn sexuellen

Fantasien über dich hingegeben habe, und hast nun kein Interesse mehr, dich mit so einem widerlichen Kerl zu treffen? Bei diesem Gedanken brennen meine Ohrläppchen vor Scham. Ich erkläre dir mit allen mir zur Verfügung stehenden Worten, dass man gegen so etwas nichts machen kann, rechtfertige und entschuldige mich. Es sei wie mit einem großen schwarzen Hund. Sobald er sich in eine bestimmte Richtung bewege, sei man machtlos. Man könne noch so fest an der Leine ziehen …

Vierzig Minuten nach der verabredeten Zeit kommst du. Du setzt dich wortlos neben mich auf die Bank, ohne dich für deine Verspätung zu entschuldigen. Ich sage auch nichts. Schweigend sitzen wir nebeneinander. Zwei kleine Mädchen schaukeln. Sie wetteifern, welche am höchsten schaukelt. Du bist noch außer Atem und hast Schweiß auf der Stirn. Vielleicht bist du den ganzen Weg gerannt. Dein Brustkorb hebt und senkt sich mit jedem Atemzug.

Du trägst eine weiße Bluse mit rundem Kragen. Sie ist schlicht und schmucklos, fast so, wie ich sie mir im Zug vorgestellt habe. Sie hat kleine Knöpfe, genau wie die, die ich gerade (in meiner Vorstellung) geöffnet habe. Dein Rock ist dunkelblau. Auch wenn die Farbe etwas anders ist, als ich sie mir gedacht habe. Ich bin verblüfft, dass du fast die gleiche Kleidung trägst wie in meiner Vorstellung, und mir fehlen die Worte. Gleichzeitig kann ich mich meines schlechten Gewissens nicht erwehren, auch wenn ich mich bemüht habe, meine Fantasie zu zügeln. Jedenfalls bist du blendend schön, wie du da in deiner schlichten weißen Bluse und dem einfarbigen marineblauen Rock auf der sonntäglichen Parkbank sitzt.

Aber du siehst irgendwie anders aus als sonst. Ich kann nur nicht festmachen, worin der Unterschied besteht. Ich erkenne jedoch auf den ersten Blick, dass *irgendetwas anders* ist.

»Was war denn?«, spreche ich dich endlich an. »Ist etwas passiert?«

Du schüttelst stumm den Kopf. Aber ich weiß, dass *irgendetwas passiert* ist. Ich nehme das Geräusch eines schnellen, leisen Flügelschlags wahr, der außerhalb der menschlichen Hörfrequenz liegt. Du hast deine Hände in den Schoß gelegt, und ich lege meine sachte darauf. Deine kleinen Hände sind kalt, obwohl es schon fast Sommer ist. Ich versuche, sie wenigstens ein bisschen zu wärmen. Lange sitzen wir so da. Du schweigst die ganze Zeit. Es ist nicht das vorübergehende Schweigen eines Menschen, der nach den richtigen Worten sucht. Es ist ein Schweigen um des Schweigens willen – ein vollkommenes, in sich gekehrtes Schweigen.

Die kleinen Mädchen schaukeln noch immer. In regelmäßigen Abständen dringt das Quietschen der metallenen Aufhängung an mein Ohr. Ich wünschte, vor uns läge das Meer und es würde regnen. Wie viel natürlicher und vertrauter wäre dann unser Schweigen. Aber so ist es auch gut. Mehr verlange ich ja gar nicht.

Du ziehst deine Hände weg und stehst wortlos auf. Als wäre dir eingefallen, dass du noch etwas Wichtiges zu erledigen hast. Auch ich stehe hastig auf. Noch immer schweigend, setzt du dich in Bewegung, und ich folge dir. Wir verlassen den Park und gehen durch die Straßen. Durch breite, dann schmale und wieder durch breite Straßen. Du sagst nicht, wohin wir gehen oder was wir tun. Auch das ist ungewöhnlich.

Denn sonst redest du, sobald du mich siehst, sehr lebhaft über alles Mögliche, als hättest du nur darauf gewartet. Als wäre dein Kopf vollgestopft mit Dingen, die du mir unbedingt erzählen musst. Doch heute hast du, seit wir uns getroffen haben, noch kein Wort gesagt.

Mit der Zeit verstehe ich, dass du nicht auf dem Weg zu einem bestimmten Ort bist. Du willst nicht irgendwo bleiben, du willst einfach gehen. Die Bewegung selbst ist dein Ziel. Ich gehe im Gleichschritt mit dir. Auch ich schweige. Aber mein Schweigen ist das Schweigen eines Menschen, der nicht weiß, was er sagen soll.

Wie soll ich mich verhalten? Du bist meine erste Freundin. Der erste Mensch, mit dem ich so etwas wie eine Liebesbeziehung habe. Also weiß ich nicht, wie ich mich in einer solchen »Ausnahmesituation« dir gegenüber verhalten soll. Die Welt ist voll von Dingen, mit denen ich keine Erfahrung habe. Besonders im Hinblick auf die weibliche Psyche bin ich ein unbeschriebenes Blatt. Deshalb stehe ich dieser Ausnahmesituation ratlos gegenüber. Aber ich sollte jetzt erst einmal Ruhe bewahren. Ich bin ein Mann und ein Jahr älter, auch wenn das vielleicht keinen großen Unterschied macht und keine Rolle spielt. Aber manchmal – vor allem, wenn man nichts Besseres zu sagen hat – können auch solche Banalitäten nützliche Gesichtspunkte sein.

Jedenfalls darf ich nichts überstürzen. Ich muss, wenn auch nur zum Schein, ruhig bleiben. Also schlucke ich die Worte hinunter und gehe weiter im Gleichschritt neben dir her, als wäre nichts, als wäre alles ganz normal.

Wie lange sind wir schon unterwegs? An einer Kreuzung bleiben wir stehen und warten, bis die Ampel grün wird. Ich hätte gern deine Hand genommen, aber du schaust, die Hände in den Rocktaschen vergraben, nur geradeaus.

Habe ich dich mit etwas verärgert? Habe ich etwas falsch gemacht? Nein, das kann nicht sein. Als wir vor zwei Tagen miteinander telefonierten, warst du gut gelaunt und sagtest in fröhlichem Ton, du freutest dich darauf, mich am übernächsten Tag zu sehen. Seitdem haben wir nicht mehr miteinander gesprochen. Du hast keinen Grund, mir böse zu sein.

Entspann dich, sage ich mir. Du bist nicht böse auf mich. Vielleicht hast du eigene Probleme, die gar nichts mit mir zu tun haben. Während wir an der Ampel warten, atme ich mehrmals tief durch.

Ich glaube, wir sind schon eine halbe Stunde unterwegs. Vielleicht auch etwas länger. Plötzlich sind wir wieder in dem kleinen Park. Wir haben eine schnelle Runde durch die Stadt gedreht und sind schließlich wieder am Ausgangspunkt angelangt. Du gehst schnurstracks auf die Bank unter den Glyzinien zu und setzt dich, ohne etwas zu sagen. Ich nehme neben dir Platz. Wie am Anfang sitzen wir auf der verwitterten Holzbank und schweigen. Du starrst mit gesenktem Kinn auf irgendetwas vor dir. Fast ohne zu blinzeln.

Die beiden kleinen Mädchen sind weg, die Schaukeln hängen reglos in der Maisonne. Irgendwie haben die unbewegten, verwaisten Schaukeln etwas Nachdenkliches an sich. Du lehnst den Kopf an meine Schulter. Als wäre dir plötzlich eingefallen, dass ich da bin. Wieder lege ich meine Hände in deine. Die Größe unserer Hände ist sehr unterschiedlich. Ich bin immer wieder erstaunt, wie klein deine Hände sind, und beeindruckt, was man mit so kleinen Händen alles machen kann. Zum Beispiel Flaschen aufschrauben oder Amanatsu schälen.

Irgendwann fängst du an zu weinen. Nicht laut, aber deine Schultern beben leise, als würdest du zittern. Wahrscheinlich bist du die ganze Zeit ohne Pause gelaufen, um nicht in Tränen auszubrechen. Behutsam lege ich meinen Arm um deine Schulter. Deine Tränen *klatschen* auf meine Jeans. Hin und wieder entfährt dir ein kurzer Schluchzer. Aber du sagst mir nicht, was los ist.

Auch ich schweige. Ich bin einfach da und nehme den Kummer meiner Freundin auf – wahrscheinlich ist es Kummer –, einfach so. Ich glaube, es ist das erste Mal, dass ich die Traurigkeit eines anderen Menschen auffange, dass mir jemand so sein Herz ausschüttet.

Ich möchte stärker sein. Damit ich dich mit meinen Worten stützen und dir Kraft geben kann – das eine richtige Wort sagen, das den Bann sofort brechen würde. Aber ich bin noch nicht so weit. Das macht mich traurig.

12

In der Zeit, die ich nicht in der Bibliothek verbrachte, versuchte ich eine Karte der Stadt zu erstellen. Was als eine Art Zeitvertreib an bewölkten Nachmittagen begann, nahm mich bald ganz in Beschlag.

Ich machte mich daran, die Stadt in ihren groben Umrissen kennenzulernen. Das heißt, ich folgte dem Verlauf der Mauer, die sie umgab. Die einfache Karte, die »du« damals mit Bleistift in das Heft gezeichnet hattest, beschrieb die Form einer menschlichen Niere (mit der Einbuchtung nach unten). Aber war das wirklich so? Das wollte ich herausfinden.

Die Aufgabe erwies sich als schwieriger als erwartet. Niemand hatte eine genaue – oder auch nur ungefähre – Vorstellung vom Verlauf der Mauer. Weder du noch der Torwächter noch meine älteren Nachbarn (von denen ich einige inzwischen so gut kannte, dass ich mich ab und zu kurz mit ihnen unterhielt) hatten genauere Kenntnisse über die Umrisse der Stadt, und es schien sich auch niemand sonderlich dafür zu interessieren. Die Zeichnungen, die sie für mich anfertigten, waren höchst unterschiedlich. Einige waren fast gleichschenklige Dreiecke, andere hatten eine annähernd ovale Form, wieder andere ähnelten einer Schlange, die gerade ein großes Beutetier verschlungen hatte.

»Warum willst du das unbedingt wissen?«, fragte mich der Wächter argwöhnisch. »Was bringt es dir zu wissen, welche Form die Stadt hat?«

Ich erklärte ihm, es sei reine Neugier und dass es mich eben interessiere. Ob es mir nun etwas brachte oder nicht. Aber der Wächter schien mit dem Begriff »reine Neugier« rein gar nichts anfangen zu können. Es überstieg sein Begriffsvermögen. Ein wachsamer Ausdruck trat auf sein Gesicht, und er musterte mich, als fragte er sich, was ich wohl im Schilde führte. Also verzichtete ich darauf, ihm weitere Fragen zu stellen.

»Lass mich dir etwas sagen«, sagte er. »Wer einen Teller auf dem Kopf hat, soll nicht in den Himmel schauen.«

Was das konkret bedeutete, war mir im ersten Moment unklar. Ich verstand jedoch, dass es sich weniger um eine philosophische Betrachtung als um eine faktische Warnung handelte.

Alle anderen – auch du – reagierten ähnlich auf meine Frage. Die Einwohner hatten offensichtlich kein Interesse an der Größe und Form der Stadt, in der sie lebten. Und die Tatsache, dass es jemanden gab, der sich für so etwas interessierte, war sichtlich schwer zu verstehen. Was wiederum mich zutiefst verwunderte. Eigentlich war es doch ganz natürlich, mehr über den Ort wissen zu wollen, an dem man lebte.

Vielleicht gab es in dieser Stadt keine Neugier. Oder wenn es sie gab, musste sie schwach ausgeprägt und auf einen engen Horizont beschränkt sein. Aber bei näherem Hinsehen gab es vielleicht einen Grund dafür. Wenn zu viele Menschen in der Stadt Neugier auf alles Mögliche entwickelten, zum Beispiel auf die Welt außerhalb ihrer Mauer, dann würden sie diese Welt irgendwann sehen wollen, und solche Impulse wären nicht im Sinne der Stadt. Denn sie sollte hinter ihrer Mauer lückenlos und vollständig abgeschlossen sein.

Ich kam zu dem Schluss, dass ich, wenn ich die Stadt kennenlernen wollte, zu Fuß würde gehen müssen. Ich hatte nichts dagegen. Es half mir sogar, meinen täglichen Bewegungsmangel auszugleichen. Allerdings kam ich wegen meiner Sehschwäche nur langsam voran. Auch konnte ich mich nur bei bedecktem Himmel und in der Dämmerung längere Zeit im Freien aufhalten. Bei grellem Sonnenlicht taten mir die Augen weh und begannen nach einiger Zeit unaufhörlich zu tränen. Aber zum Glück (sofern es ein Glück war) hatte ich Zeit im Überfluss. Ich konnte meinem Projekt so viele Tage widmen, wie ich wollte. Und wie gesagt, die Schlechtwettertage nahmen in diesem Herbst kein Ende.

Ausgerüstet mit einer dunkelgrünen Brille, mehreren Blättern Papier und einem kurzen Bleistift, ging ich die Mauer von innen ab und hielt Schritt für Schritt jede Biegung auf dem Papier fest. Ich machte auch einige einfache Skizzen. Da ich weder einen Kompass noch einen Zollstock zur Verfügung hatte (so etwas gab es in der Stadt nicht), blieb mir nichts anderes übrig, als mich wenigstens annähernd an der hinter den Wolken versteckten Sonne zu orientieren und meine Schritte zu zählen, um ihre ungefähre Ausdehnung zu messen. Ich beschloss, das Wachhäuschen am Nordtor als Ausgangspunkt zu nehmen und die Mauer gegen den Uhrzeigersinn abzulaufen.

Der Weg entlang der Mauer war verwildert und an vielen Stellen verschwunden oder kaum noch zu erkennen. Es gab so gut wie keine Anzeichen dafür, dass hier noch irgendjemand zu Fuß unterwegs war. Offenbar war der Weg früher täglich benutzt worden (hier und da fanden sich noch Spuren davon), aber jetzt ging hier niemand mehr. Meistens führte er direkt an der Mauer entlang, aber je nach Gelände musste ich große Umwege machen und das Dickicht durchqueren, das hier und da den Weg versperrte. Deshalb trug ich dicke Handschuhe.

Die Gebiete entlang der Mauer waren offensichtlich seit vielen Jahren aufgegeben und vernachlässigt worden. Inzwischen waren sie völlig unbewohnt. An einigen Stellen sah ich noch menschliche Behausungen, aber sie waren sämtlich verfallen. Wegen der rauen Witterung waren die meisten Dächer eingestürzt, die Fensterscheiben zerbrochen und die Mauern geborsten. Von manchen Häusern standen nur noch die steinernen Grundmauern. Gelegentlich stieß ich auf ein Gebäude, das noch weitgehend seine ursprüngliche Form bewahrt hatte, dessen Außenmauern aber üppig von grünem Efeu überwuchert waren. Aber die verfallenen Häuser waren nicht leer. Bei sporadischen Blicken ins Innere fiel mir auf, dass ihre einstigen Bewohner Möbel und Einrichtungsgegenstände zurückgelassen hatten. Ich sah umgeworfene Tische, verrostete Geräte und zerbrochene Eimer. Alles war von einer dicken Staubschicht bedeckt, modrig und halb verrottet.

Es schien, als hätten in der Stadt früher viel mehr Menschen als heute gelebt und ein normales Leben geführt. Aber irgendwann musste etwas dazu geführt haben, dass viele der

Bewohner fluchtartig die Stadt verlassen und einen Großteil ihrer Habe aufgegeben hatten.

Was war geschehen?

Hatte es einen Krieg, eine Seuche oder einen Umsturz gegeben? Waren die Menschen aus eigenem Antrieb aufgebrochen? Oder waren sie vertrieben worden?

In jedem Fall war *irgendetwas* passiert, das viele Bewohner veranlasst hatte, ohne ihr Hab und Gut fortzuziehen. Die Zurückgebliebenen hatten sich in den Niederungen entlang des Flusses und auf dem Westhügel gesammelt, um dort dicht gedrängt ihr wortkarges, tristes Dasein zu fristen. Das Umland war verlassen und verwildert.

Die verbliebenen Bewohner sprachen nicht über das *Etwas*, das sie heimgesucht hatte. Es war keine bewusste Verweigerung, vielmehr schien die Erinnerung an dieses Etwas aus dem kollektiven Gedächtnis getilgt worden zu sein. Vielleicht hatten sie mit den abgeschnittenen Schatten auch ihr Gedächtnis verloren. So wie die Stadtbewohner in der Horizontalen die Neugier auf ihre Geografie verloren hatten, fehlte ihnen in der Vertikalen die Neugier auf ihre Geschichte.

Nachdem die Menschen die meisten Gebiete verlassen hatten, kamen nur noch Einhörner hierher, die in Gruppen von drei bis fünf Tieren die Baumgruppen nahe der Mauer durchstreiften. Sobald sie meine Schritte auf dem Pfad hörten, hoben sie die Köpfe und sahen mich an, aber darüber hinaus zeigten sie kein Interesse an mir und suchten weiter nach Blättern und Beeren. Ab und zu fuhr der Wind durch die Bäume, dann knackten die Äste wie alte Knochen. So wanderte ich durch die verlassene Einöde und hielt den Verlauf der Mauer in meinem Notizbuch fest.

Die Mauer schien meiner »Neugier« keine besondere Beachtung zu schenken. Hätte sie es gewollt, hätte sie meine Erkundungen jederzeit verhindern können, indem sie mir den Weg mit umgestürzten Bäumen oder undurchdringlichem Dickicht versperrt und ihn so unpassierbar gemacht hätte. Mächtig, wie sie war, hätte sie das leicht tun können – mit jedem Tag, den ich in ihrer Nähe verbrachte, beeindruckte sie mich mehr mit ihrer Macht. *Diese Mauer hatte so viel Macht.* Es war mehr meine Überzeugung als mein Eindruck. Und die Mauer ihrerseits beobachtete unablässig jede meiner Bewegungen. Ich spürte ihre Blicke auf meiner Haut.

Aber nie stieß ich auf ein Hindernis. Unbehelligt ging ich meinen Weg entlang der Mauer und zeichnete ihren Verlauf auf. Statt sich an meinen Erkundungen zu stören, schien sie sich sogar zu amüsieren. NUR ZU, SCHAU DICH UM, SO VIEL DU WILLST. ES WIRD DIR NICHTS NÜTZEN.

Doch nach etwa zwei Wochen fand meine topografische Vermessungsarbeit, also die Erkundung der Mauer, ein jähes Ende. Eines Abends nach meiner Rückkehr bekam ich hohes Fieber und musste einige Zeit lang das Bett hüten. Ich wusste nicht, ob die Mauer das so wollte oder ob es eine andere Ursache hatte.

Das Fieber währte etwa eine Woche. Mein Körper war mit Blasen bedeckt, und mein Schlaf war von langen düsteren Träumen erfüllt. Übelkeit überkam mich in Wellen, aber übergeben musste ich mich nicht. Mein Zahnfleisch brannte, und mir war, als hätte ich die Kraft zum Kauen verloren. Falls das hohe Fieber anhielt, so befürchtete ich, würden mir alle Zähne ausfallen.

Außerdem träumte ich von der Mauer. In meinen Träumen lebte sie und bewegte sich unaufhörlich, wie die inneren Wände eines riesigen Organs. Egal, wie genau ich sie beschrieb und auf dem Papier festhielt, sie veränderte ihre Form und machte alle meine Bemühungen zunichte. Wenn ich Bild und Text anpasste, verwandelte sie sich sofort wieder. Und im Traum fragte ich mich, wie sie so wandelbar sein konnte, wo sie doch aus soliden Backsteinen bestand. Aber die Mauer veränderte sich vor meinen Augen immer wieder und lachte mich aus. Ich glaube, sie wollte mir damit zu verstehen geben, dass meine täglichen Anstrengungen angesichts ihrer übermächtigen Existenz sinnlos waren.

»Lass mich dir etwas sagen«, hatte der Torwächter gesagt und mir einen Rat gegeben. Oder eine Warnung. »Wer einen Teller auf dem Kopf hat, soll nicht in den Himmel schauen.«

Während meines Fieberanfalls pflegte mich ein älterer Mann aus der Nachbarschaft. Vielleicht hatte ihn die Stadt ausgewählt und zu mir geschickt. Ich hatte niemanden informiert, aber die Stadt schien zu wissen, dass ich mit hohem Fieber im Bett lag. Oder es war ein *vorhersehbarer* Ausbruch, der irgendwann alle »Neuankömmlinge« ereilte, und die Stadt war darauf vorbereitet.

Jedenfalls betrat der Alte eines Morgens ganz selbstverständlich meine Wohnung, ohne Vorankündigung oder Begrüßung (wie gesagt, niemand schloss hier seine Tür ab). Er legte mir ein mit kaltem Wasser getränktes Handtuch auf die Stirn, das er alle paar Stunden wechselte, wischte mir geübt den Schweiß ab und sprach hin und wieder ein paar aufmunternde Worte. Als meine Symptome ein wenig nachließen, löffelte er mir langsam warmen Reisbrei aus einem mitgebrachten Henkelmann in den Mund. Er gab mir auch zu trinken. Vom Fieber benebelt, konnte ich den alten Mann anfangs nicht richtig erkennen und hielt ihn für einen Teil meiner Träume, aber soweit ich mich erinnere, pflegte er mich freundlich und geduldig. Er hatte einen wohlgeformten ovalen Kopf, aus dem sein weißes Haar wie Unkraut spross. Er war klein und mager, hielt sich sehr gerade und bewegte sich behände. Er zog das linke Bein leicht nach, sodass seine unregelmäßigen Schritte unverkennbar waren.

An einem regnerischen Nachmittag, als ich endlich wieder halbwegs bei Bewusstsein war, erzählte mir der alte Mann bei einer Tasse Löwenzahnersatzkaffee auf einem Stuhl am Fenster von alten Zeiten.

Wie die meisten Bewohner der Stadt erinnerte er sich kaum an Ereignisse aus der Vergangenheit (und versuchte es auch gar nicht), aber einige persönliche Erlebnisse waren ihm, wenn auch nur bruchstückhaft, noch deutlich im Gedächtnis. Vielleicht waren Erinnerungen, die der Stadt nicht schadeten, leichter zu bewahren. Wie dem auch sei, kein Mensch kann mit einem völlig leeren Gedächtnis leben. Natürlich gab es keinen Beweis dafür, dass die Wahrheit nicht geschönt oder umgeschrieben und die Erinnerung nicht erfunden worden war. Aber das, was der alte Mann erzählte, klang – zumindest in meinem vom Fieber noch etwas benebelten Verstand –, als wäre es wirklich geschehen.

»Ich war einmal Soldat«, sagte er. »Offizier. Als ich noch viel jünger war, bevor ich in die Stadt kam. Meine Geschichte spielt woanders. Dort hatte jeder seinen eigenen Schatten. Damals war Krieg. Wo und zwischen wem, das weiß ich nicht mehr. Das ist jetzt auch egal. *Da drüben* war immer irgendwo Krieg zwischen irgendwem.

Ich lag in einem Schützengraben an der Front, als sich einer der herumfliegenden Granatsplitter in meinen linken Oberschenkel bohrte. Man brachte mich daraufhin hinter die Frontlinie. Betäubungsmittel gab es damals nicht, und ich hatte starke Schmerzen im Bein, aber das war immer noch besser, als tot zu sein. Ich hatte Glück, dass ich so schnell behandelt wurde und mein Bein nicht amputiert werden musste. Man schickte mich in einen kleinen Gebirgsort mit heißen Quellen, um die Heilung der Wunde zu beschleunigen. Dort hatte die Armee einen Gasthof beschlagnahmt und in ein Sanatorium für verwundete Offiziere umgewandelt. Wir wurden von Krankenschwestern betreut, die unsere Wunden täglich mit heißen Bädern behandelten. Da das Sanatorium zuvor ein traditionelles Gasthaus gewesen war, verfügte mein Zimmer über eine Glastür, die auf eine Veranda führte, von der aus man einen herrlichen Blick auf das darunter liegende Tal hatte. Und auf dieser Veranda begegnete mir der Geist einer jungen Frau.«

Ein Geist?, wollte ich fragen, aber ich brachte keinen Ton heraus. Doch der alte Mann mit seinen großen antennenartigen Ohren hatte mich offenbar trotzdem gehört.

»Ja, sie war ohne jeden Zweifel ein Geist. Eines Nachts, kurz nach eins, wachte ich plötzlich auf und sah sie auf einem Stuhl auf der Veranda sitzen. Im bleichen Licht des Mondes. Ich wusste auf den ersten Blick, dass sie ein Gespenst war. So schöne Frauen gibt es in der Wirklichkeit nicht. Sie war zu schön für diese Welt. Ihr Anblick verschlug mir die Sprache und ließ mich erstarren. *Für diese Frau würde ich alles geben,* dachte ich. Ein Bein, einen Arm, sogar mein Leben. Ich bin unfähig, ihre Schönheit in Worte zu fassen. Diese Frau verkörperte alles, wovon ich je in meinem Leben geträumt, alle Schönheit, nach der ich mich je gesehnt hatte.«

Als der alte Mann so weit gekommen war, verstummte er und starrte aus dem Fenster in den Regen. Draußen herrschte Dämmerlicht, weshalb die Läden weit geöffnet waren. Der kalte Geruch von nassen Pflastersteinen drang durch die Fensterritzen ins Zimmer. Nach einer Weile erwachte der Alte aus seiner Versunkenheit und fuhr fort.

»Von da an erschien mir die Frau jede Nacht. Immer zur selben Zeit saß sie auf dem Korbsessel auf der Veranda und blickte, ihr perfektes Profil mir zugewandt, ins Tal. Aber ich war unfähig, etwas zu unternehmen. In ihrer Gegenwart brachte ich keinen Ton hervor, konnte keinen Muskel rühren. Ich konnte sie nur anstarren, als wäre ich gefesselt. Es verging einige Zeit, bis ich bemerkte, dass sie plötzlich verschwunden war.

Ich fragte den Wirt, ob sich in dem Zimmer, in dem ich schlief, etwas Schicksalhaftes ereignet habe. Aber er sagte, ihm sei nichts dergleichen zu Ohren gekommen. Es klang nicht so, als würde er lügen oder etwas verbergen. War ich also der Einzige, der den Geist der Frau oder ihr Phantom auf der Veranda gesehen hatte? Aber warum ich? Warum ich?

Irgendwann war meine Wunde mehr oder weniger verheilt, und ich konnte wieder ein normales Leben führen, wenn auch etwas humpelnd. Wegen meiner Kriegsverletzung wurde ich aus dem Militärdienst entlassen und durfte nach Hause zurückkehren. Aber auch als ich wieder zu Hause war, konnte ich das Gesicht der Frau nicht vergessen. Ganz gleich, wie bezaubernd oder liebenswert die Frauen waren, mit denen ich schlief oder denen ich begegnete, das Bild der Frau auf der Veranda ging mir einfach nicht aus dem Kopf. Ich fühlte mich wie auf Wolken. Meine Seele war völlig besessen vom Geist dieser Frau.«

Noch vollkommen benebelt wartete ich darauf, dass der alte Mann mit seiner Geschichte fortfuhr. Das Prasseln des Schneeregens, den der Wind gegen das Fenster trieb, klang wie eine eindringliche Warnung.

»Eines Tages wurde mir klar, dass ich die ganze Zeit nur eine Seite der Frau gesehen hatte. Sie hatte mir immer ihr linkes Profil zugewandt und sich nicht bewegt. Sie hatte nur ab und zu geblinzelt oder den Kopf ganz leicht geneigt. Ich sah also immer nur eine Seite von ihr, so wie wir auf der Erde immer nur eine Seite des Mondes sehen.«

Der alte Mann rieb sich die von mit einer Schere gestutzten weißen Bartstoppeln überzogene linke Wange.

»Das regte mich furchtbar auf, und ich wollte unbedingt das rechte Profil der Frau sehen. Ich war wie besessen und glaubte, mein Leben hätte keinen Sinn mehr, wenn ich es nicht sehen könnte. Ich verlor die Geduld, ließ alles stehen und liegen und machte mich auf den Weg zu den heißen Quellen. Es herrschte noch immer Krieg (er dauerte lange), und es war nicht leicht, dorthin zu kommen, aber ich hatte einen Passierschein von einem Bekannten aus meiner Militärzeit. Ich bat den Wirt, den ich von damals noch gut kannte, mir für eine Nacht wieder dasselbe Zimmer zu geben. Das Zimmer mit der Glastür zur Veranda. Mit angehaltenem Atem wartete ich auf die Nacht. Die Frau erschien zur selben Zeit am selben Ort. Es war, als hätte sie auf meine Rückkehr gewartet.«

Wieder verstummte der alte Mann, um einen Schluck von seinem erkalteten Kaffee zu nehmen. Auch diesmal schwieg er lange.

»Und? Haben Sie die Frau von der rechten Seite gesehen?«, fragte ich mit kaum hörbarer Stimme.

»Ja, ich habe sie gesehen«, sagte der Alte. »Mit aller Kraft löste ich mich aus meiner Erstarrung und erhob mich vom Bett. Es war nicht leicht, das kann ich Ihnen sagen, aber ich nahm all meinen Mut zusammen. Ich öffnete die Glastür, trat hinaus auf den Balkon, setzte mich auf den Stuhl rechts neben der Frau und betrachtete die rechte Seite ihres vom Vollmond beleuchteten Gesichts … Ich wünschte, ich hätte es nicht getan.«

»Warum? Was war da?«

»Was da war? Wenn ich es nur beschreiben könnte«, sagte der alte Mann und stieß einen Seufzer aus, so tief wie ein alter Brunnen. »Viele Jahre habe ich nach den richtigen Worten gesucht, um zu erklären, was ich dort gesehen habe. Ich zog sämtliche Bücher und Gelehrte zurate. Aber die Worte, die ich suchte, fand ich nicht. Und mein Schmerz darüber wurde von Tag zu Tag größer. Er blieb immer bei mir. Ich war wie ein Mann, der mitten in der Wüste nach Wasser sucht.«

Der Alte stellte seine Kaffeetasse mit einem trockenen Klappern auf den Porzellanunterteller zurück. »Eines aber kann ich sagen: Den Blick auf die Welt, der sich mir damals offenbarte, sollte kein Mensch je zu sehen bekommen. Aber jeder von uns trägt diese Welt in sich. Ich trage sie in mir, Sie tragen sie in sich. Dennoch ist ihr Anblick nicht für menschliche Augen bestimmt. Deshalb verbringen wir die meiste Zeit unseres Lebens mit geschlossenen Augen.«

Der alte Mann räusperte sich. »Verstehen Sie? Wer sie einmal gesehen hat, für den gibt es kein Zurück mehr … Auch Sie sollten sehr, sehr vorsichtig sein. Und sich so weit wie möglich von diesen Dingen fernhalten. Denn wenn man ihnen zu nahe kommt, will man unbedingt in ihr Inneres schauen. Und es ist sehr schwer, dieser Versuchung zu widerstehen.«

Der Alte richtete seinen Zeigefinger auf mich und wiederholte, wie um ganz sicher zu gehen, seine Warnung.

»Seien Sie sehr, sehr vorsichtig.«

Am liebsten hätte ich den Alten gefragt, ob er aus diesem Grund seinen Schatten aufgegeben und sich in der Stadt niedergelassen habe. Doch meine Stimme gehorchte mir nicht.

Der Alte schien meine stumme Frage nicht zu hören. Vielleicht wollte er auch nicht antworten. Das Prasseln des Regens, den der Wind gegen das Fenster peitschte, erfüllte die Stille.

13

»Das passiert mir manchmal«, sagst du und wischst dir mit einem weißen Taschentuch die Tränen weg. Inzwischen sind sie fast versiegt (oder sind deine Tränenvorräte aufgebraucht?). Wir sitzen noch immer im Park, auf der Bank unter der Glyzinienlaube. Es ist das erste Mal an diesem Morgen, dass du etwas sagst.

»Ich erstarre innerlich.«

Ich schweige weiter. Was soll ich auch sagen?

»Und wenn das passiert, kann ich nichts dagegen tun. Ich kann mich nur irgendwo festhalten und warten, bis es vorbei ist.«

Ich bemühe mich, wenigstens ein bisschen von dem zu verstehen, was du mir mitzuteilen versuchst.

Du erstarrst innerlich?

Ich habe keine Ahnung, was dieser Zustand konkret bedeutet. Dass der Körper sich verkrampft und erstarrt, kann ich verstehen. Wahrscheinlich fühlt man sich wie gelähmt. Aber innerlich? Wie kann man innerlich *erstarren*?

»Aber *das* ist doch jetzt vorbei, oder?«, frage ich trotzdem.

Du nickst verhalten.

»Vorerst«, sagst du. »Aber es können noch kleinere Nachbeben folgen.«

Wir warten fünf oder zehn Minuten lang schweigend auf diese »Nachbeben«, wie Menschen, die sich nach einem Erdbeben ängstlich an den dicksten Pfeiler ihres Hauses klammern. Ich spüre, wie sich deine Schultern heben und senken. Aber es kommt offenbar nicht wieder. Wahrscheinlich nicht.

»Was machen wir jetzt?«, frage ich dich kurze Zeit später.

Der Tag hat gerade begonnen. Der Himmel ist blau und klar. Wir können gehen, wohin wir wollen, und tun, was wir wollen. Wir haben keine Verpflichtungen. Trotz einiger kleiner praktischer Einschränkungen (zum Beispiel haben wir nicht genug Geld) sind wir im Grunde frei.

»Können wir einfach eine Weile so sitzen bleiben? Bis ich mich ein bisschen besser fühle«, sagst du. Du wischst dir die letzten Tränen weg, faltest dein Taschentuch zusammen und legst es auf deinen Rock.

»Klar«, sage ich. »Wir bleiben einfach eine Weile so sitzen.«

Irgendwann weicht die Anspannung aus deinem Körper. Allmählich, wie die Flut, die sich vom Strand zurückzieht. Ich kann die Veränderung durch deine Kleidung spüren, deine weiße Bluse. Ich bin froh darüber. Ich habe das Gefühl, dir wenigstens ein bisschen geholfen zu haben.

»Passiert das öfter?«, frage ich.

»Nicht ständig, aber ab und zu.«

»Und läufst du dann immer so durch die Gegend?«

Du schüttelst den Kopf. »Nein, nicht immer. Meist bleibe ich ganz still in meinem Zimmer sitzen. Ich ziehe mich zurück, spreche mit niemandem aus meiner Familie und esse nichts. Ich mache gar nichts, ich sitze nur auf dem Boden. Im schlimmsten Fall dauert das ein paar Tage.«

»Und dann isst du tagelang nichts?« Das scheint mir undenkbar.

Du nickst. »Aber ab und zu trinke ich etwas Wasser.«

»Aber das muss doch einen Grund haben? Etwas Schlimmes ist passiert oder du fühlst dich deprimiert oder so.«

Du schüttelst den Kopf. »Anscheinend gibt es keinen konkreten Anlass. Es passiert *einfach* so. Als würde eine große Welle geräuschlos über mir zusammenschlagen und mich verschlingen. Dann erstarrt mein Inneres. Ich kann nicht einschätzen, wann es passiert und wie lange es dauert.«

»Das ist ja unangenehm«, sage ich.

Du lächelst. Es ist, als würde ein Sonnenstrahl durch dichte Wolken dringen. »Ja, das ist wirklich unangenehm. So habe ich das noch nie gesehen, aber jetzt, wo du es sagst, auf jeden Fall.«

»Und du erstarrst innerlich?«

Du überlegst. »Eigentlich ist es so, als hätte sich eine Schnur tief in mir verheddert, so fest, dass ich sie nicht mehr lösen kann. Und je mehr ich es versuche, desto mehr *verheddert und verknotet* sie sich. Kennst du das auch?«

Als ich dir sage, dass ich so etwas noch nie erlebt habe, bewegst du leicht den Kopf.

»Ich glaube, das mag ich an dir.«

»Dass sich bei mir nichts verheddert?«

»Nein, dass du einfach ohne Worte für mich da bist. Mich nicht analysierst oder mir Ratschläge gibst.«

Ich sage nichts, weil ich nicht weiß, wie ich diesen Zustand der »inneren Erstarrung« deuten soll, was ich dir raten, welche

Meinung ich dazu haben soll. Aber wenn du damit zufrieden bist, bin auch ich zufrieden. Es ist für mich weder belastend noch unbehaglich, den Arm um dich zu legen, ohne etwas zu sagen. Es ist mir sogar lieber so. Und doch muss ich dir ein Minimum an praktischen Fragen stellen.

»Wann ist dieses wellenartige Ding heute über dich gekommen?«

»Heute Morgen, als ich aufgewacht bin«, antwortest du. »Als es im Osten langsam hell wurde. Ich dachte, ich könnte dich heute nicht sehen. Eigentlich konnte ich mich gar nicht mehr bewegen. Nicht mal meine Finger. Ich konnte meine Kleider nicht mehr zuknöpfen. Wie sollte ich mich in diesem Zustand mit dir treffen?«

Ich höre schweigend zu.

»Also blieb ich im Bett liegen, zog mir die Decke über den Kopf und wünschte mir, ich könnte mich in Luft auflösen. Aber als es Zeit für unsere Verabredung war, wollte ich dich nicht einfach im Park warten lassen. Also nahm ich meine ganze Kraft zusammen, stand auf, schaffte es, meine Bluse zuzuknöpfen, und rannte hierher. Ich habe mir nicht einmal die Haare gekämmt, weil ich solche Angst hatte, dass du schon weg wärst. Ich sehe bestimmt fürchterlich aus, oder?«

»Nein, du bist wunderschön wie immer«, sage ich. Das ist meine ehrliche Meinung. Du bist wunderschön von Kopf bis Fuß. Wie immer. Nein, noch schöner als sonst.

»Nein, noch schöner als sonst«, füge ich hinzu.

»Stimmt nicht«, sagst du.

»Stimmt doch, ich lüge dich nicht an«, sage ich.

Eine Zeit lang sagst du nichts.

»Ich war schon immer schwierig, auch als ich noch klein

war. Deshalb konnte mich niemand leiden. Niemand hat mich akzeptiert, wie ich bin. *Niemand.* Außer meiner Großmutter. Aber jetzt ist sie tot, und ehrlich gesagt weiß ich gar nicht mehr, wie sie war. Vielleicht hatte sie auch nur etwas missverstanden.«

»Ich kann dich leiden.«

»Danke«, sagst du. »Ich freue mich total, dass du das sagst, aber das kommt bestimmt nur, weil du mich noch nicht kennst. Wenn du mich besser kennen würdest …«

»Aber ich will dich besser kennenlernen. Ich will so vieles, ja eigentlich alles von dir wissen.«

»Da gibt es bestimmt einiges, was du gar nicht wissen willst.«

»Aber wenn man jemanden gern hat, ist es doch ganz natürlich, alles über ihn wissen zu wollen.«

»Und es zu akzeptieren?«

»Klar.«

»Echt?«

»Natürlich!«

Ich bin siebzehn, verliebt, und es ist ein taufrischer Sonntag im Mai. Natürlich habe ich nicht den geringsten Zweifel.

Du nimmst das kleine weiße Taschentuch von deinem Rock und wischst dir noch einmal die Augen. Es sieht aus, als würden wieder Tränen über deine Wangen laufen. Es riecht ein bisschen nach Tränen. Tränen haben tatsächlich einen Geruch, denke ich. Er geht zu Herzen. Er ist sanft, verführerisch und natürlich auch ein bisschen traurig.

»Du?«, sagst du.

Schweigend warte ich, dass du fortfährst.

»Ich will dir gehören«, flüsterst du. »Ganz und gar dir gehören.«

Mir stockt der Atem, ich kann nichts sagen. Jemand klopft an eine Tür in meiner Brust. Immer wieder das harte Klopfen einer Faust, als gäbe es etwas sehr Dringliches. Es hallt hart und laut in dem leeren Raum wider. Das Herz schlägt mir bis zum Hals. Ich hole tief Luft, um es an seinen Platz zurückzudrängen.

»Ich will dir ganz gehören«, fährst du fort. »Eins mit dir sein. Wirklich.«

Ich lege den Arm fester um deine Schultern. Es schaukelt wieder jemand. In regelmäßigen Abständen dringt das Quietschen der Metallhalterung an mein Ohr. Es klingt nicht wie ein reales Geräusch, sondern eher wie ein sinnbildliches Signal, das einen anderen Seinszustand vermittelt.

»Aber wir haben es nicht eilig, oder? Mein Geist und mein Körper sind getrennt. Sie sind an verschiedenen Orten. Deshalb möchte ich, dass wir warten. Bis ich bereit bin. Ich brauche für alles viel Zeit. Verstehst du?«

»Ich glaube schon«, sage ich heiser.

»Alles braucht seine Zeit.«

Das rhythmische Quietschen der Schaukel im Ohr, kreisen meine Gedanken um das Vergehen der Zeit.

»Manchmal komme ich mir vor wie jemandes Schatten«, sagst du, als würdest du mir ein bedeutsames Geheimnis anvertrauen. »Mein Ich hier ist nicht mein wahres Ich, mein wahres Ich ist irgendwo anders. Dieses Ich hier sieht auf den ersten Blick aus wie ich, aber in Wirklichkeit ist es nichts weiter als ein Schatten, der auf eine Wand oder den Boden projiziert wird … So stelle ich mir das vor.«

Die Maisonne ist stark, und wir sitzen im kühlen Schatten der Glyzinienlaube. Dein wahres Ich ist woanders? Was soll das heißen?

»Hast du das auch schon mal gedacht?«, fragst du. »Dass ich nur der Schatten von jemandem bin?«

»Ja.«

»Ich glaube, das habe ich noch nie gedacht.«

»Siehst du, vielleicht bin ich verrückt. Aber ich kann nicht anders, als so zu denken.«

»Wenn das stimmt und du nur der Schatten von jemandem bist, wo ist dann dein richtiger Körper?«

»Er – also mein wahres Ich – lebt ein ganz anderes Leben in einer fernen Stadt. Die Stadt ist von einer hohen Mauer umgeben und hat keinen Namen. Die Mauer hat nur ein Tor, das von einem starken Wächter bewacht wird. Mein Ich dort träumt nicht und weint nicht.«

Das war das erste Mal, dass du die Stadt erwähntest. Ich verstand natürlich überhaupt nicht, wovon du sprachst.

»Eine namenlose Stadt? Mit einem Wächter?«, frage ich verwirrt. »Kann ich da auch hin? In diese namenlose Stadt, in der dein wahres Ich lebt?«

Du legst den Kopf schräg und siehst mir ins Gesicht. »Wenn du es ernsthaft willst.«

»Ich würde gern mehr über die Stadt erfahren. Wie es dort ist.«

»Wenn wir uns das nächste Mal sehen«, sagst du. »Heute möchte ich nicht darüber reden. Lieber über etwas anderes.«

»Gut, lass dir Zeit. Ich kann warten.«

Deine kleine Hand drückt meine. Es ist, als würdest du mir ein Versprechen geben.

14

Als ich, nachdem das Fieber endlich gesunken war, zum ersten Mal wieder das Haus verließ und die Tür zur Bibliothek aufstieß, erschien mir die Luft im Gebäude noch abgestandener als zuvor. Es war ein schwüler, wolkenverhangener Abend. Im hinteren Zimmer war niemand, und auch das Feuer im Ofen war erloschen. Kein Licht brannte, und die dunstige, fahle Dämmerung kroch lautlos durch unsichtbare Ritzen in den Raum.

»Ist hier niemand?«, rief ich. Keine Antwort. Die Stille wurde nur noch tiefer. Meine Stimme klang hart und trocken, ohne Nachhall, gar nicht wie meine. Ich berührte den Kessel auf dem Ofen. Er war kalt. Das Feuer schien schon lange ausgegangen zu sein. Ich sah mich um und fragte noch einmal laut, ob jemand da sei. Wieder keine Antwort. In dem Zimmer hatte sich nichts verändert. Es sah noch genauso aus wie beim letzten Mal, als ich hier war. Und doch wirkte alles kälter und düsterer als früher.

Ich beschloss, mich auf die Bank zu setzen und auf dich zu warten. Oder darauf, dass jemand anderes sich blicken ließ.

Aber auch nachdem ich eine Zeit lang gewartet hatte, tauchte niemand auf. Es gab nicht das geringste Anzeichen, dass noch jemand kommen würde. Ich fand ein paar Streichhölzer und zündete eine kleine Lampe auf der Ausleihtheke an. So wurde es ein wenig heller im Raum. Ich überlegte, ob ich auch den Ofen anzünden sollte (es lagen Späne darin, mit denen man rasch ein Feuer in Gang bringen konnte), aber ich war mir nicht sicher, ob mir das gestattet wäre, und so kalt war es nun auch wieder nicht. Also entschied ich mich dagegen. Ich schlug den Mantelkragen hoch, zog den Schal enger, steckte die Hände in die Taschen und ließ die Zeit verstreichen.

Noch immer war nichts zu hören.

War etwas Unerwartetes, etwas Schlimmes passiert, während ich mit Fieber zu Hause im Bett gelegen hatte? Hatte man Veränderungen an der Arbeitsweise der Bibliothek vorgenommen? Hatte sich herausgestellt, dass ich als Traumleser ungeeignet war, und durfte ich dich deshalb nicht mehr sehen? Eine Reihe beunruhigender Möglichkeiten schossen mir durch den Kopf. Aber ich konnte nicht richtig denken. Bei jedem Versuch, einen klaren Gedanken zu fassen, verwandelte sich mein Bewusstsein in einen schweren Sack und sank in unbekannte Tiefen.

Wahrscheinlich war noch so viel Wärme in mir, dass ich, mit dem Rücken an die Wand gelehnt, unversehens auf der Bank einschlief. Für wie lange, weiß ich nicht. Trotz meiner unbequemen Haltung war es ein tiefer Schlaf. An einem Geräusch merkte ich, dass du vor mir standest. Du hattest denselben Pullover an wie bei unserer ersten Begegnung, die Arme verschränkt und sahst mich an. Während ich schlief, hattest du anscheinend das Feuer angezündet, das nun rot im

Ofen flackerte. Der Kessel dampfte. (Ich hatte wohl länger und tiefer geschlafen als gedacht.) Du hattest die Lampe gegen eine größere und hellere ausgetauscht. Die Wärme, die Geräusche und deine Anwesenheit hatten den Raum wieder in die mir vertraute Bibliothek verwandelt. Die trostlose Kälte von vorher war verschwunden. Ich fühlte mich erleichtert.

»Ich hatte die ganze Zeit Fieber und konnte deshalb nicht kommen. Nicht einmal aufstehen konnte ich.«

Du nicktest ein paarmal, sagtest aber nichts, auch kein mitfühlendes Wort. An deiner Miene war nicht zu erkennen, ob dich jemand über mein Fieber informiert hatte oder du nichts davon gewusst hattest. Vielleicht besagte sie auch: *Das wundert mich nicht*.

»Aber jetzt hast du doch kein Fieber mehr, oder?«

»Meine Gelenke fühlen sich noch etwas steif an, aber sonst ist alles in Ordnung, ich kann wieder arbeiten.«

»Ein heißer, starker Kräutertee wird helfen, das restliche Fieber zu vertreiben.«

Während ich langsam den heißen, starken Kräutertee trinke, den du für mich aufgebrüht hast, erwärmt sich mein Körper, und mein Kopf wird klar. Ich setze mich an den Schreibtisch in der Mitte des Archivs. Er ist alt und aus dickem Holz. Wie viele Jahre mag er wohl schon hier stehen und zum Lesen alter Träume dienen? Er scheint durchdrungen vom Nachhall dieser unzähligen Träume. Meine Fingerspitzen spüren seine Geschichte in der abgegriffenen Maserung.

Die Regale des Archivs sind mit unzähligen alten Träumen gefüllt. Sie reichen fast bis zur Decke, und du musst auf eine hölzerne Trittleiter steigen, um die alten Träume von ganz oben herunterzuholen. Deine Beine, die unter dem langen Rock hervorschauen, sind schlank, hell und jugendlich. Unwillkürlich bewundere ich deine wohlgeformten, festen Waden.

Es ist deine Aufgabe, die alten Träume auszuwählen, die am jeweiligen Tag gelesen werden sollen, und sie auf mein Pult zu legen. Du nimmst die Träume aus dem Regal und legst sie behutsam vor mich hin. Mitunter schaffe ich drei Träume an einem Abend, bisweilen auch nur zwei. Für manche Träume brauche ich lange, andere schaffe ich in relativ kurzer Zeit. Im Durchschnitt scheint es umso länger zu dauern, je umfangreicher ein Traum ist. Allerdings habe ich noch nie mehr als drei Träume hintereinander lesen können. Bei meinen derzeitigen Fähigkeiten sind drei das Maximum. Die gelesenen Träume bringst du in einen Raum weiter hinten. Sie kommen nicht ins Regal zurück. Was genau mit ihnen geschieht, nachdem ich sie gelesen habe, weiß ich nicht.

Doch selbst wenn ich es schaffte, jeden Tag drei zu lesen, würde es nach meiner Berechnung mindestens zehn Jahre dauern, bis ich sämtliche alten Träume in den Regalen der Bibliothek durchhätte. Außerdem gibt es keinen Hinweis darauf, dass das, was hier lagert, der gesamte »Bestand« an alten Träumen ist. (Die, die du mir bringst, scheinen in Anbetracht der sie bedeckenden Staubschicht ziemlich alt zu sein.) Aber darüber nachzudenken hilft mir nicht weiter. Alles, was ich tun kann, ist, die von dir gebrachten Träume einen nach dem anderen zu entziffern, ohne ihren Hintergrund oder ihren Zweck hinreichend zu verstehen.

Haben meine Vorgänger, also die früheren Traumleser, wie ich tagein, tagaus alte Träume gelesen, ohne den Sinn ihrer Tätigkeit zu verstehen? Sind sie imstande gewesen, ihrer Verpflichtung voll und ganz nachzukommen? Und vor allem, was ist aus ihnen geworden?

Wenn ich einen Traum zu Ende gelesen habe, muss ich eine Pause machen. Die Ellbogen auf das Pult gestützt, die Hände vor dem Gesicht, warte ich darauf, dass sich meine Augen im Dunkeln von der Müdigkeit erholen. Ich höre noch immer nicht richtig, was sie mir sagen, verstehe die Worte nicht genau, aber ich ahne, dass es eine Botschaft ist. Ja, sie versuchen, mir oder jemand anderem etwas mitzuteilen. Aber sie erzählen so, dass ich es nicht aufnehmen kann, und in einer Sprache, die ich nicht kenne. Dennoch werden die einzelnen Träume, die Freude, Leid oder Wut enthalten und durch mich hindurchgehen, irgendwo absorbiert.

Je länger ich mit dem Traumlesen fortfahre, desto mehr spüre ich dieses »Durchgangsgefühl«. Manchmal kommt es mir so vor, als wollten sie gar nicht im üblichen Sinne verstanden werden. Vielmehr regen sie, während sie durch mich hindurchgehen, aus irgendeinem seltsamen Winkel mein Inneres an und rufen längst vergessene Sehnsüchte in mir wach. Es ist, als ob jemand mit seinem Atem alten Staub aufwirbelt, der sich vor Ewigkeiten am Boden eines Gefäßes abgesetzt hat.

In meinen Ruhepausen bringst du mir ein heißes Getränk. Nicht nur Kräutertee, sondern manchmal auch Ersatzkaffee oder ein kakaoähnliches Gebräu (das aber kein Kakao ist). Die Speisen und Getränke in der Stadt sind einfach und meist Ersatzprodukte. Aber sie schmecken nie schlecht. Sie haben – wie soll ich sagen? – einen sympathischen Geschmack, der mich an früher erinnert. Das Leben der Menschen ist einfach, aber Not macht bekanntlich erfinderisch.

»Du scheinst dich ans Traumlesen zu gewöhnen«, sagst du aufmunternd, als wir uns gegenübersitzen.

»Allmählich ja«, antworte ich. »Aber nach einem Traum bin ich so erledigt, als hätte ich körperlich schwer gearbeitet.«

»Wahrscheinlich hast du noch etwas Fieber«, sagst du, »aber die Müdigkeit wird verschwinden, wenn du dich vollständig erholt hast.«

Das hohe Fieber scheint eine Art Initiationsritus für neue Traumdeuter zu sein und ist unvermeidlich. Damit bin ich nun wohl ein Teil der Stadt und in ihr System integriert. Wahrscheinlich sollte ich mich darüber freuen. Denn auch du freust dich darüber.

Der lange, nasse Herbst ging endlich zu Ende, und ein strenger Winter brach herein. Einige Tiere verloren gleich zu Beginn ihr Leben und lagen am Morgen nach dem ersten starken Schneefall in einer fünf Zentimeter hohen Schneedecke, ihr goldenes Fell von winterlichem Weiß durchzogen. Alte, schwache Tiere und aus irgendeinem Grund verwaiste Jungtiere starben offenbar als Erste. Die Jahreszeit traf eine strenge Auslese. Ich kletterte auf einen der Wachtürme an der Mauer, um mir die Kadaver anzusehen. Der Anblick war traurig und faszinierend zugleich. Die Sonne blinzelte hinter den Wolken hervor, während der weiße, dampfende Atem der lebenden Tiere wie Morgennebel über der Weide hing.

Kurz nach Tagesanbruch ertönte das Horn, und wie üblich öffnete der Wächter das Tor, um die Tiere in die Stadt zu lassen. Ohne die lebenden Tiere wirkten die Kadaver auf der Weide wie Erdhügel. Wie gebannt starrte ich auf die Szene, bis mir im Morgenlicht die Augen schmerzten.

Zurück in meiner Unterkunft merkte ich, dass das grelle Morgenlicht trotz des bedeckten Himmels meine Augen in ungeahnter Weise angegriffen hatte. Als ich die Lider schloss, liefen mir Tränen über die Wangen. Ich saß im abgedunkelten Zimmer, die Fensterläden geschlossen, und beobachtete die Muster und Formen, die in der Dunkelheit meiner Lider auftauchten und wieder verschwanden.

Der alte Mann stattete mir seinen üblichen Besuch ab, legte mir ein kaltes Handtuch über die Augen und brachte mir eine Schale heißer Suppe mit Gemüse und einer Art Speck (der aber kein Speck war), die mich durch und durch erwärmte.

»An Schneetagen ist das Licht viel stärker, als Sie denken, selbst wenn der Himmel bewölkt ist«, sagte der alte Mann. »Ihre Augen haben sich noch nicht genügend erholt. Was hatten Sie überhaupt da draußen zu suchen?«

»Ich wollte nach den Tieren sehen. Einige sind gestorben.«

»Ja, der Winter ist da. Es werden noch viel mehr sterben.«

»Aber warum sterben sie so plötzlich?«

»Weil sie schwach sind. Und anfällig gegen Kälte und Hunger. Das war schon immer so und wird auch immer so bleiben.«

»Aber dann müssten sie doch aussterben.«

Der Alte schüttelte den Kopf. »Seit Menschengedenken überleben sie immer ganz knapp. Und sie werden es auch in Zukunft tun. Auch wenn im Winter viele ihr Leben lassen, im Frühling kommt die Paarungszeit, und im Sommer werden die Jungen geboren. Das neue Leben verdrängt das alte.«

»Was geschieht mit den Kadavern?«

»Der Wächter verbrennt sie.« Der Alte wärmte sich die Hände über dem Ofen. »Er wirft sie in eine Grube, gießt Rapsöl darüber und zündet sie an. Am Nachmittag sieht man den Rauch von überall. So geht das jetzt jeden Tag.«

Wie der alte Mann gesagt hatte, stieg nun täglich Rauch auf. Immer zur gleichen Zeit am Nachmittag. Nach dem Sonnenstand zu urteilen, gegen halb vier. Der Winter wurde von Tag zu Tag strenger, der raue Nordwind und der starke Schneefall wüteten wie unerbittliche Jäger unter den anmutigen Einhörnern.

An einem leicht bewölkten Nachmittag, nachdem der morgendliche Schneefall aufgehört hatte, stattete ich dem Torwächter zum ersten Mal seit Langem wieder einen Besuch ab. Er hatte seine Stiefel ausgezogen und wärmte sich die großen Füße am Ofen. Die Luft in seiner Hütte war schwer und stickig vom Dampf des Kessels und den violetten Schwaden seines billigen Pfeifentabaks. Auf seiner Werkbank lagen Messer und Beile in verschiedenen Größen.

»Sieh an, welch seltener Besuch«, begrüßte er mich. »Was machen deine Augen? Tun sie noch weh?«

»Schon besser, aber ab und zu schmerzen sie noch.«

»Nur Geduld, es dauert nicht mehr lange. Der Schmerz wird verschwinden, sobald du dich an das Leben hier gewöhnt hast.«

Ich nickte.

»Und wie fühlt es sich an, so ohne Schatten?«

Erst jetzt wurde mir bewusst, dass ich schon seit geraumer Zeit kaum noch an meinen Schatten gedacht hatte. Das lag sicher zum Teil daran, dass ich nur nach Einbruch der Dunkelheit oder an bewölkten Tagen aus dem Haus ging und somit keine Veranlassung hatte, über seine Abwesenheit nachzudenken. Ich fühlte mich unwillkürlich schuldig. Wie hatte ich seine Existenz so leicht vergessen können, nachdem wir so lange gemeinsam durchs Leben gegangen waren?

»Vorläufig geht es ihm noch recht gut«, sagte der Wächter und rieb sich die knotigen Hände über dem Ofen. »Ich sorge für ausreichende tägliche Bewegung im Freien, sodass er auch Appetit hat. Möchtest du ihn sehen?«

Ich würde ihn sehr gern sehen, antwortete ich.

Der Schatten lebte auf halbem Weg zwischen der Stadt und der Außenwelt. Ich durfte nicht in die Außenwelt und mein Schatten nicht in die Stadt. Das sogenannte »Schattengehege« war der einzige Ort, an dem ein Mensch, der seinen Schatten verloren hatte, und ein Schatten, der seinen Menschen verloren hatte, miteinander verkehren durften. Eine Holztür im Hinterhof der Wächterhütte führte in das basketballfeldgroße rechteckige Gehege, das an der Stirnseite von der Backsteinmauer eines Gebäudes, an der rechten Seite von der Stadtmauer und an den beiden anderen Seiten von hohen Bretterzäunen umgeben war. Mein Schatten, der einen zerkratzten Ledermantel über einem weiten Rundhalspullover trug, saß auf einer Bank unter einer Ulme am Rand und blickte mit leblosen Augen durch die Zweige in den wolkenverhangenen Himmel.

»Da hinten sind die Kammern, in denen sie schlafen.« Der Wächter deutete auf ein Gebäude am Ende des Geheges. »Nicht gerade ein Hotel, aber sauber und anständig. Die Bettwäsche wird einmal die Woche gewechselt. Willst du mal einen Blick hineinwerfen?«

»Nein, ich will erst hier mit ihm reden«, sagte ich.

»Natürlich. Ihr könnt reden, so viel ihr wollt. Aber eines sage ich dir: Komm ihm nicht zu nahe. Denn dann wird es schwer für euch beide, euch wieder voneinander loszureißen.«

Der Wächter setzte sich auf einen runden Holzschemel neben der Hintertür und zündete sich mit einem Streichholz die Pfeife an. Wahrscheinlich wollte er uns von dort aus im Auge behalten. Langsam ging ich auf meinen Schatten zu.

»He«, sagte ich.

»Hallo«, antwortete mein Schatten schwach, als er mich sah. Er wirkte kleiner als bei unserer letzten Begegnung.

»Wie geht es dir?«, fragte ich.

»Danke der Nachfrage«, erwiderte er mit einem sarkastischen Unterton.

Ich überlegte, ob ich mich neben ihn setzen sollte, beschloss dann aber, mich lieber im Stehen mit ihm zu unterhalten, weil ich befürchtete, es könnte wieder eine engere Verbindung zwischen uns entstehen. Wie der Torwächter gesagt hatte, wäre es dann nicht leicht, sich wieder zu trennen.

»Bist du den ganzen Tag im Gehege?«

»Nein, manchmal bin ich auch draußen.«

»Machst du Sport?«

»Sport …« Der Schatten deutete verdrossen mit dem Kinn in Richtung des Wächters. »Ich helfe *dem da*, die Tiere vor der Mauer zu verbrennen. Dazu hebe ich wie ein Verrückter mit einer Schaufel Löcher aus. Das ist mein Sport.«

»Von meinem Fenster aus sehe ich den Rauch, wenn ihr die Tiere verbrennt.«

»Die armen Viecher. Sie sterben wie die Fliegen«, sagte der Schatten. »Jeden Tag schleppen wir die Kadaver weg, werfen sie in die Löcher, gießen Rapsöl drüber und zünden sie an.«

»Keine sonderlich angenehme Beschäftigung, oder?«

»Angenehm ist was anderes. Mein einziger Trost ist, dass es kaum riecht, wenn wir sie verbrennen.«

»Gibt es hier noch andere Schatten? Außer dir, meine ich?«

»Nein, ich war von Anfang an der einzige.«

Ich schwieg.

»Ich weiß nicht, wie lange ich so weitermachen kann«, sagte der Schatten leise. »Ein von seinem Körper getrennter Schatten hat keine hohe Lebenserwartung. Anscheinend haben die Schatten, die vor mir im Gehege waren, auch ziemlich schnell den Geist aufgegeben. Wie die Tiere im Winter.«

Die Hände in den Manteltaschen, blickte ich wortlos auf meinen Schatten. Der Nordwind pfiff durch die Zweige der Ulme über mir.

»Was du vom Leben willst, kannst nur du entscheiden«, sagte der Schatten. »Schließlich gehört es dir. Ich bin bloß dein Anhängsel. Weder bin ich besonders klug, noch habe ich einen praktischen Nutzen für dich. Aber wenn ich ganz verschwinde, werden sich daraus gewisse Unannehmlichkeiten für dich ergeben. Ich will mich nicht wichtigmachen, aber ich war nicht ohne Grund die ganze Zeit bei dir.«

»Ich konnte nicht anders«, sagte ich. »Ich habe lange darüber nachgedacht.«

Stimmte das wirklich, fragte ich mich plötzlich. Hatte ich die ganze Sache wirklich *so gründlich* durchdacht? Oder war ich vielleicht nur hier gelandet wie ein Stück Treibgut, das von der Strömung hierhin und dorthin getragen wird?

Der Schatten zuckte leicht mit den Achseln. »Letztlich ist es deine Entscheidung. Ich kann nichts dazu sagen. Aber wenn du in deine alte Welt zurückkehren willst, solltest du dich schleunigst entscheiden. Solange noch was zu machen ist. Denn wenn ich tot bin, ist es zu spät. Also denk bitte gut darüber nach.«

»Das werde ich.«

»Und wie sieht's bei dir aus? Lässt man dich einigermaßen gut leben?«

Ich wiegte den Kopf. »Das kann ich noch nicht mit Sicherheit sagen. Ich muss noch viel lernen. Es ist anders als in der Welt da draußen.«

Mein Schatten schwieg einen Augenblick lang. Dann hob er den Kopf und sah mich an. »Hast du die Person gefunden, die du sehen wolltest?«

Ich nickte stumm.

»Immerhin«, sagte der Schatten.

Der Wind fegte laut durch die Zweige der Ulme.

»Danke jedenfalls, dass du extra gekommen bist. Es war schön, dich zu sehen.« Er hob eine dick behandschuhte Hand.

Der Wächter und ich gingen durch die Holztür in seine Hütte zurück.

»Heute Nacht schneit es bestimmt wieder«, sagte er im Gehen zu mir. »Denn davor jucken mir immer die Hände. Und so wie sie heute jucken, wird es viel Schnee geben.« Er zeigte etwa zehn Zentimeter mit den Fingern. »Und es werden wieder viele Tiere sterben.«

In der Hütte wählte er eines der Messer auf der Werkbank, prüfte mit zusammengekniffenen Augen die Klinge und schärfte sie mit geübtem Griff am Schleifstein. Das dabei entstehende Sirren klang bedrohlich.

»Manche behaupten, jedem Körper wohne eine göttliche Seele inne«, sagte der Wächter. »Vielleicht stimmt das sogar.

Aber wer wie ich täglich mit den Kadavern dieser bedauernswerten Tiere zu tun hat, sieht darin eher eine schmutzige, elende Hülle als eine göttliche Wohnung. Und eine Seele, die in so ein armseliges Gefäß gestopft ist, verliert entsprechend an Glaubwürdigkeit. Manchmal frage ich mich, ob man sie nicht mit Rapsöl übergießen und mit dem Leichnam verbrennen sollte. Sie sind sowieso nur nutzlose, am Leben leidende Stellvertreter. Oder liege ich da falsch?«

Was sollte ich darauf antworten? Allein die Frage nach Leib und Seele verunsicherte mich. Besonders in dieser Stadt.

»Jedenfalls wärst du gut beraten, das Gerede deines Schattens nicht allzu ernst zu nehmen«, fuhr der Torwächter fort und griff nach dem nächsten Messer. »Ich weiß nicht, was er zu dir gesagt hat, aber diese Kerle sind ausgefuchst und wortgewandt. Sie denken sich alle möglichen Tricks und Argumente aus, um ihre Haut zu retten. Also nimm dich in Acht.«

Ich verließ seine Hütte und kehrte zu meiner Unterkunft auf dem Westhügel zurück. Als ich mich umdrehte, sah ich von Norden her dicke, dunkle Wolken aufziehen. Wie es der Wächter vorausgesagt hatte, würde es in der Nacht schneien, und noch mehr Tiere würden unter den Schneewehen ihr Leben aushauchen. Ihre seelenlosen »armseligen Hüllen« würden in von meinem Schatten ausgehobene Gruben geworfen, mit Rapsöl übergossen und verbrannt werden.

15

Den ganzen Sommer lang (ich war siebzehn und du sechzehn) erzähltest du mir bei jeder unserer Begegnungen begeistert von der Stadt. Es war ein wunderbarer Sommer. Ich war in dich verliebt und du in mich (glaube ich). Wir hielten uns an den Händen und küssten uns, wenn niemand uns sah. Wir steckten die Köpfe zusammen und redeten endlos über die Stadt.

Die Stadt ist von einer etwa acht Meter hohen Mauer umgeben. Sorgfältig aus besonders harten Ziegeln gebaut, steht sie schon seit ewigen Zeiten, ohne dass auch nur ein einziger davon geborsten wäre. Ein Fluss schlängelt sich durch die Stadt und teilt sie nahezu symmetrisch in einen nördlichen und einen südlichen Teil. Drei schöne steinerne Brücken überspannen ihn. Unweit der reich verzierten Alten Brücke liegen ausgedehnte Sandbänke, dicht bewachsen mit prachtvollen Weiden, deren biegsame Ruten bis in den Fluss herabhängen.

An der Nordseite der Mauer befindet sich ein Tor. Früher

gab es ein ähnliches an der Ostseite, das heute zugemauert ist. Das Nordtor – derzeit der einzige Weg in die Stadt und aus ihr hinaus – wird von einem gestrengen Wächter bewacht, der es morgens und abends öffnet, um die Tiere herein- und wieder hinauszulassen. So ziehen die braven Tiere mit den spitzen Hörnern und dem goldenen Fell morgens in Reih und Glied in die Stadt ein und kehren abends zum Schlafen auf ihren Lagerplatz vor der Mauer zurück. Sie sind Fabelwesen und können nur in der Stadt und ihrem Umkreis überleben. Denn sie fressen nur die besonderen Samen und Blätter der Bäume, die dort wachsen. Sie sind schön anzusehen, aber es fehlt ihnen an Zähigkeit und Lebenskraft. Ihre Hörner sind spitz, doch sie scheinen die Menschen in der Stadt nicht verletzen zu können.

Die innerhalb der Mauer lebenden Menschen können nicht hinaus, und die außerhalb der Stadt lebenden Menschen können nicht hinein. Das ist das Grundprinzip. Wer die Stadt betritt, darf keinen Schatten haben, doch wer keinen Schatten hat, darf die Stadt nie mehr verlassen. Als Bewohner der Stadt hat auch der Torwächter keinen Schatten, aber ihm ist es gestattet, sich, soweit seine Pflichten es erfordern, auch außerhalb der Mauer zu bewegen. So darf er in dem ausgedehnten Apfelhain vor der Stadt so viele Äpfel pflücken und essen, wie er will. Die übrigen verteilt er großzügig an andere. Die Äpfel schmecken so gut, dass viele ihm sehr dankbar sind. Obwohl die Tiere chronisch unter Nahrungsmangel leiden und immer hungrig sind, rühren sie die Äpfel nicht an, was bedauerlich ist, denn rund um ihren Lagerplatz gibt es reichlich davon.

Die Einwohnerzahl der Stadt ist nicht bekannt – wahrscheinlich interessiert sie auch niemanden –, aber allzu hoch kann sie nicht sein. Die meisten leben im Nordosten, entweder im Arbeiterviertel entlang des ausgetrockneten Kanals oder im Beamtenviertel an den sanften Hängen des Westhügels. Die Bewohner des Beamtenviertels verschlägt es nur selten ins Arbeiterviertel und umgekehrt.

Natürlich habe ich eine Vielzahl von Fragen zur Organisation der Stadt.

»Gibt es dort Strom?«, frage ich.

»Nein, Strom gibt es nicht«, antwortest du, ohne zu zögern. »Auch kein Gas. Die Leute benutzen Öl zum Kochen und für die Beleuchtung. Die Öfen werden mit Holz beheizt.«

»Was ist mit der Wasserversorgung?«

»Frisches Quellwasser fließt vom Westhügel über eine Leitung in die Stadt. Trinkwasser kommt aus dem Hahn. Außerdem gibt es viele Brunnen und den schönen Fluss. So leidet selbst in heißen Sommern niemand unter Wassermangel. Die alten Wasser- und Abwasserleitungen sind noch intakt, und die Toiletten verfügen über Wasserspülung.«

»Und die Lebensmittelversorgung?«

»Die meisten Nahrungsmittel bauen wir selbst an. Wir sind Selbstversorger. Und die Menschen in der Stadt essen wenig. Sie sind an die Bedingungen ihrer Umwelt angepasst, sodass ihr Organismus nicht viel Nahrung braucht.«

»Sie haben sich weiterentwickelt, oder?«, sage ich.

»Vielleicht«, sagst du.

»Gibt es Menschen, die etwas herstellen?«

»Niemand ist auf die Herstellung von Geschirr, Werkzeugen oder Kleidung spezialisiert, im Allgemeinen fertigt sich jeder selbst an, was er braucht. Die benötigten Werkzeuge werden getauscht oder geliehen. Die meisten Dinge sind alt, aber die Leute gehen fürsorglich damit um und reparieren sie immer wieder. Ein Großteil sind Hinterlassenschaften von Menschen, die weggezogen sind und sie nicht mitnehmen konnten. Wenn etwas unbedingt gebraucht wird, wird es manchmal von außerhalb beschafft. Ich bin sicher, dass es irgendwo einen einfachen Tauschhandel gibt.«

»Rapsöl ist doch ein wichtiger Brennstoff, oder?«

»Ja, daran herrscht kein Mangel. Rapsfelder gibt es jede Menge, und das Öl ist einfach und in Hülle und Fülle zu gewinnen. Die Menschen sind sparsam, ihr Leben ist nicht leicht, aber sie sind erfinderisch.«

»Gibt es in der Stadt so etwas wie eine Regierung oder Verwaltung? Eine Institution, die die Politik bestimmt und den Menschen Aufgaben zuweist?«

»Die Stadt hat ja keine großen Ausmaße, da können sich die Leute sicher untereinander absprechen und einfache Regeln aufstellen. Aber damit kenne ich mich nicht aus. Ich war noch sehr klein, als ich dort gelebt habe.«

»Gibt es außer den Einhörnern noch andere Tiere in der Stadt? Zum Beispiel Hunde, Katzen, Kühe oder Pferde?«

Du schüttelst den Kopf. »Habe ich nie gesehen. Ich glaube nicht, dass es außer den Einhörnern noch andere Tiere gibt. Keine Hunde, keine Katzen, keine Nutztiere (also keine Butter, keine Milch, keinen Käse, kein Fleisch, nur Ersatzprodukte). Nur Vögel natürlich. Denn Vögel können über jede noch so hohe Mauer fliegen, wenn sie wollen.«

»Haben die Einhörner Schatten?«

»Ja, haben sie. Alles hat Schatten. Nur die Menschen nicht.«

»Und das Du, das du nicht bist – also *dein wahres Ich* –, das lebt in dieser ummauerten Stadt?«

»Ja, mein wahres Ich lebt dort. Wie ich dir schon erzählt habe, ist es in der Bibliothek beschäftigt.«

Alles, was du mir über die Beschaffenheit und Anlage der Stadt und über ihre verschiedenen Erscheinungen erzählst, schreibe ich in ein eigens dafür bestimmtes Heft. Auf diese Weise gewinne ich ein umfangreiches Wissen über die ummauerte Stadt, sodass mir ihre Existenz immer mehr zur Gewissheit wird.

»Warum machst du dir all diese Notizen?«, fragst du erstaunt. Für dich sind die detaillierten Aufzeichnungen überflüssig.

»Damit ich nichts vergesse. Es ist sicherer, alles aufzuschreiben. Um Fehler zu vermeiden. Schließlich sind du und ich die Einzigen, die die Stadt kennen.«

Wenn ich in die Stadt käme, könnte ich dein wahres Ich kennenlernen. Und dort würdest du mir vielleicht alles geben. Wenn ich dich hätte, bräuchte ich nichts mehr. In der Stadt wären dein Körper und deine Seele eins, und ich würde dich im Schein einer Rapsöllampe fest in meinen Armen halten. Danach sehne ich mich.

Im Herbst hören deine Briefe auf. Das neue Schuljahr beginnt, und Mitte September erreicht mich dein letzter Brief. Danach bekomme ich keinen mehr. Ich schreibe dir weiterhin regelmäßig meine langen Episteln, die du aber nie beantwortest. Warum nicht? Dauert deine »innere Erstarrung«, wie du es damals genannt hast, so lange an, dass du nicht schreiben kannst?

»Ich will dir gehören«, hattest du auf der Parkbank gesagt. »Ganz und gar dir gehören.«

Seitdem hallen diese Worte in mir nach. Ich weiß, dass sie nicht gelogen, nicht übertrieben, nicht einfach so dahingesagt waren. Sie sind ein echtes Versprechen, geschrieben mit besonderer Tinte auf besonderem Papier.

Deshalb mache ich mir keine großen Sorgen. Warten ist wichtig. Während ich also geduldig auf einen Brief von dir warte, schreibe ich dir in den üblichen Abständen weiter. Ich schreibe über Dinge, die mir im Alltag passiert sind oder die mir einfach so einfallen. Ich füge auch Fragen über die ummauerte Stadt hinzu. Ich benutze mein gewohntes Briefpapier, meinen gewohnten Füller und meine gewohnte Tinte. Aber als ich nach mehr als einem Monat noch nichts von dir gehört habe, beschließe ich, dich zu Hause anzurufen. Das habe ich noch nie getan, weil du sagtest, es sei dir nicht recht. Du redetest ziemlich um den heißen Brei herum. Aus irgendeinem Grund, den ich nicht kenne, wolltest du partout nicht, dass ich dich zu Hause anrufe. Aber als kein Brief von dir kommt, kann ich nicht länger warten.

Sechsmal versuche ich anzurufen, aber nie hebt jemand ab. Es klingelt und klingelt im Rhythmus meines Herzschlags. Wahrscheinlich ist niemand zu Hause. Beim siebten Anruf (es ist schon nach halb zehn Uhr abends) meldet sich ein Mann mit tiefer, schroffer Stimme. Ein Mann mittleren Alters. Ich nenne meinen Namen und entschuldige mich für den späten Anruf, aber ich müsse unbedingt mit dir sprechen. Er legt auf, ohne etwas zu sagen. Als würde er mir die Tür vor der Nase zuschlagen.

So vergeht der Oktober, ich werde achtzehn, der November

kommt. Der Herbst schreitet voran, meine Schulzeit neigt sich dem Ende zu. Meine Unruhe wächst. Etwas muss mit dir geschehen sein. Hast du dich in Rauch aufgelöst und bist einfach verschwunden? Oder hast du mich vielleicht vergessen?

Nein, du hättest mich nie so einfach vergessen. Genauso wenig wie ich dich. Zumindest rede ich mir das immer wieder ein, versuche mich zu überzeugen. Aber was weiß ich schon von Frauen, ihrer Psychologie und Physiologie? Außerdem geht es gar nicht um Frauen im Allgemeinen, sondern um das, was ich *über dich* weiß.

Eigentlich weiß ich gar nichts über dich. Es gibt kaum objektive Fakten oder konkrete Informationen, von denen ich mit Sicherheit sagen kann, sie stünden »zweifelsfrei« fest.

Ich weiß nur das, was du mir selbst erzählt hast. Und ich habe keine Möglichkeit zu überprüfen, ob deine Geschichte stimmt oder nicht. Vielleicht wird sich am Ende alles als erfunden herausstellen. Das ist schließlich nicht ausgeschlossen.

Das Einzige, dessen ich mir zweifelsfrei sicher sein kann, das einzig Greifbare, ist die »Stadt mit der Mauer«, von der du mir den ganzen Sommer über erzählt hast. Ich habe alle Einzelheiten über sie in das Heft geschrieben, das nur wir beide kennen. Die geheime Stadt, von der nur wir beide wissen. Dort könnte ich dich finden – *dein wahres Ich*. An den Tagen, an denen ich so sehnsüchtig auf einen Brief von dir warte, schließe ich die Augen und stelle mir vor, wie sich die üppig grünen Zweige der Weiden dort auf den Sandbänken im Fluss sanft im Wind wiegen. Und ich kann den Duft der Ginsterblätter riechen, die die Einhörner so gerne fressen, und die harte, kühle Oberfläche der Ziegel, aus denen die Mauer gebaut ist, unter meinen Fingern spüren.

Der Herbst ist vergangen und der Winter gekommen. Das letzte Kalenderblatt ist erreicht, die Menschen hüllen sich in Mäntel, und wie üblich werden überall Weihnachtslieder gespielt. Alle meine Klassenkameraden sind ausschließlich mit ihren Aufnahmeprüfungen für die Universität beschäftigt. Nichts könnte mir ferner liegen. Ich denke nur an dich, zu Hause, in der Schule, in der Bahn oder auf der Straße. In Gedanken bin ich immer bei der namenlosen Stadt, die du und ich in so vielen Einzelheiten errichtet haben. Ich erweitere sie, so detailliert ich kann, und füge meine eigenen Farben hinzu.

»Ich brauche für alles viel Zeit«, hast du gesagt. Wie eine Zauberformel wiederhole ich diese Worte immer wieder im Kopf. Geduldig beobachte ich, wie die Zeit vergeht. Währenddessen schaue ich immer wieder auf die Uhr, mehrmals am Tag auf den Wandkalender, mitunter schlage ich sogar eine historische Zeittafel auf. Die Zeit dehnt sich, aber sie läuft nie rückwärts. Sie vergeht, wie es sich gehört, Minute um Minute, Stunde um Stunde. Sie bewegt sich langsam, aber nie rückwärts. Das habe ich damals am eigenen Leib erfahren. Es scheint selbstverständlich, aber mitunter ist das Selbstverständliche wichtiger als alles sonst.

Und eines Tages bekomme ich endlich einen Brief von dir. Einen langen Brief in einem gefütterten Umschlag.

16

Das Wasser aus den Bergen unterquert die Mauer neben dem zugemauerten Osttor, tritt dahinter an die Oberfläche und fließt mitten durch die Stadt. Wie das menschliche Gehirn in eine rechte und eine linke Hälfte geteilt ist, so teilt der Fluss die Stadt in eine nördliche und eine südliche.

Hinter der Westbrücke wendet er sich nach links und erreicht, sich durch kleine Hügel schlängelnd, die südliche Mauer. An ihr staut sich der Fluss zu einem tiefen »See« und mündet in eine Kalksteinhöhle am Grund. Jenseits der Mauer erstreckt sich eine zerklüftete Kalksteinlandschaft, so weit das Auge reicht. Sie wirkt grenzenlos, unheimlich und wild. Es heißt, sie sei von unzähligen unterirdischen Wasseradern wie von Blutgefäßen durchzogen. Ein düsteres Labyrinth.

Von Zeit zu Zeit werden unheimlich aussehende Fische ans Ufer gespült, die sich aus den dunklen Tiefen nach oben verirrt haben. Die meisten von ihnen haben keine Augen (oder nur kleine, verkümmerte) und verströmen einen widerlichen Gestank, wenn sie in der Sonne liegen. Aber ich habe noch nie selbst einen gesehen, nur davon gehört.

Abgesehen von diesen unerfreulichen Erscheinungen, fließt der Fluss anmutig und erfrischend dahin. An seinen Ufern blühen je nach Jahreszeit verschiedene Blumen, entlang des Weges hört man sein liebliches Plätschern, und den Tieren bringt er frisches Trinkwasser. Der Fluss hat keinen Namen. Er ist nur »der Fluss«. So wie auch die Stadt keinen Namen hat.

Bei all den aufregenden Geschichten über den See an der Südmauer will ich ihn natürlich unbedingt mit eigenen Augen sehen. Aber ich kenne die Geografie der Stadt nicht so gut, dass ich mich allein auf den Weg machen könnte. Um zum See zu gelangen, muss man einen steilen Hügel erklimmen, und es heißt, der Weg sei ziemlich verwildert. Also beschließe ich, dich zu bitten, mich zu begleiten, und frage dich, ob wir uns den See an einem bewölkten Nachmittag gemeinsam ansehen könnten.

Du denkst einen Moment über meinen Vorschlag nach. Deine schmalen Lippen sind zu einer geraden Linie zusammengepresst.

»Wir sollten möglichst nicht in die Nähe des Sees gehen«, sagst du (inzwischen hast du dich an mich gewöhnt und sprichst in einem vergleichsweise vertrauten Ton mit mir). »Es ist dort ziemlich gefährlich. Es sind schon einige Leute hineingestürzt, in die Tiefe gezogen worden und verschwunden. Und es gibt noch viele andere schaurige Geschichten. Deshalb halten sich die Stadtbewohner lieber von dort fern.«

»Ich schaue nur von Weitem«, versuche ich dich zu überreden. »Ich will sehen, was da ist. Es reicht doch, sich vom Ufer fernzuhalten, oder?«

Du schüttelst den Kopf. »Nein. Egal, wie vorsichtig man

ist, dieses Wasser zieht die Menschen an. Der See hat die Macht dazu.«

Ich argwöhne, dass dies eine absichtlich gestreute Fama ist, um die Menschen von dort fernzuhalten. Auch über die Welt außerhalb der Mauer kursieren beängstigende Gerüchte, die aber weder Hand noch Fuß haben. Die bedrohliche Geschichte über den See (eine unheilvolle Überlieferung) dient wahrscheinlich einem ähnlichen Zweck. Schließlich führt der See in die Welt außerhalb der Mauer, und wenn die Stadt ihre Bewohner nicht hinauslassen will, muss sie sie mit psychologischen Tricks davon abhalten. Je öfter ich diese Schauergeschichten höre, desto neugieriger werde ich auf den See. Schließlich gibst du nach und willigst ein, mit mir einen kurzen (oder langen) Spaziergang zum See zu machen.

»Versprichst du mir, dass du nicht zu nah ans Wasser gehst?«

»Ich verspreche es. Ich will nur aus der Ferne gucken.«

»Ich glaube, der Weg ist ziemlich schlecht. Vielleicht ist er an manchen Stellen eingestürzt. Er wird kaum noch benutzt, und ich bin ihn schon sehr lange nicht mehr gegangen.«

»Es ist nicht schlimm, wenn du nicht mitkommen willst. Ich kann auch alleine gehen.«

Du schüttelst energisch den Kopf. »Nein, wenn du gehst, gehe ich auch.«

Also treffen wir uns an einem wolkenverhangenen Nachmittag am Fuße der Alten Brücke und machen uns auf den Weg nach Süden zum See. Du trägst Handschuhe. Über der Schulter hast du einen billigen Stoffbeutel mit einer Flasche Wasser, einem Laib Brot und einer kleinen Decke, als wollten wir picknicken. Unwillkürlich erinnere ich mich an die Zeit, als ich mit dir – oder deinem anderen Ich – in der Welt jenseits der Mauer war. Ich war siebzehn, *du* sechzehn. Du trugst ein ärmelloses blassgrünes Sommerkleid, kühl wie der Schatten eines Baumes. Aber dieses Ereignis hatte sich in einer anderen Welt und zu einer anderen Zeit abgespielt. Sogar die Jahreszeit war eine andere gewesen.

Der Weg steigt allmählich an, so steil, dass wir unter uns den mäandernden Fluss sehen. Doch immer wieder versperrt uns das Dickicht aus Bäumen und Sträuchern die Sicht. Der Himmel ist von tief hängenden, bleiernen Wolken bedeckt, und es sieht nach Regen oder Schnee aus, aber du hast zuvor erklärt, dass wir uns keine Sorgen zu machen brauchen. Deshalb haben wir weder Regenschirme noch Regenkleidung mitgenommen. Aus irgendeinem Grund sind alle Einwohner der Stadt immer sehr zuversichtlich, wenn es um die Wettervorhersage geht. Und soweit ich weiß, irren sie sich nie.

Der drei Tage alte, verharschte Schnee knirscht unter meinen Sohlen. Unterwegs kommen wir an einigen Tieren vorbei. Sie schleppen sich schwerfällig den Weg entlang, die dünnen Hälse kraftlos hin und her schwingend, weißer Atem dampft aus den halb geöffneten Mäulern, die Augen verträumt und leer, auf der Suche nach den rar gewordenen Blättern. Als der Winter voranschreitet, hat ihr goldenes Fell seine Farbe verloren und ist zu einem fahlen Weiß geworden, wie um sich dem Schnee anzupassen.

Als wir den steilen Hang erklommen und einen Hügel im Süden überquert haben, ist von den Tieren nichts mehr zu sehen. Du erklärst mir, dass sie dieses Gebiet nicht betreten dürfen. Innerhalb der Mauer gelten für sie bestimmte Regeln. *Ihre* Regeln. Niemand weiß, wann und wie diese Regeln entstanden sind. Außerdem ist bei vielen dieser Regeln nicht klar, warum sie existieren oder welchen Sinn sie haben.

Nachdem wir eine Zeit lang bergab gewandert sind, endet der erkennbare Weg und mündet in einen kaum sichtbaren, von Gras überwucherten Pfad. Vom Fluss ist nichts mehr zu sehen und zu hören. Während wir mit vorsichtigen Schritten ödes, welkes Grasland durchqueren, kommen wir an einigen verfallenen Häusern vorbei. Offenbar gab es hier einmal eine kleine Siedlung, von der heute kaum noch Spuren zu sehen sind. Wir gehen hintereinander, du voran, ich hinterher. Mich bringt der Aufstieg aus der Puste, du aber gehst mit schnellen, sicheren Schritten, als wäre es nichts. Du hast zwei gesunde Beine und ein junges Herz. Es fällt mir schwer, mit dir Schritt zu halten. Irgendwann dringt ein seltsames, unbekanntes Geräusch an unsere Ohren. Mal klingt es leise und dumpf, dann wird es lauter, bis es plötzlich ganz verstummt.

»Was ist das für ein Geräusch?«

»Das Rauschen des Wassers im See«, antwortest du, ohne dich umzudrehen.

Aber es klingt nicht wie Wasserrauschen. In meinen Ohren klingt es wie das Stöhnen eines riesigen, von einer Krankheit befallenen Atmungsorgans.

»Es ist, als wollte er uns etwas sagen.«

»Er ruft uns«, sagst du.

»Willst du damit sagen, der See hat einen Willen?«

»Die Alten glaubten, auf seinem Grund würde ein riesiger Drache leben.«

Mit deinen dicken Handschuhen teilst du das Gestrüpp und bahnst uns den Weg. Das Gras wird immer höher, und es ist schwer, überhaupt einen Pfad zu erkennen.

»Der Weg ist in einem viel schlechteren Zustand als das letzte Mal, als ich hier war«, sagst du.

Nachdem wir ein Dickicht in Richtung des unheimlichen Rauschens durchquert haben, öffnet sich plötzlich der Blick. Vor uns liegt eine schöne, friedliche Wiese. Doch der Fluss dahinter ist nicht der, den ich sonst in der Stadt sehe. Der anmutig dahinströmende Fluss mit seinem angenehmen Rauschen ist nicht mehr da. An der letzten Biegung stockt er plötzlich, färbt sich tiefblau, schwillt an wie eine Schlange, die gerade ihre Beute verschlungen hat, und staut sich zu einem großen See.

»Geh nicht näher!« Du packst mich am Arm. »Obwohl sich die Oberfläche nicht einmal kräuselt und ganz friedlich aussieht, kommst du nie wieder heraus, wenn du einmal hineingezogen wurdest.«

»Wie tief er wohl ist?«

»Das weiß keiner. Niemand ist je auf den Grund getaucht und wieder heraufgekommen. Man sagt, dass man früher Ketzer und Kriegsgefangene in den See geworfen hat. Das war, bevor die Mauer gebaut wurde.«

»Und keiner ist je wieder aufgetaucht?«

»Auf seinem Grund öffnet sich eine Höhle. Wer ins Wasser fällt, wird dort hineingezogen und ertrinkt in den dunklen Tiefen der Erde.« Du ziehst schaudernd die Schultern hoch.

Das mächtige Schnaufen des Sees beherrscht die ganze Umgebung. Es beginnt leise, schwillt plötzlich an und bricht in eine Art Hustenanfall aus, gefolgt von einer unheimlichen Stille. Dann wiederholt es sich. Es ist wohl das Geräusch, mit dem die Höhle die Wassermassen einsaugt. Du hebst ein Stück Holz vom Boden auf, etwa so groß wie der Beinknochen eines

Schafes, und wirfst es in den See. Etwa fünf Sekunden lang schwimmt es ruhig auf der Wasseroberfläche, dann zittert es plötzlich ein paarmal, richtet sich im Wasser auf wie ein erhobener Zeigefinger und verschwindet plötzlich, ohne wieder aufzutauchen, als wäre es in die Tiefe gezogen worden. Zurück bleibt nur das tiefe Stöhnen.

»Hast du das gesehen? Auf dem Grund des Sees ist ein mächtiger Strudel, der alles in die Finsternis hinabzieht.«

In sicherer Entfernung vom See legen wir unsere Decke auf das Gras und lassen uns nieder. Wir trinken Wasser aus der Flasche, und du kaust schweigend auf dem Brot aus deinem Beutel herum. Aus der Ferne wirkt die Szenerie friedlich. Vor uns breitet sich die Wiese mit den weißen Schneeflecken aus, die Oberfläche des Sees ist spiegelglatt. Vor den zerklüfteten Kalkfelsen ragt die Südmauer auf. Außer dem unregelmäßigen Schnauben des Sees ist kein Geräusch zu hören. Auch kein Vogel ist zu sehen. Vielleicht vermeiden es sogar die Vögel, die so frei über die Mauer fliegen, ihn zu überqueren.

Jenseits des Sees ist die äußere Welt, denke ich. Ich stelle mir vor, wie ich in ihn hineinspringe. Hineinspringe, um von der Strömung unter der Mauer hindurch in die Außenwelt gesaugt zu werden. Doch vor mir liegen die Tiefen der Kalksteinhöhle, die Welt der Finsternis. Schenke ich den Geschichten der Stadtbewohner Glauben, werde ich die Oberfläche auf der anderen Seite niemals lebend erreichen.

»So ist es«, sagst du. Als hättest du meine Gedanken gelesen. »Dort liegt eine furchterregende lichtlose Unterwelt, in der nur Fische ohne Augen leben.«

Der hinkende alte Mann, der mich gepflegt hatte, als ich am Fieber erkrankt war – der ehemalige Soldat, der den Geist der schönen Frau in der Herberge mit der heißen Quelle gesehen hatte –, kam vorbei, um mir von meinem Schatten zu berichten. Er sehe nicht gut aus, sagte er.

»Ich hatte in der Hütte des Torwächters zu tun. Dein Schatten scheint völlig den Appetit verloren zu haben und erbricht alles, was er isst. Seit drei Tagen kann er nicht mehr draußen arbeiten. Anscheinend möchte er dich sehen.«

Als ich am Nachmittag den Rauch vom Verbrennen der Tiere aufsteigen sah, ging ich zur Hütte des Wächters. Wie erwartet hatte er außerhalb der Mauer zu tun und war nicht da. Das Verbrennen der Tiere dauerte seine Zeit. Ich ging durch die Hütte und durch die Hintertür in das Schattengehege.

Mein Schatten lag in seinem Bett und schlief. In seinem Zimmer stand ein Ofen, aber es brannte kein Feuer. Die Luft war kalt und roch abgestanden, wie es für Krankenzimmer typisch ist. Über der Wand war eine Art Dachfenster, das ins Freie zeigte. Da keine Lampe brannte, war es dämmrig.

Ich setzte mich auf einen kleinen Stuhl neben dem Bett. Der Schatten lag auf dem Rücken und atmete schwer. Seine Lippen waren spröde und hier und da eingerissen, wahrscheinlich vom Fieber. Bei jedem Atemzug drang ein leises Röcheln aus seiner Kehle. Er tat mir leid. Schließlich war er bis vor nicht allzu langer Zeit unbestreitbar ein Teil von mir gewesen.

»Ich habe gehört, dass es dir nicht gut geht.«

»Ganz und gar nicht«, sagte er mit schwacher Stimme. »Ich glaube, ich mache es nicht mehr lange.«

»Was fehlt dir denn?«

»Eigentlich fehlt mir gar nichts. Es ist nur meine Lebenserwartung. Ich habe dir doch gesagt, dass ein Schatten, der sich selbst überlassen ist, nicht lange lebt.«

Ich fand keine angemessenen Worte.

»Ich werde hier sterben, einfach so. Und dann werde ich in einem Loch mit Rapsöl übergossen und mit den Tieren verbrannt. Aber anders als bei den Tieren wird von mir nicht einmal Rauch aufsteigen.«

»Soll ich den Ofen anzünden?«, fragte ich.

Mein Schatten schüttelte den Kopf. »Mir ist nicht kalt. Es ist, als würden mir nach und nach alle Sinne schwinden. Ich kann auch nichts mehr schmecken.«

»Kann ich irgendetwas für dich tun?«

»Leih mir dein Ohr.«

Ich beugte mich vor und legte mein Ohr an seinen Mund.

»Die Wand da drüben hat ein paar Astlöcher«, flüsterte er heiser.

Als ich die Wand gegenüber seinem Bett betrachtete, entdeckte ich tatsächlich drei oder vier schwarze Astlöcher. Es war eine billige Bretterwand.

»Die beobachten mich die ganze Zeit.«

Ich nahm die Astlöcher genauer in Augenschein, aber es waren nur alte Astlöcher.

»Die beobachten dich?«

»Nachts verändern sie ihre Position«, sagte mein Schatten. »Am Morgen tun sie es wieder. Wirklich, so ist es.«

Ich trat an die Wand und betrachtete jedes Astloch aus der Nähe, konnte aber nichts Ungewöhnliches entdecken. Es waren einfach rissige Astlöcher in grob gesägten Brettern.

»Tagsüber verhalten sie sich ruhig. Aber nachts werden sie aktiv und bewegen sich. Manchmal blinzeln sie. Blinzeln wie menschliche Augen.«

Ich rieb mit der Fingerspitze an einem Astloch. Es fühlte sich rau an, wie Holz. Es sollte geblinzelt haben?

»Das machen sie blitzschnell, sobald ich nicht hingucke. Aber ich weiß, dass sie heimlich blinzeln.«

»Und sie beobachten dich.«

»Ja, sie warten darauf, dass ich meinen letzten Atemzug tue.«

Ich kehrte zu meinem Platz zurück und setzte mich.

»Du hast eine Woche, um dich zu entscheiden«, sagte der Schatten. »In dieser Woche können wir wieder zusammenkommen und die Stadt verlassen. Wenn wir wieder zusammen sind, wird es mir besser gehen. In meinem jetzigen Zustand schaffe ich es nicht.«

»Aber wir dürfen nicht gehen. Ich habe einen Vertrag geschlossen, als ich in die Stadt kam.«

»Weiß ich. Laut Vertrag dürfen wir die Stadt nicht durch *dieses Tor* verlassen. Der einzige Ausweg ist der See im Süden. Der Zugang zum Fluss im Osten ist mit einem Eisengitter versperrt. Die einzige Möglichkeit, die uns bleibt, ist der See.«

»Auf dem Grund des Sees befindet sich ein starker Strudel, der direkt mit einem unterirdischen Kanal verbunden ist. Ich habe es neulich mit eigenen Augen gesehen. Es ist unmöglich, da lebend rauszukommen.«

»Das ist doch gelogen. Alles nur eine Erfindung, um den Leuten Angst zu machen. Ich schätze mal, durch den See und unter der Mauer hindurch gelangt man sofort nach draußen an die frische Luft. Während meiner Zeit hier habe ich nach und nach ausgeforscht, was in der Stadt so läuft. An der Hütte halten die Leute oft an, und der Wächter ist ziemlich redselig, sodass ich einiges mitbekommen habe. Die dunklen unterirdischen Wasserwege sind ganz bestimmt ein willkommenes Märchen. Die Stadt ist voll von solchen Geschichten. Sie ist von Grund auf voller Widersprüche.«

Ich nickte. Wahrscheinlich hatte er recht: In dieser Stadt wimmelte es von erfundenen Geschichten, und sie steckte von Grund auf voller Widersprüche. Letztlich war sie nur ein erfundener Ort, den du und ich im Laufe eines Sommers geschaffen hatten. Und doch hatte sie vielleicht tatsächlich die Macht, Menschen das Leben zu nehmen, denn sie war längst unseren Händen entglitten und hatte sich verselbstständigt. Einmal entfesselt, ließ sich ihre Macht weder bändigen noch lenken. Das vermochte niemand.

»Und wenn die Geschichte wahr ist?«

»Dann bleibt uns nichts anderes übrig, als gemeinsam zu ertrinken, nicht wahr?«

Ich schwieg.

»Aber ich bin überzeugt«, sagte mein Schatten, »fest überzeugt, dass die Geschichte Blödsinn ist. Ich kann es nur nicht beweisen. Du musst einfach meinem Instinkt vertrauen. Das klingt vielleicht nach Angeberei, aber wir Schatten verfügen bis zu einem gewissen Grad über solche Fähigkeiten.«

»Aber du hast keine Beweise.«

»Nein, eine konkrete Grundlage für meine Überzeugung kann ich dir leider nicht liefern.«

»Ich ziehe es vor, nicht in völliger Dunkelheit zu ertrinken.«

»Meinst du vielleicht, ich nicht? Aber lass mich dir eins sagen. Du glaubst also, dass das Mädchen in der Außenwelt ein Schatten ist und ihr wahres Ich in dieser Stadt lebt. Aber wie kommst du darauf? Vielleicht ist es genau umgekehrt. Ihr wahres Ich ist in der Außenwelt, und das hier ist nur ihr Schatten. Dann hätte es keinen Sinn, an dieser erfundenen Welt voller Widersprüche festzuhalten, oder? Bist du wirklich überzeugt, dass die Frau hier in der Stadt die echte ist?«

Ich dachte über die Worte des Schattens nach. Aber je mehr ich darüber nachdachte, desto verwirrter wurde ich.

»Aber wie kann das sein? Dass Schatten und echtes Ich so vertauscht sind, dass niemand mehr unterscheiden kann, was das wahre Ich und was der Schatten ist?«

»*Du* kannst es nicht. Und ich auch nicht. Das Wahre ist das Wahre, und der Schatten ist der Schatten. Aber vielleicht gibt es Fälle, in denen es umgekehrt ist, warum auch immer. Fälle, in denen sie absichtlich vertauscht wurden.«

Ich schwieg.

»Du solltest dich wieder mit mir zusammentun und in die Welt außerhalb der Mauer zurückkehren. Es geht mir nicht nur darum, mein Leben zu retten. Es geht mir auch um dich. Und das meine ich ehrlich. Sieh es doch mal mit meinen Augen. Da drüben ist die wirkliche Welt, in der die Menschen leiden und alt und schwach werden und dahinsiechen und sterben. Nicht gerade lustig, oder? Aber so ist er nun mal, der Lauf der Welt. Und ich, so unbedeutend ich auch sein mag, bin ein Teil davon. Die Zeit lässt sich nicht aufhalten, und was tot ist, bleibt für immer tot. Was verschwunden ist, bleibt für immer verschwunden. Und uns bleibt nichts anderes übrig, als diesen Zustand zu akzeptieren.«

Die Dunkelheit im Raum nahm allmählich zu. Bald würde der Wächter zurückkommen.

»Das Ganze hier hat etwas von einem Erlebnispark«, sagte der Schatten. Er lachte kraftlos. »Morgens öffnet sich das Tor. Und wenn es dunkel wird, geht es wieder zu. Überall stehen Kulissen herum. Sogar Einhörner traben durch die Gegend.«

»Gib mir Zeit zum Nachdenken«, sagte ich. »Ich brauche Zeit zum Nachdenken.«

»Was glaubst du, warum diese Tiere so leicht sterben?«

»Keine Ahnung«, sagte ich.

»Sie ertragen ihren Tod ruhig und klaglos. Vielleicht sterben sie stellvertretend für die Einwohner? Irgendwer muss diese Funktion ja übernehmen, damit die Stadt bestehen bleibt und ihr System in Gang gehalten wird.«

Es wurde immer kälter, und ich zog fröstelnd den Kragen meines Mantels hoch.

»Klar brauchst du Zeit zum Nachdenken«, sagte der Schatten. »Zeit gibt es in dieser Stadt ja genug. Nur habe ich sie leider nicht im Überfluss. Im Laufe der Woche wirst du dich entscheiden müssen, so oder so.«

Ich nickte. Ich verabschiedete mich von meinem Schatten und ging durch die Wachhütte in Richtung Bibliothek. Unterwegs begegnete ich einer kleinen Herde von etwa vier Tieren. Als ich längst an ihnen vorbei war, hörte ich noch das Klappern ihrer Hufe auf dem Pflaster.

17

Ich lege deinen Brief ungeöffnet in die Schreibtischschublade und lasse ihn dort einen halben Tag lang liegen. Natürlich drängt es mich, ihn so schnell wie möglich zu lesen. Aber ich habe so eine Ahnung (oder Befürchtung), dass es besser wäre, es nicht sofort zu tun. Also lasse ich einige Zeit verstreichen, ehe ich ihn mit klopfendem Herzen öffne.

Erst nach zehn Uhr abends hole ich den Brief aus der Schublade und schlitze den Umschlag vorsichtig mit einer Schere auf. Darin befinden sich sechs dünne, eng mit Füller und in der üblichen türkisblauen Tinte beschriebene Blätter. Ich schließe die Augen, und als ich wieder zu Atem gekommen bin, falte ich die Blätter auseinander und beginne zu lesen.

Hallo, wie geht es dir? Die Jahreszeit hat gewechselt. Die Landschaft sieht anders aus, die Luft fühlt sich anders an. Vielleicht habe ich mich auch ein bisschen verändert. Aber ich weiß nicht, wie sehr. Ich kann mich ja nicht sehen. Ich hoffe, dass es mir gelingt, dir ein wenig von dem zu vermitteln, was in mir vorgeht.

Ich konnte lange nicht schreiben. Immer habe ich es versucht, bin aber jedes Mal gescheitert, schon nach ein paar Zeilen gegen eine Mauer gestoßen. Die Sätze wollten sich einfach nicht aneinanderfügen. Die Worte blieben ohne Zusammenhang, entglitten mir in alle Richtungen und ließen sich nicht wieder einfangen.
So etwas erlebte ich zum ersten Mal. Denn früher, wenn alles schiefging, hat mir immer nur das Schreiben geholfen. Ein Satz reihte sich an den anderen, und so konnte ich mir (natürlich nur bis zu einem gewissen Grad) alles von der Seele schreiben. Aber als das nicht mehr funktionierte, war ich völlig am Boden zerstört. Nein, nicht nur niedergeschlagen. Eine Verzweiflung überkam mich, als wären alle Türen zu meinem Zimmer zugeschlagen und von außen fest verriegelt worden. Ich versank in tiefer Hoffnungslosigkeit … schwer wie eine bleierne Kiste auf dem Meeresgrund, die niemand öffnen kann. Unfähig, Briefe zu schreiben, konnte ich dir nicht sagen, was ich fühlte. Es war, als würde ich ersticken.
Seit einer Woche habe ich mit niemandem gesprochen. Denn anscheinend kommt alles, was ich sage (oder sagen könnte), so anders heraus, als ich es will, dass es sinnlos ist, überhaupt etwas zu sagen. Deshalb schweige ich die ganze Zeit. Es ist kein Schweigen um des Schweigens willen. Aber ich habe das Gefühl, ich müsste zerspringen und zu Staub zerfallen, wenn solche Unwahrheiten [dick mit Bleistift unterstrichen] *aus meinem Mund kämen.*
Heute kann ich endlich wieder zum Füller greifen und schreiben. Ich weiß nicht, warum, aber es ist, als würde plötzlich ein Sonnenstrahl durch eine dichte Wolkendecke fallen.

Zum ersten Mal seit langer Zeit … Seltsam, nicht wahr? Vielleicht ein Fitzel von einem Wunder. Und so beeile ich mich, diesen Brief zu schreiben, solange ich diesen Fitzel noch festhalten kann. Es ist ein Wettlauf gegen die Zeit (stell dir einen Funker vor, der verzweifelt versucht, eine letzte Nachricht aus der Funkerkabine seines sinkenden Schiffes zu senden).
Vielleicht ist mein Brief deshalb ein bisschen holprig. Und der Sinn kommt nicht ganz rüber. Aber wenigstens kann ich in einem Rutsch (ich kenne das Kanji nicht) aufschreiben, was mir in den Sinn kommt. Wann ich das nächste Mal schreiben kann, weiß ich nicht. Vielleicht bringe ich morgen (oder in zehn Minuten) keine einzige Zeile zu Papier. Und alle Worte verstreuen sich von selbst in eine ganz andere Richtung, als ich es will, und hinter der nächsten Ecke ist die Welt vielleicht schon verschwunden.

Was bin ich also?
Das ist die große Frage.
Wie gesagt, das Ich hier ist nur ein Stellvertreter für mein wahres Ich. Ich bin nicht mehr als der Schatten meines wahren Ichs. Und ein Schatten, der von seinem Körper getrennt ist, hat keine hohe Lebenserwartung. Selten lebt einer so lange wie ich. Ich bin eine Ausnahme. Im Alter von drei Jahren wurde ich von meinem Körper getrennt, aus der ummauerten Stadt verbannt und von Pflegeeltern aufgezogen. Meine verstorbene Mutter und mein Vater glauben (oder glaubten), ich wäre ihre richtige Tochter, was natürlich eine trügerische Illusion ist. Denn ich bin nur jemandes Schatten, den der Wind aus der fernen Stadt herübergeweht

hat. Sie wussten nichts davon. Jemand hat sie glauben lassen, ich wäre ihr Kind. Das heißt, ihre Erinnerungen wurden vollständig ersetzt. Deshalb haben sie keine Ahnung, wie schwer es ist, nur der Schatten von jemandem zu sein.

Ehrlich gesagt, bis ich dich getroffen habe, habe ich nie jemandem anvertraut, dass ich nur ein Schatten bin. Weil ich dachte, dass mich niemand verstehen und man mich nur für verrückt halten würde. Deshalb war die Begegnung mit dir etwas ganz Besonderes für mich. Nie hätte ich gedacht, dass mir so ein an ein Wunder grenzendes Ereignis zustoßen könnte. Eigentlich kann ich es bis heute kaum glauben. Aber es ist geschehen. *Es war, als ob an einem windstillen Morgen etwas Wunderbares vom blauen Himmel auf mich herabgefallen wäre.*

Ich war die ganze Zeit nicht in der Schule, weil ich nicht rauskann. Ich habe es immer wieder versucht, aber jedes Mal musste ich nach der zweiten Ecke aufgeben. Die erste war schon fast unerträglich, aber um die zweite kam ich nicht mehr rum. Ich kriege schreckliche Angst, weil ich nicht weiß, was mich dahinter erwartet. Oder nein, so ist es nicht …

Um die Wahrheit zu sagen, ich kann um keine Ecke gehen, eben weil ich weiß, was mich erwartet. Jedenfalls bin ich in diesem Zustand nicht in der Lage, dich zu sehen, mich dir zu zeigen. Die Lebenskraft (oder so was wie meine Lebenskraft) entweicht aus mir wie Luft aus einem Ballon. Und ich kann dieses Ausströmen nicht aufhalten. Mit nur zwei Händen und zehn Fingern schaffe ich es nicht. Ich weiß nicht, was ich tun soll. Ach, was soll ich nur tun?

Aber eins musst du mir glauben. Alles, was ich damals im Park gesagt habe, ist wahr.

Ich gehöre dir. Wenn du willst, gebe ich dir alles von mir. Allerdings bin ich momentan nicht dazu imstande. Bitte, versteh mich.
Damals habe ich dir erzählt, dass ich für alles viel Zeit brauche. Den genauen Wortlaut habe ich vergessen, aber ich weiß noch, dass ich es gesagt habe. Erinnerst du dich? Aber vielleicht habe ich gar nicht mehr so viel Zeit. Deshalb hämmere ich jetzt wie wild in die Tasten. … Vielleicht kommt meine Nachricht am Ende gar nicht bis zu dir durch. Das Meer kann jederzeit die Tür eindrücken. Und tödliches, widerliches, kaltes Salzwasser wird alles verschlingen.

Leb wohl.
Ich hoffe, es wird noch einmal ein Sonnenstrahl die Wolken durchbrechen und ich habe wieder die Kraft, dir mit meinem Füller und meiner Tinte einen langen Brief wie diesen zu schreiben (ich wünsche es mir wirklich. Von Herzen. Aus tiefstem, tiefstem Herzen).
****** [dein Name]
*Am **. Dezember*

Doch anscheinend fand kein Sonnenstrahl mehr den Weg durch die Wolkendecke. Denn dies war der letzte Brief, den ich von dir bekam.

18

Tagein, tagaus las ich in der Bibliothek die alten Träume. Abgesehen von der einen Woche, in der ich mit hohem Fieber im Bett gelegen hatte, versäumte ich keinen Tag. Auch du warst unermüdlich in der Bibliothek beschäftigt (in der Stadt gab es keinen Sonntag und somit auch kein Wochenende) und halfst mir bei meiner Arbeit. Deine Kleidung war verwaschen und geflickt, aber sauber. Ihre schlichte Schmucklosigkeit unterstrich deine Schönheit und Jugend mehr, als jede andere Aufmachung es vermocht hätte. Deine glatte, strahlende Haut schimmerte im Schein der Rapsöllampe so frisch, als wärest du gerade erst erschaffen worden.

Eines Nachts hatte ich einen merkwürdigen Traum. Nein, es war kein Traum, eher eine Szene aus einem der alten Träume, die ich im Archiv gelesen hatte. Oder die Erinnerungen des alten Soldaten, von denen er mir erzählt hatte, als ich während meiner Krankheit immer wieder das Bewusstsein verlor, hatten sich in meinem Gedächtnis festgesetzt und kamen nun an die Oberfläche.

In dem Traum (oder was immer es war) war ich Soldat. Es war Krieg, ich trug eine Offiziersuniform und führte einen Spähtrupp an. Ich hatte sechs Männer bei mir, darunter einen alten Unteroffizier. Wir erkundeten ein gebirgiges Gelände, in dem Kampfhandlungen stattfanden. Die Jahreszeit war undefinierbar, es war weder besonders warm noch kalt.

In den frühen Morgenstunden stießen wir kurz unterhalb eines Berggipfels auf eine Gruppe weiß gekleideter Menschen. Es waren etwa dreißig Leute. Mein Trupp machte sich kampfbereit, aber es stellte sich sofort heraus, dass das nicht notwendig war. Die Leute waren unbewaffnet, und es waren Alte, Frauen und Kinder darunter. Ich hätte sie anhalten und fragen sollen, wer sie waren und wohin sie gingen, aber ich tat es nicht, weil ich dachte, sie würden mich ohnehin nicht verstehen (da wir in einem fernen fremden Land kämpften).

Männer und Frauen trugen alle die gleichen weißen Gewänder aus einem einfachen groben Stoff, den sie wie ein Laken um sich geschlungen hatten. Zusammengehalten wurde er von einer Kordel. Schuhwerk trug niemand. Sie sahen aus wie Mitglieder einer religiösen Gemeinschaft. Oder wie aus einem Krankenhaus entflohene Patienten. Sie machten nicht den Eindruck, als ob sie jemandem etwas antun wollten, aber wir beschlossen, ihnen zu folgen, um sicherzugehen.

Die Weißgewandeten erklommen einen steilen Hang. Keiner von ihnen sprach ein Wort. An ihrer Spitze ging ein hochgewachsener, hagerer alter Mann, dessen weißes Haar ihm bis auf die Schultern fiel. Die anderen folgten ihm schweigend, bis sie den Gipfel erreicht hatten, wo sie sich zu ihrer Rechten einer steil abfallenden Felswand zuwandten. Der alte weißhaarige Mann stürzte sich als Erster in die Tiefe. Ohne ein Wort, ohne das geringste Zögern, als wäre es das Selbstverständlichste der Welt, breitete er die Arme aus und warf sich ins Leere. Seine Gefährten folgten ihm einer nach dem anderen. Ohne Zögern breiteten sie ihre weißen Schwingen aus, als wollten sie sich wie Vögel in die Lüfte erheben, und sprangen von der Klippe.

Keine Frau, kein Kind blieb zurück, niemand verzog eine Miene. Bei ihrem Anblick hätte man meinen können, diese Menschen könnten wirklich fliegen.

Aber natürlich konnten sie das nicht. Wir rannten an den Rand der Klippe und starrten entsetzt auf die Leichen, die verstreut im Talgrund lagen. Ihre weißen Kleider, mit Blut und Hirnmasse befleckt, hatten sich wie Fahnen um sie herum ausgebreitet, und ihre Köpfe waren an den zerklüfteten, spitzen Felsen dort unten zerschmettert. Auf dem Schlachtfeld hatten wir schon viele grässlich verstümmelte Leichen gesehen, aber die blutige Szene im Tal ging uns unter die Haut. Mehr als alles andere erschütterten uns das Schweigen und die Ergebenheit dieser Menschen. Wie konnten sie angesichts ihres eigenen grausamen Todes so ruhig und gefasst wirken?

»Warum haben sie das getan?«, fragte ich den Feldwebel, der neben mir stand. »Wer waren diese Menschen? Was hat sie zu so etwas getrieben?«

Er zuckte mit den Schultern. »Vielleicht wollten sie ihr Bewusstsein töten«, sagte er trocken und wischte sich mit dem Handrücken über den Mund. »Manchmal scheint das der einfachste Weg zu sein.«

»Es macht den Eindruck, als würde mein Schatten bald sterben«, vertraue ich dir eines Abends in der Bibliothek an.

Wir sitzen uns am Tisch vor dem Ofen gegenüber. An diesem Abend hast du mir zu meinem heißen Kräutertee ein Stück weiß gepuderten Apfelkuchen serviert. Apfelkuchen ist in der Stadt eine besonders beliebte Leckerei. Bestimmt hast du ihn für mich aus Äpfeln gebacken, die du vom Torwächter bekommen hast.

»Lange hält er nicht mehr durch«, sage ich. »Er sieht sehr schwach aus.

Als ich das sage, verdüstert sich dein Gesicht ein wenig. »Das tut mir leid«, sagst du, »aber es lässt sich nicht ändern. Früher oder später stirbt das Dunkle und verschwindet. Du musst dich damit abfinden.«

»Erinnerst du dich an deinen Schatten?«

Du fährst dir sanft mit den schlanken Fingern über die Stirn, als würdest du einer Geschichte nachspüren.

»Ich habe dir doch erzählt, dass mein Schatten von mir getrennt wurde, als ich noch ganz klein war. Seitdem habe ich ihn nie wieder gesehen. Ich weiß also nicht, wie es ist, einen Schatten zu haben. Ist es schlimm, ihn zu verlieren?«

»Ich weiß nicht. Im Moment finde ich es nicht schlimm, von ihm getrennt zu sein. Aber ich habe das Gefühl, wenn ich ihn für immer verliere, verliere ich mit ihm auch etwas anderes, das mir wichtig ist.«

Du schaust mir in die Augen. »Was denn anderes Wichtiges zum Beispiel?«

»Das kann ich nicht sagen. Es ist für mich nicht wirklich greifbar, was es bedeutet, seinen Schatten für immer zu verlieren.«

Du öffnest die Ofentür, legst ein paar Holzscheite nach und fachst das Feuer mit dem Blasebalg an.

»Und dein Schatten will etwas von dir?«

»Er will wieder bei mir sein. Dann kann er seine Lebenskraft zurückgewinnen.«

»Aber wenn du dich wieder mit deinem Schatten zusammentust, kannst du nicht hierbleiben.«

»Das weiß ich.«

Mit einem Teller auf dem Kopf soll man nicht in den Himmel schauen, hatte der Wächter gesagt.

»Dann bleibt dir wohl nichts anderes übrig, als auf ihn zu verzichten«, sagst du leise. »Dein Schatten tut mir leid, aber du wirst dich daran gewöhnen, ohne ihn zu leben. Wie alle anderen auch.«

Ich genieße den Duft des Apfelkuchens und stecke mir ein Stück in den Mund. Ein frischer, süßer Geschmack breitet sich dort aus. Ich bin erstaunt, wie gut diese Äpfel schmecken. Als ich darüber nachdenke, fällt mir auf, dass ich zum ersten Mal seit meiner Ankunft in der Stadt etwas »köstlich« finde.

Der Schein des Feuers spiegelt sich in deinen Augen. Aber was dort flackert, ist nicht der Widerschein des Feuers, sondern ein Licht, das in dir selbst leuchtet.

»Mach dir keine Sorgen«, sagst du, »seit du hier bist, hast du gute Arbeit geleistet, so gut, dass alle dich bewundern. Auch künftig wird alles gut gehen.«

Ich nicke.

So gut, dass alle dich bewundern.

19

Das war also dein letzter Brief.

Natürlich lese ich ihn immer wieder. Von vorne bis hinten, so oft, bis ich jedes Wort auswendig kann. Und dann stelle ich mir vor, wie du in der Funkerkabine eines sinkenden Schiffes – ich denke immer an ein riesiges Kreuzfahrtschiff wie die Titanic – verzweifelt auf die Tasten deines Funkgerätes einhämmerst. Wie du mir von dort deine letzte Botschaft schickst, während das kalte Meerwasser jeden Moment die Tür eindrücken und hereinströmen kann.

Ich bete um ein Wunder. Dass das Wasser nicht kommt. Dass der Rumpf des Schiffes stabil bleibt und du wenigstens mit knapper Not dem Schlimmsten entkommst. Ich stelle mir die herzzerreißende Szene vor, wie sich Besatzung und Passagiere an Deck weinend in den Armen liegen und Gott oder wem auch immer für das Glück danken, der Gefahr gerade noch entronnen zu sein.

Vielleicht ist es aber auch gar nicht so gut gelaufen. Kein Wunder, kein Glück, keine Umarmung. Denn seitdem habe ich nichts mehr von dir gehört.

Ich schreibe dir unendlich viele Briefe, aber ich bekomme nie eine Antwort. Auch keine Rücksendung »Empfänger unbekannt«. Telefonieren geht auch nicht. Ich versuche schon lange, dich anzurufen, aber egal, wie oft ich deine Nummer wähle, immer ertönt die Ansage: »Diese Nummer ist zur Zeit nicht erreichbar.« Das Telefon nützt mir nichts. Wenn du mit mir reden willst, musst *du* mich anrufen.

So habe ich jeden Kontakt zu dir verloren, kann dich weder sehen noch sprechen. Das Jahr geht zu Ende, und im Februar nehme ich an den Aufnahmeprüfungen für eine private Universität in Tokio teil. Natürlich hätte ich auch an einer hiesigen Universität studieren können, was ursprünglich auch mein Plan war (weil ich in deiner Nähe bleiben wollte), aber nach reiflicher Überlegung habe ich mich entschieden, nach Tokio zu gehen, um zumindest räumliche Distanz zu dir zu gewinnen. Zu Hause, so dachte ich, würde ich den Rest meines Lebens darauf warten, von dir zu hören. Und während dieses »Wartelebens« würde ich wahrscheinlich an nichts anderes denken können als an dich. Natürlich wäre mir das egal. Denn ich sehne mich mehr nach dir als nach irgendetwas anderem auf der Welt.

Aber gleichzeitig habe ich eine Vorahnung. Wenn ich ewig so weitermachen würde, könnte ich mich nicht mehr richtig aufrechterhalten, und etwas Wichtiges in mir würde Schaden nehmen – so meine Befürchtung. Irgendwo muss ich eine Grenze ziehen. Das ist mir im Großen und Ganzen klar. Außerdem ist die räumliche Distanz zwischen dir und mir nicht wichtig, solange wir geistig verbunden sind. Wenn du mich wirklich brauchst, wenn du mich sehen willst, darf die Entfernung kein Hindernis sein. Deshalb beschließe ich, die Stadt, in der ich geboren und aufgewachsen bin, zu verlassen und nach Tokio zu ziehen.

Natürlich schreibe ich dir auch aus Tokio. Aber es kommt keine Antwort. Welches Schicksal hat wohl all die Briefe ereilt, die ich dir in der ganzen Zeit geschrieben habe? Hast du sie je gelesen? Oder sind sie ungeöffnet im Mülleimer gelandet? Das wird mir immer ein Rätsel bleiben. Trotzdem schreibe ich dir weiter. Mit meinem gewohnten Füller, dem gewohnten Briefpapier und der gewohnten schwarzen Tinte. Ich kann nicht anders.

In meinen Briefen schildere ich dir meinen Alltag in Tokio. Ich schreibe dir, dass ich die meisten Veranstaltungen an der Uni unglaublich langweilig finde und mich für meine Umgebung nur wenig interessiere. Von dem kleinen Plattenladen in Shinjuku, in dem ich nachts als Aushilfe arbeite. Von der lauten, pulsierenden Metropole. Und davon, wie fade und eintönig mein Leben ohne dich ist. Ich schreibe von all den aufregenden Dingen, die wir zusammen unternehmen könnten, wenn du nur bei mir wärst. Aber es kommt keine Antwort. Es ist, als würde ich am Rand eines tiefen Lochs in einen pechschwarzen Abgrund sprechen. Und doch weiß ich, dass du da bist. Ich sehe und höre dich nicht, aber du bist da. Ich weiß es.

Alles, was mir geblieben ist, sind ein dickes Bündel Briefe, die du mir in der Vergangenheit mit türkisfarbener Tinte geschrieben hast, und das weiße Musselintaschentuch, das ich mir ausgeliehen und nie zurückgegeben habe. Immer wieder lese ich deine Briefe aufmerksam. Dabei halte ich das Taschentuch fest in der Hand.

Mein Leben in Tokio ist sehr einsam. Da ich die Verbindung

zu dir verloren habe (ich weiß nicht, ob es ein vorübergehender oder dauerhafter Verlust ist), kann ich anscheinend keine Beziehung zu anderen Menschen aufbauen. Diese Neigung hatte ich schon immer, aber jetzt verstärkt sie sich. Ich sehe keinen Sinn darin, mit anderen zu verkehren. Ich gehöre keinem Club oder Verein an, und es gibt niemanden, den ich als Freund bezeichnen würde. Meine ganze Aufmerksamkeit ist auf dich gerichtet. Oder auf die Erinnerungen, die du in mir hinterlassen hast.

Zurückgezogen in meiner Wohnung, lese ich Unmengen von Büchern, vertreibe mir die Zeit mit Doppelvorstellungen in Programmkinos oder schwimme lange Bahnen im städtischen Schwimmbad. Ich gehe ziellos spazieren, bis mich meine Füße kaum noch tragen. Tokio ist eine riesige Stadt, und die Straßen nehmen kein Ende, egal, wie weit ich gehe. Habe ich sonst noch etwas gemacht? Vielleicht, aber ich weiß es nicht mehr.

Die Sommerferien verbringe ich zu Hause und warte ungeduldig, aber das macht es nur noch schlimmer. Ungefähr jeden zweiten Tag fahre ich in deine Stadt, setze mich in dem Park, in dem wir uns immer getroffen haben, auf die Bank unter der Glyzinienlaube und denke ununterbrochen an dich. Erinnere mich an unsere gemeinsame Zeit und hoffe inständig, dass du auftauchst. Was natürlich nie geschieht.

Mithilfe des Stadtplans suche ich deine Adresse und finde ein schmales einstöckiges Haus. Es ist alt und hat weder Garten noch Garage. Am Türschild steht ein anderer Name. Seid ihr umgezogen? Und wenn ja, sind meine Briefe an die neue Adresse weitergeleitet worden? Soll ich zum Postamt gehen und nach deiner neuen Adresse fragen? Nein, das wäre zwecklos. Und es würde auch nichts bringen, das weiß ich. Ich wiederhole mich, aber wenn du mir etwas zu sagen hättest, könntest du dich ja auf jeden Fall bei mir melden.

So habe ich jede Spur von dir verloren. Es scheint, als hättest du dich klammheimlich aus meiner Welt gestohlen. Ohne einen Hinweis zu hinterlassen, ohne eine Erklärung. Ich weiß nicht, ob dieser Rückzug beabsichtigt oder das Ergebnis höherer Gewalt ist (zum Beispiel von kaltem Meerwasser, das durch eine Tür eindringt). Was bleibt, sind eine tiefe Stille, lebendige Erinnerungen und ein nicht eingelöstes Versprechen.

Es ist ein einsamer Sommer. Immer weiter gehe ich eine dunkle Treppe hinunter. Sie ist endlos. So endlos, dass ich mich frage, ob ich nicht schon bald den Mittelpunkt der Erde erreichen werde. Doch ich steige unbeirrt weiter in die Tiefe. Ich spüre, wie sich die Dichte der Luft und die Schwerkraft um mich herum allmählich verändern. Aber was macht das schon? Es ist doch nur Luft. Nur Schwerkraft.

Ich werde immer einsamer.

20

Als ich an jenem Nachmittag jenseits der Mauer den grauen Rauch vom Verbrennen der Tiere sah, eilte ich zur Wachhütte. Es war windstill, und der Rauch stieg als einzelne Säule zur dichten Wolkendecke auf. Wie erwartet war der Wächter auch diesmal nicht da. Er war damit beschäftigt, Tierkadaver außerhalb des Tores zu verbrennen. Wie zuvor schlüpfte ich durch die Hintertür seiner verlassenen Hütte, durchquerte das Schattengehege und fand meinen Schatten in seinem Bett liegend. Er war unverändert mager und bleich und hustete von Zeit zu Zeit erbärmlich.

»Na, hast du dich entschieden?«, krächzte er sofort, als hätte er mich ungeduldig erwartet.

»Entschuldige, aber die Entscheidung fällt mir nicht leicht.«

»Hast du etwas auf dem Herzen?«

Um eine Antwort verlegen, wandte ich mich ab und sah aus dem Fenster. Wie sollte ich ihm das nur erklären?

Der Schatten seufzte. »Ich weiß nicht, was los ist, aber ich glaube, die Stadt versucht, dich hier zu halten. Mit allen Tricks.«

»Aber bin ich denn wirklich so wichtig für die Stadt? So wichtig, dass sie mich unbedingt halten muss?«

»Ist das nicht offensichtlich? Schließlich hast du sie geschaffen.«

»Aber ich habe sie doch nicht allein geschaffen«, sagte ich. »Ich habe nur vor langer Zeit ein bisschen mitgeholfen.«

»Ohne deine leidenschaftliche Hilfe hätten sie sie niemals so detailgetreu hinbekommen. Du hast die Stadt die ganze Zeit am Leben erhalten, sie mit deiner Fantasie genährt und gefüttert.«

»Mag ja sein, dass sie ein Produkt unserer Fantasie war. Aber im Laufe der Zeit hat sie offenbar einen eigenen Willen und eigene Ziele entwickelt.«

»Willst du damit sagen, dass du sie nicht mehr unter Kontrolle hast?«

Ich nickte. »Die Stadt wirkt jetzt weniger wie ein anorganisches Gebilde, sondern eher wie ein Lebewesen, das sich bewegt. Sie ist wandelbar und intelligent. Sie passt sich an und verändert nach Bedarf ihre Form. Seit ich hier bin, spüre ich das.«

»Aber wenn sie ihre Form nach Belieben verändern kann, ist sie doch eher eine Zelle als ein Lebewesen, oder?«

»Kann sein.«

Eine Zelle, die denkt, die sich verteidigt, die angreift.

Einen Moment lang schwiegen wir. Ich schaute wieder aus dem Fenster. Hinter der Mauer stieg noch immer Rauch auf. Offenbar hatten inzwischen viele Tiere ihr Leben verloren.

»Was sind eigentlich diese alten Träume, die ich Abend für Abend in der Bibliothek lese?«, fragte ich den Schatten. »Und was bedeuten sie für die Stadt?«

Er lachte leise. »Da fragst du mich was. Du bist doch derjenige, der sie liest. Warum fragst du ausgerechnet mich?«

»Aber hast du hier etwas davon gehört? Vom Torwächter oder von den Leuten, die ihn besuchen?«

Der Schatten schüttelte langsam den Kopf. »Jeder weiß, dass es in der Bibliothek eine Sammlung alter Träume gibt und einen Traumleser, nämlich dich, der sie Tag für Tag liest! Und dass du die Bibliothekarin jeden Abend nach der Arbeit nach Hause bringst … Die Stadt ist klein. Aber was die alten Träume für die Stadt bedeuten oder welche Rolle es spielt, dass du sie liest, das weiß wahrscheinlich niemand so genau. So sehe ich das.«

»Aber es muss eine Aufgabe von großer Bedeutung sein, die mir mit einer Absicht übertragen wurde. Und die Stadt ist sehr daran interessiert, dass ich weitermache.«

Der Schatten hustete trocken und dachte eine Zeit lang nach. Ich nahm die Hände aus den Taschen und rieb sie an meinen Knien. Es war kalt im Raum.

»Ich habe es schon einmal gesagt, aber könntest du dir nicht vorstellen, dass die Frau hier der Schatten ist und die Frau außerhalb der Mauer die echte? Das beschäftigt mich schon die ganze Zeit, ich spreche mit den Leuten, die hierherkommen, ich sammle Informationen, ich denke darüber nach. Meine Hypothese ist folgende: Hier ist eigentlich das Land der Schatten. Hier versammeln sie sich, in dieser isolierten Stadt, und leben im Verborgenen.«

»Aber wenn dies wirklich, wie du sagst, das Land der Schatten ist, warum lebe ich, der Körper, in der Stadt und du, der Schatten, bist hier eingesperrt und liegst im Sterben? Umgekehrt würde ich es verstehen.«

»Ich glaube, die Menschen in der Stadt wissen nicht, dass sie Schatten sind. Sie halten sich für Körper und glauben, dass ihre Schatten aus der Stadt verbannt wurden. Aber in Wirklichkeit ist es genau umgekehrt. Die Körper wurden verbannt, und diejenigen innerhalb der Mauer sind die Schatten – das ist meine Vermutung.«

Ich dachte nach. »Und die Körper, die aus der ummauerten Stadt verbannt wurden, halten sich für Schatten. Meinst du das?«

»Ja, genau. Und uns allen wurden diese falschen Erinnerungen eingepflanzt.«

Ich rieb mir die Hände und versuchte, seiner Argumentation zu folgen, verlor aber mittendrin den Faden.

»Aber das ist doch nur eine Hypothese von dir.«

»Das stimmt«, gab der Schatten zu. »Es ist nur eine Hypothese. Ich kann sie nicht beweisen. Aber je länger ich darüber nachdenke, desto schlüssiger erscheint sie mir. Ich habe sie von allen Seiten sorgfältig geprüft. Ich hatte ja genug Zeit zum Nachdenken.«

»Und welche Rolle spielen in deiner Hypothese die alten Träume, die ich in der Bibliothek lese?«

»Sie sind eigentlich nur eine Erweiterung meiner Hypothese.«

»Macht nichts. Ich will sie hören.«

Der Schatten hielt inne, atmete tief durch und fuhr fort.

»Könnte es sich bei den alten Träumen nicht um Rückstände oder so etwas wie einen geistigen Nachhall handeln, den die aus der Stadt verbannten Körper dort zurückgelassen haben, um die Stadt zu dem zu machen, was sie ist? Auch wenn man die Körper verbannt, kann man sie nicht vollständig entwurzeln, es bleibt immer etwas zurück. Diese Rückstände werden in besonderen Gefäßen gesammelt und eingeschlossen, das sind die alten Träume.«

»Geistiger Nachhall wovon?«

»Körper und Schatten werden getrennt, wenn sie noch Kinder sind. Die Körper werden als etwas Überflüssiges und Schädliches aus der Stadt verbannt, damit die Schatten in Ruhe und Frieden leben können. Dennoch verschwindet der Einfluss der Körper nicht völlig. Etwas wie ein zarter spiritueller Same, der nicht ganz entfernt werden konnte, bleibt zurück und entwickelt sich heimlich im Inneren der Schatten. Die Stadt bemerkt ihn sofort, kratzt ihn aus und schließt ihn in einen besonderen Behälter ein.«

»Was für ein spiritueller Same?«

»Menschen haben so viele Gefühle. Traurigkeit, Schüchternheit, Eifersucht, Angst, Trauer, Verzweiflung, Zweifel, Hass, Verwirrung, Kummer, Misstrauen, Selbstmitleid … Träume und Liebe. All diese Gefühle werden in der Stadt als nutzlos oder sogar schädlich angesehen. Sie sind sozusagen die Saat einer Seuche.«

»Die *Saat* einer Seuche«, wiederholte ich.

»Genau. Deshalb wird alles eingesammelt, in luftdichte Behälter verpackt und in der Bibliothek aufbewahrt. Und normale Bürger dürfen nicht in ihre Nähe kommen.«

»Und was ist dann meine Aufgabe?«

»Wahrscheinlich besteht sie darin, ihre Seelen – oder ihren geistigen Nachhall – zu befrieden und aufzulösen. Das ist eine Aufgabe, die ein Schatten nicht erfüllen kann. Empathie ist etwas, das nur wirkliche Menschen mit wirklichen Gefühlen besitzen.«

»Aber warum muss man sie befrieden? Wenn sie in luftdichten Behältern eingesperrt sind und im Tiefschlaf liegen, könnte man sie doch auch einfach in Ruhe lassen.«

»Ihre Existenz an sich ist schon eine Bedrohung, und wenn man sie noch so fest einsperrt. Dass sie durch irgendwelche Umstände an Kraft gewinnen und aus ihrem Gefängnis ausbrechen könnten, das ist doch eine Horrorvorstellung für die Stadt, oder? Der blanke Horror. Wenn es dazu käme, würde die Stadt im Handumdrehen in alle Himmelsrichtungen zerstieben. Deshalb ist sie darauf bedacht, jede noch so kleine Kraft zu schwächen und auszuschalten. Wer die Stimmen der alten Träume hört, kann, indem er sie sieht und ihnen zuhört, ihre schlummernden Leidenschaften bändigen – das ist es wohl, was die Stadt will. Und im Moment bist du der Einzige, der dazu imstande ist.

Ich bin zwiegespalten.

Auf der einen Seite ist da das Glück, dich jeden Tag in der Bibliothek zu sehen und mit dir im Schein der Rapsöllampe alte Träume zu lesen. Das Vergnügen, dir an dem schäbigen Tisch gegenüberzusitzen, mit dir zu reden und den Kräutertee zu trinken, den du für mich zubereitet hast. Und dich jeden Abend nach der Arbeit nach Hause zu begleiten. Ich weiß nicht, wie viel davon wahr ist und wie viel Fiktion. Aber die Stadt gewährt mir diese Freuden und Gefühlsregungen.

Auf der anderen Seite ist da die Beziehung zu dir in der Welt außerhalb der Mauer mit all den Erinnerungen, die sich in mein Gedächtnis eingegraben haben. Der kleine Park, in dem wir uns getroffen haben, das rhythmische Quietschen der Schaukeln, auf denen die Mädchen saßen. Das Rauschen des Meeres, dem wir gemeinsam lauschten. Das dicke Bündel Briefe und das Musselintaschentuch. Die verstohlenen Küsse. All das war wirklich geschehen und existierte. Und niemand konnte mir die Erinnerung daran nehmen.

Welcher der beiden Welten sollte ich angehören? Ich konnte mich nicht entscheiden.

21

Ein Mädchen verschwindet spurlos aus deinem Leben. Du bist ein gesunder siebzehnjähriger Junge. Und sie ist ein wunderschönes, bezauberndes Mädchen, in das du dich verliebt hast wie nie zuvor und mit dem du deinen ersten Kuss erlebt hast. Auch sie habe dich sehr gern, hat sie gesagt. Sie hat sogar gesagt, sie wolle dir ganz gehören, wenn die Zeit komme. Dann hat sie dich ohne Vorankündigung verlassen, ohne ein Wort des Abschieds, ohne die geringste Erklärung. Hat sich buchstäblich in Luft aufgelöst. War wie vom Erdboden verschluckt.

Was war mit ihr geschehen?

Hatte sie aus dringenden Gründen umziehen müssen (aber dann hätte sie dich auf jeden Fall anrufen können), oder war ihr auf der Straße etwas auf den Kopf gefallen, sodass sie das Gedächtnis verlor, oder war sie nicht mehr am Leben – Verkehrsunfall, überfallen und ermordet, eine schnell fortschreitende Krankheit oder vielleicht Selbstmord? Wurde sie irgendwo festgehalten – aber von wem und warum –, oder mochte sie dich plötzlich nicht mehr? Konnte sie dein Gesicht nicht mehr ertragen oder deinen Namen nicht mehr hören, weil du irgendetwas Unpassendes gesagt oder getan hattest? Oder hatte sich in einer Ecke der Stadt unbemerkt so etwas wie ein kleines schwarzes Loch aufgetan und sie verschluckt, als sie vorüberging, so wie ein Blatt von einem Baum in einen Gulli gesaugt wird? Oder … Die Welt ist voller verborgener Möglichkeiten. Hinter jeder Ecke lauern ungeahnte Gefahren. Aber du hast keine Möglichkeit herauszufinden, was wirklich mit dem Mädchen passiert ist.

Kannst du dir vorstellen, wie herzzerreißend es ist, so plötzlich und unerklärlich von dem Menschen, den du liebst, verlassen zu werden? Wie sehr es dich trifft, wie schmerzhaft es ist, wie viel Herzblut vergossen wird?

Am schlimmsten ist das Gefühl, von der ganzen Welt verlassen zu sein. Offenbar bist du nichts wert. Du fühlst dich wie ein weggeworfenes Stück Papier oder als wärst du unsichtbar. Wenn du deine Hand ausstreckst und sie anschaust, kannst du durch sie hindurchsehen – und das ist keine Einbildung, sondern die Wahrheit.

Du sehnst dich nach einer schlüssigen und überzeugenden Erklärung. Du brauchst sie mehr als alles andere. Aber niemand kann sie dir geben. Niemand kann dir sagen, in welche Richtung du gehen sollst. Niemand wird dich trösten oder ermutigen (obwohl das ohnehin nichts nützen würde). Man hat dich allein gelassen in einer öden Wüste. Kein Baum, kein Strauch, kein Grashalm, so weit das Auge reicht. Nur ein starker Wind bläst in die immer gleiche Richtung – sticht dich wie mit winzigen Nadeln. Du bist allein, gnadenlos ausgestoßen aus der Welt, in der es Wärme gibt. Du weißt nicht, wohin mit deinen Gefühlen, die dir wie Blei auf der Brust liegen.

Sie wird dir bestimmt irgendeine Nachricht zukommen lassen. Also wartest du geduldig. Es bleibt dir ja auch nichts anderes übrig. Doch solange du auch wartest, sie meldet sich nicht. Das Telefon klingelt nicht, im Briefkasten liegt kein dicker Umschlag. Es klopft nicht an der Tür. Nichts als Stille und Leere. Und so werden die Stille und die Leere zu deinen engsten Freunden. Freunde, auf die du am liebsten verzichten würdest. Aber sie sind deine einzigen Gefährten. Natürlich klammerst du dich an jedes Fünkchen Hoffnung. Aber gegenüber der Stille und der Leere, die schweren, stumpfen Waffen gleichen, ist die Hoffnung dünn und schwach wie ein Schatten.

Ein Jahr ist seit deinem letzten Brief vergangen, und ich werde achtzehn. Die Zeit verstreicht langsam und schwerfällig, aber zugleich auch schnell. Sobald ein Meilenstein vor mir auftaucht, liegt er schon wieder hinter mir. Und dann wieder einer.

Ich kann partout nicht begreifen, was ich hier soll. Immerzu frage ich mich, warum bin ich hier und tue, was ich tue. Und warum weht hier ständig so ein starker Wind?

Eine Antwort bekomme ich natürlich nicht.

22

Auf dem Weg zur Bibliothek beginnt es zu schneien. Es sind kleine, trockene Flocken, die Zeit brauchen, um zu schmelzen. Ob daraus eine dicke Schneedecke wird, ist noch nicht abzusehen.

Als ich in die Bibliothek komme, bollert wie immer der Ofen. Der große schwarze Kessel dampft. Du bist gerade dabei, die Heilkräuter, die du im Garten gepflückt hast, in deinem kleinen Mörser zu zerstampfen. Das ausdauernde, gleichmäßige Geräusch dringt an mein Ohr. Du hältst inne, als ich den Raum betrete, und siehst mich mit einem leichten Lächeln an.

»Schneit es schon?«

»Nur ganz leicht«, sage ich. Ich ziehe meinen schweren Mantel aus und hänge ihn an die Garderobe an der Wand.

»Heute Nacht wird es nicht so stark. Wir werden jedenfalls nicht eingeschneit«, sagst du. Natürlich hast du recht. Wie immer.

Du wischst den Staub von einem alten Traum, legst ihn auf den Schreibtisch, und ich beginne zu lesen. Ich umschließe ihn mit den Händen, um ihn zu wärmen und zum Leben zu erwecken. Es dauert nicht lange, bis er erwacht und mir seine unhörbare Botschaft zu übermitteln beginnt.

Sind die alten Träume, wie mein Schatten vermutet, die versiegelten Rückstände menschlicher Gedanken, abgeschabt und konserviert? Ich kann die Richtigkeit seiner Vermutung nicht beurteilen. Soweit ich sehe, habe ich nur einen konservierten »chaotischen Mikrokosmos« vor mir. Ist unser Geist wirklich so unklar und widersprüchlich? Oder können die alten Träume nur deshalb so bruchstückhafte und verworrene Botschaften senden, weil sie nicht aus kohärenten Gedanken, sondern aus einer Ansammlung von »Rückständen« bestehen?

Mitunter scheint es das Einfachste zu sein, das Bewusstsein zu töten, wie der Feldwebel in meinem Traum so trocken gesagt hat.

»Vielleicht muss ich die Stadt verlassen«, vertraue ich dir an. Ich kann nicht gehen, ohne dir etwas zu sagen – auch wenn die Stadt unser Gespräch jetzt belauschen sollte.

»Wann?«, fragst du. Du wirkst nicht überrascht.

Wir gehen Seite an Seite am Ufer entlang. Ich bringe dich nach Hause – wie jeden Abend. Es schneit nicht mehr. Die Wolkendecke ist aufgerissen, und das weiße, kalte Licht, das ein paar Sterne durch ihre Lücken werfen, erinnert an Eiszapfen.

»Bald, bevor mein Schatten sein Leben aushaucht.«

»Ist das dein fester Entschluss?«

»Wahrscheinlich schon«, sage ich. Aber innerlich zögere ich. »Aber vorher möchte ich dir noch etwas sagen.«

»Und?«

»Ich bin dir vor langer Zeit schon einmal außerhalb der Mauer begegnet.«

Du bleibst stehen, ziehst deinen grünen Schal fester und siehst mich an.

»Mir?«

»Ja. Deinem anderen Ich – also deinem Ich jenseits der Mauer.«

»Meinst du, das war mein Schatten?«

»Ich glaube schon.«

»Mein Schatten ist schon lange tot«, sagst du in demselben ungerührten Ton, in dem du verkündet hast, dass es in dieser Nacht nicht so viel schneien wird.

»Dein Schatten ist schon lange tot«, wiederhole ich wie ein Echo in einer Höhle. »Was passiert mit Schatten, wenn sie sterben?«

Du zuckst mit den Schultern. »Ich weiß es nicht. Ich habe die Stelle in der Bibliothek bekommen und mache nur meine Arbeit. Ich schließe auf, heize den Ofen, wenn es kalt ist, pflücke Heilkräuter und koche Kräutertee … Damit helfe ich dir bei deiner Arbeit.«

»Du wirst wohl nicht mehr in die Bibliothek kommen, oder?«, sagst du zum Abschied. »Aber wie kommst du aus der Stadt raus? Du kannst doch nicht einfach durch das Tor spazieren, oder? Schließlich hast du bei deiner Ankunft einen Vertrag geschlossen.«

Das kann ich dir nicht sagen. Vielleicht werden wir belauscht.

»Damals in der Welt da draußen«, sage ich, »habe ich mich in dich verliebt. Sofort. Ich war sechzehn und sie fünfzehn. Ungefähr so alt wie du jetzt.«

»Fünfzehn?«

»Ja, nach den Maßstäben der Außenwelt war sie fünfzehn.«

Wir bleiben vor deinem Haus stehen. Vielleicht sprechen wir zum letzten Mal. Es hat aufgehört zu schneien, aber die Nacht ist frostig.

»Du hast dich also auf der anderen Seite der Mauer in meinen Schatten verliebt. In meinen fünfzehnjährigen Schatten«, sagst du zu dir selbst. Als wolltest du dich von der Unmöglichkeit überzeugen, etwas so Unbegreifliches zu verstehen.

»Ich habe sie so sehr begehrt und mir gewünscht, dass sie mich auch begehrt. Aber ein Jahr später war sie plötzlich verschwunden. Ohne Vorwarnung, ohne Erklärung.«

Du ziehst den grünen Schal wieder fester um deinen schlanken Hals. Und nickst. »Da kann man nichts machen, Schatten müssen irgendwann sterben.«

»Ich bin in die Stadt gekommen, um sie wiederzusehen. Ich dachte, wenn ich hierherkäme, könnte ich sie vielleicht sehen. Aber gleichzeitig wollte ich auch dir begegnen. Das ist einer der Gründe, warum ich in die Stadt gekommen bin.«

»Mir?«, fragst du erstaunt. »Aber warum? Warum wolltest du mir begegnen? Ich bin nicht das fünfzehnjährige Mädchen, in das du dich verliebt hast. Vielleicht waren wir mal eins, aber wir wurden getrennt, als ich noch ganz klein war, und führten innerhalb und außerhalb der Mauer völlig unterschiedliche Leben.«

Ich schaue ihr in die Augen. Es ist, als würde ich auf den

Grund einer klaren Bergquelle blicken. »Du bist nicht sie. Das weiß ich. Du träumst nicht, du verliebst dich nicht.«

Und das Mädchen verschwindet durch die Tür in die Behausung. Wahrscheinlich ist es ein Abschied für immer. Aber für dich ist es nur das übliche Lebewohl. Denn hier ist alles ewig.

23

Irgendwie gelang es mir, die chaotische Zeit um die zwanzig zu überstehen. Im Nachhinein wundert es mich, dass ich sie einigermaßen unbeschadet – wenn auch nicht ganz unverletzt – überlebt habe.

Ich hatte kein Interesse an meinem Studium, geschweige denn am Lernen, und ließ mich kaum an der Universität blicken. Freundschaften schloss ich auch nicht. Ich verbrachte meine Zeit mit Lesen, ab und zu arbeitete ich irgendwo als Aushilfe. Dabei lernte ich zwar ein paar Leute kennen, ging auch mal mit ihnen was trinken, aber mehr wurde nie daraus. Egal, was ich tat, ich war rastlos, fand keine innere Ruhe. Ich konnte mich für nichts begeistern. Es waren diffuse Tage, in denen ich mich abwesend und wie durch dichten Nebel bewegte. Alles, weil ich dich verloren hatte. Weil meine große Sehnsucht nach dir unerfüllt geblieben war.

Aber eines Tages wachte ich plötzlich auf. Ich weiß nicht mehr, was der unmittelbare Anlass für dieses Erwachen war. Wahrscheinlich war es etwas ganz Belangloses und Alltägliches. Wie der Geruch von frisch gekochten Eiern, eine vertraute Melodie, die zufällig an mein Ohr drang, das Gefühl eines frisch gebügelten Hemdes … Etwas, das mich in eine bestimmte Richtung lenkte, mich aufwachen ließ. Und ich wusste: *So darfst du nicht weitermachen.*

Sonst würde ich mich körperlich und seelisch ruinieren, sodass ich, selbst wenn du eines Tages zu mir zurückkehren würdest, nicht für dich da sein könnte. Das musste ich auf jeden Fall vermeiden.

Ich beschloss, mein Leben wieder in geordnete Bahnen zu lenken. Wegen meiner ständigen Fehlzeiten und meiner katastrophalen Noten musste ich das Semester wiederholen. Das war nicht zu ändern und der Preis, den ich dafür zahlen musste. Aber ich würde es schaffen. Am Unterricht teilnehmen, fleißig mitschreiben (egal, wie langweilig die Vorlesungen waren), in den Freistunden im Unischwimmbad trainieren, um mich fit zu halten. Ich kaufte mir neue, anständige Kleidung, trank weniger und aß gesünder.

Durch meinen veränderten Lebensstil gewann ich automatisch ein paar Freunde, die ich interessant und sympathisch fand, was auf Gegenseitigkeit beruhte. So lernte ich, während ich geduldig auf dich wartete, auf einer anderen Ebene ein normales Leben zu führen.

Schließlich hatte ich auch eine Freundin. Sie war ein Jahr jünger als ich, und wir besuchten die gleichen Veranstaltungen. Sie hatte ein fröhliches Wesen, und es machte Spaß, mit ihr zusammen zu sein. Sie war intelligent und sah bezaubernd aus. Sie half mir in vielerlei Hinsicht, wieder »ins Leben zurückzufinden«, und dafür war ich ihr dankbar. Trotzdem hatte ich innerlich immer einen gewissen Vorbehalt. In meinem Herzen war immer ein fester Platz für dich reserviert.

War es überhaupt möglich, eine Liebesbeziehung zu führen und gleichzeitig heimlich einen Platz für eine andere Person freizuhalten? Bis zu einem gewissen Grad war es das wohl. Aber ewig konnte das nicht so weitergehen. Denn damit verletzte ich meine Freundin und in der Folge mich selbst. Und wurde noch einsamer.

Es dauerte fünf Jahre, bis ich mein Examen gemacht und einen Job im Buchhandel gefunden hatte. In meine Heimatstadt kehrte ich nicht mehr zurück. Mein Beruf war vielseitig, abwechslungsreich, und es gab viel zu lernen. Ich hätte gerne im Lektorat eines Verlags gearbeitet, aber keiner der Verlage, bei denen ich mich beworben hatte, stellte mich ein. Was vermutlich an meinen wenig befriedigenden akademischen Leistungen lag. Immerhin hat man im Buchhandel auch mit Büchern zu tun, und obwohl die Arbeit nicht ganz meinen ursprünglichen Wünschen entsprach, hatte sie doch ihre Vorzüge. Und so führte ich ein nicht unbefriedigendes Leben als nützliches Mitglied der Gesellschaft. Ich gewöhnte mich an meine Arbeit und übernahm mit der Zeit eine verantwortungsvolle Position.

Doch meine Beziehungen zu Frauen verliefen immer nach dem gleichen Muster. Wie die meisten Menschen hatte ich mehrere Beziehungen und dachte manchmal sogar ans Heiraten. Es war nie so, dass ich es nicht ernst gemeint hätte. Aber letztendlich schaffte ich es nicht, eine Beziehung aufzubauen, die im echten Wortsinn vertrauensvoll war. Ich wäre glücklich gewesen, wenn es mir gelungen wäre, aber es funktionierte nicht. Am Ende passierte immer etwas, sodass ich es jedes Mal vermasselte – »vermasseln« ist ein sehr treffender Ausdruck.

Dafür gab es zwei Gründe. Zum einen lag es natürlich daran, dass du immer bei mir warst. Ich konnte deine Gegenwart, deine Worte, dein Bild nie aus meinem Kopf bekommen. Irgendwo in der Tiefe meines Bewusstseins dachte ich immer an dich. Das war wahrscheinlich der Hauptgrund für das Scheitern all meiner Beziehungen.

Zugleich war ich jedoch von der beständigen Furcht besessen, dass eine von mir bedingungslos geliebte Person mich eines Tages aus heiterem Himmel einfach fallen lassen würde, ohne mir zu sagen, warum, und ich den Grund auch niemals erfahren würde. Diese Frau würde sich – wie du einst – ohne ein Wort in Luft auflösen und verschwinden. Und mich allein zurücklassen. Mit leerem Herzen.

Was auch immer geschah, das wollte ich nicht noch einmal durchmachen. Dann lieber allein bleiben und ein einsames, aber ruhiges Leben führen.

Ich kochte jeden Tag für mich, aß zu Hause, ging ins Fitnessstudio, um in Form zu bleiben, und achtete auf Körperpflege. In meiner Freizeit las ich. Im Singleleben ist es das Wichtigste, eine gewisse Regelmäßigkeit einzuhalten – obwohl es mitunter schwierig ist, eine Grenze zwischen Regelmäßigkeit und Monotonie zu ziehen.

Andere mochten mein Leben für frei und unbeschwert halten. Und ich wusste meine Freiheit und meinen ruhigen Alltag überaus zu schätzen. Außerdem kam dieser Lebensstil *mir persönlich* sehr entgegen. Für andere wäre er vielleicht schwer erträglich gewesen – zu eintönig, zu ruhig und vor allem zu einsam.

Aber als meine Dreißiger vorbei waren und ich vierzig wurde, überkam mich verständlicherweise eine leichte Unruhe. Würde ich am Ende mein ganzes Leben allein verbringen, ohne Bindung an einen anderen Menschen? Von nun an würde ich unweigerlich immer älter werden. Und wahrscheinlich immer einsamer. Irgendwann würde es in meinem Leben nur noch bergab gehen, und ich würde auch körperlich allmählich nachlassen. Würde vielleicht nicht mehr in der Lage sein, die Dinge zu tun, die ich bisher mühelos und ohne nachzudenken tat. Obwohl ich mir eine solche Zukunft nicht richtig vorstellen konnte, war mir klar, dass sie nicht angenehm sein würde.

Vierzig … So gesehen hatte ich dreiundzwanzig Jahre lang auf dich gewartet. Dreiundzwanzig Jahre, in denen ich nichts von dir gehört hatte. Noch immer waren Stille und Leere meine Begleiter, und ihre Gegenwart war mir völlig vertraut. Stille und Leere … Ohne sie kann ich nicht mehr von mir sprechen, so sehr sind sie ein Teil von mir geworden.

Mein vierzigster Geburtstag verlief ereignislos (ohne dass ihn jemand gefeiert hätte). Meine Position in der Firma war gesichert. Ich wurde regelmäßig befördert, und mein Einkommen ließ keine Wünsche offen (obwohl ich mir ohnehin kaum etwas wünschte). Der sehnlichste Wunsch meiner alten Eltern war es, dass ich heiratete und Kinder bekam. Doch obwohl es mir für sie leidtat, ergab sich dazu keine Gelegenheit.

Die ganze Zeit über dachte ich an dich. In einem kleinen Raum in meinem Herzen, in dem ich das Bündel deiner Briefe, das Taschentuch und das Notizbuch mit den Aufzeichnungen über die Stadt hinter der Mauer aufbewahrte, hing ich meinen Erinnerungen nach. Dort holte ich sie hervor, strich immer wieder darüber und betrachtete sie endlos (wie ein siebzehnjähriger Junge). Dieses Zimmer war den Geheimnissen meines Lebens gewidmet. Geheimnissen, die niemand sonst kannte. Nur du hättest sie zu lüften vermocht.

Aber du warst nicht bei mir. Ich hatte keine Möglichkeit zu erfahren, wo du warst.

Nicht lange nachdem ich den wenig erfreulichen Meilenstein meines fünfundvierzigsten Geburtstags hinter mir gelassen hatte, fiel ich wieder in ein Loch. Einfach so, *rumms*. Genau wie damals, als ich mit zwanzig den Boden unter den Füßen verloren hatte. Aber diesmal war es keine metaphorische Grube, in die ich fiel, sondern ein echtes Loch im Boden. Ich konnte mich nicht erinnern, wann und wie ich gefallen war. Vielleicht war ich nur zufällig gestolpert.

Als ich wieder zu mir kam (nach dem Sturz hatte ich das Bewusstsein verloren), lag ich in dem Loch. Mir tat nichts weh, so als wäre ich gar nicht gefallen. Vielleicht war ich hierhergetragen und abgelegt worden? Aber von wem? Ich hatte keine Ahnung. Auf jeden Fall war ich an einem Ort gelandet, der weit weg war von meiner ursprünglichen Welt. An einem Ort weit, weit, weit, weit weg von der Wirklichkeit.

Es ist Nacht. Der Himmel ist ein länglicher Ausschnitt über der Grube. Die Sterne funkeln. Die Grube scheint nicht besonders tief zu sein. Wenn ich wollte, könnte ich aus eigener Kraft herausklettern. Diese Erkenntnis erleichtert mich. Aber ich bin so erschöpft, dass ich mich nicht vom Boden erheben kann. Nicht einmal die Arme kann ich nach oben strecken. Es fällt mir schon schwer, die Augen offen zu halten. Ich bin so erschöpft, als wäre mein Körper kurz davor, auseinanderzufallen. Langsam schließe ich die Augen und verliere wieder das Bewusstsein. Versinke im tiefen Meer der Bewusstlosigkeit.

Wie viel Zeit ist vergangen? Als ich die Augen öffne, ist der Himmel hell. Ich sehe, wie der Wind kleine weiße Wolken vor sich hertreibt, höre Vögel zwitschern. Es scheint Morgen zu sein. Ein schöner, klarer, freundlicher Morgen. Und jemand beugt sich über den Rand der Grube und schaut zu mir hinunter. Ein großer, kräftiger Mann mit kahl geschorenem Kopf. Er trägt mehrere seltsame Kleidungsstücke übereinander; in der Hand hält er etwas, das wie eine Schaufel aussieht.

»He, du!«, ruft er mir mit sonorer Stimme zu. »Was machst du da unten?«

Ich brauche eine Weile, um zu unterscheiden, ob ich in der Realität bin oder träume. Es ist weder heiß noch kalt. Ich rieche frisches Gras.

»Was mache ich hier?«, wiederhole ich die Frage des Mannes.

»Das frage ich dich.«

»Ich weiß es nicht«, antworte ich, aber meine Stimme klingt nicht wie meine eigene. »Wo sind wir überhaupt?«

»Du meinst, wo du liegst?«, fragt der Mann ruhig. »Tut mir leid, keine Ahnung, wie du da reingekommen bist. Aber je schneller du da rauskommst, desto besser für dich. Das ist nämlich eine Grube, in die wir tote Tiere werfen, sie mit Öl übergießen und verbrennen, musst du wissen.«

24

Am Nachmittag begann es zu schneien. Unzählige weiße Flocken fielen lautlos vom windstillen Himmel auf die Stadt. Es war kein leichter Schnee, der langsam durch die Luft schwebte. Die einzelnen Flocken hatten ein solides Gewicht, sodass sie in einer geraden Linie zur Erde fielen.

Ich verließ mein Quartier, stieg den westlichen Hügel hinab und eilte zum Tor. Unterwegs begegnete ich Tieren mit schneeverkrusteten Rücken, die den Blick ergeben gesenkt hielten, weiße Atemwolken ausstießen und schwerfällig vorwärtstrotteten. In den letzten Tagen hatte die Kälte noch angezogen, und mit ihr waren auch die Nüsse und Blätter, von denen sie sich ernähren konnten, spärlicher geworden. Immer mehr von ihnen ließen ihr Leben. Die Schwachen zuerst.

Der graue Rauch, der jenseits der Mauer im Norden aufstieg, war dichter denn je. Der Wächter schien auch heute wieder damit beschäftigt zu sein, die Kadaver einzusammeln und zu verbrennen. Wie ein dickes Seil stieg der Rauch schnurgerade in den Himmel, bis ihn die Schneewolken verschluckten. Die Tiere taten mir natürlich leid, aber je größer die Zahl der

Kadaver, desto mehr Arbeit hatte der Wächter, und ich gewann wertvolle Zeit.

Er war nicht in der Hütte, aber der Ofen glühte rot und wärmte den leeren Raum. Auf der Werkbank lagen Messer und Beile, ordentlich aufgereiht. Die frisch geschliffenen Klingen blitzten verführerisch und bedrohlich zugleich und funkelten mich stumm von der Werkbank an. Ich ging durch die Wachhütte, durchquerte das Schattengehege und betrat das Zimmer, in dem mein Schatten schlief.

Es roch noch abgestandener als das letzte Mal, und ein Hauch von Tod lag in der Luft. Die dunklen Astlöcher in der Bretterwand starrten mir warnend entgegen. »Wir wissen, was du vorhast«, schienen sie zu sagen. Mein Schatten schlief wie tot, eingewickelt in seine Decke. Ich hielt ihm einen Finger unter die Nase, um mich zu vergewissern, dass er noch atmete, und stellte fest, dass er lebte. Kurz darauf wachte er auf und wälzte sich schwerfällig herum.

»Hast du dich entschieden?«, fragte er mit schwacher Stimme.

»Ja, lass uns zusammen gehen.«

»Jetzt sofort?«

»Jetzt sofort.«

»Ich dachte schon, du kommst nicht mehr.« Mein Schatten wandte mir mühsam den Kopf zu. »Was meinst du? Ich sehe doch bestimmt erbärmlich aus, oder?«

Ich legte einen Arm um seinen ausgezehrten Leib und führte ihn ins Freie. Dann lud ich ihn mir auf den Rücken. Der Wächter hatte mich davor gewarnt, meinen Schatten zu berühren, doch das spielte jetzt keine Rolle mehr. Da der Schatten fast kein Gewicht hatte, fiel es mir nicht schwer, ihn auf dem Rücken zu tragen. Und während er an mir hing, würde er Lebenskraft von mir bekommen und vielleicht nach und nach seine eigene zurückgewinnen, wie eine Wüstenpflanze, die verzweifelt Flüssigkeit aus dem Boden saugt. Ich wusste nicht, wie viel von meiner Lebenskraft ich momentan mit dem Schatten teilen konnte.

»Nimm das Horn mit«, sagte der Schatten, ehe wir die Wachhütte verließen.

»Das Horn?«

»Ja, dann wird es für den Wächter schwer, uns zu jagen.«

»Das wird ihn sehr wütend machen«, sagte ich mit einem Seitenblick auf die blitzenden Messer und Beile.

»Aber es muss sein. Die Stadt kann wahnsinnig gefährlich werden, wenn es ernst wird. Darauf müssen wir vorbereitet sein.«

So ganz begriff ich den Grund nicht, nahm jedoch gehorsam das alte Horn von der Wand und steckte es in meine Manteltasche. Durch den langen Gebrauch hatte es die Farbe von Bernstein angenommen. Offensichtlich war es aus dem Horn eines der Tiere gemacht und mit feinen Schnitzereien verziert.

»Wir haben nicht viel Zeit«, sagte mein Schatten. »Wir müssen uns beeilen. Tut mir leid, dass ich nicht selbst laufen kann.«

»Wenn ich dich auf dem Rücken durch die Stadt trage, werden wir bestimmt gesehen.«

»Die wissen ohnehin sofort, dass wir zusammen abhauen. Jedenfalls müssen wir die Südmauer so schnell wie möglich erreichen.«

Mit dem Schatten auf dem Rücken ließ ich die Wachhütte hinter mir. Jetzt gab es kein Zurück mehr. Wir erreichten den Fluss und überquerten die Alte Brücke in Richtung Süden.

Hin und wieder behinderten die Schneeflocken meine Sicht, und ich stieß mehrmals mit einem der Tiere zusammen, worauf sie jedes Mal ein seltsames leises Brummen von sich gaben.

Wegen des Schneetreibens waren nur wenige Leute auf der Straße, aber einige beobachteten uns. Sie standen nur da und starrten uns stumm an. In der Stadt sah man fast nie jemanden rennen. Würden sie irgendwo Meldung machen? »Der Traumleser hat sich wieder mit seinem Schatten zusammengetan und will aus der Stadt fliehen.« Oder waren wir nicht von Bedeutung für sie?

Ich hatte mich seit meiner Ankunft in der Stadt nicht mehr körperlich betätigt, und so war es keine Kleinigkeit für mich, mit dem Schatten auf dem Rücken durch die Stadt zu rennen, so leicht er auch war. Ich keuchte weiße Wolken in die Luft. Jeder Atemzug in der schneidend kalten Luft schmerzte wie tausend Nadelstiche in meinen Lungen. Als wir endlich den Fuß des Südhügels erreichten, blieb ich stehen, um Luft zu holen, und drehte mich um.

»Mist«, sagte der Schatten. »Schau, da ist jetzt viel weniger Rauch.«

Er hatte recht. Der Rauch, den man durch den fallenden Schnee auf der anderen Seite der Nordmauer aufsteigen sah, war eindeutig weniger geworden als noch vor Kurzem.

»Bestimmt löscht der Schnee das Feuer«, sagte mein Schatten. »Dann geht der Wächter zurück in die Hütte, um Rapsöl zu holen, und sieht, dass ich nicht mehr in der Hütte bin. Der Kerl ist gut zu Fuß. Es wird brenzlig.«

Mit dem Schatten auf dem Rücken den steilen Südhang zu erklimmen, war nicht leicht. Aber jetzt, wo ich mich entschieden hatte, kam es nicht infrage, auf halbem Weg das Handtuch zu werfen. *Außerdem konnte die Stadt meinem Schatten zufolge wahnsinnig gefährlich werden.* Während mir unter dem Mantel der Schweiß in Strömen herunterlief, setzte ich unseren Aufstieg fort. Als ich mit Mühe und Not den Gipfel erreicht hatte, waren meine Beine schwer und taub wie Steine, und ich bekam Wadenkrämpfe.

»Tut mir leid, aber ich brauche eine kurze Pause«, stieß ich keuchend hervor und kauerte mich auf den Boden. Ich wusste, es war ein Wettlauf gegen die Zeit, aber meine Beine waren in einem Zustand, in dem ich sie kaum noch bewegen konnte. »Ich muss mich kurz ausruhen.«

»Klar, ruh dich aus. Ist ja nicht deine Schuld, dass ich nicht selbst laufen kann. Mach dir keine Sorgen. Kann ich mal das Horn haben?«

»Das Horn? Was willst du damit?«

»Gib einfach her.«

Verständnislos zog ich das gestohlene Horn aus meiner Manteltasche und reichte es dem Schatten. Er setzte es an die Lippen, holte tief Luft und blies mit aller Kraft in Richtung Stadt. Einmal lang und dreimal kurz, wie es üblich war. Ich war überrascht, wie gut der Schatten das Horn blasen konnte. Es klang kaum anders als beim Torwächter. Wann hatte er diese Fähigkeit erworben? Hatte er es einfach durch Beobachtung gelernt?

»Was hast du da gemacht?«

»Wie du siehst, habe ich ins Horn geblasen. Das wird uns etwas Zeit verschaffen.« Der Schatten hängte das Horn an einen nahen Baum, wo es sofort zu sehen war. »Hier wird der Wächter es finden und mitnehmen können. Er wird uns sowieso jagen, aber wenn er sein Horn wiederhat, wird das seinen Zorn vielleicht ein wenig besänftigen.«

»Und wir gewinnen dadurch Zeit?«

Der Schatten erklärte: »Sobald das Horn geblasen wird, hören es die Tiere und versammeln sich am Tor. Dann muss der Wächter das Tor öffnen, um sie herauszulassen. Und wenn sie alle draußen sind, muss er es wieder schließen. Das sind seine Aufgaben. Natürlich dauert es eine Weile, bis alle Tiere draußen sind. Und das ist die Zeit, die wir gewonnen haben.«

Beeindruckt sah ich den Schatten an. »Du bist ganz schön schlau, was?«

»Das liegt doch auf der Hand. Die Stadt ist nicht perfekt. Nicht einmal die Mauer ist perfekt. Nichts auf der Welt ist perfekt. Alles hat seine Schwachstellen. Und eine Schwachstelle der Stadt sind die Tiere. Indem sie sie morgens und abends rein- und rauslässt, hält die Stadt ihr Gleichgewicht. Und das haben wir jetzt gestört.«

»Ich wette, die Stadt ist jetzt sehr wütend.«

»Vielleicht«, sagte der Schatten. »Wenn sie überhaupt so etwas wie Gefühle hat.«

Ich massierte mir die Waden, und endlich fühlten sich meine Beine wieder geschmeidiger an. »Komm, wir gehen weiter.« Ich erhob mich und lud mir den Schatten auf.

Jetzt ging es fast nur noch bergab. Meine Beine hatten sich vorerst erholt. Ab und zu führte der Weg ein Stück bergauf, aber die meiste Zeit ging es abwärts. Ich musste aufpassen, dass ich nicht stolperte, aber ich war nicht mehr so außer Atem. Bald wich der Weg einem kaum noch erkennbaren Pfad. Wir passierten den verlassenen Weiler. Es schneite unaufhörlich weiter. Der Schnee blieb auf meinen Haaren liegen und verwandelte sie in steife Strähnen. Ich bedauerte, keine Mütze aufgesetzt zu haben. Die dichte Wolkendecke schien einen unerschöpflichen Vorrat an Schnee zu enthalten. Und während ich voranschritt, drang in Abständen das unheimliche, gedämpfte Keuchen des Sees an mein Ohr.

»Wir haben es bis hierher geschafft, dann schaffen wir auch den Rest«, sagte der Schatten auf meinem Rücken. »Wenn wir an den verfallenen Häusern vorbei sind, kommt gleich der See. Dorthin kann der Wächter uns nicht folgen.«

Als ich das hörte, atmete ich erleichtert auf. Irgendwie hatten wir es doch bis hierher geschafft.

Doch just in diesem Moment ragte die Mauer vor uns auf.

Ohne Vorwarnung stand die massive, hohe Mauer jäh vor uns und versperrte uns den Weg. Ich blieb stehen und schnappte nach Luft. Warum war die Mauer hier? Als ich vor Kurzem hier gewesen war, hatte es sie natürlich nicht gegeben. Sprachlos starrte ich an der acht Meter hohen Backsteinmauer hinauf.

WARUM SO ERSTAUNT?, dröhnte die Mauer mit tiefer Stimme. DEINE KARTE NÜTZT DIR JETZT GAR NICHTS. DAS SIND NUR LINIEN AUF EINEM STÜCK PAPIER.

Die Mauer konnte ihre Form und ihren Standort nach Belieben verändern, das wurde mir jetzt klar. Sie konnte sich bewegen, wann und wohin sie wollte. Und sie war entschlossen, uns nicht aus der Stadt zu lassen.

»Hör nicht auf sie«, flüsterte der Schatten auf meinem Rücken. »Sieh sie auch nicht an. Sie ist nur ein Trugbild. Die

Stadt will uns bloß in die Irre führen. Also mach die Augen zu und geh weiter. Solange du ihren Worten keinen Glauben schenkst und keine Angst vor ihr hast, existiert die Mauer nicht.«

Auf Geheiß meines Schattens kniff ich die Augen fest zu und ging einfach weiter.

Wieder sprach die Mauer: IHR WERDET NIE AUF DIE ANDERE SEITE GELANGEN. WENN IHR EINE MAUER ÜBERWINDET, WARTET SCHON DIE NÄCHSTE AUF EUCH. EGAL, WAS IHR TUT.

»Hör gar nicht hin«, sagte mein Schatten. »Du brauchst keine Angst zu haben. Lauf einfach weiter. Wirf deine Zweifel über Bord und folge deinem Herzen.«

JA, LAUF NUR, sagte die Mauer und lachte laut. DU KANNST LAUFEN, SO WEIT DU WILLST, ICH WERDE IMMER AUF DICH WARTEN.

Das Hohngelächter der Mauer im Ohr, rannte ich vorwärts, ohne aufzublicken, lief genau auf die vermeintliche Mauer zu. Jetzt blieb mir nichts anderes übrig, als meinem Schatten zu vertrauen. Ich durfte keine Angst haben. Mit aller Kraft rang ich meine Zweifel nieder und vertraute auf mein Herz. Und der Schatten und ich durchquerten die dicke, angeblich aus härtestem Backstein bestehende Mauer, halb schwimmend, als würden wir durch eine Schicht Gelatine gleiten. Es war ein unbeschreibliches Gefühl. Die Schicht schien aus etwas zwischen Materiellem und Immateriellem zu bestehen. Es gab keine Zeit und keine Entfernung, nur einen besonderen Widerstand, der sich wie ein Gemisch aus ungleich großen Körnern anfühlte. Mit geschlossenen Augen durchdrangen wir die weiche, durchlässige Barriere.

»Habe ich es dir nicht gesagt?«, flüsterte mein Schatten mir ins Ohr. »Alles Illusion, nur Lug und Trug.«

Mein Herz schlug weiter hart und trocken in meiner Brust, und in meinen Ohren dröhnte noch immer das Gelächter der Mauer.

DU KANNST LAUFEN, SO WEIT DU WILLST, rief sie, ICH WERDE IMMER AUF DICH WARTEN.

25

Ich hastete durch das letzte Dickicht und kam auf der Wiese heraus, von der aus man den See sehen konnte. Als ich ihn erreichte, ließ ich den Schatten absteigen. Er war immer noch etwas wackelig auf den Beinen, aber er hatte sich so weit erholt, dass er selbstständig gehen konnte. Auch war ein wenig Farbe in sein fahles Gesicht zurückgekehrt. Er hatte zwar eine Zeit lang regelrecht an meinem Rücken geklebt, aber wir waren nicht wieder eins geworden, sondern noch immer zwei getrennte Wesen. Vielleicht hatte der Schatten auch noch nicht die Vitalität zurückerlangt, die er benötigte, um sich mit mir zu vereinen.

»Während du mich getragen hast, konnte ich notwendige Energie laden«, sagte der Schatten. »Ich kann nicht sagen, dass es reicht, aber für unsere Zwecke sollte es genügen. Lass uns verschnaufen und dann die Flucht fortsetzen.«

Ich stand da und schaute mich vorsichtig um, während ich versuchte, zu Atem zu kommen. Der See hatte sich, seit ich ihn das letzte Mal gesehen hatte, nicht verändert. Sein Wasser war wunderschön blau und klar, kein Kräuseln störte die

Oberfläche, und aus der Tiefe drang in Abständen ein ersticktes Gurgeln, in das sich mitunter dieses furchterregende Keuchen mischte, mit dem größere Wassermengen in die Höhle gesaugt wurden. Sonst war kein Laut zu hören. Der Wind hatte sich völlig gelegt. Kein Vogel flog. Ringsum fiel lautlos der reinweiße Schnee. *Was für eine herrliche Landschaft*, dachte ich. Sie berührte mich sozusagen. Bestimmt würde ich mich bei meinem letzten Atemzug an ihren Anblick erinnern, und ihre Einzelheiten würden in aller Klarheit und Schärfe wieder vor mir erstehen.

In meinem Kopf tobte ein heftiger Kampf zwischen Wirklichem und Unwirklichem. Ich stand jetzt an der Schwelle zwischen den beiden Welten, an der feinen Schnittstelle zwischen Bewusstem und Unbewusstem, und musste mich entscheiden, zu welcher Welt ich gehören wollte.

»Und du bist zuversichtlich, dass wir da heil wieder herauskommen?«, fragte ich meinen Schatten, auf den See deutend.

»Nun, der See hat eine direkte Verbindung zur Welt außerhalb der Mauer. Wenn es uns gelingt, in die Höhle auf seinem Grund vorzudringen und unter der Mauer hindurchzuschwimmen, kommen wir in der äußeren Welt wieder raus.«

»Es heißt aber, der See mündet in ein unterirdisches System aus Kalksteinkanälen, und jeder, der in den Sog der Höhle gerät, ertrinkt dort in der Finsternis.«

»Das ist eine von der Stadt erfundene Legende, um den Leuten Angst zu machen. Ein unterirdisches Labyrinth oder so was existiert nicht.«

»Um die Leute fernzuhalten, wäre es doch schneller und einfacher gewesen, eine Mauer oder einen hohen Zaun um den See zu ziehen, anstatt sich die Mühe zu machen, eine so ausgefeilte Lüge zu fabrizieren.«

Der Schatten schüttelte den Kopf. »An dieser Stelle kommt ihre Klugheit zur Wirkung. Die Stadt hat den See mit einem psychologischen Schutzwall aus Angst umgeben. Der ist wesentlich wirkungsvoller als Mauern und Zäune. Ängste zu überwinden, die sich einmal im Kopf festgesetzt haben, ist keine leichte Sache.«

»Wie kannst du dir da so sicher sein?«

»Ich hab's dir doch gesagt, die Stadt ist von vornherein voller Widersprüche. Um ihren Fortbestand zu sichern, müssen die Widersprüche erfolgreich aufgelöst werden. Zu diesem Zweck hat sie eine Reihe von Vorkehrungen getroffen, die nach einem sorgfältig ausgearbeiteten System funktionieren.«

Der Schatten stieß eine weiße Atemwolke aus und rieb sich die Hände.

»Dazu gehören auch diese bedauernswerten Tiere. Indem man sie täglich durch das Tor herein- und hinauswandern lässt, sie je nach Jahreszeit sich vermehren oder umkommen lässt, setzt die Stadt verborgene Energien frei und verarbeitet sie. Das Lesen der alten Träume in der Bibliothek, dem du hier nachgegangen bist, ist eine weitere dieser Vorkehrungen. Geistige Fragmente, die sich als alte Träume angesammelt haben, werden durch diesen Vorgang sublimiert und lösen sich in Luft auf. Damit will ich sagen, dass die Stadt technisch sehr ausgefeilt und künstlich ist. Alles in ihr ist im Gleichgewicht, und die Maßnahmen, die das ganze System im Gleichgewicht halten, funktionieren einwandfrei.«

Es dauerte eine Weile, bis ich verstand, was der Schatten sagte.

»Und eine der Maßnahmen, mit denen die Stadt dieses Gleichgewicht aufrechterhält, ist Angst. Stimmt das?«

»Genau. Sie schärft den Bewohnern ein, dass der See im Süden tödliche Gefahren birgt. Denn er ist der einzige Weg, um aus der Mauer herauszukommen. Das Nordtor bewacht der Wächter, das Osttor ist zugemauert und der Zugang zum Fluss mit schweren Eisengittern versperrt. Es gibt wohl nicht viele, die die Stadt verlassen wollen, aber sie tut alles, um jeden Fluchtweg abzuschneiden.«

»Trotzdem haben wir nichts zu befürchten.«

Der Schatten nickte. »Wir haben nichts zu befürchten. Zum Glück ist dir deine Seele noch nicht geraubt worden. Wir werden hier und jetzt eins und kehren durch den See in die äußere Welt zurück.«

In meinen Ohren gellte abermals die Stimme der Mauer. WENN DU EINE MAUER ÜBERWINDEST, WARTET SCHON DIE NÄCHSTE. Dann wieder das laute Lachen.

»Hast du keine Angst?«, fragte ich den Schatten. »Dass wir in der schwarzen Finsternis da unten ertrinken?«

»Natürlich habe ich Angst. Allein der Gedanke daran macht mich krank. Aber jetzt haben wir uns entschieden. Schließlich warst du es, der die Stadt erschaffen hat, nicht wahr? Du hattest die Kraft dazu. Und gerade, als die Mauer vor uns stand, hast du es sogar geschafft, sie zu durchqueren. So ist es. Das Wichtigste ist, dass du deine Angst überwindest. Außerdem bist du doch ein guter Schwimmer, oder? Und kannst lange die Luft anhalten.«

»Und du? Kannst du schwimmen?«

Mit einem kraftlosen Lachen breitete der Schatten die Arme aus. »Ich bin schwach geworden, aber ich bin dein Schatten. Wenn du schwimmst, werde ich neben dir schwimmen. Dieselbe Strecke, dieselbe Geschwindigkeit. Wie sollte ich nicht schwimmen können?«

Natürlich würden wir Seite an Seite schwimmen. Ich schaute in den Himmel und ließ mir den kalten Schnee ins Gesicht fallen.

»Deine Argumente sind überzeugend«, sagte ich zu meinem Schatten, worauf er wieder kraftlos auflachte.

»Danke für das Kompliment. Auch wenn es in gewisser Weise dir gilt. Schließlich bin ich dein Schatten.«

»Was du sagst, klingt durchaus schlüssig.«

»Es wird allmählich Zeit für den Sprung ins kühle Nass. Um ihn richtig zu genießen, ist die Badesaison leider noch zu fern.«

Schweigend stand ich da. Nachdem ich noch einen Blick in den dicht bewölkten Himmel geworfen hatte, sah ich dem Schatten direkt ins Gesicht. Ich fasste mir ein Herz.

»Trotzdem kann ich die Stadt nicht verlassen. Es tut mir leid, aber du wirst allein gehen müssen.«

26

Der Schatten sah mich lange an. Ein paarmal versuchte er etwas zu sagen, aber immer blieb ihm das Wort im Halse stecken. Als würde er an einem Bissen würgen, den er nicht kauen konnte. Es hatte ihm die Sprache verschlagen. Mit gesenktem Kopf malte er mit der Stiefelspitze kleine Figuren in den gefrorenen Boden, um sie sofort wieder mit der Sohle auszulöschen.

»Das hast du dir sicher sehr, sehr gut überlegt«, sagte er. »Aber es liegt nicht daran, dass du dich nicht traust, hier reinzuspringen, oder?«

Ich schüttelte den Kopf. »Nein, Angst habe ich keine mehr. Vorhin hatte ich Angst, aber jetzt nicht mehr. Wahrscheinlich hast du recht. Wir können heil auf die andere Seite kommen, wenn wir wollen.«

»Aber du bleibst trotzdem hier?«

Ich nickte.

»Und warum?«

»Vor allem sehe ich keinen Sinn darin, in meine alte Welt zurückzukehren. Dort wäre ich noch einsamer. Und sähe mich einer noch tieferen Dunkelheit gegenüber. Für mich ist es ausgeschlossen, dort jemals glücklich zu sein. Natürlich ist die Stadt nicht perfekt. Wie du schon gesagt hast, besteht sie aus vielen Widersprüchen. Und um sie aufzulösen und die Dinge passend zu machen, werden alle möglichen komplizierten Maßnahmen ergriffen. Die Ewigkeit ist eine lange Zeit. Mein individuelles Bewusstsein könnte allmählich verblassen und mein Wesen in der Stadt aufgehen. Aber selbst wenn das geschieht, macht es mir nichts aus. Wenn ich hierbleibe, bin ich wenigstens nicht einsam. In dieser Stadt weiß ich, was ich tun kann und muss.

»Die alten Träume lesen, nicht wahr?«

»Irgendjemand muss sie lesen. Diese unzähligen alten Träume, die in ihren staubbedeckten Behältern eingeschlossen sind. Ich kann es, und sie wollen es.«

»Und irgendwo im Archiv der Bibliothek schlummern vielleicht die alten Träume, die das Mädchen zurückgelassen hat.«

Ich nickte. »Mag sein. Aber nur, wenn deine Vermutung stimmt.«

»Aber sie gehören zu den Dingen, nach denen sich dein Herz sehnt.«

Ich schwieg.

Der Schatten seufzte tief.

»Wenn du hierbleibst und ich fliehe, werde ich in absehbarer Zeit sterben. Denn schließlich bist du mein Körper, und ich bin dein Schatten. Getrennt von dir werde ich nicht lange leben. Aber das ist mir egal. Denn es spielt sowieso keine Rolle.«

»Oder du überlebst in der Außenwelt und nimmst meinen Platz ein. Soweit ich sehe, hättest du die Fähigkeit dazu, und klug bist du auch. Es wird nicht lange dauern, bis niemand mehr weiß, wer der Schatten und wer der Körper ist.«

Der Schatten überlegte, dann schüttelte er den Kopf.

»Wir türmen nur eine Hypothese auf die andere, bis wir am Ende Hypothesen und Tatsachen nicht mehr auseinanderhalten können.«

»Mag sein. Aber wir brauchen etwas, worauf wir uns stützen können, um eine Entscheidung zu treffen.«

»Und du bist immer noch fest entschlossen?«

Ich nickte.

»Aber immerhin hast du bis zum Schluss zu mir gehalten und mich bis hierher begleitet.«

»Ehrlich gesagt war ich bis zuletzt selbst noch unentschlossen. Bis wir tatsächlich vor dem See standen«, sagte ich. »Aber jetzt habe ich meinen Entschluss gefasst, er steht fest: Ich bleibe hier. Und du gehst.«

Der Schatten und ich sahen uns in die Augen.

»Als dein langjähriger Gefährte kann ich dem nicht ohne Weiteres zustimmen, aber dein Entschluss scheint unverrückbar. Ich werde nicht mehr versuchen, dich umzustimmen. Wenn du hierbleibst, wünsche ich dir Glück. Wünsch auch du mir Glück auf meinem Weg nach draußen. Von ganzem Herzen.«

»Natürlich wünsche ich dir von ganzem Herzen Glück. Ich hoffe, alles wird gut für dich.«

Der Schatten streckte mir seine rechte Hand entgegen, und ich ergriff sie. Es ist ziemlich eigenartig, seinem eigenen Schatten die Hand zu schütteln. Zumal sich sein Händedruck und seine Körpertemperatur ganz normal anfühlten.

War er wirklich mein Schatten? Und war ich mein wahres

Ich? Der Schatten hatte recht, allmählich wurde es immer schwieriger, Hypothesen und Tatsachen zu unterscheiden.

Wie ein sich häutendes Insekt streifte der Schatten seinen schweren, feuchten Mantel ab und zog die Stiefel aus.

»Entschuldige dich beim Torwächter«, sagte er und lächelte leicht. »Dafür, dass ich ohne Erlaubnis das Horn aus seiner Hütte genommen und die Tiere gerufen habe. Er hat deswegen bestimmt eine mächtige Wut im Bauch.«

Mein Schatten stand im fallenden Schnee und blickte auf die Oberfläche des Sees. Schließlich holte er tief Luft und stieß eine dichte weiße Atemwolke aus. Dann stürzte er sich, ohne sich noch einmal umzudrehen, kopfüber ins Wasser. Trotz seiner Magerkeit spritzte es unerwartet hoch auf, und große Wellenringe breiteten sich aus. Ich sah zu, wie sie langsam verebbten und die Oberfläche wieder so glatt war wie zuvor. Nur das unheilvolle Keuchen der Höhle, die das Wasser einsaugte, war noch zu hören. So sehnsüchtig ich auch wartete, mein Schatten tauchte nicht wieder auf.

Lange betrachtete ich die völlig unbewegte Wasseroberfläche. Vielleicht würde doch noch etwas Unerwartetes geschehen. Aber nichts geschah. Nur unzählige Schneeflocken fielen lautlos in den See, zergingen und waren im Nu verschwunden.

Irgendwann machte ich kehrt und ging allein den Weg zurück, den wir zu zweit gekommen waren, ohne mich auch nur einmal umzudrehen. Ich wanderte den von hohem Gras überwucherten Pfad entlang, vorbei an dem verlassenen Weiler, den steilen Hang hinauf und hinunter. Bis ich über die Alte Brücke in das Regierungsviertel kam, wo ich wohnte, traf ich niemanden. Die Leute in der Stadt gingen bei so starkem

Schneefall nicht aus dem Haus. Und die Tiere befanden sich wegen des falschen Hornsignals schon jenseits der Mauer.

Zu Hause angekommen, bürstete ich mir als Erstes den Schnee vom Mantel und trocknete mir mit einem Handtuch die nassen, steif gefrorenen Haare. Meine schlammverkrusteten Stiefel säuberte ich mit einem Spachtel. An meiner Hose hafteten Unmengen von Grashalmen wie Fragmente alter Erinnerungen. Dann ließ ich mich auf einen Stuhl fallen, schloss die Augen und ließ meine Gedanken schweifen. Ich weiß nicht, wie lange ich so saß.

Als stille Dunkelheit den Raum einzuhüllen begann, zog ich die Mütze tief ins Gesicht, schlug den Mantelkragen hoch und machte mich auf den Weg am Ufer entlang zur Bibliothek. Es schneite immer noch, aber ich hatte keinen Schirm dabei. Wenigstens hatte ich einen Ort, an den ich gehen konnte.

TEIL II

27

So wie sich die Arme des Flusses gleich einem verschlungenen Labyrinth tief in die Dunkelheit der Erde winden, so scheint sich auch die Wirklichkeit in uns zu verästeln. Verschiedene Realitäten vermischen sich, verschiedene Alternativen bilden ein Geflecht, aus dem wir unsere Wirklichkeit als Ganzes erschaffen – oder zumindest das, was wir dafür halten.

Natürlich sind das letztlich nur meine persönlichen Empfindungen und Gedanken. Vielleicht ist die Aussage »Es gibt nur eine Wirklichkeit und keine andere« richtig. Vielleicht bleibt uns nichts anderes übrig, als uns verzweifelt an die eine Wirklichkeit zu klammern wie die Besatzung eines sinkenden Segelschiffes an den Großmast. Ob es uns gefällt oder nicht.

Was wissen wir schon von dem geheimen Fluss, der sich durch das dunkle unterirdische Labyrinth unter dem festen Boden, auf dem wir stehen, schlängelt? Wer von uns hat ihn schon einmal mit eigenen Augen gesehen und ist dann auf diese Seite zurückgekehrt?

In den langen dunklen Nächten starre ich endlos auf meinen schwarzen Schatten an der Wand. Er spricht kein Wort mehr. Er reagiert nicht, wenn ich ihn anspreche, wenn ich ihn etwas frage. Er ist wieder der stumme, eindimensionale Schatten von einst. Und doch wende ich mich noch immer an ihn. Manchmal könnte ich seine Weisheit und seinen Zuspruch gut gebrauchen. Aber jetzt antwortet er nicht mehr auf meine Fragen.

Was um alles in der Welt ist mit mir geschehen? Warum bin ich *hier*? Das – der Zustand der »Wirklichkeit«, in dem ich mich jetzt befinde – ist mir unbegreiflich. Ich sollte nicht hier sein. Es gibt keinen nachvollziehbaren Grund dafür. Ich habe eine klare Entscheidung getroffen und mich von meinem Schatten verabschiedet, um allein in der ummauerten Stadt zu bleiben. Warum also bin ich in diese Welt zurückgekehrt? Oder bin ich die ganze Zeit hier gewesen und nirgendwo anders? Und alles Erlebte ist nur ein langer Traum gewesen?

Aber zumindest besitze ich jetzt wieder einen Schatten. Einen Schatten, der mit mir verbunden ist. Wohin ich auch gehe, er begleitet mich. Wenn ich stehen bleibe, bleibt er auch stehen. Das beruhigt mich. Ich bin dankbar, dass mein Schatten und ich buchstäblich eins sind. Dieses Gefühl kann wahrscheinlich nur verstehen, wer seinen Schatten einmal verloren hat.

Und in meinen schlaflosen Nächten sehe ich lebhaft und in allen Einzelheiten vor mir, was ich in der ummauerten Stadt erlebt habe.

Ich erinnere mich an das spärliche Licht der Rapsöllampen in der Bibliothek, an dich, wie du gewissenhaft die Heilkräuter in dem kleinen Mörser zerstoßen hast, an das Hufgetrappel der bedauernswerten Einhörner auf dem Kopfsteinpflaster und an die Weiden, die sich auf den Sandbänken sanft im Wind wiegten. Den Klang des Horns, das der Wächter jeden Morgen und jeden Abend blies, die traurigen Rufe der unsichtbaren Nachtvögel, den Uferweg, den ich jeden Abend mit dir entlangschritt, das alte Kopfsteinpflaster, den süßen Apfelkuchen, der mir auf der Zunge zerging. Die alten Träume, die ich mit meinen Händen wärmte. Den reinweißen Schnee, der lautlos in das Gras am See fiel. Die hohe ausdruckslose Backsteinmauer, die die Stadt lückenlos umschloss und der selbst die schärfste Klinge keinen Kratzer zufügen konnte. Das schöne Mädchen in seiner schlichten, sauberen Kleidung. All das war mir versprochen worden. Hatte dieses Versprechen sich erfüllt? Oder nicht?

Vielleicht hat irgendeine Macht mich in zwei Teile gespalten. Mitunter glaube ich das. Vielleicht lebt mein anderes Ich noch immer in der ummauerten Stadt und verbringt dort seine Tage im Verborgenen. Geht jeden Abend in die Bibliothek, trinkt den grünen Kräutertee, den das Mädchen zubereitet, und liest an dem schweren Pult die alten Träume.

Das scheint mir die logischste und wahrscheinlichste Annahme zu sein. Irgendwann stand ich vor der Wahl zwischen zwei Möglichkeiten. Und das Ich hier entschied sich für das Leben hier. Aber irgendwo gab es ein Ich, das sich für die andere Seite entschieden hatte. Und *irgendwo* hieß: die Stadt mit der Mauer.

In der »wirklichen Welt« bin ich ein Mann mittleren Alters ohne besondere Eigenschaften. Ich habe nicht mehr die Fähigkeit, Träume zu lesen, wie ich es in der Stadt getan habe. Weder sind meine Augen beeinträchtigt, noch habe ich die Gabe, alte Träume zu lesen. Ich bin nur ein Rädchen im riesigen Getriebe der Gesellschaft. Noch dazu ein sehr kleines, austauschbares Rädchen, was ich unwillkürlich ein wenig bedaure.

Nach meiner Rückkehr – oder mutmaßlichen Rückkehr – fuhr ich eine Zeit lang jeden Morgen mit der Bahn zur Arbeit, als wäre nichts geschehen, tauschte wie üblich einen kurzen Gruß mit meinen Kollegen, nahm an Besprechungen teil, äußerte angemessene (wenn vielleicht auch nicht sonderlich nützliche) Ansichten und arbeitete anschließend am Computer. Ich schrieb E-Mails an Filialen im ganzen Land, gab ihnen Anweisungen und beantwortete Anfragen. Gelegentlich unternahm ich Dienstreisen, um Buchhändler und Verlagsmitarbeiter zu treffen. Meine Aufgaben waren nicht besonders schwierig, obwohl sie ein gewisses Maß an Erfahrung erforderten. Ein typisches Rädchen im Getriebe.

Bis ich eines Morgens meine Kündigung einreichte. Ich sah mich nicht in der Lage, meinen Beruf weiter auszuüben. Also entschied ich mich nach reiflicher Überlegung zu diesem Schritt. Ich musste mich aus der seelischen und körperlichen Tretmühle befreien, in der ich mich befand, auch wenn ich noch keine Alternative aufgetan hatte.

Mein Vorgesetzter war von meinem plötzlichen Entschluss völlig überrumpelt, denn bis dahin hatte nichts darauf hingedeutet. Er vermutete sogar, die Konkurrenz habe mich abgeworben. Ich versuchte ihm zu erklären, dass dies nicht der Fall sei. Das war nicht einfach, aber ich konnte ihn überzeugen. Zuerst dachte er, ich hätte eine psychische Krise. Eine Neurose oder eine vorzeitige Midlife-Crisis.

»Warum nimmst du dir nicht einfach eine Auszeit, wenn du erschöpft bist?«, redete er mir verständnisvoll zu. »Du hast doch noch so viel bezahlten Urlaub, flieg für zwei Wochen nach Bali oder so, erhol dich und komm zurück. Und dann überlegst du es dir noch mal.«

Ich hatte eigentlich ein sehr gutes Verhältnis zu meinem direkten Vorgesetzten, und ich glaube, er hegte auch eine gewisse Sympathie für mich. Deshalb hatte ich ihm gegenüber auch leichte Gewissensbisse. Aber ich hatte auf keinen Fall die Absicht, an meinen Arbeitsplatz zurückzukehren. Das war so klar wie das erste Morgenlicht.

Ich fühlte einfach, dass *diese Realität* nicht zu mir passte. So wie die Luft hier nicht gut für meine Atemwege war. Wenn ich bliebe, würde ich bald keine Luft mehr bekommen. Deshalb wollte ich so schnell wie möglich an der nächsten Station aussteigen – mehr nicht. Es musste sein, ich musste es tun.

Aber selbst wenn ich es erklärt hätte, mein Vorgesetzter (und wahrscheinlich auch meine Kollegen) hätten mich nicht verstanden. Die körperliche Empfindung, dass *diese Wirklichkeit nicht meine Wirklichkeit war*, und das tiefe Unbehagen, das damit einherging, konnte niemand nachvollziehen.

Nach meiner Kündigung hatte ich alle Freiheiten, aber keine Pläne für die Zeit danach. So verbrachte ich meine Tage vorerst allein in meiner Wohnung, möglichst ohne zu denken oder etwas zu tun. Zu mehr war ich nicht fähig. Ich fühlte mich wie eine schwere Eisenkugel, die, ihrer körperlichen Trägheit beraubt, jede Bewegung eingestellt hatte und nun reglos auf dem Boden lag. Was sich gar nicht einmal schlecht anfühlte. Während dieser Zeit schlief ich hauptsächlich, wohl mindestens zwölf Stunden am Tag. Wenn ich nicht schlief, lag ich einfach im Bett, starrte an die Decke, lauschte den durchs Fenster dringenden Geräuschen und beobachtete die über die Wände huschenden Schatten. Und versuchte darin irgendein Zeichen zu erkennen. Aber natürlich enthielten sie keine Botschaft.

Ich hatte weder Lust zu lesen (was für mich ziemlich ungewöhnlich war) noch Musik zu hören. Ich verspürte kaum Appetit und auch kein Verlangen nach Alkohol. Ich sprach mit niemandem. Auch wenn ich gelegentlich das Haus verließ, um Lebensmittel einzukaufen, fiel es mir schwer, die Szenerie um mich herum zu akzeptieren. Selbst wenn ich alte Leute sah, die mit ihren Hunden spazieren gingen, Leute, die auf Leitern standen, um ihre Pflanzen zu pflegen, oder Schulkinder, konnte ich nicht glauben, dass dies alles reale Ereignisse waren. Es schien nur eine Kulisse zu sein, geschaffen, um die Dinge plausibel zu machen und eine flache Oberfläche auf geschickte Weise dreidimensional erscheinen zu lassen.

Für mich waren die einzigen Szenen, die ich als real begreifen konnte, die Uferstraße mit Blick auf die mit Weiden bewachsenen Sandbänke, der Turm mit der Uhr ohne Zeiger, die durch den fallenden Schnee stapfenden Einhörner und das unheimliche Blitzen der vom Torwächter geschliffenen Klingen.

Doch war mir die Möglichkeit einer Rückkehr in die andere Welt verwehrt.

Finanziell hatte ich keine unmittelbaren Probleme. Ich verfügte über einige Ersparnisse (wie gesagt hatte ich jahrelang ein bescheidenes Junggesellenleben geführt) und hatte außerdem Anspruch auf fünf Monate Arbeitslosengeld. Seit etwa zehn Jahren lebte ich in einer Mietwohnung in der Stadt, was für den Weg zur Arbeit praktisch war, aber ich konnte auch jederzeit in eine billigere Wohnung umziehen. Eigentlich konnte ich mich in Japan überall niederlassen, wo ich wollte. Ein bestimmter Ort kam mir jedoch nicht in den Sinn.

Ja, ich bin eine eiserne Kugel, die über dem Boden schwebt. Eine schwere, zentripetale Kugel, die mein ganzes Denken einschließt. Äußerlich ist sie unscheinbar, aber sie hat ein enormes Gewicht. Wenn nicht jemand vorbeikommt und sie mit aller Kraft anstößt, kann sie nirgendwo hingehen. Sie kann sich in keine Richtung bewegen. Immer wieder frage ich meinen Schatten, wohin ich mich jetzt wenden soll. Aber er antwortet nicht.

28

Zwei Monate sind vergangen, seit ich gekündigt habe und ein freier Mann bin, und meine Tage stagnieren in einer endlosen Flaute. Dann habe ich eines Nachts einen langen Traum. Eigentlich ist es der erste seit einer Ewigkeit. (Rückblickend habe ich in den ganzen zwei Monaten nicht geträumt, obwohl ich so viel und tief geschlafen habe. Es ist, als hätte ich zeitweilig die Fähigkeit zu träumen eingebüßt.)

Es ist ein sehr ausführlicher und realistischer Traum von einer Bibliothek. Ich arbeite dort. Es ist jedoch nicht die Bibliothek in der Stadt hinter der hohen Mauer, sondern eine normale Bücherei, wie es sie überall geben könnte. In ihren Regalen lagern keine verstaubten alten Träume in Eiform, sondern gebundene Bücher aus Papier.

Die Bibliothek ist nicht groß. Es handelt sich vermutlich um die Stadtbücherei eines kleinen Ortes in der Provinz. Auf den ersten Blick scheint sie – wie die meisten solcher Einrichtungen – über kein großes Budget zu verfügen. Sowohl die Ausstattung als auch die Anzahl der Bücher lassen zu wünschen übrig, und Stühle und Tische sind offenbar schon jahrelang in Gebrauch. Ein Computer ist nirgends zu sehen.

Vielleicht um der Atmosphäre etwas mehr Glanz zu verleihen, hat man eine große Keramikvase in der Mitte des Tisches platziert, auch wenn der Blumenstrauß darin nicht mehr der frischeste ist. Sonnenlicht strömt, unbeeindruckt von der Knappheit des Budgets, großzügig durch die Lücken der weißen Vorhänge, die an altmodischen Messingringen vor den hohen Fenstern hängen.

An der Fensterseite stehen Tische, an denen einige Besucher lesen oder schreiben. Dem Anschein nach herrscht eine behagliche Stimmung. Die hohe, nach oben offene Decke gibt den Blick auf dicke schwarze Balken frei.

Ich bin in dieser Bibliothek angestellt. Was meine Aufgaben im Einzelnen sind, weiß ich nicht, jedenfalls scheint es hier nicht allzu betriebsam zuzugehen. Ich verspüre keinen Druck, nichts muss auf der Stelle geklärt werden. Ich arbeite in gemächlichem Tempo an Dingen, die »irgendwann in absehbarer Zeit zu erledigen sind«.

Für den Publikumsverkehr sind mehrere Damen zuständig. (Ihre Gesichter kann ich nicht sehen.) Ich habe ein Büro für mich, in dem ich Verwaltungsaufgaben erfülle. Ich überprüfe Bestandslisten, kümmere mich um Rechnungen und Quittungen und stemple Unterlagen.

Nicht dass ich an dem Arbeitsplatz in meinem Traum besonders zufrieden wäre. Aber unzufrieden oder gelangweilt bin ich auch nicht. Ich kenne mich im Umgang mit Büchern aus und bin seit vielen Jahren damit vertraut. Mein Alltag verläuft im Allgemeinen reibungslos, während ich die anstehenden Aufgaben erledige und etwaige Probleme kläre.

Zumindest bin ich keine schwere Eisenkugel mehr, die an einer Stelle festsitzt. Langsam scheint sich etwas zu bewegen, sich zu entwickeln. In welche Richtung, weiß ich nicht. Aber ich fühle mich nie schlecht, wenn ich dort bin.

Plötzlich fällt mir etwas auf. In einer Ecke meines Schreibtisches liegt ein Barett. Eine dunkelblaue Baskenmütze. Ein unentbehrliches Accessoire für die Maler in alten Filmen. Sie scheint viele Jahre täglich getragen worden zu sein, und der Stoff wirkt flauschig und weich – wie ein alter Kater, der ein Schläfchen in der Sonne macht. Seltsamerweise kommt mir das Barett vor, als wäre es *meins.* Merkwürdig. Ich trage so gut wie nie eine Kopfbedeckung, und eine Baskenmütze hatte ich (soweit ich mich erinnere) überhaupt noch nie. Ob sie mir steht? Ich schaue mich im Zimmer nach einem Spiegel um, kann aber keinen entdecken. Muss ich die Mütze aufsetzen? Und warum?

An dieser Stelle wache ich auf.

Es war noch vor Tagesanbruch, als ich aus meinem langen Traum erwachte. Das Zimmer lag im Halbdunkel. Es dauerte eine Weile, bis mir bewusst wurde, dass ich geträumt hatte – bis ich aus meiner Traumwelt in die Realität zurückgefunden hatte. Dazu bedurfte es einer leichten Anpassung an die Schwerkraft.

Daraufhin ließ ich den Traum immer wieder Revue passieren und inspizierte jede Einzelheit. Solange mir alles noch frisch im Gedächtnis war, wollte ich möglichst viel davon in meinem Notizbuch festhalten, um es nicht zu vergessen. Mit Kugelschreiber füllte ich mehrere Seiten in kleiner Schrift. Denn ich hatte den Eindruck, dass der Traum mich auf etwas Wichtiges hinwies. Kein Zweifel, der Traum wollte mir *etwas* sagen. Er drückte sich so freundlich und konkret aus, als handelte es sich um den herzlichen Austausch von Botschaften zwischen Menschen, die einander nahestehen.

Als es hell wurde und die Vögel fröhlich zu zwitschern begannen, hatte ich eine Entscheidung getroffen.

Ich brauchte eine neue Arbeit.

Ich musste weiterziehen. Sonst würde ich noch ewig hier festsitzen. Und als neuer Arbeitsplatz kam nur eine Bibliothek infrage. Es gab für mich keinen anderen Ort als eine Bibliothek. Warum hatte ich diese einfache Tatsache nicht früher erkannt?

Endlich kam Bewegung in die Sache. Dieser neue Impuls würde mich weiterbringen. Angetrieben von meinem lebendigen Traum.

29

Ich würde in einer Bibliothek arbeiten.

Aber wie wollte ich eine Stelle finden? Ich war viele Jahre lang im Buchhandel beschäftigt gewesen, hatte aber kaum je mit Bibliotheken zu tun gehabt, da dafür eine andere Abteilung zuständig war. Soweit ich mich erinnerte, hatte ich seit meinem Schulabschluss keine Bibliothek oder Ähnliches mehr benutzt.

Wenn man alle kleinen und großen, öffentlichen und privaten Bibliotheken zusammenzählte, gab es in Japan wahrscheinlich Tausende (oder vielleicht auch nicht ganz so viele … ich weiß es nicht), die mehr oder weniger verwaltet werden mussten. Welche davon würde zu mir passen? Würde meinen Wünschen entsprechen? Und hatten diese Bibliotheken überhaupt freie Stellen, die mit mir besetzt werden konnten?

Zum ersten Mal seit Langem holte ich meinen Computer hervor, um das Internet nach Informationen über Bibliotheken zu durchforsten. Ich ging in die Stadtbücherei und stöberte in der Fachliteratur, fand aber nicht, was ich suchte. Entweder war das Dargebotene zu allgemein und breit gefächert oder zu detailliert und praxisbezogen.

Nach einer Woche vergeblicher Bemühungen hörte ich auf, Informationen von außen sammeln zu wollen, und beschloss, zu dem zurückzukehren, was mein Gedächtnis hergab. Wie hatte die Bibliothek ausgesehen, die mir meine Fantasie in dem langen Traum so detailliert vor Augen geführt hatte?

Ich ging die Notizen durch, die ich mir unmittelbar darauf gemacht hatte, und rief mir die Bibliothek wieder ins Gedächtnis. Ich suchte nach Hinweisen, wo sie sich möglicherweise befand. Aussagen von Besuchern, Plakaten an den Wänden … aber ich fand nichts. Das Publikum war stumm (schließlich befanden wir uns in einer Bibliothek), und die Schrift auf den Plakaten war zu klein und zu weit weg, um sie lesen zu können. Irgendwie wusste ich aber, dass der Ort ziemlich weit von Tokio entfernt lag, was ich vor allem an der Luft zu spüren glaubte.

Ich schaue mich noch einmal aufmerksam und gründlich in dem Raum um, in dem ich in meinem Traum gearbeitet habe, um nichts Wichtiges zu übersehen.

Er ist lang gestreckt, der Dielenboden ist mit einem an einigen Stellen abgenutzten Teppich ausgelegt (der im Neuzustand wahrscheinlich hübsch war). Wie im Erdgeschoss sind die Beschläge aus Messing. An der Decke hängt eine Neonröhre. Auf dem Schreibtisch gegenüber dem Fenster stehen eine altmodische Lampe, eine Dokumentenablage, ein altes schwarzes Telefon, ein Keramikhalter für Stifte und ein unbenutzter Glasaschenbecher (in dem Büroklammern aufbewahrt werden). In der Ecke liegt die dunkelblaue Baskenmütze.

Unweit der Tür gibt es einen Stuhl mit vier Beinen und einen niedrigen Tisch. Außerdem einen Garderobenständer. Alles sehr einfach und bescheiden. Auf einem hölzernen Schränkchen steht eine Standuhr im klassischen Stil. Einen Computer gibt es nicht. Das ist alles. Absolut nichts weist auf den Standort hin.

Die Sonne scheint durchs Fenster, aber die ausgeblichenen Spitzenvorhänge sind zugezogen, sodass ich nicht hinaussehen kann. An der Wand hängt ein Kalender mit einer Landschaftsaufnahme – Berge, die sich in einem See spiegeln. Welchen Monat das Kalenderblatt zeigt, kann ich nicht erkennen. Auch die Berge und den See kann ich nicht zuordnen. Die Landschaft ist schön, könnte aber letztlich jedes touristische Ziel darstellen. Sie lässt jedoch den Schluss zu, dass sie irgendwo im Landesinneren liegt.

Natürlich muss sich die Landschaft auf dem Kalenderblatt nicht unbedingt in der Nähe der Bibliothek befinden, aber aufgrund des einfallenden Sonnenlichts und der Luftbeschaffenheit tippe ich eher auf eine Bergregion als auf einen Ort am Meer. Auch die Baskenmütze scheint eher in die Berge als an den Strand zu passen – ein Eindruck, der allerdings nur auf persönlichem Empfinden beruht.

Mehr gibt meine Erinnerung an den Traum nicht her. Ich erinnere mich an jedes Detail, aber ich habe nicht die geringste Ahnung, wie die Bibliothek heißt oder wo sie sich befindet.

Ich brauche professionelle Hilfe, am besten das praktische Wissen eines Fachmanns.

Ich rief in meiner ehemaligen Firma an und ließ mir einen Bekannten aus der für Bibliotheken zuständigen Abteilung geben. Der Mann hieß Ooki und hatte sein Studium drei Jahre nach mir abgeschlossen. Wir waren nicht wirklich befreundet, aber wir hatten ein paarmal nach der Arbeit etwas zusammen getrunken. Ooki war wortkarg und nicht gerade charmant, schien aber vertrauenswürdig zu sein. Er vertrug offenbar eine Menge, denn er konnte trinken, so viel er wollte, ohne dass man es ihm anmerkte.

»Ah, Kollege, wie geht's?«, sagte Ooki. »Ich muss zugeben, deine Kündigung kam ziemlich plötzlich.«

Ich entschuldigte mich, dass ich die Firma so sang- und klanglos verlassen hatte. Verschiedene persönliche Gründe seien zusammengekommen. Ooki verkniff sich weitere Fragen und wartete darauf, dass ich mein Anliegen vortrug.

»Ich würde dir gern ein paar Fragen über Bibliotheken stellen.«

»Ich hoffe, ich kann dir behilflich sein.«

»Um ehrlich zu sein, würde ich gern in einer Bibliothek arbeiten.«

Ooki schwieg einen Moment. »Und an welche Art von Bibliothek hast du gedacht?«

»Ich würde eine nicht allzu große in einer kleinen Stadt in der Provinz bevorzugen. Sie darf ruhig weit weg von Tokio sein. Ich bin Single, wie du weißt, und kann überall hinziehen.«

»Kleine Provinzbibliothek klingt ziemlich vage, meinst du nicht?«

»Mir wäre ein Ort in den Bergen lieber als einer an der Küste.«

Ooki lachte leise. »Das ist mal ein sonderbares Vorhaben.

Aber jetzt weiß ich Bescheid und werde mich für dich umhören. Es kann allerdings ein bisschen dauern. Denn Provinzbüchereien gibt es wie Sand am Meer, selbst wenn man sich aufs Landesinnere beschränkt.«

»Zeit habe ich im Überfluss.«

»Hast du noch weitere Sonderwünsche?«

Ich hätte ihm gern gesagt, dass die Bibliothek möglichst einen Holzofen haben sollte, aber natürlich tat ich das nicht. Heutzutage gab es wahrscheinlich nirgends eine Bibliothek, die noch einen Holzofen verwendete.

»Nein, keine. Es genügt mir, in einer Bibliothek zu arbeiten.«

»Hast du irgendeine Art von Ausbildung als Bibliothekar, ein Zeugnis oder so was?«

»Nein. Meinst du, das könnte ein Problem sein?«

»Nicht unbedingt«, sagte Ooki. »Ob eine Qualifikation vonnöten ist, variiert je nach Größe der Bibliothek und deiner Tätigkeit. Aber eins möchte ich noch hinzufügen: Auch wenn wir eine Stelle für dich finden, kannst du kein besonderes Gehalt erwarten. Möglicherweise bekommst du gerade ein bisschen mehr als ein halb ehrenamtlicher Mitarbeiter. Macht dir das was aus?«

»Nein, momentan habe ich keine finanziellen Schwierigkeiten.«

»Gut. Dann höre ich mich mal um. Ich melde mich, wenn ich was weiß.«

Ich gab ihm meine Telefonnummer, bedankte mich und legte auf.

Nachdem ich mein Vorhaben nun in Ookis Hände gelegt hatte, fühlte ich mich unerwartet erleichtert. Natürlich wusste ich nicht, was dabei herauskommen würde, aber zumindest hatte ich das Gefühl, meiner Angelegenheit einen – wenn auch nur leichten – Anstoß versetzt zu haben und dass ein frischerer Wind wehte. Endlich kam ich aus dem Bett und in die Gänge. Ich putzte meine Wohnung, wusch die Bettwäsche, ging einkaufen und kochte. Um möglichst schnell umziehen zu können, sortierte ich Kleidung und Bücher aus und spendete, was ich nicht mehr brauchte, an eine wohltätige Einrichtung in der Nachbarschaft. Nicht dass ich besonders viel besaß, aber diese kleinen praktischen Tätigkeiten hielten mich zumindest tagsüber vom Grübeln ab.

Doch sobald die Sonne unterging, der Vorhang der Nacht sich senkte, ich mich hinlegte und die Augen schloss, kehrte ich in Gedanken in die Stadt mit der Mauer zurück. Ich konnte mich nicht davon abhalten (allerdings gab ich mir auch keine besondere Mühe). Dort fiel weiter ein andauernder Nieselregen, und ich hörte den viel zu großen gelben Regenmantel des Mädchens rascheln, wenn sie neben mir ging. Dort konnte ich auch mit meinem Schatten sprechen wie mit einem anderen Ich. Auch den starken Kräutertee, den ich dort getrunken hatte, und den Apfelkuchen schmeckte ich noch ganz deutlich.

Eine Woche später rief Ooki mich um kurz nach acht an. Ich saß in meinem Sessel und las, als das unerwartete Klingeln des Telefons mich auffahren ließ. Es war so still, und das Telefon hatte schon länger nicht geläutet.

Ich nahm den Hörer ab. »Hallo?«, sagte ich heiser. Mein Herz klopfte.

»Guten Abend, ich bin's, Ooki.«

»Oh, hallo.«

»Bist du es, Kollege?«, fragte Ooki etwas argwöhnisch. »Deine Stimme klingt so anders.«

»Ich habe etwas im Hals«, sagte ich und räusperte mich.

»Es geht um die Stelle in der Bibliothek«, sagte Ooki. »Das war gar nicht einfach. Wenn jemand Mitarbeiter in einer öffentlichen Bibliothek werden, also im öffentlichen Dienst tätig sein will, wird meist eine entsprechende Qualifikation oder zumindest Berufserfahrung im Bibliothekswesen verlangt. Bekanntermaßen ist es als Quereinsteiger schwierig, eine Stelle im öffentlichen Dienst zu bekommen. Da du allerdings schon so viele Jahre in der Buchbranche tätig warst, verfügst du über ausreichend Fachwissen und solltest keine Probleme mit der praktischen Arbeit haben. Es gibt mehrere Bibliotheken, die so jemanden suchen. Eine Stelle als Bibliothekar zu finden, ist schwierig, aber wenn du flexibel bist, wärst du sehr willkommen.«

»Das heißt, es besteht die Möglichkeit einer regelmäßigen Beschäftigung?«

»Kurz gesagt, ja. Doch um ehrlich zu sein, lässt die Bezahlung zu wünschen übrig, ebenso wie die soziale Absicherung. Allerdings besteht im Falle besonderer Leistungen die Aussicht auf eine spätere Festanstellung.«

Ich überlegte kurz. »Eine Festanstellung brauche ich nicht. Und auch die Bezahlung spielt keine Rolle. Ich möchte einfach nur in einer Bibliothek arbeiten. Wenn du also eine passende Stelle im Auge hast, würde ich mich gern bewerben.«

»Gut. Dein Einverständnis voraussetzend, kümmere ich mich darum. Es gibt mehrere konkrete Optionen. In ein paar

Tagen lege ich dir eine Liste mit infrage kommenden Stellen und Standorten vor. Es wäre besser, das nicht am Telefon zu besprechen, sondern persönlich.«

Wir einigten uns auf einen Treffpunkt und eine Uhrzeit einige Tage später.

Ooki hatte vier Stadtbibliotheken ausfindig gemacht, die einen Mitarbeiter suchten. Sie befanden sich in den Präfekturen Oita, Shimane, Fukushima und Miyagi, drei in größeren Städten und eine in einer Kleinstadt. Die Bedingungen waren ähnlich, aber aus irgendeinem Grund fühlte ich mich zu der Kleinstadtbibliothek in der Präfektur Fukushima hingezogen, obwohl ich den Namen des Ortes nicht kannte. Laut Ooki lag dieser Ort nicht weit von Aizu-Wakamatsu entfernt. Vom dortigen Bahnhof brauchte man mit dem Vorortzug etwa eine Stunde. Die Stadt hatte fünfzehntausend Einwohner. Wie in vielen Kleinstädten war die Bevölkerung in den letzten zwanzig Jahren kontinuierlich zurückgegangen, weil viele junge Leute auf der Suche nach besserer Ausbildung und Arbeit weggezogen waren. Außerdem war Z** der kleinste Ort auf Ookis Liste und lag weiter vom Meer entfernt als die anderen, in einer kleinen Senke, umgeben von Bergen und einem Fluss am Stadtrand.

Nachdem ich mir die Liste angesehen und die Details überprüft hatte, bekundete ich mein Interesse an der Bibliothek der Präfektur Fukushima.

»Vielleicht könntest du hinfahren und dich persönlich vorstellen?«, fragte Ooki. »Wenn du willst, kann ich einen Termin vereinbaren. Am besten so schnell wie möglich, bevor jemand anderes die Stelle bekommt. Schließlich suchen sie einen Bibliotheksleiter. Kannst du einen Lebenslauf mitbringen?«

»Ja, ich habe schon einen vorbereitet.« Ich reichte Ooki einen Umschlag, den er in seine Ledermappe steckte.

»Eigentlich denke ich, dass diese Stadtbibliothek in Fukushima ganz gut zu dir passt.«

»Und warum?«

»Es ist zwar offiziell eine Stadtbibliothek, aber eigentlich ist die Stadt gar nicht mehr für die Verwaltung zuständig. Das erspart dir vielleicht den lästigen Umgang mit den Provinzbeamten.«

»Die Stadt kümmert sich nicht um die Verwaltung, obwohl es eine Stadtbücherei ist?«

»Ja, so ist es.«

»Aber wer verwaltet sie dann?«

»Z** hat keine Industrie, keine Landwirtschaft und keine touristischen Attraktionen. Es gibt nur ein kleines Thermalbad in der Nähe. Und wie in den meisten solchen Gemeinden herrscht chronische Ebbe in der Kasse. Zudem ist es nicht einfach, eine Bibliothek zu unterhalten, die so alt und sanierungsbedürftig ist, dass sie einen potenziellen Brandherd darstellt. Offenbar hatte man daran gedacht, sie zu schließen. Doch vor etwa zehn Jahren ergriff der Besitzer einer alten Sake-Brauerei am Ort die Initiative und gründete eine Stiftung, um die Bibliothek am Leben zu erhalten, da er sie für eine wichtige kulturelle Einrichtung und ihre Schließung für einen Verlust hielt. Die Bibliothek wurde verlegt, und die Kommune übertrug dem Sake-Brauer die Verwaltung. Das war alles, was ich herausfinden konnte. Aber vor Ort kannst du sicher mehr erfahren.«

»Ich fahre hin«, sagte ich.

»In moderner Sprache würde man sagen, dass die Bibliothek privatisiert wurde. Ich bin sicher, dass es für dich einfacher ist, unter diesen Bedingungen zu arbeiten. Ich war noch nicht dort, aber es scheint nicht gerade hektisch zuzugehen«, sagte Ooki.

Zwei Tage später rief er wieder an, um mir zu sagen, dass ich außer montags an jedem beliebigen Tag gegen 15 Uhr in der Bibliothek vorsprechen könne.

»An jedem beliebigen Tag?«, fragte ich.

»Ja, außer montags. Wann immer du willst.«

Das kam mir etwas merkwürdig vor, aber ich sah keinen Grund, Einwände zu erheben.

»Geht es um ein Vorstellungsgespräch?«

»Wahrscheinlich«, sagte Ooki. »Der Verantwortliche wirkte etwas überrascht, dass jemand, der in gesicherten Verhältnissen lebt und auf dem Höhepunkt seiner Karriere steht, den weiten Weg von Tokio auf sich nimmt, um sich für diese Stelle zu bewerben, aber ich erklärte ihm die Situation. Du seist erschöpft vom anstrengenden Leben in der Stadt und so weiter.«

»Das hast du gut gemacht«, bedankte ich mich.

Ooki schwieg einen Moment lang, bevor er weitersprach.

»Entschuldige, ich will dir nicht zu nahe treten, aber ich habe dich immer als etwas geheimnisvoll empfunden. Du schienst so wenig greifbar und schwer durchschaubar … Jetzt ist es wieder so. Ich kann nicht verstehen, warum du so plötzlich kündigen musstest, um dann unter denkbar ungünstigen Bedingungen eine Stelle in einer Bibliothek in einem Provinznest anzunehmen, von dem noch nie jemand gehört hat. Aber ich bin sicher, du hast schwerwiegende Gründe. Vielleicht darf ich sie eines Tages erfahren.« Ooki räusperte sich. »Jedenfalls wünsche ich dir viel Erfolg in deiner neuen Umgebung.«

»Danke«, sagte ich. Und brachte den Mut auf, ihm eine Frage zu stellen. »Hast du dir schon mal Gedanken über deinen Schatten gemacht?«

»Meinen Schatten? Du meinst den Schatten, den ich werfe?« Am anderen Ende der Leitung trat eine kurze Stille ein. Ooki überlegte. »Nein, ich glaube, auf den habe ich noch nie geachtet.«

»Ich mache mir ständig Gedanken über meinen Schatten. Besonders in letzter Zeit. Meinst du nicht, dass ein Mensch eine gewisse Verantwortung für seinen Schatten trägt? Ich frage mich, ob ich meinen Schatten richtig und fair behandelt habe.«

»Ist das einer der Gründe, warum du den Job wechseln willst?«

»Könnte sein.«

Wieder schwieg Ooki. »Aha …«, sagte er dann. »Nun, ehrlich gesagt habe ich keine Ahnung. Aber ich werde demnächst mehr über meinen Schatten nachdenken. Von wegen richtig und fair.«

30

Die Fahrt von Tokio nach Z** dauerte länger als erwartet. Ich brach an einem Mittwoch gegen neun Uhr morgens auf und erreichte den dortigen Bahnhof gegen zwei Uhr am Nachmittag. Das Vorstellungsgespräch sollte um drei stattfinden.

Ich nahm den Tohoku-Shinkansen nach Koriyama, dann eine Regionalbahn nach Aizu-Wakamatsu, wo ich in einen Bummelzug umstieg. Schon bald schlängelte sich der kleine Zug durch eine bergige Landschaft und durchquerte einen Tunnel nach dem anderen. Einige waren länger, andere kürzer, und ich fragte mich, wie lange es noch durchs Gebirge gehen würde. Es war Frühsommer, und die umliegenden Berge waren mit einem hellen Grün bedeckt. Von irgendwoher schien eine Brise in den Zug zu wehen, die Luft roch nach frischem Grün. Am Himmel kreisten schwarze Milane, die mit scharfen Augen die Landschaft sondierten.

Ich hatte mir schon lange gewünscht, einmal in die Berge im Landesinneren zu fahren, auch weil ich noch nie im Gebirge gelebt hatte. Ich war an der Küste geboren und aufgewachsen und hatte seit meiner Ankunft in Tokio immer in der Kanto-Ebene gewohnt. Der Gedanke, mich (vielleicht) in einer so gebirgigen Landschaft niederzulassen, war für mich eine seltsame und zugleich zutiefst faszinierende Perspektive.

Um die Mittagszeit saßen nur wenige Fahrgäste im Zug. Bei jedem Halt stiegen einige aus und andere ein. An manchen kleinen Bahnhöfen stieg überhaupt niemand ein. Mitunter gab es nicht einmal einen Bahnhofsvorsteher. Da ich keinen Appetit hatte, verzichtete ich auf das Mittagessen. Und während ich aus dem Fenster auf die endlosen Bergketten schaute, nickte ich immer wieder ein. Beim Aufwachen fühlte ich mich stets etwas unsicher. Ich geriet innerlich ins Wanken und begann mich zu fragen, was ich eigentlich hier machte und künftig machen wollte.

War ich überhaupt auf dem richtigen Weg? Oder war ich irregeleitet, hatte eine falsche Richtung eingeschlagen? Bei diesem Gedanken verkrampfte sich jeder Muskel in meinem Körper. Also bemühte ich mich, möglichst nicht so viel nachzudenken. Ich musste den Kopf frei bekommen. Was blieb mir anderes übrig, als meinem Instinkt zu vertrauen – einem Orientierungssinn, für den es keine logische Erklärung gab.

Ich hätte bestimmt schwerwiegende Gründe, hatte Ooki gesagt. Und an diese schwerwiegenden Gründe musste ich selbst glauben.

Ooki hatte mich als »schwer durchschaubar« und »wenig greifbar« bezeichnet. Das hatte mich ziemlich überrascht, denn ich wäre nie auf die Idee gekommen, dass die Menschen um mich herum mich so sehen könnten. Ich war an meinem Arbeitsplatz nie aufgefallen, hatte mir sogar vorgenommen, mich normal und vernünftig zu verhalten. Obwohl ich kein geselliger Mensch bin, hatte ich die in einem Unternehmen üblichen sozialen Kontakte genauso gepflegt wie alle anderen Mitarbeiter auch. Gut, es war ungewöhnlich, dass ich als Mittvierziger noch unverheiratet war (als einziger in der Firma), aber in jeder anderen Hinsicht unterschied ich mich kaum von meinen Kollegen. Vielleicht war ich etwas weniger duldsam und ließ weniger Nähe zu. Es war, als zöge ich eine Grenze, von der ich nicht wollte, dass jemand sie übertrat. Bei einer längeren Zusammenarbeit wird so etwas natürlich unterschwellig wahrgenommen.

Die Beschreibung »wenig greifbar« war wohl recht treffend, denn im Grunde begriff ich mich nicht einmal selbst. All das ging mir durch den Kopf, während die Berglandschaft vor dem Fenster an mir vorüberzog. Vielleicht sollte ich mich erst einmal selbst fragen, was für ein Mensch ich eigentlich war.

Ich schloss die Augen und atmete einige Male tief durch, um mich innerlich zu beruhigen. Wenig später öffnete ich die Augen wieder und blickte auf die Landschaft vor dem Fenster. Der Zug schlängelte sich durch wunderschöne kleine Täler, fuhr in Tunnel hinein und wieder hinaus. So tief in den Bergen musste es im Winter sehr kalt sein. Wahrscheinlich schneite es auch stark. Bei dem Gedanken kamen mir unwillkürlich die bedauernswerten Einhörner in den Sinn, von denen so viele in den Schneemassen ihr Leben ausgehaucht hatten. Wie sie mit ihren ausgezehrten Leibern am Boden gelegen und mit geschlossenen Augen still ihren Tod erwartet hatten.

Vor dem Bahnhof von Z** befand sich ein kleiner Platz mit einer Bushaltestelle und einem Taxistand. Aber es war kein Taxi in Sicht und auch kein Mensch. An der Bushaltestelle wartete niemand. Ich vergewisserte mich auf meinem mitgebrachten Plan, wo sich die Bibliothek befand. Vom Bahnhof waren es etwa zehn Minuten zu Fuß. Ich beschloss, ein wenig durch die Stadt zu schlendern, um die Zeit bis zu meinem Termin zu überbrücken. Nach etwa einer Viertelstunde kam ich jedoch zu dem Schluss, dass es ein unmögliches Unterfangen war, sich die Zeit mit einem Stadtbummel zu vertreiben. Es gab nichts zu sehen. In der Nähe des Bahnhofs befand sich eine kleine Einkaufsstraße, aber fast die Hälfte der Geschäfte war geschlossen, und die geöffneten schienen im Tiefschlaf zu liegen.

Ich hätte gern bei einer Tasse Kaffee in meinem Buch gelesen, aber ich konnte kein Café finden. Das Fehlen von Fast-Food-Restaurants war zwar erfreulich, aber es schien keine attraktive (oder vernünftige) Alternative zu geben. Vermutlich fuhren die Einheimischen zum Einkaufen in unscheinbaren Kombis oder Kleinwagen zu unscheinbaren Einkaufszentren am Stadtrand und aßen auch dort, wie es für die japanische Provinz typisch ist. Ein Begriff wie »Lokalkolorit« gehört wahrscheinlich einem aussterbenden Wortschatz an.

Also holte ich mir in einem Convenience-Store einen heißen Kaffee und beschloss, mit meinem Pappbecher in einem kleinen Park in der Nähe des Bahnhofs zu warten. Zwei junge Mütter beaufsichtigten dort ihre spielenden Kinder, die noch im Vorschulalter waren. Der Junge und das Mädchen turnten auf den Spielgeräten herum, während ihre Mütter danebenstanden und sich angeregt unterhielten. Auf einer der harten Bänke sitzend, beobachtete ich gedankenverloren die Szene. Sie erinnerte mich daran, wie ich als Oberschüler im Park in der Nähe des Hauses meiner Freundin auf sie gewartet hatte. Sofort fluteten Erinnerungen an diese Zeit mein Gedächtnis.

In jenem Sommer war ich siebzehn Jahre alt gewesen. Und seitdem war die Zeit für mich praktisch stehen geblieben. Die Zeiger der Uhr waren vorgerückt wie immer, die Zeit war vergangen, aber für mich war sie – mit der inneren Uhr an der Wand meines Herzens – einfach stehen geblieben. Mir war, als hätte ich die letzten dreißig Jahre damit verbracht, die Leere provisorisch mit Dingen zu füllen, die mehr oder weniger zufällig meinen Weg kreuzten. Denn mit irgendetwas musste ich sie ja füllen. Der Mensch braucht Luft zum Atmen, also atmet er im Schlaf unbewusst weiter. Genau so war es.

Plötzlich drängte es mich, den Fluss zu sehen. Warum hatte ich nicht gleich daran gedacht? Bei meiner Ankunft hätte ich mir zuallererst den Fluss ansehen sollen. Genügend Zeit hätte ich gehabt.

Als ich den ausgedruckten Stadtplan aus der Tasche zog und ausbreitete, sah ich, dass der Fluss in einem sanften Bogen um die Stadt herumführte. Was war das für ein Fluss? Welche Art von Wasser führte er? Gab es dort Fische? Und Brücken? Aber jetzt hatte ich keine Zeit mehr für einen Besuch am Fluss. Wenn ich nach dem Vorstellungsgespräch in der Bibliothek noch Lust dazu hatte, konnte ich ihn mir in aller Ruhe anschauen.

Ich trank den dünnen, fast geschmacklosen Kaffee aus und warf den Pappbecher in einen Mülleimer im Park. Die beiden Kleinen turnten noch immer auf den Spielgeräten herum, während die jungen Mütter sich unentwegt weiter unterhielten. Eine Krähe landete auf dem Trinkbrunnen und beobachtete mich von der Seite. Sie schien den Fremden und sein Verhalten genau zu beobachten. Ich wartete, bis sie davongeflogen war, bevor ich den Park verließ und den Weg zur Bibliothek einschlug.

Die Bibliothek war ein großes einstöckiges Holzgebäude. Das alte und, wie an den glänzenden neuen Dachziegeln unschwer zu erkennen, offensichtlich erst vor Kurzem renovierte Haus lag auf einer Anhöhe und hatte einen gepflegten Garten mit mehreren großen Kiefern, die stolz ihre dunklen Schatten auf den Boden warfen. Er erinnerte eher an das alte Sommerhaus einer wohlhabenden Familie als an eine öffentliche Einrichtung.

Besser als erwartet, dachte ich. Vielleicht sollte ich lieber sagen, dass ich beeindruckt war. An einem der beiden alten steinernen Torpfosten hing eine große, verwitterte Holztafel mit der geschnitzten Inschrift »Stadtbücherei Z**«. Andernfalls wäre ich wahrscheinlich daran vorbeigegangen, ohne die Bibliothek zu erkennen. In einer Kleinstadt mit begrenztem Budget hätte ich mit einem konventionelleren, ärmlicheren und weniger geschmackvollen Gebäude gerechnet.

Es war niemand zu sehen. Ich ging durch das weit geöffnete Eisentor auf dem sanft geschwungenen Weg zum Eingang. Der Kies knirschte unter meinen Ledersohlen. Auf einem Ast einer der großen Kiefern saß wieder eine tiefschwarze Krähe (und schien mich mit ihren scharfen Augen zu beobachten), aber natürlich konnte ich nicht erkennen, ob es dieselbe war wie vorhin im Park.

Ich schob die Eingangstür auf und stieg die hohe Stufe zur

Diele hinauf. Dahinter öffnete sich ein großer Raum mit hoher Decke. Massive quadratische Holzpfeiler und mehrere schön geschwungene solide Dachbalken fügten sich ineinander und stützten das große Gebäude von innen, eine Aufgabe, die sie vermutlich seit über hundert Jahren still und klaglos verrichteten. Durch ein lang gestrecktes Oberlicht über den Balken schien wohltuend die Frühsommersonne.

Ich befand mich in einer Art Foyer mit Sesseln und mehreren Regalen, auf denen Zeitungen und Zeitschriften ordentlich aufgereiht waren. Auf dem Tisch in der Mitte stand eine große Keramikvase mit weiß blühenden Zweigen. Drei Besucher saßen auf Stühlen und lasen schweigend in Zeitschriften. Es waren Männer um die sechzig oder siebzig, vermutlich im Ruhestand, die viel Zeit hatten. Für sie war die Bibliothek offensichtlich der ideale Ort, um den späten Nachmittag zu verbringen.

Hinter der Theke saß eine schlanke Dame mit Brille. Sie hatte ein etwas kantiges Gesicht und eine kleine, schmale Nase. Ihr Haar war zurückgebunden, und sie trug eine schlichte weiße Bluse. Sie hätte auch vor einem Kamin sitzen und stricken können, doch nun saß sie hinter der Theke und schrieb mit Kugelschreiber in ein dickes Registerbuch. An der Wand hinter ihr hing ein kleines, solide gerahmtes Bild mit einer sich streckenden Katze von Léonard Foujita. Vermutlich handelte es sich um eine Reproduktion. Ein Original wäre sehr wertvoll gewesen, und es war kaum vorstellbar, dass ein so kostbares Werk hier einfach so an der Wand hing. Für eine Reproduktion schien mir der Rahmen allerdings etwas zu aufwendig.

Nachdem ich mich mit einem Blick auf meine Armbanduhr vergewissert hatte, dass es kurz vor drei war, trat ich an den Tresen und nannte meinen Namen. Ich käme zu einem Vorstellungsgespräch um 15 Uhr. Sie fragte noch einmal nach meinem Namen, und ich wiederholte ihn. Ihre Augen erinnerten mich an die einer Katze. Sie changierten leicht, und ihr Blick war unergründlich.

Sie musterte mich eindringlich, wie um sich zu vergewissern, und schwieg einen Moment lang, als fehlten ihr kurzzeitig die Worte. Dann seufzte sie und antwortete in einem Ton resignierter Ergebenheit. »Sie haben einen Termin, nicht wahr?«

»Mir wurde gesagt, dass ich an jedem Tag um 15 Uhr vorsprechen kann. Außer montags.«

»Entschuldigen Sie, aber bei wem haben Sie diesen Termin?«

»Den Namen kann ich Ihnen leider nicht nennen. Jemand hat ihn für mich vereinbart und mir nur gesagt, ich solle mit dem Bibliotheksleiter sprechen.«

Sie rückte ihre Brille mit dem Zeigefinger zurecht, schwieg wieder einen Moment und wandte sich dann mit tonloser Stimme an mich. »Ich bin über dieses Gespräch nicht informiert worden, aber das macht nichts. Wenn Sie die Treppe hochgehen, finden Sie das Büro des Direktors gleich auf der rechten Seite. Bitte gehen Sie dort hinein.

Ich bedankte mich und steuerte auf die Treppe zu. Das verlegene Schweigen der Dame an der Theke schien etwas zu bedeuten und gab mir natürlich zu denken, aber mit solchen Überlegungen konnte ich mich nicht aufhalten, denn das Wichtigste war jetzt das vor mir liegende Einstellungsgespräch.

Vor der Treppe war ein einfaches Seil mit einem »Zutritt nur für Personal«-Schild gespannt. Die hohe Decke überspannte lediglich das Foyer und einen Teil des Erdgeschosses, den Rest nahm der erste Stock ein. Offenbar war nur das Erdgeschoss für die Öffentlichkeit zugänglich.

Ich stieg die knarrende Holztreppe hinauf und fand gleich zu meiner Rechten, wie mir die Dame am Empfang gesagt hatte, eine Tür mit einem Metallschild, in das das Wort »Direktor« eingraviert war. Nachdem ich mich mit einem weiteren Blick auf die Uhr vergewissert hatte, dass es kurz nach 15 Uhr war, holte ich tief Luft und klopfte behutsam an wie ein Wanderer, der die Eisdecke eines Sees prüft, bevor er sie betritt.

»Herein«, ertönte sogleich die Stimme eines Mannes aus dem Inneren, als hätte er schon auf mein Klopfen gewartet.

Ich öffnete die Tür und trat mit einer leichten Verbeugung ein. In meinen Schläfen pochte es. Anscheinend war meine Anspannung größer, als ich erwartet hatte. Es war mein erstes Vorstellungsgespräch seit meiner Arbeitssuche nach der Studienzeit, und ich fühlte mich um Jahrzehnte zurückversetzt.

Der Raum war nicht groß. Gegenüber der Tür befand sich ein hohes Fenster, durch das die Sonne schien. Davor saß an einem wuchtigen alten Schreibtisch ein Mann, dessen Gesicht ich im Gegenlicht nicht richtig erkennen konnte.

»Entschuldigen Sie, wenn ich störe«, sagte ich in der Tür stehend mit spröder Stimme und nannte meinen Namen.

»Kommen Sie herein. Ich habe Sie schon erwartet«, sagte der Mann in einem weichen Bariton, als spräche er zu einem unbekannten Tier im tiefen Wald. Ein Dialekt war nicht auszumachen. »Bitte, nehmen Sie Platz.«

Der Stuhl war ihm zugewandt, sodass wir einander nun direkt gegenübersaßen. Sein Gesicht lag noch im Gegenlicht. Da er saß, konnte ich nicht sehen, wie groß er war, aber er schien kein besonders hochgewachsener Mann zu sein. Er hatte ein rundes Gesicht und wirkte, soweit ich das beurteilen konnte, eher korpulent.

»Danke, dass Sie sich eigens herbemüht haben«, sagte der Mann, gefolgt von einem kurzen Husten. »Es muss eine lange Fahrt gewesen sein.«

Ungefähr fünf Stunden, antwortete ich.

»Aha«, sagte der Mann. »Der Shinkansen hat die Reisezeit sicher verkürzt, aber da ich kaum verreise, kenne ich mich nicht aus. Ich war schon ewig nicht mehr in Tokio oder anderswo.«

Die Stimme des Mannes hatte ein eigentümliches Timbre. Sie erinnerte mich an ein weiches, lange getragenes Tuch. Mir schien, als hätte ich sie vor langer Zeit schon einmal irgendwo gehört, aber wo und wann das gewesen war, entzog sich meiner Erinnerung.

Als sich meine Augen allmählich an das grelle Licht gewöhnt hatten, erkannte ich, dass der Mann etwa Mitte siebzig sein musste. Sein graues Haar war weit hinter die Stirn zurückgewichen. Die schweren Lider verliehen seinem Blick etwas Schläfriges, doch die Augen darunter waren hell und erstaunlich lebhaft.

Er öffnete die Schreibtischschublade, nahm eine Visitenkarte heraus und reichte sie mir über den Schreibtisch. Auf der weißen Karte stand in tiefschwarzen Lettern »Tatsuya

Koyasu, Direktor der Stadtbibliothek Z**, Präfektur Fukushima«. Dazu die Adresse und Telefonnummer der Bibliothek. Es war eine sehr schlichte Visitenkarte. »Mein Name ist Koyasu«, sagte er.

»Ein ungewöhnlicher Name, nicht?«, fühlte ich mich bemüßigt, eine Bemerkung über den Namen zu machen. »Kommt er in dieser Gegend häufiger vor?«

Direktor Koyasu schüttelte lachend den Kopf. »Nein, nein, auch hier bin ich der Einzige, der diesen Namen trägt. Niemand sonst heißt so.«

Sicherheitshalber nahm ich eine der Karten, die ich früher in meiner Firma verwendet hatte, aus dem Etui und überreichte sie ihm.

Nachdem Direktor Koyasu seine Lesebrille aufgesetzt und die Karte studiert hatte, verstaute er sie in der Schublade und nahm die Brille wieder ab. »Ich habe mir den Lebenslauf angesehen, den Sie uns freundlicherweise zugeschickt haben. Anfangs wollten wir Sie ablehnen, da Sie weder über eine besondere Qualifikation noch über Erfahrung im Bibliothekswesen verfügen. Wir waren auf der Suche nach jemandem mit Kenntnissen im Bereich der Verwaltung.«

Ich nickte verständnisinnig, ohne zu wissen, wie viele Personen dieses »wir« umfasste.

»Aber aus verschiedenen Gründen haben wir uns entschieden, Sie als Kandidaten zu akzeptieren.« Direktor Koyasu hob einen dicken schwarzen Füller auf und drehte ihn zwischen den Fingern. »Einer der Gründe ist, dass ich Ihre langjährige Erfahrung im Buchhandel für unschätzbar halte. Außerdem sind Sie noch jung. Ich kenne die genauen Umstände nicht, aber Sie haben Ihre Firma auf dem Höhepunkt Ihrer Karriere verlassen. Die meisten Bewerber auf diese Stelle sind ältere Leute, die sich schon im Ruhestand befinden. Keiner von ihnen ist so jung wie Sie.«

Wieder nickte ich. Ich wusste nicht, was ich noch hätte sagen können.

»Drittens schließe ich aus Ihrem Anschreiben, dass Sie sehr daran interessiert sind, in einer Bibliothek zu arbeiten. Und zwar nicht in einer Großstadt, sondern in einer kleineren ländlichen Gemeinde. Habe ich das richtig verstanden?«

Ganz genau, antwortete ich. Der Direktor räusperte sich und nickte.

»Ich verstehe ehrlich gesagt nicht, warum Ihnen die Arbeit in einer Bibliothek in einem abgelegenen Gebirgsort so viel bedeutet. Denn Bibliotheksarbeit ist ja doch ziemlich langweilig. Außerdem gibt es bei uns nichts, was den Namen Unterhaltung verdient. Es gibt auch keine kulturellen Anreize. Glauben Sie wirklich, dass Z** der richtige Ort für Sie ist?«

Um kulturelle Anreize sei es mir nicht zu tun, sagte ich. Ich sei auf der Suche nach einer ruhigen Umgebung.

»Bei uns ist es mehr als ruhig. So ruhig, dass Sie im Herbst die Hirsche röhren hören.« Der Direktor lächelte. »Würden Sie mir freundlicherweise erläutern, was Ihre bisherige Tätigkeit im Buchhandel beinhaltete?«

In jungen Jahren hatte ich Buchhandlungen im ganzen Land besucht, um vor Ort Erfahrungen zu sammeln und etwas über den Vertrieb von Büchern zu lernen. Mit Erreichen eines gewissen Alters hatte ich dann in der Zentrale gearbeitet und die Abläufe in den verschiedenen Abteilungen koordiniert und kontrolliert. Man kann noch so gewissenhaft arbeiten, Beschwerden gibt es immer. Aber im Großen und

Ganzen hatte ich meine Aufgaben ohne Schwierigkeiten gemeistert.

Plötzlich fiel mir ein Gegenstand ins Auge – in einer Ecke des großen Schreibtisches lag eine Mütze, ein dunkelblaues Barett. Es schien seit Jahren in Gebrauch zu sein, so weich und abgenutzt, wie es aussah. Es war genau das gleiche wie in meinem Traum – zumindest sah es so aus –, und es lag an der gleichen Stelle. Ich sog scharf die Luft ein.

Etwas verband sich mit etwas.

Es war, als bliebe die Zeit stehen. Die Zeiger der Uhr schienen eingefroren, als spürten sie verzweifelt einer gewichtigen Erinnerung aus ferner Vergangenheit nach. Es dauerte eine Weile, bis sie sich wieder bewegten.

»Stimmt etwas nicht?«, fragte Direktor Koyasu und musterte mich besorgt.

»Nein, alles in Ordnung.« Ich tat, als hätte ich etwas im Hals, und räusperte mich mehrmals. Wie selbstverständlich fuhr ich fort, ihm von der Arbeit in meiner früheren Firma zu erzählen.

»Ich verstehe. Sie haben sich im Laufe der Jahre Kenntnisse in der Buchbranche angeeignet und diese erweitert. Sie verfügen über soziale Kompetenz und wissen, wie man innerhalb eines betrieblichen Gefüges arbeitet«, sagte der Direktor, als ich meine Ausführungen beendet hatte.

Nach einem kurzen Blick auf die Baskenmütze sah ich ihn wieder an.

Dann erklärte mir Direktor Koyasu kurz die administrativen Aufgaben in der Bibliothek. Anscheinend gab es nicht viel zu tun. Er schlug mir auch ein Gehalt vor. Es war nicht hoch, aber auch nicht so niedrig, wie ich gedacht hatte. Für ein bescheidenes Leben in dieser Stadt würde es reichen.

»Haben Sie noch Fragen?«

Natürlich hatte ich die. »Wenn ich die Stelle annehme, wem wäre ich dann bei meinen Entscheidungen weisungsgebunden?«

»Mit anderen Worten: Wer ist der Chef?«

Ich nickte. »Genau, das meine ich.«

Direktor Koyasu nahm den dicken schwarzen Füller wieder auf, wog ihn in der Hand und wählte seine Worte mit Bedacht. »Die Bibliothek ist nominell eine städtische Bibliothek, wird aber von einer Stiftung betrieben, die Freiwillige aus der Stadt gegründet haben. Diese Stiftung hat einen Vorstand und einen Vorsitzenden, die theoretisch weisungsbefugt sind, aber das ist eigentlich nur eine Formalität, denn sie äußern sich kaum.«

Direktor Koyasu verstummte. Ich wartete auf eine Ergänzung, aber es schien keine zu geben.

Als ich schwieg, blinzelte Direktor Koyasu einige Male und legte seinen Füllfederhalter auf den Schreibtisch. »Erlauben Sie, dass ich Ihnen das irgendwann später in Ruhe erkläre. Denn das wird eine längere Geschichte. Wenn Sie Fragen haben, wenden Sie sich bitte vorerst immer an mich, ja? Ich werde versuchen, Sie so gut wie möglich zu beraten. Wäre das in Ordnung für Sie?«

»Die Umstände sind mir noch nicht ganz klar, aber wenn ich es richtig verstanden habe, treten Sie als Direktor dieser Bibliothek zurück, nicht wahr?«

»Ja, das ist richtig. Besser gesagt, ich habe meinen Posten bereits verlassen, die Stelle ist also vakant.«

»Aber Sie behalten Ihre Funktion als Berater?«

Herr Koyasu verdrehte abrupt ein wenig den Hals wie ein Wasservogel, der ein Geräusch gehört hat.

»Nein. So etwas wie eine Beraterposition gibt es offiziell nicht. Ich gehe einfach davon aus, dass Sie etwas Zeit brauchen, bis Sie alle Aufgaben voll übernehmen können. In dieser Zeit möchte ich Ihnen bei Bedarf persönlich zur Seite stehen. Vorausgesetzt natürlich, es stört Sie nicht.«

Ich schüttelte den Kopf. »Nein, ganz im Gegenteil. Ich wäre Ihnen sogar sehr dankbar. Für mich klingt es fast so, als hätten Sie sich bereits für mich als Ihren Nachfolger entschieden.«

»Aber das haben wir doch«, sagte Direktor Koyasu sichtlich erstaunt, dass ich davon nichts zu wissen schien. »Wir hatten das von Anfang an vor. Offen gesagt haben wir uns bei Ihren Kollegen in der Firma, in der Sie bisher gearbeitet haben, nach internen Informationen erkundigt. Ihr Ruf ist tadellos. Sie seien fachlich kompetent und persönlich vertrauenswürdig wie ein Baum im Wald.«

Wie ein Baum im Wald? Ich traute meinen Ohren nicht. Ich konnte mir partout nicht vorstellen, wer von meinen ehemaligen Kollegen so etwas sagen würde. *Wie ein Baum im Wald?*

Direktor Koyasu fuhr fort. »Deshalb haben wir Sie extra den weiten Weg kommen lassen. Wir hielten es für besser, Sie vor der offiziellen Entscheidung zu sehen und mit Ihnen persönlich zu sprechen. Inoffiziell war die Entscheidung aber schon gefallen. Wir wollen die Stelle unbedingt mit Ihnen besetzen.«

»Danke«, sagte ich und vergaß, dem Wort besonderes Gewicht zu verleihen. Dann holte ich langsam und tief Luft, um einen Seufzer der Erleichterung auszustoßen.

Anschließend besprachen wir einige praktische Aspekte im Zusammenhang mit meiner neuen Stelle. Ich musste meine Wohnung in Tokio aufgeben und hierherziehen. Also brauchte ich eine neue Unterkunft. Direktor Koyasu bot mir an, eine geeignete Wohnung für mich zu finden. Es gäbe mehrere freie Häuser im Ort, und die Mieten seien im Vergleich zu Tokio niedrig. Um die Einrichtung könnten wir uns später kümmern. Als wir nach einer halben Stunde alles besprochen hatten, stand Direktor Koyasu auf, nahm seine dunkelblaue Mütze vom Schreibtisch und setzte sie auf. Er sagte, er habe etwas zu erledigen und müsse dorthin zurück, woher er gekommen sei.

Dorthin zurück, woher ich gekommen bin schien mir eine seltsame Formulierung. Aber da er sich von Anfang an etwas seltsam ausgedrückt hatte, dachte ich nicht weiter darüber nach.

»Sie haben eine schöne Baskenmütze«, fischte ich ein wenig im Trüben.

Direktor Koyasu lächelte erfreut. Er nahm die Mütze ab und betrachtete sie, dann setzte er sie wieder auf und rückte sie ein wenig zurecht. Jetzt wirkte sie wie ein organischer Teil seines Kopfes. »Oh, sie ist seit zehn Jahren mein Liebling. Es ist unvermeidlich, dass man mit den Jahren schütteres Haar bekommt und eine Mütze braucht. Besonders im Winter. Also bat ich meine Nichte, mir von ihrer Frankreichreise eine Baskenmütze aus einem Pariser Nobelgeschäft mitzubringen. In meiner Jugend habe ich französische Filme geliebt und mir immer eine gewünscht. Nun war ich der Einzige in unserer abgelegenen Gegend, der eine Baskenmütze trug. Am Anfang war mir das etwas peinlich, aber inzwischen haben sich alle daran gewöhnt. Sowohl ich als auch die anderen.«

Erst jetzt fiel mir auf, dass an Direktor Koyasus Erscheinung noch etwas sehr außergewöhnlich war, noch exzentrischer als seine Baskenmütze, denn er trug statt einer Hose einen Rock.

Später war er so freundlich, mir in einem Satz zu erklären, warum er im Alltag immer einen Rock trug.

»Vor allem fühle ich mich, wenn ich einen Rock trage, wie die Zeilen eines schönen Gedichts.«

31

Nicht lange danach gab ich meine Wohnung in Nakano auf, in der ich über zehn Jahre lang gelebt hatte, und kehrte Tokio den Rücken, um mein neues Haus in Z** zu beziehen. Möbel und Elektrogeräte ließ ich abholen. Es waren nicht viele, und nichts war von hoher Qualität. Die meisten meiner zahlreichen Bücher konnte ich nicht mehr unterbringen und verkaufte sie an Antiquariate. Von nun an würde ich in einer Bibliothek arbeiten, an Lesestoff würde es mir also nicht mangeln. Alte Anzüge und Jacken, die ich nicht mehr brauchte, gab ich in die Altkleidersammlung. Bevor ich mein neues Leben begann, wollte ich so viel wie möglich vom Mief der Vergangenheit loswerden. Dank dieser Aktion fanden alle meine Sachen in einem Umzugswagen Platz, und ich fühlte mich zum ersten Mal seit Langem wieder leichter.

Dieses Gefühl der Befreiung ähnelte dem, das ich empfunden hatte, als ich mich entschloss, in der Stadt mit der hohen Mauer zu leben. Ich hatte sie buchstäblich nur mit meinem nackten Leben betreten (sogar meinen Schatten hatte ich aufgegeben), und alles, von der Unterkunft bis zur Kleidung, war mir zur Verfügung gestellt worden. Alles war sehr schlicht gewesen, aber ich hatte keinen Mangel gelitten.

Im Gegensatz zu damals schleppte ich jetzt einen ganzen Kleinlaster voller Habseligkeiten aus meiner Vergangenheit mit mir herum. Aber die Leichtigkeit, die ich empfand, war ein durchaus verwandtes Gefühl.

Der Makler, dessen Büro am Bahnhof lag, begleitete mich zu meinem Haus. Der zierliche, unglaublich liebenswürdige Mann mittleren Alters namens Komatsu erklärte, er habe mir im Auftrag der Bibliothek eine Unterkunft besorgt.

Es war ein kleines Haus unweit des Flusses, umgeben von einem dunkelbraunen Lattenzaun mit einem kleinen Garten, in dem ein alter Kakibaum stand. Es gab auch einen halb zugeschütteten Brunnen, der nicht mehr benutzt wurde. Daneben wucherte ein Goldröschenstrauch, und die kleine Steinlaterne dahinter war von grünem Moos überzogen. Das Unkraut war gejätet, die Azaleenbüsche waren sauber gestutzt. Da das Haus seit einem halben Jahr unbewohnt und der Garten verwildert war, hatte man wenige Tage vor meinem Einzug einen Gärtner kommen lassen.

»Das kommt Ihnen vielleicht etwas aufdringlich vor, aber in dieser Gegend legt man großen Wert auf den Garten«, sagte Herr Komatsu.

»Natürlich«, stimmte ich ihm zu.

»Der Kakibaum trägt im Herbst wunderschöne Früchte, aber die sind ungenießbar sauer. Das ist schade, aber so kommen wenigstens keine Kinder und stehlen sie.«

»Dann wissen also alle Bescheid«, sagte ich, »dass die Kakis hier im Garten zwar schön aussehen, aber sauer sind.«

Herr Komatsu nickte mehrmals. »Ja, die Leute hier wissen über alles Bescheid. Bis hin zur einzelnen Kaki.«

Es hieß, das Haus sei fünfzig Jahre alt, auch wenn es auf mich nicht sonderlich alt wirkte. Es war klein und fein und auf eine sympathische Weise unauffällig. Vor mir hatte eine alleinstehende alte Dame darin gewohnt.

»Sie war sehr reinlich, und das Haus ist innen sehr gepflegt«, erklärte mir Herr Komatsu. Er erzählte mir nicht, was aus der alten Dame geworden war, und ich traute mich auch nicht, ihn zu fragen. Das Haus hatte nur wenige Zimmer, aber genau die richtige Größe für eine alleinstehende Person. Die Miete betrug nur ein Fünftel dessen, was ich in Tokio bezahlt hatte. Mein Arbeitsplatz, die Bibliothek, war fünfzehn Minuten zu Fuß entfernt.

»Wenn Ihnen dieses Haus nicht gefällt, suche ich Ihnen gerne ein anderes. Sagen Sie es mir nur geradeheraus«, sagte Herr Komatsu.

»Vielen Dank. Aber so wie ich es sehe, gibt es kein Problem.«

Und so war es wirklich. Wie man mir gesagt hatte (»Sie können ganz spontan herkommen«, waren Direktor Koyasus Worte gewesen), war vom Kühlschrank über Geschirr und Kochtöpfe bis zu einem einfachen Bett mit Bettzeug so gut wie alles vorhanden, was ich zum täglichen Leben brauchte. Keiner der Gegenstände schien neu zu sein, aber alt waren sie auch nicht. Sie entsprachen voll und ganz meinen Bedürfnissen. Herr Komatsu hatte im Auftrag der Bibliothek alles organisiert. Ich dankte ihm. Es musste ziemlich anstrengend gewesen sein, all diese Vorbereitungen zu treffen.

»Nein, nein«, winkte er ab. »Das war überhaupt keine Mühe. Es kommt selten genug vor, dass jemand von woanders in unsere Stadt zieht.«

So begann mein neues, bescheidenes Leben in Z**. Jeden Morgen kurz nach acht Uhr verließ ich das Haus, ging am Ufer entlang flussaufwärts und bog dann in eine Straße ein, die in die Ortsmitte führte. Anders als in meiner alten Firma konnte ich auf Anzug und Krawatte ebenso verzichten wie auf enge Lederschuhe, wofür ich besonders dankbar war. Allein dafür hatte es sich schon gelohnt, die Stelle zu wechseln. Erst als ich mein altes Leben hinter mir gelassen hatte, wurde mir bewusst, wie viel Ungemach ich bis dahin erduldet hatte.

Das Rauschen des Flusses war so beruhigend, dass ich, wenn ich die Augen schloss, die Illusion hatte, das Wasser flösse durch mich hindurch. Das aus den umliegenden Bergen kommende Wasser war klar, und hier und da sah man kleine Fische. Mitunter stand ein schlanker weißer Reiher auf einem Felsen und starrte geduldig ins Wasser.

Der Fluss war ganz anders als der in der ummauerten Stadt. Hier gab es keine großen Sandbänke, keine Weiden. Auch keine alten Steinbrücken. Und natürlich keine Ginsterblätter fressenden Einhörner. Der Fluss war hier von einer gleichförmigen Uferbefestigung aus Beton eingefasst. Aber das fließende Wasser war genauso klar und schön und rauschte kühl und sommerlich dahin. Es war eine Freude, an einem so angenehmen Fluss zu leben.

Mein neuer Wohnort lag in einer Senke, umgeben von Bergen, weshalb es dort im Sommer heiß und im Winter kalt war. Als ich Ende August dort ankam, war es in den Bergdörfern schon Herbst, und das laute Zirpen der Zikaden war kaum noch zu hören, obwohl noch große Hitze herrschte und mir die Sonne unbarmherzig in den Nacken brannte.

Mithilfe der Menschen um mich herum arbeitete ich mich nach und nach in meine Aufgaben als Bibliotheksleiter ein. Es gab nur eine Bibliothekarin, Frau Soeda (die Dame mit der Metallbrille und dem zurückgebundenen Haar, die bei meinem ersten Besuch hinter der Theke gesessen hatte), und einige Aushilfskräfte, sodass ich viele der täglich anfallenden Aufgaben selbst erledigen musste.

Von Zeit zu Zeit tauchte Herr Koyasu in meinem Büro auf, setzte sich mir gegenüber an den Schreibtisch und wies mich in die praktischen Details meiner Tätigkeit als Direktor ein. Dazu gehörten die Auswahl der Bücher für die Bibliothek, das Führen des Registers, die Buchhaltung (einmal im Jahr kam ein Steuerberater, um den offiziellen Teil zu übernehmen) sowie der Umgang mit dem Personal und den Besuchern. Es gab viele Dinge, die ich mir merken musste, aber da wir eine kleine Einrichtung waren, war nichts besonders kompliziert. Nach und nach konnte ich mir alles merken, was mir gesagt wurde, sodass ich meine Aufgaben mit der Zeit mühelos beherrschte. Herr Koyasu war ein sehr freundlicher Mensch (wahrscheinlich von Natur aus), und die Bibliothek schien ihm sehr am Herzen zu liegen. Er betrat und verließ den Raum stets unangekündigt. Er war wie ein scheues Waldtierchen.

Allmählich freundete ich mich auch mit den Damen an, die in der Bibliothek arbeiteten. Anfangs waren sie (natürlich) etwas reserviert gegenüber dem Fremden, der plötzlich aus

Tokio aufgetaucht war, aber nachdem wir mehr Zeit miteinander verbracht und uns über alltägliche Dinge ausgetauscht hatten, fassten sie Vertrauen zu mir. Alle waren zwischen dreißig und vierzig Jahre alt, kamen aus der näheren Umgebung, waren verheiratet und bis auf Frau Soeda hatten sie Kinder. Dass ich mit Mitte vierzig noch ledig war, erschien ihnen außergewöhnlich und irgendwie aufregend.

»Natürlich war Herr Koyasu auch lange Single, aber er war auch der Typ dafür«, sagte die Bibliothekarin, Frau Soeda.

»Herr Koyasu ist Junggeselle?«, fragte ich.

Sie nickte stumm und machte ein Gesicht, als hätte sie etwas Falsches gesagt. Das sagte mir, dass ich dieses Thema (zumindest für den Moment) lieber auf sich beruhen lassen sollte.

Anscheinend gab es einige wesentliche Dinge hinsichtlich Herrn Koyasu, über die nicht gesprochen wurde – zumindest nicht mit mir.

32

Herr Koyasu erschien in unregelmäßigen Abständen in meinem Büro, offenbar, wann immer ihm danach war. Das war etwa alle drei bis vier Tage der Fall. Er öffnete leise (fast lautlos) die Tür, betrat den Raum, unterhielt sich etwa eine halbe Stunde lang freundlich mit mir und verschwand ebenso leise wieder. Wie eine angenehme Brise. Erst im Nachhinein fiel mir auf (zum eigentlichen Zeitpunkt dachte ich mir nichts dabei), dass Herr Koyasu und ich uns nie außerhalb der Bibliothek begegneten. Und wir waren immer nur zu zweit. Es war nie jemand anderes dabei.

Herr Koyasu kam unweigerlich mit seiner dunkelblauen Baskenmütze auf dem Kopf und in einen Wickelrock gekleidet. Er schien mehrere davon zu besitzen, einige einfarbig, andere kariert. Die Farben waren im Allgemeinen kräftig, jedenfalls nicht gedeckt. Darunter trug er eine Art enge schwarze Strumpfhose.

Nach einigen Begegnungen hatte ich mich an seine Aufmachung gewöhnt und fand sie nicht mehr seltsam. Wie die Leute ihn ansahen oder auf ihn reagierten, wenn er so durch die Stadt ging (was er sicher tat), konnte ich mir nur vorstellen. Aber vermutlich hatten sie ihn schon so oft gesehen, dass auch sie an seinen Anblick gewöhnt waren und sich nichts mehr dabei dachten. Außerdem war Herr Koyasu im Ort eine bekannte Persönlichkeit. Man würde nicht mit dem Finger auf ihn zeigen.

Aber als wir uns eines Tages unterhielten, erlaubte ich mir die Frage, wann er angefangen habe, Röcke zu tragen, und er erklärte es mir in einem fröhlichen Ton, als wäre es etwas ganz Selbstverständliches. »Wenn ich einen Rock trage, fühle ich mich wie die Zeilen eines schönen Gedichts.«

Aus irgendeinem Grund war ich weder überrascht noch sonderlich verwundert über diese Erklärung, sondern akzeptierte sie als etwas ganz Natürliches. Röcke zu tragen, musste angenehmer und vor allem bequemer für ihn sein als alles andere. Was immer der Grund dafür sein mochte, so war es doch bestimmt wundervoll, sich zu fühlen wie die Zeilen eines schönen Gedichts. Natürlich würde ich deshalb jetzt nicht auch Röcke tragen, aber letztendlich war das nur eine Frage des persönlichen Geschmacks.

Herr Koyasu war mir äußerst sympathisch, und ich glaube, das beruhte auf Gegenseitigkeit. Dennoch blieb unser Austausch stets auf offizielle Belange beschränkt. Er wehte ohne Vorankündigung in mein Büro herein, half mir bei meinen Aufgaben und beriet mich hilfsbereit und kompetent, wenn ich etwas nur schwer beurteilen konnte. Ohne ihn hätte es viel mehr Zeit und Mühe gekostet, die Grundzüge meiner Arbeit zu verstehen. Die Arbeit selbst war nicht besonders kompliziert, aber es gab eine Reihe von heiklen lokalen Gepflogenheiten.

Bei unseren angeregten Gesprächen über die Verwaltung der Bibliothek tranken wir ausnahmslos Tee. Herr Koyasu schien keinen Kaffee zu mögen. In der Vitrine des Büros stand eine weiße Teedose aus Porzellan mit einer speziellen Schwarzteemischung. Nachdem Herr Koyasu das Wasser im Wasserkocher erhitzt hatte, brühte er den Tee liebevoll und mit größter Sorgfalt auf. Ich genoss dieses Ritual, denn der Tee war köstlich, sowohl vom Duft als auch von der Farbe her. Ich war eigentlich Kaffeetrinker, aber diesen Tee mit Herrn Koyasu zu trinken, wurde zu einer der kleinen Freuden meines Alltags. Und auch ihm war seine Freude anzusehen, wenn ich das Aroma seines Tees lobte.

Dessen ungeachtet sahen wir uns nie außerhalb der Bibliothek, und ich nahm an, dass er nur ungern allzu privaten Umgang pflegte. Und um ehrlich zu sein, war ich ganz froh darüber.

Wenn ich von der Arbeit in der Bibliothek nach Hause kam, bereitete ich mir eine einfache Mahlzeit zu und setzte mich dann zum Lesen in den Sessel. Im Haus gab es weder einen Fernseher noch eine Stereoanlage. Nur ein Transistorradio für den Notfall. Ich hatte einen Laptop, den ich aber noch nie gern benutzt hatte, und so blieb mir nichts anderes übrig, als im Sessel zu sitzen und zu lesen, wonach mir gerade der Sinn stand.

Dabei genehmigte ich mir immer einen Scotch mit Eis, manchmal auch zwei. Meist wurde ich gegen zehn Uhr schläfrig und ging ins Bett. Wenn ich eingeschlafen war, wachte ich bis zum nächsten Morgen nicht auf.

Hatte ich morgens oder am späten Nachmittag nichts Besonderes zu tun, ging ich in der Umgebung spazieren. Der Weg am Fluss, wo es so schön rauschte, war eine meiner Lieblingsstrecken.

Hier war selten jemand unterwegs, nur ab und zu traf ich Jogger oder Spaziergänger, die ihre Hunde ausführten. Nach einigen Kilometern flussabwärts endete plötzlich der Asphalt, und ein schmaler Pfad führte vom Fluss weg in die Wiesen. Unbekümmert ging ich weiter, bis nach einer Weile – ich war seit etwa zehn Minuten unterwegs – der Pfad verschwand und ich mitten auf der Wiese im hohen Gras stand. Kein Laut war zu hören. Nur die Stille summte in meinen Ohren. Ein Schwarm roter Libellen umkreiste mich lautlos.

Der Himmel über mir war klar und strahlend blau. Feste weiße Herbstwolken behaupteten ihren Platz wie bruchstückhaft in eine Geschichte eingefügte Episoden. Beim Einatmen roch ich den kräftigen Duft der Gräser. Es war ein echtes Königreich und ich ein dreister Eindringling, der keine Ahnung von seiner grashaften Bedeutung hatte.

Wenn ich dort stand, wurde ich immer traurig. Es war die Erinnerung an eine tiefe Traurigkeit, die ich vor langer Zeit erlebt hatte. Ich erinnerte mich noch gut daran. Es handelte sich um die Art von Traurigkeit, die man nicht in Worte fassen kann und die auch nicht mit der Zeit verschwindet. Sie hinterlässt unsichtbare Wunden an unsichtbaren Stellen. Wie sollte man mit so etwas umgehen?

Ich blickte auf und lauschte noch einmal aufmerksam auf das Rauschen des Flusses. Aber noch immer war kein Laut zu hören. Nicht einmal der Wind wehte. Die Wolken verharrten endlos an der gleichen Stelle. Ich schloss still die Augen und wartete darauf, dass Tränen aufstiegen und über mein Gesicht liefen. Doch die unsichtbare Traurigkeit gewährte mir nicht einmal das.

So gab ich auf und ging schweigend den Weg zurück, den ich gekommen war.

Obwohl ich Herrn Koyasu häufig in der Bibliothek sah, wusste ich lange Zeit so gut wie nichts über ihn.

Er war Junggeselle, aber vielleicht hatte er einmal eine Familie gehabt? Frau Soeda hatte in Bezug auf Herrn Koyasus Junggesellenstatus gesagt: »Er war auch der Typ dafür.« Warum hatte sie »war« gesagt? Warum hatte sie in der Vergangenheitsform gesprochen?

Je mehr ich darüber nachdachte, desto sicherer wurde ich, dass es für mich noch viel über Herrn Koyasu zu erfahren gab. Zugleich hatte ich aber auch das Gefühl, dass es vielleicht besser war, nichts über ihn zu wissen, auch wenn ich mir nicht erklären konnte, warum.

Die Damen, die in der Bibliothek arbeiteten, waren für gewöhnlich sehr gesprächig. Natürlich war die Bibliothek ihr Arbeitsplatz, und im öffentlichen Teil verhielten sie sich bewusst ruhig. Wenn sie etwas mitzuteilen hatten, taten sie es kurz und leise. Aber sobald sie sich in eine nicht einsehbare Ecke zurückgezogen hatten, redeten sie ununterbrochen, vielleicht eine Reaktion auf die erzwungene Schweigsamkeit. Da sie meist flüsterten, versuchte ich nach Möglichkeit nicht in ihre Nähe zu kommen.

Bei aller Redseligkeit sprachen sie in meiner Gegenwart nur selten über Herrn Koyasu. Wenn es um andere Themen ging (die Bibliothek oder den Ort), ließen sie mich großzügig und ausgiebig an ihrem Wissen teilhaben, aber sobald das Thema auf Herrn Koyasu kam, wurden sie aus irgendeinem Grund wortkarg und undeutlich. Und hielten ihre persönliche Meinung oder die der Allgemeinheit irgendwo in einer hinteren Ecke versteckt wie schmutzige Wäsche.

Aus diesem Grund gelang es mir nicht, irgendwelche Informationen über Herrn Koyasu zu erhalten. Sein persönlicher Hintergrund blieb mir ein Rätsel. Ich hatte keine Ahnung, warum mir niemand mehr über diesen eigenwilligen, adretten Herrn im Rock erzählen wollte. Es war fast so etwas wie ein Tabu. Wie wenn es heißt, niemand darf den Dorfschrein in seinem Hain öffnen und einen Blick hineinwerfen. Es war eine Art einfaches – aber offenbar bis in die tiefsten Schichten des Bewusstseins meiner Kolleginnen eingedrungenes – Tabu.

So vermied auch ich es nach Möglichkeit, über Herrn Koyasu zu sprechen, um die Damen nicht in Verlegenheit zu bringen. Außerdem hatte seine Geschichte, was auch immer er erlebt hatte, keinen Einfluss auf meine Aufgaben in der Bibliothek, zumindest nicht im Moment. Herr Koyasu führte mich freundlich und systematisch in die Grundlagen meiner Arbeit als Bibliotheksdirektor ein, und es war ihm zu verdanken, dass ich seine bisherigen Aufgaben so reibungslos übernehmen konnte. Oft ist es besser, Dinge nicht zu wissen, die man nicht wissen muss. Glaube ich jedenfalls.

Der Ehemann von Frau Soeda, der Bibliothekarin, war Lehrer an der öffentlichen Grundschule der Stadt. Sie hatten keine Kinder. Frau Soeda war in der Präfektur Nagano geboren und hatte nach ihrer Heirat ihre Heimatstadt verlassen, um mit ihrem Mann hierherzuziehen. Das war etwa zehn Jahre her. Trotzdem wurde sie noch immer als »Fremde« behandelt. Nur wenige Menschen kamen in den kleinen Ort oder verließen ihn. Neuankömmlinge wurden nicht besonders herzlich aufgenommen, und die Einheimischen waren zögerlich oder sogar abgeneigt, Menschen von außerhalb willkommen zu heißen. Frau Soeda war jedoch außerordentlich tüchtig und hatte fast alle Verwaltungsaufgaben in der Bibliothek übernommen. Sie besaß eine rasche Auffassungsgabe und machte nie einen Fehler.

»Ohne Frau Soeda«, sagte Koyasu, »wäre die Bibliothek wahrscheinlich nach einer Woche am Ende.« Und nach einiger Zeit konnte ich mich dieser Einschätzung nur von ganzem Herzen anschließen.

Im Grunde war sie der Dreh- und Angelpunkt der Bibliothek. Ohne sie wäre das System immer langsamer geworden und wahrscheinlich irgendwann zum Stillstand gekommen. Sie war in engem Austausch mit dem Rathaus, koordinierte den Einsatz der Mitarbeiterinnen und hatte alles in der Bibliothek im Blick – vom defekten Boiler bis zum Auswechseln der Glühbirnen –, um sicherzustellen, dass es zu keiner Störung des Bibliotheksbetriebs und keinen Beschwerden seitens der Nutzer kam. Sie beaufsichtigte die Aushilfskräfte und beseitigte unverzüglich jedes Problem. Sooft in der Bibliothek eine Veranstaltung stattfand, stellte sie eine Liste der benötigten Dinge zusammen und sorgte dafür, dass alles funktionierte. Sie hatte auch ein Auge auf den Garten. Alles andere, was für den reibungslosen Betrieb der Bibliothek notwendig war, unterlag ebenfalls ihrer Kontrolle.

Eigentlich wäre sie die beste Wahl für die Leitung der Bibliothek gewesen, sagte ich zu Herrn Koyasu. Eine so tüchtige Frau hätte den Bibliotheksbetrieb ohne Probleme aufrechterhalten können, ohne dass ein Neuling wie ich den Chefsessel besetzt hätte.

Herr Koyasu schaute mich etwas bekümmert an. »Das hatte ich ihr auch vorgeschlagen. Das Beste wäre, Sie würden in meine Fußstapfen treten, sagte ich zu ihr. Aber sie hat strikt abgelehnt. Sie sei keine Führungspersönlichkeit. Ich habe auf sie eingeredet, um sie zu überzeugen, aber sie hat sich auf nichts eingelassen.«

»Sie ist wohl ein eher bescheidener Mensch?«

»Kann sein.« Koyasu lächelte.

Frau Soeda war Mitte dreißig, wirkte stets frisch und machte einen intelligenten Eindruck. Sie war etwa einen Meter sechzig groß und schlank, mit einem schmalen Gesicht. Sie hielt sich gerade und hatte einen schönen Gang. In der Schule hatte sie Basketball gespielt. Ihre Röcke reichten stets über das Knie, und sie trug flache, bequeme Schuhe. Sie hatte eine schöne Haut und schminkte sich kaum. Ihre Ohrläppchen waren rund und glatt wie Kieselsteine am Strand, der Hals war schmal, ohne den Eindruck von Schwäche zu erwecken. Sie mochte schwarzen Kaffee, und auf ihrem Platz an der Theke stand immer eine große Tasse mit dem Bild eines bunten Wildvogels mit ausgebreiteten Schwingen. Sie war offensichtlich nicht die Art von Frau, die bei der ersten Begegnung sofort Vertrauen fasste. In ihren Augen glomm ein wachsames Licht, und ihre Lippen waren abweisend zusammengepresst. Dennoch hatte ich das Gefühl, ihr seit unserem ersten Gespräch nähergekommen zu sein. Vielleicht als »Mitfremder« in diesem kleinen Ort.

Frau Soeda hatte mich von Anfang an widerstandslos und ohne große Worte als Neuankömmling und Vorgesetzten willkommen geheißen, wofür ich ihr äußerst dankbar war. Es gibt nichts Aufreibenderes als angestrengte zwischenmenschliche Beziehungen am Arbeitsplatz.

Sie gehörte nicht zu den Menschen, die gern über sich reden. Dennoch schien sie ein gesundes Interesse an anderen Menschen zu haben, und als sie sich nach einiger Zeit an mich gewöhnt hatte, erkundigte sie sich nach meiner Vergangenheit. Wie die anderen Frauen schien sie sich vor allem dafür zu interessieren, warum ich mit Mitte vierzig noch ledig war. Sollte der Grund darin liegen, dass »ich keine passende Partnerin gefunden habe«, so hatte sie vielleicht die Absicht, »eine gute Partie« für mich zu finden und sie mir vorzustellen. Als alter Junggeselle hatte ich das schon oft erlebt.

»Ich habe nicht geheiratet, weil es schon einmal jemanden gab«, antwortete ich knapp. Ich gab immer die gleiche Antwort auf die gleiche Frage.

»Sie konnten diese Frau also nicht heiraten? Wegen gewisser Umstände?«

Ich nickte stumm und unverbindlich.

»Hat sie einen anderen geheiratet?«

»Das weiß ich nicht«, sagte ich. »Ich habe sie schon lange nicht mehr gesehen und kann unmöglich wissen, wo sie jetzt ist und was sie macht.«

»Aber Sie haben sie geliebt und können sie nicht vergessen?«

Wieder nickte ich unverbindlich. Das war die gesellschaftlich akzeptabelste Erklärung. Und man konnte nicht einmal sagen, dass sie erfunden war.

»Sind Sie aus Tokio hierher in die Berge gezogen, um sie zu vergessen?«

Ich schüttelte lächelnd den Kopf. »Nein, so einen romantischen Grund hatte ich nicht. Egal, wo man ist, in der Stadt oder auf dem Land, es ist immer das Gleiche. Ich schwimme einfach mit dem Strom.«

»Jedenfalls muss sie eine bezaubernde Person gewesen sein.«

»Ich weiß nicht. Irgendjemand hat mal gesagt, Liebe sei eine Geisteskrankheit, für die die Krankenkasse nicht aufkommt.«

Frau Soeda lachte leise und rückte mit dem Zeigefinger ihre Brille zurecht. Sie nahm einen Schluck Kaffee aus dem Wildvogelbecher und wandte sich wieder ihrer Arbeit zu. Damit war unser Gespräch beendet.

33

Wir befanden uns zwar in einem kleinen Ort, aber ich war darauf vorbereitet, als neuer Bibliotheksleiter einige Antrittsbesuche zu machen und verschiedenen Honoratioren vorgestellt zu werden. Solche gesellschaftlichen Verpflichtungen waren nicht meine Stärke, doch ich war entschlossen, alles zu tun, was meine Aufgaben verlangten. Da ich über zwanzig Jahre lang in einem Unternehmen gearbeitet hatte, würde mir das nicht allzu schwerfallen.

Doch entgegen meiner Erwartungen kam es gar nicht so weit. Ich wurde niemandem vorgestellt und musste auch nirgends meine Aufwartung machen. Die Bibliothekarin, Frau Soeda, präsentierte mich den Aushilfskräften (es waren nur vier) als neuen Direktor. Zu diesem Anlass setzten wir uns zusammen an einen Tisch, tranken Tee und aßen Cupcakes. Die anderen stellten sich mir kurz vor, und das wars. Eigentlich eine ganz einfache Sache.

Natürlich war ich froh über diesen Ablauf, aber auch etwas ernüchtert. Ich fühlte mich übergangen. Hatte ich versehentlich etwas Wichtiges und Notwendiges verpasst?

Als ich eines Tages mit Herrn Koyasu im Direktorzimmer Tee trank, fasste ich mir ein Herz und fragte ihn.

»Die Bibliothek untersteht doch nominell der Stadt Z**, sollte ich da nicht wenigstens einmal im Rathaus Guten Tag sagen?«

Den kleinen Mund halb offen, sah Herr Koyasu mich an, als hätte er gerade versehentlich ein Insekt verschluckt.

»Was meinen Sie mit Guten Tag sagen?«

»Nun … wäre es nicht besser, Kontakt zur Stadtverwaltung zu haben, für den Fall, dass einmal etwas passiert?«

»Kontakt?«, sagte er verlegen.

Ich wartete schweigend darauf, dass er fortfuhr.

»Das wird wohl nicht nötig sein«, sagte er nach einem verlegenen Räuspern. »Im Grunde hat die Bibliothek nichts mit der Stadt zu tun. Sie ist völlig unabhängig. Wir nennen sie nur noch ›Stadtbücherei‹, weil es zu viel bürokratischer Aufwand wäre, das zu ändern. Sie brauchen wirklich nicht im Rathaus vorstellig zu werden. Das gäbe nur überflüssiges Hin und Her.«

»Und dem Vorstand brauche ich mich auch nicht vorzustellen?«

Koyasu schüttelte den Kopf. »Das ist unnötig, und es gäbe auch gar keine Gelegenheit, da er so gut wie nie tagt. Wie gesagt, er ist eine reine Formalität.«

»Der Vorstand existiert also nur pro forma.«

»Ja, das stimmt.« Das übliche Lächeln breitete sich auf Koyasus Gesicht aus. »Er besteht aus fünf Leuten, von denen sich keiner um die Bibliothek kümmert. Wie gesagt, das ist alles nur Bürokratie. Sie brauchen niemandem Guten Tag zu sagen.«

Ich verstand nicht ganz. Eine Bibliothek, die ausschließlich von einem nominellen Vorstand geleitet wurde, der aber nie zusammentrat?

»Aber wenn es in irgendeiner Angelegenheit Gesprächsbedarf geben sollte, an wen kann ich mich dann wenden?«

»An mich. Wenn Sie Fragen haben, wenden Sie sich an mich. Ich werde sie Ihnen beantworten.«

Aber ich wusste weder, wo er wohnte, noch hatte ich seine Telefonnummer oder seine E-Mail-Adresse. Wie sollte ich ihn kontaktieren?

»Ich bin ungefähr alle drei Tage hier. Je nach Situation kann ich auch jeden Tag kommen. Wenn etwas ist, können Sie mich dann fragen«, sagte Herr Koyasu, als hätte er meine Gedanken gelesen. »Und Frau Soeda ist auch da. Sie kann Ihnen bestens zur Seite stehen. Sie weiß über fast alles Bescheid. Es gibt also keinen Grund zur Sorge.«

Meine nächste Frage galt einem Thema, das mich schon länger beschäftigte.

»Die Bibliothek zu unterhalten und zu verwalten, muss doch einiges kosten. Selbst eine so verhältnismäßig kleine Bücherei hat Betriebs- und Personalkosten. Hinzu kommt die Anschaffung der Bücher. Wenn der Vorstand keine Funktion hat, wer kommt dann für diese Kosten auf?«

Herr Koyasu verschränkte die Arme und neigte den Kopf. »Im Laufe Ihrer täglichen Arbeit hier werden Sie es irgendwann herausfinden. Mit einem Mal wird alles klar«, sagte er, »so wie nach Tagesanbruch irgendwann die Sonne durchs Fenster scheint. Im Moment sollten Sie sich nicht mit solchen Dingen belasten; konzentrieren Sie sich vorläufig einfach auf die Arbeitsabläufe. Gewöhnen Sie sich erst einmal körperlich und seelisch in unserem kleinen Ort ein. Sie müssen sich keine Gedanken machen. Es ist alles in Ordnung.«

Er klopfte mir aufmunternd auf die Schulter, als würde er einen braven Hund tätscheln.

So wie nach Tagesanbruch irgendwann die Sonne durchs Fenster scheint, wiederholte ich im Kopf. Eine ziemlich gelungene Formulierung.

Eine meiner ersten Aufgaben als neuer Direktor der Bibliothek bestand darin, herauszufinden, welche Art von Büchern die hiesigen Nutzer bevorzugten, also ausliehen und lasen. Dies sollte mir helfen, Trends für zukünftige Anschaffungen zu erkennen und einige Richtlinien für die Bibliotheksleitung aufzustellen. Dazu musste ich das handschriftliche Register durchblättern und jede einzelne Leihkarte in die Hand nehmen, da die Ausleihe nicht digitalisiert war.

»Wir benutzen hier keine Computer«, erklärte mir Frau Soeda. »Wir machen alles manuell.«

»Sie machen alles ohne Computer?«

»Ja«, sagte sie, als wäre es das Selbstverständlichste auf der Welt.

»Aber ist es nicht sehr mühsam, alles von Hand zu machen? Mit Strichcodes wären wir im Handumdrehen fertig, wir bräuchten weniger Platz, um die Akten aufzubewahren, und sämtliche Daten wären viel leichter zu finden.«

Frau Soeda rückte ihre Brille mit dem rechten Zeigefinger zurecht. »Wir sind nur eine kleine Bibliothek, und bei uns sind nicht viele Bücher im Umlauf. Wir können es uns leisten, so altmodisch zu arbeiten. Was wir hier machen, erfordert keinen großen Aufwand.«

»Sie wollen also alles so lassen wie bisher?«

»Ja«, sagte Frau Soeda. »Wir haben uns entschieden, unser altes System beizubehalten. Es ist doch menschlicher, oder? Bisher hat sich auch noch niemand beschwert. Und ohne diese vielen Geräte ersparen wir uns technische Probleme und unnötige Kosten.«

Da es in der Bibliothek kein Wifi oder Ähnliches gab, war mein Internetzugang auf meine Wohnung beschränkt. Allerdings hatte ich ohnehin mit niemandem regelmäßigen E-Mail-Verkehr, und da ich kein Interesse an sozialen Medien hatte, fehlte mir auch nichts. Außerdem standen mir im Lesesaal der Bibliothek zahlreiche Zeitungen zur Verfügung, sodass ich nicht im Internet nach Informationen suchen musste.

Nach und nach arbeitete ich mich durch Berge von handgeschriebenen Leselisten und Ausleihkarten, um mir einen Überblick über die Bewegungen in der Bibliothek zu verschaffen, wenngleich meine Recherchen keine besonders überraschenden oder nützlichen Informationen zutage förderten. Bei den ausgeliehenen Büchern handelte es sich überwiegend um aktuelle Bestseller, Ratgeber oder leichte Unterhaltungsliteratur. Gelegentlich wurden auch Romane von Fjodor Dostojewski, Thomas Pynchon, Thomas Mann, Ango Sakaguchi, Ogai Mori, Jun'ichiro Tanizaki, Kenzaburo Oe usw. ausgeliehen.

Am Ende meiner Bemühungen kam ich zu dem Schluss, dass die Einwohner mehrheitlich zwar kaum als begeisterte Leser zu bezeichnen waren, aber einige von ihnen (wenn auch nicht viele) doch beinahe täglich den Weg in die Bibliothek fanden und über ein gesundes intellektuelles Interesse verfügten, also ernsthafte Leser waren. Ob dieses Verhältnis verglichen mit dem Landesdurchschnitt erfreulich oder erschreckend war, ließ sich nicht feststellen. Mir blieb nichts anderes übrig, als dieses Ergebnis als »Realität im Hier und Jetzt« zu akzeptieren. Der Ort funktionierte nach einer eigenen Wirklichkeit, die (zumindest im Moment) nichts mit meinen Wünschen und Absichten zu tun hatte.

Wenn ich Zeit hatte, ging ich die Regale durch und überprüfte den Zustand der Bücher. War ein Buch reparaturbedürftig oder der Inhalt so veraltet, dass es wahrscheinlich niemanden mehr interessierte, warf ich es weg oder stellte es ins Lager und ersetzte es durch ein anderes. Ich überprüfte die Liste der Neuerscheinungen und wählte die Werke aus, die für unsere Benutzer von Interesse sein könnten, um sie zu bestellen. Zu meiner Überraschung war das Budget für den Kauf neuer Bücher viel größer, als ich erwartet hatte (wenn auch nie ausreichend).

Ich hatte mein ganzes Leben lang täglich mit Büchern zu tun gehabt, und mein neuer Alltag bereitete mir neue Freuden. Hier hatte ich keine Vorgesetzten und musste keine Krawatte tragen. Es gab keine lästigen Besprechungen, keine Empfänge und Essenseinladungen.

Ich besprach mich häufig mit Frau Soeda und den Aushilfen über den künftigen Zustand der Bibliothek. Ich machte einige kleine Vorschläge, aber der Gedanke an neue Richtlinien und Regeln schien ihnen nicht zu gefallen. Es laufe doch alles gut, meinten sie, es gäbe keine Beschwerden von den Benutzern. Sie sähen daher keine Notwendigkeit, an der bisherigen Praxis etwas zu ändern. Vor allem waren sie geschlossen gegen die Einführung des Internets. Kurz gesagt, sie wollten den von Herrn Koyasu vorgezeichneten Weg beibehalten.

Zu meiner aktiven Umgestaltung der Regale und der Neuordnung der Bestände – der Modernisierung, wenn man so will – äußerten sie weder Eindrücke noch Kritik. Sie überließen alles mir. Vielleicht schenkten sie solchen Dingen auch keine besondere Aufmerksamkeit. Manchmal kam es mir beinahe vor, als wäre es ihnen gleichgültig, was für Bücher in den Regalen standen oder ausgeliehen wurden. Aber offensichtlich waren sie alle fleißig und hatten Freude an ihrer Arbeit in der Bibliothek.

Ich hatte kaum Gelegenheit, mit Besuchern in direkten Kontakt oder ins Gespräch zu kommen. Es war fast so, als würde ich gar nicht existieren. Wussten die Benutzer überhaupt, dass die Bibliotheksleitung gewechselt hatte? Ich konnte es nicht einschätzen. Seit meiner Ankunft war ich niemandem vorgestellt worden, niemand hatte mich angesprochen. Abgesehen von den in der Bibliothek arbeitenden Frauen schien niemand im Ort bemerkt zu haben, dass es einen Neuankömmling gab. Niemand schien mich wahrzunehmen oder sich für mich zu interessieren.

In einem so kleinen Ort wie diesem wusste doch bestimmt jeder, dass ich jetzt anstelle von Herrn Koyasu die Bibliothek leitete. Unmöglich, dass sich dieser Umstand nicht herumgesprochen hatte. Soweit ich wusste, waren die Leute in kleinen Orten, in denen nicht viel los war, besonders neugierig auf Neuankömmlinge.

Aber davon war nichts zu spüren. Die Leute kamen ganz selbstverständlich in die Bibliothek. Niemand verhielt sich ungewöhnlich oder würdigte mich auch nur eines Blickes, wenn ich den Lesesaal betrat. Sie saßen in ihren Sesseln im Foyer, vertieft in Zeitungen oder Zeitschriften, oder schmökerten im Lesesaal in einem Buch, ohne die geringste Reaktion zu zeigen, wenn ich vorbeiging. Als hätten sie sich abgesprochen.

Was war da los? Ich konnte nicht anders, als mir den Kopf darüber zu zerbrechen. Hatte *wirklich* niemand mitbekommen, dass ich Herrn Koyasus Nachfolger in der Bibliothek war? Oder hatten sie aus irgendeinem Grund – den ich nicht einmal erahnen konnte – beschlossen, mich als »nicht existent« zu ignorieren? Meine Grübeleien führten zu keinem Ergebnis. Ich war einfach ratlos. Nicht dass mir durch diese fehlende Beachtung irgendwelche Unannehmlichkeiten entstanden wären. Mit Herrn Koyasus und Frau Soedas Unterstützung war ich in der Lage, mich gut in meinen Aufgabenbereich einzuarbeiten. Also beschloss ich, mir keine Gedanken darüber zu machen, und sagte mir, dass sich alles mit der Zeit einspielen würde. Herr Koyasu hatte recht, alles würde sich nach und nach klären. *So wie nach Tagesanbruch irgendwann die Sonne durchs Fenster scheint.*

Die Bibliothek öffnete um neun Uhr morgens und schloss um sechs Uhr abends. Ich kam jeden Tag um halb neun und blieb bis halb sieben. Frau Soeda war dafür zuständig, die Tür morgens auf- und abends abzuschließen. Ich bekam auch einen Schlüsselbund, aber ich hatte nie Gelegenheit, ihn zu benutzen. Sie war für die Tür verantwortlich, und ich überließ ihr diese Aufgabe. Wenn ich morgens kam, war die Bibliothek bereits geöffnet, und Frau Soeda saß an ihrem Schreibtisch, und wenn ich abends ging, saß sie noch immer dort.

»Keine Sorge, dafür bin ich da«, sagte sie, wenn ich mich entschuldigte, weil ich vor ihr gegangen war.

Bei ihrem Anblick musste ich an die ummauerte Stadt denken. Auch in der dortigen Bibliothek hatte »sie« den großen Schlüsselbund gewissenhaft bei sich getragen und auf- und abgesperrt. Der einzige Unterschied war, dass ich sie, nachdem sie die Bibliothek abgeschlossen hatte, nach Hause begleitet hatte. Schweigend waren wir im Dunkeln die Uferstraße zum Arbeiterviertel entlanggegangen.

Hier in dem kleinen Gebirgsort jedoch ging ich nach getaner Arbeit allein am Fluss entlang nach Hause. Schweigend, in Gedanken versunken. Auch hier murmelte der Fluss, aber es rauschten keine Weiden, und kein Nachtvogel rief. »Im Herbst hören Sie die Hirsche röhren«, hatte Koyasu gesagt, aber ich hörte sie nicht. Vielleicht röhrten die Hirsche später. Und wenn ich es mir recht überlegte, wusste ich nicht mal, wie sich das Röhren eines Hirsches anhörte. Wie machten die eigentlich?

Eines Tages, als ich schon eine Zeit lang in der Bibliothek arbeitete, nahm mich Frau Soeda auf einen Rundgang mit. Das große Gebäude mit der hohen Decke hatte früher eine Sake-Brauerei beherbergt. Nachdem diese umgezogen war, hatte das alte Haus lange Zeit ungenutzt leer gestanden. Da das Gebäude aber einen historischen Wert hatte, wäre es schade gewesen, es abzureißen, und so war schließlich eine Stiftung gegründet worden, um es in die Bibliothek umzuwandeln.

»Das muss sehr kostspielig gewesen sein«, sagte ich.

»Ja, wahrscheinlich.« Frau Soeda wiegte ein wenig den Kopf.

Aber das Grundstück und das Gebäude hätten ursprünglich Herrn Koyasu gehört. Dafür seien also keine Kosten angefallen, da er beides der Stiftung übereignet habe.

»Ich verstehe«, sagte ich. Das erklärte einiges. Die Bibliothek war praktisch Herrn Koyasus persönliches Eigentum und wurde dementsprechend von ihm verwaltet.

Der Teil des Gebäudes, der nicht als Bibliothek genutzt wurde, hatte einen komplizierten Grundriss, sodass sich die Struktur des Ganzen nicht auf den ersten Blick erschloss. Es gab dort dunkle, verwinkelte Gänge, schmale Treppen, einen winzigen Innenhof, nicht größer als eine Briefmarke, und geheimnisvolle Kammern. Außerdem war da ein Speicher voller seltsam geformter, altmodischer Gerätschaften, deren Verwendungszweck ich nicht kannte.

Hinter dem Gebäude lag ein großer alter Brunnen, der mit einer dicken, zusätzlich mit einem Stein beschwerten Platte abgedeckt war. (»Damit kein Kind sie wegschieben und versehentlich hineinfallen kann«, erklärte mir Frau Soeda. »Er ist nämlich sehr tief.«) In einer Ecke des Hofes stand ein kleiner steinerner Jizo mit einem gütigen Gesicht.

»Um das Haus als Bibliothek nutzen zu können, wurde es umgebaut, aber wegen der hohen Kosten konnten am Ende nur Teile davon erhalten werden«, sagte Frau Soeda. »Einige Räume blieben so, wie sie waren, und werden nicht genutzt. Deshalb verwenden wir im Moment nur etwa die Hälfte des Gebäudes als Bibliothek. Aber wir sind natürlich sehr glücklich darüber.«

Ihre Stimme ließ sich beinahe als emotionslos bezeichnen. Statt neutral klang sie eher angespannt, als fürchtete sie, gehört zu werden (sodass ich mich unwillkürlich umdrehte).

Daher konnte ich nicht einschätzen, ob sie dem Gebäude gefühlsmäßig negativ oder positiv gegenüberstand.

Im Erdgeschoss des einstöckigen Baus befanden sich also das Foyer mit den Zeitschriften, der Lesesaal, die Bibliothek, das Magazin und eine Werkstatt, in der die Leihscheine gedruckt und die Bücher repariert wurden. In der Mitte stand ein großer, stabiler hölzerner Arbeitstisch (der während der Brauereizeit des Gebäudes einen besonderen Zweck erfüllt haben musste), auf dem die Werkzeuge zum Buchbinden und einige Büromaterialien verstreut lagen.

Der Lesesaal war ein nach oben offener Lichthof mit mehreren Oberlichtern, während die anderen Räume kaum Fenster hatten, sodass die Luft darin kühl und feucht war. Sie hatten früher vermutlich als Lager für Rohstoffe gedient.

Im für den Publikumsverkehr gesperrten ersten Stock befanden sich das behagliche Büro des Direktors (in dem ich die meiste Zeit verbrachte), ein Empfangsraum, der mit seinen dicken Vorhängen stets im Halbdunkel lag, und ein Aufenthaltsraum für das Personal. Das Empfangszimmer war mit einer aus einem schweren Sofa und zwei Sesseln bestehenden Polstergarnitur ausgestattet, wurde aber, wie man mir sagte, kaum benutzt.

»Wenn Sie möchten, können Sie auf dem Sofa ein Nickerchen machen«, sagte Frau Soeda. Aber die Luft im Raum war staubig und roch nach einer längst vergangenen Zeit. Und die Farben der Polstermöbel und der Vorhänge hatten etwas Unheimliches. Als atmeten sie das Geheimnis von etwas Unschicklichem, das in der Vergangenheit hier geschehen sein mochte. Nicht einmal die stärkste Müdigkeit hätte mich dazu bringen können, hier ein Schläfchen zu halten.

Der Aufenthaltsraum für das Personal befand sich am Ende des Gangs und wurde allgemein als »Pausenraum« bezeichnet. Er verfügte über einige Spinde und eine Teeküche mit ausreichend Geschirr für kleine Mahlzeiten. Natürlich hätte ich wiewohl ein Mann mich auch darin aufhalten können, aber er wurde praktisch nur von Frauen benutzt. Sie zogen sich hinter dem Wandschirm um, tauschten leise den neuesten Klatsch aus, verzehrten ihre mitgebrachten Snacks und tranken Tee oder Kaffee. Manchmal hörte ich ihr fröhliches Gelächter bis in mein Büro.

Der Pausenraum am Ende des Flurs war ihr Refugium, in das ich nie ohne triftigen Grund eindrang. Natürlich hatte ich keine Ahnung, worüber sie sich dort unterhielten. Vielleicht spielte auch ich eine kleine (und hoffentlich unschuldige) Rolle in ihren Gesprächen.

Meine Tage in der Bibliothek verliefen ereignislos. Die täglichen praktischen Aufgaben wurden von Frau Soeda und ihrem Team reibungslos erledigt, und meine Pflichten als Direktor waren nicht besonders aufreibend. Ich musste mich nur um die Neuanschaffungen und das Aussortieren der alten Bücher kümmern, die Einnahmen und Ausgaben überprüfen und einige kleinere Entscheidungen treffen.

Wie Herr Koyasu mir anfangs erklärt hatte, hieß die Bücherei zwar noch »Stadtbücherei Z**«, doch hatte die Stadt nicht mehr das Geringste mit ihrer Verwaltung zu tun. Daher ergab sich für mich nur selten die Notwendigkeit, mich mit dem Rathaus in Verbindung zu setzen. Rief ich das Kulturamt an, um eine Frage zu stellen, reagierten die Zuständigen desinteressiert bis kühl. Auch wenn ich um Rat fragte, erhielt ich lediglich Antworten des Inhalts: »Ganz wie Sie wollen. Machen Sie einfach, was Sie wollen.« So entstand in mir der Eindruck, die Gemeinde sei bestrebt, möglichst keine wie auch immer geartete Beziehung zur Bibliothek zu pflegen. Wenn vielleicht auch keine böse Absicht dahintersteckte, war man doch keinesfalls an einem freundschaftlichen Austausch interessiert. Warum das so war, entzog sich meinem Verständnis.

Allerdings erwies diese Situation sich als recht günstig für mich. Auch in einer noch so kleinen ländlichen Gemeinde ist Bürokratie unvermeidlich. Mehr noch, je kleiner ein Gemeinwesen, desto grimmiger können die Revierkämpfe sein. Im Grunde begrüßte ich es, mich mit solch lästigen Dingen nicht abgeben zu müssen.

Wie versprochen suchte Herr Koyasu mich alle paar Tage in meinem Büro auf. Die Uhrzeit seiner Besuche variierte von Tag zu Tag. Mitunter kam er schon frühmorgens, dann wieder erst gegen Abend. Wir führten eine freundliche Unterhaltung, aber wie bisher gab Herr Koyasu nichts von sich preis. Ich hatte keine Ahnung, wo er wohnte oder wovon er lebte. Ich nahm an, dass er einfach nicht gern über sein Privatleben redete, und stellte ihm von mir aus keine Fragen. Er sprach stets in seinem sanften (und etwas merkwürdigen) Ton über die Verwaltung der Bibliothek.

Wenn Herr Koyasu das Büro betrat, nahm er als Erstes seine Baskenmütze ab, klopfte sie sorgfältig zurecht und legte sie behutsam an den Rand des Schreibtischs. Immer an exakt dieselbe Stelle, mit der gleichen Ausrichtung. Als brächte es Unglück, wenn er sie anders ablegen würde. Dieses Ritual wurde sorgfältig mit fest verschlossenen Lippen und in feierlichem Schweigen durchgeführt. Sobald er damit fertig war, begrüßte er mich mit einem strahlenden Lächeln.

Er trug immer einen Rock, von der Hüfte aufwärts jedoch die übliche konservative Kleidung eines Herrn in seinem Alter, die in einem weißen bis oben hin zugeknöpften Hemd, einem rustikalen Tweedjackett und einer einfarbig dunkelgrünen Weste bestand. Seine Kleidung war stets tadellos sauber, wenn auch etwas altmodisch. Eine Krawatte trug er nie. Man konnte die Kombination aus der konservativen Alltagskleidung eines älteren Herrn und dem Rock (mit Strumpfhose) schwerlich als besonders passend bezeichnen, aber ihn selbst schien das nicht im Geringsten zu kümmern. Und seine Mitbürger waren wohl schon seit so vielen Jahre mit seiner Aufmachung vertraut, dass sie auch ihnen nicht weiter auffiel.

Die Tage in Z** vergingen ohne besondere Vorkommnisse. Ich fand mich in meinen neuen Alltag ein und gewöhnte mich allmählich körperlich und geistig daran. Die letzte Sommerhitze war vorüber, der Herbst kam, und die Berge um die Stadt leuchteten in den schönsten Farben. An freien Tagen wanderte ich allein die Wege hinauf, um den künstlerischen Pinselstrich der Natur in vollen Zügen zu genießen. Doch schon bald lag ein Hauch von Winter in der Luft. Der Herbst in den Bergen war kurz.

»Bald wird es schneien.« Bevor er aufbrach, blieb Herr Koyasu am Fenster stehen und beobachtete, die kleinen Hände fest hinter dem Rücken verschränkt, die ziehenden Wolken.

»Man kann den Schnee schon riechen. Der Winter kommt hier früh. Sie sollten sich Stiefel besorgen.«

34

An dem Abend, an dem der erste Schnee fiel (es war Ende November), ging ich nach der Arbeit in die Stadt, um mir Stiefel zu kaufen. Bis jetzt tanzten nur ein paar zarte Flocken durch die Luft, aber wenn es richtig zu schneien begann, würden die leichten Halbschuhe, die ich aus Tokio mitgebracht hatte, nicht genügen.

Der Schneefall ließ mich an mein Leben in der ummauerten Stadt denken und daran, wie oft es dort im Winter geschneit hatte. Und an die vielen Einhörner, die im Schnee gestorben waren.

Was für Schuhe hatte ich damals eigentlich getragen?

Ich hatte sie von der Stadt bekommen (wie alle meine Kleider und was ich sonst noch zum Leben brauchte), und ich war Tag für Tag darin durch die winterlichen Straßen gestapft. Sie waren nicht tief verschneit gewesen, aber so vereist und glatt, dass man leicht ausrutschen konnte. Aber ich fühlte mich nie besonders eingeschränkt, wenn ich unterwegs war. Offensichtlich waren die Schuhe, die man mir gegeben hatte, für vereiste Straßen geeignet, aber ich konnte mich nicht mehr an ihre Form oder Farbe erinnern. Warum nur, wo ich sie doch jeden Tag getragen hatte?

Vieles aus der ummauerten Stadt wusste ich nicht mehr. Manches kam mir fast überdeutlich und klar in den Sinn, an anderes konnte ich mich nicht erinnern, sosehr ich mich auch bemühte. Die Schuhe gehörten zu diesen *vergessenen Dingen*. Dieses *Ungleichgewicht* meiner Erinnerungen erstaunte und verwirrte mich. War manches mit der Zeit verloren gegangen, oder hatte es von Anfang an nie existiert? Wie viel von dem, was ich noch wusste, stimmte, und wie viel war erfunden? Wie weit reichte die Wahrheit, und wo begann die Erfindung?

Eines Tages, nicht lange danach, tauchte Herr Koyasu wieder in der Bibliothek auf. Es war kurz nach elf Uhr vormittags. Auch an diesem Tag war der Himmel grau bewölkt, und kleine Schneeflocken tanzten durch die Luft. Im Büro des Direktors stand ein Gasofen, der den Raum jedoch nicht ausreichend erwärmte. Deshalb trug ich eine Wolljacke und einen Schal, während ich die Register durchsah. Die Heizung im Lesesaal im Erdgeschoss verbreitete behagliche Wärme, und wenn es dort einigermaßen leer war (wie meist), konnte ich mich dort kurz aufwärmen.

Ich mochte auch eine gewisse Kälte – solange sie erträglich war. Schließlich hatte ich sie in der ummauerten Stadt täglich erlebt. Die kalte Luft, die mich umgab, weckte einmal mehr die Erinnerung an mein Leben dort.

An diesem Tag klopfte Herr Koyasu an, bevor er das Büro betrat. Als Erstes nahm er seine Baskenmütze ab und legte sie, nachdem er sie wie immer schön in Form geklopft hatte, an ihren Platz auf der Schreibtischkante. Schal und Handschuhe behielt er noch eine Weile an.

»Hier drin ist es immer ein bisschen zu frisch«, sagte Herr Koyasu. »Der kleine Ofen schafft es nicht, den Raum zu heizen. Wir müssen Ihnen einen größeren reinstellen.«

»Ein bisschen Kälte schadet nichts«, sagte ich. »Sie härtet Körper und Geist ab.«

»Je länger der Winter dauert, desto kälter wird es. Dann werden Ihnen die leichtfertigen Reden vergehen. Sie kommen aus der Stadt und wissen nicht, wie kalt es hier werden kann.«

Herr Koyasu streifte seine Handschuhe ab und steckte sie in die Tasche seines Jacketts. Dann rieb er sich die Hände über dem Ofen. »Was glauben Sie, wie ich als Direktor die eisigen Winter in der Bibliothek überstanden habe?«

»Wie denn?« Ich hatte keine Ahnung.

»In diesem Büro war es mir immer zu kalt«, sagte Herr Koyasu. »Ich bin zwar hier geboren und aufgewachsen, aber ziemlich kälteempfindlich. Deshalb habe ich im Winter meistens in einem anderen Zimmer gearbeitet.«

»In welchem anderen Zimmer denn?«

»Es gibt hier einen Raum, in dem es viel wärmer ist.«

»Hier in der Bibliothek?«

»Ja, genau. In der Bibliothek.« Herr Koyasu nahm seinen karierten Schal ab, den er offenbar seit Jahren trug, faltete ihn sorgfältig und legte ihn neben seine Baskenmütze. »Er war sozusagen mein Winterdomizil, mein Rückzugsort. Möchten Sie ihn sehen?«

»An Ihrem Rückzugsort ist es wärmer als hier, meinen Sie?«

Herr Koyasu nickte mehrmals. »Ja, viel wärmer und gemütlicher. Sie haben doch einen Schlüsselbund für das Gebäude, oder?«

Ich bejahte, holte ihn aus der Schreibtischschublade und zeigte ihn ihm.

»Ah, sehr gut. Dann kommen Sie mal mit.«

Flugs eilte Herr Koyasu die Treppe hinunter, während ich versuchte, mit ihm Schritt zu halten. Wir durchquerten den spärlich besetzten Lesesaal, vorbei an der Theke, an der Frau Soeda saß, vorbei an der Werkstatt, in der eine Aushilfskraft mit ernster Miene neue Bücher mit Aufklebern versah, und gelangten in einen hinteren Gang. Niemand blickte auf, als wir vorbeigingen. Als ob sie uns gar nicht bemerkten. Es war ein seltsames Gefühl. Als wären wir unsichtbar.

Der Bereich vom Werkraum bis zum hinteren Teil wurde nicht von der Bibliothek benutzt. Frau Soeda hatte mich einmal dorthin geführt. Der Gang war so dunkel und verwinkelt, dass ich nicht mehr wusste, was wo war. Aber Herr Koyasu marschierte ohne Zögern vor mir her, bis wir vor einer kleinen Tür standen.

»Hier ist es«, sagte er. »Geben Sie mir die Schlüssel.«

Ich reichte ihm den schweren Schlüsselbund, an dem zwölf Schlüssel unterschiedlicher Form und Größe hingen. Ich kannte nur die zu den Haupträumen, ansonsten hatte ich keine Ahnung, welcher Schlüssel zu welcher Tür gehörte. Kaum hatte Herr Koyasu die Schlüssel in der Hand, wählte er einen aus, steckte ihn ins Schlüsselloch und drehte ihn um. Mit einem unerwartet lauten Klicken entriegelte er die Tür.

»Wir sind hier im Souterrain. Es ist ein bisschen dunkel, also Vorsicht mit den Stufen.«

Es war wirklich dunkel hinter der Tür. Die Stufen waren aus

Holz und knarrten beunruhigend bei jedem meiner Schritte. Herr Koyasu tastete sich vorsichtig Stufe für Stufe hinunter. Als wir bei der sechsten angelangt waren, griff er nach oben und drehte mit geübter Hand irgendeinen Schalter um. Es klackte, und das gelbe Licht einer von der Decke hängenden Lampe flammte auf. Der Raum war vollkommen quadratisch, etwa vier Meter lang und breit. Er hatte einen Dielenboden ohne Teppich. An der Wand gegenüber der Treppe befand sich ein längliches Oberlicht, das vermutlich knapp über dem Erdboden lag. Es war schon lange nicht mehr geputzt worden, und die Scheibe war so grau und trüb, dass man nicht hindurchsehen konnte und kaum Tageslicht in den Raum fiel. Zur Sicherheit war es von außen vergittert, obwohl das Gitter nicht sonderlich stabil wirkte.

Drinnen standen ein alter kleiner Holzschreibtisch und zwei ungleiche Stühle. Die gesamte Einrichtung machte den Eindruck von provisorisch zusammengetragenem Sperrmüll. Es gab keine Dekorationsgegenstände, die Wände waren hellgelb verputzt, und an der Decke hing eine einzelne Glühbirne unter einem kleinen milchigen Schirm. Sie war die einzige Lichtquelle.

Welchem Zweck dieses Zimmer ursprünglich gedient hatte, war nicht zu erkennen. Aber eine spürbar geheimnisvolle Atmosphäre erfüllte den quadratischen Raum. Als hätte hier vor langer Zeit jemand irgendwem ein wichtiges Geheimnis zugeflüstert …

Und dann sah ich ihn. Den alten geschwärzten Holzofen in der Ecke. Mir stockte der Atem. Reflexartig schloss ich die Augen, holte tief Luft und öffnete sie wieder, um mich zu vergewissern, dass es ihn wirklich gab. Kein Zweifel, ich hatte ihn mir nicht eingebildet. Es war der gleiche Ofen wie in der Bibliothek in der ummauerten Stadt – zumindest sah er genauso aus. Sein schwarzes, zylindrisches Rohr führte direkt in die Wand.

Sprachlos und wie angewurzelt stand ich da und starrte den Ofen an.

»Was ist los?«, fragte Herr Koyasu erstaunt.

Wieder holte ich tief Luft. »Das ist doch ein Holzofen, oder?«

»Genau, wie Sie sehen. Ein klassischer, altmodischer Holzofen. Er steht schon ewig hier und ist unglaublich nützlich.«

Ich stand noch immer wie angewurzelt da und starrte den Ofen an.

»Man kann ihn also wirklich benutzen?«

»Natürlich kann man ihn benutzen«, verkündete Herr Koyasu, ohne mich aus den Augen zu lassen. »Eigentlich heizen wir jedes Jahr, sobald der Winter kommt. Wir haben viel Brennholz auf einem anderen Teil des Grundstücks gelagert. Da brauchen wir uns keine Sorgen zu machen. Ein Apfelbauer in der Nähe hat aufgehört. Er hat die alten Bäume gefällt und sie uns freundlicherweise überlassen. Der Besitzer des Sägewerks, mit dem ich gut befreundet bin, hat uns das Holz zu Scheiten in der richtigen Größe zugeschnitten. Sie duften herrlich nach Äpfeln, wenn sie verbrannt werden. Das ist ein köstlicher Duft. Sollen wir gleich Holz holen und einheizen?«

Nach kurzem Überlegen schüttelte ich den Kopf. »Nein, das ist nicht nötig. So kalt ist es noch nicht.«

»Na gut. Aber wenn Sie das Bedürfnis haben, können Sie ihn jederzeit benutzen. Ich empfehle Ihnen, im Winter aus dem kalten Büro im ersten Stock hier herunterzuziehen.

Hier können Sie sicher besser arbeiten. Frau Soeda weiß Bescheid.«

»Wozu diente der Raum denn ursprünglich?«

Herr Koyasu legte nachdenklich den Kopf schräg und kratzte sich am Ohrläppchen. »Das weiß ich auch nicht. Wie Sie wissen, war das Gebäude früher eine Sake-Brauerei. Um daraus eine Bibliothek zu machen, mussten wir mehr als die Hälfte umbauen; die andere Hälfte, also auch dieser Teil, blieb ungenutzt. Aber da das alles schon so lange her ist, wissen wir leider überhaupt nicht mehr, wozu dieser Raum früher diente.«

Ich schaute mich noch einmal in dem kleinen Zimmer um. »Es spricht also nichts dagegen, dass ich diesen Raum und auch den Ofen benutze, oder?«

Herr Koyasu schütteltete energisch den Kopf. »Natürlich nicht. Schließlich gehört er zu unserer Bibliothek und steht Ihnen zur freien Verfügung. Oh, Sie werden diesen Holzofen lieben. Hier ist es so ruhig und warm. Allein der Blick in die roten Flammen wärmt Körper und Seele.«

Herr Koyasu und ich verließen den quadratischen Raum, überquerten den dämmrigen Flur, gingen an der Theke von Frau Soeda vorbei durch den fast leeren Lesesaal und wieder hinauf in den ersten Stock. Auch auf dem Rückweg folgte uns niemand.

Den ganzen Nachmittag lang musste ich an den quadratischen Raum und den schwarzen, altmodischen Holzofen denken. Und auch am nächsten Tag.

35

Anfang Dezember kam der erste große Kälteeinbruch des Jahres. Es schneite dicke Flocken. Ich beschloss, versuchsweise von meinem Büro in den quadratischen Raum im Keller zu ziehen. Als ich dies Frau Soeda mitteilte, schwieg sie einige Sekunden. Es war ein kurzes, aber seltsam tiefes und schweres Schweigen, wie ein kleines Eisengewicht, das auf den Grund eines Sees sinkt. Dann nickte sie kurz, als hätte sie sich gefangen. »Gut, dann weiß ich Bescheid«, sagte sie nur, ohne eine Meinung zu meinem Umzug zu äußern oder irgendeine Frage zu stellen.

Also fragte ich sie. »Sie haben doch nichts dagegen, dass ich umziehe?«

Sie schüttelte sofort den Kopf. »Nein, überhaupt nicht.«

»Und den Ofen kann ich benutzen, oder?«

»Aber ja, uneingeschränkt, wann immer Sie wollen«, sagte sie tonlos. »Aber da wir erst den Schornstein kehren lassen müssen, warten Sie bitte noch zwei Tage, bevor Sie Feuer machen. Ein Vogelnest im Kamin kann fatale Auswirkungen haben.«

»Natürlich«, sagte ich. »Das Ofenrohr führt nach draußen, oder?«

»Ja, aufs Dach. Deshalb müssen wir einen professionellen Schornsteinfeger rufen.«

»Gibt es im Gebäude noch andere Räume mit Holzöfen?«

Frau Soeda schüttelte den Kopf. »Nein, nur das Zimmer im Souterrain. Es gab noch mehr Öfen im Haus, aber sie wurden beim Umbau alle entfernt. Nur der eine in dem quadratischen Zimmer ist auf Wunsch von Herrn Koyasu geblieben.«

Aber eines wunderte mich. Ich konnte mich nicht erinnern, dass Frau Soeda mir bei ihrer Führung durch das Gebäude diesen Raum gezeigt hatte. Ich hätte mich bestimmt daran erinnert. So eigentümlich quadratisch, wie er war, und dann auch noch mit dem Holzofen. Ich hätte ihn auf keinen Fall vergessen.

Warum hatte mir Frau Soeda diesen Raum nicht gezeigt? Hatte sie es für unnötig gehalten? Vielleicht hatte sie es auch vergessen? Oder hatte sie ihn ausgelassen, weil es ihr zu mühsam war, den Schlüssel herauszusuchen und aufzuschließen? Eine Möglichkeit, die angesichts ihres gewissenhaften Charakters kaum in Betracht kam. Gab es einen vorgeschriebenen Ablauf, hielt sie sich unweigerlich daran, auch wenn es sie viel Zeit kostete.

Und warum war der Raum überhaupt abgeschlossen? Das laute Geräusch beim Aufschließen deutete auf ein robustes Schloss hin. Andererseits befand sich in dem Zimmer nichts, was sich zu stehlen gelohnt hätte. Ein solcher Raum musste nicht extra abgeschlossen werden. Wozu also das Schloss?

Aber all diese Fragen behielt ich für mich. Ich hatte das Gefühl, es wäre besser, sie Frau Soeda nicht zu stellen.

Ich wartete zwei Tage, bis der Schornstein gereinigt war, und benutzte dann den quadratischen Raum im Souterrain als mein Büro. Frau Soeda informierte die Aushilfskräfte über die Änderung. Sie sagten nichts und schienen sie als normal hinzunehmen. Auch Herr Koyasu war bisher jedes Jahr umgezogen.

Der Umzug war einfach. Wir brachten nur den Aktenschrank und die Stehlampe in das neue Zimmer. Außerdem holten wir noch das Teegeschirr und einen Kessel. Da es keinen Telefonanschluss gab, konnte ich das Telefon nicht mitnehmen.

Nachdem ich mein Büro (so konnte ich es wohl nennen) verlegt hatte, holte ich mir zuerst etwas von dem Brennholz, das in einem Schuppen im Hof gestapelt war. Ich packte es in einen Bambuskorb und trug es ins Souterrain. Dann legte ich einige Holzscheite in den Ofen, wickelte sie in Zeitungspapier ein und zündete sie mit einem Streichholz an. Dann regulierte ich die Luftzufuhr mit dem Schieber an der Ofenklappe. Das Holz schien trocken genug zu sein und fing leicht Feuer.

Es dauerte eine Weile, bis der Ofen, der so lange nicht benutzt worden war, wieder warm wurde. Ich setzte mich davor und beobachtete unentwegt den Tanz der orangefarbenen Flammen und die langsame Veränderung der Holzscheite. In dem quadratischen Raum im Souterrain herrschte eine fast unglaubliche Stille. Kein Laut war zu hören. Bis auf ein gelegentliches Knacken aus dem Ofen, wenn ein Stück Holz barst, war alles still. Vier kahle Wände umgaben mich.

Als der Ofen heiß war, setzte ich den Kessel auf. Bald brodelte das Wasser, und als weißer Dampf aufstieg, brühte ich schwarzen Tee auf. Obwohl ich die gleichen Teeblätter wie immer verwendet hatte, duftete der mit dem auf dem Ofen erhitzten Wasser zubereitete Tee aromatischer als sonst.

Während ich mit geschlossenen Augen an meinem Tee nippte, dachte ich an die ummauerte Stadt. Wenn ich abends in die Bibliothek gekommen war, hatte der Ofen schon geglüht und der große schwarze Kessel darauf gedampft. Und das Mädchen in seinen einfachen, manchmal geflickten Kleidern hatte mir Kräutertee gekocht. Der zubereitete Tee war gewiss bitter gewesen, aber er hatte eine andere »Bitterkeit« gehabt als die, die wir aus »unserer Welt« gewohnt sind. Es war eine besondere Bitterkeit, die sich in keiner mir bekannten Sprache beschreiben lässt. Vielleicht kannte man diese besondere Bitterkeit nur innerhalb der hohen Mauer. Ich vermisste ihren unbeschreiblichen Geschmack. Ich sehnte mich danach, diese Bitterkeit wieder zu schmecken, wenn auch nur ein einziges Mal.

Aber der in der Stille rot glühende Ofen, der halbdunkle Raum, der an die Abenddämmerung erinnerte, und der alte Kessel mit seinem gelegentlichen Geklapper brachten mir die Stadt näher als je zuvor. Mit geschlossenen Augen versank ich lange in der Illusion der für mich verlorenen Stadt.

Aber ich konnte nicht den ganzen Tag lang untätig vor dem Ofen sitzen und mich meinen Träumereien hingeben. Nachdem ich meinen Tee getrunken hatte, atmete ich tief durch, riss mich zusammen und machte mich an die Arbeit. Ich musste im Rahmen unseres Budgets die neuen Bücher auswählen, die im nächsten Monat für die Bibliothek angeschafft werden sollten. Die Entscheidung lag bei mir, aber natürlich wählte ich die Bücher für die Bibliothek nicht nur nach meinem persönlichen Geschmack aus. Infrage kamen beliebte Bestseller, Bücher über soziale Themen, Bücher, die die Nutzer sich wünschen würden, Bücher von lokalem Interesse, Bücher, die eine öffentliche Bibliothek einfach haben musste, und Bücher, deren Lektüre ich persönlich den Einwohnern der Stadt gern ermöglicht hätte. Ich traf eine sorgfältige Auswahl und stellte eine Anschaffungsliste zusammen, die ich Frau Soeda vorlegte, um nach ihrer (stets konstruktiven) Stellungnahme die endgültige Liste aufzusetzen. Die eigentliche Bestellung wurde dann von Frau Soeda durchgeführt.

Meine Hauptaufgabe an diesem Tag bestand also darin, in dem quadratischen Raum mit einem Bleistift in der Hand und einem gelegentlichen Blick auf den glühenden Ofen eine Liste der anzukaufenden Bücher zu erstellen. Als es warm genug war, zog ich die Jacke aus, krempelte die Hemdsärmel hoch und setzte meine Arbeit fort.

Währenddessen kam niemand ins Zimmer. Ich war in meiner eigenen Welt. Von Zeit zu Zeit stand ich auf, legte Holz nach, regulierte die Luftzufuhr des Ofens, damit das Feuer nicht zu heiß wurde, oder ging zum Wasserhahn, um den Kessel zu füllen. Ich bemühte mich, nicht an die Stadt und die andere Bibliothek zu denken. Diese Gedanken waren gefährlich, denn sie konnten mich ganz plötzlich tief in fantastische Welten hineinziehen. Ehe ich michs versah, irrte ich mit geschlossenen Augen, eine Wange auf den Schreibtisch gelegt, (der Bleistift schien meiner Hand entglitten zu sein) ziellos durch das Labyrinth meiner Gedanken. Warum war ich hier und nicht dort …?

Hier war schließlich mein Arbeitsplatz, sagte ich mir. Hier trug ich gesellschaftliche Verantwortung als Leiter einer Bibliothek. Ich durfte diese Verantwortung nicht vernachlässigen und mich in eine persönliche Scheinwelt flüchten. Und doch war ich, ohne es selbst zu merken, in die ummauerte Stadt zurückgekehrt. In die Welt, in der Einhörner mit klappernden Hufen durch die Straßen trappelten, verstaubte alte Träume sich in Regalen stapelten, Weidenruten sich im Wind wiegten und eine Turmuhr ohne Zeiger den Marktplatz überblickte. Natürlich war es nur mein Geist, der sich dorthin bewegte. Oder mein Bewusstsein. Mein eigentlicher Körper blieb immer auf dieser Welt – wahrscheinlich.

Eines Vormittags verließ ich mein warmes Zimmer und ging zu Frau Soeda an die Theke, um mit ihr einige notwendige Verwaltungsangelegenheiten zu besprechen.

Sie fragte nicht, ob das neue Büro angenehm oder der Ofen warm genug sei. Sie beschränkte sich darauf, Informationen weiterzugeben und einige Entscheidungen auf ihre gewohnt patente und leidenschaftslose Art zu vermitteln. In der Bibliothek musste Stille herrschen, und so etwas wie Smalltalk gab es eigentlich nie. Das war nicht ungewöhnlich, aber an diesem Tag hatte ich den Eindruck, dass Frau Soeda das Thema meines Umzugs absichtlich vermied. Ich nahm eine leichte Anspannung in ihrer Stimme wahr, die normalerweise nicht da war. Ich hatte keine Ahnung, was der Grund war und was sie zu bedeuten hatte.

Es war gegen zwei Uhr nachmittags am dritten Tag nach meinem Umzug, als Herr Koyasu mich in meinem neuen Zimmer besuchte. Wie gewohnt trug er einen knielangen Wickelrock aus Wolle in einem satten Burgunderrot, dazu Strumpfhosen und einen hellgrauen Schal. Und natürlich seine dunkelblaue Baskenmütze. Sein Jackett war aus dickem Tweed, und wie immer sah es so aus, als würde er sich in seiner Kleidung sehr wohlfühlen. Er hatte keinen Mantel dabei. Vielleicht hatte er ihn im Flur gelassen.

Er begrüßte mich mit seinem üblichen freundlichen Lächeln und stellte sich direkt vor den Ofen, wo er sich, ohne die Baskenmütze abzunehmen, eine Zeit lang die Hände wärmte, als wäre es ein wichtiges Ritual. Schließlich wandte er sich mir zu.

»Na, fühlen Sie sich wohl hier?«

»Ja, es ist schön warm hier und sehr ruhig.«

Herr Koyasu nickte mehrmals zustimmend. »Das Feuer im Ofen tut richtig gut. Es wärmt Körper und Seele bis ins Mark.«

»Da haben Sie recht. Es wärmt Körper und Seele bis ins Mark«, pflichtete ich ihm bei.

»Der Geruch der Apfelbäume ist auch wunderbar, nicht wahr? Ah, was für ein Duft!«

Wieder stimmte ich ihm zu. Sobald man das Holz anzündete, verbreitete sich der Apfelduft im ganzen Raum. Doch so angenehm er auch war, für mich enthielt er ein gefährliches Element, denn er lockte mich unmerklich in eine trügerische Scheinwelt. Er schuf eine Atmosphäre, die das menschliche Denken in eine verschwommene konturlose Welt hineinzog.

Ich dachte an den Apfelhain vor den Toren der Stadt. Der Torwächter hatte die Äpfel gepflückt und an die Bewohner verteilt, denn niemand sonst durfte sich außerhalb des Tores bewegen. Und das Mädchen aus der Bibliothek hatte daraus einen süßen Kuchen gebacken. Ich erinnerte mich noch genau an seinen Geschmack. Er hatte exakt die richtige Süße gehabt, war aber auch leicht säuerlich gewesen, und mein Körper hatte seine natürlichen Nährstoffe gierig aufgesaugt.

»Wir haben alle möglichen Arten von Brennholz ausprobiert, aber das Holz der alten Apfelbäume ist das beste. Es lässt sich leicht anzünden, und der Rauch hat diesen wunderbaren Duft. Ein Glück, dass wir einen großen Vorrat davon haben.«

»Das stimmt«, pflichtete ich ihm bei.

Nachdem sich Herr Koyasu am Ofen aufgewärmt hatte, setzte er sich mir gegenüber auf einen Stuhl vor meinem Schreibtisch. Seine Schritte waren nahezu geräuschlos, und als ich genauer hinsah, bemerkte ich, dass er weiße Turnschuhe trug. Ich fand es etwas sonderbar, dass er, obwohl es Winter war, Schuhe mit so dünnen Sohlen anhatte. Die meisten Leute trugen bereits gefütterte Winterschuhe mit dicken Sohlen. Aber das Kriterium des gesunden Menschenverstandes auf das Verhalten von Herrn Koyasu anzuwenden, war ohnehin zwecklos.

Anschließend diskutierten Herr Koyasu und ich einige Details der Bibliotheksarbeit. Seine Erklärungen zu diesem Thema waren immer präzise und konkret. Er war ein älterer Herr mit einigen merkwürdigen – oder sollte ich sagen: außergewöhnlichen – Neigungen, aber wenn es um die Bibliothek ging, waren seine Vorschläge stets sachlich und zielorientiert. Sobald wir über die praktischen Aspekte des Bibliothekswesens sprachen, veränderte sich sogar sein Blick. Seine Augen funkelten wie Edelsteine. Offensichtlich liebte er die Bibliothek mehr als alles andere.

Herr Koyasu zog sein Jackett aus und hängte es über die Stuhllehne. Schal und Baskenmütze legte er wie gewohnt gewissenhaft auf den (momentan anderen) Schreibtisch, auf dem seine Hände dann behaglich wie eine zusammengerollte Katze ruhten. So mit Herrn Koyasu in dem kleinen Souterrainraum zu sitzen, erschien mir wie die natürlichste Sache der Welt.

Doch plötzlich fiel mir etwas auf. Die Armbanduhr, die er trug, hatte keine Zeiger.

Zuerst dachte ich, meine Augen spielten mir einen Streich. Oder es läge am Licht, dass die Zeiger kurzzeitig nicht sichtbar waren. Aber so war es nicht. Ich rieb mir unauffällig die Augen und sah noch einmal genauer hin, aber das Zifferblatt der alten Armbanduhr – mit Handaufzug – an seinem linken Handgelenk hatte tatsächlich keine Zeiger. Weder einen kurzen Stundenzeiger noch einen langen Minutenzeiger noch einen dünnen Zeiger für die Sekunden noch irgendeinen anderen Zeiger. Nur das Zifferblatt mit den Zahlen.

Ich dachte daran, Herrn Koyasu zu fragen, warum seine Uhr keine Zeiger hatte. Dann hätte er mir ohne viel Aufhebens den Grund erklären können. Vielleicht hätte ich ihn wirklich fragen sollen. Doch irgendetwas riet mir, *es nicht zu tun*. Während ich nebenbei über andere Dinge sprach, damit er nichts merkte, warf ich hin und wieder einen wie beiläufigen Blick auf sein linkes Handgelenk.

Dann sah ich sicherheitshalber auf meine eigene Uhr, plötzlich besorgt, die Zeit könnte insgesamt aus den Fugen geraten sein. Doch auf dem Zifferblatt der Uhr an meinem linken Handgelenk waren sämtliche Zeiger ordnungsgemäß vorhanden und zeigten 14 Uhr, 36 Minuten und 45 Sekunden an. Dann waren es 46 Sekunden, dann 47. Die Zeit existierte noch, und es bestand kein Zweifel daran, dass sie sich vorwärtsbewegte. Zumindest der Uhr nach.

Wie bei dem Uhrturm, dachte ich. Bei dem Uhrturm, der auf dem Marktplatz am Fluss in der ummauerten Stadt stand. *Die Uhr hatte ein Zifferblatt, aber keine Zeiger.*

Es fühlte sich *verdreht* an, als wären Zeit und Raum leicht verschoben. Die Dinge schienen sich zu vermischen. Teile der Grenzen bröckelten oder verschwammen, sodass die Realitäten hier und da ineinanderzufließen begannen. Ob diese Verwirrung durch etwas in mir oder durch die Anwesenheit von Herrn Koyasu verursacht wurde, entzog sich meiner Beurteilung. Ich bemühte mich, in diesem Chaos ruhig zu bleiben und mir meine Verwirrung nicht anmerken zu lassen, aber das war gar nicht so einfach. Ich vergaß, was ich eigentlich hatte sagen wollen, und unser Gespräch verebbte.

Herr Koyasu musterte mich von der anderen Seite des Tisches. Seine Miene war ausdruckslos. Wie ein leeres unbeschriebenes Blatt. Eine Zeit lang schwiegen wir.

Doch irgendwann schien ihm etwas einzufallen. Vielleicht erinnerte er sich unvermittelt an etwas. Seine Augen leuchteten auf, die langen Brauen zuckten. Der Mund öffnete sich leicht. Seine schmalen Lippen formten lautlos ein paar Worte, als würde er üben, was er sagen sollte. Mit einer schwachen, aber eindeutigen Absicht. Ja, genau, er wollte mir etwas sagen, wahrscheinlich etwas Wichtiges. Also wartete ich auf meiner Seite des Schreibtisches auf das, was er zu sagen hatte.

Doch genau in diesem Moment ertönte ein lautes Krachen aus dem Ofen. Ein Holzscheit musste geborsten sein. Und wie verabredet zischte eine weiße Dampfwolke aus dem schwarzen Kessel. Herr Koyasu drehte sich reflexartig um und blickte (mit einer Schnelligkeit, die nicht zu seiner sonstigen Art passte) in die Richtung, warf einen prüfenden Blick in die Flammen und sah, nachdem er sich vergewissert hatte, dass keine Gefahr drohte, wieder mich an.

Aber das, was er mir hatte sagen wollen – was auch immer es war –, schien irgendwo verloren gegangen zu sein. Sein Blick hatte wieder die gewohnte Schläfrigkeit angenommen. Er hatte mir nichts mehr zu sagen. Es war, als hätten die lodernden Flammen im Ofen alle unausgesprochenen Worte verzehrt.

Irgendwann erhob sich Herr Koyasu langsam von seinem Stuhl. Nachdem er einmal tief durchgeatmet hatte, stemmte er die Hände in die Seiten und streckte sich, wie um seine steifen Gelenke zu lockern. Dann nahm er seine dunkelblaue Baskenmütze vom Schreibtisch, klopfte sie liebevoll zurecht und setzte sie auf, bevor er sich den Schal umwickelte. »Es wird Zeit für mich«, sagte er wie zu sich selbst. »Ich kann ja nicht ewig hier rumsitzen und Sie von der Arbeit abhalten. Aber es tut so gut, sich am Ofen zu wärmen, dass ich mich kaum losreißen kann. Ich muss aufpassen.«

»Machen Sie sich bitte keine Gedanken. Bleiben Sie, so lange Sie möchten. Ich kann noch so viel von Ihnen lernen«, sagte ich.

Doch Herr Koyasu lächelte und schüttelte wortlos den Kopf. Nachdem er mir gedankt hatte, ging er lautlos die Stufen hinauf und verschwand.

Der alte Herr, der stets einen Rock und eine zeigerlose Uhr trug – sein rätselhaftes Erscheinen musste doch etwas zu bedeuten haben. Vielleicht hatte er eine Botschaft. Eine persönliche, nur für mich bestimmte Botschaft … Doch während ich darüber nachdachte, wurde ich sehr schläfrig und nickte auf meinem Stuhl ein. Der Stuhl war klein und hart, nicht zum Schlafen geeignet, aber ich schlief trotzdem ein. Es war ein kurzer Schlummer, aber so tief, dass kein Raum für Träume blieb. Im Schlaf hörte ich wieder den Kessel zischen. Zumindest bildete ich es mir ein.

Wenig später verließ ich das Zimmer und ging in den Lesesaal, um kurz mit Frau Soeda an der Theke zu reden. Ich fragte sie, ob Herr Koyasu schon gegangen sei.

»Herr Koyasu?« Sie runzelte leicht die Stirn.

»Er war bis vor einer halben Stunde bei mir im Souterrain, und wir haben uns unterhalten. Das war so kurz vor zwei.«

»Ich habe ihn nicht gesehen«, sagte sie mit seltsam tonloser Stimme. Dann nahm sie ihren Kugelschreiber und widmete sich wieder ihrer Arbeit. Wie seltsam. Frau Soeda verließ so gut wie nie ihren Platz an der Theke und hätte, aufmerksam, wie sie war, auch nie übersehen, dass jemand kam oder ging. So war sie eben.

Vermutlich war sie so kurz angebunden, weil sie das Thema nicht vertiefen wollte. Zumindest empfand ich es so. Damit war unser Gespräch über Herrn Koyasu beendet. Ich kehrte in mein Büro im Souterrain zurück und setzte mich mit einem vagen Gefühl von Unbehagen vor den Ofen, um weiterzuarbeiten.

Was hatte Herr Koyasu mir sagen wollen? Und warum hatte wie auf Kommando in diesem Moment das Holz im Ofen geknackt? Wie um ihn zu unterbrechen. Oder ihn zu warnen. Obwohl ich versuchte, die Sache von allen Seiten zu beleuchten, prallten all meine Überlegungen und Theorien unweigerlich gegen eine dicke Mauer, die ich nicht zu durchbrechen vermochte.

36

Der Winter wurde von Tag zu Tag kälter. Wie Herr Koyasu angekündigt hatte, schneite es in dem kleinen Gebirgsort immer häufiger, je näher das Jahresende rückte. Der Wind brachte dichte Schneewolken aus dem Norden. Manchmal zogen sie schnell dahin, manchmal aber auch so langsam, dass keine Bewegung auszumachen war.

Gegen Morgen war alles verharscht, und es knirschte angenehm unter meinen neuen Stiefeln. Es hörte sich an, als ob man Bonbons auf dem Boden zertreten würde. Mitunter lief ich am frühen Morgen ziellos am Flussufer entlang, nur um dieses Knirschen zu hören. Mein Atem bildete eine feste weiße Masse in der Luft (man hätte fast darauf schreiben können), und die scharfe Morgenkälte fühlte sich auf der Haut an wie unzählige Nadelstiche.

Die strenge Kälte dieser Tage war für mich ungewohnt, aber auch angenehm stimulierend. Sie vermittelte mir ein Gefühl der Frische, so als hätte ich eine andere Welt betreten, eine Welt anderen Ursprungs und anderer Struktur. Auf jeden Fall hatte mein Leben einen Richtungswechsel vollzogen. Wohin mich die veränderte Umgebung in Zukunft führen würde, blieb abzuwarten.

Der Tag brach gerade an, und das Ufer war von einer unberührten weißen Schneedecke bedeckt, die noch niemand betreten hatte. Der Schnee lag nicht sehr hoch, aber auf den ausladenden Ästen der immergrünen Bäume türmte sich Neuschnee aus der vergangenen Nacht.

Der Wind, der von den Bergen herabkam, pfiff und heulte durch die Bäume auf der anderen Seite des Flusses und kündigte noch raueres Wetter an. Der Anblick der Natur erfüllte mein Herz mit banger Sehnsucht und leichter Traurigkeit.

Der Schnee war meist hart und trocken. Ließ ich die weißen Kristalle auf meiner Handfläche landen, behielten sie lange ihre Form, während die Schneewolken auf ihrem Weg von Norden über die vielen hohen Berge ihre Feuchtigkeit zu verlieren schienen. Der feste, trockene Schnee blieb immer liegen. Er erinnerte mich an den Puderzucker auf einem Christmas Cake. (Wann hatte ich zuletzt ein Stück Christmas Cake gegessen?)

Ein dicker Mantel, warme Unterwäsche, Wollmütze, Kaschmirschal und dicke Handschuhe gehörten zu meiner täglichen Ausrüstung. Und jedes Mal, wenn ich in die Bibliothek kam, erwartete mich der altmodische Holzofen. Es dauerte immer eine Weile, aber sobald das Feuer brannte, wurde es angenehm warm im Raum. Und nach und nach zog ich meine Sachen aus. Zuerst Handschuhe, Schal und Mantel und zuletzt den leichten Pullover. Am Nachmittag trug ich sogar nur noch ein langärmeliges Hemd.

In der ummauerten Stadt hatte das Mädchen immer schon vorher den Ofen für mich angezündet. Wenn ich abends die

Tür zur Bibliothek öffnete, war es bereits schön warm, und der große Kessel dampfte gemütlich. Doch hier traf niemand diese Vorbereitungen für mich. Ich musste mich selbst rühren. Der Raum im Souterrain am anderen Ende der Bibliothek war in den Morgenstunden völlig ausgekühlt.

Ich hockte mich vor den Ofen und entfachte mit einem Streichholz ein Stück zerknülltes Zeitungspapier, übertrug das Feuer auf etwas Reisig und setzte nach und nach die dickeren Scheite in Brand. Manchmal klappte es nicht, und ich musste von vorne anfangen. Es war ein feierlicher, fast ritueller Vorgang, wie ihn die Menschen seit Urzeiten praktizierten. (Natürlich gab es in der Urzeit weder Streichhölzer noch Zeitungen.)

Sobald das Feuer ruhig brannte und der Ofen warm war, stellte ich den schwarzen Kessel mit Wasser darauf. Wenn es kochte, brühte ich mir schwarzen Tee in einer Keramikkanne auf, die ich von Koyasu geerbt hatte. Ich setzte mich an den Schreibtisch, und während ich den Tee schlürfte, dachte ich an die Stadt mit der hohen Mauer und an das Mädchen in der Bibliothek. Ich konnte nicht anders. So vertrödelte ich eine halbe Stunde des Wintermorgens. Mein Bewusstsein wanderte ziellos zwischen den beiden Welten hin und her.

Aber dann riss ich mich zusammen, atmete ein paarmal tief durch und verankerte mein Bewusstsein in dieser Welt, als würde ich mich in einen eisernen Ring einhaken. Und ich begann in *dieser Bibliothek* zu arbeiten. Ich las keine alten Träume mehr. Was ich hier zu tun hatte, war ganz gewöhnliche Büroarbeit. Ich ging die Papiere durch, die man mir gegeben hatte, machte die entsprechenden Eintragungen, prüfte die kleinen täglichen Einnahmen und Ausgaben und erstellte

Listen von allem, was für die Verwaltung der Bibliothek notwendig war.

Unterdessen bollerte der Ofen vor sich hin, und der süße Duft der alten Apfelbäume erfüllte den Raum.

Es war schon nach zehn, als Herr Koyasu mich zu Hause anrief. Seit ich hierhergezogen war, hatte mein Telefon noch nie so spät geklingelt, und Herr Koyasu rief mich kaum zu Hause an (ich erinnere mich nicht genau, aber wahrscheinlich war es überhaupt das erste Mal).

Ich saß in dem alten Sessel (den Herr Koyasu irgendwo für mich aufgetrieben hatte) und las im Schein der Leselampe noch einmal *Die Erziehung des Herzens* von Flaubert. Die altertümliche Typografie ermüdete meine Augen, und ich überlegte, ob ich mich nicht langsam bettfertig machen sollte – es war eigentlich alles wie immer.

»Hallo«, sagte Herr Koyasu. »Entschuldigen Sie die späte Störung. Ich bins, Koyasu. Sind Sie noch auf?«

»Ja«, sagte ich, obwohl ich gerade im Begriff war, mich schlafen zu legen.

»Ich habe eine dringende Bitte. Wäre es zu viel verlangt, wenn ich Sie bitten würde, jetzt in die Bibliothek zu kommen? Meinen Sie, das ginge?«

»Jetzt?« Ich warf einen Blick auf den Wecker neben meinem Bett. Zehn nach zehn. Ich dachte an die zeigerlose Armbanduhr von Herrn Koyasu. Wusste der Mann überhaupt, wie spät es war?

»Ich glaube, ich weiß, wie spät es ist. Es ist schon nach zehn«, sagte Herr Koyasu, als hätte er meine Gedanken gelesen. »Aber es geht um etwas sehr Wichtiges.«

»Und das können wir nicht am Telefon besprechen, oder?«

»Nein, das ist nichts, was man so einfach am Telefon besprechen kann. Telefone sind generell unzuverlässig.«

»Verstehe«, sagte ich und warf sicherheitshalber noch einmal einen Blick auf die Uhr am Kopfende des Bettes. Der Sekundenzeiger bewegte sich ordnungsgemäß. In der tiefen Stille war sein leises Ticken zu hören.

»Also gut«, sagte ich. »Dann mache ich mich jetzt auf den Weg. Wo halten Sie sich momentan auf, Herr Koyasu?«

»Ich bin im Souterrain. In dem quadratischen Raum mit dem Ofen. Er ist schon schön warm. Ich dachte, ich warte hier auf Sie. Ist das in Ordnung?«

»Alles klar. Ich komme dorthin. Es wird ungefähr eine halbe Stunde dauern.«

»Sehr gut. Es macht mir nichts aus zu warten. Ich habe jede Menge Zeit. Und bin es gewohnt, lange wach zu bleiben. Ich werde nicht müde. Also kein Grund zur Eile. Ich warte einfach ganz in Ruhe hier auf Sie.«

Höchst verwundert legte ich auf. Wie war Herr Koyasu überhaupt in die Bibliothek gekommen? Hatte er einen Schlüssel? Er war zwar im Ruhestand, kümmerte sich aber weiter hingebungsvoll um die Bibliothek, also wäre es nicht verwunderlich, wenn er noch einen hätte.

Ich stellte mir vor, wie Herr Koyasu allein im hinteren Teil der dunklen Bibliothek vor dem Ofen saß und auf mich wartete. Eigentlich hätte mir das merkwürdig vorkommen müssen, aber so merkwürdig fand ich es dann auch wieder nicht. Mein Urteil darüber, was seltsam war und was nicht, schien ziemlich zu schwanken.

Ich zog einen Dufflecoat über den Pullover, wickelte mir einen Schal um den Hals, setzte die Wollmütze auf und schlüpfte in die gefütterten Stiefel und die Handschuhe. Die Nacht war kalt, aber es schneite nicht. Es war windstill. Der Himmel schien von dichten Wolken bedeckt zu sein, denn als ich nach oben sah, konnte ich keinen Stern entdecken. Es wäre nicht verwunderlich gewesen, wenn es gleich angefangen hätte zu schneien. Außer dem Rauschen des Flusses und dem Knirschen meiner Stiefel drang nichts an mein Ohr. Es war, als würde die Wolkendecke über mir alle Geräusche schlucken. Meine Wangen schmerzten von der eisigen Luft, und ich zog mir die Mütze tief ins Gesicht.

Von außen betrachtet lag die Bibliothek in völliger Dunkelheit. Bis auf die alte Lampe am Tor waren alle Lichter gelöscht. Wie bei einer Verdunklung im Krieg. Es war das erste Mal, dass ich die Bibliothek von derartiger Finsternis umgeben sah. Sie wirkte wie ein ganz anderes Gebäude als die mir bei Tag vertraute Bibliothek.

Die Eingangstür war verschlossen. Ich zog die Handschuhe aus, zog den schweren Schlüsselbund aus der Manteltasche und schloss die Tür unbeholfen auf. Zum Öffnen der Schiebetür brauchte man zwei verschiedene Schlüssel. Im Nachhinein betrachtet war es das erste Mal, dass ich die Schlüssel tatsächlich benutzte.

Nachdem ich das Gebäude betreten hatte, zog ich die Schiebetür hinter mir zu und schloss sicherheitshalber wieder ab. Die grünliche Notbeleuchtung erhellte das Innere nur schwach. In ihrem Licht tastete ich mich vorsichtig durchs Foyer, um nirgendwo anzustoßen, vorbei an der Theke (an der Frau Soeda zu sitzen pflegte) durch den Lesesaal und den verwinkelten Gang bis ins Souterrain. Der Gang, in dem es keine Notbeleuchtung gab, war stockdunkel. Bei jedem Schritt knarrten die Dielen vorwurfsvoll. Ich bedauerte, keine Taschenlampe mitgenommen zu haben.

Schwaches Licht drang aus dem Zimmer im Souterrain. Durch das kleine Milchglasfenster in der Tür fiel ein gelblicher Schein in den Gang. Leise klopfte ich an die Tür. Von drinnen ertönte ein Hüsteln. »Bitte kommen Sie herein«, sagte Herr Koyasu.

Herr Koyasu saß vor dem Ofen und wartete auf mich. Die Glühbirne, die von der Decke hing, tauchte den Raum in ein seltsames gelbliches Licht. Die dunkelblaue Baskenmütze lag wie immer an der Schreibtischkante.

Genau diese Szene hatte ich mir vorgestellt, als ich den Hörer auflegte. Der kleine alte Mann mit grauem Bart und kariertem Rock wartete auf mich in diesem Raum in der leeren Bibliothek. Die Szene war wie eine Seite aus einem Bilderbuch, das ich als Kind gelesen hatte. Ich ahnte, dass sich etwas verändern würde. Wenn ich um eine Straßenecke bog, wartete dort etwas auf mich. Das hatte ich als Junge oft gespürt. Und dieses *Etwas* teilte mir einen wichtigen Umstand mit, der mich zu einer entsprechenden Veränderung zwang.

Ich nahm die Wollmütze ab und legte sie mit den Handschuhen auf den Schreibtisch. Auch den Kaschmirschal und den Mantel zog ich aus. Es war warm genug im Raum.

»Möchten Sie eine Tasse schwarzen Tee?«

»Ja, gern«, antwortete ich nach einer Pause, weil ich kurz überlegt hatte, ob ich womöglich später nicht schlafen können würde, wenn ich jetzt noch starken Tee trank. Aber ich hatte große Lust darauf, und wie üblich konnte ich dem Duft von Herrn Koyasus frisch aufgebrühtem Tee nicht widerstehen.

Herr Koyasu erhob sich von seinem Stuhl und nahm den weiße Dampfwölkchen ausstoßenden Kessel vom Ofen. Gekonnt schwenkte er ihn, um das Brodeln abzuschwächen. Der große mit Wasser gefüllte Kessel musste ziemlich schwer sein, aber Herrn Koyasus Bewegung war das nicht anzusehen. Mit einem Löffel maß er die Teeblätter genau ab, gab sie in die vorgewärmte weiße Keramikkanne und goss vorsichtig das heiße Wasser hinein. Er setzte den Deckel auf die Kanne, schloss die Augen und nahm die aufrechte Haltung eines disziplinierten Palastgardisten ein. Es war der gleiche Ablauf wie immer. Oder vielleicht ließe es sich zutreffender als Ritual bezeichnen.

Herr Koyasu schien die optimale Zeit, die eine gute Kanne Tee ziehen musste, vermittels einer besonderen inneren Uhr zu bestimmen. Hilfsmittel wie Uhrzeiger waren dazu nicht erforderlich.

Als die offenbar »optimale Zeit« verstrichen war, gab Herr Koyasu, wie von einem Bann befreit, seine aufrechte Haltung auf und trat in Aktion. Er schenkte den Tee in zwei vorgewärmte Tassen ein. Er nahm eine davon, sog den Duft ein, bis die neuronalen Informationen an sein Gehirn weitergeleitet waren, und nickte zufrieden. Eine Reihe von Handgriffen war erfolgreich abgeschlossen.

»Ah, so ist es gut. Bitte trinken Sie«, sagte er.

Wir brauchten keinen Zucker, keine Milch, keine Zitrone oder sonst etwas für diesen Tee. Er war perfekt, so wie er war. Auch die Temperatur stimmte genau. Er war stark, duftend, warm und elegant. Er enthielt etwas, das die Nerven beruhigte, besänftigte, streichelte. Jeder Zusatz hätte seine Vollkommenheit nur beeinträchtigt, so wie Sonnenlicht dichten Morgennebel auflöst.

Eines jedoch wunderte mich. Warum schmeckten der von Herrn Koyasu und der von mir zubereitete Tee so unterschiedlich, obwohl wir das gleiche Wasser, die gleiche Keramikkanne und die gleichen schwarzen Teeblätter verwendeten? Immer wieder versuchte ich, Herrn Koyasus Methode der Teezubereitung genau nachzuahmen, aber meine Versuche endeten stets mit einer Enttäuschung.

Eine Weile tranken wir wortlos unseren Tee.

»Es war sehr nett von Ihnen, zu so später Stunde noch den weiten Weg auf sich zu nehmen«, sagte Herr Koyasu schließlich entschuldigend.

»Kommen Sie oft um diese Zeit hierher?«

Herr Koyasu antwortete nicht sofort, sondern nahm einen Schluck von seinem Tee und schloss genießerisch die Augen. »Ich liebe diesen Ofen mehr als alles andere«, sagte er dann, als würde er mir ein wichtiges Geheimnis anvertrauen. »Das Feuer und der leichte Duft von Apfelholz wärmen meinen Körper und meine Seele bis ins Innerste. Seine Wärme ist für mich sehr kostbar. Sie wärmt meine vergängliche Seele. Ich hoffe, dass meine Anwesenheit hier Sie nicht stört.«

Ich schüttelte den Kopf. »Nein, mich stört das überhaupt nicht, aber weiß Frau Soeda davon? Dass Sie nach Dienstschluss in der Bibliothek sind, meine ich. Denn sie leitet ja praktisch die Bibliothek, und wenn sie es nicht weiß …«

»Nein, Frau Soeda weiß nichts davon«, sagte Herr Koyasu ruhig und seltsam unbekümmert. »Sie weiß nicht, dass ich so spät abends hierherkomme. Am besten, wir belassen es dabei. Sie braucht es nicht zu wissen.«

Ich schwieg. Was sollte ich dazu sagen? *Sie braucht es nicht zu wissen.* Was sollte das heißen?

»Ihnen die genauen Umstände zu erklären, würde zu lange dauern«, sagte Herr Koyasu. »Ich hätte Ihnen baldmöglichst die Wahrheit sagen sollen, aber es hat sich keine Gelegenheit ergeben. So ist die Zeit vergangen, und die Jahreszeit hat gewechselt, ohne dass ich eine passende Gelegenheit gefunden hätte. Mein Fehler.«

Herr Koyasu leerte die Tasse in seiner Hand und stellte sie auf den Schreibtisch. Das trockene Klappern erfüllte den kleinen Raum im Souterrain.

»Was ich Ihnen jetzt erzählen werde, klingt bestimmt sehr seltsam. In den Ohren eines Durchschnittsmenschen wahrscheinlich sogar unglaublich. Allerdings vertraue ich darauf, dass Sie meine Geschichte so akzeptieren, wie sie ist. Denn aus irgendeinem Grund besitzen Sie die Fähigkeit, sie zu glauben.« Herr Koyasu seufzte und rieb sich mit den Händen die Knie, wie um sich zu vergewissern, dass der Ofen sie wärmte. »*Fähigkeit* mag eine nicht ganz treffende Wortwahl sein. Vielleicht klingt es zu gestelzt. Allerdings fällt mir kein passenderer Ausdruck ein. Ich wusste es sofort, als ich Sie das erste Mal sah. Sie sind der Mensch, der die Fähigkeit besitzt, genau zu verstehen, was ich zu sagen habe und was ich sagen muss.«

Aus dem Ofen ertönte ein Knistern, leise und abrupt. Es klang, als bewegte sich ein Tier.

Ich hielt den Mund, weil ich der Richtung, die das Gespräch nahm, nicht recht folgen konnte, und betrachtete Herrn Koyasus rötlich vom Feuer beleuchtetes Profil.

»Ich möchte Ihnen etwas anvertrauen«, sagte Herr Koyasu. »Ich bin ein Mann ohne Schatten.«

»Ohne Schatten?«, wiederholte ich nur.

»Ja, genau. Ich bin ein Mann, der seinen Schatten verloren hat«, sagte Herr Koyasu mit ausdrucksloser Stimme. »Er ist weg. Ich dachte, es würde Ihnen irgendwann auffallen.«

Ich warf einen Blick auf die helle Wand des Zimmers. Tatsächlich – sein Schatten war nicht da, das gelbe Licht der Glühbirne warf lediglich meinen dunklen Schatten in einem leicht schrägen Winkel an die Wand. Wenn ich mich bewegte, bewegte er sich auch. Aber von Herrn Koyasus Schatten, der eigentlich auch dort hätte sein müssen, keine Spur.

»Ja, wie Sie sehen, habe ich keinen Schatten«, sagte er und wedelte mit einer Hand vor der Lampe herum, um mir zu demonstrieren, dass er keinen Schatten warf. »Er hat mich verlassen und ist irgendwo anders hingegangen.«

»Wann ist das passiert?«, fragte ich so behutsam wie möglich. »Wann hat sich Ihr Schatten von Ihrem Körper getrennt?«

»Als ich gestorben bin. Da habe ich meinen Schatten verloren. Wahrscheinlich für immer.«

»Als Sie gestorben sind?«

Herr Koyasu nickte ein paarmal nachdrücklich. »Ja, vor etwas über einem Jahr. Seither bin ich ein Mensch ohne Schatten.«

»Das heißt also, Sie sind schon tot?«

»Ja, ich lebe nicht mehr auf dieser Welt. Ich habe nicht mehr Leben in mir als ein gefrorener Nagel.«

37

Ich dachte einen Moment lang über seine Worte nach. Er hatte nicht mehr Leben in sich als ein gefrorener Nagel? Ich musste etwas sagen, aber mir fehlten die Worte.

»Sind Sie sicher, dass Sie wirklich tot sind?«, brachte ich schließlich heraus. Es klang wie eine sehr dumme Frage.

Aber Herr Koyasu nickte mit ernster Miene. »Es gibt keinen Zweifel daran, dass ich tot bin. Im Rathaus müsste es offizielle Unterlagen dazu geben. Außerdem habe ich ein kleines Grab auf dem Tempelfriedhof. Meinen posthumen buddhistischen Namen habe ich auch erhalten, aber ich weiß nicht mehr, wie er lautet. Kein Irrtum möglich, ich bin gestorben.«

»Aber wenn Sie mir so gegenübersitzen und wir uns unterhalten, wirken Sie gar nicht wie ein Toter.«

»Ich mag aussehen wie damals, als ich noch lebte. Und ich kann offenbar auch ein halbwegs vernünftiges Gespräch mit Ihnen führen. Aber das ändert nichts an der Tatsache, dass ich tot bin und nicht mehr unter den Lebenden weile. Um Missverständnissen vorzubeugen: Ich bin jetzt das, was man früher einen Geist nannte.«

Tiefe Stille senkte sich über den Raum. Ein leichtes Lächeln umspielte Herrn Koyasus Lippen, während er sich die Hände rieb und auf den Ofen blickte.

Vielleicht erlaubte er sich einen Scherz, nahm mich auf den Arm – diese Möglichkeit schoss mir durch den Kopf. Unter normalen Umständen wäre das möglich. Manche Leute können solche Scherze mit todernster Miene bringen, und es ist ihr größtes Vergnügen, andere an der Nase herumzuführen. Aber Herr Koyasu war nicht der Typ, der Spaß an solchen Scherzen hatte. Außerdem hatte er wirklich keinen Schatten. Den konnte er ja nicht einfach so zum Spaß weggezaubert haben.

Mein Begriff von Wirklichkeit verlor seine ursprüngliche Bedeutung und zerfiel. Anscheinend verfügte ich nicht mehr über die notwendigen Bezugsgrößen, um zu erkennen, was real war. Als ich in meiner Verwirrung langsam den Kopf schüttelte, tat mein langer schwarzer Schatten an der Wand dasselbe. Seine Bewegung wirkte ein wenig übertriebener als meine.

Hatte ich Angst? Nein, ich glaube nicht. Ich wusste nicht, warum, aber gesetzt den Fall, der alte Mann vor mir war wirklich ein Geist, fand ich es nicht im Geringsten furchterregend, mich nachts allein mit ihm in diesem Zimmer aufzuhalten. Vielleicht war so etwas möglich. Was war falsch daran, sich mit einem Toten zu unterhalten?

Vieles war jedoch zweifelhaft. Natürlich gibt es unzählige Dinge, die wir über Geister nicht wissen.

»Es gibt auch unzählige Dinge, die ich selbst nicht weiß«, sagte Koyasu, als hätte er meine Gedanken gelesen. »Warum bin ich nach meinem Tod nicht ins Nichts eingegangen, sondern habe mein Bewusstsein und sogar meine Gestalt bewahrt und bin immer noch hier in der Bibliothek?«

Wortlos starrte ich Herrn Koyasu an.

»Es ist schon eine seltsame Sache mit dem Bewusstsein. Und noch seltsamer ist es, ein Bewusstsein zu haben, nachdem ich gestorben bin. Ich habe irgendwo die Theorie gelesen, Bewusstsein sei das Gewahrwerden des eigenen physischen Zustands durch das Gehirn. Was halten Sie davon? Ist das wirklich eine richtige Definition? Was glauben Sie?«

Bewusstsein ist das Gewahrwerden des eigenen physischen Zustands durch das Gehirn.

Ich dachte nach.

»Jetzt, wo Sie es so sagen. Könnte sein. Klingt schlüssig.«

»Wenn das so ist, dann habe ich doch noch ein Gehirn. Oder nicht? Wo Bewusstsein ist, muss doch auch ein Gehirn sein. Aber wie kann es sein, dass der Körper nicht mehr existiert, aber das Gehirn noch da ist? Ist das wirklich möglich?«

Es kostete mich einige Anstrengung, und ich brauchte Zeit, um Herrn Koyasus Ausführungen zu folgen. Denn sie waren auf jeden Fall weit von jeder Alltagsebene entfernt. Nach einer Pause traute ich mich, ihm eine Frage zu stellen.

»Heißt das, Ihr Körper existiert nicht mehr?«

Herr Koyasu nickte zustimmend. »Genau, mein Körper existiert nicht mehr. Ich habe jetzt zwar die Gestalt, die ich zu Lebzeiten hatte, aber lange kann ich nicht mehr so weitermachen. Irgendwann wird sie sich in Rauch auflösen und zu nichts werden. Sie ist nur eine flüchtige Erscheinung, wenn auch keine großartige, aber im Moment habe ich keine andere Wahl.«

»Aber Ihr Bewusstsein hat überdauert?«

»Ja, mein Bewusstsein ist noch völlig intakt, auch wenn mein Körper nicht mehr da ist. Das ist mir ein großes Rätsel. Obwohl ich keinen Körper und damit zwangsläufig auch kein Gehirn mehr habe, funktioniert mein Bewusstsein noch ganz normal. Wie seltsam, dass es auch nach dem Tod noch Dinge gibt, die wir nicht verstehen. Als ich noch am Leben war, dachte ich, wer einmal gestorben ist, wäre von allen Rätseln befreit.«

»Glauben Sie nicht, dass wir neben unserem Gehirn und unserem Körper noch eine Seele haben?«, fragte ich.

Herr Koyasu schürzte die Lippen. Er schien angestrengt zu überlegen. »Ja, über die Seele habe ich auch viel nachgedacht. Doch je mehr man darüber nachdenkt, desto rätselhafter wird die Sache. Auch nachdem ich gestorben und ein Geist geworden bin – oder sagen wir lieber: gerade weil ich ein Geist bin –, verstehe ich es nicht. Viele sprechen von der Seele, aber niemand hat je klar und verständlich definieren und erklären können, was das eigentlich ist. Der Begriff wird so oft und in so vielen verschiedenen Zusammenhängen gebraucht, dass die meisten Menschen fest daran glauben. Aber wenn sie wirklich sterben, werden sie erkennen, dass die Seele unsichtbar ist und man sie nicht berühren kann. Man kann nichts Besonderes mit ihr anfangen. Ich glaube, worauf wir uns wirklich verlassen können, sind vor allem unser Bewusstsein und unser Gedächtnis.«

Ich äußerte keine persönliche Meinung. Was soll man antworten, wenn einem ein Toter erscheint und sagt: »Ich weiß nicht mal, ob es eine Seele gibt?«

»Wie sind Sie überhaupt gestorben, Herr Koyasu?«, fragte ich ihn. »Und wie sind Sie dann ein Geist geworden?«

»Ich erinnere mich noch genau, wie ich gestorben bin. Die

unmittelbare Todesursache war ein Herzinfarkt. Auf jeden Fall war ich sofort tot. Ich habe gar nicht gemerkt, dass ich sterbe. Dazu hatte ich keine Zeit. Es heißt immer, dass im Augenblick des Todes die Ereignisse des Lebens noch einmal blitzartig vor dem inneren Auge ablaufen, aber ich sah nicht einmal Bruchstücke.« Herr Koyasu saß noch eine Zeit lang mit verschränkten Armen und gesenktem Kopf da, ehe er fortfuhr. »Ich hatte noch nie ein besonders starkes Herz, aber bis dahin hatte ich keine größeren Probleme gehabt. Außerdem war ich erst eine Woche zuvor zur jährlichen Untersuchung im Krankenhaus in Koriyama gewesen. Und der Arzt hatte gesagt, dass alles in Ordnung sei. Ich hätte also nie gedacht, dass ich wenig später an einem Herzinfarkt sterben könnte. Aber eines Morgens traf es mich aus heiterem Himmel. Nach meiner Erfahrung passieren die schlimmsten Dinge im Leben immer dann, wenn man am wenigsten damit rechnet. Und der Tod ist wohl eines der schwerwiegendsten Dinge im Leben.«

Hier lachte Herr Koyasu leise. »An jenem Morgen machte ich einen Spaziergang in den nahen Bergen. Ich trug einen Stock mit einer Glocke am Griff, um Bären fernzuhalten. Es war Herbst, und um diese Zeit kommen sie manchmal in die Dörfer, um vor dem Winterschlaf nach Nahrung zu suchen. Aber sobald sie die Glocke hören, halten sie Abstand. So habe ich es jedenfalls gelernt. Spazieren gegangen bin ich, weil es gesund sein soll. Aber bei diesem Spaziergang hatte ich plötzlich einen weißen Schleier vor den Augen und spürte, wie mir die Sinne schwanden. Ich lehnte mich an den Stamm einer Kiefer, konnte mich aber nicht mehr halten und rutschte zu Boden. Mein Herz klopfte laut, so schrecklich laut, als hätte sich auf einem Hügel in der Ferne ein Haufen Zwerge aufgereiht, die große Trommeln schlugen, so laut sie konnten. Die Zwerge waren weit weg, und ihre Gesichter lagen im Schatten, sodass ich sie nicht sehen konnte. Aber ihre Arme waren so stark, dass die Trommelwirbel direkt in meinem Ohr zu ertönen schienen. Unglaublich, dass mein Herz so laut schlagen konnte.«

Herr Koyasu schloss die Augen, um sich an diesen Moment zu erinnern.

»Ich weiß nicht, warum, aber als Nächstes war ich dabei, mit einer kleinen Kelle Wasser aus einem Ruderboot zu schöpfen, das zu sinken drohte. Ich saß allein in dem Boot mitten auf einem großen See. Das Boot schien ein Leck zu haben, durch das kaltes Wasser eindrang. Ich weiß nicht, wie ich mitten in den Bergen, am Rande des Todes, auf so einen Gedanken kam. Jedenfalls musste ich ans Ufer. Sonst würde ich mit dem Boot untergehen. Das war mein letzter Gedanke. Sehr merkwürdig, wenn man darüber nachdenkt. Ist das alles, was vom menschlichen Leben bleibt? Dann kam das Nichts. Das absolute Nichts. Nicht einmal das Aufblitzen eines Ereignisses aus meinem Leben. Nur ein altes Ruderboot, das sich gerade noch auf der Oberfläche des Sees hielt, und eine mickrige Schöpfkelle – das wars.«

Stille.

»Es war also ein schneller Tod?«

»O ja, in der Tat ein schneller Tod«, bestätigte Herr Koyasu. »Soweit ich mich erinnere, habe ich kaum körperliche Beschwerden gespürt. Er kam aus heiterem Himmel und ging – wie soll ich sagen – *so leicht* vonstatten, ich merkte nicht einmal, was geschah. Dass ich gerade starb und mein Leben verlor. So begriff ich nicht einmal als Geist, dass ich wirklich gestorben war.«

»Haben Sie, nachdem Sie gestorben und nun … ein Geist geworden sind, so etwas wie Stadien durchlaufen?«, fragte ich ihn.

»Nein, es gab keine verschiedenen Stadien. Als ich zu mir kam, befand ich mich bereits in diesem Zustand. Zeitlich liegt mein Tod etwa ein Jahr zurück, danach nahm ich diese Form an, aber dass mein Bewusstsein ohne meinen eigentlichen Körper existierte, daran erinnere ich mich, begann erst etwa sechs Wochen nach meinem Tod. Man hielt eine Totenfeier für mich ab, mein Körper wurde verbrannt, und meine Gebeine wurden begraben. Danach wurde ich ein Geist und kehrte auf diese Erde zurück. Was dazwischen geschah oder welche Stadien ich durchlaufen haben könnte, entzieht sich meiner Kenntnis.«

Ich brauchte einige Zeit, um in meinem Kopf zu sortieren, was er mir erzählt hatte. Aber eigentlich gab es nichts zu sortieren, mir blieb nichts anderes übrig, als seine Aussagen als Tatsachen zu akzeptieren. »Ist es so, dass Sie zurückgekommen sind, weil es auf dieser Welt etwas gibt, das Sie bereuen oder nicht erledigen konnten?«

»Es scheint ein weitverbreiteter Glaube zu sein, dass jemand aus solchen Gründen zum Geist wird, aber ich bereue nichts. Ich kann auf ein normales Leben mit Höhen und Tiefen zurückblicken.«

»Allerdings ist Ihr Bewusstsein nach Ihrem Tod, ohne dass Sie es selbst wussten, ins Diesseits zurückgekehrt.«

»Stimmt. Ich habe mir diese Existenz nicht ausgesucht. Aber meine ganz persönliche Beziehung – man könnte auch sagen: Liebe – zu dieser Bibliothek mag damit zusammenhängen. Obwohl es dort nichts gibt, was unerledigt geblieben wäre.«

»Jedenfalls glauben alle hier im Ort, dass Sie tot sind und nicht mehr unter uns weilen, nicht wahr?«

»Das stimmt. Alle denken, ich sei verstorben. Meine vorübergehende Erscheinung offenbart sich nur besonderen Menschen.«

»Frau Soeda scheint zu wissen, dass Sie in der Bibliothek, nun ja, herumgeistern, oder?«

»Ja, sie weiß, dass ich mich in einen Geist verwandelt habe. Wir kennen uns schon sehr lange und haben in vielerlei Hinsicht ein tiefes Verständnis füreinander, und sie akzeptiert meine Anwesenheit als Geist sozusagen als ein natürliches Phänomen, ohne Fragen zu stellen oder darüber zu sprechen. Natürlich war sie am Anfang nicht wenig überrascht.«

»Die Aushilfskräfte können Sie aber nicht sehen?«

»Nein, außer Frau Soeda sind Sie der Einzige. Sie sieht mich auch nicht immer, tut es aber, wenn es nötig ist. Alle anderen glauben, ich sei tot und verschwunden. Nun, das bin ich ja auch … Deshalb spreche ich auch nicht mit Ihnen oder Frau Soeda, wenn andere dabei sind. Es würde zu komisch aussehen, wenn uns jemand dabei beobachtete.« Herr Koyasu lachte belustigt.

»Also sind Sie nach Ihrem Ableben hiergeblieben und haben die Bibliothek weitergeführt wie bisher?«

»Ja, wann immer Frau Soeda mich zu einem praktischen Problem um Rat bat, schlug ich ihr eine Lösung vor, die ich für angemessen hielt. Wie vor meinem Tod als Direktor der Bibliothek.«

»Aber wenn ein Toter als Geist eine reale Bibliothek leitet, geht es natürlich nicht ohne jemanden, der sich nach außen hin um das Tagesgeschäft kümmert, und dafür brauchten Sie unbedingt einen Verantwortlichen. Also entschlossen Sie sich, einen neuen Bibliotheksleiter – das heißt eine geeignete Person aus Fleisch und Blut – einzustellen. So war es doch?«

Herr Koyasu nickte mehrmals, als wäre er froh, dass ich für seine Aussage die passenden Worte gefunden hatte. »Ja, ganz genau, so ist es gewesen. Als Sie zum Vorstellungsgespräch erschienen, erkannte ich auf den ersten Blick, dass es mit Ihnen etwas Besonderes auf sich hatte. Ich wusste, Sie würden mich als Bewusstsein in einem temporären Körper erkennen und mich so annehmen, wie ich war. Es war ein unerwartetes und wunderbares Zusammentreffen.« Während Herr Koyasu seine kleine Gestalt am Ofen wärmte, sah er mich an wie eine kluge Katze. In seinen Äuglein blitzte es kurz auf. »Allerdings war ich am Anfang mehr als vorsichtig und beobachtete sehr genau, was Sie sagten und wie Sie sich verhielten. Ich wusste nicht, ob ich Ihnen die Wahrheit sagen sollte, denn es war eine sehr heikle Frage, bei der es buchstäblich um Leben und Tod ging. Wie Sie sicher verstehen, ist es nicht leicht, jemandem zu sagen, dass man eigentlich ein Geist ist. Ich musste eine angemessene Zeit verstreichen lassen. So endete der Sommer, unser kurzer Herbst in den Bergen verging, und als der Winter mit ganzer Härte hereinbrach und es Zeit wurde, den Ofen in diesem Zimmer anzuzünden, war ich endlich aus tiefstem Herzen überzeugt: Sie waren der Richtige, um meinen Platz einzunehmen.«

Schweigend betrachtete ich sein heiteres Gesicht. Das Gesicht von Herrn Koyasu, *der als Bewusstsein in seinem vergänglichen Körper agierte.*

38

Herr Koyasu saß lange vornübergebeugt mit geschlossenen Augen vor dem Ofen und schwieg wie in Gedanken versunken. Während der ganzen Zeit rührte er sich nicht. »Sie wissen, wie es ist, seinen Schatten zu verlieren«, brach er schließlich sein Schweigen. Er richtete sich auf, öffnete die Augen und sah mich an.

»Woher wissen Sie, dass ich meinen Schatten verloren hatte?«

Herr Koyasu zuckte die Schultern. »Ich bin ein Geist. Ein Bewusstsein ohne Leben. Deshalb sehe und verstehe ich Dinge, die gewöhnliche Menschen nicht sehen und verstehen können. Den Verlust ihres Schattens habe ich auf den ersten Blick erkannt.«

»Was bedeutet es, wenn ein Mensch seinen Schatten verliert?«

Herr Koyasu kniff wie geblendet die Augen zusammen und starrte mich an.

»Aha, das haben Sie also noch nicht verstanden?«

»Nein, ich wusste wirklich nicht, was es damit auf sich hatte.

Genauso wenig wie jetzt. Ich habe mich einfach dem Strom überlassen und mich nicht dagegen gewehrt. Ich war eine Zeit lang von meinem Schatten getrennt, ohne zu wissen, was das bedeutet. Keiner der Menschen, die dort lebten, besaß einen Schatten.«

Koyasu rieb sich wortlos das Kinn. Dann fuhr er bedächtig fort. »Wie gesagt gibt es auch für mich als Toten viele Dinge, die ich nicht verstehe. Leider muss ich sagen, dass ein Mensch nicht klüger wird, nur weil er tot ist. Deshalb kann ich Ihre Frage leider nicht abschließend beantworten. Es gibt Dinge auf dieser Welt, die sich nicht so einfach erklären lassen.«

Herr Koyasu hob das linke Handgelenk und warf einen Blick auf seine zeigerlose Armbanduhr. Seinem Gesichtsausdruck nach zu urteilen, schien sie für ihn auch ohne Zeiger ihren Zweck zu erfüllen. Oder vielleicht war es auch nur eine Angewohnheit, die er sich aus der Zeit bewahrt hatte, als er noch lebte. »Ich muss langsam gehen«, sagte er. »Ich kann meine zeitweise Verkörperung nicht so lange aufrechterhalten. Nachts klappt es länger als tagsüber, aber das ist jetzt das Äußerste. Es ist höchste Zeit für mich. Lassen Sie uns wieder zusammenkommen und reden. Natürlich nur, wenn Sie wollen. Falls es Ihnen unangenehm sein sollte, werde ich Ihnen nicht mehr erscheinen.«

»Nein, nein«, entgegnete ich hastig und schüttelte mehrmals den Kopf, um meine Worte zu unterstreichen. »Es ist mir überhaupt nicht unangenehm. Ich will Sie unbedingt wiedersehen. Ich habe so viel mit Ihnen zu besprechen. Wie können wir uns am besten treffen?«

»Leider kann ich nicht Gestalt annehmen und Ihnen erscheinen, wann es mir beliebt. Meine Möglichkeiten sind begrenzt. Und ich habe auch nie genug Zeit. Deshalb weiß ich nie, wann ich Sie treffen kann. Denn die Entscheidung, Gestalt anzunehmen, unterliegt nicht meinem freien Willen. Wenn Sie wollen, kann ich Sie zu Hause anrufen, wie ich es heute getan habe. Und wir treffen uns in diesem Raum am Ofen. Es wird wahrscheinlich spät werden. Wie ich schon sagte, fällt es mir leichter, mich zu verkörpern, wenn es dunkel ist. Wäre das in Ordnung? Oder empfinden Sie das als Zumutung?«

»Nein, das ist gut. Die Uhrzeit spielt keine Rolle. Rufen Sie mich bitte an. Dann komme ich.«

Koyasu überlegte kurz, dann hob er den Kopf, als wäre ihm etwas eingefallen. »Lesen Sie die Heilige Schrift?«

»Die Heilige Schrift? Sie meinen die christliche Bibel?«

»Ja, die Bibel.«

»Nein. Ich habe sie nie wirklich gelesen. Ich bin kein Christ.«

»Ich bin auch kein Christ, aber abgesehen von der religiösen Komponente lese ich sie gerne. Schon als Jugendlicher habe ich sie, wenn Zeit war, immer mal wieder zur Hand genommen. Irgendwann ist es dann zur Gewohnheit geworden. Die Lektüre regt zum Nachdenken an, und ich habe dadurch viel gelernt und erkannt. In den Psalmen findet sich dieser Vers: ›Hauch ist der Mensch und sein Leben gleicht dem schwindenden Schatten.‹« Herr Koyasu unterbrach sich, öffnete die Ofentür und schürte das Holz mit der Feuerzange. Dann wiederholte er langsam den Psalm, als spräche er zu sich selbst. »›Hauch ist der Mensch und sein Leben gleicht dem schwindenden Schatten.‹ Verstehen Sie? Der Mensch ist nichts als ein flüchtiger Hauch, und was er während seines Lebens tut, schwindet wie ein bloßer Schatten. Ah, diese

Worte haben mich schon immer in Bann geschlagen, aber ihre Bedeutung habe ich erst nach meinem Tod so richtig erfasst. Ja, wir Menschen sind nur ein flüchtiger Hauch, und jetzt, wo ich tot bin, habe ich nicht einmal mehr einen Schatten, der bei mir ist.«

Ich sah Herrn Koyasu wortlos in die Augen.

»Sie sind noch am Leben«, sagte Herr Koyasu. »Gehen Sie gut damit um. Denn Sie haben Ihren dunklen Schatten noch bei sich.« Herr Koyasu erhob sich, nahm sein Barett und setzte es auf. Dann schlang er sich den Schal um den Hals. »Ich muss gehen. Meine Gestalt wird schwächer. Wir sehen uns bald wieder.«

Kurz entschlossen rief ich ihm nach. »Herr Koyasu, um Ihnen die Wahrheit zu sagen, ich habe in einer Bibliothek wie dieser gearbeitet, in einer Stadt, in der die Menschen keine Schatten hatten. Es war eine kleine Bibliothek mit einem Ofen wie diesem.«

Herr Koyasu blickte zurück und nickte einmal kurz zum Zeichen, dass er mich gehört hatte, blieb jedoch stumm. Er ging die Treppe hinauf, verließ den Raum und schloss leise die Tür hinter sich.

Ich glaubte, seine Schritte zu hören, aber vielleicht bildete ich mir das auch nur ein. Vielleicht hatte ich in Wirklichkeit gar nichts gehört. Und wenn, dann musste es sehr leise gewesen sein.

Nachdem Herr Koyasu gegangen war, blieb ich noch ein wenig allein im Souterrain sitzen. Ich hatte den starken Verdacht, seine Erscheinung könnte nur ein Phantom gewesen sein. Womöglich war ich die ganze Zeit allein hier gewesen und hatte mich irgendwelchen Wahnvorstellungen hingegeben. Nein, es konnte weder Wahn noch Illusion gewesen sein, das bewiesen die beiden leeren Teetassen auf dem Schreibtisch. Aus der einen hatte ich getrunken, aus der anderen Herr Koyasu – oder sein Geist (oder sein Bewusstsein in seiner temporären Form).

Seufzend legte ich die Hände auf den Schreibtisch, schloss die Augen und lauschte dem Verstreichen der Zeit. Aber natürlich war nichts zu hören außer dem Knacken der Holzscheite im Ofen.

39

Ich hatte Fragen an Herrn Koyasu, und es gab auch einige Dinge, die ich ihm sagen wollte. Dinge, die ich, der Lebende, wissen sollte, und Dinge, die er, der Verstorbene, wissen sollte. Aber zuerst musste ich einige Sachverhalte in meinem Kopf sortieren.

Nach Herrn Koyasus Aussage war die Zeit, in der er mir in menschlicher Gestalt erscheinen konnte, befristet. Und er konnte nicht Gestalt annehmen, wann immer er wollte. In dieser kurzen Zeit hatten wir viele wichtige Dinge zu besprechen. Vieles davon gehörte wohl vor allem in den Bereich der Spekulation und war in seiner Logik nicht ganz klar. Ich musste also vorher meine Gedanken ordnen, um einen Plan für unser Gespräch zu entwerfen. Sonst würde ich vergeblich im Dämmer einer Welt voller Rätsel umherirren.

Am nächsten Tag, kurz nach eins, bat ich Frau Soeda in mein Büro im ersten Stock. Ich hätte etwas mit ihr zu besprechen, sagte ich.

Frau Soeda und ich erörterten die Bibliothek betreffende

verwaltungstechnische Angelegenheiten stets an der Theke im Erdgeschoss, aber zu persönlichen Gesprächen hatten wir kaum Gelegenheit. Nicht dass Frau Soeda solche Gelegenheiten absichtlich gemieden hätte, aber sie strebte sie auch nicht aktiv an. Vielleicht wollte sie (im Nachhinein betrachtet) auch vermeiden, dass Herr Koyasu zum Gesprächsthema zwischen uns wurde.

Frau Soeda trug eine hellgrüne Jacke über einer schmucklosen weißen Bluse und einen blaugrauen Wollrock. Ihre flachen Schuhe waren aus dunkelbraunem Wildleder. Ihre Garderobe war nicht teuer, aber auch nicht billig oder abgetragen, sondern sehr gepflegt, makellos sauber wie ihre sorgfältig gebügelte, faltenfreie Bluse. Ihr Make-up war stets dezent und unaufdringlich, nur ihre Augenbrauen zog sie dick und dunkel nach, wie um ihren unbeugsamen Willen zu unterstreichen. Ihre ganze Erscheinung war die einer erfahrenen und tüchtigen Bibliothekarin.

Ich saß an meinem Schreibtisch, und sie nahm mir gegenüber Platz. Ihr Gesicht verriet nicht die geringste Anspannung. Ihre Lippen, in einem eleganten Zartrosa geschminkt, bildeten eine gerade Linie, so als wäre sie entschlossen, nicht mehr als das Nötigste zu sagen.

Vor dem Fenster fiel leise der Nieselregen, der Raum war feucht und kühl. Der kleine Gasofen schaffte es nicht, ihn zu erwärmen. Seit dem Morgen regnete es ununterbrochen, aber bei der Kälte, die in der Luft lag, wäre es nicht verwunderlich gewesen, wenn der Regen in Schnee übergegangen wäre. Der Raum war dämmrig, und die Deckenbeleuchtung schien seine Düsternis zu unterstreichen. Man hätte meinen können, es wäre Abend, obwohl es erst ein Uhr mittags war.

»Eigentlich möchte ich mit Ihnen über Herrn Koyasu sprechen«, kam ich ohne Vorrede zu meinem Hauptanliegen. Denn ich hielt es für besser, ohne Umschweife mit Frau Soeda zu sprechen. Sie nickte, ohne dass sich ihre Miene veränderte. Ihre Lippen blieben wie versiegelt.

»Herr Koyasu ist bereits verstorben, nicht wahr?«, hakte ich energisch nach.

Frau Soeda schwieg einen Moment, sah mich dann aber mit einem ergebenen kleinen Seufzer an. Die Antwort fiel ihr sichtlich schwer.

»Ja, es ist wahr. Herr Koyasu ist schon vor einiger Zeit von uns gegangen.«

»Aber auch nach seinem Tod nimmt er Gestalt an und erscheint wie zu Lebzeiten in der Bibliothek. So ist es doch, oder?«

»Ja«, sagte Frau Soeda und hob die Hand, die auf ihrem Knie geruht hatte, um ihre Brille zurechtzurücken.

»Sie können ihn sehen«, sagte ich. »Und ich kann ihn auch sehen.«

»Ja, soweit ich weiß, sind Sie und ich die Einzigen, die Herrn Koyasu nach seinem Tod sehen und mit ihm sprechen können. Für unsere Mitarbeiterinnen bleibt er unsichtbar und unhörbar.«

Frau Soeda schien ein wenig erleichtert, das so lange gehütete Geheimnis endlich mit jemandem teilen zu können. Es musste eine erhebliche Bürde für sie gewesen sein. Womöglich hatte sie schon an ihrem Verstand gezweifelt.

»Ehrlich gesagt weiß ich erst seit gestern Abend, dass er tot ist«, sagte ich. »Die ganze Zeit, seit ich eingestellt wurde, habe ich tatsächlich geglaubt, Herr Koyasu wäre am Leben.

Es hat mir ja niemand etwas gesagt. Erst gestern Abend habe ich es aus seinem eigenen Mund gehört und war natürlich ziemlich erstaunt und erschrocken.«

»Das kann ich mir vorstellen«, sagte Frau Soeda. »Aber so leid es mir tut, aus meinem Mund konnten Sie nicht erfahren, dass Herr Koyasu nicht mehr auf dieser Welt ist.«

Ich erzählte Frau Soeda in einfachen Worten, was sich gestern Abend zugetragen hatte. Dass Herr Koyasu mich plötzlich um zehn Uhr angerufen und in die Bibliothek bestellt hatte. Und dass er mir in dem kleinen Raum im Souterrain am warmen Ofen bei einem heißen aromatischen Tee (von ihm selbst zubereitet) persönlich anvertraut hatte, dass er bereits verstorben sei.

Frau Soeda hörte mir von Anfang bis Ende schweigend zu. Dabei hielt sie ihren freimütigen Blick hinter den Brillengläsern unmittelbar auf mein Gesicht gerichtet, als versuchte sie zu lesen, was sich möglicherweise hinter meiner Geschichte verbarg.

»Ich glaube, Herr Koyasu mag Sie sehr«, sagte sie mit ruhiger Stimme, als ich geendet hatte. »Und er macht sich Sorgen um Sie oder wegen etwas, das Sie mit sich herumtragen.«

Etwas, das ich mit mir herumtrage, wiederholte ich bei mir.

»Soweit ich weiß, Frau Soeda, waren Sie, bevor ich hier anfing, die Einzige, der Herr Koyasu nach seinem Tod erschienen ist. So ist es doch?«

»Ja, anscheinend konnte ich ihn als Einzige sehen. Wenn Herr Koyasu sich in der Bibliothek zeigte, dann sprach er nur mit mir. Ganz wie zu Lebzeiten. Aber da ich mich vor den anderen Mitarbeiterinnen natürlich nicht mit einer unsichtbaren Person unterhalten konnte, redeten wir nur, wenn wir allein waren. Wir besprachen hauptsächlich dienstliche Angelegenheiten, die Verwaltung der Bibliothek betreffend.« An dieser Stelle presste Frau Soeda die Lippen aufeinander, ordnete ihre Gefühle und dachte nach. »Herr Koyasu kann sich nicht von der Bibliothek trennen«, sagte sie dann. »Obwohl es sich nominell um eine ›Stadtbibliothek‹ handelt, war sie praktisch sein Privatbesitz. Herr Koyasu hat sich um fast alles selbst gekümmert. Nach seinem plötzlichen Tod im vergangenen Jahr gab es keinen Nachfolger für ihn, und ich habe mich bemüht, die in dieser Zeit anfallenden Aufgaben zu übernehmen. Aber alleine – das brauche ich Ihnen nicht zu sagen – kann ich das nicht schaffen. Da ich nur an der Theke tätig bin, fehlt mir die Kenntnis des gesamten Verwaltungsapparates, und es gibt Dinge, die ich einfach nicht entscheiden kann. Ich nehme an, dass Herr Koyasu das nicht mit ansehen konnte und deshalb nach seinem Tod immer wieder gekommen ist, um mir zu helfen.«

»Nach seinem Tod haben Sie also die Bibliothek mit seiner – oder wie soll ich sagen –, mit der Hilfe seines Geistes geleitet?«

Frau Soeda nickte stumm.

»Und irgendwann wurde ich sein Nachfolger als Bibliotheksleiter.«

Wieder nickte Frau Soeda. »Ehrlich gesagt war ich überrascht, als Herr Koyasu Sie diesen Sommer zu einem persönlichen Gespräch einlud. Oder nein, eigentlich weniger überrascht als verwirrt. Denn vom ersten Moment an war klar, dass er vorhatte, in seiner eigenen Gestalt aufzutreten. Er war immer sehr darauf bedacht gewesen, sich niemandem außer mir zu zeigen. Ich fragte mich, was los war. Aber als ich ihn beobachtete, spürte ich, dass Sie eine beruhigende Wirkung auf ihn hatten, auch wenn ich den Grund oder den Auslöser dafür nicht kannte. Sie haben offenbar etwas an sich, das sein Vertrauen erweckte und ihn dazu brachte, sich Ihnen zu zeigen.«

Wortlos hörte ich ihr zu, und Frau Soeda fuhr fort.

»Herr Koyasu und Sie führten ein langes, freundschaftliches Gespräch, woraufhin Sie der neue Direktor dieser Bibliothek wurden und sie wieder so gut funktionierte wie zuvor. Mir wurde eine große Last von den Schultern genommen, und ich war sehr erleichtert. Offensichtlich hatten Sie und Herr Koyasu ein gutes Verhältnis zueinander entwickelt. Das freute mich besonders. Allerdings konnte ich Ihnen doch nicht sagen, dass Herr Koyasu bereits verstorben war. Das wäre mir, wie soll ich sagen, übergriffig erschienen. Hätte Herr Koyasu gewollt, dass Sie wissen, dass er kein lebender Mensch ist, hätte er es Ihnen sicher selbst gesagt. Dass er es nicht tat, bedeutete, dass er die Zeit noch nicht für gekommen hielt. Also habe ich die letzten Monate geschwiegen und die Entwicklung von außen beobachtet. Hätte ich es Ihnen sagen sollen? Aber wie hätte ich Ihnen erklären sollen, dass Herr Koyasu kein lebendiger Mensch ist, sondern eher so etwas wie … eine Seele oder eine geistähnliche Existenz?«

»Nein, Sie haben sicher recht, Herr Koyasu wollte sich mir persönlich anvertrauen. Er hat nur auf den richtigen Zeitpunkt gewartet. Deshalb war es sicher kein Fehler, dass Sie geschwiegen haben.«

Eine Zeit lang sagten wir nichts. Ich schaute aus dem Fenster, um mich zu vergewissern, dass es noch regnete und nicht schneite. Der Regen fiel ruhig und leise und benetzte Erde,

Steine und Baumstämme. Und die Strömung des Flusses wurde stärker.

»Was für ein Mensch war Herr Koyasu?«, fragte ich Frau Soeda. »Er erzählte mir, er sei hier in der Stadt geboren, aber nicht, wie er aufwuchs, wie er seine Jugend verbrachte und wie es zur Gründung dieser Bibliothek kam. Rückblickend weiß ich so gut wie nichts über ihn als Mensch. Ich habe oft versucht, ihn zu fragen, aber er ist mir immer ausgewichen. Als ob er nicht von sich erzählen wollte. Also habe ich ihn nichts Persönliches mehr gefragt.«

Frau Soeda hatte die Beine ordentlich parallel gestellt und die Hände im Schoß gefaltet, die schlanken Finger wie zu einem feinen Strickmuster verschlungen. »Eigentlich weiß ich auch nicht viel über Herrn Koyasu. Ich arbeite seit zehn Jahren in der Bibliothek, aber ich habe kaum persönliche Gespräche mit Herrn Koyasu geführt. Seltsamerweise habe ich ihn erst nach seinem Tod näher kennengelernt. Als er noch lebte, strahlte er stets, wie soll ich sagen, etwas Abgehobenes aus, als wäre er mit seinen Gedanken woanders. Er war nie kühl oder arrogant, immer freundlich und zuvorkommend, aber man merkte, dass er sich für die Realität um ihn herum nicht interessierte und immer Distanz zu anderen Menschen hielt.

Aber nachdem er gestorben war, als er nur noch Seele war, konnte er mir in die Augen schauen und über seine Gefühle sprechen. Es mag seltsam klingen, aber seine Persönlichkeit wirkte lebendiger und menschlicher als zuvor. Ich glaube, dass vieles, was er in sich verborgen hatte, nach seinem Tod an die Oberfläche kam.«

»Der Panzer um das Herz des lebendigen Herrn Koyasu war aufgebrochen.«

»Ja, so schien es«, sagte Frau Soeda. »Wie im Frühling, wenn der Schnee schmilzt und nach und nach alles Leben zum Vorschein kommt … Ich habe bis zu meiner Heirat in Matsumoto in der Präfektur Nagano gelebt, und die Gegend hier war mir unbekannt. Mein Mann stammt zwar aus der Präfektur Fukushima, ist aber in Koriyama geboren und aufgewachsen. Wir sind hierhergezogen, weil er zufällig eine Stelle an der hiesigen Schule bekam. Das meiste über Herrn Koyasu weiß ich vom Hörensagen. Im Laufe der Zeit haben mir die Leute so einiges erzählt. Sicherlich gibt es Gerüchte, bei denen ich nicht einschätzen kann, inwieweit sie stimmen. Aber wenn Sie möchten, kann ich Ihnen erzählen, was ich weiß.«

Laut Frau Soeda war Herr Koyasu der älteste Sohn einer der reichsten Familien der Stadt. Er hatte eine jüngere Schwester. Seine Familie betrieb seit mehreren Generationen erfolgreich eine Sake-Brauerei. Nach dem Abschluss der örtlichen Oberschule wechselte er an eine private Universität in Tokio, um Wirtschaftswissenschaften zu studieren. Allerdings war er von seinem Studium nicht gerade begeistert und brauchte mehrere Jahre dafür. Eigentlich wollte er Literatur studieren, aber sein Vater weigerte sich hartnäckig, ihm dies zu gestatten, da er später einmal den Familienbetrieb übernehmen sollte, und zwang ihn, Betriebswirtschaft zu studieren. So vernachlässigte Koyasu sein Studium, gründete mit einer Gruppe gleichgesinnter Freunde eine Zeitschrift und schrieb Kurzgeschichten, von denen eine in einem wichtigen Literaturmagazin veröffentlicht wurde. Nach seinem Abschluss verbrachte er einige Jahre als Schriftsteller in Tokio und gefiel sich als Literat, bis sein Vater die Geduld verlor, ihm die monatlichen Zuwendungen strich und ihn zwang, in seinen ländlichen Heimatort in Fukushima zurückzukehren.

Er sollte die Brauerei übernehmen und ging bei seinem Vater, der nur für seine Arbeit lebte, in die Lehre, verstand sich aber überhaupt nicht mit ihm, denn die Leitung der Brauerei interessierte ihn natürlich nicht, und er empfand das Leben in der Provinz als völlig unbefriedigend. Seine einzige Freude war es, in seiner Freizeit zu lesen und Manuskripte zu schreiben.

Als einziger Sohn einer wohlhabenden Familie erhielt er zahlreiche Heiratsanträge, lehnte aber alle ab und blieb lange Junggeselle. Aus Anstand und weil sein Vater ein Auge auf ihn hatte, hielt er sich in seinem Heimatort ziemlich zurück, reiste aber Gerüchten zufolge gelegentlich nach Tokio, wo er ordentlich über die Stränge schlug, um seine ständige Unzufriedenheit zu kompensieren.

Als Koyasu zweiunddreißig Jahre alt war, erlitt sein Vater, der gern trank, einen Schlaganfall und wurde bettlägerig, sodass er den Betrieb praktisch leiten musste. Aber ein treuer alter Buchhalter und einige Angestellte kümmerten sich um die Geschäfte, sodass Koyasu sich darauf beschränken konnte, im Hinterzimmer zu sitzen und ein paar Anweisungen zu geben, kurz die Bücher zu prüfen und repräsentative Aufgaben wie Treffen mit Geschäftspartnern und Essen mit wichtigen Leuten aus dem Ort zu übernehmen. Er empfand seinen Alltag als langweilig und unattraktiv, aber immerhin konnte sein Vater ihn nicht mehr so lautstark herumkommandieren, und das Geschäft lief, auch wenn er sich nicht besonders ins Zeug legte. Für den Anfang konnte man die Situation als recht komfortabel bezeichnen.

In seiner Freizeit las er nach wie vor Bücher, die ihm gefielen, oder saß am Schreibtisch und verfasste Romane, aber der schöpferische Drang, der einst so heftig in ihm gebrannt hatte, schien nach seinem dreißigsten Lebensjahr zu erlöschen. Es war, als hätte ein Reisender, ohne es zu merken, eine wichtige und wegweisende Wasserscheide überschritten. Die Zahl der Tage, an denen sein Stift nicht über die Seiten glitt, nahm allmählich zu.

Romane, Erzählungen … Er wusste gar nicht mehr, was er schreiben sollte. Früher hatte er nicht einmal Zeit gehabt, darüber nachzudenken, denn die Sätze sprudelten aus ihm heraus wie eine Quelle aus einer Felsspalte. Während er in seinem abgelegenen Bergort vor sich hindämmerte, ereigneten sich in Tokio Tag für Tag wichtige Dinge, und er hatte das Gefühl, weitab vom Schuss zu sein. Der leidenschaftliche Austausch mit seinen alten Literatenfreunden in Tokio erlahmte mit den Jahren und schlief schließlich ganz ein.

Während er diese ungewissen Tage voller Ungeduld und in fast pflichtgemäßem Müßiggang verbrachte, lernte er – er war bereits fünfunddreißig – eine schöne, zehn Jahre jüngere Frau kennen, in die er sich sofort verliebte. Er verspürte eine so heftige Leidenschaft, wie er sie noch nie in seinem Leben empfunden hatte. Sie war so unermesslich tief und stark, dass sie ihn bis ins Innerste erschütterte. Es war, als wären alle Werte, die er bisher hochgehalten hatte, plötzlich ihrer Bedeutung beraubt und zu leeren Hülsen geworden. Wofür hatte er bisher gelebt? Er fürchtete ernsthaft, dass sich die Erde plötzlich rückwärtsdrehen könnte.

Sie war die aus Tokio stammende Nichte eines Bekannten, die innerhalb des Rings der Yamanote-Bahnlinie geboren und aufgewachsen war. Sie hatte französische Literatur an einer christlichen Missionsuniversität studiert, sprach fließend Französisch und arbeitete als Sekretärin in der tunesischen oder algerischen Botschaft. Sie war intelligent, gebildet, besaß eine schnelle Auffassungsgabe und kannte sich mit Literatur und Musik aus. Egal, wie lange Koyasu sich mit ihr über diese Themen unterhielt, es wurde nie langweilig. Im vertrauten Gespräch mit ihr spürte er, wie die in ihm schlummernde intellektuelle Neugier wieder erwachte. Darüber freute er sich am meisten.

Sie war ihm vorgestellt worden, als sie in den Sommerferien seinen Heimatort besuchte. Nachdem sie sich ein paarmal getroffen, unterhalten hatten und einander nähergekommen waren, fuhr er bei jeder sich bietenden Gelegenheit nach Tokio, um mit ihr auszugehen (damals trug er übrigens noch keinen Rock, sondern kleidete sich ganz normal und sehr ordentlich).

Einige Monate später fasste er sich ein Herz und machte ihr einen Heiratsantrag, den sie jedoch nicht sofort annahm. »Es tut mir leid, aber ich brauche Zeit zum Nachdenken«, sagte sie. Die nächsten Wochen in ihrem Leben waren von tiefen Zweifeln geprägt.

Sie mochte ihn sehr und hielt ihn für vertrauenswürdig. Sie genoss seine Gesellschaft und hatte eigentlich nichts dagegen, ihn zu heiraten (sie hatte sich gerade von einem Mann getrennt, mit dem sie eine Beziehung gehabt hatte, was für Koyasu ein günstiger Umstand war). Für sie war es jedoch eindeutig kein Fortschritt, einen befriedigenden Beruf, in dem sie ihre Sprachkenntnisse einsetzen konnte, und den Komfort, allein in der Stadt zu leben, aufzugeben, um die Frau eines Sake-Brauers und die Schwiegertochter einer alteingesessenen Familie in einem kleinen Ort in den Bergen von Fukushima zu werden.

Nach einigen Diskussionen einigten sie sich schließlich darauf, dass sie auch nach der Hochzeit ihre derzeitige Arbeitsstelle behalten und wochenends und an freien Tagen nach Z** kommen würde – oder dass Koyasu, wann immer er Zeit hatte, zu ihr nach Tokio reisen würde. Natürlich war er von dieser Vereinbarung nicht überzeugt und versuchte eifrig, sie umzustimmen, aber ihr Entschluss stand fest, und er wollte sie auf keinen Fall verlieren, sodass ihm schließlich nichts anderes übrig blieb, als ihre Bedingungen zu akzeptieren. Quasi nur der Form halber feierten die beiden eine sehr einfache Hochzeit im Haus von Koyasus Eltern. Eingeladen waren nur einige enge Verwandte und Bekannte, und es gab keinen Empfang, sodass viele Leute in der Stadt gar nicht mitbekamen, dass Koyasu geheiratet hatte.

Am liebsten hätte Koyasu die Brauerei hinter sich gelassen, alle Verbindungen zu seiner alten, engen Heimatstadt gekappt und frei und unbeschwert mit seiner Frau in Tokio gelebt (wie glücklich wäre er gewesen, wenn das möglich gewesen wäre). Aber er konnte seine alten Angestellten, seinen bettlägerigen Vater und seine von ihm abhängige Familie nicht im Stich lassen. Ob es ihm gefiel oder nicht, er hatte eine Verpflichtung als Mensch. Auch wenn das Schicksal sie ihm auferlegt hatte, konnte er sie nicht einfach abschütteln.

Außerdem gab es ein praktisches Problem: Was sollte er in seinem Alter tun, wenn er einfach nach Tokio auswandern würde, ohne Arbeit, ohne Berufsaussichten, ohne die Gabe (von der er nicht mehr überzeugt war), als Schriftsteller seinen Lebensunterhalt verdienen zu können?

Es gab also keine Möglichkeit für Koyasu, ihren Vorschlag, eine »Fernbeziehung« zu führen, abzulehnen. Dagegen war nichts zu machen. Und war nicht letztlich alles im Leben das Ergebnis von Kompromissen? Und so führte er fast fünf Jahre lang ein recht eingeschränktes und anstrengendes Eheleben. Seine Frau kam am Freitagabend oder Samstagmorgen mit dem Zug und fuhr am Sonntagabend nach Tokio zurück. Oder er fuhr nach Tokio und verbrachte das Wochenende dort. In den Sommer- und Winterferien konnten sie viele Tage zusammen verbringen. Wäre sein konservativer Vater bei guter Gesundheit gewesen, hätte er sich gewiss ständig über diese Art der Ehe beschwert, aber zum Glück (möchte man sagen) konnte er kaum noch sprechen. Koyasus Mutter war von Natur aus sanftmütig, und ihr wichtigstes Lebensziel war es, niemandem Schwierigkeiten zu machen; seine jüngere Schwester war ungefähr im gleichen Alter wie seine neue Frau. So konnte Koyasu fast fünf Jahre lang ein unkonventionelles und hektisches Eheleben ohne böse Worte von außen führen. Anfangs lief alles rund und harmonisch.

Tatsächlich genoss Koyasu auf seine Weise diesen Lebensstil, der in den Augen der Welt keineswegs als normal galt. Obwohl er seine Frau nur ein oder zwei Tage in der Woche sehen konnte, war er selig, und die Zeit, die sie zusammen verbrachten, war die glücklichste seines Lebens. Tatsächlich vertiefte und erweiterte diese Einschränkung sein Glück. Die Tage, an denen er sie nicht sehen konnte, verbrachte er in einem Zustand höchster, berauschender Erwartung und träumte von den Wochenenden.

Nach Tokio fuhr Koyasu entweder mit dem Zug oder manchmal auch mit dem Auto. Eigentlich war er kein besonders guter Fahrer, aber der Gedanke, auf dem Weg zu seiner Frau zu sein, beflügelte ihn so sehr, dass ihm die lange, einsame Fahrt nichts ausmachte. Allein die Vorstellung, der Stadt, in der sie lebte, Kilometer um Kilometer näher zu kommen, verlieh seinem Herzen Flügel. Es war, als wäre seine Jugend zurückgekehrt. Aber nicht einmal in seiner Jugend hatte er eine so bedingungslose Liebe für jemanden empfunden.

Diese Reihe ungewöhnlicher, aber erfüllter Tage endete kurz nach seinem vierzigsten Geburtstag. Seine Frau wurde schwanger. Sie hatten vorerst nicht geplant, ein Kind zu bekommen, und verhütet, aber eines Tages stellte sich aus heiterem Himmel heraus, dass Frau Koyasu ein Kind erwartete. Sie sprachen lange und ernsthaft darüber, von Angesicht zu Angesicht und am Telefon, wie sie mit dieser unerwarteten Situation umgehen sollten. Schließlich folgte er ihrem Wunsch, die Schwangerschaft nicht abzubrechen. Eigentlich hatten sie sich kein Kind gewünscht (sie waren glücklich zu zweit), aber da sie nun ein kleines Leben in die Welt setzen würden, wollten sie diese Erfahrung genießen. Nach langen Gesprächen beschlossen sie, dass sie ihren langjährigen Job in der nordafrikanischen Botschaft aufgeben sollte, um zu ihm nach Fukushima zu ziehen und dort auf die Geburt zu warten.

Sie war einverstanden, zumal der alte Botschafter, mit dem sie eine Freundschaft verbunden hatte, durch einen neuen ersetzt worden war, mit dem sie nicht mehr auf einer Wellenlänge lag, sodass sie ohnehin nicht mehr so begeistert von ihrer Arbeit war. Außerdem wurde ihr das wöchentliche Pendeln zwischen Tokio und Fukushima zu anstrengend, und die Schwangerschaft machte diese Reisen zusehends beschwerlicher.

Außerdem wuchs ihr Wunsch, mit ihrem Mann unter einem Dach zu leben. Sie hatte mittlerweile ein gutes Verhältnis zu seinen Verwandten entwickelt, und auch wenn die Menschen im Ort sehr konservativ waren, würden sie dort friedlich und ohne größere Probleme leben können. Und sollte sich etwas Unangenehmes ereignen, würde ihr Mann sie beschützen. Sie hatte großes Vertrauen zu Herrn Koyasu. Ihre Beziehung zu ihm war von Anfang an mehr von menschlicher Wertschätzung als von leidenschaftlicher Liebe geprägt gewesen. Statt Leidenschaft hatte sie eher eine stabile Beziehung mit wenigen Höhen und Tiefen gesucht.

Koyasu und seine Familie waren überglücklich, als seine Frau zu ihnen zog. Er baute ein schönes neues Haus in der Nähe seines Elternhauses, in dem sie beide wohnen würden. Es war eine Erleichterung für ihn und seine Frau, endlich ein normales Leben führen zu können. Obwohl die »Fernbeziehung« auf ihre Weise aufregend gewesen war, hatte er immer befürchtet, dass sie ihn eines Tages verlassen würde, denn er hatte kein großes Vertrauen in seine Attraktivität als Mann.

Während Koyasu den Bauch seiner Frau von Tag zu Tag wachsen sah und sanft mit den Handflächen darüberstrich, stellte er sich immer wieder vor, wie es wäre, ein Kind zu haben. Was für ein Kind würde sie gebären? Zu was für einem Menschen würde es heranwachsen? Was für eine Persönlichkeit würde es haben, und wovon würde es träumen? Koyasu konnte den Sinn seiner eigenen Existenz kaum erfassen, doch das schien keine Rolle zu spielen. Er hatte von seinen Eltern genetische Informationen erhalten, die er nun mit einigen Ergänzungen an sein eigenes Kind weitergab. Am Ende war er nur ein Durchgangsstadium, ein Glied in einer langen Kette, die endlos weitergehen würde. Aber das genügte ihm. Selbst wenn er in seinem Leben nichts von Bedeutung oder Wert geschaffen hatte, was machte das schon? Er konnte seinem Kind eine Chance geben, und wenn es nur eine Chance war. Gab nicht allein das seinem Leben mehr Sinn als alles, was er bisher getan hatte?

Diese Perspektive war völlig neu für ihn, solche Gedanken waren ihm bisher nie gekommen. Aber sie gaben ihm ein starkes Gefühl der Erleichterung. Seine Zweifel und seine Schwermut verschwanden, und er fand vielleicht zum ersten Mal in seinem Leben so etwas wie Seelenfrieden. Er legte alle heimlich gehegten Ambitionen und träumerischen Sehnsüchte beiseite und führte das solide Leben eines mittelständischen Sake-Brauers in vierter Generation in einer provinziellen Kleinstadt. Er war nicht mehr so frustriert oder unzufrieden, weil es um ihn herum keine originellen Bewegungen und Veränderungen gab. Die innere Unruhe, die ihn immer geplagt hatte, wenn er sich von den neuesten literarischen Strömungen abgeschnitten fühlte, war verflogen. Er hatte eine gesicherte Existenz, ein bescheidenes Heim, in das er zurückkehren konnte, eine Frau, die er liebte und in deren Bauch ein gesundes Kind heranwuchs.

Mit einem Wort, er war in das Reich der mittleren Jahre eingetreten, das ihm wie eine weite Ebene mit herrlichen Aussichten erschien.

Er gab sich ganz dem Nachdenken über einen Namen für sein ungeborenes Kind hin. Sein früherer inbrünstiger Wunsch, einen Roman zu schreiben, der die Welt in Erstaunen versetzen würde, schien vorerst verschwunden zu sein. Einen Namen für sein Kind zu finden, wurde für ihn zum wichtigsten »schöpferischen Akt«. Seine Frau überließ ihm diese Aufgabe bereitwillig. »Ich bringe ein gesundes Kind zur Welt, und du gibst ihm einen schönen Namen, das ist Arbeitsteilung«, sagte sie. Im Ausdenken von Namen war sie nicht gut.

Nachdem Koyasu viel in der Literatur recherchiert, sich den Kopf zerbrochen und nachgedacht hatte, stand seine Entscheidung fest.

Wenn es ein Junge würde, sollte er »Shin« – Wald – heißen, ein Mädchen wollten sie »Rin« – Wäldchen – nennen. Das wären passende Namen für ein Kind, das in einem kleinen Dorf inmitten von Bergen und Wäldern zur Welt kommen würde.

子易森 [Koyasu Shin]

子易林 [Koyasu Rin]

Er schrieb die Namen mit schwarzer Tusche auf ein weißes Blatt Papier und hängte es in seinem Zimmer an die Wand. Morgens und abends betrachtete er die Schriftzeichen und stellte sich das Gesicht seines zukünftigen Kindes vor.

Das seien sehr schöne Namen, fand seine Frau und stimmte seinem Vorschlag zu. »Die Zeichen wirken sehr harmonisch«, sagte sie. »Ideal wäre es, wenn ich Zwillinge bekäme, einen Jungen und ein Mädchen, aber bei meinem Bauchumfang ist das unwahrscheinlich. Was hättest du lieber? Einen Jungen oder ein Mädchen?«

Koyasu antwortete, ihm sei beides recht. Wenn das Baby nur gesund zur Welt komme und seinen Namen wie eine zweite Haut trage, sei es ihm egal, ob Junge oder Mädchen.

Koyasu empfand das aufrichtig so. Wichtig war allein, dass das Kind die in ihm selbst angelegten Möglichkeiten weiterentwickeln konnte.

40

»Das Kind wurde ein Junge«, sagte Frau Soeda. »Und seine Eltern gaben ihm, wie geplant, den Namen Shin Koyasu. Die Geburt war leicht und der Kleine kerngesund. Als erstes Enkelkind der Familie Koyasu verlebte er seine Kindheit von allen geliebt und vergöttert. Für Koyasu und seine Frau war jeder Tag ein glücklicher Tag. Ihr Leben war ausgeglichen, sie hatten keine Probleme, und Frau Koyasu fühlte sich im Ort zu Hause. Da ich zu der Zeit noch nicht hier gewohnt habe, weiß ich diese Dinge nicht aus eigener Anschauung, sondern habe sie erst im Nachhinein gehört. Aber die Menschen, die sie mir erzählten, sind vertrauenswürdig und zuverlässig, und was ich gehört habe, entspricht ganz gewiss der Wahrheit. Mit einem Wort, es fiel nicht der geringste Schatten auf Herrn Koyasus Dasein, und alles verlief in glücklichen Bahnen.«

An dieser Stelle verstummte Frau Soeda und blickte ausdruckslos auf ihre in ihrem Schoß ruhenden Hände. An ihrem linken Ringfinger glänzte ein schlichter Goldreif.

Aber vielleicht waren diese glücklichen Tage nicht von Dauer gewesen? Es schien so. Denn Frau Soedas Mundwinkel zitterten leicht, als wollte sie mir genau das sagen.

»Aber diese glücklichen Tage waren nicht von Dauer. Leider«, fuhr Frau Soeda fort, als hätte sie meine Gedanken gelesen.

Der Junge feierte Mitte Mai seinen fünften Geburtstag, und es gab eine große Geburtstagsparty (Herr Koyasu war übrigens inzwischen fünfundvierzig und seine Frau fünfunddreißig Jahre alt geworden). Sie hatten Shin zum Geburtstag ein kleines rotes Fahrrad geschenkt. Eigentlich hatte er sich einen großen, zotteligen Hund gewünscht (er liebte den Hund aus *Heidi*), aber da seine Mutter allergisch gegen Hundehaare war, musste er darauf verzichten und bekam stattdessen das hübsche Fahrrad. Der Kleine war begeistert. Jeden Tag, wenn er vom Kindergarten nach Hause kam, drehte er stolz auf dem mit Stützrädern versehenen kleinen Rad seine Runden im Hof. Er war ein musikalisches Kind und sang beim Fahren immer ein Liedchen, manchmal auch ein etwas albernes, das er sich selbst ausgedacht hatte.

Eines Abends, als seine Mutter in der Küche das Essen zubereitete, hörte sie ihren Sohn vor dem Fenster singen. Es muss ein sehr glücklicher Moment für sie gewesen sein – ein Frühlingsabend, an dem sie dem Gesang ihres fünfjährigen Kindes auf seinem Fahrrad lauschte, während sie brav ihre häuslichen Pflichten verrichtete.

Doch beim Braten ging ihr das Salz im Salzstreuer aus, und sie war so sehr damit beschäftigt, nach der Dose zu suchen, dass sie einen Moment lang nicht bemerkte, dass der Kleine aufgehört hatte zu singen. Kaum fiel es ihr auf, hörte sie auch schon die Bremsen eines Lastwagens. Und einen dumpfen Aufprall.

Die Geräusche kamen unmittelbar von draußen. Dann trat eine unheilvolle Stille ein, die jeden Laut verschluckt zu haben schien. Reflexartig drehte Frau Koyasu das Gas ab, schlüpfte in ihre Sandalen, rannte aus der Tür und vors Tor.

Dort sah sie einen schräg die Straße blockierenden Lastwagen und ein rotes Kinderfahrrad, das verdreht vor seinen Reifen lag. Von ihrem Kind fehlte jede Spur.

»*Shin!*«, rief sie. »Shin-chan!«

Aber es kam keine Antwort. Die Tür des Lastwagens öffnete sich, und der Fahrer, ein Mann mittleren Alters, stieg aus. Er war kreidebleich und zitterte am ganzen Körper.

Das Kind war etwa fünf Meter weiter auf die Straße geschleudert worden. Es musste so hart auf den Lastwagen aufgeprallt sein, dass sein Körper wie ein Gummiball durch die Luft geflogen war. Der kleine bewusstlose Körper war schlaff wie eine leere Hülle und erschreckend leicht. Sein Mund stand halb offen, als hätte er noch etwas sagen wollen, es aber nicht mehr geschafft. Ein Speichelfaden rann aus seinem Mundwinkel. Seine Mutter eilte zu ihm, hob ihn auf und untersuchte hastig seinen Körper. Soweit sie sehen konnte, blutete er nicht, wie sie erleichtert feststellte. *Zumindest blutete er nicht.*

»Shin-chan!«, rief sie. Doch das Kind antwortete nicht. Es hatte die Augen fest geschlossen und rührte sich nicht. Seine Hände hingen leblos herab. Sie wusste nicht, ob es atmete. Auch nicht, ob sein Herz schlug. Sie legte ihr Ohr an seinen Mund und versuchte, seinen Atem zu spüren. Aber da war nichts.

Irgendwann trat der Fahrer des Lastwagens zu ihr heran, war jedoch sichtlich zu aufgeregt, um irgendetwas zu tun oder zu sagen. Er stand nur da und zitterte.

Mit dem Kind im Arm ging sie ins Haus, legte es aufs Bett und rief den Krankenwagen. Ihre Stimme klang erstaunlich ruhig. Sie gab ihre genaue Adresse durch und erklärte, sie brauche einen Rettungswagen, da ein fünfjähriger Junge vor ihrem Haus angefahren worden sei. Wenig später trafen mit heulenden Sirenen Krankenwagen und Polizei ein, und Mutter und Kind wurden eilig ins Krankenhaus gebracht. Zwei Polizeibeamte kehrten mit dem Lastwagenfahrer zurück, um die Unfallstelle zu untersuchen.

Habe ich das Gas abgedreht? überlegte die Mutter, neben ihrem Kind sitzend. Sie wusste es nicht, konnte sich an nichts erinnern. *Aber das ist jetzt auch egal*, dachte sie und schüttelte immer wieder energisch den Kopf. Es spielte keine Rolle mehr. Trotzdem dachte sie immer weiter an das Gas. Vielleicht konnte sie nicht anders, als sie neben ihrem bewusstlosen Kind saß.

Nachdem der Junge drei Tage lang im Krankenhaus im Koma gelegen hatte, versagten Herz und Lunge, und er starb, ohne das Bewusstsein wiedererlangt zu haben. Bei dem Unfall war er mit dem Hinterkopf auf den Bordstein aufgeschlagen, und das war die Todesursache. Es war kein Blut ausgetreten, und sein Körper wies keine sichtbaren Verletzungen auf. Der Übergang hatte sich so ruhig und schnell vollzogen, dass er vermutlich nicht gelitten hatte. Man kann sagen, es war ein gnädiger Tod gewesen. Den Eltern war das natürlich nur ein geringer Trost.

Nach Aussage des Lkw-Fahrers war das Kind mit seinem roten Fahrrad aus dem Tor direkt auf die Straße gefahren. Er habe sofort gebremst und sei nach rechts ausgewichen, aber es war zu spät, und der Junge prallte gegen die Ecke der Stoßstange. Er habe sich an die Geschwindigkeitsbegrenzung gehalten, aber weil das rote Fahrrad so plötzlich auf der Straße aufgetaucht sei, habe er nicht rechtzeitig reagieren können. Es tue ihm unsagbar leid. Er habe selbst ein kleines Kind und könne daher den Schmerz der Eltern sehr gut nachempfinden. »Ich kann sie nur von ganzem Herzen um Verzeihung bitten«, sagte er. Als die Polizei die Bremsspuren auf dem Asphalt untersuchte, bestätigten sich die Angaben des Fahrers. Er war nicht zu schnell gefahren. Er wurde wegen fahrlässiger Tötung angeklagt, aber nicht verurteilt, da man ihm kein Fehlverhalten nachweisen konnte. Der Kleine musste aus irgendeinem Grund plötzlich aus dem Tor auf die Straße gefahren sein. Entweder war er einem kindlichen Impuls gefolgt oder mit dem Fahrrad noch nicht richtig vertraut gewesen. Die Straße vor dem Haus war zwar nicht stark befahren, aber die Eltern hatten dem Jungen dennoch eingeschärft, im Hof zu bleiben, und ihm strikt verboten, auf die Straße zu fahren, wo immer Gefahr bestand. Normalerweise hätte das Tor auch geschlossen und verriegelt sein müssen.

Unnötig zu sagen, dass die Trauer der Eltern unermesslich war. Ihr über alles geliebtes Kind war ihnen plötzlich entrissen worden. Das junge, gesunde Leben, seine Wärme, sein Lachen und seine fröhliche Stimme waren plötzlich erloschen wie ein Flämmchen, das ein Windstoß zur Unzeit ausbläst. Ihr Verlust und ihr Schmerz waren so groß und ihre Verzweiflung so übermächtig, dass sie wohl nie über den Tod ihres Kindes hinwegkommen würden. Als die Mutter davon erfahren hatte, war sie vor Entsetzen an Ort und Stelle ohnmächtig zusammengebrochen und hatte später noch tagelang geweint.

Herr Koyasu war nicht weniger untröstlich als seine Frau, aber gleichzeitig war er von dem starken Willen beseelt, sie zu beschützen. Sie schien vor Schreck über ihren Verlust jeden Lebenswillen verloren zu haben, und er musste sie retten und wieder auf den rechten Weg bringen. Natürlich würde es nie wieder so sein wie vorher (er wusste, dass das unmöglich war), aber er musste ihr helfen, so weit wie möglich zur Normalität zurückzukehren. Sie konnten nicht ewig um ihr Kind trauern. Letztendlich war das Leben ein langer Kampf. Ganz gleich, wie groß die Trauer, der Verlust und die Verzweiflung, sie mussten nach vorne schauen und Schritt für Schritt weitergehen.

Tagein, tagaus versuchte Herr Koyasu seine Frau zu trösten und ihr Mut zu machen. Er blieb immer bei ihr und sagte ihr die zärtlichsten Worte, die ihm einfielen. Er liebte sie noch immer und wünschte sich, dass es ihr wenigstens ein bisschen besser ginge. Sie sollte wieder lächeln wie früher.

Aber so sehr sich Herr Koyasu auch bemühte, ihr Herz blieb in einer tiefen, dunklen Schlucht, aus der es nicht herausfand. Es war, als hätte sie sich allein in ein Zimmer zurückgezogen und die schwere Tür von innen verriegelt. Vom Morgen bis zum Abend sprach sie kaum ein Wort. Und was auch immer er sagte, seine Worte trafen auf einen harten Panzer und prallten daran ab. Wenn er ihre Hand berührte, versteifte sich der Körper seiner Frau, und ihre Muskeln verkrampften sich. Als hätte ein fremder Mann sie unsittlich berührt. Diese Dinge bereiteten Herrn Koyasu großen Kummer. Für ihn war es ein doppelter Schmerz. Zuerst hatte er sein geliebtes Kind verloren, und nun drohte er auch seine geliebte Frau zu verlieren.

Er begann zu befürchten, dass seine Frau nicht nur trauerte, sondern durch den schweren Schock eine psychische Störung erlitten hatte. Wie sollte er mit dieser Situation umgehen? Er konnte auch keinen Arzt zurate ziehen, denn es wäre schwierig gewesen, jemanden zu finden, der die Probleme seiner Frau lösen konnte, so tiefe Wurzeln hatten sie in ihrer Psyche geschlagen. Nur er als ihr Lebensgefährte konnte ihre seelische Wunde heilen. Das war der einzige Weg, egal, wie lange es dauern und wie viel Mühe es kosten würde.

Nachdem seine Frau etwa einen Monat lang geschwiegen hatte, begann sie eines Tages plötzlich zu sprechen, als hätte ein Dämon von ihr Besitz ergriffen. Und als sie einmal angefangen hatte, konnte sie nicht mehr aufhören.

»Wir hätten ihm damals einen Hund kaufen sollen, wie er es sich gewünscht hatte«, sagte sie leise, mit tonloser Stimme. »Hätten wir ihm den Wunsch nach einem Hund erfüllt, dann hätten wir das Fahrrad nicht gekauft. Weil ich allergisch gegen Hundehaare bin, haben wir ihm das Fahrrad geschenkt. Zum Geburtstag, dieses kleine rote Fahrrad. Es war zu früh für ein Fahrrad. Ganz bestimmt. Wir hätten bis zur Grundschule warten sollen. Und deswegen, wegen mir, hat er sein Leben verloren. Wäre ich nicht allergisch gegen Hundehaare, hätte er den Unfall nicht gehabt und wäre nicht gestorben. Er wäre noch bei uns, gesund und lebendig.«

»So war es nicht«, versuchte ihr Mann sie zu überzeugen. »Es war nicht deine Schuld. Du verwechselst Ursache und Wirkung. Ich weiß noch, dass ich gesagt habe, wir sollten ihm statt des Hundes ein Fahrrad schenken. Das war meine Idee. Es ist passiert, was passieren musste. Niemand ist schuld. Es war eine Verkettung unglücklicher Umstände. So etwas nennt man Schicksal. Auch wenn wir jetzt jedes noch so kleine Detail aufzählen, macht das unser Kind nicht wieder lebendig.«

Aber sie hörte ihm gar nicht zu. Keines seiner Worte schien bei ihr Gehör zu finden. Sie wiederholte ihre Behauptungen in einer Endlosschleife, so wie auch er seinen Standpunkt endlos abspulte, wie ein Tonband. Wenn wir einen Hund gekauft hätten, wie unser Kind es wollte, hätten wir das Fahrrad nicht gekauft, wäre unser Sohn nicht gestorben …

Sie wiederholte auch ständig die Geschichte von dem Salz, das ihr beim Kochen versehentlich ausgegangen war. »Ich hätte wissen müssen, dass nicht genug Salz da ist, dass das Salz ausgeht, und ich hätte im Kopf haben müssen, wo ich den Vorrat aufbewahre. Alles nur wegen meiner Unachtsamkeit. Ich war so abgelenkt, weil kein Salz mehr im Streuer war, dass ich es nicht gemerkt habe, dass ich seinen Gesang nicht mehr gehört habe. Alles nur, weil kein Salz da war, als ich den Fisch briet. Wegen solcher Kleinigkeiten habe ich meinem Kind für immer das Leben geraubt. Ich weiß nicht mal mehr, ob ich das Gas ausgestellt habe.«

»Auch wenn dir beim Kochen das Salz nicht ausgegangen wäre, hättest du den Unfall nicht verhindern können, und das Gas hast du zweifellos abgestellt.« Aber egal, wie oft Herr Koyasu es ihr erklärte, sie war nicht zu überzeugen. Er konnte sagen, was er wollte, sie redete endlos über den Hund, das Fahrrad, das Salz und das Gas. Eigentlich sprach sie auch gar nicht mit ihm. Sie redete mit sich selbst. Ihre Worte waren nur ein hohles Echo, das aus der dunklen Leere, die sich in ihr aufgetan hatte, widerhallte. Herr Koyasu konnte nicht eingreifen, dafür war kein Platz.

Er spürte, dass alles in eine falsche Richtung lief. Was er auch tat, nichts schien zu funktionieren. Er hatte keine Ahnung, was er tun oder wo er überhaupt anfangen sollte, und wusste sich keinen Rat mehr. Seine Frau redete endlos über die gleichen Dinge, ignorierte jedes tröstende oder ermutigende Wort, lehnte alles ab. Und sie ließ nicht zu, dass er sie auch nur mit einem Finger berührte. Sie schlief nur leicht und erwachte betäubt und verstört.

Herr Koyasu war bereit, abzuwarten, ihr Zeit zu geben. Wahrscheinlich konnte ohnehin nur die Zeit ihr Problem lösen. Als Mensch war er da machtlos. Leider war die Zeit nicht auf seiner Seite.

Ende Juni kam es mehrere Tage lang zu den heftigsten Regenfällen, die der Ort je erlebt hatte. Der Fluss schwoll so schnell an, dass eine Überschwemmung zu befürchten war. Der ruhige, klare Fluss am Stadtrand verwandelte sich in einen reißenden, schlammigen, braunen Strom, der mit Getöse Treibholz in jeder Form und Größe flussabwärts trug.

Als Herr Koyasu eines Morgens (es war ein Sonntag) kurz nach sechs Uhr aufwachte, lag seine Frau nicht neben ihm. Der Regen prasselte laut auf das Vordach. Besorgt suchte Herr Koyasu das ganze Haus ab, doch seine Frau war nirgends zu finden. Er rief laut ihren Namen, aber es kam keine Antwort. Eine böse Vorahnung befiel ihn. Sein Herz klopfte. Er konnte sich nicht vorstellen, dass sie so früh am Morgen das Haus verlassen hatte, aber da sie nicht im Haus war, musste es so sein.

Mit Regenmantel und Hut ging er hinaus. Der von den Bergen kommende Wind heulte in den Bäumen. Vergeblich suchte er seine Frau im Garten und in der Umgebung des Hauses. So blieb ihm nichts anderes übrig, als wieder hineinzugehen und auf ihre Rückkehr zu warten. Vielleicht war etwas passiert, das sie veranlasst hatte, spontan hinauszulaufen, aber in diesem Sturm und Regen konnte sie nicht weit gekommen sein. Irgendwann musste sie zurückkehren.

Aber sie kam nicht. Er ging zurück ins Schlafzimmer und schlug vorsichtshalber die Bettdecke hoch. Und da sah er, dass an ihrer Stelle zwei dicke Lauchstangen lagen. Glänzend und prächtig. Offenbar hatte seine Frau sie dorthin gelegt. Das erschreckte und ängstigte ihn (natürlich).

Warum Lauch?

Das hatte doch etwas Abartiges und Krankhaftes. Was wollte sie ihrem Mann mit den beiden Lauchstangen in ihrem Bett sagen (die zweifellos eine Art Botschaft an ihn waren)? Der bizarre Anblick ließ Herrn Koyasu bis ins Innerste erschauern.

Er rief sofort die Polizei an. Der Beamte am Telefon war ein alter Bekannter von ihm, und Koyasu erzählte ihm kurz, was geschehen war. Er sei am frühen Morgen aufgewacht und seine Frau sei nirgends zu finden gewesen. Er habe keine Ahnung, wo sie sein könne. Er könne sich auch nicht vorstellen, warum seine Frau bei diesem schrecklichen Unwetter am Sonntag vor sechs Uhr morgens das Haus verlassen haben solle. Er wagte nicht, dem Beamten von dem Lauch zu erzählen, um ihn nicht zu verwirren. Der Mann wäre ohnehin nur befremdet gewesen.

»Ich verstehe, dass du dir Sorgen machst, Koyasu, aber vielleicht hatte deine Frau etwas zu erledigen? Sie kommt sicher bald zurück. Warten wir noch eine Weile ab und beobachten die Lage«, sagte der Polizist.

Wenn kein Anhaltspunkt für ein Verbrechen vorliegt, wird die Polizei erst einmal nichts unternehmen, dachte Koyasu. Resigniert bedankte er sich und legte auf. Es kam sicher vor, dass Frauen nach einem Ehestreit davonliefen. Und in den meisten Fällen kehrten sie zurück, wenn sich ihre Wut gelegt, das Blut, das zu Kopf gestiegen war, sich beruhigt hatte. Die Polizei brauchte sich nicht ständig um solche häuslichen Auseinandersetzungen zu kümmern.

Aber auch nach acht Uhr war Koyasus Frau noch nicht zurück. Wieder ging er mit Regenmantel und Hut hinaus. Von Sturmböen gepeitscht, lief er ziellos durch die Nachbarschaft, doch von seiner Frau war nichts zu sehen. Bei diesem Wetter, noch dazu an einem Sonntagmorgen, war sonst niemand unterwegs. Nicht einmal ein Vogel. Alle Lebewesen schienen irgendwo unter einem Dach zu hocken und darauf zu warten, dass der Sturm nachließ. Was blieb ihm anderes übrig, als nach Hause zu gehen, sich aufs Sofa zu setzen und alle fünf Minuten auf die Uhr zu schauen, um bis zum Mittag auf die Rückkehr seiner Frau zu warten. Aber sie kam nicht.

Und Koyasu dachte, er würde sie niemals wiedersehen. Oder besser: Er wusste es. Seine Intuition sagte es ihm ganz deutlich. Sie war für ihn unerreichbar geworden. Für immer.

»Es war gegen zwei Uhr nachmittags, als die Feuerwehr, die den steigenden Pegelstand überwachte, Frau Koyasus Leiche entdeckte«, sagte Frau Soeda. »Sie war offensichtlich in den Fluss gesprungen und hatte sich zwei Kilometer flussabwärts von ihrem Haus im Treibholz an einem Brückenpfeiler verfangen. Ihre Beine waren mit einem Nylonseil zusammengebunden, was sie mutmaßlich selbst getan hatte, bevor sie sich in den Fluss stürzte. Ihr Körper wies zahlreiche Verletzungen auf, die sie sich in der reißenden Strömung zugezogen haben musste. Bei der Obduktion wurden Schlaftabletten in ihrem Magen gefunden, allerdings nicht in lebensbedrohlicher Menge. Ihr Arzt hatte sie ihr verschrieben, und sie waren nicht stark, aber sie hatte sie gesammelt und auf einmal eingenommen, bevor sie sich selbst fesselte und von einer Brücke in der Nähe ihres Hauses in den Fluss stürzte. Die Todesursache war Ertrinken, und die Polizei ging von Suizid aus. Da allgemein bekannt war, dass sie seit dem Unfalltod ihres Sohnes unter schweren Depressionen litt, gab es kaum Zweifel, dass es sich um einen Freitod handelte.«

»Sie sprang in den Fluss, der bei mir vorbeifließt, oder?«

»Ja. Wie Sie wissen, ist es ein schöner, ruhiger Fluss, der normalerweise wenig Wasser führt. Aber durch die Regenfälle war er stark angeschwollen und binnen kürzester Zeit zu einem gefährlichen reißenden Strom geworden. Wie ein Engel, der sich von einem Augenblick zum anderen in einen Teufel verwandelt. Manchmal reißt er auch ein Kind mit sich. Es ist schwer vorstellbar, wie gefährlich seine Strömung sein kann, wenn man es nicht selbst gesehen hat.«

Tatsächlich konnte ich mir den so friedlich dahinrauschenden Fluss kaum als reißenden Strom vorstellen.

»Alle empfanden großes Mitgefühl für Herrn Koyasu«, fuhr Frau Soeda fort. »Seine Familie hatte so glücklich gewirkt. Nein, nicht nur gewirkt, sie war es tatsächlich gewesen. Er hatte eine schöne junge Frau und einen hübschen gesunden Jungen und war gut situiert. Daran gab es nicht den geringsten Zweifel. Doch diese heile Familienidylle war mit einem Mal zerbrochen. Zuerst verlor Herr Koyasu seinen Sohn und keine sechs Wochen später seine Frau. Nichts davon war seine Schuld. Nein, es war niemandes Schuld. Ein unbarmherziges Schicksal hatte ihm beide genommen und Herrn Koyasu allein zurückgelassen.«

An dieser Stelle unterbrach sich Frau Soeda und schwieg.

»Wie viele Jahre ist das her?«, fragte ich, um das Schweigen zu brechen. »Wann sind sein Sohn und seine Frau gestorben?«

»Das war vor dreißig Jahren. Herr Koyasu war damals fünfundvierzig Jahre alt. Und er ist bis zu seinem Tod unverheiratet geblieben. Natürlich hätte er jederzeit wieder heiraten können, aber er lehnte alle Angebote konsequent ab und führte ein ruhiges Leben für sich allein. Er hatte nicht einmal eine Haushaltshilfe und erledigte alle anfallenden Arbeiten selbst. Er leitete die Brauerei ohne Schwierigkeiten, aber auch ohne Begeisterung. Er behielt alles ruhig und ohne sich einzumischen im Auge, um die eingespielten Abläufe nicht zu stören. Er vermied nach Möglichkeit jeden Kontakt und verließ das Haus so gut wie nie, außer um zur Arbeit zu gehen. Anschließend ging er sofort wieder nach Hause. Jeden Monat an ihrem Todestag besuchte er die Gräber der beiden Verstorbenen, aber sonst bekamen ihn die Einwohner unserer Stadt kaum zu Gesicht. Von dem Schlag, den ihm der Tod seiner Frau und seines Sohnes versetzt hatte, erholte er sich nie mehr.«

Schließlich starb nach langer Krankheit sein Vater, und Koyasu beschloss, die Brauerei an ein großes Unternehmen zu verkaufen, das schon lange daran interessiert war. Als landesweit bekannte Brauerei, die seit vier Generationen hochwertigen Sake herstellte, ohne je in die Massenproduktion eingestiegen zu sein, hatte ihr Markenname einen hohen Wert und konnte zusammen mit den Produktionsanlagen für eine beträchtliche Summe verkauft werden. Koyasu zahlte seinen langjährigen Mitarbeitern großzügige Abfindungen und verteilte den Erlös gerecht unter den Familienmitgliedern. Da Koyasu vertrauenswürdig und allseits beliebt war (und alle wussten, dass er charakterlich nicht geeignet war, ein Unternehmen zu führen), erhob niemand Einwände gegen die Transaktion. Alles, was Koyasu blieb, waren die Restsumme aus dem Verkauf, das alte Brauereigebäude, das schon lange nicht mehr in Betrieb war, und sein Haus.

»Nachdem Herr Koyasu sich endlich von der ungeliebten Brauerei befreit hatte, führte er ein sehr ruhiges Leben«, fuhr Frau Soeda fort. »Er war noch nicht alt, aber er lebte völlig allein und zurückgezogen. Er hielt sich mehrere Katzen und verbrachte seine Tage mit Lesen. Wohl um sich etwas Bewegung zu verschaffen, ging er häufig im Wald spazieren. Sein Kontakt zur Öffentlichkeit blieb sehr begrenzt. Wenn er zufällig einen Bekannten auf der Straße traf, grüßte er mehr oder weniger freundlich, suchte aber keinen weiteren Umgang. Mit der Zeit galt er als Sonderling und Exzentriker.«

Bei dem Wort »Exzentriker« zog ich unwillkürlich die Augenbrauen hoch.

»Exzentriker ist vielleicht ein zu starker Ausdruck«, fügte sie nach kurzem Nachdenken hinzu. »In der Großstadt hätte man ihn wahrscheinlich als ›ein bisschen schrullig‹ bezeichnet. Aber in unserem konservativen kleinen Ort galt er als exzentrisch. Es fing damit an, dass er diese Baskenmütze trug. Seine Nichte hatte sie ihm von einer Reise aus Frankreich mitgebracht. Herr Koyasu selbst hatte sie darum gebeten. Seitdem trug er diese Mütze, wann immer er das Haus verließ, und sei es nur für einen Schritt. Natürlich ist das an sich nicht exzentrisch, ich weiß nicht, wie ich es sagen soll, aber diese Baskenmütze verlieh Herrn Koyasu eine Ausstrahlung, die *nicht normal* war. In der ganzen Stadt gibt es niemanden, der ein modisches Accessoire wie eine Baskenmütze trägt. Er fiel also auf, aber nicht nur das. Es war, als ob Herr Koyasu, wenn er diese Mütze trug, nicht mehr er selbst wäre, sondern sich in ein anderes Wesen verwandelt hätte … Das klingt ziemlich sonderbar, ich weiß, aber verstehen Sie, was ich meine?«

Ich fühlte mich nicht in der Lage, diese Frage zu beantworten. Also wiegte ich nur unverbindlich den Kopf, als wüsste ich es nicht. Dennoch hatte ich das Gefühl, vage zu begreifen, was sie meinte.

Um ehrlich zu sein, steht eine Baskenmütze einem Mann mit Koyasus Gesicht nicht besonders gut. Manchmal sah es so aus, als würde nicht Koyasu die Mütze tragen, sondern die Mütze ihn. Aber das störte ihn offenkundig nicht im Geringsten. Im Gegenteil, er schien es sogar zu begrüßen – als hoffte er, dass er verschwinden und die Baskenmütze zurückbleiben würde.

»Zu allem Überfluss erschien er dann auch noch im Rock. Eines Tages (es ist unklar, was der Auslöser war) fing Herr Koyasu an, Röcke statt Hosen zu tragen, was allgemein große Bestürzung hervorrief. Natürlich gibt es kein Gesetz, das es Männern verbietet, Röcke zu tragen, und es ist schließlich jedermanns persönliche Freiheit. Es ist bekannt, dass die Männer in Schottland Röcke tragen. Sogar der König von England trägt zu gewissen Anlässen einen Rock. Männer, die Röcke tragen, tun niemandem weh und verursachen keine konkreten Unannehmlichkeiten. Es gibt keinen Grund, sie daran zu hindern. Aber in unserer kleinen Stadt war es ein aufsehenerregendes Ereignis, als Herr Koyasu – ein Mann von Rang und Namen, der die sechzig überschritten hatte – in einem Rock durch die Stadt stolzierte.

Die Leute verstanden nicht, warum er das tun musste. Hinter seinem Rücken wurde gemunkelt, Herr Koyasu habe womöglich den Verstand verloren. Oder er habe zumindest eine Schraube locker. Aber niemand hat ihn je direkt gefragt, warum er im Rock statt in Hosen durch die Stadt ging. Schließlich war Herr Koyasu ein angesehener und wohlhabender Bürger, der in vieler Hinsicht zum wirtschaftlichen Wohlstand der Stadt beitrug. Außerdem war er gebildet und wegen seines freundlichen und sanften Wesens sehr beliebt. Man konnte ihm nicht einfach unaufgefordert eine so zudringliche Frage stellen. Deshalb waren die Leute ratlos und konnten sich nur wundern. Was war mit Herrn Koyasu geschehen?

Natürlich lag es auf der Hand, dass die tiefen Verletzungen, die der Tod seines geliebten Kindes und seiner Frau damals verursacht hatten, die Hauptursache für sein sogenanntes ›exzentrisches Verhalten‹ waren. Denn vorher hatte er sich ganz normal gekleidet und ein ganz normales Leben geführt. Aber eines war merkwürdig, denn als Herr Koyasu anfing, die Baskenmütze und den Rock zu tragen, veränderte er sich, und seine Persönlichkeit wurde heiterer. Es war, als hätte sich ein lange geschlossenes Fenster weit geöffnet, und die Frühlingssonne erhellte das einst dunkle, trostlose Zimmer dahinter.

Er ging wieder aus dem Haus, schlenderte durch die Stadt und unterhielt sich aus eigenem Antrieb mit den Menschen, denen er unterwegs begegnete. Anscheinend hatte die Zeit, in der er sich in seinem Haus einschloss und nur las, ein Ende gefunden. Viele Bewohner der Stadt begrüßten diese unerwartete Veränderung. Es war eine Erleichterung und eine Freude, ihn so zu sehen. Da er so unbeschwert und zugänglich geworden und außerdem imstande war, sich freundlich mit seinen Mitmenschen zu unterhalten, schadete sein etwas wunderliches Auftreten nicht. Man vermutete, dass seine tiefe Trauer über den Verlust der beiden geliebten Menschen so kurz hintereinander mit der Zeit tatsächlich nachgelassen hatte. Das war eine gute Nachricht. Die Zeit heilt alle Wunden, dachten die Leute oder wollten es zumindest denken – auch wenn es nicht stimmte.

So fanden Herrn Koyasus Mitbürger sich mit seiner exzentrischen Erscheinung ab, betrachteten diese als persönliche Eigenart und »harmlose Grille« innerhalb der vernünftigen Grenzen von Gedanken- und Glaubensfreiheit. Oder sie taten so, als ob sie es gar nicht bemerkten. Selbst wenn sie ihm auf der Straße begegneten, achteten sie darauf, ihn nicht anzustarren, aber auch nicht wegzuschauen, und verboten es kleinen Kindern, mit dem Finger auf ihn zu zeigen, laut über seine seltsame Aufmachung zu sprechen oder ihm nachzulaufen.

Dennoch schien er Kinder anzuziehen. Er brauchte nur ganz normal die Straße entlangzugehen, um die Kleinen in seinen Bann zu ziehen wie der Rattenfänger im Märchen. Und Koyasu selbst schien es zu gefallen. Wenn die Kinder ihm verzückt hinterherliefen, lächelte er. Vielleicht erinnerten sie ihn an seinen kleinen Jungen, der bei dem Unfall ums Leben gekommen war. Dennoch sprach oder spielte er nie mit den Kindern, die ihm folgten.«

»Am Ende hat der Rattenfänger doch alle Kinder geraubt. War das nicht so?«

»Ja, ganz genau.« Ein feines Lächeln umspielte Frau Soedas Mundwinkel. »Obwohl die Bürger von Hameln den Rattenfänger beauftragt hatten, die Ratten in ihrer Stadt zu vernichten, zahlten sie ihm nach getaner Arbeit nicht den versprochenen Lohn. Um sich zu rächen, lockte er mit seiner magischen Flöte alle Kinder der Stadt in eine tiefe Höhle. Zurück blieb nur ein Junge, der dem Zug nicht folgen konnte, weil er hinkte. So wurde aus dem Rattenfänger am Ende ein unheimlicher Zauberer. Es versteht sich von selbst, dass Herr Koyasu nie die Absicht hatte, jemandem etwas anzutun, und dass es auch keine Anzeichen dafür gab. Er folgte einfach offen und ehrlich seinem Gespür und seiner Intuition. Dahinter standen keine sinisteren Absichten. Es war ihm völlig gleichgültig, ob man sein Äußeres missbilligte, davon fasziniert war oder sich darüber mokierte.

Mit Herrn Koyasus Aufmachung veränderte sich auch seine Statur. Ursprünglich war er ein sehr schlanker Mann gewesen (so hieß es jedenfalls). Als ich ihn kennenlernte, war er schon nicht mehr schlank. Nachdem er sich entschlossen hatte, die marineblaue Baskenmütze, den Bart und den Rock zu tragen, nahm er zu und wurde richtiggehend korpulent, immer runder und runder. Es war, als hätte er seine neue äußere Erscheinung zum Anlass genommen, sich in einen anderen Menschen zu verwandeln.«

»Vielleicht wollte er wirklich jemand anderes werden«, sagte ich. »Um sich von seinem alten Leben zu verabschieden und die schmerzlichen Erinnerungen zu vergessen.«

Frau Soeda nickte. »Ja, das könnte sein. Herr Koyasu begann tatsächlich bald darauf ein neues Leben. Als er fünfundsechzig wurde, schenkte er der Stadt die alte, ungenutzte Brauerei, die ihm noch gehörte, um sie als Bibliothek zu nutzen. Das war vor etwa zehn Jahren. Ungefähr zu dieser Zeit hatte ich das Glück, hierherzuziehen.

Das Gebäude, in dem sich die Stadtbibliothek befand, war baufällig und schon seit einiger Zeit ein Problem, aber die Stadt hatte nicht die finanziellen Mittel, um es zu renovieren. Das tat Herrn Koyasu in der Seele weh, und er beschloss, die alte Brauerei auf eigene Kosten gründlich zu renovieren und in eine Bibliothek umzuwandeln. Außerdem entschied er sich, einen großen Teil seiner eigenen Büchersammlung zu spenden. Die Brauerei war zwar alt, aber eine stabile Holzkonstruktion mit dicken Pfosten und Balken, sodass es keine statischen Probleme gab. Renovierung und Umbau verursachten hohe Kosten, die Herr Koyasu nahezu allein aufbringen musste. Auch die Gehälter der Bibliotheksmitarbeiter, zu denen auch ich gehöre, werden größtenteils von der von ihm gegründeten Stiftung finanziert. Wie Sie wissen, sind die Gehälter nicht hoch, aber die jährlichen Betriebskosten sind doch beträchtlich. Es müssen neue Bücher angeschafft werden, und die Kosten für Strom und Heizung sind geradezu absurd. Die Stadt gibt einen Zuschuss, aber der ist nicht sehr hoch.

Aus diesem Grund war die Bibliothek eigentlich die persönliche Bibliothek von Herrn Koyasu, aber er wollte nicht, dass sie als solche wahrgenommen wurde, und bestand auf dem Schild ›Stadtbücherei Z**‹. Offiziell wird die Bibliothek von einem Vorstand aus ehrenamtlichen Bürgern geleitet, doch das ist in Wahrheit nur eine Formalität. Der Vorstand tritt zweimal im Jahr zusammen, aber die ihm vorgelegten Rechnungen werden unhinterfragt und automatisch abgezeichnet. Alle Entscheidungen wurden von Herrn Koyasu getroffen, und niemand hatte Einfluss darauf. Schließlich wäre die Bibliothek ohne seine Initiative und Unterstützung gar nicht erst entstanden.

Dass er persönlich für alle Kosten aufkam, lag wohl vor allem daran, dass es schon immer ein heimlicher Traum von ihm gewesen war, eine in seinen Augen ideale Bibliothek zu besitzen und zu leiten. Einen behaglichen besonderen Ort zu schaffen, eine große Anzahl von Büchern zu sammeln und möglichst vielen Menschen zu ermöglichen, sie zu lesen, entsprach seiner Vorstellung von einer idealen kleinen Welt. Oder vielleicht sollte man sie als ›Mikrokosmos‹ bezeichnen. In seiner Jugend hatte es eine Zeit gegeben, da hatte er sich leidenschaftlich gewünscht, selbst Schriftsteller zu werden, doch nachdem er diesen Wunsch aufgegeben hatte und seine Frau und sein Kind ums Leben gekommen waren, schien die Bibliothek das Einzige zu sein, das ihm in seinem Leben noch etwas bedeutete.

Außerdem hatte er keine Blutsverwandten mehr, denen er

sein Vermögen hätte hinterlassen können. Er hatte keine Frau und keine Kinder, und seine einzige Schwester hatte in eine wohlhabende Familie eingeheiratet und lebte in Tokio, und da sie schon den Erlös aus dem Verkauf der Brauerei erhalten hatte, wollte sie nicht noch mehr Besitz erben. Herr Koyasu selbst hatte kein Interesse an einem Leben in Luxus, vielmehr pflegte er einen erstaunlich bescheidenen Lebensstil. Also brachte er den größten Teil des Geldes aus dem Verkauf der Brauerei in eine Stiftung ein, mit deren Mitteln er das alte Gebäude zu einer Bibliothek umbauen ließ, zu deren Direktor er sich machte. Mit anderen Worten, er erfüllte sich einen lang gehegten Traum, indem er sich einen eigenen Mikrokosmos schuf.

Die nächsten zehn Jahre verbrachte Herr Koyasu als Bibliotheksleiter in diesem Mikrokosmos, aber ob sein Leben in dieser Zeit wirklich erfüllt und heiter war, ist schwer zu sagen. Obwohl er sich uns gegenüber stets freundlich und zugewandt verhielt, wusste niemand, wie es in seinem Inneren wirklich aussah.

Natürlich liebte Herr Koyasu seine Bibliothek, und sie war zweifellos der Sinn seines Lebens. Hier war er glücklich, dessen bin ich mir sicher. Dennoch stellt sich zwangsläufig die Frage, ob sie sein Leben wirklich ausfüllte. Ich konnte mich nie ganz des Eindrucks erwehren, dass in ihm eine tiefe Leere herrschte, die eigentlich durch nichts zu füllen war.«

An dieser Stelle presste Frau Soeda nachdenklich die Lippen zusammen.

»Sie arbeiten doch schon seit der Eröffnung der Bibliothek hier, nicht wahr, Frau Soeda?«

»Ja, das sind jetzt fast zehn Jahre. Als wir wegen der Stelle meines Mannes hierherzogen, erfuhr ich, dass für die neue Stadtbücherei eine Bibliothekarin gesucht wurde, und bewarb mich sofort. Ich hatte vor meiner Heirat eine Zeit lang in einer Universitätsbibliothek gearbeitet und brachte daher die nötige Qualifikation mit. Außerdem machte mir die Arbeit Spaß. Ich liebe Bücher und bin von Natur aus ein gewissenhafter Mensch. Bibliotheksarbeit passt zu mir. Herr Koyasu führte das Vorstellungsgespräch mit mir hier in diesem Raum, und anscheinend mochte er mich. Seitdem arbeite ich hier als einzige Festangestellte. Meine Arbeit macht Spaß, und unsere Bibliothek hat für eine so kleine Stadt viele Nutzer, es lohnt sich also. Menschen, die in einer Region mit langen und harten Wintern leben, lesen für gewöhnlich viel. Für mich waren es jedenfalls zehn sehr befriedigende Jahre.«

»Und vor einem Jahr ist Herr Koyasu dann gestorben.«

Frau Soeda nickte langsam. »Ja, das ist sehr traurig, aber eines Tages ist er plötzlich gestorben.«

41

»Sein Tod traf uns völlig unerwartet«, sagte Frau Soeda. »Herr Koyasu wirkte immer so gesund und vital. Er war fünfundsiebzig Jahre alt, klagte aber nie über irgendwelche körperlichen Beschwerden. Gut, er war ein wenig übergewichtig, aber er achtete auf seine Ernährung und ließ sich regelmäßig im Krankenhaus von Koriyama untersuchen. Außerdem machte er kleine Bergwanderungen in der Umgebung, um seine Beine zu trainieren. Deshalb konnte ich es kaum glauben, dass er mitten auf einer solchen Wanderung plötzlich einen Herzinfarkt erlitten hatte und gestorben war. Die Nachricht wurde allgemein mit großer Bestürzung aufgenommen. Auch für mich war es ein Schock. Das Ganze brach über mich herein, als wären die Säulen eines stabilen Gebäudes einfach eingestürzt.

Ich habe Herrn Koyasu als Menschen sehr gemocht und geschätzt. Manchmal machte ich mir Sorgen, weil er so allein lebte. Eigentlich ging mich das ja nichts an, aber ich fand, er hätte wieder eine Familie haben sollen. Er war ein Mensch, der ein sicheres und warmes Zuhause und ein schönes Leben im Kreise einer liebevollen Familie verdient hatte. Menschlich und sozial wäre er dazu in der Lage gewesen. Ich finde es sehr traurig, dass er sein Leben so allein beendet hat. Ich glaube, er hat sich letztlich bis zum Schluss nicht von dem Schlag erholt, den der Tod seines Sohnes und seiner Frau für ihn bedeutete.

Auch wenn er es nie gezeigt hat, hat er immer mit diesem Kummer in seinem Herzen gelebt. Gleichzeitig konnte ich mich einer gewissen Sorge nicht erwehren, was nach dem Tod von Herrn Koyasu aus der Bibliothek werden würde. Natürlich war der mögliche Verlust meines Arbeitsplatzes auch ein persönliches Problem für mich. Aber noch schlimmer wäre es, wenn diese wunderschöne kleine Bibliothek in den Händen ungeeigneter Personen eine unerwünschte Veränderung erfahren oder unter der Leitung eines lustlosen Menschen ihren lebendigen Geist verlieren und in Trostlosigkeit versinken würde. Der Gedanke daran war mir unerträglich. Den Verlust meiner Stelle hätte ich verkraftet, denn wir wären mit dem Gehalt meines Mannes über die Runden gekommen. Aber der Gedanke, dass diese wunderbare Bibliothek nicht mehr das sein könnte, was sie jetzt ist, schmerzte mich sehr.

Es war nicht lange nach Herrn Koyasus Totenfeier und der Beisetzung seiner sterblichen Überreste auf dem Tempelfriedhof in der Stadt. Eines Nachts, als ich wieder einmal allein über die Bibliothek nachdachte, erschien mir Herr Koyasu im Traum. Es war ein langer und sehr realistischer Traum. Als ich aufwachte, konnte ich kaum glauben, dass es ein Traum gewesen war. Vielleicht hatte ich ja in Wirklichkeit auch gar nicht geträumt. Aber damals konnte ich mir nichts anderes vorstellen.

Herr Koyasu war gekleidet wie immer. Er trug seine übliche dunkelblaue Baskenmütze und einen karierten Wickelrock, saß am Kopfende meines Bettes und sah mir aufmerksam ins Gesicht. So als hätte er schon eine Weile geduldig darauf gewartet, dass ich aufwachte.

Ich schreckte hoch, weil ich eine Präsenz spürte, und als ich bemerkte, dass Herr Koyasu direkt neben mir saß, wollte ich schnell aufstehen, aber er hielt mich mit beiden Händen leicht zurück. ›Bleiben Sie ruhig liegen‹, sagte er freundlich. Also blieb ich einfach liegen. ›Ich bin gekommen, um ein wenig mit Ihnen zu plaudern‹, sagte Herr Koyasu. ›Wie Sie wissen, bin ich bereits gestorben. Aber ich bin kein böser Geist oder so etwas. Ich bin der alte Koyasu, den Sie so gut kennen. Sie brauchen also keine Angst zu haben. In Ordnung?‹

Ich nickte stumm. Ich hatte auch keine besondere Angst vor Herrn Koyasu, der eigentlich tot sein sollte. In diesem Moment hatte ich nicht den geringsten Zweifel daran, dass ich träumte.«

»Ich bin zwar tot, aber ich bin hier, weil ich Ihnen etwas Wichtiges mitzuteilen habe«, sagte Herr Koyasu entschuldigend. »Es betrifft die Bibliothek. Deshalb musste ich Sie mitten in der Nacht wecken. Es tut mir leid, Sie zu so später Stunde zu stören.«

Frau Soeda schüttelte den Kopf. »Bitte machen Sie sich darüber keine Gedanken. Wenn Sie mir etwas Wichtiges mitzuteilen haben, können Sie sich jederzeit an mich wenden. Ich stehe Ihnen gern zur Verfügung.«

»Ich glaube, Sie machen sich Sorgen um die Zukunft der Bibliothek. Das kann ich gut verstehen. Es ist ganz natürlich«, sagte Herr Koyasu. »Aber seien Sie unbesorgt, liebe Frau Soeda. Ich habe bereits entsprechende Vorkehrungen getroffen. Denn in meinem Alter muss man jederzeit damit rechnen, abberufen zu werden. In der Schreibtischschublade in meinem Büro in der Bibliothek befindet sich ein kleiner Safe, der sich mit einem dreistelligen Code öffnen lässt. Der Code lautet 491. Sobald Sie morgen früh in der Bibliothek sind, öffnen Sie den Safe bitte. Sie werden darin einige wichtige Dokumente finden wie den Grundbuchauszug für die Bibliothek und mein Testament mit Anweisungen für die Verwaltung meines Nachlasses. Damit gehen Sie zu meinem Anwalt Herrn Inoue – Sie kennen ihn ja – und übergeben die Dokumente ihm persönlich. Er wird alle notwendigen Schritte einleiten. Außerdem befindet sich dort auch ein blauer Umschlag mit Anweisungen für die Ernennung meines Nachfolgers zum Direktor der Bibliothek. Diese tragen Sie bitte in Anwesenheit von Dr. Inoue dem Vorstand vor. Würden Sie das tun?«

»Sie möchten also, dass ich eine Vorstandssitzung einberufe, den blauen Umschlag in Anwesenheit von Dr. Inoue öffne und seinen Inhalt verlese?«

»Ja, genau.« Herr Koyasu nickte nachdrücklich. »Alle Vorstandsmitglieder kommen zusammen, und sie verlesen meine Anweisungen im Beisein des Anwalts. Das ist der Kern der Sache.«

»Einverstanden, ich werde tun, was Sie sagen. Der Code für den Safe lautet 491, nicht wahr?«

»Ja, sehr richtig. Mehr habe ich Ihnen für heute nicht zu sagen. Entschuldigen Sie nochmals die späte Störung, aber die Angelegenheit war mir sehr wichtig.«

»Aber nein, Sie brauchen sich doch nicht zu entschuldigen.

Ich habe mich sehr gefreut, Sie, in welcher Form auch immer, wiederzusehen und mich mit Ihnen unterhalten zu können.«

»Nötigenfalls werde ich Sie erneut aufsuchen«, sagte Herr Koyasu. »Aber von nun an nicht mehr im Traum, wenn Sie schlafen, sondern ich werde tagsüber im wirklichen Leben als eine Art Geist direkt zu Ihnen sprechen. In diesen Momenten werden nur Sie mich sehen und hören können. Wäre Ihnen das unangenehm oder unheimlich, Frau Soeda? In diesem Fall überlege ich mir eine andere Möglichkeit.«

»Nein, das ist nicht nötig. Bitte erscheinen Sie mir, wann immer Sie wollen. Das macht mir überhaupt keine Angst. Im Gegenteil, ich wäre sehr dankbar, auf diese Weise Anweisungen von Ihnen zu erhalten.«

»Danke. Ich bin sehr erleichtert, das zu hören. Und ja, es ist wahrscheinlich überflüssig, es zu erwähnen, aber bitte erzählen Sie niemandem von unseren Begegnungen. Eigentlich bin ich tot, also sollte meine Anwesenheit hier bis auf Weiteres unter uns bleiben.«

»Ich verstehe. Ich werde niemandem davon erzählen.«

Darauf verschwand Herr Koyasu in Frau Soedas Traum. Sie konnte nicht mehr einschlafen und wartete unter ihrer Bettdecke, bis der Tag anbrach, während sie sich mehrmals wiederholte, was er ihr aufgetragen hatte.

»Und dann sind Sie ins Büro des Direktors gegangen und haben im Schreibtisch nachgesehen?«, fragte ich Frau Soeda.

»Ja, am nächsten Morgen öffnete ich als Erstes den Safe.«

Auch ich hatte den kleinen schwarzen Safe im Büro bemerkt, aber er war unverschlossen und leer.

»Ich gab die Zahlen ein, die er mir genannt hatte, öffnete

die Tür und fand alles so vor, wie er es gesagt hatte. Das konnte weiß Gott kein Traum gewesen sein. Herr Koyasu war wirklich ins Diesseits zurückgekehrt. Für ihn war es auch nach seinem Tod seine unmittelbare und wichtige Aufgabe, für den reibungslosen Betrieb der Bibliothek zu sorgen. Obwohl er ein Geist war, hatte ich keine Angst. Es war mir eine große Freude, ihm in welcher Form auch immer zu begegnen, und ich war ihm einfach dankbar, dass er mir half, unsere wunderbare Bibliothek in Ordnung zu halten.«

»Dann haben Sie eine Vorstandssitzung einberufen und Herrn Koyasus Anweisungen allen Anwesenden vorgelesen?«

»Ja, genau so, wie er es mir aufgetragen hatte. In der Sitzung erläuterte der Anwalt zunächst die Verteilung des von Herrn Koyasu hinterlassenen Vermögens. Laut Testament sollte alles, was er besaß – Bargeld, Aktien, Immobilien und Lebensversicherungen –, an die Stiftung gehen, die damit die Bibliothek betreiben sollte. Auch wenn der Tod von Herrn Koyasu ein unermesslicher persönlicher Verlust für uns war, bedeutete er doch einen beträchtlichen finanziellen Beitrag zum Erhalt der Bibliothek.

Anschließend wurde dem Vorstand der Brief vorgelesen, der vor allem konkrete Anweisungen für die zukünftige Verwaltung enthielt. Die einzelnen Punkte waren detailliert aufgelistet. Die Stelle des Bibliotheksleiters sollte nach seinem Ausscheiden durch Anzeigen in verschiedenen Zeitungen öffentlich ausgeschrieben werden. Die Auswahl sollte mir überlassen bleiben.

Als ich das hörte, war ich sehr erstaunt. Warum übertrug er einer einfachen Bibliothekarin wie mir eine so verantwortungsvolle Aufgabe? Ich bin mir sicher, dass auch die Vorstandsmitglieder überrascht waren, aber da die Anweisung in dem Brief klar formuliert war, konnte ich mich nicht weigern. Natürlich musste der Vorstand meiner Entscheidung zustimmen, aber das war reine Formsache.«

»Sie haben auf Anweisung von Herrn Koyasu per Stellenanzeige einen Bibliotheksdirektor gesucht, ich habe mich beworben, Ihre Wahl fiel auf mich, und ich wurde eingestellt. Ist das richtig?«

»Ja, so ungefähr ist es offiziell abgelaufen. Aber in Wirklichkeit war es etwas anders. Eigentlich hat Herr Koyasu Sie aus den vielen Bewerbungen, die wir aus dem ganzen Land bekommen haben, ausgewählt. Er hat Sie nominiert, und ich habe dieses Ergebnis dem Verwaltungsrat als meine Wahl vorgelegt. Da ein Toter keinen Nachfolger wählen kann, habe ich diese Rolle an seiner Stelle übernommen. Und sozusagen nur wie die Puppe eines Bauchredners den Mund bewegt. Der Vorstand stimmte formell zu, und Sie wurden zum Direktor der Bibliothek ernannt. Meine Aufgabe war es lediglich, die Entscheidung von Herrn Koyasu an den Vorstand weiterzuleiten. Wie er mich im Voraus gebeten hatte, habe ich alle Lebensläufe und Begleitschreiben gesammelt und auf dem Schreibtisch hier im Büro des Direktors gestapelt. Anscheinend hat Herr Koyasu sie in meiner Abwesenheit durchgesehen und Sie ausgewählt. Eines Tages kam er zu mir und erklärte, Sie würden die Leitung der Bibliothek übernehmen. Natürlich hatte ich keinen Grund, ihm zu widersprechen. Offenbar hatte Herr Koyasu, als er noch gesund und lebendig war, seinen Tod vorausgesehen. So hatte er sich sorgfältig überlegt, wer als sein Nachfolger die Bibliothek leiten sollte. Deshalb hatte er wohl auch diese Richtlinien für den Vorstand vorbereitet.«

»Aber warum musste es ausgerechnet ich sein? Was gefiel ihm so an mir?«

Frau Soeda zuckte die Schultern. »Ich weiß es nicht. Herr Koyasu hat mir nicht anvertraut, warum er sich für Sie entschieden hat. Nur, dass seine Wahl auf Sie gefallen war.«

»Hat Herrn Koyasus Geist sich Ihnen öfter gezeigt?«

Frau Soeda schüttelte leicht den Kopf. »Nicht so oft. Nur wenn es nötig war. Dann erschien er, lächelte und winkte mich in sein Büro. Wie gesagt, ich war die Einzige, die ihn sehen und hören konnte. Also ging ich wie selbstverständlich die Treppe hinauf und betrat das Büro, ohne dass es jemand bemerkte. Ich schloss die Tür, und wir redeten. Nicht anders als zu seinen Lebzeiten. Herr Koyasu saß auf der einen Seite des Schreibtischs, ich auf der anderen. In der Ecke seines Schreibtischs lag wie immer seine dunkelblaue Baskenmütze. In solchen Momenten konnte ich mir überhaupt nicht vorstellen, dass er tot war. Wenn ich mit ihm zusammensaß, verschwamm der Unterschied zwischen Leben und Tod für mich.«

Dieses Gefühl kannte ich nur zu gut.

»Ich war mir fast sicher, dass Sie und Herr Koyasu sich trafen und freundschaftlichen Umgang miteinander pflegten«, sagte Frau Soeda. »Ich habe es gespürt. Aber wie gesagt, konnte ich Ihnen nicht erzählen, dass der Mann, dem Sie hier begegneten, nicht der lebendige Herr Koyasu war, sondern sein Geist. Und wenn Sie beide eine so enge Beziehung hatten, musste es einen Grund dafür geben, auch wenn ich ihn nicht kannte.«

»Aber auch im Gespräch mit anderen, also nicht nur mit Ihnen, wurde aus irgendeinem Grund nie erwähnt, dass Herr

Koyasu tot war. Es hätte doch jemand sagen können: ›Ach übrigens, der verstorbene Herr Koyasu …‹, oder so etwas. Warum ist das nie passiert?«

Frau Soeda zuckte erneut mit den Schultern. »Tja, warum? Ich weiß es nicht. Oder meinen Sie, dass da eine besondere unsichtbare Macht am Werk war?«

Ich sah mich um und fragte mich, ob Herr Koyasu irgendwo im Raum war. Oder »eine besondere unsichtbare Macht« irgendwo am Werk. Aber nichts regte sich in der kühlen Luft des Nachmittags. »Vielleicht hatten die anderen auch eine vage Ahnung«, sagte ich. »Dass Herr Koyasu nicht wirklich tot war, meine ich. Vielleicht spürt man, auch wenn man ihn nicht sieht, seine Präsenz auf der Haut.«

»Ja, das ist sehr gut möglich«, erwiderte Frau Soeda. Als wäre es das Selbstverständlichste auf der Welt.

42

Herr Koyasu – oder vielleicht sollte ich sagen: sein Geist – war mir schon eine ganze Weile nicht erschienen. Vergraben im Souterrain, erledigte ich meine täglichen Aufgaben als Bibliotheksdirektor. Hin und wieder schaute ich im Lesesaal vorbei, sprach mit Frau Soeda oder einer der anderen Damen, die dort arbeiteten, beobachtete die Leute, die Zeitschriften oder Bücher lasen, begrüßte kurz die Besucher, die ich vom Sehen her kannte, aber meist saß ich allein an dem kleinen Schreibtisch am Ofen und widmete mich meinem Dienst.

Abgesehen von der Erledigung kleinerer Verwaltungsaufgaben, bestand meine Hauptarbeit darin, die ungeordnete Sammlung zu sortieren, zu systematisieren und in den Katalog einzupflegen, aber da Herr Koyasu eine Computerisierung strikt abgelehnt hatte (eine Politik, auf der die Mitarbeiter auch nach seinem Tod beharrten), kostete mich diese Aufgabe viel Zeit und Mühe. Statt einer Tastatur benutzte ich entgegen meiner Gewohnheit einen Kugelschreiber, was mir Beschwerden in der rechten Hand eintrug. Andererseits war ein Arbeitsplatz ohne Computer auf ganz eigene Weise erfrischend, und ich empfand ein seltsames Gefühl von *Verschiebung*, so als hätte ich mich in eine andere Welt verirrt.

Gleichzeitig wurde mir die Aufgabe übertragen, das derzeitige Organisationssystem der Bibliothek schrittweise zu verändern. In der Vergangenheit war sie mehr oder weniger die Privatbibliothek von Herrn Koyasu gewesen, und er hatte die Bedingungen so festgelegt, wie er es für richtig hielt. Aber jetzt, wo Herr Koyasu nicht mehr da war, lief natürlich nicht mehr alles so glatt. Ich musste die Verwaltung übernehmen und währenddessen die Mitarbeiterinnen ein Stück weit von den geplanten Neuerungen überzeugen. Ich hatte den Aufbau eines neuen Systems zu leiten, was keine leichte Aufgabe war. Zum einen kannte ich die Bibliothek und die Stadt nicht so gut (ich musste Frau Soeda um Hilfe bitten), zum anderen war ich nicht gerade ein Naturtalent in solchen praktischen Dingen.

Während ich diesen Wust von täglichen Aufgaben erledigte, rief ich mir von Zeit zu Zeit das lange Gespräch in Erinnerung, das ich vor Kurzem mit Frau Soeda über Herrn Koyasu geführt hatte, und notierte mir mit meinem Kugelschreiber die wichtigsten Punkte, damit ich nichts übersah oder vergaß. Während ich die Notizen durchging, dachte ich über die einzelnen Punkte nach.

Viele davon verstand ich nicht. Besser gesagt: die meisten.

Hatte Herr Koyasu im Voraus gewusst, dass er bald sterben würde, wie Frau Soeda vermutete? Hatte er seinen Tod vorausgesehen und deshalb das Testament mit dem Auftrag, im ganzen Land nach einem Bibliotheksdirektor zu suchen, in seiner Schreibtischschublade hinterlassen? Hatte er diese Vorkehrungen getroffen, damit er selbst (wenngleich schon tot) seinen Nachfolger auswählen konnte?

Hatte er all das vorausgesehen und geplant und womöglich sogar gewusst, dass ich mich bewerben würde?

So vieles war mir unverständlich. Beim Blick auf meine handschriftlichen Notizen entfuhr mir ein Seufzer. Offenbar war die logische Reihenfolge durcheinandergeraten. Ich konnte nicht zwischen Vorher und Nachher, zwischen Ursache und Wirkung unterscheiden. Als ich Herrn Koyasu das letzte Mal in dem kleinen Raum begegnet war, hatte er mir gesagt, ich besäße eine gewisse Fähigkeit, weil ich schon einmal meinen Schatten verloren hätte. An den genauen Wortlaut konnte ich mich nicht erinnern, aber so ähnlich hatte er es gesagt. Seitdem hatte sich das Wort »Fähigkeit« in meinem Hinterkopf festgesetzt. Es klang bedrohlich.

Fähigkeit, dachte ich. Was sollte das für eine Fähigkeit sein?

Ich heizte den Holzofen in dem schwach beleuchteten Souterrain an und wartete, den Blick auf die flackernden Flammen gerichtet, auf das Erscheinen von Herrn Koyasus Geist. Es gab eine Menge Dinge, die ich ihn fragen musste.

Etwas hatte mich hierhergeführt. Kein Zweifel – ich fühlte es. Aber ich konnte den Sinn dieser Aktion nicht entschlüsseln. Was war dieses Etwas? Welchen Sinn und welchen Zweck hatte es, mich hierherzuführen? Das wollte ich ihn fragen. Aber ob ich eine Antwort bekommen würde, wusste ich nicht.

Doch alles Warten war vergebens, Herr Koyasu – oder sein Geist – ließ sich nicht blicken. Auch das Telefon, mit dessen Hilfe er mich herbeizitieren wollte, klingelte nicht.

Konnten zu gestaltlosen Seelen gewordene Tote, wenn sie jemandem in einer Gestalt – also als Geist – erscheinen wollten oder mussten, dies jederzeit aus freiem Willen und eigener Anstrengung tun? Oder bedurften sie dazu einer äußeren Kraft? War es vielleicht nur mit Hilfe von oben – was auch immer das bedeuten mochte – möglich?

Das konnte ich natürlich nicht wissen. Bevor ich dem Geist von Herrn Koyasu begegnet war, hatte ich noch nie eine geisterähnliche Erscheinung gesehen (zumindest nicht wissentlich), geschweige denn mit einem Verstorbenen gesprochen. Da half auch kein Nachdenken, es war unmöglich zu wissen, welchen Prozess ein Verstorbener durchlaufen musste, um ein Geist zu werden, oder wo und wie er die »Fähigkeit« dazu erlangte (ich vermutete jedoch bzw. war mir fast sicher, dass nicht alle Toten zu Geistern werden konnten). Aber das war weiß Gott keine Frage, die sich mit logischem Denken lösen ließ.

Erstens wusste ich nicht einmal genau, was eine Seele war. Ich hatte die vage Vorstellung, dass eine Seele, gesetzt den Fall, sie existierte, etwas Formloses, Durchsichtiges wäre, das in der Luft schwebte. Aber wenn ich darüber nachdachte, war das natürlich nicht mehr als eine Vermutung, die auf einem Stereotyp beruhte, vergleichbar mit: »Gott ist ein weißhaariger, bärtiger alter Mann mit einem Stock, der ein weißes Gewand trägt.«

Herrn Koyasus Seele hatte ein Bewusstsein, das sein Handeln lenkte. Daran konnte es keinen Zweifel geben. Aber er selbst hatte diese Definition zitiert: *Bewusstsein ist das Gewahrwerden des eigenen physischen Zustands durch das Gehirn.*

Und er bezweifelte, dass eine Seele, die schon kein Gehirn mehr hatte (wie seine eigene), noch ein Bewusstsein haben und danach handeln könne. Man konnte sagen, er habe sich selbst verblüfft. Offenbar wussten die Seelen von Verstorbenen nicht, wie sie entstanden. Wie sollte ich dann als Lebender darüber Bescheid wissen?

Mit meinem zerbrechlichen Körper und meinen unzureichenden geistigen Kräften hilflos an diese Welt gefesselt, konnte ich nur geduldig darauf warten, dass mir Herrn Koyasus Geist erscheinen würde, wann immer die Umstände es ihm erlaubten. In dem von Stille erfüllten quadratischen Raum im Souterrain, während in dem alten Ofen das Holz brannte.

Aber Herr Koyasu zeigte sich nicht. Etwa eine Woche war seit meinem Tête-à-Tête mit Frau Soeda im Büro des Direktors vergangen. In der Zwischenzeit wurde der Winter in unserem Gebirgsort von Tag zu Tag kälter. Es fiel eine große Menge Schnee, fast ein Meter in nur einer Nacht. So viel Schnee hatte ich noch nie gesehen, da ich die meiste Zeit meines Lebens im milden Klima der Pazifikküste verbracht hatte. Ich war den ganzen Vormittag lang damit beschäftigt, mit einer speziellen flachen Aluminiumschaufel den Hang vom Tor bis zum Eingang der Bibliothek zu räumen. Ich hatte noch nie Schnee geschippt.

In der Bibliothek arbeiteten nur Frauen. Abgesehen von einem älteren Mann, den wir vorübergehend als Hilfskraft eingestellt hatten, war ich der einzige männliche Kollege. Es war ein gutes Gefühl, sich ab und zu praktisch nützlich machen zu können. Der Morgen war herrlich, die Luft frisch und eisig, es war windstill und keine Wolke in Sicht. Die dicken Wolken, die den Schnee gebracht hatten, waren weitergezogen oder hatten sich, von ihrer Schneelast befreit, einfach aufgelöst.

Zum ersten Mal seit Langem wieder körperliche Arbeit zu verrichten, verschaffte mir eine unerwartete geistige Klarheit. Bald war mein Hemd durchgeschwitzt. Ich zog die Jacke aus und schaufelte in der Morgensonne Schnee, ohne auch nur einmal aufzuschauen. Ein Wintervogel mit gelbem Schnabel durchschnitt mit schrillem Schrei den Himmel, und von Zeit zu Zeit hörte ich den Schnee schwer und feucht von den breiten Kiefernzweigen zu Boden stürzen, als wäre er jemandem aus der Hand gefallen. Von den Dachrinnen hingen fast einen Meter lange Eiszapfen, die wie spitze Waffen in der Sonne blitzten.

Insgeheim wünschte ich mir, es würde weiterschneien. Dann müsste ich nicht über langweilige Dinge nachdenken, nicht über die Beschaffenheit der Seele nachgrübeln, sondern könnte einfach den Rest des Tages mit leerem Kopf und der Schaufel in der Hand Schnee schippen. Vielleicht war das genau das Leben, das ich im Moment brauchte – natürlich nur, solange meine Muskeln der schweren Arbeit gewachsen waren.

Während ich den Schnee in den Wagen schaufelte, musste ich an die Einhörner denken, die an Hunger und Kälte zugrunde gegangen waren. Nach jeder Winternacht hatten mehrere von ihnen tot unter der weißen Schneedecke vor der Stadt gelegen. Wie Menschen, die für die Sünden anderer gestorben waren. Der Schnee dort türmte sich nicht so hoch auf wie hier, brachte aber dennoch den Tod.

Als ich so allein im weißen Schnee stand und in den blauen Himmel über mir blickte, verlor ich immer wieder die Orientierung. Zu welcher Welt gehörte ich jetzt?

Befand ich mich innerhalb oder ausserhalb der hohen Backsteinmauer?

Montag hatte die Bibliothek ihren Ruhetag, und ich machte mich am Morgen mit der von Frau Soeda gezeichneten Karte auf den Weg zum Friedhof, um das Grab von Herrn Koyasu zu besuchen. In der Hand trug ich einen kleinen Blumenstrauß, den ich im Blumenladen am Bahnhof gekauft hatte.

Als ich mit den Blumen durch die morgendlich leeren Straßen ging, hatte ich das Gefühl, nicht mehr ich selbst zu sein. Ich stellte mir zum Beispiel vor, ich wäre siebzehn und ginge an einem sonnigen Feiertagsmorgen mit einem Blumenstrauß zu meiner Freundin. Es war ein seltsames Gefühl, so als hätte ich mich aus meiner gegenwärtigen Realität in eine andere Zeit und an einen anderen Ort verirrt.

Oder vielleicht gab ich vor, ich zu sein, war es aber nicht? Vielleicht war das Ich, das mir aus dem Spiegel entgegenblickte, ein Ich, das gar nicht ich war. Vielleicht war es jemand anderes, der aussah wie ich und sich verhielt wie ich. Ich konnte mich dieses Gefühls nicht erwehren.

Der Friedhof lag am Rande der Stadt, am Fuß eines Berges. Man musste sechzig Steinstufen hinaufsteigen, die stellenweise sehr rutschig waren, weil der einige Tage alte Schnee gefroren war. An einem sanften Hang hinter dem Tempel lagen im rückwärtigen Teil des Friedhofs die Gräber der Familie Koyasu. Sie waren imposant und gut gepflegt, was auf den Status der Koyasus als alte und angesehene Familie in der Region hindeutete. Unter den Gräbern befand sich auch das des Ehepaars Koyasu und ihres Sohnes.

Wie Frau Soeda gesagt hatte, fiel es mit seinem neuen großen Grabstein schon von Weitem auf. Wahrscheinlich hatte man nach dem Tod von Herrn Koyasu die Asche der drei Familienmitglieder dort gemeinsam beigesetzt und den neuen Grabstein aufgestellt. Mit Herrn Koyasu war die Familie wieder vereint, was wohl sein größter Wunsch gewesen war. Ich freute mich für ihn. (Wahrscheinlich hatte er alles im Voraus verfügt.)

Es war ein sehr einfacher Grabstein, völlig schmucklos. Er war flach und glatt wie der Monolith aus *2001: Odyssee im Weltraum*. Man sah auf den ersten Blick, dass es sich um einen wertvollen Stein handelte. Die drei Namen waren in schlichter Schrift eingraviert.

子易辰也 [Koyasu Tatsuya]
子易観理 [Koyasu Miri]
子易森 [Koyasu Shin]

Es gab natürlich keine Furigana, die die Aussprache der Namen angezeigt hätten (ich hatte überhaupt noch nie einen Grabstein mit Furigana-Zeichen gesehen), aber Frau Koyasus Vorname lautete wahrscheinlich »Miri«. Eine andere Lesart konnte ich mir nicht vorstellen. Ich sprach den Namen mehrmals leise aus: »Koyasu Miri«. Er hatte eine tiefgründige Bedeutung: »die Wahrheit oder das Richtige sehen«. Es war ein trauriger Gedanke, dass die Frau, die diesen Namen trug, sich am Ende das Leben hatte nehmen müssen.

Unter den drei Namen war jeweils das Geburts- und Sterbejahr eingraviert. Mutter und Sohn waren im gleichen Jahr gestorben. Wie ich von Frau Soeda wusste, waren sie kurz nacheinander von dieser Welt gegangen. Der Junge war von einem Lastwagen totgefahren worden, die Mutter hatte sich in den reißenden Fluss gestürzt. Herr Koyasu hatte als Einziger überlebt und war erst viel später, im vergangenen Jahr, gestorben. Lange stand ich vor dem Grabstein und betrachtete die Zahlen, die so beredt von all dem erzählten. Manchmal sagen Zahlen mehr als Worte.

Es gab keinen Zweifel – Herr Koyasu weilte nicht mehr unter den Lebenden. Es war sein Geist, dem ich begegnet war und mit dem ich gesprochen hatte. Oder seine Seele in ihrer früheren lebendigen Gestalt. Als ich an seinem Grab stand, akzeptierte ich das als unverrückbare Tatsache.

Ich legte den kleinen Blumenstrauß, den ich mitgebracht hatte, auf das Grab der Familie und verharrte schweigend mit geschlossenen Augen und gefalteten Händen davor. In einem nahen Wäldchen zwitscherte laut ein Wintervogel, dessen Namen ich nicht kannte. Plötzlich rann mir eine Träne aus dem Auge, eine große, warme Träne. Sie lief langsam über mein Gesicht bis zu meinem Kinn und fiel dann wie ein Regentropfen zu Boden. Die nächste Träne nahm den gleichen Weg. Weitere folgten. So viele Tränen hatte ich schon lange nicht mehr vergossen. Oder besser gesagt, ich konnte mich nicht erinnern, wann ich überhaupt jemals geweint hatte. Ich hatte ganz vergessen, wie warm sich Tränen anfühlten.

Aber natürlich flossen Tränen wie Blut aus einem warmen Körper.

Kopfschüttelnd überlegte ich, ob Herr Koyasu mich vielleicht von irgendwo aus beobachtete, während ich an seinem Grab stand. Ein seltsamer Gedanke. Normalerweise geht man auf den Friedhof, um nahe Verwandte zu betrauern und sich zu wünschen, sie mögen in Frieden ruhen. Aber Herr Koyasu, obwohl er gestorben war, schwebte noch zwischen den Welten. Offensichtlich hatte er noch etwas zu sagen. Worum sollte ich am Grab eines solchen Wesens bitten?

Vorsichtig, Schritt für Schritt, um nicht auszurutschen, stieg ich die steinernen Stufen des Tempels hinunter und kehrte in den Ort zurück.

Als ich die Einkaufsstraße am Bahnhof entlangging, entdeckte ich zwischen dem Gemischtwarenladen und dem Bettengeschäft ein kleines Café. Obwohl ich schon oft daran vorbeigegangen sein musste, war es mir aus irgendeinem Grund nie aufgefallen. Vielleicht war ich beim Gehen immer in Gedanken gewesen (das ist bei mir oft der Fall). In dem hellen, verglasten Café gab es, wie ich von außen sah, außer den Plätzen an der Theke nur drei kleine Tische mit Stühlen. An der Tür stand außer »Coffeeshop« kein Name. Das Café war leer, wie das an einem Werktag so ist. Hinter der Theke stand eine Frau.

Ich öffnete die Glastür und trat ein. Ich war durchgefroren von meinem Besuch auf dem Friedhof und wollte mich erst einmal aufwärmen. Ich setzte mich auf den hintersten Platz an der Theke und bestellte einen heißen Kaffee und einen Blaubeermuffin aus der Vitrine.

Aus einem kleinen Lautsprecher unter der Decke erklang leise ein alter Cole-Porter-Standard, gespielt vom Dave Brubeck Quartet. Das Altsaxofon-Solo von Paul Desmond ließ mich an klares Wasser denken. Obwohl ich das Stück gut kannte, fiel mir der Titel nicht ein. Aber auch ohne den Titel zu kennen, war es genau die richtige Musik für einen ruhigen Morgen an einem freien Tag. Eine schöne, angenehme

Melodie von früher, die die Zeit überdauert hatte. Eine Weile lauschte ich geistesabwesend, ohne an etwas zu denken.

Der Kaffee, der in einem schlichten weißen Becher serviert wurde, war heiß, stark und ein wenig bitter und der Blaubeermuffin weich und frisch. Innerhalb von zehn Minuten schien auch die Kälte, die mich bis ins Mark durchdrungen hatte, verschwunden zu sein.

»Wenn ich Ihnen Kaffee nachschenke, kostet er nur die Hälfte«, sagte die Dame hinter der Theke.

»Danke«, sagte ich. »Ihre Muffins sind sehr gut.«

»Die sind ganz frisch, aus der Bäckerei um die Ecke«, sagte sie.

Ich zahlte, bürstete mir ein paar Muffinkrümel vom Schoß und verließ das Café. Die Frau mit der karierten Schürze hinter der Theke lächelte mir zum Abschied zu. Es war ein warmes Lächeln, das gut zu diesem sonnigen Wintermorgen passte, kein Salonlächeln aus dem Lehrbuch.

Die Wirtin schien Mitte dreißig zu sein. Sie war schlank, und wenn man sie auch nicht als schön bezeichnen konnte, so hatte sie doch sympathische Gesichtszüge. Sie war dezent geschminkt. Sie hätte sich leicht jünger machen können, hätte sie gewollt, aber anscheinend war es ihr die Mühe nicht wert. Das gefiel mir.

»Wissen Sie, ich habe bis eben die ganze Zeit an einem Grab gestanden. Am Grab eines Menschen, der noch nicht *wirklich* gestorben ist«, hätte ich am liebsten zu ihr gesagt, als wir uns verabschiedeten. Ich wollte mich jemandem anvertrauen, irgendjemandem. Aber das konnte ich natürlich nicht.

43

An diesem Abend ging ich wie immer gegen zehn ins Bett. Aber ich konnte nicht einschlafen, was bei mir selten vorkommt. Normalerweise schlafe ich sofort ein, wenn ich mich hinlege. Ich habe immer ein Buch am Kopfende liegen, aber ich schlage es kaum auf. Und in der Regel wache ich von selbst auf, sobald es hell wird. Vielleicht bin ich unter einem guten Stern geboren. Wenn ich nur daran denke, wie viele Menschen mir schon ihr Leid über ihre Schlaflosigkeit geklagt haben.

Aber in dieser Nacht konnte ich aus irgendeinem Grund nicht einschlafen. Trotz des natürlichen Schlafbedürfnisses, das ich hätte haben müssen, lag ich wach. Vielleicht war ich zu aufgeregt.

Um die (scheinbare) Leere in meinem Kopf zu füllen, schloss ich die Augen und dachte an Herrn Koyasus Grab. An den schmucklosen, monolithischen Grabstein der Familie auf dem Friedhof. An den makellos glänzenden, glatten neuen Stein mit den eingravierten Geburts- und Sterbedaten der drei Familienmitglieder. Ich dachte an den kleinen Blumenstrauß, den ich mitgebracht hatte, an das schrille Gezwitscher der Wintervögel, die in den Zweigen der Bäume umherhuschten, an die unebenen, hier und da vereisten Stufen, die zum Tempel hinaufführten. Ich rief mir ein Bild nach dem anderen ins Gedächtnis, als würde ich Dias betrachten.

Und dann fiel mir aus heiterem Himmel, so plötzlich, als wäre ein Vogel aus einem Dickicht zu meinen Füßen aufgeflattert, der Titel des Cole-Porter-Standards ein, den ich in dem Café am Bahnhof gehört hatte: »Just one of those things«. Und wie ein Ohrwurm, der sich an den Wänden meines Bewusstseins festgesaugt hatte, wiederholte sich die Melodie immer und immer wieder.

Der elektrische Wecker auf meinem Nachttisch zeigte halb zwölf an. Ich gab den Versuch zu schlafen auf, stieg aus dem Bett, zog eine Strickjacke über meinen Schlafanzug, zündete den Gasherd an, nahm Milch aus dem Kühlschrank, erwärmte sie in einem kleinen Topf und trank sie. Dazu knabberte ich ein paar Ingwerkekse. Dann setzte ich mich in den Sessel und schlug mein Buch auf. Doch ich konnte mich nicht auf die Lektüre konzentrieren. Alle möglichen Bilder und Geräusche schossen mir zusammenhanglos durch den Kopf wie Botschaften aus verschiedenen Welten, die keinen Sinn ergaben. Gesichtslose Boten auf lautlosen Fahrrädern legten diese Botschaften vor meiner Haustür ab und verschwanden einfach wieder.

Resigniert klappte ich das Buch zu und holte, im Sessel sitzend, mehrmals tief Luft. Konzentriert blähte ich meine Lungen so weit wie möglich auf, um die gesamte Luft in meinem Körper zu ersetzen und so mein aufgewühltes Gemüt zu beruhigen. Aber es nützte nichts.

Um mich herum herrschte die gleiche nächtliche Stille. Kein Auto fuhr um diese Zeit an meinem Haus vorbei. Kein Hund bellte. Es war buchstäblich nichts zu hören außer der Musik – der Musik, die unaufhörlich in meinem Kopf spielte.

Ich wollte unbedingt einschlafen, aber sosehr ich mich auch bemühte, es würde wohl nie geschehen. Weder Whisky noch Brandy würden helfen. Das wusste sogar ich. Etwas hinderte mich in dieser Nacht am Einschlafen. *Irgendetwas.*

Entschlossen entledigte ich mich meines Pyjamas und packte mich so warm wie möglich ein. Über den dicken Pullover zog ich meinen Dufflecoat, band mir einen Kaschmirschal um, setzte meine Wollmütze auf und streifte gefütterte Handschuhe über. Dann ging ich hinaus. Denn schlaflos zu Hause zu sitzen und alle fünf Minuten auf die Uhr zu schauen, das hätte ich nicht mehr ausgehalten. Lieber irrte ich ziellos durch die Kälte.

Als ich aus dem Haus trat, spürte ich, wie der Wind auffrischte. Die heitere Wärme des Tages war verschwunden und der Himmel von einer dicken Wolkenschicht bedeckt. Weder Mond noch Sterne waren zu sehen. Die spärliche Straßenbeleuchtung erhellte mit ihrem kalten Licht die menschenleere Umgebung. Die von den Bergen herunterfegenden Windböen heulten in den kahlen Ästen der Bäume. Der Wind war kalt und feucht. Sicherlich würde es bald schneien.

Weiße Atemwolken ausstoßend, schlenderte ich durch die Straßen. Meine schweren Winterstiefel knirschten unnatürlich laut, wenn ich über Kies ging. Der Fluss war halb zugefroren, aber ich konnte sein Rauschen hören. Es war eine bitterkalte Nacht, aber eigentlich begrüßte ich die Kälte. Sie drang mir bis ins Mark, bedrückte mich und lähmte, wenn auch nur vorübergehend, meine trüben und nutzlosen Gedanken. Der eisige Wind ließ meine Augen tränen, aber mit ihm verschwand auch die nichtssagende Melodie, die ich bis vor Kurzem noch im Ohr gehabt hatte. Vielleicht war das ein Vorteil des Winters im Norden?

Beim Gehen dachte ich an nichts. In meinem Kopf herrschte wohltuende Leere. Oder es war das Nichts. Die Kälte, die eine Ahnung von Schnee enthielt, umklammerte mein Bewusstsein wie ein eiserner Schraubstock. Kein anderes Gefühl als sie konnte sich in mich einschleichen, sie ließ nicht den geringsten Raum dafür. Und ehe ich michs versah, schlugen meine Füße wie von selbst den Weg zur Bibliothek ein. Es war, als hätten meine Winterstiefel einen eindeutigeren Willen als ihr Besitzer.

In der Manteltasche trug ich den Bund mit den Schlüsseln zu den verschiedenen Räumen der Bibliothek. Mit dem größten öffnete ich das eiserne Tor zum Gelände. Ich erklomm den leichten Hang und schloss die Schiebetür zum Flur auf. Meine Uhr zeigte halb eins an. Das Gebäude war natürlich wie ausgestorben und dunkel. Nur die grüne Notbeleuchtung an der Wand sandte ein schwaches Licht aus.

Diesem Licht folgend, ging ich langsam, um nirgendwo anzustoßen, zur Theke und nahm die dort immer griffbereit liegende Taschenlampe. Vor mir her leuchtend, drang ich tiefer in das dunkle Gebäude vor. Ich hatte nur ein Ziel im Kopf – das quadratische Ofenzimmer im Souterrain.

44

Wie ich mir insgeheim erhofft hatte, wartete dort Herr Koyasu auf mich.

Das Feuer im Ofen knisterte leise, und in dem kleinen Raum herrschte genau die richtige Wärme. Die roten Flammen, die an dem alten Apfelholz leckten, waren weder zu groß noch zu klein. Offenbar hatte Herr Koyasu geahnt (oder sogar im Voraus gewusst), wann ich kommen würde, und den Raum vorgeheizt wie ein feinfühliger Gastgeber, der einen wichtigen Gast empfängt. Der Raum duftete leicht nach Äpfeln, und es war eine gewisse Vertrautheit zu spüren. Eine aufmerksame, aber nicht aufdringliche Vertrautheit.

»Ah, da sind Sie ja, herzlich willkommen.« Herr Koyasu lächelte über sein ganzes rundes Gesicht, als ich die Tür aufstieß. »Ich habe Sie erwartet.«

Er war gekleidet wie immer. Auf dem Schreibtisch ruhte seine dunkelblaue Baskenmütze. Er trug sein altes graues Tweedjackett, einen Wickelrock, dicke schwarze Strumpfhosen und weiße Tennisschuhe mit dünnen Sohlen. Von einem Mantel war nichts zu sehen. Wahrscheinlich ging er bei einem derart eisigen Wind sowieso nie draußen spazieren, also brauchte er auch keine Winterstiefel und keinen Mantel.

»Freut mich, Sie so wohlauf zu sehen.« Herr Koyasu rieb sich die Hände und strahlte. »Nehmen Sie doch Platz.«

Ich streifte die Handschuhe ab, legte den schweren Mantel und den Schal ab und setzte mich auf einen der Stühle.

»Sie wussten wohl bereits, dass ich heute Abend kommen würde, Herr Koyasu?«

Er neigte leicht den Kopf.

»Ihnen ist sicher schon aufgefallen, dass ich die Bibliothek nie verlasse. Oder besser gesagt, ich kann sie gar nicht verlassen – weder in menschlicher Gestalt noch sonst wie. Ich hatte einfach das Gefühl, Sie würden heute Abend hier auftauchen, also habe ich alles in meiner Macht Stehende getan, um Gestalt anzunehmen und bereit zu sein, Sie freundlich zu empfangen.«

»Ich weiß nicht, warum, aber ich konnte heute nicht einschlafen. Also dachte ich mir, ich mache einen Spaziergang, packte mich warm ein, ging aus dem Haus und bin dann hier gelandet.«

Herr Koyasu nickte versonnen. »Das erinnert mich daran, dass Sie heute Morgen unser Grab auf dem Tempelfriedhof besucht haben.«

»Ja, ich habe mir die Freiheit genommen, Ihr Grab zu besuchen. Ich hoffe, Sie haben das nicht als aufdringlich empfunden?«

»Nein, ganz und gar nicht.« Herr Koyasu schüttelte gut gelaunt den Kopf. »Ich bin Ihnen zutiefst dankbar für Ihre Anteilnahme. Sogar Blumen haben Sie mitgebracht.«

»Es ist ein sehr imposantes Grab«, sagte ich, obwohl es mir

etwas seltsam vorkam, den Verstorbenen für sein eigenes Grab zu loben. »Haben Sie den Stein selbst ausgesucht, Herr Koyasu?«

»Ja, zu Lebzeiten ausgesucht und bezahlt. Ich habe den Steinmetz – er ist ein enger Freund von mir – angewiesen, nur unsere drei Namen sowie Geburts- und Sterbedaten einzugravieren, sonst nichts. Alle meine Anweisungen wurden befolgt. Es ist schon seltsam, wenn man nach dem Tod seinen eigenen Grabstein begutachtet.

Herr Koyasu gluckste belustigt, und auch ich lächelte.

»Man könnte sagen, im Grab ist Ihre Familie wieder vereint, nicht wahr?«

Herr Koyasu schüttelte leicht den Kopf. »Es wäre schön, wenn ich das so sehen könnte, aber in Wahrheit ist das nicht der Fall. In diesem Grab liegen schließlich nur die sterblichen Überreste von drei Menschen, deren Knochen und Seelen nichts miteinander zu tun haben. Knochen sind Knochen, und Seelen sind Seelen – das eine ist Materie, das andere etwas Immaterielles. Eine Seele, die ihren Körper verloren hat, ist bald verschwunden. Deshalb bin ich, obwohl ich tot und im Jenseits bin, genauso allein wie zu Lebzeiten. Meine Frau und mein Kind sind irgendwo. Jetzt sind wir nur noch drei Namen auf einem Grabstein. Und zu gegebener Zeit wird meine Seele verschwinden und ins Nichts zurückkehren. Das, was wir Seele nennen, ist letztlich ein Übergangszustand, ewig ist nur das Nichts. Oder nein, es geht über den Begriff der Ewigkeit hinaus.«

Ich überlegte, was ich dazu sagen sollte, aber mir fiel nichts Passendes ein. Da Herr Koyasu aber lange schwieg, blieb mir nichts anderes übrig, als ihm eine Aussage zu entlocken.

»Das muss sehr schwer für Sie sein.«

»Ja, Einsamkeit ist schwer und schmerzhaft, da macht es keinen Unterschied, ob man tot ist oder lebt. Aber mir bleibt die starke und lebendige Erinnerung daran, dass ich einmal jemanden von ganzem Herzen geliebt habe. Dieses Gefühl ist für mich immer greifbar. Nach dem Tod macht es für die Seele einen großen Unterschied, ob sie diese Wärme spürt oder nicht.«

»Ich glaube, ich verstehe, was Sie meinen.«

»Auch Sie haben eine starke und lebendige Erinnerung an jemanden, den Sie einmal sehr geliebt haben. Auf der Suche nach der Seele dieses Menschen sind Sie an einen fernen Ort gereist und wieder zurückgekehrt.«

»Sie wissen also davon, Herr Koyasu?«

»Ja, ich weiß es. Wie gesagt, ich erkenne einen Menschen, der schon einmal seinen Schatten verloren hat, auf den ersten Blick. Natürlich gibt es nicht viele solcher Menschen. Vor allem solche, die *noch am Leben* sind.«

Schweigend blickte ich ins Feuer. Mir war, als geriete die Zeit in mir ins Stocken, so als wäre ihr Fluss durch ein Hindernis blockiert.

»Sie wissen, wie schwierig es für einen lebenden Menschen ist, dorthin zu gelangen und wieder zurückzukehren, nicht wahr?«, sagte Herr Koyasu. »Es ist nahezu ein Ding der Unmöglichkeit. Im Normalfall ausgeschlossen.«

»Aber ich weiß selbst nicht, wie und warum ich zurückgekommen bin«, sagte ich ehrlich. »Mein Schatten verabschiedete sich von mir, stürzte sich in diesen tiefen See und wurde in diesen schrecklichen unterirdischen Kanal gesaugt. Er war fest entschlossen, auf diese Seite zurückzukehren, obwohl er sich damit in große Gefahr begab. Ich aber hatte mich nach reiflicher Überlegung entschieden, in der anderen Welt zu bleiben, in der Stadt hinter der hohen Mauer. Doch als ich erwachte und mich umsah, war ich wieder hier. Und mein Schatten war wieder mein Schatten. Als wäre nichts geschehen. Als hätte ich nur sehr lange und sehr realistisch geträumt. Aber es war kein Traum. Das weiß ich ganz genau. Selbst wenn jemand mir einreden wollte, es sei einer gewesen.«

Herr Koyasu hörte mir mit verschränkten Armen und geschlossenen Augen aufmerksam zu. Ich fuhr fort.

»Ich habe keine Ahnung, wie es dazu kommen konnte. Ich hatte mich aus freien Stücken entschieden, in der anderen Welt zu bleiben. Und doch bin ich gegen meinen Willen hierher zurückgekehrt. Als hätte eine starke Feder mich zurückkatapultiert. Ich habe viel darüber nachgedacht und kann letztlich nur vermuten, dass ein anderer Wille am Werk war, der stärker war als meiner. Aber ich habe nicht die geringste Ahnung, wessen oder welcher. Und welches Ziel er verfolgte.«

»Könnte es sein, dass dieser wie auch immer geartete Wille dafür gesorgt hat, dass Sie diese ummauerte Stadt überhaupt betreten konnten?«

»Gut möglich«, sagte ich. »Eines Tages erwachte ich aus einem tiefen Schlaf und fand mich allein in einer Grube wieder, ohne zu wissen, wie ich hineingekommen war. Sie befand sich direkt neben dem Tor zur ummauerten Stadt. Der Torwächter entdeckte mich darin und fragte mich, ob ich in die Stadt wolle. Ich bejahte. Wahrscheinlich hatte mich jemand, hatte mich irgendjemandes Wille in diese Grube befördert. Natürlich entsprach meine Antwort auf die Frage des Wächters meinem eigenen Willen.«

Koyasu dachte einen Augenblick nach, bevor er abrupt wieder zu sprechen begann. »Ach, ich weiß auch nicht, was das bedeutet, was dieser Wille bezweckt, wo sein Ziel liegt. Ich bin nur eine individuelle Seele ohne Substanz, und der Tod hat mir keine besondere Weisheit verliehen. Aus Ihrer Geschichte kann ich nur schließen, dass all das eigentlich Ihr größter Herzenswunsch war. Es war Ihr Herzenswunsch (ohne dass Sie es wussten) – und deshalb ist es geschehen. Vielleicht werden Sie es leugnen. Sie haben sich aus freien Stücken entschieden, in dieser geheimnisvollen Stadt zu bleiben. Aber vielleicht war das gar nicht Ihre wahre Absicht. Vielleicht sehnten Sie sich tief in Ihrem Herzen danach, die Stadt zu verlassen und auf diese Seite zurückzukehren.«

»Das würde also bedeuten, dass dieser Wille, der stärker ist als mein eigener, nicht außerhalb von mir war, sondern in mir selbst?«

»Das ist natürlich nur eine haltlose persönliche Vermutung von mir. Aber nach Ihrer Geschichte kann ich es mir nicht anders vorstellen. Wahrscheinlich sind Sie freiwillig in diese unheimliche Stadt gegangen und aus freien Stücken zurückgekehrt. Diese Feder, die Sie zurückkatapultiert hat, muss eine besondere Kraft in Ihnen selbst sein. Der starke Wille tief in Ihnen hat dieses große Kommen und Gehen möglich gemacht. Auf einem Gebiet, das über Ihre Logik und Vernunft hinausreicht.«

»Woher wissen Sie das, Herr Koyasu?«

»Das ist nur meine persönliche Meinung. Vielleicht stimmt es nicht. Aber ich habe es irgendwie im Urin (auch wenn es zweifelhaft ist, dass die Seele eines Verstorbenen Urin birgt). Ja, so könnte es gewesen sein. Natürlich passiert es nicht jedem. Aber irgendwo und irgendwann kann es passieren. Wenn man einen starken Willen und ein reines Herz hat.«

»Ich möchte Sie etwas fragen«, sagte ich nach kurzem Nachdenken.

»Fragen Sie.«

»Sie haben Ihre verstorbene Frau und Ihren Sohn doch aus tiefstem Herzen geliebt, nicht wahr?«

Herr Koyasu nickte. »Ja, das habe ich. In meinem ganzen armseligen Leben habe ich niemanden mehr geliebt als diese beiden. Daran besteht kein Zweifel.«

»Sie haben eine wahre Familie gegründet und ihr unendliche Liebe geschenkt. Eine bedingungslose und fruchtbare Liebe.«

»Das klingt vielleicht etwas hochtrabend, aber Sie haben recht. Natürlich war in unserer kleinen Familie nicht alles perfekt. Wir hatten auch ein paar alltägliche Probleme. Aber wenn man diese Kleinigkeiten beiseitelässt, bleibt eine überwältigende, unschätzbare Liebe.«

»Das ist wirklich wunderbar. Leider war es bei mir nicht so. Ich habe mit siebzehn ein Mädchen kennengelernt und mich sofort verliebt. Ich glaube, das passiert Jungs in dem Alter öfter. Und zu meinem Glück hat sie sich auch in mich verliebt. Sie war ein Jahr jünger als ich. Wir trafen uns, hielten Händchen und küssten uns. Für mich war es, als würde ein Traum in Erfüllung gehen. Aber am Ende war das alles. Wir haben weder miteinander geschlafen noch Tisch und Bett geteilt. Und ehrlich gesagt, ich weiß nicht einmal, wer sie war. Sie hat mir viel erzählt, aber am Ende waren es nur Geschichten. Inwieweit sie objektiven Tatsachen entsprachen, kann ich nicht nachprüfen.

Sie war damals sechzehn, ich siebzehn, und wir wussten natürlich noch nicht viel von der Welt, nicht einmal von uns selbst. Aber ich fühlte mich tief und heftig zu ihr hingezogen. So sehr, dass ich an nichts anderes mehr denken konnte. Es war eine reine, aber natürlich junge Liebe. Keine reife Liebe zwischen Erwachsenen wie die Ihre, Herr Koyasu. Es war nicht mehr als eine süße Teenagerliebe, die weder die Zeit überdauerte noch von ihr auf die Probe gestellt wurde oder an realen Hindernissen scheiterte. Vielleicht war sie so etwas wie ein *vorübergehender Rausch*. Seither sind fast dreißig Jahre vergangen.

Eines Tages verschwand sie ohne ein Wort des Abschieds, ohne das geringste Vorzeichen. Seitdem habe ich sie nie wieder gesehen. Nie eine Nachricht von ihr bekommen. Und jetzt befinde ich mich schon in der Mitte meines Lebens. Ist ein solcher Mensch, der auf der Suche nach den verlorenen Sehnsüchten seiner Jugend zwischen den Welten hin- und herpendelt, überhaupt noch ganz bei Verstand?«

Herr Koyasu – oder seine Seele – stand mit verschränkten Armen vor mir und seufzte tief. »Ich möchte Sie auch etwas fragen«, sagte er.

»Bitte, was immer Sie wollen.«

»Haben Sie seither eine andere Frau so sehr geliebt wie dieses Mädchen?«

Ich überlegte. Aber eigentlich brauchte ich das gar nicht. »Im Laufe meines Lebens habe ich einige Frauen kennengelernt und mich auch in die eine oder andere verliebt. Ich hatte sogar mehrere intime Beziehungen. Aber nie habe ich so stark empfunden wie damals. Das heißt, es war nie so, dass mein Kopf völlig leer war, dass ich am helllichten Tag träumte und an nichts anderes denken konnte. Ich glaube, ich habe immer darauf gewartet, dass dieses Gefühl der hundertprozentigen Verliebtheit sich wieder einstellt. Oder auf den Menschen, die Frau, die es damals in mir ausgelöst hat.«

»Bei mir war es genauso«, sagte Herr Koyasu leise. »Nachdem meine Frau gestorben war, habe ich ein paar Damen kennengelernt. Nicht viele, aber ein paar. Die meisten durch Vermittlung, denn ich sollte wieder heiraten. Als meine Frau starb, war ich noch in den Vierzigern, und als Sohn und Erbe einer alten Familie hatte ich in unserem Städtchen einen gewissen sozialen Status, sodass es sich nach allgemeiner Auffassung für mich gehört hätte, erneut zu heiraten. Und es mangelte nicht an Damen, die sich für mich interessierten.

Aber es gab keine, für die ich auch nur annähernd die Gefühle hätte aufbringen können, die ich für meine Frau empfunden hatte. Ganz gleich, wie bezaubernd oder schön eine war, keine konnte mein Herz zum Klingen bringen wie meine verstorbene Frau. Und irgendwann fing ich an, Röcke zu tragen. Hier in den Bergen sind die Leute sehr konservativ, und keine hätte es gewagt, einen Mann zu heiraten, der so exzentrisch gekleidet durch die Stadt lief.« An dieser Stelle kicherte Herr Koyasu. Dann wurde er wieder ernst und fuhr fort. »Was ich damit sagen will, ist: Wer einmal wirklich geliebt hat, dessen Herz ist gleichsam ausgebrannt wie ein alter Brennstab. Vor allem, wenn ihm diese Liebe, aus welchen Gründen auch immer, entrissen wird. Eine solche Liebe ist für den Betroffenen das größte Glück und der tragischste Fluch zugleich. Verstehen Sie, was ich Ihnen sagen will?«

»Ich glaube schon.«

»Alter, Zeit oder sexuelle Erfahrung spielen in solchen Fällen keine große Rolle. Die einzige wichtige Frage ist, ob es die hundertprozentige Liebe ist. Die Liebe, die Sie mit siebzehn für diese junge Frau empfanden, war rein und hundertprozentig. Sie sind in der Anfangsphase Ihres Lebens der idealen Partnerin begegnet. Oder vielleicht sollte ich sagen: endgültig begegnet?«

Herr Koyasu hielt inne, beugte sich vor und starrte nachdenklich ins Feuer. Die Flammen spiegelten sich in seinen Augen.

»Doch eines Tages war sie plötzlich verschwunden. Ohne eine Nachricht, einen Hinweis oder eine Spur zu hinterlassen. Sie ahnten nicht einmal, was der Grund dafür sein könnte.

Bei mir war es ähnlich. Nachdem unser einziger Sohn tödlich verunglückt war, wählte meine Frau den Freitod, ohne mir einen Abschiedsbrief oder wenigstens einen Gruß zu hinterlassen. In der Mulde ihres Bettes lagen nur zwei Stangen Porree. Sie waren lang und weiß und glänzten ganz frisch. Sie hatte sie mit Absicht dorthin gelegt. Wie als Ersatz für sich selbst.

Ach, wie sollte ich verstehen, was dieser Lauch zu bedeuten hatte? Natürlich verstand ich es nicht. Sie hinterließ ihn mir als ein ewiges Rätsel. Seine weiße Frische hat sich in meine Netzhaut eingebrannt, ich sehe ihn immer noch vor mir. Warum ausgerechnet Lauch, warum musste es Lauch sein? Sollte ich je das Glück haben, meiner Frau im Jenseits zu begegnen, muss ich sie unbedingt fragen. Aber auch dort werde ich letztlich allein sein, so wie jetzt. Und das Rätsel wird ein Rätsel bleiben.«

Herr Koyasu schloss einen Moment lang die Augen, wie um sich noch einmal des Bildes zu vergewissern, das auf seiner Netzhaut zurückgeblieben war. Dann öffnete er sie wieder und fuhr fort. »Als meine Frau ohne ein Wort von mir ging, hat sie mich tief verletzt. Man sieht es nicht, aber ich habe eine tiefe Wunde davongetragen, die bis ins Innerste meines Herzens reicht. Dennoch konnte ich nicht sterben und habe noch so viele Jahre weitergelebt. Denn anfangs wusste ich nicht, was für eine unheilbare tödliche Wunde ich hatte. Als es mir später klar wurde, war ich schon wieder auf dem Weg des Lebens. Die Weichen für mein weiteres Leben waren gestellt.« Bei diesen Worten umspielte ein leichtes Lächeln Herrn Koyasus Lippen. »Als ich diese Grenze überschritten hatte, war ich ein anderer Mensch geworden. Kurz gesagt, ich hatte kein Interesse mehr an der Welt. Denn ein Teil meines Herzens war ausgebrannt. Außerdem hatte die tiefe tödliche Wunde mich schon halb getötet. Für den Rest meines Lebens vermochte allenfalls die Bibliothek ein Minimum an Interesse in mir zu wecken. Meine kleine Hausbibliothek hat mich bis vor Kurzem am Leben erhalten. Deshalb kann ich Ihre Gefühle nur allzu gut nachvollziehen. Ich kann Ihren Schmerz über die erlittene Verletzung zutiefst nachempfinden. Es mag anmaßend klingen, aber es ist, als wäre es mein eigener.«

»Sie wussten das alles, als Sie mich für den Posten des Bibliotheksdirektors ausgewählt haben.«

Herr Koyasu nickte nachdrücklich. »Ja, ich sah es auf den ersten Blick. Dass Sie der Mann waren, der mein Nachfolger in der Bibliothek werden musste. Denn diese Bibliothek ist keine gewöhnliche Bibliothek. Sie ist nicht bloß ein öffentlicher Ort, an dem es viele Bücher gibt. Vor allem ist sie ein besonderer Ort, der verlorene Herzen aufnimmt.«

»Mitunter verstehe ich mich selbst nicht«, vertraute ich ihm offen an. »Oder vielleicht sollte ich sagen: *Ich verliere mich aus den Augen*. Ich habe nicht das Gefühl, mein Leben *als ich selbst* zu leben, als mein wahres Wesen. Manchmal scheine ich nur ein Schatten meiner selbst zu sein. In solchen Momenten werde ich so unsicher, als wäre ich nur ein Umriss, der mich imitiert und vorgibt, ich zu sein.«

»Wahre Gestalt und Schatten sind eigentlich zwei Seiten desselben Objekts«, sagte Herr Koyasu in ruhigem Ton. »Körper und Schatten können je nach Umständen ihre Rollen tauschen. So können Menschen schwierige Situationen meistern und überleben. Manchmal kann es wichtig sein, etwas *nachzuahmen* oder so zu tun, als ob. Machen Sie sich keine Sorgen. Denn Sie sind, wer Sie sind, hier und jetzt.«

An dieser Stelle verstummte Herr Koyasu und verzog unvermittelt das Gesicht, so als hätte er etwas Seltsames verschluckt. Dann rollte er ein paarmal die Schultern und stieß einen langen, tiefen Seufzer aus.

»Alles in Ordnung?«, fragte ich.

»O ja«, sagte Herr Koyasu, nachdem er wieder zu Atem gekommen war. »Nichts Schlimmes. Keine Sorge. Aber ich glaube, ich habe ein bisschen zu viel geredet. Es tut mir leid, aber ich muss gehen. Es ist Zeit für mich. Im Moment kann ich Ihnen nur eins sagen: Seien Sie zuversichtlich. Wenn Sie fest auf etwas vertrauen, dann wird sich Ihr Weg von ganz allein abzeichnen. Und das wird einen drohenden heftigen Sturz verhindern. Oder es kann zumindest den Aufprall stark abmildern.«

Einen drohenden Sturz verhindern? Welchen Sturz? Was sollte das jetzt wieder heißen?

»Aber sehen wir uns denn bald wieder, Herr Koyasu? Ich muss Sie noch so vieles fragen.«

Herr Koyasu nahm sein Barett vom Schreibtisch und klopfte es wie immer zurecht, bevor er es aufsetzte.

»Ja, wir sehen uns bald wieder. Wenn es Ihnen recht ist, helfe ich Ihnen gern. Aber ich weiß nicht genau, wann ich das nächste Mal Zeit haben werde. Die subtilen Veränderungen der lokalen Strömungen tragen mich mal hierhin, mal dorthin, und es braucht entsprechende Kraftreserven, um mit Ihnen von Angesicht zu Angesicht zu sprechen, wie es jetzt der Fall ist. Aber ich bin sicher, dass wir uns in nicht allzu langer Zeit wiedersehen werden.«

Herr Koyasus ganze Gestalt schien zu schwinden, dünner zu werden, während er sprach. Ich konnte schon fast durch ihn hindurchsehen. Aber vielleicht bildete ich mir das auch nur ein, denn es war nicht genug Licht im Raum.

Herr Koyasu öffnete die Tür und ging hinaus. Ich hörte noch, wie sie mit einem Klacken hinter ihm ins Schloss fiel. Dann herrschte tiefe Stille. Seine Schritte waren nicht mehr zu hören.

45

Ich stand vor einem Regal und sortierte Bücher, als der Junge mich ansprach. Es war kurz nach elf Uhr vormittags. Ich trug einen beigen Pullover mit Rundhalsausschnitt und olivgrüne Chinos. Um meinen Hals hing eine Plastikkarte, die mich als Bibliotheksmitarbeiter auswies. Ich war damit beschäftigt, beschädigte Bücher aus den Regalen zu nehmen und durch neue zu ersetzen.

Der Junge war klein und schmächtig, etwa sechzehn oder siebzehn Jahre alt und in einen grünen Kapuzenpullover, helle Jeans und schwarze Turnschuhe gekleidet. Alles wirkte abgetragen und schien nicht richtig zu passen. Vielleicht waren es die abgelegten Sachen von jemand anderem. Auf der Vorderseite des Kapuzenpullovers war das gelbe U-Boot aus dem Beatles-Film *Yellow Submarine* abgebildet. Der Junge hatte eine Nickelbrille auf der Nase, wie John Lennon sie trug. Sie war zu groß für sein schmales Gesicht und saß etwas schief. Er sah aus, als hätte er sich aus den 1960er-Jahren in unsere Zeit verirrt.

Ich hatte ihn schon häufiger im Lesesaal gesehen. Immer

saß er auf demselben Platz am Fenster, mit ernstem Blick in ein Buch vertieft. Das Umblättern der Seiten war seine einzige Bewegung. Offenbar las er sehr gern. Ich hatte mich schon gewundert, denn er verbrachte den ganzen Tag in der Bibliothek. Musste er nicht zur Schule?

Eines Tages erkundigte ich mich bei Frau Soeda. Sie schüttelte den Kopf. »Der Junge geht nicht zur Schule, er ist dazu nicht in der Lage. Unsere Bibliothek übernimmt für ihn diese Funktion. Seine Eltern wissen Bescheid.«

Offenbar war er eine Art Schulverweigerer. Also fragte ich nicht weiter nach. Wenn ein Kind die Schule schwänzte, dafür aber jeden Tag in der Bibliothek saß und las, war das wohl kein besonderes Problem.

Aber an diesem Tag hatte er ausnahmsweise kein Buch in der Hand, sondern ging vor den Regalen auf und ab, als würde er über etwas nachdenken.

»Entschuldigung.« Der Junge war stehen geblieben, um mich anzusprechen.

»Ja, bitte?«, fragte ich, einen Stapel Bücher in der Hand.

»Würden Sie mir vielleicht Ihr Geburtsdatum nennen?«, fragte der Junge. Er sprach fast zu höflich für sein Alter. Und es fehlte die Betonung. Es war, als würde er von einem vorgedruckten Blatt ablesen.

Einen Stoß Bücher im Arm, wandte ich mich ihm zu und musterte ihn. Er hatte ebenmäßige, gut geschnittene Gesichtszüge. Seine Ohren waren im Vergleich zum Rest sehr groß. Er schien erst kürzlich beim Friseur gewesen zu sein, denn sein Haar war sauber geschnitten und die Haut über den Ohren blass. Er war klein und hellhäutig, sein Hals und seine Arme waren lang und schlank. Keine Spur von Sonnenbräune. Er sah nicht aus, als würde er viel Sport treiben. Als er mich direkt ansah, bemerkte ich ein seltsames Funkeln in seinen Augen, ein scharfes, fokussiertes Glitzern. Als würde er konzentriert auf etwas in einem tiefen Abgrund blicken … oder vielleicht, als wäre ich dieses Etwas in dem Abgrund.

»Mein Geburtsdatum?«, fragte ich zurück.

»Ja, das Jahr, den Monat und den Tag Ihrer Geburt.«

Etwas perplex nannte ich ihm die Daten. Ich wusste nicht, was er wollte, aber ich konnte mir nicht vorstellen, dass es schaden könnte, ihm mein Geburtsdatum zu nennen.

»Mittwoch«, sagte der Junge sofort.

Ich runzelte verständnislos die Stirn. Mein Gesichtsausdruck schien den Jungen zu verunsichern.

»Ihr Geburtstag war an einem Mittwoch«, sagte er. Sein Tonfall war schroff, als wollte er nicht näher darauf eingehen. Und ohne ein weiteres Wort kehrte er schnurstracks in den Lesesaal zurück, setzte sich an den Tisch am Fenster und las in dem dicken Buch, das er angefangen hatte.

Es dauerte einen Augenblick, bis ich begriff, was geschehen war. Dann wurde es mir plötzlich klar. Der Junge besaß wahrscheinlich die außergewöhnliche Fähigkeit des Kalenderrechnens, die im Zusammenhang mit dem Savant-Syndrom auftritt. Man brauchte ihm nur ein beliebiges Datum in der Vergangenheit oder Zukunft zu nennen, und er konnte sofort sagen, auf welchen Wochentag es fiel. Die Figur im Film *Rain Man* ist ein solcher Inselbegabter. Diese Menschen haben oftmals eine kognitive Behinderung, sind aber in Bereichen wie Mathematik oder Kunst außergewöhnlich begabt.

Ich hätte gern im Internet nachgeschaut, ob mein Geburtstag wirklich auf einen Mittwoch fiel, aber da es in der Bibliothek keinen Computer gab, konnte ich das nicht tun. (Aber als ich zu Hause auf meinem Laptop recherchierte, fand ich heraus, dass ich tatsächlich an einem Mittwoch geboren war.)

Ich rief Frau Soeda zu mir und deutete unauffällig auf den Jungen, der an seinem Platz saß. »Der Junge dort«, sagte ich.

»Was ist mit ihm?«

»Könnte es sein, dass er eine Art Savant ist?«

Frau Soeda sah mich an. »Hat er Sie nach Ihrem Geburtsdatum gefragt?«

Ich schilderte ihr den Vorfall.

Frau Soeda hörte mir mit ausdruckslosem Gesicht zu. »Ja, ab und zu fragt er Leute nach ihrem Geburtsdatum. Und dann sagt er ihnen genau den Wochentag. Aber das ist auch schon alles. Er belästigt niemanden und macht auch keinen Ärger. Und wen er gefragt hat, den fragt er kein zweites Mal.«

»Fragt er jeden, den er trifft, nach seinem Geburtsdatum?«

»Nein, überhaupt nicht. Er scheint auszuwählen. Manche fragt er, manche nicht. Es ist nicht erkennbar, nach welchen Kriterien er das tut.«

»Ich verstehe«, sagte ich. Auch wenn es ungewöhnlich war, sah es nicht so aus, als ob daraus ein Problem entstehen könnte. Es ging ja nur um die Wochentage der Geburtsdaten.

»Übrigens, an welchem Wochentag sind Sie geboren?«

»An einem Mittwoch«, sagte ich.

»Mittwochskind trägt großes Leid«, sagte Frau Soeda. »Kennen Sie das Gedicht?«

Ich schüttelte den Kopf.

»Es stammt aus der Sammlung *Mother Goose. Montagskind, schön anzusehen, Dienstagskind in Anmut schön, Mittwochskind trägt großes Leid ...*«

»Das habe ich noch nie gehört«, sagte ich.

»Das sind nur Kinderreime. Ich bin an einem Montag geboren, sehe aber nicht besonders gut aus«, sagte Frau Soeda mit gewohnt ernster Miene.

»Mittwochskind trägt großes Leid«, wiederholte ich.

»Es ist doch nur ein Kinderlied.«

»Warum geht er denn nicht zur Schule? Wird er gemobbt oder so?«

»Nein, das nicht. Er kann nur nicht auf die Oberschule.« Frau Soeda legte ihren Kugelschreiber hin und rückte ihre Brille zurecht, ehe sie fortfuhr. »Im Frühjahr letzten Jahres hat er die öffentliche Mittelschule hier abgeschlossen, konnte aber nicht auf die Oberschule wechseln. Offenbar reichten seine Leistungen dazu nicht aus. In den Fächern, in denen er gut war, bekam er fast die volle Punktzahl, aber in allen anderen ist er durchgefallen. Er konnte sich zwar den gesamten Inhalt von Büchern einprägen, aber die schiere Masse an Informationen nicht gewichten und so auch nicht praktisch anwenden. Außerdem waren sie viel zu fachspezifisch, um ihm bei den Aufnahmeprüfungen für die Oberschule zu helfen. Zu allem Überfluss weigerte er sich, am Sportunterricht teilzunehmen. Also kann er keine normale Oberschule besuchen.«

»Ich verstehe«, sagte ich. »Aber er liest doch sehr gern, oder?«

»Ja, Lesen liebt er über alles. Er kommt jeden Tag in die Bibliothek und liest in einem unvorstellbaren Tempo. Wenn er so weitermacht, hat er dieses Jahr den größten Teil unserer Bücher durch.«

»Welche Art von Büchern liest er denn?«

»Er liest alles. Im Grunde ist ihm jedes Buch recht, er scheint keine besonderen Vorlieben zu haben. Er saugt jede Information in sich auf wie einen Energy-Drink. Egal, was es ist, er verschlingt es.«

»Eigentlich toll, aber Informationen können auch gefährlich sein. Vor allem, wenn sie ungefiltert sind.«

»Sie sagen es. Deshalb prüfe ich jedes Buch, das er lesen möchte, bevor ich es ihm gebe. Bücher mit problematischen Inhalten halte ich zurück. Zum Beispiel unangemessene Darstellungen von Sexualität oder Gewalt … solche Dinge.«

»Stört es ihn nicht, wenn Sie ihm Bücher quasi zwangsweise vorenthalten?«

»Nein, er hört eigentlich immer brav auf mich«, sagte Frau Soeda. »Als der Junge in die Grundschule ging, war mein Mann zwei Jahre lang sein Klassenlehrer. Wir kennen ihn also, seit er klein war. Mein Mann hat sich seiner besonders angenommen. Natürlich wusste er am Anfang nicht so recht, wie er mit ihm umgehen sollte.«

»Was ist mit seinem Elternhaus?«

»Seine Eltern betreiben im Ort einen privaten Kindergarten sowie mehrere Nachhilfeschulen. Sehr angesehene Leute. Sie haben insgesamt drei Söhne, unser Besucher ist der jüngste. Seine beiden älteren Brüder sind außergewöhnlich begabt, haben die hiesige Oberschule mit Auszeichnung abgeschlossen und sind dann zum Studium nach Tokio gegangen. Der eine hat sein Examen bereits abgelegt und ist Anwalt für Zivilrecht. Der andere studiert Medizin, ist aber, glaube ich, noch nicht fertig. Nur der jüngste kommt stattdessen jeden Tag in die Bibliothek und liest jedes Buch, das wir im Regal haben. Wie gesagt, wir sind wie eine Schule für ihn.«

»Und er kennt den Inhalt der Bücher, die er gelesen hat, auswendig?«

»Ja, zum Beispiel *Vor Tagesanbruch* von Toson Shimazaki. Das könnte er Ihnen von Anfang bis Ende Wort für Wort aufsagen. Er hat sich alles gemerkt, obwohl es sich um einen ziemlich umfangreichen Roman handelt. Aber ich glaube nicht, dass er versteht, was das Buch dem Leser sagen will oder was es innerhalb der japanischen Literaturgeschichte bedeutet.«

Natürlich hatte ich schon von Menschen gehört, die diese besondere Fähigkeit besaßen, war aber noch keinem begegnet.

»Manche fürchten sich vor dieser besonderen Gabe. Vor allem in kleinen, konservativen Orten wie dem unseren neigt man dazu, nicht der Norm entsprechende Menschen auszugrenzen, und viele gehen dem Jungen absichtlich aus dem Weg. So wie man jemanden meidet, der eine ansteckende Krankheit hat. Einige wollen ihm nicht einmal die Hand geben. Es ist wirklich traurig. Eigentlich ist er ein braver Junge, der niemanden stört. Außer dass er Leute um sich herum nach ihrem Geburtsdatum fragt.«

»Statt in die Schule zu gehen, kommt er in die Bibliothek und liest jeden Tag ein Buch, das ihm in die Hände fällt. Aber warum muss er sich so viel Wissen aneignen?«

»Das weiß ich auch nicht. Wahrscheinlich weiß das niemand. Ich kann nur sagen, dass ihn offenbar ein schier unstillbarer Wissensdurst antreibt. Ob es ihm guttut, sich so mit Wissen vollzustopfen, oder ob es ihm Probleme bereitet, kann ich nicht beurteilen. Ich weiß auch nicht, ob die Menge des Wissens, die er anhäuft, eine natürliche Grenze hat. Vieles an ihm ist einfach rätselhaft. Aber letztlich ist Wissensdurst ja nichts Schlechtes, und um ihn zu stillen, gibt es Bibliotheken.«

Ich nickte. Sie hatte recht, Bibliotheken existierten, um den

Wissensdurst der Menschen zu stillen. Was auch immer sie mit diesem Wissen anfangen wollten. »Aber es gibt doch sicher Schulen, die solche Kinder aufnehmen?«, sagte ich.

»Ja, natürlich gibt es einige. Aber leider keine in unserer Nähe. Wenn man ihn auf eine solche Schule schicken würde, müsste er wahrscheinlich in ein Internat oder so. Aber seine Mutter hängt sehr an ihm. Sie tut alles für ihn und würde ihn nie gehen lassen.«

»Und deshalb dient unsere Bibliothek als Schulersatz, oder?«

»Ja. Seine Mutter war lange mit Herrn Koyasu befreundet und hatte ihn direkt gebeten, sich des Jungen anzunehmen. Ihr Sohn sei so ein Bücherwurm und verhalte sich ruhig, solange man ihn lesen lasse. Ob er ihn nicht in der Bibliothek unterrichten könne. Und nachdem Herr Koyasu ausführlich mit der Mutter gesprochen hatte, erklärte er sich bereit, diese Aufgabe zu übernehmen, so gut er konnte.«

»Und als Herr Koyasu gestorben ist, haben Sie sozusagen sein Erbe angetreten und kümmern sich jetzt um den Jungen?«

»Kümmern ist vielleicht etwas übertrieben, aber ich versuche ein Auge auf ihn zu haben. Ich führe Buch darüber, was er liest. Ich habe ihn auch sehr gern. Er hat gewiss seine Eigenheiten und kann erstaunlich stur sein, aber das macht mir nichts aus. Er kommt jeden Tag, setzt sich auf denselben Platz und vertieft sich in seine Bücher. Seine Konzentration ist erstaunlich. Sein Blick schweift nicht für einen Moment von den Buchseiten ab. Solange man ihn nicht stört, ist er gutwillig. Bisher hat er uns hier noch nie Ärger gemacht.«

»Er hat wohl keine gleichaltrigen Freunde?«

Frau Soeda schüttelte den Kopf. »Nicht dass ich wüsste. Er kann mit gleichaltrigen Kindern nichts anfangen und sie nichts mit ihm. Ihre Gesprächsthemen sind ganz andere. Allerdings gab es in der Mittelstufe ein kleines Problem mit einem Mädchen aus seiner Klasse.«

»Was für ein Problem?«

»Er interessierte sich für das Mädchen und hat ihr anscheinend nachgestellt. Sie war nicht auffallend hübsch oder sonst wie herausragend, aber sie hatte etwas an sich, das sein Interesse weckte. Also lief er ihr einfach stumm hinterher. Er tat nichts Unangemessenes, er folgte ihr nur. Nicht einmal dicht auf den Fersen, sondern mit einigem Abstand. Aber das Mädchen bekam natürlich Angst. Die Eltern beschwerten sich beim Direktor, und es gab Ärger. Die ganze Stadt wusste davon, und auch die anderen Eltern waren keineswegs begeistert. Also verboten viele ihren Kindern den Umgang mit ihm.«

Nach diesem Gespräch begann ich, den Jungen, der so konzentriert an seinem Platz im Lesesaal am Fenster in seine Lektüre vertieft war, aufmerksam zu beobachten – natürlich aus angemessener Entfernung, damit er es nicht bemerkte.

Soweit ich sah, trug er immer denselben grünen Kapuzenpulli mit dem Yellow-Submarine-Aufdruck (den er sehr zu mögen schien). Bis dahin hatte ich nicht besonders auf den Jungen geachtet, aber nach Frau Soedas Erläuterungen nahm ich die außergewöhnliche Präsenz wahr, mit der er sich auf seine Lektüre konzentrierte. Sobald er ein Buch aufgeschlagen und mit dem Lesen begonnen hatte, veränderte er seine Haltung überhaupt nicht mehr (wahrscheinlich hätte er es nicht einmal bemerkt, wenn sich eine Bremse auf seiner Wange niedergelassen hätte); der Blick, mit dem er den Zeichen folgte, war stumpf und ausdruckslos, und mitunter bildeten sich Schweißperlen auf seiner Stirn.

Doch all das fiel mir erst auf, als Frau Soeda mir die Situation erklärt hatte und ich ihn bewusst beobachtete. Hätte ich es nicht gewusst und ihn unvoreingenommen betrachtet, wäre ich wahrscheinlich ohne besonderes Befremden an ihm vorbeigegangen. Ein zierlicher Junge, der in der Bibliothek saß und las, ohne aufzublicken, das war alles. Auch ich hatte mich in diesem Alter so in meine jeweilige Lektüre vertieft, dass ich Essen und Schlafen vergaß.

Seine Frage nach meinem Geburtsdatum war das erste und letzte Mal, dass er mich ansprach. Nachdem er es wusste (und den Wochentag bestimmt hatte), war sein Interesse an mir anscheinend erloschen.

Eines Montagmorgens, als die Bibliothek geschlossen hatte, sah ich den Yellow-Submarine-Jungen zum ersten Mal außerhalb des Lesesaals.

46

An diesem Montagmorgen besuchte ich, wie üblich mit einem kleinen Blumenstrauß in der Hand, das Grab der Familie Koyasu. Der Himmel war stark bewölkt und der Wind so feucht, dass es vermutlich jeden Moment anfangen würde zu regnen oder zu schneien. Ich hatte keinen Schirm dabei, aber die Kapuze meines Dufflecoats war einigermaßen wasserdicht. Zuerst faltete ich meine Hände vor dem Grab und betete für den Seelenfrieden der drei Familienmitglieder. Der fünfjährige Junge, der bei diesem unglücklichen Unfall ums Leben gekommen war, seine Mutter, die sich vor Kummer in den reißenden Fluss gestürzt hatte, und der Bibliotheksleiter, der bei einem Spaziergang auf einem Bergpfad plötzlich an einem Herzinfarkt gestorben war, waren mir inzwischen auf ganz eigene Weise ans Herz gewachsen. Obwohl ich keinen von ihnen zu Lebzeiten gekannt hatte.

Dann setzte ich mich wie immer auf die Steinmauer davor und sprach mit dem glatten schwarzen Grabstein oder mit Herrn Koyasu, der vermutlich darunter lag. Mitunter stießen die Wintervögel im nahe gelegenen Hain ihre schrillen Rufe aus. Es klang schmerzlich, als wären sie just Zeugen eines Weltenbruchs geworden. Die dichten Wolken schienen jedes Geräusch verschluckt zu haben, so still war es.

Ich gab Herrn Koyasu einen ausführlichen Bericht über das, was sich in dieser Woche in der Bibliothek ereignet hatte. Wie immer war nichts Wichtiges passiert, aber zwei oder drei Dinge fand ich doch erwähnenswert. So war einem sechsundsiebzigjährigen Herrn beim Lesen einer Zeitschrift im Foyer übel geworden, wir hatten ihn auf das Sofa verfrachtet, aber dann doch einen Rettungswagen rufen müssen, weil sich sein Zustand nicht besserte (im Krankenhaus wurde schließlich eine leichte Lebensmittelvergiftung festgestellt). Die gestreifte Katze, die im Hinterhof lebte, hatte fünf Junge bekommen. Sehr süße Kätzchen. Mutter und Kinder waren wohlauf, und sobald sie sich ein wenig erholt hatten, wollten wir ein Schild am Eingang anbringen und Halter für sie suchen. Solche Dinge eben. Schließlich waren wir eine friedliche kleine Bibliothek in einem friedlichen kleinen Ort, in dem nichts Weltbewegendes geschah (außer vielleicht, dass der Geist des früheren Bibliotheksleiters ab und zu vorbeischaute).

Dann erzählte ich ihm von meinem Leben in der Stadt mit der hohen Backsteinmauer. Von dem schönen Fluss, den Einhörnern, die durch die Straßen zogen, dem Torwächter, der gewissenhaft seine Messer schärfte, und dem Mädchen in der Bibliothek, das mir den starken Kräutertee zubereitete … Von all dem erzählte ich ihm ausführlich und anschaulich. Vielleicht hatte ich es ihm auch schon einmal erzählt. Trotzdem sprach ich an seinem Grabstein über alles, was mir einfiel.

Der Grabstein schwieg natürlich von Anfang bis Ende. Er antwortete nicht, und sein Ausdruck änderte sich nicht. Wahrscheinlich war ich der Einzige, dessen Ohren meine Worte erreichten. Dennoch erzählte ich weiter. Über die Stadt mit der Mauer gab es so vieles zu berichten, dass ich nie zu einem Ende kam.

Die dichten Wolken schienen sich mit dem Wind langsam nach Süden zu bewegen. Ihr Anblick erinnerte mich daran, dass die Erde sich langsam und unaufhörlich drehte und die Zeit unaufhaltsam voranschritt. Wie zum Beweis flogen die Vögel von Ast zu Ast und zwitscherten ab und zu laut. Die bleiche Melancholie des Wintermorgens umgab mich wie ein unsichtbares Gewand.

In diesem Augenblick nahm ich in einem Winkel meines Gesichtsfeldes etwas wahr. Der Bewegung nach war es weder ein Hund noch eine Katze. Es schien ein Mensch zu sein. Jemand von kleiner Gestalt – auf jeden Fall niemand Großes. Ohne meine Position zu verändern, verfolgte ich die Bewegung nur mit den Augen, damit der Betreffende es nicht merkte.

Die Person versteckte sich hinter dem Grabstein, der jedoch nicht groß genug war, um sie ganz zu verdecken. Der Teil der Kleidung, der herausschaute, war der grüne Kapuzenpullover des Yellow-Submarine-Jungen. Kein Zweifel.

Offenbar besuchte der Junge an diesem Morgen auch das Grab der Koyasus und hatte mich zufällig dort sitzen sehen. Um einer für ihn höchst unangenehmen Begegnung zu entgehen, hatte er sich rasch hinter dem Grabstein versteckt. Wie lange er dort schon hockte, würde ich wohl nie erfahren.

Ob er meine doch sehr persönlichen Bekenntnisse am Grabstein mit angehört hatte? Nicht dass ich besonders laut gesprochen hätte (glaubte ich zumindest), und so nah war mir der Junge auch nicht gewesen. Aber es war auch sehr still – es herrschte buchstäblich Grabesstille. Außerdem hatte er im Verhältnis zu seinem kleinen Körper ziemlich große Ohren. Vielleicht hatte er mit diesen Lauschern mein ganzes Gerede mit angehört.

Aber selbst wenn er jedes meiner Worte gehört hätte, welche Unannehmlichkeiten könnten mir daraus erwachsen? Wäre er ein Junge wie jeder andere, würde er »die ummauerte Stadt« nicht als Tatsache begreifen, sondern als Traumgebilde abtun. Als eine Art Fiktion. Mich würde er wahrscheinlich als einen Menschen »mit einer Neigung zu Fantastereien« einschätzen. Das wäre alles. Aber wie würde die Geschichte in den Ohren eines Jungen mit einem fotografischen Gedächtnis klingen? Wie würde sein Verstand sie verarbeiten?

Langsam erhob ich mich von der Einfriedung, setzte meine Baseballkappe auf, blickte zum Himmel, prüfte die Wetterlage und verließ den Friedhof, als hätte ich den Jungen nicht bemerkt. Ich schaute absichtlich nicht dorthin, wo er sich hinter dem Grabstein versteckt hielt, aber ich wusste, dass er noch da war und mich beobachtete. Unwillkürlich empfand ich Sympathie für ihn. Zumindest dachte er noch an Herrn Koyasu, sonst wäre er an diesem kalten Wintermorgen nicht eigens den ganzen Weg zu dem außerhalb gelegenen Tempelfriedhof hinaufgegangen.

Ich stieg die sechzig Steinstufen hinunter, ging wie immer in den Coffeeshop ohne Namen am Bahnhof und bestellte einen heißen schwarzen Kaffee und einen Blaubeermuffin.

Die Frau mit der karierten Schürze hinter der Theke lächelte mich an. Es war ein natürliches und herzliches Lächeln, das mir sagte: »Ich erkenne Sie wieder.« An diesem Morgen hatte sie viel hinter der Theke zu tun. Anscheinend betrieb sie das kleine Café ganz allein. Ich hatte noch nie jemanden außer ihr dort arbeiten sehen. Aus dem Lautsprecher erklang entspannende Jazzmusik in genau der richtigen Lautstärke. Ein Klaviertrio spielte eine schöne Aufnahme von »Star Eyes«, aber der Name des Pianisten fiel mir nicht ein.

Nachdem ich mich, durchgefroren, wie ich war, im Coffeeshop aufgewärmt hatte, ging ich nicht sofort nach Hause, sondern machte noch einen Abstecher in die Bibliothek, um nach der Katzenfamilie im Hinterhof zu sehen. Die Katzen lagen geschützt vor Wind und Regen unter der alten Veranda. Jemand hatte ihnen aus einem Pappkarton und einer alten Decke einen Schlafplatz eingerichtet. Die Katzenmutter zeigte kein besonderes Misstrauen gegenüber Menschen (sie wurde regelmäßig von den Mitarbeiterinnen der Bibliothek gefüttert), und auch als ich näher kam, wurde sie nicht unruhig und schaute nur kurz auf. Die Kätzchen, deren Augen sich noch nicht ganz geöffnet hatten, wimmelten, ihrem Geruchssinn folgend, wie kleine Maden um die Zitzen der Mutter, während diese ihre Jungen mit halb geschlossenen Augen liebevoll betrachtete. Ich beobachtete sie aus einiger Entfernung und konnte mich kaum losreißen.

Und dann fiel mir wieder ein, dass ich in der ummauerten Stadt – wie das Mädchen es mir angekündigt hatte – nie einen Hund oder eine Katze gesehen hatte. Es gab nur die Weidetiere mit dem einen Horn. Und Nachtvögel (obwohl ich auch die nur gehört hatte). Auch Insekten hatte ich nie gesehen. Woran das wohl lag?

Wahrscheinlich wurden sie nicht gebraucht. Denn in der Stadt gab es nichts Unnötiges. Nur das Notwendige, nur das Unentbehrliche war erlaubt. Und vielleicht war auch ich in der Stadt gebraucht worden. Zumindest eine gewisse Zeit lang.

Wieder zu Hause, wärmte ich mir auf dem Gasherd die Steckrübensuppe auf, die ich mir vorgekocht hatte. Und dachte noch einmal über den Yellow-Submarine-Jungen nach. Warum besuchte er am frühen Montagmorgen die Grabstätte der Koyasus? War es nur ein formeller Friedhofsbesuch gewesen (meine Intuition sagte mir, dass es wahrscheinlich nicht so war)? Und wusste er es? Wusste er, dass Koyasus Seele noch immer an der Grenze zwischen Diesseits und Jenseits verweilte und er sich uns gelegentlich in seiner Gestalt als Lebender zeigte?

Es hätte mich nicht überrascht. Ich wusste, dass Herr Koyasu als Geist auf Erden wandelte, und Frau Soeda wusste es auch. Es wäre nicht verwunderlich gewesen, wenn auch der Junge, um den sich Herr Koyasu gekümmert hatte, davon gewusst hätte. Koyasu hatte noch einige unerledigte Dinge zu regeln, und sein Geist führte sozusagen nach seinem Tod die laufenden Geschäfte weiter. Sich um den Yellow-Submarine-Jungen zu kümmern, war wahrscheinlich eines dieser »unerledigten Dinge«.

Der Junge kam auch danach weiterhin ausnahmslos jeden Tag in die Bibliothek und las ein Buch nach dem anderen (ohne zu Mittag zu essen). Frau Soeda zeigte mir die Liste der Bücher, die er seit dem vorletzten Frühjahr gelesen hatte. Sie war erstaunlich vielfältig und umfasste eine enorme Anzahl von Titeln und Namen, von Immanuel Kant bis Motoori Norinaga und Franz Kafka, von islamischen Schriften bis zu Werken über Genetik, von der Biografie von Steve Jobs bis zu

Eine Studie in Scharlachrot von Arthur Conan Doyle, von der Geschichte der Atom-U-Boote bis zu den Romanen von Nobuko Yoshiya, vom letzten *Nationalen Jahrbuch der Landwirtschaft* bis zu Stephen Hawkings *Eine kurze Geschichte der Zeit* und den Memoiren von Charles de Gaulle.

Erstaunen oder eher Schwindel überkam mich bei dem Gedanken, dass er all diese Informationen und dieses Wissen in seinem Gehirn gespeichert hatte. Außerdem beschränkte sich die Leseliste, die ich vor mir hatte, auf die Bücher, die er in unserer Bibliothek lesen konnte. Selbst Frau Soeda wusste nicht, wie viele Bücher er vielleicht noch anderswo gelesen hatte. Was bedeutete ihm dieses enorme Wissen? Was nützte es ihm?

Rückblickend allerdings hatte ich mich mit sechzehn oder siebzehn wahrscheinlich ähnlich verhalten. Auch ich hatte wie ein Besessener gelesen und mir den Kopf mit allem möglichen Wissen vollgestopft, sodass ich mich im Nachhinein hätte fragen können, warum ich das alles so verschlungen hatte. Denn damals hatte ich erst begonnen, mir die Fähigkeit und Technik anzueignen, zwischen für mich nützlichem und weniger nützlichem Wissen zu unterscheiden.

Vielleicht tat der Junge genau das, nur in viel größerem Maßstab. Der Wissensdurst eines jungen Menschen war unerschöpflich. Wie viele Informationen er auch aufnahm, es waren nie genug, denn die Welt quoll über von einer absurden Fülle an Informationen. So groß die individuellen Fähigkeiten auch sein mochten, die Aufnahmefähigkeit hatte immer eine natürliche Grenze. Es war, als versuchte man einen Ozean mit einem Eimer auszuschöpfen – egal, wie groß oder klein der Eimer war.

»Kommt es auch vor, dass er ein angefangenes Buch abbricht, weil es ihm zu langweilig wird?«, fragte ich Frau Soeda.

»Nein, soweit ich sehen kann, liest er alle angefangenen Bücher auch zu Ende. Er hört nie mittendrin auf. Für ihn sind Bücher nichts, was er wie andere Menschen danach beurteilt oder auswählt, ob sie langweilig oder unterhaltsam sind, ob sie sein Interesse wecken oder nicht. Für ihn ist ein Buch ein Informationsbehälter, den er bis in den letzten Winkel ausschöpfen muss, ohne auch nur eine Zeile auszulassen. Wer zum Beispiel einen Roman von Agatha Christie spannend findet, wird danach wahrscheinlich noch mehr Bücher von ihr lesen. Aber das ist bei ihm nicht der Fall. Es besteht kein Zusammenhang zwischen den Büchern, die er auswählt.

»Aber wird dieses gründliche, informationsorientierte Lesen bei ihm für immer anhalten? Oder ist das eine Phase in seinem Alter, die sich irgendwann von selbst legen wird? So ausgeprägt seine besonderen Fähigkeiten auch sein mögen, diese leidenschaftliche Wissensaufnahme hat sicher Grenzen.«

Frau Soeda schüttelte hilflos den Kopf. »Das weiß ich auch nicht. Jedenfalls geht das, was der Junge macht, weit über den Horizont eines normalen Menschen hinaus.«

»Hat sich Herr Koyasu vor seinem Tod zu den Lesegewohnheiten des Jungen geäußert?«

»Nein, er äußert sich nie«, sagte Frau Soeda. Im Präsens. Dann schürzte sie die Lippen. »Er sieht ihn nur mit verschränkten Armen an und lächelt. Wie immer.«

47

Nachdem ich den Jungen am Montagmorgen hinter dem Grabstein auf dem Friedhof gesehen hatte, schien er ein größeres Interesse an meiner Person zu haben als zuvor. Das war zumindest mein Eindruck. Nicht dass etwas Besonderes passiert wäre, dass er mich angestarrt hätte oder so etwas. Nur ab und zu spürte ich, dass sein Blick mich streifte, meist am Rücken. Sein Blick hatte eine eigene Intensität, als würde er durch den Stoff meines Jacketts die Haut berühren. Aber ich nahm weder Feindseligkeit noch eine böse Absicht darin wahr. Wahrscheinlich war es Neugier.

Oder er war überrascht, dass ich, der ich Herrn Koyasu zu Lebzeiten nie begegnet war, sein Grab besuchte und dann auch noch ein langes Selbstgespräch an diesem Grab führte. Damit hatte ich wohl sein Interesse geweckt.

Mir war unklar, wie viel von dem, was ich an Koyasus Grab gesagt hatte, er mit angehört hatte. Doch ob er nun alles verstanden hatte oder gar nichts, spielte keine Rolle. In jedem Fall war er nicht der Typ, der jemandem davon erzählen würde.

Eigentlich redete er ohnehin so gut wie mit niemandem. Anfangs hatte ich sogar geglaubt, er könne vielleicht nicht sprechen.

Laut Frau Soeda redete er nur mit einer sehr begrenzten Anzahl von Menschen bei einer sehr begrenzten Anzahl von Gelegenheiten. Dann nuschelte er leise und fast unhörbar so wenige Worte wie möglich. Und an den Tagen, an denen er mit niemandem sprechen wollte (was etwa der Hälfte aller Tage entsprach), übermittelte er alle Nachrichten schriftlich. Dazu hatte er immer ein kleines Spiralheft und einen Kugelschreiber in der Tasche. Bis zu dem Tag, an dem er mich nach meinem Geburtsdatum fragte, hatte ich seine Stimme noch nie gehört (aus irgendeinem Grund artikulierte er sehr deutlich, wenn er jemanden nach seinem Geburtsdatum fragte).

Selbst wenn er also jedes Wort, das ich an Herrn Koyasus Grab gesagt hatte, gehört und sich an jedes Detail erinnert hätte, war es höchst unwahrscheinlich, dass er jemandem davon erzählte.

Als ich eines Tages um die Mittagszeit einen Blick in den Lesesaal warf, war der Junge nicht da. An seinem üblichen Fensterplatz lag kein Buch, und auch von einem Mantel oder Rucksack war nichts zu sehen. Das war höchst ungewöhnlich. Normalerweise aß er nicht zu Mittag und las bis gegen drei Uhr, ohne auch nur aufzublicken.

»Ich sehe den Jungen nicht. Ist etwas mit ihm?«, fragte ich Frau Soeda.

Sie lächelte ein wenig. »Er ist im Hof und guckt sich die Kätzchen an. Er liebt Katzen. Aber er darf keine haben, weil sein Vater sie nicht mag. Deshalb schaut er sie sich hier an.«

Ich verließ die Bibliothek und ging durch den Flur in den Hof. Ich dämpfte meine Schritte, damit der Junge mich nicht bemerkte. Er trug eine dunkelblaue Daunenjacke über seinem üblichen grünen Kapuzenpulli. Konzentriert und reglos hockte er vor der Veranda und beobachtete die Katzenfamilie wie jemand, der zusieht, wie die Erde erschaffen wird, und entschlossen ist, nichts davon zu verpassen.

Hinter einem dicken Kiefernstamm verborgen, sah ich ihm zehn bis fünfzehn Minuten lang zu. Während der ganzen Zeit rührte er sich nicht vom Fleck und veränderte seine Haltung nicht im Geringsten. Ganz so, als wäre er im Lesesaal in seine Lektüre vertieft.

»Guckt er die Katzen immer so an?«, fragte ich Frau Soeda, als ich zur Theke zurückkehrte.

»Ja, ich glaube, er schaut sie jeden Tag etwa eine Stunde lang an. Sehr konzentriert. Wenn er sich einmal auf etwas konzentriert, kann es regnen oder schneien oder ein kalter Wind wehen, das stört ihn überhaupt nicht.

»Er schaut sie bloß an?«

»Ja, er berührt sie nie und spricht auch nicht mit ihnen. Er betrachtet sie nur aus etwa zwei Metern Entfernung. Mit einem sehr ernsten Blick. Die Katzenmutter ist an ihn gewöhnt und nicht alarmiert, wenn er sich nähert. Ich glaube, es würde sie nicht einmal stören, wenn er seine Hand ausstrecken und sie berühren würde, aber das tut er nicht, er beobachtet sie nur aufmerksam aus der Ferne.«

Nachdem der Junge den Hof verlassen hatte, ließ ich mich in der Nähe der Katzen nieder und beobachtete sie so unauffällig wie möglich. Die Kleinen öffneten die Augen inzwischen immer weiter, und ihr Fell glänzte stärker als zuvor.

Die Mutter kniff vor lauter Zärtlichkeit die Augen zusammen und leckte den Kleinen ständig das Fell. Ich wäre gern näher an sie herangegangen und hätte sie gestreichelt, aber ich hielt mich zurück. Ich wollte nachempfinden, wie der Junge die Katzenfamilie so lange und inbrünstig angeschaut hatte. Aber natürlich gelang es mir nicht.

Eine Woche später fotografierten die Mitarbeiterinnen der Bibliothek die Kätzchen und machten einen Aushang – »Pflegefamilien für Kätzchen gesucht« – am Schwarzen Brett am Eingang. Da die Kätzchen so süß und die Fotos so gelungen waren, dauerte es nicht lange, bis alle fünf ein Zuhause gefunden hatten. Ein Kätzchen nach dem anderen wurde der Mutter weggenommen, die sich nicht wehrte, doch als nach ein paar Tagen das letzte Kätzchen verschwunden war, geriet sie in Panik. Sie lief im ganzen Garten herum und suchte. Wir hörten, wie sie verzweifelt nach ihren Jungen rief, und die Kolleginnen in der Bibliothek waren voller Mitgefühl, obwohl sie wussten, dass es nicht zu ändern war. Nach ein paar Tagen aber gab die Katzenmutter ihre Suche auf und kehrte zu ihrem Verhalten vor der Geburt der Jungen zurück. Wahrscheinlich würde sie im nächsten Jahr wieder fünf oder sechs Kätzchen unter der Veranda zur Welt bringen und aufziehen. Ich hatte keine Ahnung, was der Yellow-Submarine-Junge über das Verschwinden der Kätzchen dachte. Frau Soeda wusste es auch nicht, denn er erwähnte das Fehlen der Kätzchen nie. Er gab nur seine tägliche Gewohnheit auf, in den Hof zu gehen, um nach ihnen zu sehen. So als hätte es die ganze Sache von Anfang an nicht gegeben.

Wenn der Junge nicht den grünen Kapuzenpullover mit

dem Yellow-Submarine-Aufdruck trug, hatte er einen braunen Pullover mit dem Aufdruck einer Figur aus dem Film *Yellow Submarine* an. Es war ein seltsames Wesen mit blauem Gesicht, rosa Ohren und braunem Fell. Ich hatte den Film zwar gesehen, konnte mich aber nicht mehr an den Namen der Figur erinnern. Ich erinnerte mich höchstens an John Lennons Song vom Nowhere Man, der im Nowhere Land lebte.

Zu Hause recherchierte ich im Internet zu den Figuren aus *Yellow Submarine* und fand heraus, dass der Name der sonderbaren Figur mit dem blauen Gesicht Jeremy Hillary Boob, Ph.D. lautete. Boob ist Pianist, Botaniker, Altphilologe, Zahnarzt, Physiker, Satiriker ... ein Mann, der alles und nichts kann.

Der Junge musste eine besondere Vorliebe für den Film haben. Warum sonst trug er immer diesen Pulli mit dem gelben U-Boot oder zumindest den mit dem Bild von Jeremy Hillary Boob, Ph.D.? Ich vermutete, dass seine Mutter ihm regelmäßig den U-Boot-Pulli entriss, um ihn in die Waschmaschine zu stecken. Quasi zwangsweise. Dann zog er als nächstbeste Option den mit Jeremy Hillary Boob, Ph.D. an.

Bei meinen Recherchen zu Jeremy Hillary Boob, Ph.D. bekam ich Lust, mir *Yellow Submarine* anzusehen (das letzte Mal war über zwanzig Jahre her, und ich hatte den Inhalt so gut wie vergessen). Also ging ich zum Videoverleih am Bahnhof, aber *Yellow Submarine* war nicht verfügbar. Die einzigen Beatles-Filme im Regal waren *A Hard Day's Night* und *Help!*. Sicherheitshalber fragte ich noch einmal nach, bekam aber zur Antwort, dass sie *Yellow Submarine* nicht im Sortiment hätten.

Ich hätte gern zumindest eine Ahnung davon gehabt, was den Jungen an diesem Film so faszinierte.

Der Junge trug jeden Tag die gleichen Sachen. Wenn nicht den Pullover mit dem gelben U-Boot, dann den mit Jeremy Hillary Boob, Ph.D. Immer einen von beiden. Dazu verwaschene Jeans und schwarze Basketballschuhe, deren Schnürsenkel er sich um die Knöchel wickelte. Ich konnte mich nicht erinnern, ihn jemals in etwas anderem gesehen zu haben.

Frau Soeda zufolge stammte der Junge aus einer gut situierten Familie, und seine Mutter hing sehr an ihrem jüngsten Sohn. Es wäre für sie ein Leichtes gewesen, dem Jungen neue Kleidung zu kaufen. Ich konnte also nur annehmen, dass der Junge die Sachen auf eigenen Wunsch trug, weil sie ihm so gefielen. Oder war er einfach so stur, dass er sich weigerte, neue Sachen zu tragen? Das konnte ich nicht wissen.

So kam er jeden Tag, sobald die Bibliothek öffnete, in derselben Kleidung, mit demselben grünen Rucksack auf dem Rücken zu uns. Er setzte sich stets auf denselben Platz, sprach mit niemandem und las jedes Buch von vorn bis hinten. Er aß nicht zu Mittag, trank aber ab und zu aus einer Flasche Mineralwasser, die er bei sich hatte. Kurz nach drei Uhr nachmittags klappte er sein Buch zu, stand auf, nahm den Rucksack und verließ wortlos die Bibliothek. Das wiederholte sich Tag für Tag.

Niemand wusste, ob sein Alltag ihn befriedigte oder ob er so etwas wie Freude daran hatte. An seinem Gesicht ließ sich nichts ablesen. Aber es musste äußerst wichtig für ihn sein, diese tägliche Routine Schritt für Schritt genau einzuhalten. Wahrscheinlich war dabei die Wiederholung das wichtigere Ziel als der Inhalt dessen, was er tat.

Am folgenden Montagmorgen besuchte ich erneut das Grab der Familie Koyasu. Um genau die gleiche Uhrzeit wie in der Woche zuvor. Nachdem ich für den Frieden der Familie gebetet hatte, wandte ich mich wieder dem Grabstein zu. Ich erzählte ihm von den kleinen Begebenheiten, die sich während der Woche in der Bibliothek ereignet hatten, von dem, was mich bewegte, und auch diesmal von meinem Alltag in der ummauerten Stadt. An diesem Tag riss die Wolkendecke auf, die lange den Himmel bedeckt hatte, und endlich wärmten wieder einmal Sonnenstrahlen die Erde. Der einige Tage zuvor gefallene Schnee schmolz und bildete hier und da starre weiße Inselchen.

Während ich stockend meinen Monolog fortsetzte, beobachtete ich ununterbrochen die Umgebung. Aber von dem Yellow-Submarine-Jungen war nichts zu sehen, und ich hatte auch nicht das Gefühl, beobachtet zu werden. Außer dem üblichen Gezwitscher der Wintervögel drang kein Laut an mein Ohr. Anscheinend waren sie damit beschäftigt, in den Bäumen rund um den Friedhof nach Samen und Insekten zu suchen. Ab und zu hörte ich das Klopfen eines Spechtes.

In der Abwesenheit des Jungen fühlte ich mich ein wenig einsam und fehl am Platz. Vielleicht hatte ich insgeheim gehofft, er würde sich irgendwo hinter einem Grabstein verstecken und mich belauschen. Vielleicht wünschte ich mir sogar, der Junge würde mir zuhören und nicht nur Herr Koyasu.

Aber warum?

Ich konnte es mir nicht erklären. Es war einfach so ein Gefühl. Aus reiner Neugier? Vielleicht wollte ich wissen, was der Junge empfinden würde, wie er reagieren würde, wenn er von der Stadt mit der hohen Mauer hörte.

Plötzlich bemerkte ich, dass ab und zu ein kalter Windstoß zwischen den Gräbern hindurchfegte. Die kahlen Äste der Bäume ächzten gequält. Ich band meinen Kaschmirschal fester und blickte zum Himmel. Die Wintersonne schien hell und warm, aber ihre Strahlen reichten nicht aus. Die Welt – Menschen, Katzen und ziellos umherirrende Geister – sehnte sich nach mehr Licht und Wärme.

Der Yellow-Submarine-Junge zeigte sich an diesem Montagmorgen nicht am Grab der Koyasus. Vielleicht wollte er mich nicht stören. Oder er wollte selbst bei seinem Besuch auf dem Friedhof von niemandem gesehen werden und hatte deshalb beschlossen, ihn auf den Nachmittag zu verschieben.

Wie immer blieb ich etwa eine halbe Stunde lang und machte mich dann wieder auf den Weg. Wie es meine Gewohnheit geworden war, ging ich in den Coffeeshop ohne Namen im Bahnhof, trank einen heißen schwarzen Kaffee und aß einen Blaubeermuffin, während ich die Morgenzeitung las und Errol Garners »April in Paris« aus den Lautsprechern an der Wand hörte. Ich wandelte einfach auf meinen Spuren der letzten Woche. Nicht nur der Yellow-Submarine-Junge liebte Wiederholungen. War, so gesehen, nicht auch mein Leben eine Wiederholung des Immergleichen? Und wie bei dem Jungen hatte diese Vorliebe für Routine vielleicht auch in meinem Leben einen Sinn.

So war es auch mit meiner Kleidung. Früher in der Firma hatte ich immer sehr auf mein Äußeres geachtet. Ich hatte meine Hemden gebügelt (sehr gewissenhaft jeden Montag) und täglich frische Sachen angezogen. Die Krawatten hatte ich in Farbe und Muster passend ausgewählt. Aber seit ich die Firma verlassen hatte und hierhergezogen war, konnte ich mich kaum noch daran erinnern, was ich gerade anhatte. Plötzlich fiel mir auf, dass ich seit einer Woche denselben Pullover und dieselbe Hose trug. Und ich hatte es nicht einmal gemerkt. Es stand mir weiß Gott nicht zu, mich über einen Jungen lustig zu machen, weil er immer denselben Pullover trug.

Dieses Desinteresse an meiner Kleidung bedeutete aber nicht, dass ich im Alltag nachlässig geworden war. Wie immer achtete ich sehr auf Sauberkeit. Ich rasierte mich jeden Morgen, wechselte die Unterwäsche und wusch mir täglich die Haare. Dreimal am Tag putzte ich mir die Zähne. Ich war noch immer ein ordentlicher Junggeselle, der an seinen Gewohnheiten festhielt. Nur war mir aufgefallen, dass ich immer denselben Pullover und dieselbe Hose trug. Es schien mir sogar unbewusst ein gewisses Vergnügen zu bereiten.

Fast vier Wochen waren vergangen, seit ich Herrn Koyasu zuletzt gesehen hatte. Es war das erste Mal, dass er sich mir so lange nicht gezeigt hatte.

»Dass meine Seele diese Gestalt annehmen kann, ist nur eine vorübergehende Erscheinung. Bald werde ich ganz verschwinden«, hatte Herr Koyasu einmal bedeutungsschwer gesagt. Vielleicht war diese »vorübergehende« Zeit verstrichen und seine Seele verschwunden. Vielleicht war sie ins Nichts gesaugt worden und würde nie mehr zur Erde zurückkehren.

Der Gedanke machte mich traurig. Es war, als hätte ich einen sehr guten Freund verloren. Im Nachhinein betrachtet hatte Herr Koyasu diese Welt bereits verlassen, als ich ihn kennenlernte. Kurz gesagt, er war ein »Toter«. Auch wenn seine Seele hier (schon einmal) für die Ewigkeit verschwunden war – bedeutete das nicht lediglich, dass ein bereits Verstorbener eine noch tiefere Stufe des Todes erreicht hatte?

Diese Vorstellung versetzte mich in eine seltsame, stille Traurigkeit, die man als metaphysisch bezeichnen könnte und die sich ein wenig von der Traurigkeit über den Verlust eines Lebenden unterschied. Diese Trauer war nicht schmerzhaft. Es war einfach nackte Traurigkeit. Indem ich diese *weitere* Stufe seines Todes akzeptierte, fühlte ich mich der Gewissheit des Nichts ungewöhnlich nahe. So nah, dass ich nur meine Hand hätte ausstrecken müssen, um es zu berühren.

Am Tag nach dem Ruhetag ging ich zu Frau Soeda und fragte sie leise, ob sie Herrn Koyasu in letzter Zeit gesehen habe. Sie schaute auf und sah mich ernst an, bevor sie sich aufmerksam umblickte.

»Nein, jetzt, wo Sie es sagen, habe ich ihn schon länger nicht mehr gesehen. So lange wie noch nie zuvor … Und Sie?«

Ich schüttelte einige Male leicht den Kopf. Dann ging ich zurück in mein Büro.

Wir sprachen danach nicht mehr über Herrn Koyasu, aber ich konnte es an ihrem Tonfall und ihrem Gesichtsausdruck ablesen: Frau Soeda verspürte ebenso wie ich Traurigkeit über die beispiellos lange Abwesenheit von Herrn Koyasu – darüber, dass der Geist des ehemaligen Bibliotheksdirektors nicht mehr täglich in der Bibliothek zugegen war. Durch Herrn Koyasus »Abwesenheit« waren Frau Soeda und ich zu Komplizen geworden, die ein gemeinsames Geheimnis teilten.

Eines Nachmittags suchte mich Frau Soeda in dem quadratischen Raum im Keller auf, in dem ich arbeitete. Sie klopfte leise an und trat ein, als ich »Herein« rief. In der Hand hielt sie einen großen Aktenumschlag, den sie auf meinen Schreibtisch legte.

»Den hat mir M** zur Aufbewahrung gebracht. Ich soll Ihnen den Umschlag geben.«

M** war der Yellow-Submarine-Junge.

»Mir?«

Frau Soeda nickte. »Es scheint etwas Wichtiges zu sein. Er sah sehr ernst aus.«

»Was könnte das sein?«

Frau Soeda zuckte leicht mit den Schultern, als wüsste sie es nicht. Ihr Brillengestell reflektierte einen Lichtstrahl.

Ich nahm den Umschlag. Er war sehr leicht. Eigentlich wog er fast nichts. Er enthielt vielleicht ein oder zwei Blatt A4-Papier. Auf dem Umschlag selbst stand nichts, weder Empfänger noch Absender. Seine Schwerelosigkeit löste eine seltsame Spannung in mir aus.

Ein Brief? Nein, einen Brief hätte er gefaltet und in einen kleineren Umschlag gesteckt.

»Der Junge kommt ja nun schon lange zu uns, aber so etwas hat er noch nie gemacht«, sagte Frau Soeda und kniff die Augen zusammen, wie um ihre Worte zu unterstreichen. »Ich meine, etwas von sich aus an jemanden zu schicken.«

»Ist er noch in der Bibliothek?«

»Nein, er hat mir den Umschlag anvertraut und ist gegangen.«

»Und er sagte, Sie sollen ihn mir geben, ja?«

»Ja, das war alles. Mehr nicht.«

»Was hat er denn genau gesagt? ›Geben Sie das bitte dem neuen Bibliotheksleiter‹ oder so?«

»Nein, er kannte Ihren Namen.«

Ich bedankte mich bei Frau Soeda, und sie kehrte mit schwingendem hellgrünem Glockenrock an ihren Arbeitsplatz zurück. Das Bild ihrer wohlgeformten Waden blieb auf meiner Netzhaut zurück.

Ich ließ den Umschlag noch eine Weile auf meinem Schreibtisch liegen, denn ich konnte mich nicht dazu durchringen, ihn sofort zu öffnen. Ich hatte das Gefühl, mich innerlich vorbereiten zu müssen. Warum und wie ich mich vorbereiten sollte, konnte ich mir nicht erklären. Aber es war besser, den Umschlag nicht gleich zu öffnen, sondern ihn erst einmal liegen zu lassen, wie man etwas, das zu heiß ist, erst abkühlen lässt. Das sagte mir mein Instinkt.

So blieb der Umschlag ungeöffnet auf dem Schreibtisch liegen, während ich am Ofen saß und ins Feuer blickte. Die Flammen waren wie lebendige Wesen. Sie vibrierten zart wie meisterhafte Tänzerinnen und Tänzer, sie züngelten, loderten auf, seufzten von Zeit zu Zeit tief, sanken in sich zusammen und flackerten wieder auf. Sie schienen beredt zu sprechen, dann wieder aufmerksam zu lauschen. Sie fletschten die Zähne, verdrehten die Augen, schlossen sie fest. Ich beobachtete sie aufmerksam, in der Hoffnung, sie hätten mir etwas Wichtiges zu sagen. Aber dem war nicht so. Nicht einmal einen Hinweis konnten sie mir geben. Nur die Zeit verging still. Aber das war nicht wichtig. Was ich brauchte, war, dass die Zeit anständig verging.

Ich ging zurück an meinen Schreibtisch und griff nach dem Umschlag. Ich schlitzte ihn vorsichtig mit einem Brieföffner auf, um das Innere nicht zu beschädigen. Wie erwartet befand sich nur ein einziges DIN-A4-Blatt darin. Ich war ein wenig erleichtert, dass der Umschlag nicht leer war. Denn wäre er leer gewesen, hätte sich also nichts darin befunden, dann hätte mich das nicht wenig verwirrt.

Behutsam zog ich das weiße Blatt aus dem Umschlag. Auf dem Papier war eine feine Zeichnung mit schwarzer Tinte. Keine Schrift. Als ich die Zeichnung auf meinem Schreibtisch ausgebreitet hatte, sog ich scharf die Luft ein. Was ich da sah, traf mich so hart, als hätte mir jemand einen heftigen Schlag in den Rücken versetzt, der jede Logik und jeden Zusammenhang sauber aus mir herausprügelte. Ich spürte körperlich, wie der ganze Raum ins Wanken geriet. Ich verlor das Gleichgewicht und krallte mich mit beiden Händen am Schreibtisch fest. Einen Moment lang war ich sprachlos und unfähig, einen klaren Gedanken zu fassen.

Das Blatt Papier zeigte einen genauen Plan von der Stadt mit der Mauer.

48

Lange starrte ich sprachlos auf die Karte.

Kein Zweifel, es handelte sich um einen Plan der von der hohen Backsteinmauer umgebenen Stadt.

Der schöne Fluss, der sich durch die Stadt schlängelte und sie von außen nierenförmig umschloss (im unteren Teil gab es eine *Einbuchtung*) und in den unheimlichen tiefen *See* mündete. Einziger Ein- und Ausgang war das Tor. Dort die Hütte des Torwächters. Dann die drei alten Steinbrücken über den Fluss (deren Alter niemand kannte), der ausgetrocknete Kanal, die Uhr ohne Zeiger und die Bibliothek ohne ein einziges Buch.

Es war ein einfacher, fast skizzenhafter Plan (der an die europäischen Holzschnittkarten des Mittelalters erinnerte). Bei genauerem Hinsehen entdeckte ich einige kleine Fehler (beispielsweise waren die Sandbänke im Fluss im Verhältnis zu klein dargestellt und weniger zahlreich als in Wirklichkeit). Aber im Grunde war alles erstaunlich genau. Wie hatte der Junge eine derart präzise Karte von einer Stadt zeichnen können, die er (mutmaßlich) noch nie gesehen hatte? Ich selbst hatte es mehrmals versucht, aber es war mir einfach nicht gelungen.

Ich konnte mir vorstellen, dass er sich (nicht nur das eine Mal, als ich ihn bemerkt hatte) irgendwo auf dem Friedhof versteckt gehalten, mich am Grab von Herrn Koyasu belauscht und dann mithilfe seiner so über die »ummauerte Stadt« gesammelten Erkenntnisse die Karte zu Papier gebracht hatte. Vielleicht beherrschte er auch die Kunst des Lippenlesens. Das war die einzige halbwegs vernünftige Erklärung, die mir einfiel.

Aber war so etwas überhaupt möglich? Was ich auf dem Friedhof von mir gegeben hatte, waren kaum mehr als die abgerissenen Fetzen eines Selbstgesprächs gewesen. Ich hatte die Geschichte in unzusammenhängender Reihenfolge erzählt, so wie sie mir gerade in den Sinn gekommen war, und war dabei ständig von einem Ereignis zum anderen, von einer Szene zur nächsten gesprungen. Hatte er diese bruchstückhaften, unzusammenhängenden Informationen wie ein Puzzle zusammengesetzt und anhand dessen die Karte erstellt?

Dann hatte er nicht nur ein fotografisches Gedächtnis, sondern auch die außergewöhnliche Fähigkeit, Gehörtes umzusetzen. Wenn ich mich recht erinnere, gab es auch Menschen mit Savant-Syndrom, die ein einmal gehörtes Musikstück, egal, wie lang und kompliziert es war, exakt wiedergeben konnten, ohne auch nur einen Ton zu verfehlen. Mozart soll einer von ihnen gewesen sein.

Ich wusste genau, dass ich am Grab von Herrn Koyasu von der ummauerten Stadt gesprochen hatte, aber ich konnte mich später kaum an den konkreten Inhalt meiner Worte erinnern oder daran, wie ich sie beschrieben hatte. Ich hatte davon gesprochen, als erinnerte ich mich an einen besonders realistischen Traum, den ich irgendwann einmal gehabt hatte, oder besser gesagt: als durchlebte ich ihn noch einmal. In einer Art halb bewusstem Zustand.

Hatte ich zum Beispiel den Turm mit der Uhr ohne Zeiger erwähnt? Wahrscheinlich, denn der Uhrturm war auf der Karte des Jungen eingezeichnet, und obwohl es nur eine einfache Skizze war, sah sie dem echten Uhrturm sehr ähnlich. Und die Uhr hatte keine Zeiger. Wobei ich nicht garantieren konnte, dass sich meine Erinnerungen im Nachhinein nicht verändert hatten. Ich wusste nicht, was vorher und was nachher war und welcher Logik all das folgte, aber es konnte sein, dass ich meine Erinnerungen unbewusst der Karte des Jungen anpasste.

Je mehr ich darüber nachdachte, desto weniger wusste ich. Was war Ursache, was Wirkung? Wie weit reichten die Fakten, und wo begannen die Vermutungen?

Ich schob die Karte zurück in den Umschlag, legte ihn auf den Schreibtisch, verschränkte die Hände im Nacken und starrte ins Leere. Das Nachmittagslicht fiel durch das längliche Milchglasfenster knapp über dem Boden, und es roch leicht nach den Apfelbäumen, die ich als Brennholz verwendete. Auf dem Ofen zischte der schwarze Kessel leise und stieß weißen Dampf aus. Als würde eine große Katze im Tiefschlaf schnaufen.

Ich hatte den vagen Eindruck, dass um mich herum etwas langsam Gestalt annahm. Vielleicht ergriff eine Kraft unmerklich von mir Besitz und führte mich allmählich irgendwohin. Ich wusste nicht, ob dieser Prozess gerade erst begonnen hatte oder schon länger im Gange war.

Was ich gerade noch erkennen konnte, war, dass ich mich unweit der Grenze zwischen »Diesseits« und »Jenseits« zu befinden schien. Genau wie der Raum im Souterrain. Er lag weder über noch unter der Erde, und das dort einfallende Licht war schwach und gedämpft. Wahrscheinlich war ich in eine Welt des Zwielichts versetzt worden. An einen subtilen Ort, von dem man nicht genau sagen konnte, *auf welcher Seite* er lag.

Wieder nahm ich den Umschlag von meinem Schreibtisch, zog die Karte heraus und betrachtete sie lange und aufmerksam. Irgendwann merkte ich, dass die Karte mich bis ins Innerste erschütterte. Nicht im metaphorischen Sinne, sondern buchstäblich und körperlich. Ich zitterte wie ein Wackelpudding in einem unaufhörlichen Erdbeben.

Während ich die Karte betrachtete, kehrte ich in Gedanken unwillkürlich in die ummauerte Stadt zurück. Sobald ich die Augen schloss, hörte ich das Rauschen des Flusses, der sie durchströmte, und die klagenden Rufe der Nachtvögel. Ich hörte den Torwächter morgens und abends in sein Horn stoßen, hörte das Getrappel der Hufe auf dem Kopfsteinpflaster. Ich hörte den gelben Regenmantel des Mädchens neben mir rascheln. Es klang, als würden die Ränder der Welten aneinander reiben.

Die Realität um mich herum schien knirschend ins Wanken zu geraten – wenn es sich denn überhaupt um die Realität handelte.

49

Den ganzen nächsten Tag lang ließ der Yellow-Submarine-Junge sich nicht in der Bibliothek blicken, was ziemlich außergewöhnlich war.

»Anscheinend kommt er heute nicht«, sagte ich zu Frau Soeda an der Theke, nachdem ich mich im Lesesaal umgesehen hatte.

»Ja, sieht so aus«, sagte sie. »Solche Tage gibt es. Wahrscheinlich geht es ihm nicht so gut.«

»Das kommt also auch vor?«

»Ja, sogar regelmäßig. Nicht dass er Vorerkrankungen hätte, aber manchmal scheint ihm die Kraft zum Aufstehen zu fehlen. Seine Mutter meint, es könnte ein neurologisches Problem sein. Und nach drei, vier Tagen Bettruhe würde es ihm besser gehen. Er muss nicht einmal zum Arzt.«

»Das heißt, er bleibt einfach drei, vier Tage liegen.«

»Als würde er seine leere Batterie wieder aufladen«, sagte Frau Soeda.

Ich konnte mir vorstellen, dass tatsächlich so etwas wie ein Aufladevorgang stattfand. Seine (beinahe jede menschliche

Vorstellung übersteigenden) Fähigkeiten arbeiteten vielleicht so überaktiv, dass sie die Kapazität seines physischen Systems sprengten beziehungsweise sein physisches System sie nicht mehr bewältigen konnte. Vielleicht hatte er eine eingebaute Sicherung, die automatisch heraussprang, wenn sein Stromkreis überlastet wurde. Dann musste er sich eine Weile ausruhen, bis sein überhitztes System abgekühlt war und sein Körper sich auf natürliche Weise erholt hatte. In Anbetracht des Zeitpunkts, so mein Verdacht, hätte die Erstellung des Stadtplans – eine besonders energieintensive Aufgabe – diesmal durchaus die Ursache für seinen Systemausfall sein können.

»Wie Sie wissen«, fuhr Frau Soeda fort, »hat der Junge außergewöhnliche Fähigkeiten, aber er befindet sich natürlich noch im Wachstum. Wahrscheinlich reichen seine körperlichen Kräfte oder seine mentalen Schutzmechanismen nicht aus, um das alles zu verkraften. Es ist besorgniserregend, ihn zu beobachten.«

»Er braucht jemanden, der sich um ihn kümmert und ihn anleitet.«

»Ja, Sie haben recht. Jemanden, der ihm zeigt, wie er seine besonderen Fähigkeiten kontrollieren kann.«

»Das ist sicher nicht einfach.«

»Natürlich nicht. Es ist sogar sehr schwierig, denn man muss ihn ja erst einmal kennenlernen. Aber ich glaube, seine Mutter ist zu sehr in ihn vernarrt, und sein Vater ist zu sehr mit seiner Arbeit beschäftigt, um sich um seinen Sohn zu kümmern. Bisher hat das Herr Koyasu hier in der Bibliothek übernommen und ihm die nötige Zuneigung und Aufmerksamkeit geschenkt. Vielleicht sah er in ihm sogar den Sohn, der damals bei dem Unfall ums Leben gekommen war. Leider ist Herr Koyasu nun tot, und es gibt momentan niemanden, der sich um den Jungen kümmern kann.«

»Er spricht kaum mit jemandem, aber mit Ihnen wechselt er wenigstens jeden Tag ein paar Worte.«

»Ja, wenigstens das. Ich kenne ihn auch, seit er klein war. Aber unser Austausch ist wirklich minimal und beschränkt sich auf praktische Dinge. Er reicht bei Weitem nicht aus, um seiner psychischen Gesundheit oder seinen emotionalen Problemen Rechnung zu tragen.«

»Spricht er mit seiner Familie?«

»Mit seiner Mutter schon, aber auch nur das Nötigste. Bei seinem Vater bekommt er den Mund nicht auf. Fremde Menschen fragt er nur nach ihrem Geburtsdatum. Allein in diesen Momenten legt er seine Schüchternheit ab und kann jeden ansprechen. Er schaut den Leuten direkt in die Augen und spricht mit fester Stimme. Doch ansonsten spricht er niemanden an. Und selbst wenn ihn jemand anspricht, antwortet er nicht.«

»Sie sagten, Herr Koyasu habe sich persönlich um den Jungen gekümmert. Heißt das, zu seinen Lebzeiten hat der Junge sich ihm anvertraut?«

Frau Soeda kniff die Augen zusammen und wiegte nachdenklich den Kopf. »Das kann ich Ihnen nicht sagen. Die beiden waren immer im Büro des Direktors oder in dem kleinen Raum im Souterrain. Sie verbrachten viel Zeit dort, aber die Tür war immer verschlossen. Was sie dort besprachen oder ob sie überhaupt etwas besprachen, weiß ich nicht.«

»Aber er hing doch irgendwie an Herrn Koyasu?«

»Ich weiß nicht, ob man sagen kann, dass er an ihm *hing*.

Jedenfalls hielt der Junge sich für längere Zeit mit ihm in einem Zimmer auf, und das war etwas ganz Besonderes.«

Eine Sache wollte ich unbedingt wissen. Aber ich traute mich nicht so recht, Frau Soeda (am helllichten Vormittag an der sonnenbeschienenen Theke) unvermittelt mit dieser Frage zu konfrontieren. Dennoch entschied ich mich, es zu wagen, und fasste mich so kurz wie möglich.

»Glauben Sie, der Junge und Herr Koyasu haben sich nach seinem Tod noch getroffen?«

Frau Soeda sah mich einige Sekunden lang sehr ernst an. Ihr schmaler Nasenrücken zuckte. Dann stellte auch sie mir eine Frage, Wort für Wort und mit Nachdruck.

»Sie wollen also wissen, ob der Astralkörper von Herrn Koyasu – also die Verkörperung seiner Seele – sich nach dem Tod von Herrn Koyasu noch irgendwo mit M** getroffen und mit ihm kommuniziert hat wie zu Lebzeiten?«

Ich nickte.

»Nun, ich halte das für möglich«, sagte Frau Soeda nach kurzem Nachdenken. »Ich halte das durchaus für möglich.«

Der Yellow-Submarine-Junge ließ sich vier Tage lang nicht in der Bibliothek sehen. Es kam mir vor, als hätte der Lesesaal ohne ihn seine gewohnte entspannte Atmosphäre verloren. Aber vielleicht war ich es auch, der nicht mehr entspannt war. In diesen vier Tagen verbrachte ich die meiste Zeit allein in dem quadratischen Zimmer im Souterrain und brütete über der Karte, die er gezeichnet hatte.

Die Karte rief mir die einzelnen Szenen, die ich in der Welt *auf der anderen Seite* gesehen hatte, mit erstaunlicher Klarheit und Lebendigkeit ins Gedächtnis. Wie ein spezieller Visionsapparat aktivierte die Karte mein Gedächtnis und formte Details greifbar, klar und plastisch aus. Ich erinnerte mich sogar an den leichten Geruch, der beim Einatmen in der Luft gelegen hatte. Es war, als wäre ich mittendrin.

Es war eine sehr einfach gezeichnete Karte, aber ihr schien eine besondere Kraft innezuwohnen. Ich verbrachte die vier Tage allein in dem Zimmer und wanderte auf der Karte durch eine Welt, *die nicht die hiesige war.* Ich vertiefte mich so sehr in dieses Bild (oder was immer es war), dass ich allmählich nicht mehr wusste, zu welcher Welt ich gehörte. So wie die Dichter der englischen Romantik im ausgehenden 18. Jahrhundert, die auf der Suche nach der reinen Fantasie Opium zu sich nahmen. Alles, was ich in der Hand hielt, war eine einfache Karte, gezeichnet mit Kugelschreiber auf ein dünnes A4-Blatt.

Warum hatte der Yellow-Submarine-Junge diese Karte angefertigt und mir geschickt? Was wollte er damit erreichen? Oder war es eine völlig zweckfreie Handlung (wie seine Frage nach jemandes Geburtsdatum, dem er dann den entsprechenden Wochentag nannte)?

Wenn ich davon ausging, dass Herr Koyasu und der Junge irgendwie miteinander kommunizierten und zusammenarbeiteten, war die Karte dann auf Herrn Koyasus Veranlassung entstanden? War es seine Absicht, mir die Karte zukommen zu lassen? Und wenn ja, was bezweckte er damit?

Ich hatte viele Fragen und keine Gewissheiten. Es wimmelte von Dingen, die nicht greifbar waren, die ich nicht zu fassen bekam. Zahlreiche rätselhafte Türen reihten sich vor mir auf, aber ich fand keine Schlüssel für ihre Schlösser. Das Einzige, was ich begriff (oder zumindest spürte), war, dass die Karte eine ungewöhnliche, besondere Kraft besaß. Sie skizzierte nicht nur die geheimnisvolle Stadt, in der ich mich in der Vergangenheit zeitweise aufgehalten hatte, sondern schien auch als Plan der Topografie einer zukünftigen Welt gedacht.

Ich kopierte die Karte auf dem Bibliothekskopierer und korrigierte mit Bleistift einige Dinge, die mir auffielen. Die Bibliothek war zu nah am Marktplatz, die Biegung des Flusses kurz vor dem *See* war zu sanft, der Lagerplatz der Einhörner musste etwas größer sein und so weiter. Insgesamt waren es sieben Punkte. Es waren relativ kleine Unstimmigkeiten, die die Gesamtstruktur der Stadt nicht betrafen und eigentlich nicht korrigiert werden mussten (und inwieweit konnte ich mich überhaupt auf mein Gedächtnis verlassen?), aber ich ahnte, dass es dem Jungen vor allem auf die Genauigkeit der Details ankam, egal, worum es dabei ging. Außerdem galt der Grundsatz, dass jede Äußerung und Handlung der Kritik bedurfte. Überdies musste ich irgendwie mit dem Jungen in Kontakt kommen. Lag der Ball in meinem Feld, musste ich ihn zurückspielen. So lautete die Regel.

Ich steckte die Kopie der Karte mit den Korrekturen in einen Umschlag, versiegelte ihn und gab ihn Frau Soeda. Einen Brief legte ich nicht dazu. In dem Umschlag befand sich lediglich die Karte – so wie auch der Junge sie mir hatte zukommen lassen.

»Ich möchte, dass Sie das dem Jungen geben, wenn er wieder auftaucht.«

Frau Soeda nahm den Umschlag entgegen und betrachtete ihn einen Moment lang prüfend. Weder auf die Vorder- noch auf die Rückseite hatte ich etwas geschrieben. »Möchten Sie noch etwas hinzufügen?«

Ich verneinte. »Wären Sie so freundlich, ihm zu sagen, dass er von mir ist?«

»Natürlich, das werde ich. Ich denke, er wird sich bald erholt haben und sich wieder bei uns sehen lassen. Das sagt mir die Erfahrung.«

Zwei Tage später kam Frau Soeda zu mir.

»M** ist heute wieder da, und ich habe ihm Ihren Umschlag gegeben«, sagte sie. »Er hat ihn ohne ein Wort entgegengenommen und in seinen Rucksack gesteckt.«

»Er hat ihn nicht geöffnet?«

»Nein, nur eingesteckt. Und er hat auch später keine Anstalten gemacht, ihn wieder herauszuholen. Er sitzt wie immer auf seinem Platz und liest konzentriert.«

Ich bedankte mich. »Was liest er denn gerade?«

»Briefe von Dmitri Schostakowitsch«, antwortete Frau Soeda prompt.

»Klingt reizvoll.«

Frau Soeda äußerte keine Meinung. Sie hob nur leicht die Augenbrauen. Sie war eine Dame, deren Mimik und Gestik mehr sagten als Worte.

50

Am darauffolgenden Montagmorgen besuchte ich wie üblich die Grabstätte der Koyasus. Es war kalt, ab und zu gab es ein Schneegestöber, und der Schnee der letzten Nacht war völlig verharscht. Ein schwerer Lastwagen fuhr laut knirschend an mir vorüber und malträtierte mit seinen dicken Schneeketten den Boden. Der schneidende Nordwind pfiff mir schmerzhaft um die Ohren, das Wetter war weiß Gott nicht geeignet für einen Friedhofsbesuch.

Doch der wöchentliche Gang dorthin war für mich nicht nur zu einem Ritual, sondern zu einer Herzensangelegenheit geworden, die ich nicht missen wollte. Er war ein wichtiger Aspekt meines Lebens an diesem Ort.

Es mag seltsam klingen, aber Herr Koyasu war für mich lebendiger als jeder andere wirklich lebende Mensch, nicht nur hier, sondern an jedem Ort, an dem ich je gewesen war.

Ich mochte seine einzigartige Persönlichkeit und bewunderte seine konsequente Lebensweise. Auch wenn das Schicksal ihn nicht gerade begünstigt hatte, war er nie in Selbstmitleid versunken, sondern immer bemüht gewesen, den Menschen um sich herum nützlich zu sein, und hatte stets sein Bestes gegeben. Obwohl er sehr für sich gelebt hatte, war er anderen mit viel Herzensgüte begegnet. Vor allem las er gern, und als die Stadtbibliothek in finanzielle Schwierigkeiten geriet, übernahm er deren Leitung und erweiterte auf eigene Kosten den Bestand. Ihm war es zu verdanken, dass diese für eine nahezu private Kleinstadtbibliothek sowohl quantitativ als auch qualitativ erstaunlich gut bestückt war. Ich bewunderte Herrn Koyasus methodische Vorgehensweise, und meine montäglichen Besuche auf dem Friedhof glichen eher einem Treffen mit einem lebendigen Freund.

Aber an diesem Februarmorgen war es so kalt, dass ich mir nicht den Luxus gönnen konnte, an seinem Grab zu sitzen und Selbstgespräche zu führen. Nach etwa zwanzig Minuten gab ich auf und stieg vorsichtig, um nicht zu stürzen, die spiegelglatte Tempeltreppe hinunter. Wie üblich ging ich zum Aufwärmen in den kleinen Coffeeshop am Bahnhof, trank einen heißen schwarzen Kaffee und aß einen Muffin. Es gab zwei Arten von Muffins, mit und ohne Blaubeeren, aber ich aß immer die mit Blaubeeren. Ich war der einzige Kunde an diesem verschneiten Montagmorgen. Hinter der Theke arbeitete nur die mir bereits bekannte Mittdreißigerin mit den straff zurückgebundenen Haaren. Und wie immer lief leise alte Jazzmusik. Paul Desmond blies sein Altsaxofon. Das erinnerte mich daran, dass bei meinem ersten Besuch hier das Dave Brubeck Quartet mit Desmond als Solist gespielt hatte. »You Go to My Head«, sagte ich zu mir selbst.

Die Wirtin, die gerade den Muffin im Ofen aufwärmte, blickte auf und sah mich an.

»Paul Desmond«, sagte ich.

»Die Musik?«

»Ja«, sagte ich. »Der Gitarrist ist Jim Hall.«

»Ich habe keine Ahnung von Jazz«, sagte sie entschuldigend und deutete auf den Lautsprecher. »Das ist nur ein Jazzsender über Kabel, den ich eingestellt habe.«

Ich nickte. Sie war zu jung, um den Sound von Paul Desmond zu schätzen. Ich nahm einen Bissen von dem warmen Blaubeermuffin, den sie mir serviert hatte, und trank einen Schluck Kaffee. Mit Blick auf den Schnee vor dem Fenster lauschte ich Paul Desmond. Ein wunderschönes Stück.

Plötzlich fiel mir ein, dass ich damals in der ummauerten Stadt nie Musik gehört hatte. Und doch hatte ich sie nicht vermisst. Ich hatte nie den Wunsch verspürt, Musik zu hören, ja noch nicht einmal bemerkt, dass es gar *keine Musik* gegeben hatte. Warum nicht?

Als ich aus meinen Gedanken erwachte, stand der Yellow-Submarine-Junge neben meinem Barhocker. Ich hatte gerade meinen Blaubeermuffin verspeist und wischte mir den Mund mit einer Papierserviette ab. Da der Junge den Reißverschluss seiner dunkelblauen Daunenjacke bis zum Hals hochgezogen und sich zusätzlich einen Schal um den Hals gewickelt hatte, konnte ich nicht erkennen, ob er den Kapuzenpulli trug. Aber wahrscheinlich schon.

Einen Moment lang sah ich ihn verblüfft an. Was machte er hier? Woher wusste er, dass ich in diesem Café war? War er mir gefolgt? Oder wusste er, dass ich jeden Montag auf dem Rückweg vom Friedhof hier haltmachte, und war gekommen, um mich zu treffen?

Er stand neben mir, sehr aufrecht, aber er sah mich nicht

an, sondern starrte mit weit aufgerissenen Augen und gesenktem Kinn direkt auf die Frau hinter der Theke. Sie machte ein Gesicht, als wollte sie sagen: »Ja, bitte?«, und schenkte ihm ein professionelles Lächeln. Eigentlich war er zu jung, um Gast in ihrem Café zu sein. Noch ein halbes Kind.

»Würden Sie mir vielleicht Ihr Geburtsdatum nennen?«, fragte er höflich und als würde er die Frage von einem Blatt Papier ablesen.

»Mein Geburtsdatum?«

»Ja«, sagte er. »Das Jahr, den Monat und den Tag.«

Sie schien ein wenig perplex zu sein (kein Wunder), kam aber wohl zu dem Schluss, dass es nicht schaden konnte, ihr Geburtsdatum zu verraten.

»Mittwoch«, antwortete er prompt.

»Mittwoch?«, fragte sie verständnislos.

»Der Wochentag, an dem Sie geboren wurden, war ein Mittwoch«, sprang ich ihr bei.

»Das wusste ich nicht«, sagte sie, noch immer etwas verständnislos. »Aber woher weiß er das auf Anhieb?«

»Tja«, sagte ich. Es hätte zu lange gedauert, ihr alles von Anfang an zu erklären. »Jedenfalls weiß er es.«

»Möchten Sie noch einen Kaffee?«, fragte sie mich. Ich nickte.

»Mittwochskind trägt großes Leid«, sagte ich wie zu mir selbst.

Der Junge zog einen großen Umschlag aus der Tasche seiner Daunenjacke und reichte ihn mir. Dann nickte er bestätigend. Auch ich nickte, um den Empfang zu quittieren. Es war, als ginge eine indianische Friedenspfeife zwischen uns hin und her, wie in einem Western.

»Möchtest du einen Muffin?«, fragte ich den Jungen. »Diese Blaubeermuffins hier schmecken ziemlich gut. Sie sind ganz frisch.«

Aber ob er mich nun gehört hatte oder nicht, er antwortete nicht, sondern starrte mich nur an. Er starrte lange, als wollte er sich meinen Gesichtsausdruck einprägen. Seine runde, goldgerahmte Brille fing das Licht von der Decke ein und blitzte auf. Dann wandte er sich zum Ausgang, öffnete die Tür und ging hinaus in die feinen tanzenden Flocken.

»Kennen Sie ihn?«, fragte mich die Frau hinter der Theke und sah ihm nach.

»Ja«, sagte ich.

»Was für ein seltsamer Junge. Er spricht ja kaum ein Wort.«

»Ich bin übrigens auch an einem Mittwoch geboren«, sagte ich, um das Thema zu wechseln.

»Mittwochkind trägt großes Leid«, sagte sie ernst. »Das habe ich schon mal gehört. Ob das stimmt?«

»Das ist nur ein Reim aus einem alten Kinderbuch, keine Sorge«, sagte ich. So wie Frau Soeda es auch schon einmal zu mir gesagt hatte.

Als wäre es ihr plötzlich eingefallen, zog sie ein in rotes Plastik gehülltes Smartphone aus der Tasche ihrer Softjeans, tippte mit ihren schlanken Fingern schnell etwas ein und blickte erstaunt auf.

»Es stimmt. Ich bin tatsächlich an einem Mittwoch geboren.«

Ich nickte stumm. Natürlich stimmte es. Der Yellow-Submarine-Junge irrte sich nie in seinen Berechnungen. Man musste sie nicht überprüfen. Aber heutzutage konnte jeder mit Google leicht in zehn Sekunden herausfinden, an welchem

Wochentag er geboren war. Der Junge brauchte nur eine Sekunde, aber der Unterschied zwischen einer und zehn Sekunden war sicher nicht so entscheidend wie bei einem Showdown im Western. Nur für den Jungen tat es mir etwas leid. Die Welt wurde von Tag zu Tag praktischer und unromantischer.

Während ich meinen zweiten Kaffee trank, öffnete ich den Umschlag, den mir der Junge gegeben hatte. Wie erwartet enthielt er einen Plan und sonst nichts. Er war mit dem gleichen schwarzen Stift auf dem gleichen DIN-A4-Papier gezeichnet und zeigte die grob nierenförmige Festungsstadt. Allerdings waren alle sieben Fehler, auf die ich vor einigen Tagen hingewiesen hatte, korrigiert worden. Die eingetragenen Informationen waren nun detaillierter und präziser. Es war sozusagen eine »überarbeitete Version« der Karte. Ich steckte sie zurück in den Umschlag. Immerhin hatte der Junge auf meine Nachricht reagiert. Der Ball, den ich ihm zugespielt hatte, war wieder auf meiner Seite des Netzes gelandet. Das war doch ein Fortschritt. Ein wichtiger, wahrscheinlich positiver Fortschritt.

Ich kaufte zwei Blaubeermuffins zum Mitnehmen und bekam eine Papiertüte. Als ich die Rechnung an der Kasse bezahlte, sprach die Besitzerin mich noch einmal an.

»Irgendwie beschäftigt mich das; glauben Sie nicht, dass Mittwochskinder es besonders schwer haben könnten?«

»Nein, eigentlich nicht.« Aber garantieren konnte ich es nicht. *Wahrscheinlich nicht*.

Am Dienstagmorgen erschien der Junge in der Bibliothek. Nicht in seinem grünen Kapuzenpulli mit dem gelben U-Boot, sondern in dem braunen mit dem Bild von Jeremy Hillary Boob, Ph.D. Der mit dem gelben U-Boot war vermutlich in der Wäsche, und bis er trocken war, musste er den anderen tragen. Aber auch wenn er seine Kleidung gewechselt hatte, verhielt er sich nicht anders als sonst. Er setzte sich auf seinen gewohnten Platz am Fenster und las, ohne auch nur einmal aufzublicken. Er erinnerte mich an einen Schmetterling, der aus einer geöffneten Blüte jeden Tropfen Nektar zu saugen versucht. Sowohl die Blume als auch der Schmetterling profitieren davon. Der Schmetterling erhält Nahrung und die Blume Hilfe bei der Fortpflanzung. Zu beidseitigem Gedeihen, und keinem tut es weh. Das ist das Besondere, das den Akt des Lesens auszeichnet.

An diesem Tag arbeitete ich nicht im Souterrain, sondern im Büro des Bibliotheksdirektors im ersten Stock. Der kleine Gasofen erwärmte den Raum nur ungenügend, aber da die Wolkendecke seit einiger Zeit wieder aufgerissen war und die Sonne schien, hatte ich beschlossen, zur Abwechslung in dem helleren Direktorzimmer mit dem hohen Fenster zu arbeiten. Die neue Karte, die ich von dem Jungen erhalten hatte, lag in ihrem Umschlag auf dem Schreibtisch, aber ich beherrschte mich und nahm sie nicht heraus. Im Moment hatte ich Dringenderes zu erledigen, und wenn ich die Karte erst einmal offen vor mir liegen hätte, würde sie mich so in ihren Bann ziehen, dass ich mich nicht mehr meiner Arbeit widmen könnte.

Die Karte des Jungen schien eine besondere Kraft auszustrahlen, die mein Menschenherz in Versuchung – oder auf Abwege – führte. Jedenfalls war sie nicht bloß eine mit Kugelschreiber auf ein A4-Blatt gezeichnete Karte. In ihr lauerte eine Macht, die in ihrem Betrachter etwas (normalerweise tief Verborgenes) zum Vorschein brachte. Und dieser Kraft konnte ich nicht widerstehen. Deshalb hatte ich mir vorgenommen, mich zusammenzureißen und den Umschlag nicht zu öffnen. Heute musste ich den ganzen Tag in der sogenannten »realen Welt« verbringen. Dennoch wanderte mein Blick immer wieder unwillkürlich zu dem großen Umschlag auf meinem Schreibtisch. Wehrlos wie die Blätter, die der Wind von den Bäumen fegt.

Ab und zu öffnete ich das Fenster und hielt das Gesicht nach draußen, um einen kühlen Kopf zu bekommen. So wie Meeresschildkröten oder Wale immer wieder auftauchen, um Luft zu schnappen. Ein bisschen wunderte ich mich auch darüber, dass ich mich an einem kalten Wintertag – obwohl es im Zimmer nicht einmal warm war – an der frischen Luft abkühlen musste. Aber heute war das einfach nötig. Um mich zu vergewissern, dass ich im Diesseits lebte.

Im Garten sah ich die Katzenmutter, die unter der Veranda die fünf Jungen geboren hatte. Doch nun waren ihre Kinder fort, und sie durchquerte langsam und allein, weiße Atemwölkchen ausstoßend, den Garten. Sie stolzierte vorsichtig mit hocherhobenem Schwanz in fast gerader Linie auf etwas zu. Der gefrorene Boden schien zu kalt für ihre Pfoten, und sie trat vorsichtig auf, als hätte sie Schmerzen. Ich beobachtete ihre schlanke, anmutige Gestalt, bis sie aus meinem Blickfeld verschwand. Dann schloss ich das Fenster, setzte mich wieder an den Schreibtisch und fuhr mit der begonnenen Arbeit fort.

Gegen Mittag klopfte Frau Soeda leise an meine Tür.

»Haben Sie kurz Zeit?«, fragte sie.

Natürlich, sagte ich.

»Eigentlich ist es M**, der Sie sprechen möchte.«

»Gut. Bitten Sie ihn doch herein.«

Frau Soeda nickte lächelnd.

»Könnten Sie uns einen schwarzen Tee kochen? Und die für uns warm machen?« Ich reichte ihr die Tüte mit den beiden Blaubeermuffins.

»Oh, Muffins«, sagte Frau Soeda, als sie hineinschaute. Ihre Augen hinter der Brille leuchteten auf.

»Blaubeermuffins. Ich habe sie gestern gekauft, aber wenn man sie in der Mikrowelle aufwärmt, schmecken sie bestimmt noch gut.«

Frau Soeda wandte sich mit der Tüte zur Tür. »Zuerst hole ich den Jungen, dann bringe ich Ihnen den Tee und die Muffins.«

»Ich danke Ihnen.«

Fünf Minuten später klopfte es an der Tür, und Frau Soeda brachte den Jungen in seinem Jeremy-Hillary-Boob-Pullover herein. Nachdem sie ihm aufmunternd auf die Schulter geklopft hatte, verließ sie den Raum. Als die Tür hinter ihr ins Schloss fiel, schien sich das Gesicht des Jungen noch mehr zu verkrampfen, so als hätte sich der Luftdruck um ihn herum erhöht. Wahrscheinlich fühlte er sich mit Frau Soeda an seiner Seite sicherer. Er war es ja nicht gewohnt, mit mir allein zu sein. Aber aus irgendeinem mir noch unbekannten Grund musste er mit mir in Kontakt treten. Deshalb hatte er es wohl auf sich genommen, zu mir zu kommen.

»Also dann«, sprach ich ihn an.

Der Junge reagierte nicht.

»Komm her und setz dich«, sagte ich zu ihm und deutete auf den Stuhl vor dem Schreibtisch.

Er überlegte kurz und näherte sich dann vorsichtig wie eine wachsame Katze dem Schreibtisch, setzte sich aber nicht, sondern streifte den angewiesenen Stuhl nur mit einem Blick und blieb mit geradem Rücken und eingezogenem Kinn am Schreibtisch stehen.

Vielleicht gefiel ihm der Stuhl nicht. Oder es war ein Zeichen dafür, dass er mir nicht ausreichend vertraute, um sich zu setzen. Wie auch immer, wenn er sich im Stehen wohler fühlte, sollte er eben stehen bleiben. Mir war das egal.

Wortlos stand der Junge da und betrachtete den Umschlag auf dem Schreibtisch. Den Umschlag mit der von ihm gezeichneten Karte. Dass er auf meinem Schreibtisch lag, schien seine Aufmerksamkeit zu erregen. Sein Gesicht war ausdruckslos, als trüge er eine dünne Maske, hinter der sich seine Gedanken zu überschlagen schienen.

Ich ließ ihn vorerst stehen, um ihn nicht in den Gedanken zu stören, die (offenbar) tief in seinem Inneren abliefen, und außerdem würde Frau Soeda gleich den Tee und die Muffins bringen. Sollte es zu einem Gespräch zwischen dem Jungen und mir kommen, dann erst danach.

Normalerweise hätte nicht Frau Soeda, die Bibliothekarin, uns bedient, sondern eine der Aushilfen, aber diesmal war zu erwarten, dass sie uns den Tee und die Muffins selbst bringen würde, denn alles, was den Jungen betraf, schien für sie von großer persönlicher Wichtigkeit zu sein.

Wie erwartet war es Frau Soeda, die den Raum mit einem runden Tablett betrat. Darauf standen zwei Tassen mit schwarzem Tee, eine kleine Zuckerdose, Zitronenscheiben und zwei Teller mit den Blaubeermuffins. Tassen, Teller und Zuckerdose gehörten zu einem hübschen, altmodischen Teeservice. Wedgwood vielleicht. Löffel und Gabeln schienen aus Silber zu sein und hatten einen edlen gediegenen Schimmer. Ich vermutete, dass es sich um Gegenstände aus dem persönlichen Besitz von Herrn Koyasus Familie handelte. Jedenfalls waren es keine Dinge, die man in einer kleinen Stadtbibliothek erwartet hätte. Wahrscheinlich wurden sie nur für besondere Gäste hervorgeholt.

Frau Soeda arrangierte diskret Tassen, Teller und Zuckerdose auf meinem Schreibtisch. Dadurch entstand in dem sonst so kargen und nüchternen Raum die elegante und angenehme Atmosphäre eines Salons am frühen Nachmittag, zu der ein Klavierquartett von Mozart gepasst hätte. Auch die Blaubeermuffins aus dem Coffeeshop am Bahnhof wirkten ohne die Tüte und auf einem hübsch bemalten Teller mit silbernen Gabeln serviert wie ein ehrwürdiges und edles Gebäck. Weiße, zu Dreiecken gefaltete Leinenservietten und eine Vase mit einer roten Rose hätten das Ganze noch vervollständigt, aber das wäre wohl etwas zu viel verlangt gewesen.

»Das ist ganz reizend von Ihnen«, bedankte ich mich bei Frau Soeda.

Frau Soeda sagte nichts und verließ den Raum, ohne eine Miene zu verziehen, nur mit einem leichten Nicken. Der Junge und ich waren wieder allein.

Der Junge hatte die ganze Zeit kein Wort gesagt. Auch als Frau Soeda gekommen und gegangen war, hatte er sie keines

Blickes gewürdigt. Er beachtete weder den Tee noch die Blaubeermuffins oder das erlesene Geschirr und Besteck auf dem Schreibtisch. Er starrte lediglich mit durchdringendem Blick auf den Umschlag, ohne ihn auch nur eine Sekunde aus den Augen zu lassen. Doch hinter seinen ausdruckslosen Zügen arbeitete es unablässig.

Ich griff nach meiner Teetasse und trank einen Schluck. Der Tee hatte genau die richtige Temperatur und Stärke. Herrn Koyasus Tee war immer köstlich gewesen, aber Frau Soedas Tee hielt dem Vergleich durchaus stand. Sie war wohl der Typ, der sich alles sorgfältig aneignete – wenn es die Mühe wert war. Eine kluge, aufmerksame und niemals nachlässige Frau.

Plötzlich fragte ich mich, was für ein Mensch der Mann einer solchen Frau wohl sein mochte. Ich kannte ihn nicht, und sie sprach auch kaum von ihm. Ich hatte überhaupt kein Bild von ihm im Kopf. Das Wenige, was ich über Herrn Soeda wusste, war, dass er aus der Präfektur Fukushima stammte (aber nicht hier geboren war) und dass er vor etwa zehn Jahren Lehrer an der örtlichen Grundschule geworden und früher für die Betreuung des Yellow-Submarine-Jungen zuständig gewesen war. Ob ich wohl jemals die Gelegenheit haben würde, ihn kennenzulernen und mit ihm zu sprechen?

Irgendwann schien sich die Anspannung im Gesicht des Jungen etwas zu lösen. Seine gedankliche Arbeit hatte offensichtlich ihren Höhepunkt überschritten. Ich konnte eine gewisse Entspannung spüren. Er war zwar noch aufgeregt, aber nicht mehr so verkrampft wie vorher.

Endlich wandte er den Blick von dem Umschlag ab und richtete ihn auf den Tee und die Muffins, die auf dem schön gedeckten Schreibtisch standen.

»Blaubeermuffins«, sagte ich. »Die sind ziemlich lecker.«

Am Vortag hatte er die Aufforderung völlig ignoriert, aber diesmal schien er sich für das Gebäck zu interessieren. Er betrachtete es lange, mit einem scharfen, kritischen Blick, so wie Paul Cézanne die Form eines Apfels in einer Schale betrachtet haben mochte.

Ich sah, wie er den Mund ganz leicht bewegte, als formte er kleine Worte und löschte sie dann wieder aus. Doch es kam kein Laut hervor. Vielleicht sah er zum ersten Mal in seinem Leben bewusst einen Blaubeermuffin und suchte nun in seinem Gehirn nach Informationen darüber. Aber gab es dort überhaupt Informationen über Blaubeermuffins? Ich hatte keine Ahnung. Bei dem Jungen gab es einfach zu viele Unbekannten. Ich teilte einen Muffin mit einer Kuchengabel in zwei Hälften, halbierte sie noch einmal und aß eines der Viertel.

»Hmmm, warm und lecker«, sagte ich. »Du solltest ihn warm essen, so schmeckt er besser.«

Der Junge sah zu, wie ich den Muffin aß. Mit dem gleichen Blick, mit dem er die Katzenmutter beim Säugen beobachtet hatte. Dann streckte er die Hand aus, nahm den Muffin vom Teller und aß ihn, ohne eine Gabel zu benutzen. Er aß auch nicht über dem Teller, um Krümel zu vermeiden. Natürlich fielen jede Menge Krümel auf den Boden, aber das schien den Jungen nicht zu stören. Mir war es auch egal. Ich brauchte sie später nur aufzukehren.

Der Junge aß den Muffin genüsslich mit drei Bissen. Er kaute laut schmatzend mit offenem, von Blaubeeren verschmiertem Mund. Auch das schien ihn nicht zu stören. Genauso wenig wie mich, es war ja keine Farbe, nur Blaubeersaft. Später konnte er sich den Mund mit einem Taschentuch abwischen.

Oder wollte er mich mit seinem schlechten Benehmen herausfordern oder testen? Der Gedanke kam mir ganz plötzlich. Von Frau Soeda wusste ich, dass er aus einer gut situierten Familie stammte. Er musste eine gewisse Erziehung genossen haben. Vielleicht hatte er sich absichtlich flegelhaft benommen, um zu sehen, wie ich reagieren würde. Vielleicht hatte er mir einen neuen Ball ins Feld geworfen. Oder er verstand einfach nicht, was Tischmanieren waren – oder sah keine Notwendigkeit, sich daran zu halten.

Wie auch immer, ich schenkte all dem keine Beachtung. Mir blieb nichts anderes übrig, als die Dinge so zu akzeptieren, wie sie waren. Allein dass er Interesse an den Blaubeermuffins gezeigt, einen genommen und gegessen hatte, markierte einen bedeutenden Fortschritt in unserer Beziehung.

Ich schob mir mit der Gabel ein weiteres Viertel des Muffins in den Mund und aß es in aller Ruhe. Dann wischte ich mir den Mund mit dem Taschentuch ab und nahm einen Schluck Tee. Der Junge griff auch nach seiner Tasse – Zucker oder Zitrone nahm er nicht – und schlürfte laut. Ein klarer Verstoß gegen die Tischmanieren. Und das trotz (vermutlich) Wedgwood-Porzellan. Ich behielt meine unbeteiligte Miene bei.

»Die Muffins schmecken gut, oder?«, sagte ich zu dem Jungen.

Er antwortete nicht. Er leckte sich nur geschickt den Heidelbeersaft von den Lippen, wie Katzen es nach dem Fressen tun.

»Die habe ich gestern im Coffeeshop gekauft und wollte sie heute zu Mittag essen«, sagte ich. »Frau Soeda hat sie für uns in der Mikrowelle aufgewärmt. Die Blaubeeren kommen von einem Bauernhof hier in der Nähe, und eine Bäckerei in der Nachbarschaft backt die Muffins. So ist alles ganz frisch.«

Der Junge sagte natürlich nichts. Er starrte nur auf seinen leeren Teller wie ein einsamer Seemann, der allein an Deck steht und zusieht, wie die Sonne hinter dem Horizont versinkt.

Ich nahm meinen restlichen halben Muffin vom Teller und hielt ihn ihm hin. »Es ist noch ein halber da; wenn du möchtest, kannst du ihn haben.«

Der Junge musterte etwa zwanzig Sekunden lang seinen eigenen Teller, dann streckte er die Hand aus und griff zu. Nach kurzer Überlegung zerteilte er das Stück diesmal mit der Gabel und aß geräuschlos von seinem Teller. Abgesehen davon, dass er stand, verhielt er sich sehr manierlich. Und als er fertig war, zog er ein Papiertaschentuch aus der Hosentasche und wischte sich den Mund ab.

Ob er das durch Beobachtung gelernt oder ob er beschlossen hatte, mich nicht mehr zu provozieren, konnte ich nicht sagen. Anschließend stellte er seinen leeren Teller zurück auf den Schreibtisch und trank seinen Tee, ohne zu schlürfen. Der Ball war wieder in meinem Feld. Nahm ich jedenfalls an.

Als die Blaubeermuffins und der Tee gegessen und getrunken waren, stellte ich Teller, Tassen und Zuckerdose auf das Tablett und räumte es vom Schreibtisch. Jetzt lag nur noch der Umschlag mit der Karte darauf … ungefähr dort, wo Herrn Koyasus dunkelblaues Barett immer gelegen hatte. In der schwachen Hoffnung, er könnte hier irgendwo sein, sah ich mich im Zimmer um. Aber es war niemand da. Nur der Yellow-Submarine-Junge (der heute einen Pullover mit einem anderen Aufdruck trug) und ich waren im Zimmer.

»Ich habe die Karte bekommen, die du gezeichnet hast«, sagte ich. Ich nahm sie aus dem Umschlag und legte sie daneben. »Sie ist sehr genau. Sie entspricht mehr oder weniger der Wirklichkeit. Ich war beeindruckt … und ehrlich gesagt erstaunt. Ich sage mehr oder weniger, weil ich die genauen Gegebenheiten auch nicht kenne. Aber dafür kannst du natürlich nichts.«

Der Junge sah mir durch seine Brille direkt ins Gesicht. Außer einem gelegentlichen Blinzeln zeigte seine Miene keine Regung. Seine Augen blieben ausdruckslos. Nur ab und zu veränderte sich die Intensität des Lichts in ihnen.

»Ich habe eine Weile in dieser Stadt gelebt. In der Stadt, die du gezeichnet hast. Auch dort habe ich in einer Bibliothek gearbeitet. Aber in dieser Bibliothek gab es kein einziges Buch. Nicht eins. Man könnte es wohl eher als eine ehemalige Bibliothek bezeichnen. Es war meine Aufgabe, jeden Abend die ›alten Träume‹ zu lesen, von denen das Archiv voll war. Die alten Träume hatten die Form von Eiern. Und sie waren mit weißem Staub bedeckt. Sie waren ungefähr so groß.«

Ich zeigte ihre Größe mit den Händen. Der Junge sah genau hin, äußerte sich aber nicht dazu. Er speicherte lediglich die Information.

»Ich weiß nicht, wie lange ich dort war. Die Jahreszeiten wechselten, aber ich glaube, die Zeit und der Wechsel von Frühling, Sommer, Herbst und Winter hingen dort nicht miteinander zusammen. Jedenfalls hatte die Zeit keine Bedeutung.

Als ich dort lebte, ging ich jeden Tag in die Bibliothek, um die alten Träume zu lesen. Ich weiß nicht, wie viele ich gelesen habe. Aber Zahlen spielten sowieso keine Rolle, denn die alten Träume waren irgendwie endlos. Ich arbeitete nach Sonnenuntergang. Ich begann abends zu lesen und beendete meine Arbeit gegen Mitternacht. Die genaue Uhrzeit weiß ich nicht, denn in der Stadt gibt es keine Uhren.«

Reflexartig schaute der Junge auf seine Armbanduhr. Er vergewisserte sich, dass sie die richtige Zeit anzeigte, dann richtete er seinen Blick wieder auf mein Gesicht. Auch für ihn schien die Zeit keine große Bedeutung zu haben.

»Tagsüber konnte ich machen, was ich wollte, aber ich konnte nicht nach draußen, denn das Tageslicht tat meinen Augen weh. Um Traumleser zu werden, muss man sich einer Art Operation an beiden Augen unterziehen, die ein Wächter vornimmt, wenn man die Stadt betritt. Deshalb konnte ich nicht nach Belieben hinausgehen, um eine genaue Karte zu erstellen. Außerdem veränderte die Backsteinmauer, die die Stadt umgibt, jeden Tag ein wenig ihren Verlauf, als wollte sie mich austricksen. Das ist einer der Gründe, warum ich nie die gesamte Struktur der Stadt erfassen konnte.

Die Mauer besteht aus exakt aufeinandergeschichteten Backsteinen. Sie ist sehr hoch und scheint vor langer Zeit errichtet worden zu sein, aber es gibt keine Anzeichen von Beschädigung oder Zerstörung. Sie ist unglaublich widerstandsfähig. Niemand kann sie überwinden, um nach draußen zu gelangen, und niemand kann durch sie ins Innere der Stadt. Das ist das Besondere an dieser Mauer.«

Der Junge zog ein kleines Heft und einen dreifarbigen Kugelschreiber aus der Tasche. Es war ein längliches Spiralheft. Er schrieb schnell etwas hinein und reichte es mir. Ich nahm es und sah es mir an. Da stand ein kurzer Satz.

Um die Seuche aufzuhalten.

Seine Schrift war akkurat und scharfkantig. Obwohl er schnell und ohne zu stocken geschrieben hatte, wirkten seine Zeichen wie gedruckt. Sie vermittelten nicht das geringste Gefühl.

»Um die Seuche aufzuhalten«, las ich vor und ließ mir, während ich dem Jungen ins Gesicht sah, seine knappe Botschaft durch den Kopf gehen.

»Du meinst, die Backsteinmauer sollte verhindern, dass eine Seuche in die Stadt gelangte?«

Der Junge bejahte mit einem kurzen Nicken.

»Woher weißt du das?«

Er antwortete nicht. Er presste die Lippen zusammen und sah mich mit unverändert ausdruckslosem Gesicht an. Wahrscheinlich war das keine Frage, die hier und jetzt diskutiert werden sollte.

Aber wenn die Mauer, wie der Junge gesagt hatte, gebaut worden war, um irgendeine Seuche fernzuhalten, dann ergab das in mehrfacher Hinsicht einen Sinn. Ich wusste nicht, wann der Bau stattgefunden hatte, aber jedenfalls hatte die hohe Mauer seit ihrer Errichtung streng und unerschütterlich dazu gedient, die Bewohner in der Stadt einzuschließen und Eindringlinge fernzuhalten. Nur die Einhörner, die in den Siedlungen lebten, der Torwächter und Menschen mit besonderen Fähigkeiten, die die Stadt brauchte, durften herein und hinaus. Endgültig wieder verlassen hatte wohl nur ich sie. Vielleicht hatte der Torwächter eine natürliche Immunität gegen die Seuche und konnte deshalb als Einziger durch das Tor gehen.

Die Mauer war keine gewöhnliche Backsteinmauer. Sie besaß einen eigenen Willen und eine Lebenskraft, die sie hoch aufragen ließ. Und sie hielt die Stadt fest im Griff. Wann und wie hatte die Mauer diese besondere Kraft erlangt?

»Aber welche Seuche dauert ewig?«, sagte ich zu dem Jungen. »Die Stadt blieb trotzdem streng abgeriegelt. Niemand durfte herein und niemand hinaus. Wie kann das sein?«

Der Junge nahm sein Heft, schlug eine neue Seite auf und schrieb wieder hastig etwas mit seinem Kugelschreiber hinein.

Seuche ohne Ende

»Seuche ohne Ende«, las ich. »Was soll das denn sein?«

Natürlich keine Antwort. Also musste ich mir selbst überlegen, was das zu bedeuten hatte. Wie beim Rätselraten. Es war ein sehr schwieriges und tiefgründiges Rätsel. Um es zu lösen, hatte ich zu wenige Hinweise erhalten. Trotzdem lag der Ball jetzt bei mir, und ich musste ihn ins gegnerische Feld zurückschlagen. So lauteten die Spielregeln. Wenn man es überhaupt als Spiel bezeichnen konnte.

»Die Seuche ist eigentlich keine Seuche. Eigentlich ist sie eine Metapher … Könnte das sein?«, wagte ich mich vor.

Der Junge nickte kurz.

»Ist es vielleicht so etwas wie eine Krankheit des Geistes?«

Der Junge nickte wieder. Ich dachte kurz darüber nach. Eine geistige Seuche.

»Die Menschen, die damals die Stadt regierten, umgaben sie mit einer hohen, starken Mauer, um die Seuche, die sich in der Außenwelt ausbreitete, fernzuhalten. Und sie versiegelten die Stadt. Lückenlos. Auf diese Weise schufen sie ein festes System, aus dem niemand hinaus- und in das niemand von außen hereinkonnte. Wahrscheinlich hatte der Mauerbau auch ein magisches Element.

Aber irgendwann geschah etwas – wir wissen nicht, was –, und die Mauer begann aus eigenem Willen und aus eigener Kraft zu funktionieren. Sie wurde so mächtig, dass die Menschen sie nicht mehr kontrollieren konnten. Könnte das sein?«

Der Junge sah mich stumm an. Sagte weder Ja noch Nein. Aber ich fuhr fort. Es war nur eine simple Vermutung, aber vielleicht war es auch mehr.

»Und die Mauer gestaltete die Stadt und die in ihr lebenden Menschen um, mit dem Ziel, alle Arten von Seuchen – einschließlich derer, die sie für ›geistige Seuchen‹ hielt – von Grund auf zu eliminieren. Die Stadt sozusagen neu zu definieren. Und sie schuf ein in sich geschlossenes System. Ist es das, was du meinst?«

Plötzlich ertönte ein Klopfen an der Tür. Nicht laut. Ein trockenes, kurzes Geräusch – ein realer Klang, der aus der Wirklichkeit zu uns hereindrang. Es klopfte zweimal, dann folgte eine kurze Pause, bis es wieder zweimal klopfte.

»Herein«, sagte ich. Es war nicht meine Stimme, sondern die eines anderen.

Die Tür wurde einen Spalt geöffnet, und Frau Soeda steckte ihren Kopf ins Zimmer.

»Ich möchte das Geschirr abräumen«, sagte sie zögernd. »Wenn ich nicht störe.«

»Oh, nein, vielen Dank«, sagte ich.

Frau Soeda kam leise herein, nahm das Tablett mit den Tellern und Tassen und vergewisserte sich kurz, dass alles leer war. Sie schien erleichtert. Dann entdeckte sie die Muffinkrümel auf dem Boden, wirkte aber entschlossen, sie zu übersehen. Sie konnte später wiederkommen und sie aufkehren.

Frau Soeda sah mich leicht fragend an. Ich nickte ihr beruhigend zu – »Kein Problem« –, sie nahm das Tablett und verließ den Raum. Die Tür schloss sich mit einem metallischen Klacken. Und wieder war es still.

Der Junge schlug eine neue Seite in seinem Heft auf und kritzelte schnell mit dem Kugelschreiber ein paar Worte hinein. Dann reichte er es mir über den Schreibtisch. Ich las.

Ich muss in die Stadt

»Ich muss in die Stadt«, las ich laut vor. Ich räusperte mich und gab ihm das Heft zurück. Der Junge nahm es und setzte sich endlich auf den Stuhl. Dann sah er mir direkt ins Gesicht. Die Tiefe seiner Augen war unermesslich, sein Blick von unerschütterlicher Entschlossenheit.

»Du willst also unbedingt in diese Stadt«, sagte ich, als wollte ich mich vergewissern. »In die Stadt mit der hohen Mauer. Die Stadt mit den Menschen ohne Schatten und der Bibliothek ohne Bücher.«

Der Junge nickte nachdrücklich. Er ließ mir keinen Raum für Diskussion oder Widerspruch.

Eine Zeit lang herrschte Schweigen. Ein tiefes, intensives Schweigen. Ein bedeutungsschweres Schweigen, das der Junge schließlich mit seiner hellen Stimme durchbrach.

»Ich muss in diese Stadt.«

Ich verschränkte die Hände auf dem Schreibtisch, starrte einen Moment lang sinnlos darauf und hob dann den Blick.

»Du willst *dorthin*, auch wenn du nie wieder *hierher* zurückkannst?«

Wieder nickte der Junge nachdrücklich.

Ich stellte mir vor, wie er durch das Tor in die ummauerte Stadt ging und was für ein Leben er dort führen würde. Vielleicht war es Pepperland für ihn. Pepperland, das bunte Paradies aus *Yellow Submarine*. Statt weiter in einer Realität zu leben, in der es (anscheinend) keinen Platz für ihn gab, sehnte sich dieser sechzehnjährige Junge danach, in eine andere Welt zu gelangen – von ganzem Herzen und mit aller Ernsthaftigkeit. Als ich ihm gegenübersaß, wurde mir unwillkürlich klar, wie ernst er es meinte.

Wieder gab es einen Moment des Schweigens, bevor der Junge sprach. »Ich werde die alten Träume lesen. Das kann ich.« Und er zeigte auf sich selbst.

»Du kannst alte Träume lesen«, wiederholte ich automatisch seine Worte.

»Ich werde in der Bibliothek dort drüben alte Träume lesen. Für immer.« Er sprach jedes Wort sauber und druckreif aus.

Ich nickte stumm.

Ja, dieser Junge konnte das … Er war dazu *fähig*. Denn sein Leben wäre fast identisch mit dem Leben, das er jetzt, Tag für Tag, in unserer Bibliothek führte. Und die Bibliothek dort war voll von staubbedeckten alten Träumen, die er lesen konnte. Endlos, denn es mussten unzählige sein. Und jeder dieser Träume war einzigartig auf der Welt.

»Ich muss in die Stadt«, wiederholte der Junge in noch entschiedenerem Ton als zuvor.

51

»Ich muss in die Stadt«, wiederholte der Junge.

»Du willst also unsere Welt verlassen und hinter der Mauer leben?«

Unnötig zu sagen, dass die ummauerte Stadt anders war als Pepperland. Pepperland war ein fiktives Paradies in einem Zeichentrickfilm, in dem man umgeben von schönen Menschen und schöner Natur ein schönes Leben führte, voll heiterer Musik und bunter Blumen. Es war eine Welt der Illusion, die den Duft der Drogenkultur der 1960er-Jahre atmete. Doch so war die ummauerte Stadt nicht.

Die Tiere verhungerten in der eisigen Kälte der Winter. Und die dort lebenden Menschen fristeten still ihr kümmerliches Dasein. Ihre Nahrung war einfach und knapp, ihre Kleidung alt und abgetragen. Es gab nichts zu lesen, keine Musik. Die Kanäle waren ausgetrocknet, die meisten Fabriken geschlossen. Die Häuser, in denen sie lebten, waren dunkel und baufällig. Es gab weder Hunde noch Katzen. Die einzigen Lebewesen, die man sah, waren Vögel, die über die Mauer flogen. Von einem Paradies war diese Welt weit entfernt. Ich fragte mich, inwieweit sich der Junge der Lebensumstände in der Stadt bewusst war.

Ich überlegte, ob ich ihm diese ausführlich schildern sollte, entschied mich aber dagegen. Wahrscheinlich wusste der Junge sowieso schon alles und war trotzdem fest entschlossen, in die Stadt jenseits der Mauer zu ziehen. Er war nach reiflicher Überlegung zu einem unumstößlichen Entschluss gelangt. Ich konnte keinen Zweifel in seinem Gesicht erkennen und wusste, dass sein Entschluss feststand. Dennoch konnte ich nicht umhin, mich noch einmal zu vergewissern.

»Um Einlass in die Stadt zu erhalten, musst du deinen Schatten aufgeben und deine Augen verletzen lassen. Das sind die beiden Bedingungen, die du erfüllen musst, sonst kommst du nicht durch das Tor. Wenn du deinen Schatten aufgibst, stirbt er nach kurzer Zeit, und wenn er tot ist, kommst du nie wieder aus der Stadt heraus. Aber das macht dir nichts aus, oder?«

Der Junge schüttelte den Kopf.

»Vielleicht wirst du keinen von den Menschen, die du kennst, je wiedersehen.«

»Das macht mir nichts aus«, sagte der Junge.

Ich stieß einen tiefen Seufzer aus. Der Junge war durch nichts an diese Wirklichkeit gebunden. Er war im wahrsten Sinne des Wortes nicht in ihr verwurzelt. Er war wie ein Luftballon, der an einem Haken hing und immer etwas über dem Boden schwebte. Und seine Perspektive war eine ganz andere als die der normalen Menschen um ihn herum. Deshalb empfand er weder Angst noch Schmerz bei dem Gedanken, sich von dem Haken zu lösen und diese Welt für immer zu verlassen.

Unwillkürlich sah ich mich um. War ich irgendwo fest mit

dieser Erde verbunden? Hatte ich Wurzeln in ihr? Ich dachte an die Blaubeermuffins und an den Klang des Altsaxofons von Paul Desmond aus dem Lautsprecher im Coffeeshop am Bahnhof. Ich dachte an die magere, einsame Katze, die mit erhobenem Schwanz durch den Garten lief. Verband mich all das irgendwie mit dieser Welt? Oder waren diese Dinge zu unbedeutend und nicht der Rede wert?

Der Junge kniff die Augen hinter seiner goldumrandeten Brille zusammen und sah mich an. Als könnte er meine Gedanken lesen.

»Aber wie willst du überhaupt in die Stadt kommen?«

Er deutete erst auf mich, dann auf sich und schließlich in eine ganz andere Richtung. Ich fasste die Geste mit meinen eigenen Worten zusammen. »Ich soll dich hinbringen?«

Der Junge im Jeremy-Hillary-Boob-Pullover nickte stumm und nachdrücklich. Ja.

»Aber bin ich überhaupt in der Lage, dich in die Stadt zu begleiten? Ich kann nicht kommen und gehen, wie und wann ich will. Geschweige denn, dich dorthin zu führen. Ich bin selbst nur *durch Zufall* dorthin gelangt.«

Der Junge ließ sich meine Worte durch den Kopf gehen (zumindest schien es mir so). Dann sprang er plötzlich, ohne ein Wort zu sagen, von seinem Stuhl auf, zog ein sauber gefaltetes weißes Taschentuch aus der Hosentasche und wischte sich noch einmal gründlich den Mund ab. Vielleicht war es wieder eine Geste, um sich auf seine Art für den Blaubeermuffin zu bedanken. Oder es war einfach Gewohnheit. Ich konnte keinen Unterschied erkennen.

Er steckte das Taschentuch wieder ein, ging zur Tür, öffnete sie und verließ das Zimmer, ohne sich noch einmal umzudrehen oder sich zu verabschieden. Die Tür fiel mit einem metallischen Geräusch hinter ihm ins Schloss, und ich blieb allein im Zimmer zurück.

»*Ich* soll dich hinbringen?«, sagte ich leise zu mir selbst, als ich allein war.

Ich stellte mir vor, wie ich mit dem Jungen an der Hand vor dem Stadttor stand. Der Junge in dem grünen Pullover mit dem gelben U-Boot ließ ohne Zögern meine Hand los und durchschritt das Tor, durch das ich nie wieder gehen würde. Denn ich war bereits disqualifiziert. Nachdem ich den Jungen hingebracht und sich das Tor hinter ihm geschlossen hatte, würde ich allein auf diese Seite der Welt zurückkehren.

Ich stand auf, ging zum Fenster, öffnete es, steckte den Kopf hinaus und atmete ein paarmal tief durch. Die eisige Winterluft stach mir in die Lungen. Lange und unverwandt blickte ich in den menschenleeren Garten. Gefrorene Schneereste lagen als weiße Flecken auf dem Boden.

Die nächsten Tage vergingen ruhig. Die Sonne schien, es war windstill, und die dicken Eiszapfen an den Dachvorsprüngen schmolzen einer nach dem anderen im strahlenden Sonnenschein. Ich saß an meinem Schreibtisch und lauschte den Tropfen des Schmelzwassers vor meinem Fenster. Währenddessen saß der Junge wie immer in seine Lektüre vertieft im Lesesaal. Ich fragte Frau Soeda, was er las, und sie zählte es mir auf. Er las die isländischen Sagas, den *Tractatus* von Wittgenstein, die gesammelten Werke von Kyoka Izumi und die Enzyklopädie der Hausmittel für die ganze Familie. Jedes dieser Bücher war ziemlich dick. Offenbar bevorzugte er dicke

Bücher ohne Rücksicht auf ihren Inhalt. Dünne Bücher genügten ihm wohl nicht. Er war wie jemand mit großem Appetit, der im Restaurant das größte Steak bestellt.

Nach unserem Gespräch in meinem Büro hatten der Junge und ich etwa eine Woche lang keinen Kontakt mehr. Der Junge, der jetzt wieder seinen Yellow-Submarine-Pullover trug (wahrscheinlich war er aus der Wäsche zurück), kam wie jeden Tag mit seinem grünen Rucksack in die Bibliothek, aber selbst wenn ich im Lesesaal an ihm vorbeiging, sprach ich ihn nicht von mir aus an, und er sah mich auch nicht an. Er schien ganz in seine Bücher vertieft zu sein und sich für nichts anderes zu interessieren. Vielleicht war es besser so. Und ich saß an meinem Schreibtisch und erledigte nach und nach meine täglichen Aufgaben als Bibliotheksleiter. Die Büroarbeit war langweilig, aber solange sie mit Büchern zu tun hatte, konnte ich ihr etwas Erfreuliches abgewinnen, auch wenn es nur darum ging, Zahlen zu vergleichen. Wir – der Junge und ich – gingen in der Realität unseren jeweiligen Aufgaben nach.

Der Yellow-Submarine-Junge wünschte sich von ganzem Herzen, in die Stadt mit der hohen Mauer zu gelangen und einer ihrer Bewohner zu werden. Er war entschlossen, und es machte ihm nichts aus, dass er nie mehr in unsere Welt zurückkehren konnte. Auf dieser Seite der Welt gab es nichts, was die Macht besaß, ihn zu halten. Das war klar. Aber er konnte die ummauerte Stadt nicht aus eigener Kraft erreichen. Dazu brauchte er meine »Führung«. Denn ich war der Einzige, der den Weg dorthin kannte – oder ihn schon einmal gegangen war.

Nicht dass ich den konkreten Weg in die Stadt im Kopf gehabt hätte. Ich war ihn nur *schon einmal gegangen*. Oder genauer gesagt: Ich war bewusstlos dorthin *transportiert* worden.

Selbst wenn man mir befohlen hätte, denselben Weg noch einmal zu gehen, hätte ich nicht gewusst, wie.

Und dann war da noch etwas, das ich nicht einschätzen konnte. Ich fragte mich, ob es wirklich richtig wäre, den Jungen in diese andere Welt zu bringen. Wäre es moralisch vertretbar? Wenn der Junge in die Stadt käme und sich dort als Traumleser niederließ, würde seine Existenz in der realen Welt wohl ausgelöscht.

Da ich meinen Schatten nicht hatte sterben lassen und ihm bei der Flucht aus der Stadt geholfen hatte, war ich in unsere Welt zurückgekehrt. (Genauer gesagt, ich war *zurückgeschickt* worden.) Denn meine Existenz in dieser Welt war nicht ausgelöscht worden. Am Ende war es nicht mehr als eine Vermutung, aber ich war immer stärker davon überzeugt, dass es so war.

Doch wenn der Junge von seinem Schatten getrennt würde und Letzterer sein Leben verlöre, wäre auch der Junge für immer für diese Welt verloren. Laut Frau Soeda hatte er keine Freunde, aber seine Eltern und Brüder würden bestimmt um ihn trauern, wenn er auf einmal verschwunden wäre. Vor allem seine Mutter, die ihn vergötterte … Durfte ich etwas tun, das zu solchen Umständen führte? So aufrichtig der Wunsch des Jungen auch sein mochte, so sehr es vielleicht sein natürlicher Lebensweg war – würde ich damit nicht gegen die menschliche Moral verstoßen?

Darüber hätte ich gern mit jemandem gesprochen. Zum Beispiel mit Herrn Koyasu. Er kannte die näheren Umstände und besaß sicher die nötige Weisheit. Wahrscheinlich hätte er mir einen wertvollen Rat geben können. Aber Herr Koyasu – oder sein Geist – hatte sich mir schon lange nicht mehr gezeigt. Vielleicht würde er mir nie mehr erscheinen. Vielleicht hatte seine Seele diese Erde schon verlassen. Die Möglichkeit bestand. Er hatte gesagt, die Zeit, die eine Seele auf dieser Erde verbringen könne, sei begrenzt. Und es sei für die Seele nicht leicht, menschliche Gestalt anzunehmen und sich zu zeigen.

Ich dachte daran, mich mit Frau Soeda zu beraten, aber einer Person, die ein ganz normales Leben führte, hätte ich nur sehr schwer erklären können, dass ich eine Zeit lang in der Stadt hinter der hohen Mauer gelebt hatte. Womöglich würde sie sich am Ende mehr Sorgen um meine psychische Gesundheit machen als um den Jungen. Nein, ich konnte ihr nicht von der Stadt erzählen. Bisher hatten nur Herr Koyasu und der Junge verstanden und akzeptiert, was ich dort gesehen, gehört und erlebt hatte.

Also passte ich Frau Soeda in einem möglichst unbeschäftigten Moment ab und fragte sie in beiläufigem Ton nach dem Jungen und hauptsächlich nach seiner Familie.

»Sie sagten einmal, dass M**s Mutter vernarrt in ihn sei.«

»Ja. Das stimmt. Sie verhätschelt den Jungen, als wäre er ein Kätzchen.«

»Und sein Vater?«

Frau Soeda zuckte mit den Schultern. »Über den Vater weiß ich nicht viel, ich habe ihn nie persönlich kennengelernt. Ich habe gehört, er interessiere sich nicht sonderlich für den Jungen. Aber das weiß ich letztlich nur vom Hörensagen.«

»Warum interessiert er sich angeblich nicht für seinen Jüngsten?«

»Ich glaube, ich hatte Ihnen schon davon erzählt. Die beiden älteren Brüder waren sehr gute Schüler und wechselten später auf renommierte Universitäten in Tokio. Sie gehören zur Elite. Der Vater ist sehr stolz auf sie. Er muss sich ihrer weiß Gott nicht schämen. Sein Jüngster dagegen hat es nicht einmal auf die örtliche Oberschule geschafft, geht jeden Tag in die Bibliothek, liest ununterbrochen und redet unverständliches Zeug. Er mag sich nicht in der Öffentlichkeit zeigen. Das scheint seinen Vater sehr zu stören.«

»Sie sagten, er leitet einen Kindergarten in der Stadt?«

»Ja, einen ausgezeichneten Kindergarten. Aber das ist nicht alles, er betreibt noch mehrere Nachhilfeschulen und Einrichtungen für Erwachsenenbildung. Er soll ein ausgezeichneter Geschäftsmann sein, aber kein guter Lehrer.

Zu Hause hat M** wenig Gelegenheit zum Lesen. Sein Vater gibt ihm nur wenige Bücher, weil er es ungesund findet, immer nur zu lesen. Er reglementiert auch die Zeit, die der Junge zum Lesen hat. Das ist ziemlich hart für M**, denn Lesen ist für ihn so selbstverständlich wie Atmen.«

»Und seine Mutter? Versteht sie, was mit ihm los ist? Dass er sich durch seine angeborenen besonderen Fähigkeiten von anderen Kindern unterscheidet?«

»Seine Mutter scheint mir ein sehr sensibler Mensch zu sein. Sie verwöhnt ihn, aber sie hat wohl kein wirkliches Verständnis für sein wahres Wesen. Offensichtlich hat sie keine Lust, seine Fähigkeiten zu fördern oder ihm eine Möglichkeit zu suchen, sie einzusetzen.«

»Sie will ihn also nicht gehen lassen?«

»Ehrlich gesagt habe ich ihr schon mehrere Vorschläge gemacht. Vielleicht hat sie das als Einmischung empfunden, aber ich habe ihr offen meine Meinung gesagt. Es gibt im ganzen Land mehrere Einrichtungen, die auf die Förderung von Kindern wie ihm spezialisiert sind. Dort könnte sich seine natürliche Begabung besser entfalten. Solange M** hierbleibt, hat er wahrscheinlich keine Zukunft. Doch dieses Argument stößt bei ihr auf taube Ohren. Sie ist fest davon überzeugt, dass der Junge nur in ihrer Obhut überleben kann.«

Ich dachte einen Moment lang über Frau Soedas Worte nach. »Das klingt, als wäre der Junge in einer schwierigen Situation.«

»Ich weiß natürlich nicht, was M** selbst darüber denkt, weil er seine Gefühle nicht zeigt. Aber ich könnte mir vorstellen, dass die Familie kein guter Ort für ihn ist. Ein Vater, der sich nicht für ihn interessiert, und eine Mutter, die ihn überbehütet. Und keiner von beiden versteht ihn richtig oder hat auch nur den Willen, ihn zu verstehen.«

»Und wie ist das Verhältnis zu den beiden älteren Brüdern?«

»Die Brüder leben in Tokio und scheinen sehr mit sich selbst beschäftigt zu sein. Sie sind jung, da ist das normal. Sie kommen kaum nach Hause und haben schon gar keine Zeit für ihren seltsamen kleinen Bruder, der nicht einmal zur Schule geht.«

»Also verbringt er seine Tage in unserer Bibliothek. Spricht mit niemandem und vertieft sich die ganze Zeit in seine Bücher.«

»Auch wenn es jetzt nichts bringt, darüber zu reden«, sagte Frau Soeda, »ich wünschte mir so sehr, dass Herr Koyasu noch leben würde. Denn er war der Einzige, dem sich der

Junge geöffnet hat. Es ist so traurig, dass er gestorben ist. Sowohl für M** als auch für die Bibliothek.«

Ich nickte. Herrn Koyasus Tod hatte an vielen Stellen eine große Lücke hinterlassen.

Von Frau Soeda mehr über die Familiensituation des Jungen zu erfahren, würde mir die Entscheidung vielleicht erleichtern.

Der Junge hatte allen Grund, seine Familie und seine Welt verlassen zu wollen. Würde er plötzlich verschwinden, wäre seine Mutter zweifellos am Boden zerstört. Doch für den Jungen selbst könnte die Trennung von seiner Mutter von Vorteil sein. So wie auch die Kätzchen irgendwann von ihrer Mutter getrennt und selbstständig wurden. Die Katzenmutter verlor ihre Jungen, suchte noch eine Zeit lang verzweifelt nach ihnen, gab dann aber auf und vergaß sie. Der Kreislauf begann von Neuem. Für die Tiere war das der Lauf der Welt. Wie der Wechsel der Jahreszeiten.

Der Vater und die beiden Brüder wären natürlich auch unglücklich, wenn der Junge plötzlich verschwinden oder sterben würde. Vielleicht würden sie es sogar bereuen, sich nicht mehr um ihn gekümmert zu haben. Aber sie wären zu sehr mit sich selbst beschäftigt, um lange zu trauern. Außerdem hatte der Junge keinen einzigen Menschen, den man als seinen Freund bezeichnen konnte. Er war so einsam, wie man nur sein kann. Wenn er verschwände, würde sich die entstandene Lücke schnell wieder schließen. Leise, ohne Aufsehen, sehr still.

Wäre ich an der Stelle des Jungen gewesen – und wie Frau Soeda sagte, war es nicht leicht, sich in ihn hineinzuversetzen –, wäre ich wahrscheinlich auch lieber in eine andere Welt gezogen, als hierzubleiben.

Zum Beispiel in die Stadt hinter der hohen Mauer.

52

Als der Montag kam, besuchte ich wie immer das Grab von Herrn Koyasu. Ich erzählte ihm von dem Jungen. Dass er in die ummauerte Stadt wolle und mich gebeten habe, ihn dorthin zu bringen. Dass ich mir aber momentan nicht sicher sei, ob ich ihm diesen Wunsch erfüllen könne, vor allem, weil ich nicht wisse, wie wir dorthin kommen sollten.

Der Junge war – das wusste auch Herr Koyasu – unendlich einsam auf dieser Welt. Er selbst war fest davon überzeugt, dass es für ihn natürlicher und befriedigender wäre, sie zu verlassen und in die Stadt hinter der hohen Mauer zu ziehen.

Vielleicht war es so. Vielleicht war die Wirklichkeit nicht der richtige Ort für ihn. Keiner seiner Blutsverwandten verstand ihn wirklich. Vielleicht würden seine einzigartigen Fähigkeiten in der anderen Welt besser zur Geltung kommen.

Trotzdem war ich mir nicht sicher, ob es richtig wäre, ihm bei seinem »Übergang« zu helfen, selbst wenn ich es könnte. Hatte ich überhaupt das Recht dazu? Er war ja erst sechzehn. Und auch wenn seine Eltern und Brüder nicht in der Lage waren, ihn zu verstehen, und ihre geistige Verbindung zu ihm schwach war, wären sie doch zutiefst unglücklich, wenn der Junge nicht mehr da wäre.

»Ich hätte gerne Ihre Meinung dazu, Herr Koyasu. Sollten Sie mich jetzt hören, bitte ich Sie um Ihren unverblümten Rat. Ich weiß nicht, wie ich mich verhalten soll. Ich bin, ehrlich gesagt, völlig ratlos.«

Nachdem ich meine Botschaft losgeworden war, setzte ich mich auf die kleine Mauer vor dem Grabstein und wartete auf eine Antwort. Wie ich schon halb erwartet hatte, kam keine. Nur ein paar Wolken zogen gemächlich über den Himmel, von einem Bergrücken zum anderen. Aus irgendeinem Grund war an diesem Morgen nicht einmal Vogelgezwitscher zu hören. Es herrschte Grabesstille.

Eine halbe Stunde lang saß ich in dieser Stille vor dem Grabstein, als hockte ich mit angezogenen Knien allein auf dem Grund eines ausgetrockneten Brunnens. Nichts geschah. Nur die grauen Wolken zogen über mich hinweg, und der große Zeiger der Uhr drehte eine halbe Runde auf dem Zifferblatt. Sonst rührte sich nichts.

Von Zeit zu Zeit hob ich den Kopf und blickte mich um, aber es war nichts zu sehen. Außer mir war keine Menschenseele auf dem Friedhof. Ich stand auf, schaute kurz in den Winterhimmel, zog meinen Schal fester und strich ein paar Blätter von meinem Dufflecoat.

Herrn Koyasus Seele hatte diese Welt wohl für immer verlassen. Viel Zeit war vergangen, seit ich ihn das letzte Mal gesehen und mit ihm gesprochen hatte. Und auch der Yellow-Submarine-Junge wollte weg von hier. Wenn die beiden wirklich (für immer) weg wären, müsste ich hier allein weiterleben. Was für eine trostlose Welt. Denn inzwischen hatte ich eine natürliche Sympathie und Zuneigung für die beiden entwickelt.

Auf dem Rückweg vom Friedhof machte ich wie immer in dem namenlosen Coffeeshop am Bahnhof Halt. Es schien, als wäre ich wirklich zu einem typischen Junggesellen mittleren Alters geworden, der wie ein Automat seinen festen Gewohnheiten folgte. Ich setzte mich auf den gewohnten Platz an der Theke, bestellte den gewohnten schwarzen Kaffee und nahm einen Muffin ohne alles (der gewohnte Blaubeermuffin war an diesem Tag ausverkauft). Die gewohnte Dame hinter der Theke lächelte mich wie gewohnt an.

Aus dem Lautsprecher erklangen leise Jazzgitarrenklänge, aber ich kannte weder den Titel noch den Gitarristen. Während ich der Musik lauschte, trank ich meinen heißen Kaffee und aß den Muffin, den ich in kleine Stücke schnitt. Natürlich hatten auch Muffins ohne alles ihre Qualitäten.

»Sie haben einen sehr schönen Mantel«, sagte die Frau zu mir. Ich warf einen Blick auf meinen grauen Dufflecoat, der auf dem Hocker neben mir lag.

»Den Dufflecoat?«, sagte ich etwas erstaunt. Und faltete die gelesene Morgenzeitung zusammen. »Den trage ich seit zwanzig Jahren. Er ist schwer wie eine Rüstung und altmodisch geschnitten. Und warm ist er auch nicht.«

»Aber er sieht gut aus. Heutzutage tragen alle die gleichen Daunenmäntel, da wirkt er wie etwas Neues.

»Das mag sein, aber für eine so kalte Gegend ist er nicht geeignet. Ich überlege, mir für den nächsten Winter einen Daunenmantel zu kaufen. Sie sind viel wärmer und leichter. Es ist mein erster Winter hier, und ich hatte keine rechte Vorstellung, wie das Wetter wird.«

»Aber aus irgendeinem Grund mochte ich Dufflecoats schon immer. Sie sind einfach schön.«

»Mein Mantel freut sich ganz bestimmt, das zu hören«, sagte ich und lachte.

»Sie sind sicher der Typ, der gut auf seine Sachen aufpasst und sie lange behält, oder?«

»Kann schon sein«, antwortete ich. Das hatte noch nie jemand zu mir gesagt, aber wahrscheinlich hatte sie recht. Vielleicht war es mir einfach zu lästig, mir etwas Neues zu kaufen.

Wieder war ich der einzige Gast, außer mir war niemand im Café, und sie schien es zu genießen, ein wenig zu plaudern, während sie darauf wartete, dass das Wasser für den Kaffee kochte. »Sie sagen, es ist Ihr erster Winter hier, Sie sind also nicht von hier?«

»Genau, ich bin letzten Sommer hergezogen, wohne also erst seit Kurzem hier«, antwortete ich. »Deshalb weiß ich noch nicht viel über den Ort. Vorher habe ich immer in Tokio gelebt.«

Abgesehen von der Zeit, in der ich in der Stadt hinter der Backsteinmauer gelebt hatte …

»Sie sind also wegen der Arbeit hergezogen?«

»Ja, ich habe hier zufällig einen Job gefunden.«

»Ah, bei mir sind die Umstände ganz ähnlich«, sagte sie. »Ich habe hier eine Stelle gefunden und bin im letzten Frühjahr hergezogen. Vorher habe ich in einer Bank in Sapporo gearbeitet.«

»Also haben Sie bei der Bank gekündigt und sind hierhergezogen.«

»Das war eine große Umstellung.«

»Kannten Sie hier jemanden?«

»Nein, niemanden. Wie Sie bin ich einfach alleine hergekommen.«

»Und haben in diesem Coffeeshop angefangen.«

»Den habe ich eigentlich im Internet gefunden. Er stand zum Verkauf. Aus irgendeinem Grund musste der Besitzer so schnell wie möglich raus und hat ihn mir weit unter Marktwert angeboten. Also habe ich den Laden gekauft und bin als neue Besitzerin hier eingezogen.«

»Das war sehr mutig von Ihnen«, sagte ich beeindruckt. »Ihren Job bei der Bank aufzugeben und ganz allein in eine ferne, fremde Stadt zu ziehen, um dort ein Geschäft zu eröffnen.«

»Verschiedene Umstände haben dazu geführt. Wissen Sie noch, was der Junge neulich über die Mittwochskinder gesagt hat? Dass sie großes Leid trügen?«

»Das hat nicht er gesagt, sondern ich. Er hat nur gesagt, dass Sie an einem Mittwoch geboren wurden.«

»Ach so, ja, kann sein.«

»Der Junge sagt praktisch nur das, was wirklich wahr ist.«

»Er sagt also nur die Wahrheit«, wiederholte sie beeindruckt. »Das ist doch erstaunlich, oder?«

Langsam wandte sie sich von mir ab, drehte das Gas ab und setzte eine frische Kanne Kaffee auf. Ich erhob mich von meinem Hocker, zog den Dufflecoat an, bezahlte die Rechnung und wollte das Café verlassen. Doch etwas hielt mich zurück. Im Gehen drehte ich mich noch einmal zu der Frau um, die hinter der Theke Kaffee aufbrühte.

»Ich möchte nicht aufdringlich sein«, sagte ich, »aber darf ich Sie vielleicht mal zum Essen einladen oder so?«

Die Worte kamen mir ganz natürlich und fließend über die

Lippen. Kein Stocken, kein Zögern. Ich bemerkte nur, dass sie ein wenig rot wurde.

Sie blickte auf und sah mich mit leicht zusammengekniffenen Augen an, als würde sie etwas Ungewöhnliches sehen.

»Irgendwann?«, fragte sie.

»Heute ginge auch.«

»Essen oder so?«

»Abendessen zum Beispiel.«

Sie schürzte ein wenig die Lippen. »Ich schließe um sechs. Und dann brauche ich ungefähr eine halbe Stunde zum Aufräumen. Also, wenn das für Sie in Ordnung ist.«

»Sehr gut«, sagte ich. Halb sieben war genau die richtige Zeit fürs Abendessen. »Ich hole Sie dann ab.«

Ich verließ das Café und machte mich auf den Heimweg. Unterwegs ging ich noch einmal jedes Wort durch, das ich zu ihr gesagt hatte, und wunderte mich. Ich hatte überhaupt nicht die Absicht gehabt, sie zum Essen einzuladen, aber die Worte waren mir quasi wie von selbst entschlüpft. Im Nachhinein war es lange her, dass ich eine Frau zum Essen eingeladen hatte. Was hatte mich dazu getrieben? Fühlte ich mich zu ihr hingezogen?

Vielleicht.

Aber wenn ja, dann wusste ich nicht, was mich an ihr anzog. Sie war mir von Anfang an sympathisch gewesen, aber es war keine Sympathie, die auf irgendetwas abzielte – eher eine freundschaftliche Verbundenheit. Sie war einfach eine nette Dame Mitte dreißig, die mir jeden Montagmorgen Kaffee und Muffins servierte. Sie war schlank und tüchtig und arbeitete allein. Ihr Lächeln hatte eine natürliche Wärme.

An diesem Tag musste mich *irgendetwas* an ihr besonders

angezogen haben, daher wohl die Einladung zum Essen. Vielleicht hatte mich in unserem kurzen Gespräch etwas berührt. Oder ich war der Einsamkeit überdrüssig und wünschte mir jemanden, mit dem ich mich am Abend unterhalten konnte. Vielleicht war es aber auch mehr. Eine Instinkthandlung?

Jedenfalls war es passiert. Ich hatte sie spontan, fast aus Versehen, zum Essen eingeladen, und sie hatte zugesagt. Wenn man darüber nachdachte, passierten viele Dinge so natürlich und wie von selbst, und vielleicht hatten die Absichten und Pläne der Beteiligten gar nicht so viel damit zu tun. Wenn ich genauer darüber nachdachte, schien es, als hätte ich im Moment kaum Absichten und Pläne.

Auf dem Heimweg machte ich noch einen Zwischenstopp beim Supermarkt und erledigte meinen Wocheneinkauf. Zu Hause teilte ich alles in kleinere Portionen ein, stellte sie in den Kühlschrank und traf die nötigen Vorbereitungen. Dann saugte ich Staub, reinigte das Bad, bezog das Bett neu und wusch die Wäsche, die sich angesammelt hatte. Außerdem bügelte ich. Die gleiche Routine wie jeden Montag. Ich erledigte alles ruhig, aber zügig, wie immer.

Kurz nach drei Uhr stellte ich meinen Lesesessel an einen sonnigen Platz und schlug das Buch auf, das ich begonnen hatte. Aber irgendwie konnte ich mich nicht auf die Lektüre konzentrieren. Denn es war kein gewöhnlicher Montag. Ich hatte eine Frau zum Abendessen eingeladen, und diese Frau hatte (nach einigen Sekunden des Zögerns) meine Einladung angenommen. War das etwas Wichtiges für mich? Oder war es nur eine kleine Nebensächlichkeit, die mit dem Verlauf des großen Ganzen nichts zu tun hatte? Gab es überhaupt so etwas wie ein »großes Ganzes« um mich herum?

Ich verbrachte den Rest des Nachmittags damit, darüber nachzudenken. Als ich das Radio einschaltete, erklang Vivaldis Konzert für Viola d'amore, gespielt vom Ensemble I Musici, und ich hörte zu, ohne wirklich zuzuhören.

Zwischen den Stücken erklärte der Moderator etwas. »Antonio Vivaldi wurde 1678 in Venedig geboren und komponierte im Laufe seines Lebens über sechshundert Musikstücke. Zu seiner Zeit ein beliebter Komponist und berühmter Geiger, geriet er völlig in Vergessenheit und galt als Mann der Vergangenheit. In den 1950er-Jahren kam es jedoch zu einer Neubewertung, insbesondere durch die Veröffentlichung und Popularität von *Die vier Jahreszeiten*, einer Sammlung von Violinkonzerten, die seinen Namen mehr als zweihundert Jahre nach seinem Tod in der ganzen Welt bekannt machte.«

Während ich der Musik lauschte, dachte ich an die mehr als zweihundert Jahre, in denen sie vergessen gewesen war. Zwei Jahrhunderte sind eine lange Zeit. Natürlich weiß niemand, was in zweihundert Jahren sein wird. Oder auch nur in zwei Tagen.

Plötzlich fragte ich mich, was der Yellow-Submarine-Junge wohl gerade tat. Wie und wo verbrachte er die Schließtage der Bibliothek? An ihnen hatte er wahrscheinlich nichts zu tun. Laut Frau Soeda hatte sein Vater die Lesezeit zu Hause streng begrenzt.

Ich konnte mir nicht vorstellen, was in dieser Zeit in seinem Kopf vorging. Vielleicht benutzte er sie, um die enormen Mengen an Wissen, die er im Laufe der Woche angesammelt hatte, zu systematisieren und zu ordnen. Vielleicht verband er in seinem Inneren Fragmente der Enzyklopädie der Hausmittel mit Wittgensteins Sprachtheorie zu einer gewaltigen »Säule des Wissens«. Wie hätte eine solche Säule ausgesehen, wäre sie tatsächlich errichtet worden, und welche Ausmaße hätte sie gehabt? Würde sie in seinem Inneren bleiben und nie nach außen gelangen? Als Monument eines gewaltigen Inputs ohne Output?

Vielleicht war das Verbot des Vaters letztlich das Richtige. Wahrscheinlich war es für den Jungen notwendig, mit dem Lesen (Input) zu pausieren und sich Zeit zu geben, die enormen Datenmengen, die er sich angeeignet hatte, in einer sinnvollen Ordnung in seinem Gehirn zu speichern und zu sortieren (so wie ich meine Einkäufe aus dem Supermarkt im Kühlschrank sortierte und aufbewahrte). Aber das konnte ich nur vermuten. Was wirklich im Gehirn des Jungen vorging, wusste nur er selbst.

Dennoch konnte ich nicht umhin, die Augen zu schließen und mir die Säule des Wissens (oder wie auch immer ich sie nennen sollte) im Inneren des einsamen Jungen vorzustellen. Vielleicht war sie wie ein Stalagmit, der in der Dunkelheit einer riesigen unterirdischen Kalksteinhöhle aufragte. In der pechschwarzen Finsternis, die noch kein Mensch betreten hatte, erhob er sich majestätisch, ohne je von einem Auge berührt worden zu sein. In dieser Finsternis erschienen zweihundert Jahre wie eine unbedeutende Zeitspanne.

Vielleicht konnte er diese »Säule des Wissens« benutzen, um in die ummauerte Stadt zu gelangen, und dort vielleicht den richtigen Weg finden, sein Wissen anzuwenden.

Der Yellow-Submarine-Junge … *könnte selbst eine Bibliothek werden.* Bei diesem Gedanken atmete ich tief aus.

Die ultimative persönliche Bibliothek.

53

Kurz nach sechs machte ich mich auf den Weg zum Coffeeshop am Bahnhof. Als ich ankam, war meine neue Bekannte gerade im Begriff, Feierabend zu machen. Sie schaltete das Licht aus, legte ihre Schürze ab, löste ihre zusammengebundenen Haare und zog einen dunkelblauen Wollmantel an. Sie entledigte sich der Turnschuhe, die sie bei der Arbeit getragen hatte, und schlüpfte in Lederstiefeletten. Sie wirkte nun wie ein anderer Mensch.

»Gehen wir essen?«, fragte sie und schlang sich einen grauen Schal um den Hals.

»Wenn Sie Hunger haben.«

»Ja, ziemlich. Ich hatte keine Zeit zum Mittagessen.«

Allerdings hatte ich keine Idee, wo wir essen könnten. Ich hatte kaum auswärts gegessen, seit ich hier lebte. Der Service ließ zu wünschen übrig, und die Gerichte in den wenigen Lokalen, die ich mehr oder weniger zufällig besucht hatte, waren nicht großartig gewesen. Schließlich befanden wir uns in einem kleinen Gebirgsort. Schicke Gourmetrestaurants, wie man sie in Reiseführern findet, waren hier nicht zu erwarten.

Ich fragte meine Begleiterin, ob sie ein geeignetes Restaurant wisse, in dem wir essen könnten. »Denn ich kenne mich hier nicht aus.«

»Ich auch nicht, aber ich glaube nicht, dass es hier besonders gute Restaurants gibt.«

Ich überlegte kurz und hatte eine Idee. »Wenn es Ihnen nichts ausmacht, könnten wir zu mir gehen? Ich könnte uns schnell eine Kleinigkeit kochen, wenn das in Ordnung ist.«

Sie überlegte kurz. »Was könnten Sie denn machen?«, fragte sie dann.

Schnell listete ich im Kopf die Zutaten auf, die ich am Morgen in den Kühlschrank gelegt hatte.

»Vielleicht einen Krabbensalat mit Kräutern oder Spaghetti mit Tintenfisch und Champignons? Ich habe auch einen Chablis kalt gestellt, der würde gut dazu passen. Den kann man hier kaufen, vielleicht ist er nicht ganz erstklassig.«

»Ich bekomme schon vom Zuhören Appetit«, sagte sie.

Sie schloss die Tür zum Coffeeshop und hängte sich ihre braune Ledertasche über die Schulter. Seite an Seite gingen wir durch die dunklen Straßen. Die Absätze ihrer Stiefel erzeugten ein trockenes Klacken auf dem Asphalt.

»Kochen Sie immer für sich allein?«, fragte sie.

»Ich finde es ermüdend, auswärts zu essen, deshalb koche ich mir meist etwas. Nichts Aufwendiges. Etwas Einfaches, das nicht zu viel Arbeit macht.«

»Leben Sie schon lange alleine?«

»Ja, das kann man wohl sagen. Ich lebe allein, seit ich mit achtzehn von zu Hause ausgezogen bin.«

»Aha, dann sind Sie also Experte im Alleinleben.«

»Stimmt«, antwortete ich. »Aber ich bilde mir nichts darauf ein.«

»Apropos, Sie haben mir noch gar nicht erzählt, was Sie beruflich machen.«

»Ich leite die hiesige Stadtbibliothek. Sie ist klein, daher ist ›Leiter‹ eher so etwas wie ein nomineller Titel. Wir sind nur zwei fest angestellte Mitarbeiter.«

»Aha, Sie sind Bibliotheksleiter. Das klingt sehr interessant. Aber ich war noch nie in der Bücherei. Eigentlich lese ich gerne und wusste auch, dass es hier eine Stadtbibliothek gibt, aber ich habe jeden Tag so viel im Coffeeshop zu tun.«

»Sie ist klein, aber sehr gut ausgestattet. Und ziemlich sehenswert, denn sie ist in einem restaurierten traditionellen Gebäude untergebracht, das früher eine Sake-Brauerei war. Kommen Sie doch einmal vorbei, wenn Sie Zeit haben.«

»Und was haben Sie gemacht, bevor Sie Bibliotheksleiter wurden?«

»Seit dem Studium habe ich immer im Buchhandel gearbeitet. Ich habe gerne mit Büchern zu tun. Umständehalber habe ich dort gekündigt und eine Weile untätig herumgehangen, aber als ich hörte, dass die Stadtbibliothek hier jemanden suchte, habe ich mich beworben.«

»Sie hatten wohl genug vom Leben in der Großstadt?«

»Nein, das war es nicht. Ich wollte unbedingt in einer Bibliothek arbeiten, und zufällig suchte man hier im Ort jemanden. In der Stadt oder auf dem Land, im Norden oder im Süden, mir wäre alles recht gewesen.«

»Ich bin vor etwa zwei Jahren geschieden worden«, sagte sie, den Blick aufmerksam auf die möglicherweise vereiste Straße gerichtet. »Es war eine sehr unangenehme Angelegenheit, und eine Zeit lang hatte ich zu nichts mehr Lust. Ich konnte keine Energie mehr aufbringen. Also beschloss ich, so weit wie möglich von Sapporo entfernt neu anzufangen. Wo in Japan war mir egal, solange mich dort niemand kannte.«

Ich nickte unverbindlich, denn ich wusste nicht, was ich sagen sollte. Sie schwieg einen Moment lang.

»Und dann habe ich, wie gesagt, im Internet entdeckt, dass dieser Coffeeshop hier am Bahnhof zu verkaufen war. Ich bin hingefahren, um ihn mir anzusehen, und fand ihn nicht schlecht. Dann habe ich ein paar Berechnungen angestellt, was ich an Einnahmen und Ausgaben zu erwarten hätte, und bin zu dem Schluss gekommen, dass ich von der Arbeit im Café ganz gut leben könnte. Da ich früher in einer Bank gearbeitet habe, kenne ich mich mit solchen Berechnungen aus. Außerdem würde mich in so einem kleinen Dorf in den Bergen sicher niemand finden. Also kündigte ich bei der Bank, nahm meine Abfindung und meine Ersparnisse, kaufte das Café und zog hierher, ohne jemandem davon zu erzählen. Zum Glück hatte ich genug Geld und musste mich nicht verschulden.«

»Klingt gut.«

»Sie sind der erste Mensch, dem ich meine Lebensgeschichte erzähle, seit ich hier bin.«

»Sie haben noch niemandem davon erzählt?«

»Niemandem.«

»Und Sie haben auch kein tiefes Loch gegraben und es ihm anvertraut, um alles mal loszuwerden?«

»Nein. Machen Sie so etwas?«

Ich überlegte. »Ja, kann sein.«

Vielleicht fühlten wir uns einander näher, weil unsere

Lebensumstände ähnlich waren. Wir waren beide einsame Menschen, die der Wind in dieses Bergstädtchen in Tohoku geweht hatte. Wir hatten von Anfang an keine Freunde. Und ob wir hier Wurzeln schlagen würden, war alles andere als sicher.

Als wir bei mir zu Hause ankamen, schaltete ich als Erstes den Heizofen ein. Dann zog ich den Mantel aus, öffnete die Flasche Weißwein und schenkte uns ein.

Während ich in der Küche stand und kleine Schlucke probierte, bereitete ich Salat und Spaghetti zu. Sie schaute mir interessiert zu. Während das Wasser für die Spaghetti heiß wurde, schnitt ich Knoblauch in feine Scheiben und brutzelte Tintenfisch und Champignons in der Pfanne. Schnell hackte ich etwas Petersilie, gab die Garnelen dazu, schnitt eine Grapefruit auf, mischte Kräuter und die zarten Blätter vom Salat mit einem Dressing aus Olivenöl, Zitrone und Senf.

»Sie sind sehr geschickt. Und Sie arbeiten effizient«, lobte sie mich.

»Das liegt daran, dass ich Experte im Alleinleben bin.«

»Ich bin noch Anfängerin, und ehrlich gesagt ist Kochen nicht meine Stärke. Dafür mache ich gerne sauber. Vielleicht ist das angeboren.«

»Wie lange waren Sie verheiratet?«

»Fast zehn Jahre.«

»Und Sie haben die ganze Zeit in Sapporo gelebt?«

»Ja«, antwortete sie, »ich bin in Sapporo zur Welt gekommen und aufgewachsen. In einer absolut harmonischen Familie. Mein Mann war ein Klassenkamerad aus der Oberschule. Nach dem Studium habe ich die Stelle in der Bank bekommen, und mit vierundzwanzig haben wir geheiratet. Am Anfang lief alles gut, bis ich auf einmal merkte, dass es nicht mehr gut lief.«

»Ich gebe jetzt die Spaghetti in den Topf, könnten Sie bitte auf die Zeit achten?«, sagte ich. »Und mir Bescheid sagen, wenn achteinhalb Minuten um sind? Sie brauchen keine Sekunde länger als achteinhalb Minuten.«

»Ich verstehe«, sagte sie mit einem ernsten Blick auf die Wanduhr. »Genau achteinhalb Minuten, ja?«

Ich gab die Spaghetti ins kochende Wasser, rührte sie einmal mit dem Holzlöffel um, damit sie nicht zusammenklebten, teilte den Salat auf und deckte den Tisch.

Wir setzten uns an meinen kleinen Esstisch, tranken Chablis und aßen Salat und Spaghetti. Anschließend tranken wir Kaffee. Einen Nachtisch gab es nicht.

Es war ziemlich lange her, dass ich mit jemandem zu Abend gegessen hatte (wann eigentlich das letzte Mal?). Aber es war nicht schlecht, für jemanden zu kochen, den Tisch ordentlich zu decken und sich dabei zu unterhalten. Zwischen den kleinen Bissen, die wir zu uns nahmen, tranken wir Wein und erzählten von uns. Aber da ich nicht viel zu erzählen hatte, stand ihre Geschichte im Mittelpunkt.

Sie hatte an einer kleinen, feinen Frauenuniversität in Sapporo studiert und einen Job bei einer örtlichen Bank gefunden. Bei einem Klassentreffen war sie ihrem Mann wiederbegegnet, sie hatten sich verliebt und mit vierundzwanzig geheiratet. Es war eine große Hochzeit mit vielen Freunden. Und alle beglückwünschten sie aufs Herzlichste zu ihrem neuen Lebensabschnitt. Das war vor über zehn Jahren gewesen. (Sie war jetzt sechsunddreißig, ungefähr im gleichen Alter wie Frau Soeda.)

Ihr Mann war bei einem großen Lebensmittelhersteller beschäftigt, dessen Hauptgeschäft der Import und die Verarbeitung von Mehl war. Ihre Flitterwochen verbrachten sie auf Bali. Unmittelbar nach ihrer Ankunft bekam ihr Mann eine schwere Lebensmittelvergiftung (wahrscheinlich von Krabbenfleisch), litt unter ständigem Durchfall und Erbrechen und musste fast die ganze Reise im Bett verbringen. Essen konnte er auch nicht richtig. Während er ans Bett gefesselt war, badete sie allein im Hotelpool und las im Schatten ein Buch, das sie aus Japan mitgebracht hatte. Denn sie hatte nichts anderes zu tun. Sie kehrte braun gebrannt und er ausgezehrt nach Japan zurück. Trotz dieses unglücklichen Beginns verlief ihr Eheleben zunächst ruhig und glücklich. Selbst die verunglückte Hochzeitsreise wurde zu einer fröhlichen Erinnerung.

»Ich weiß nicht, wann es anfing schiefzulaufen«, sagte sie mit einem leichten Achselzucken. Und nahm einen Schluck Wein. »Aber irgendwann ging etwas Wichtiges kaputt, und es klappte nicht mehr zwischen uns. Egal, was wir taten, alles war ein bisschen daneben, aus dem Gleichgewicht. Wir konnten nicht mehr miteinander reden, unsere Geschmäcker und Denkweisen wurden immer unterschiedlicher, und dann auch noch der Sex … Verstehen Sie, was ich meine?«

Wieder nickte ich unverbindlich und griff nach der Flasche, um ihr noch einmal einzuschenken. Ihre sonst so blassen Wangen waren vom Wein leicht gerötet.

»Am Ende hatte er eine Affäre mit einer Kollegin aus der Firma, und ich fand es heraus. Das war der Auslöser für unsere Scheidung. Er war ziemlich schlecht darin, etwas zu verbergen.«

»Ich verstehe«, sagte ich.

»Allerdings glaube ich nicht, dass er eine besonders tiefe Beziehung zu dieser Frau hatte. Es war eher ein Flirt, eine flüchtige Schwärmerei. Es tat ihm auch leid, und er hat sich aufrichtig entschuldigt und versprochen, es werde nie wieder vorkommen. Eigentlich eine ganz alltägliche Sache, oder? Aber ich konnte gefühlsmäßig nicht mehr zum Anfang zurück.«

Ich nickte. Und sagte nichts.

»Aber das Schlimme war vielleicht nicht so sehr die Scheidung, sondern dass ich seither meinen eigenen Gefühlen nicht mehr traue.« Sie starrte auf das Weinglas in ihrer Hand. »Ich fürchte, selbst wenn ich wieder einen Mann kennenlerne, ihn sogar heirate und ihm auch vertraue, könnte nach einer gewissen Zeit das Gleiche passieren. Früher hatte ich dieses Gefühl nicht.«

»Sie kannten Ihren Mann seit der Oberschule, nicht wahr?«

»Ja. Wir waren in derselben Klasse, aber damals standen wir uns nicht nahe und hatten keinen persönlichen Kontakt. Wir haben uns höchstens mal kurz unterhalten. Insgeheim gefiel er mir sogar ganz gut. Er war groß, sah gut aus und hatte gute Noten. Aber ich war im Volleyballclub und er Kapitän der Fußballmannschaft. Außerdem mussten wir natürlich für unsere Aufnahmeprüfungen lernen und hatten gar keine Zeit, uns näherzukommen.«

»Er war also gut aussehend und sportlich.«

»Ja, er war der Schwarm aller Mädchen und in der ganzen Klasse sehr beliebt. Und als er dann von der Uni kam und wir uns bei dem Klassentreffen wiedersahen, redeten und tranken, waren wir plötzlich ein Herz und eine Seele. So nach dem Motto: Ich fand dich schon immer toll. Das ist wohl ein ziemlich gängiges Muster.«

»Stimmt, so was passiert wohl öfter.«

»Waren Sie schon mal auf einem Klassentreffen?«

Ich schüttelte den Kopf. »Nein, noch nie. Von keiner Schule. Auch an keinem Uni-Treffen dieser Art habe ich je teilgenommen.«

»Sie erinnern sich wohl nicht gern an Vergangenes?«

»Nein, das ist es nicht mal, aber ehrlich gesagt habe ich in der Schule oder an der Uni nie richtig dazugehört. Und ich möchte auch niemanden aus meiner Klasse wiedersehen.«

»Gab es denn in Ihrer Klasse kein hübsches Mädchen, in das Sie verliebt waren?«

Ich schüttelte den Kopf. »Ich glaube nicht.«

»Sie waren wohl immer gern allein?«

»Es gibt keine Menschen, die gern allein sind. Wahrscheinlich nirgendwo«, antwortete ich. »Wir sind alle auf der Suche nach etwas oder jemandem. Nur sucht jeder auf eine andere Weise.«

»Ja, kann sein.«

Als wir Kaffee getrunken und in der Küche das Geschirr abgewaschen hatten (ich spülte, sie trocknete ab), zeigte die Wanduhr neun. Sie müsse nun allmählich aufbrechen, sagte sie, da sie am nächsten Morgen früh zu arbeiten anfange. Ich holte ihr Mantel und Schal und half ihr in den Mantel. Ihr glattes schwarzes Haar steckte im Kragen.

»Ich bringe Sie nach Hause«, sagte ich.

»Nicht nötig, ich bin eine erwachsene Frau und kann allein nach Hause gehen.«

»Ich würde selbst gern noch ein wenig gehen.«

»An einem so kalten Abend?«

»Kälte ist ein relativer Begriff.«

»Sie kennen wohl kältere Nächte?«, fragte sie.

»Und kältere Orte.«

Sie sah mich einen Moment an und nickte dann. »Dann nehme ich Ihr Angebot gern an.«

Wir gingen nebeneinander den Uferweg entlang. Die Absätze ihrer Stiefel verursachten ab und zu ein Knirschen auf dem gefrorenen Boden. Dieses Geräusch erinnerte mich daran, wie ich das Mädchen in der ummauerten Stadt von der Bibliothek zu ihrer Unterkunft begleitet hatte. Dort hatte ich das Murmeln des Flusses gehört, die gelegentlichen Rufe der Nachtvögel und das Flüstern der Weidenruten, die sich im Wind wiegten. Und das Rascheln des alten Regenmantels, den sie trug.

Ich hatte das Gefühl, dass die Zeit in mir durcheinandergeriet. Die Enden der beiden verschiedenen Welten schienen sich leicht übereinanderzuschieben, wie wenn bei Flut das Meer eine Flussmündung hinaufsteigt und sich Salz- und Süßwasser vermischen.

Es wehte kein Wind, aber die Nacht war sehr kalt. Es war Ende Februar und tagsüber schon etwas wärmer, aber nach Sonnenuntergang fiel die Temperatur noch einmal drastisch. Wir hüllten uns in unsere Mäntel und zogen die Schals bis zum Kinn. Weiße Atemwolken stiegen aus unseren Mündern. Sie waren so dicht, dass man darauf hätte schreiben können. Aber ich mochte diese Eiseskälte. Sie kühlte den Aufruhr in mir ein wenig ab.

»Irgendwie kommt es mir vor, als hätten wir heute Abend nur über mich gesprochen«, sagte sie, als wir gingen. »Eigentlich haben Sie kaum etwas von sich erzählt.«

»Von meinem bisherigen Leben gibt es auch kaum etwas zu erzählen.«

»Aber es würde mich interessieren. Ich würde gern wissen, wie Sie zu dem geworden sind, der Sie heute sind.«

»Da ist nichts Interessantes passiert. Ich bin in einer ganz normalen Familie aufgewachsen, habe einen ganz normalen Beruf ausgeübt und ein ruhiges Leben geführt. Ein ganz normales Leben.«

»Aber so kommen Sie mir gar nicht vor«, sagte sie. »Wollten Sie jemals heiraten?«

»Ja, ein paarmal«, antwortete ich. »Denn ich bin ein ganz normaler Mensch und fühle wie jeder andere auch. Aber immer wenn sich die Gelegenheit bot, hat es aus irgendeinem Grund doch nicht geklappt. Und irgendwann war ich es leid, immer wieder das Gleiche durchzumachen.«

»Sich zu verlieben?«

Ich wusste keine Antwort. Eine Zeit lang herrschte Schweigen. Dieses Schweigen nahm die Form unserer papierweißen Atemwolken in der Luft an.

»Vielen Dank. Es ist lange her, dass jemand für mich gekocht hat und ich mich so entspannt unterhalten konnte«, sagte sie. »Das erste Mal, seit ich hierhergezogen bin.«

»Freut mich.«

»Der Wein hat mich redselig gemacht. Aber Sie sind auch ein sehr guter Zuhörer.«

»Wenn ich Wein trinke, höre ich gern zu, was andere zu sagen haben.«

Sie kicherte. »Aber Sie erzählen nichts von sich.«

Unversehens standen wir vor ihrem Coffeeshop.

»Da sind wir. Hier wohne ich«, sagte sie.

»Hier?«

»Ja. Ich habe ein Zimmer im ersten Stock. Es ist klein, aber es hat alles, was ich zum Leben brauche. Eigentlich will ich mir eine richtige Wohnung suchen, aber dazu hatte ich bisher keine Zeit.«

»Das ist doch praktisch.«

»Mehr als praktisch. Vor allem brauche ich nicht so lange, um zur Arbeit zu kommen. Allerdings ist es nicht sehr vorzeigbar.«

Sie öffnete die Tür, betrat das Café und knipste das Licht über der Theke an.

»Darf ich Sie noch einmal einladen?«, fragte ich in der Tür stehend. Die Worte waren mir unwillkürlich entschlüpft. Als hätte sich ein geübter Bauchredner meiner Stimme bemächtigt. »Wenn Sie nichts dagegen haben«, fügte ich augenzwinkernd hinzu.

»Wenn Sie wieder so ein köstliches Abendessen zubereiten«, sagte sie mit ernster Miene.

»Natürlich, mit dem größten Vergnügen.«

»Das war ein Scherz«, lachte sie. »Ich komme gern, mit oder ohne Essen. Sollen wir uns duzen?«

»Wann hast du deinen Ruhetag?«

»Mittwochs«, sagte sie. »An den anderen Tagen habe ich von 10 bis 18 Uhr geöffnet. Und wie sieht es bei dir aus?«

»Montags ist die Bibliothek geschlossen. An den anderen Tagen ist sie von 9 bis 18 Uhr geöffnet.«

»Dann können wir uns wohl nur nach Sonnenuntergang sehen.«

»Wie zwei Eulen.«

»Wie zwei Eulen im dunklen Wald«, sagte sie.

»Du könntest deinen freien Tag ja auf Montag verschieben. Immerhin bist du die Besitzerin, da kannst du doch schließen, wann du willst.«

Sie neigte nachdenklich den Kopf. »Das stimmt, aber darüber muss ich erst nachdenken.«

Dann kam sie einen Schritt auf mich zu, reckte den Hals und küsste mich sanft auf die Wange. Ganz natürlich, ganz selbstverständlich. Ihre vollen Lippen fühlten sich erstaunlich warm und weich an, vielleicht, weil sie die ganze Zeit den Schal vor ihrem Gesicht getragen hatte.

»Danke, dass du mich nach Hause gebracht hast. Wie nach einem Date in der Schulzeit. Einen so schönen Abend hatte ich lange nicht.«

»Allerdings trinken Oberschüler keinen kalten Chablis und reden nicht über ihre Scheidung.«

Sie lachte. »Da hast du wohl recht.«

»Gute Nacht.« Ich zog meine Wollmütze aus der Manteltasche, um sie aufzusetzen. Sie winkte mir zu und schloss die Tür von innen.

Auf meiner rechten Wange spürte ich noch ihren zarten Kuss. Ich zog mir den Schal bis unter die Augen, um diese Partie zu schützen. Am Himmel waren weder Mond noch Sterne zu sehen.

Wahrscheinlich war er bewölkt.

54

Ich war wohl so tief in Gedanken versunken, dass meine Schritte mich nicht nach Hause, sondern in die Bibliothek führten. Als ich dort ankam, zeigte meine Armbanduhr zwanzig vor zehn an.

Nach kurzem Zögern entschied ich mich hineinzugehen. Vielleicht brauchte ich erst einmal einen neutralen Ort, um zur Ruhe zu kommen, denn in meiner Wohnung war ihre Präsenz sicher noch sehr deutlich zu spüren. Es war lange her, dass ich mich so ausgiebig und vertraut mit einer Frau unterhalten hatte. Ich fühlte noch immer ihre weichen Lippen auf meiner Wange. So hatte ich schon ewig nicht empfunden.

Wie nach einer Verabredung in der Schule, hatte sie gesagt. Der Gedanke war gar nicht so weit hergeholt. Wir beide waren in vielerlei Hinsicht noch »Neulinge« und hatten uns körperlich und geistig noch nicht an unsere neue Umgebung gewöhnt. So wie man neue Kleidungsstücke mitunter erst eintragen musste. Unsere Bewegungen und unsere Art, miteinander zu sprechen, waren noch unbeholfen. Definitiv auf

Oberschulniveau war es, vor lauter Aufregung den falschen Rückweg einzuschlagen, nur weil sie mich zum Dank ganz leicht auf die Wange geküsst hatte.

Ich zog den Schlüsselbund aus der Tasche, öffnete vorsichtig das Eisentor zur Bibliothek und schloss es wieder. Ich ging den Hang hinauf und sperrte die Schiebetür zum Flur auf. In der Bibliothek war es dunkel und kühl. Nur die grüne Notbeleuchtung an der Wand erhellte schwach das Innere. Es war mein dritter nächtlicher Besuch in der Bibliothek. Ich war viel weniger nervös als beim ersten Mal. Nachdem sich meine Augen an die Dunkelheit gewöhnt hatten, ging ich im Dämmerlicht der Notbeleuchtung zur Theke und nahm die Taschenlampe, die dort immer bereitlag. Den Boden zu meinen Füßen ausleuchtend, machte ich mich auf den Weg zum Souterrainzimmer am Ende des Ganges.

Es war dunkel, als ich vorsichtig die Tür öffnete, aber im Ofen brannte ein Feuer. Nicht dass es loderte, aber ein paar dicke Holzscheite glühten orange. Und der vertraute Duft der alten Apfelbäume lag in der Luft. Der Feuerschein färbte die hell verputzten Wände rötlich.

Ich schaute mich um. Jemand hatte den Ofen mit Holz bestückt und angeheizt. Wahrscheinlich Herr Koyasu. Und er wartete hier auf mich. Aber es war nichts von ihm zu sehen. Nur das Feuer knisterte leise. Offenbar war es schon vor einiger Zeit entfacht worden, denn es brannte gleichmäßig und hatte den kleinen Raum bereits erwärmt. Ich nahm den Schal ab, zog die Handschuhe aus und legte den Dufflecoat ab. Dann stellte ich mich vor den Ofen, um mich zu wärmen. Ich war ziemlich durchgefroren.

»Herr Koyasu?«, fragte ich versuchsweise. Keine Antwort.

Meiner Stimme fehlte die Resonanz, sie verlor sich in dem quadratischen Raum.

Ob Herr Koyasu wusste, dass ich an diesem Abend den falschen Weg einschlagen und hier landen würde? Oder hatte er meine Schritte absichtlich hierher gelenkt? Weil er mir etwas mitzuteilen hatte? Als Lebender hatte ich natürlich keine Ahnung, welche Fähigkeiten die Geister der Toten besaßen.

Aber sooft ich mich auch in dem kleinen Raum umsah, Herr Koyasu war nicht da. Ohne Zweifel war ich der Einzige im Raum. Ich stand allein da, blickte stumm in die orangefarbenen Flammen, wärmte mich und ließ die Zeit verstreichen.

Die Wärme des orangefarbenen Feuers schenkte mir ein Gefühl der Geborgenheit. Unsere Vorfahren, die in ihren Höhlen am Feuer saßen, hatten sicher ähnlich empfunden, denn sie wussten, dass es sie vor eisiger Kälte und wilden Tieren schützte. Das rot glühende Feuer in der kalten Nacht sprach das in meinen Genen angelegte kollektive Gedächtnis an.

Herr Koyasu war bis vor nicht allzu langer Zeit in diesem Raum gewesen, dessen war ich mir sicher. Er hatte den Ofen bestückt, das Feuer angezündet und die Lüftung reguliert, sodass es weder zu schwach noch zu stark brannte. Er hatte dafür gesorgt, dass es angenehm warm im Raum war, als ich ankam. Niemand außer Herrn Koyasu hätte so etwas getan. Und doch war er nicht da. Er hatte das Feuer im Ofen brennen lassen und war verschwunden.

Vielleicht hatte ihn eine dringende Angelegenheit fortgerufen? Natürlich konnte ich nicht wissen, was ein Verstorbener Dringendes zu erledigen hatte, aber etwas musste ihn davon abgehalten haben, auf mich zu warten. Das war zumindest eine Möglichkeit. Oder war seiner Seele nach dem Anzünden des Ofens die Kraft ausgegangen (wie einer Batterie der Saft) und er hatte seine menschliche Gestalt nicht länger aufrechterhalten können? Um menschliche Gestalt annehmen zu können, also als Geist in der Welt zu erscheinen, sei eine Menge Energie nötig, hatte er mir erzählt.

Alles, was ich jetzt tun konnte, war, in die Flammen zu blicken und zu warten, dass sich etwas tat. Also wartete ich. Um die Stille zu durchbrechen oder um mich zu vergewissern, dass meine Stimme noch funktionierte, rief ich hin und wieder seinen Namen: »Herr Koyasu!«

Aber es kam keine Antwort. Nicht einmal die Spur einer Antwort. Die Stille im Raum war dicht und drückend, nichts regte sich. Als lastete eine dicke Schneewolke vom Winterhimmel darauf. Ich öffnete die Ofentür und legte Holz nach.

Während ich vor dem Ofen stand, dachte ich an die Inhaberin des Coffeeshops. (Apropos, wie hieß sie eigentlich? Warum hatte ich nicht daran gedacht, sie nach ihrem Namen zu fragen? Und warum hatte ich ihr meinen Namen nicht gesagt? War die Frage nach dem Namen nicht von Anfang an die wichtigste?) Ich dachte an ihre schlanke Figur, das glatte schwarze Haar, das nur leicht geschminkte Gesicht, die vollen Lippen, die sie manchmal zu einem ironischen Lächeln verzog. Hatte sie etwas an sich, das mich faszinierte? Sie war keine besonders schöne Frau und auch nicht mehr jung (aber immerhin zehn Jahre jünger als ich).

Aber sie hatte sich in einer Ecke meines Herzens eingenistet (jedenfalls an einer Stelle, an der ich sie sehen konnte), und von dort wich sie nicht mehr. Vielleicht erinnerte sie mich an etwas oder jemanden? Aber wie ich es auch drehte und wendete, ich konnte sie mit nichts und niemand anderem in Verbindung bringen. Sie hatte sich letztlich in aller Ruhe als sie selbst, als eigenständiges Wesen, einen Platz in mir erobert.

Ich stellte mir ehrlich und aufrichtig die Frage, ob ich ein sexuelles Interesse an ihr hatte.

Ich glaube, ich konnte sie mit Ja beantworten. Als Mann mit einer normalen Libido (zumindest schätzte ich sie als normal ein) hatte ich ein sexuelles Interesse an ihr. Daran bestand kein Zweifel. Aber mein Verlangen war momentan nicht so stark, dass ich es nicht hätte kontrollieren können, und ich war auch nicht davon überzeugt, dass wir, wenn es zum Äußersten käme, alle praktischen Probleme, die sich daraus ergäben, gänzlich außer Acht lassen könnten. Die Möglichkeiten schienen vielgestaltig, verharrten jedoch in einem Bereich, in dem sie nur leise an die Tür meines Herzens klopften. Ich hörte das Klopfen. Ein vertrautes Geräusch.

Um es auf den Punkt zu bringen: War ich in sie verliebt?

Wahrscheinlich lautete die Antwort Nein. Ich war nicht verliebt in die Frau aus dem Coffeeshop. Ich empfand eine natürliche Sympathie für sie, aber das war etwas anderes als Liebe. Mir schien, dass meine physische und psychische Fähigkeit zu lieben – also der Wunsch oder ganz allgemein der Impuls, sich einem anderen Menschen völlig hinzugeben – schon lange erschöpft war. So wie Herr Koyasu es zu mir gesagt hatte: »Sie sind in der Anfangsphase Ihres Lebens der idealen Partnerin begegnet. Oder vielleicht sollte ich sagen: endgültig begegnet?«

Vielleicht stimmte das. Einige bittere Erfahrungen in meinem bisherigen Leben hatten es mir deutlich gezeigt. Oder sollte ich sagen, sie hatten es mir eingebläut? Ja, ich hatte es am eigenen Leib erfahren – und nicht wenig Lehrgeld bezahlt. Diese Erfahrung wollte ich möglichst nicht wiederholen. Die Erfahrung, unbeabsichtigt einen anderen Menschen zu verletzen und in der Folge selbst verletzt zu werden.

Aber ich konnte nicht anders, als mir vorzustellen, mit ihr zu schlafen. Wenn ich es wirklich wollte, würde sie sich vielleicht darauf einlassen – so fühlte es sich zumindest an. Also stellte ich es mir vor. Ich zog sie aus, wir lagen nackt auf dem Bett und liebten uns. Ich stellte mir ihren nackten Körper vor und wie ich sie umarmen würde. Wie damals mit siebzehn, als ich im Zug saß und mir ausmalte, wie ich das Mädchen auszog, das ich gleich treffen würde. Und so wie damals fühlte ich mich schuldig. Ich war unfähig, meine gegenwärtigen sexuellen Wünsche von denen der Vergangenheit zu trennen. So stark waren sie in mir miteinander verwoben und verknüpft. Das verwirrte mich.

Ich denke an die Wölbung deiner Brüste und an das, was unter deinem Rock ist. Ich stelle es mir vor. Ungeschickt knöpfe ich deine weisse Bluse auf, löse den Haken deiner vermutlich weissen Unterwäsche auf deinem Rücken. Ich schiebe meine Hand unter deinen Rock, berühre die weiche Innenseite deiner Oberschenkel und dann …

Ich schloss die Augen und versuchte das Bild zu verdrängen, das so hartnäckig immer wieder in meinem Kopf auftauchte. Oder es zumindest an eine Stelle zu schieben, wo ich es nicht sehen konnte. Aber das Bild ließ sich nicht so leicht vertreiben.

Nein, es war kein Bild aus der Gegenwart. Nichts, was hier und jetzt geschah. Es war etwas bereits Verlorenes, Verschwundenes. Ich hatte nur zwei Bilder unterschiedlicher Herkunft übereinandergelegt. Das war nicht richtig.

Aber war das *wirklich* so? War es wirklich nicht richtig?

Meine Uhr zeigte kurz vor zwölf. Ich befand mich in der menschenleeren Bibliothek in dem quadratischen Raum im Souterrain, stand gedankenverloren vor dem Holzofen und wärmte mich. Das laute Knacken der im Feuer zerberstenden Holzscheite hallte durch den Raum. Ich blickte in die Flammen und sah mich noch einmal um.

»Entschuldigen Sie, dass ich Sie habe warten lassen«, sagte Herr Koyasu.

55

»Entschuldigen Sie, dass ich Sie habe warten lassen«, sagte Herr Koyasu.

Ich schreckte aus meinen Gedanken auf und drehte mich hastig um. Herr Koyasu saß in einer dunklen Ecke auf einem der alten Holzstühle. Er trug seine dunkelblaue Baskenmütze, einen karierten Rock und das Tweedjackett. Und dünne weiße Tennisschuhe. Er sah aus wie immer. Einen Mantel hatte er nicht an.

»Ich wäre gern früher gekommen, aber etwas hat mich aufgehalten, deshalb musste ich Sie warten lassen.«

Ich wusste nicht, was ich sagen sollte, also schwieg ich und nickte. Dem Ofen den Rücken zugekehrt, stand ich da und sah Herrn Koyasu an. Sein Gesicht war bleicher als sonst, und ein einsamer Ausdruck lag darauf.

»Ich war schon lange nicht mehr in der Bibliothek«, sagte Herr Koyasu. »Mit Ihnen konnte ich mich auch nicht treffen. Es fällt mir immer schwerer, menschliche Gestalt anzunehmen. Der Zeitpunkt, zu dem ich die Erde verlassen muss, rückt näher.«

Jetzt, wo er es sagte, kam er mir tatsächlich etwas kleiner vor als sonst, und es schien ihm an Substanz zu fehlen. Bei genauerem Hinsehen glaubte ich, durch ihn hindurchsehen zu können. Es wirkte fast, als würde er ausgeblendet wie in einem Film.

»Schön, Sie wiederzusehen«, sagte ich. »Ich habe Sie sehr vermisst.«

Ein leichtes Lächeln umspielte seine Mundwinkel. Auch sein Mienenspiel war verhalten. »Freut mich, dass Sie das sagen, aber eigentlich bin ich ja bereits tot. Unsere Begegnungen sind also nicht mehr als ein flüchtiges Intermezzo. So etwas wie eine besondere Gnadenfrist, die mir gewährt wurde.«

Eine besondere Gnadenfrist, die mir gewährt wurde. Ich wiederholte die Worte im Kopf. Von wem? Aber nachzufragen hätte zu lange gedauert, und ich hatte ihm etwas Wichtiges zu sagen.

»Während ihrer Abwesenheit hat sich einiges ereignet.«

»Ja. Ich weiß im Großen und Ganzen Bescheid, aber vielleicht ist es besser, wenn Sie es mir noch einmal erklären. Wir müssen jedes Missverständnis vermeiden.«

Ich erzählte ihm von meinem Austausch mit dem Jungen im Yellow-Submarine-Pullover. Dass der Junge unsere Welt verlassen und in die Stadt hinter der Mauer hinüberwechseln wollte. Herr Koyasu hörte mir schweigend und mit verschränkten Armen zu. Er gab nicht einmal einen zustimmenden Laut von sich und nickte nur dann und wann. Seine Augen waren geschlossen, sodass ich mich fragte, ob er vielleicht eingeschlafen sei. Aber natürlich schlief er nicht. Er bewegte sich so wenig wie möglich, um keine unnötige Energie zu verschwenden.

Als ich am Ende meiner Geschichte angekommen war, dachte Herr Koyasu mit verschränkten Armen weiter nach. Zumindest wirkte es so. Er rührte sich nicht. Es sah fast so aus, als würde er nicht mehr atmen. Im Grunde war er ja auch wirklich bereits tot. Es wäre also kein Wunder gewesen, wenn er nicht mehr atmete.

Oder vielleicht starb der Mensch auch zweimal? Zuerst den irdischen Tod und dann den Seelentod? Aber natürlich starb nicht jeder auf diese Weise. Herr Koyasu war sicher eine Ausnahme.

»Ich bin sehr froh, dass der Junge mit Ihnen sprechen konnte«, brach Herr Koyasu endlich sein Schweigen. »Denn das kann er nicht mit jedem. Er kann mit kaum jemandem kommunizieren.«

»Sprechen ist auch zu viel gesagt; wir haben uns hauptsächlich über wortlose Gesten und schriftlich verständigt. Richtig gesprochen hat er eigentlich sehr selten.«

»Das reicht. So in etwa hat er sich auch mit mir ausgetauscht. Das ist sein normaler Gesprächsstil. Diese Art der bruchstückhaften Kommunikation ist für ihn ganz natürlich. Zumindest in *dieser Welt*.«

Aus dem Ofen ertönte jäh ein Schnurren wie von einer Katze, und ich drehte mich um. Doch die Holzscheite hatten sich nicht bewegt. Vielleicht hatte sich Rauch in der Lüftung verfangen? Ich wandte meinen Blick wieder Herrn Koyasu zu. Seine Augen waren noch immer leicht geöffnet.

»Er hat den starken Wunsch, in die Stadt jenseits der Mauer zu ziehen, um dort zu leben«, sagte ich. »In die Stadt, in der ich einst gelebt habe. Aber um dorthin zu gelangen, muss er aus dieser Welt verschwinden. Denn ein Mensch, der seinen Schatten verliert, büßt damit auch seine hiesige Existenz ein.«

Herr Koyasu nickte. »Ja, das ist mir bewusst. Sie konnten nach allerlei Fährnissen ins Diesseits zurückkehren und haben Ihren Schatten wiedererlangt, aber der Junge will sich unbedingt für immer der anderen Welt überantworten.«

»So scheint es.«

»Wie Sie wahrscheinlich wissen, ist unsere Welt nicht der richtige Ort für den Jungen. Hier ist kein Platz für ihn.«

»Bis zu einem gewissen Grad leuchtet es mir ein, dass er hier keine Zukunft hat. Aber soll ich ihm wirklich helfen, in die andere Welt hinüberzuwechseln? Was, wenn er es später bereut? Vielleicht wünscht er sich irgendwann, es wäre nie so weit gekommen. Schließlich ist er erst sechzehn, und ich bezweifle, dass er das Urteilsvermögen besitzt, hier und jetzt über seinen gesamten Lebensweg zu entscheiden.«

Herr Koyasu nickte noch einmal langsam, als hätte er genau verstanden, was ich ihm sagen wollte.

»Wer die Stadt einmal betreten hat, für den ist es fast unmöglich, sie wieder zu verlassen. Da ist die hohe Mauer, und der Torwächter kontrolliert streng und unbarmherzig den einzigen Ein- und Ausgang. Und ich kann nicht behaupten, dass die Menschen in der Stadt hinter der Mauer ein glückliches Leben führen. Die Winter sind kalt und lang, viele der Tiere dort verhungern oder erfrieren. Es ist weiß Gott kein Paradies.«

»Aber Sie hatten sich trotzdem dafür entschieden, dort zu bleiben und jenseits der Mauer das Leben zu führen, das Sie sich ersehnt hatten. Obwohl Ihr Schatten Sie angefleht hat, mit ihm die Stadt zu verlassen, entschieden Sie sich, ohne ihn zurückzubleiben. So war es doch, oder? Ohne Rücksicht auf die Folgen.«

Ich atmete langsam ein und aus wie ein Mensch, der aus den Tiefen des Meeres auftaucht.

»Genau so war es. Aber nicht einmal jetzt kann ich beurteilen, welche Entscheidung die richtige gewesen wäre. In der Stadt bleiben oder hierher zurückkehren. Aber am Ende spielte meine Entscheidung ohnehin keine Rolle, denn ich wurde gegen meinen Willen hierher zurücktransportiert … Also, selbst wenn der Junge es in die Stadt schafft, ist nicht vorherzusehen, ob es ihm gelingt, sich so dort einzuleben, wie ich es mir für ihn erhoffe.«

Herr Koyasu starrte mit weit geöffneten Augen in einen Winkel der Decke, als würde sich dort etwas Besonderes verbergen. Ich folgte seinem Blick. Aber ich konnte nichts Außergewöhnliches entdecken. Es war nur eine Ecke.

»Und es fällt Ihnen schwer, die Lage zu beurteilen«, sagte Herr Koyasu.

»Ja, natürlich. Was soll ich tun? Soll ich dem Wunsch des Jungen entsprechen? Soll ich einem Menschen helfen, von dieser Welt zu verschwinden?«

»Erlauben Sie?« Koyasu unterstrich seine Worte, indem er einen Finger hob. »Darf ich Ihnen etwas erklären? Das zu beurteilen, muss Ihnen nicht schwerfallen. Denn Sie müssen keine Entscheidung treffen, denn sie liegt ohnehin nicht bei Ihnen.«

»Aber er möchte, dass ich ihn in die Stadt bringe. Weil er nicht weiß, wie er dorthin kommt.«

»Das können Sie doch sowieso nicht. Sie waren zwar schon einmal in der Stadt, aber Sie kennen den Weg nicht.«

»So ist es.«

»Also brauchen Sie auch nichts zu entscheiden«, wiederholte Herr Koyasu mit ruhiger Stimme. »Letzten Endes ist es so: Kann man sich aussuchen, was man träumt?«

»Nein, ich glaube nicht.«

»Und können Sie entscheiden, was jemand anderes träumt?«

»Nein, natürlich nicht.«

»Das ist das Gleiche.«

»Wollen Sie damit sagen, ich hätte die Stadt jenseits der Mauer nur geträumt?«

»Aber nein, durchaus nicht. Ich habe, was ich sagen will, nur ins Reich der Metaphern verlegt. Die ummauerte Stadt existiert, kein Zweifel. Sagen will ich nur, dass es keinen bestimmten Weg dorthin gibt. Denn der Weg hinter die Mauer ist für jeden anders. Sie können den Jungen nicht an die Hand nehmen und ihn in die Stadt führen. Er muss den Weg selbst finden.«

»Also kann ich dem Jungen praktisch nicht helfen, in die Stadt zu kommen. Meinen Sie es so?«

»Genauso ist es«, sagte Herr Koyasu. »Er muss seinen Weg in die Stadt selbst finden. Wahrscheinlich wird er Ihre Hilfe brauchen, aber welche Art von Hilfe das sein wird, muss er aus eigener Kraft herausfinden. Jedenfalls brauchen Sie keine Entscheidung für ihn zu treffen.«

Ich dachte über Herrn Koyasus Worte nach, konnte aber nicht recht verstehen, was er meinte. Wo war der logische Zusammenhang?

Herr Koyasu fuhr fort. »Sie haben ihm schon genug geholfen. Denn Sie haben ihm die ummauerte Stadt ins Bewusstsein gerückt. Die Stadt lebt nun in ihm und hat Wurzeln geschlagen. Sie ist für ihn weit lebendiger als seine gegenwärtige Welt.«

»Sie meinen, meine Erinnerung an die Stadt hat sich direkt auf sein Bewusstsein übertragen? Wie eine dreidimensionale Kopie?«

»Ja, die Fähigkeit, etwas exakt zu kopieren, ist ihm angeboren – Sie dürfen nicht vergessen, dass er ein fotografisches Gedächtnis hat. Vielleicht habe ich ihm auch ein wenig geholfen.«

»Aber es kann keine exakte Kopie sein. Denn meine Kenntnis der Stadt ist nicht perfekt, und ich kann auch nicht behaupten, dass mein Gedächtnis so präzise arbeitet.«

Herr Koyasu nickte. »Die Stadt, die er in seinem Kopf erschaffen hat, mag sich in Einzelheiten ein wenig von der unterscheiden, in der Sie tatsächlich gelebt haben. Aber die Grundlagen sind dieselben, für seine Stadt wurden nur einige Details umgearbeitet. Denn dazu ist die Stadt da.«

Möglich war es. Die Mauer war in der Zeit, in der ich in der Stadt lebte, unablässig in Bewegung gewesen. Wie die Innenwand eines Organs.

Herr Koyasu hielt einen Moment inne, bevor er fortfuhr.

»Wie dem auch sei, Sie brauchen sich keine Gedanken darüber zu machen, für welche Seite er sich entscheiden wird. Er wird sein eigenes Urteil fällen und sich entsprechend für eine Lebensweise entscheiden. Der Junge ist stark. In einer zu ihm passenden Umgebung wird er mit Sicherheit überleben, während Sie in der Welt, für die Sie sich entschieden haben, das Leben Ihrer Wahl führen.«

Herr Koyasu verschränkte erneut die Arme vor der Brust und sah mir ins Gesicht. »Sie haben schon genug Gutes für den Jungen getan. Sie haben ihm die Chance auf eine neue Welt eröffnet. Ich bin fest davon überzeugt, dass das eine große Freude für ihn war. Wie soll ich sagen, vielleicht so etwas wie ein Vermächtnis. Ja, genau. So wie diese Bibliothek mein Vermächtnis an Sie ist.«

Ich brauchte einen Moment, um zu begreifen, was Herr Koyasu da gesagt hatte. Vermächtnis? Was um alles in der Welt sollte der Yellow-Submarine-Junge von mir erben?

Herr Koyasu löste seine verschränkten Arme und legte sie in den Schoß. »Nun, ich muss allmählich gehen. Meine Zeit läuft ab. Es gibt einen Ort, an den ich mich begeben muss. Also werde ich wohl keine Gelegenheit mehr haben, Sie wiederzusehen.«

Herrn Koyasus Gestalt wurde zunehmend transparenter, und bald war er ganz verschwunden. Hatte sich wie Rauch in Luft aufgelöst. Zurück blieb nur der alte Holzstuhl, auf dem ich meinen Blick lange ruhen ließ. Ich hoffte, Herr Koyasu würde noch einmal erscheinen, um etwas zu sagen, das ungesagt geblieben war. Doch so lange ich auch wartete, er ließ sich nicht mehr blicken. In der Stille stand nur der alte Stuhl.

Ich begriff, dass Herr Koyasu für immer verschwunden war. Er hatte sich endgültig von dieser Welt verabschiedet. Es war so herzzerreißend traurig. Trauriger womöglich als der Tod eines lebenden Menschen.

Der Ofen schnurrte weiter wie eine Katze. Draußen pfiff der Wind. Ich wartete, bis das Feuer erloschen war, verließ dann die Bibliothek und machte mich auf den Heimweg.

56

Als ich am nächsten Morgen durch die Schiebetür die Bibliothek betrat, spürte ich, dass sie sich verwandelt hatte. Die Luft fühlte sich anders an, das Licht, das durch die Fenster fiel, hatte einen ungewohnten Schimmer, und die Geräusche klangen anders. Das lag daran, dass Herr Koyasu nicht mehr da war, dass er verschwunden war – für immer, vollständig. Aber wahrscheinlich war ich der Einzige, der das wusste.

Nein, der Yellow-Submarine-Junge wusste es vermutlich auch. Er nahm so vieles intuitiv wahr und war eng mit Herrn Koyasu verbunden gewesen. Deshalb wusste er bestimmt, dass Herrn Koyasus Seele diese Welt verlassen hatte. Oder Herr Koyasu hatte ihm – ebenso wie mir – direkt mitgeteilt, dass er nicht mehr da sein würde.

Doch selbst wenn ich den Jungen jetzt fragte, bekäme ich wahrscheinlich keine Antwort. Im Grunde sagte er nur, was er sagen wollte, und erst, wenn er es sagen wollte. Dabei war seine Rede immer fragmentarisch und oft sinnbildlich. In einen Dialog trat er nur, wenn er dazu bereit war.

Frau Soeda schien noch nichts zu wissen. Als wir uns an

diesem Morgen trafen, verhielt sie sich jedenfalls nicht anders als sonst. Sie begrüßte mich kurz mit ihrem üblichen freundlichen Lächeln und erledigte ihre Aufgaben so zügig wie an jedem anderen Morgen, gab der Teilzeitkraft die nötigen Anweisungen und kümmerte sich um die Besucher.

Es war Dienstag. Zum ersten Mal seit Langem schien die Sonne. Die Dächer glänzten, und der gefrorene Schnee begann hier und da zu schmelzen.

Vor der Mittagspause ging ich in den Lesesaal und sah mich um. Sechs Besucher saßen an den Tischen und lasen oder schrieben. Drei waren ältere Leute, drei sahen aus wie Studenten. Die Älteren vertrieben sich die Zeit mit Lesen, während die Jüngeren wie im Wettstreit jeder mit einem Stift in der Hand vor ihren Heften und Nachschlagewerken saßen. Doch vom Yellow-Submarine-Jungen war nichts zu sehen. Auf seinem Stammplatz saß ein dicker grauhaariger Mann.

Ich ging zur Theke, um mit Frau Soeda zu sprechen. Nachdem wir einige dienstliche Angelegenheiten geklärt hatten, fragte ich sie, als wäre es mir gerade in den Sinn gekommen: »M** ist wohl heute nicht da, oder?«

»Nein, anscheinend kommt er heute nicht«, sagte Frau Soeda, als wäre das nichts Besonderes. Schließlich kam es ab und zu vor, dass der Junge der Bibliothek fernblieb.

Ich schickte mich an, sie nach Herrn Koyasu zu fragen, aber ich überlegte es mir anders und gab den Gedanken wieder auf, denn ich hielt es für besser, hier nicht mehr über ihn zu sprechen, um seiner erloschenen Seele ihren Frieden zu lassen. Ich wusste nicht, warum, aber ich hatte so ein Gefühl, dass es besser wäre, seinen Namen nicht zu erwähnen. Vielleicht sollte ich auch meine Friedhofsbesuche vorläufig einstellen.

Der Yellow-Submarine-Junge ließ sich auch am nächsten Tag nicht in der Bibliothek blicken. Und auch nicht am übernächsten.

Als er auch am Donnerstagmorgen nicht an seinem gewohnten Platz saß, fragte ich Frau Soeda, was wohl mit dem Jungen los sein könnte. Immerhin sei er seit drei Tagen nicht aufgetaucht.

»Wahrscheinlich muss er sich wieder eine Weile ausruhen«, sagte Frau Soeda. »Er hat vielleicht zu viel gelesen, und sein Gehirn ist überlastet.«

»Aber es scheint noch gar nicht so lange her zu sein, seit Sie mir das letzte Mal gesagt haben, seine Batterie sei leer.«

Frau Soeda schob mit dem Zeigefinger ihre Brille zurecht. »Ja, das stimmt. Mir kommt der zeitliche Abstand auch vergleichsweise kurz vor.«

»Vielleicht ist es nichts, worüber wir uns Sorgen machen müssten, aber irgendwie ist es doch beunruhigend, wenn er mehrere Tage nicht auftaucht.«

»Jetzt, wo Sie es sagen, finde ich es auch beunruhigend. Ich rufe später mal seine Mutter an und frage, was los ist«, sagte Frau Soeda, nachdem sie ein paar Sekunden die Lippen aufeinandergepresst hatte. Dann nahm sie ihre Arbeit wieder auf.

Nach der Mittagspause kam Frau Soeda zu mir ins Arbeitszimmer im Souterrain. »Ich habe in der Pause bei dem Jungen zu Hause angerufen«, sagte sie. »Und mit seiner Mutter gesprochen, aber sie hat sich nicht sehr klar ausgedrückt.«

»Was heißt das?«

»Ich wurde aus ihren Worten nicht schlau. Sie wirkte sehr verstört. Als wäre etwas passiert, was sie am Telefon nicht sagen konnte. Wahrscheinlich sollten wir vorbeischauen und hören, was los ist.«

»Gute Idee«, sagte ich. »Ich denke, Sie sollten hingehen, Frau Soeda. Ich vertrete Sie so lange an der Theke.«

»Einverstanden. Ich sehe mal nach dem Rechten.«

Frau Soeda trat auf den Flur, schlüpfte in ihren Mantel und verließ schnellen Schrittes die Bibliothek. Ich sprang für etwa eine Stunde an der Theke im Erdgeschoss für sie ein. An Wochentagen war es meist ruhig, und es gab nicht viel zu tun. Die Leute saßen behaglich im warmen Lesesaal und lasen oder schrieben.

Kurz vor zwei Uhr nachmittags kam Frau Soeda zurück. Sie zog im Flur ihren Mantel aus und kam mit leicht geröteten Wangen auf mich zu. Sie klang aufgeregt. »Um es kurz zu machen, der Junge ist offenbar irgendwann letzte Nacht verschwunden.«

»Verschwunden?«

»Ja. Schon am Montagmorgen hatte er dieses hohe Fieber, das er manchmal bekommt, und musste das Bett hüten, aber als seine Mutter heute Morgen in sein Zimmer ging, um nach ihm zu sehen, war sein Bett leer und er auch sonst nirgends zu finden. Die Mutter ist völlig außer sich. Aber mehr gibt es offenbar nicht zu sagen.«

»Er hat also nachts das Haus verlassen?«

Frau Soeda schüttelte den Kopf. »Seine Mutter sagt, das könne praktisch nicht sein. M** war im Schlafanzug und hat keine anderen Kleidungsstücke mitgenommen. Keinen Mantel, keinen Pullover, keine Hose. Nichts. Also müsste er mitten in der Nacht im Pyjama verschwunden sein. Da es letzte Nacht sehr kalt war, kann er nicht so leicht bekleidet nach draußen gegangen sein, sonst wäre er inzwischen erfroren. Außerdem waren alle Fenster und Türen des Hauses von innen fest verriegelt. Da ist die Mutter sich sicher. Sie ist sehr vorsichtig und kontrolliert vor dem Schlafengehen alle Fenster und Türen. Es ist also kaum vorstellbar, dass er eine Tür oder ein Fenster geöffnet hat, um ins Freie zu gelangen. Dennoch ist der Junge verschwunden. Als hätte er sich in Luft aufgelöst.«

Ich versuchte, etwas Ordnung in die Geschichte zu bringen. »Könnte es sein, dass er sich irgendwo im Haus versteckt hat?«

Wieder schüttelte Frau Soeda den Kopf. »Sie haben jeden Winkel durchsucht. Das ganze Haus, von oben bis unten. Aber nichts gefunden.«

»Eine merkwürdige Geschichte«, sagte ich. »Haben sie ihn als vermisst gemeldet?«

»Ja, sie sind sofort zur Polizei gegangen. Aber es ist erst ein paar Stunden her, dass er verschwunden ist, und bisher gibt es keine Anzeichen für eine Entführung oder so etwas. Die Familie soll weiter nach ihm suchen und sich wieder melden, wenn sie nichts über seinen Verbleib herausfindet. Als ginge die Polizei davon aus, dass er plötzlich wieder auftaucht …«

Mir blieb nichts anderes übrig, als untätig abzuwarten und nachzudenken.

»Seit dem Morgen sucht die Familie unentwegt das Haus nach ihm ab. Sie fragen auch in der Nachbarschaft herum, ob ihn jemand gesehen hat. Aber bisher ohne Erfolg. Der Junge ist aus einem fest verschlossenen Haus verschwunden. Im Schlafanzug.«

»Ist der Yellow-Submarine-Kapuzenpullover, den er immer trägt, noch da?«

»Ja, seine Mutter sagt, dass außer dem Schlafanzug nichts fehlt.«

Wenn der Junge von zu Hause weggelaufen wäre, hätte er seinen Yellow-Submarine-Kapuzenpulli getragen, davon war ich überzeugt. Das abgetragene Kleidungsstück, das für ihn wie eine Uniform war, schien ihn zu beruhigen. Dass es noch da war, bewies, dass er das Haus nicht verlassen hatte. Also hatte er sich in der Nacht im Pyjama irgendwo hinbewegt – auf eine Weise, bei der Kleidung keine Rolle spielte. Oder war bewegt worden. Irgendwohin … Zum Beispiel in die Stadt hinter der hohen Mauer.

Mit geschlossenen Augen und zusammengepressten Lippen versuchte ich mit aller Kraft, mich zu sammeln. Aber meine Empfindungen schienen in verschiedene Richtungen zu strömen, ohne dass ich sie in Einklang bringen konnte.

»Übrigens«, sagte Frau Soeda. »Der Vater des Jungen würde gern mit Ihnen sprechen, wenn es möglich ist.«

»Mit mir?«, fragte ich erstaunt.

»Ja, er möchte Sie treffen und persönlich mit Ihnen reden, sagt er.«

»Natürlich, aber wie ist das denn genau geplant?«

»Er wird Sie heute gegen drei in der Bibliothek aufsuchen, wenn Ihnen das recht ist.«

Ich warf einen Blick auf meine Armbanduhr.

»In Ordnung. Am besten treffen wir uns im Empfangsraum im ersten Stock.«

Aber was sollte ich dem Vater des Jungen sagen? Ich konnte ihm ja weiß Gott nicht von der ummauerten Stadt erzählen. Und dass sein Sohn vielleicht unsere Welt verlassen hatte, um in eine Stadt in einer »anderen Welt« zu ziehen.

Ich wünschte mir verzweifelt, Herr Koyasu wäre hier. Mehr als alles andere brauchte ich seine tiefe Weisheit und seinen unschätzbaren Rat. Aber wahrscheinlich existierte er gar nicht mehr. War für immer verschwunden. Mit einem tiefen Seufzer blickte ich auf die Wanduhr.

Kurz nach drei kam der Vater des Jungen. Frau Soeda führte ihn in den Empfangsraum im ersten Stock. Wir stellten uns einander kurz vor und tauschten Visitenkarten aus.

Er war ein großer Mann, der mich beinahe um Haupteslänge überragte. Ich schätzte ihn auf Mitte fünfzig. Er hatte lange Ohren, dichte Augenbrauen und trug eine massiv wirkende schwarze Brille. Soweit ich es sehen konnte, waren seine rechte und linke Gesichtshälfte von einer an ein Wunder grenzenden Symmetrie. Zumindest war das mein erster Eindruck von seinem Gesicht – vollkommen symmetrisch. Sein Rücken war gerade, er hatte eine gute Haltung und erkennbar starke Willenskraft. Er hätte einen guten Dirigenten abgegeben. Er betrieb einen Kindergarten und mehrere Nachhilfeschulen und hatte im Laufe der Jahre all diese Projekte mit großem Selbstvertrauen erfolgreich geleitet. Ich konnte in seinen Gesichtszügen keine Ähnlichkeit mit denen des Yellow-Submarine-Jungen entdecken.

Der Vater des Jungen wand sich mit einer Drehung aus seinem Mantel. Darunter trug er ein fein gemustertes Wolljackett und einen schwarzen Rollkragenpullover. Ich bot ihm einen Platz auf der Polstergarnitur des Empfangszimmers an, und er ließ sich darauf nieder. Ich setzte mich ihm gegenüber an den Couchtisch.

Frau Soeda kam herein und brachte uns Tee, worauf sie den Raum mit einer Verbeugung wieder verließ. Nachdem sie die Tür geschlossen hatte, saßen wir uns noch eine Weile schweigend gegenüber. Wie um sicherzugehen, dass wir wirklich allein waren. Der Vater machte schließlich den Anfang. »Ich hatte die Ehre, Ihren Vorgänger, Herrn Direktor Koyasu, viele Jahre lang zu kennen. Mein Sohn hat die Bibliothek oft besucht, und Herr Koyasu hat sich intensiv um ihn gekümmert.«

»Es ist wirklich sehr bedauerlich, dass Herr Koyasu gestorben ist«, sagte ich.

Der Vater schaute mich etwas verwundert an. »Ach, Sie kannten ihn persönlich?«

»Nein, leider hatte ich nie das Vergnügen. Als ich hier anfing, war er bereits verstorben. Aber was ich von verschiedenen Leuten über Herrn Koyasu gehört habe, hat mir den Eindruck vermittelt, dass er sowohl fachlich als auch menschlich eine herausragende Persönlichkeit war.«

»Ja, das war er. Er hat diese Bibliothek mit viel Mühe und seinem Privatvermögen aufgebaut. Es gibt wohl niemanden in dieser Stadt, der etwas Schlechtes über ihn sagen würde, nur …«, setzte er an und stockte. Er suchte nach den richtigen Worten. »… nur, wie soll ich sagen, dass sein Verhalten und seine Art zu sprechen etwas eigenwillig waren. Man könnte es vielleicht exzentrisch nennen. Vor allem nach dem Tod seines Sohnes und seiner Frau. Aber wie dem auch sei, konkrete Probleme hat das nie verursacht.«

Ich nickte unverbindlich.

»Dass ich Sie heute so plötzlich aufsuche, hat mit meinem Sohn M** zu tun«, sagte er.

Wieder nickte ich unverbindlich.

»Ich glaube, Sie haben von Frau Soeda die wichtigsten Einzelheiten gehört. Jedenfalls ist mein Sohn in der vergangenen Nacht verschwunden. Zuletzt haben wir ihn gestern Abend gegen zehn Uhr gesehen, und als meine Frau heute Morgen um kurz vor sieben in sein Zimmer ging, fand sie sein Bett leer. Es war zerwühlt und verschwitzt, also hatte er darin geschlafen. Offenbar hatte er die ganze Nacht hohes Fieber gehabt. Aber er war nirgends. Meine Frau rief immer wieder seinen Namen und suchte ihn verzweifelt im ganzen Haus. Ich suchte mit ihr. Aber wir konnten ihn nirgends finden.«

Er nahm die Brille mit dem schwarzen Gestell ab und setzte sie wieder auf, nachdem er sie einen Moment lang betrachtet hatte, wie um die dicken Gläser zu inspizieren.

»Er ist spurlos verschwunden. Türen und Fenster waren von innen fest verriegelt. Auch seine Kleider waren unberührt. Da meine Frau ein wachsames Auge auf die Sachen unseres Sohnes hat, gibt es daran keinen Zweifel. Und es ist unvorstellbar, dass er bei dieser Kälte im Schlafanzug nach draußen gelaufen ist, das brauche ich Ihnen ja nicht zu sagen.«

Der Vater schwieg einen Moment lang, als würde er die mir geschilderten Fakten noch einmal rekapitulieren.

»Das heißt also, M** ist in der Nacht irgendwie aus dem Haus verschwunden, aber wie und wohin, weiß niemand. So ist es doch, nicht wahr?«, fragte ich.

Der Vater nickte. »Ja, es ist, als hätte er sich in Luft aufgelöst. Wir haben keine Erklärung.«

»Ist es schon einmal vorgekommen, dass er so plötzlich verschwunden ist?«

Der Vater schüttelte den Kopf. »M** hat, wie Sie sicher bemerkt haben, von Geburt an eine besondere Veranlagung. Man kann nicht sagen, dass er ein Kind wie jedes andere ist. Er legt mitunter wirklich sonderbare Verhaltensweisen an den Tag. Aber es ist noch nie vorgekommen, dass wir nicht wussten, wo er ist. Seine tägliche Routine geht ihm über alles, und wenn er einmal eine Gewohnheit angenommen hat, hält er daran fest bzw. bestimmt sie sein Leben. Er wird nicht davon abweichen, so wie ein Zug immer auf dem Gleis bleibt. Es verwirrt ihn, wenn man seine Routine stört, manchmal wird er sogar wütend. Daher ist es, wie gesagt, auch noch nie vorgekommen, dass wir nicht wussten, wo er sich aufhält.«

Ich schüttelte den Kopf. »Das macht die Sache umso unbegreiflicher.«

»Ja, es ist völlig rätselhaft. Wie ist er aus dem Haus gekommen, ohne Kleider, ohne Schuhe, ohne eine Spur davon, dass er eine Tür oder ein Fenster geöffnet hätte? Und das in einer Nacht mitten im Winter bei strengem Frost. Natürlich haben wir die Polizei verständigt, aber die hat so gut wie nichts unternommen und uns nur gebeten, erst einmal abzuwarten. Deshalb komme ich zu Ihnen. Ich wollte Sie fragen, ob Sie etwas wissen.«

»Ich?«

»Ja, ich habe gehört, Sie hätten mit meinem Sohn gesprochen.«

Ich wählte meine Worte mit Bedacht. »Ja, ich habe tatsächlich zwei oder drei Mal ein paar Worte mit M** gewechselt. Aber unser Austausch verlief ziemlich stockend und fand mit

Hilfe von Gesten und Notizen statt. Ein zusammenhängendes Gespräch kann man es eigentlich nicht nennen.«

»Und ging dieser Austausch damals von M** aus?«

»Ja, er hat sich an mich gewandt.«

Der Vater seufzte und rieb seine großen Hände wie vor einem imaginären Lagerfeuer. »Ich schäme mich, es zuzugeben, aber ich habe seit Jahren nicht mehr mit ihm gesprochen. Aber wenn ich etwas zu ihm sage, antwortet er nicht, und von sich aus spricht er mich schon gar nicht an. Mit seiner Mutter wechselt er offenbar immer mal wieder ein paar Worte, aber deren Inhalt beschränkt sich auf Fragen des praktischen Lebens. Wenn der Junge wirklich mit jemandem sprach, dann mit Herrn Koyasu. Ich weiß nicht, warum, aber offensichtlich vertraute unser Sohn nur ihm. Und Herr Koyasu wiederum liebte ihn wie sein eigenes Kind. Wir Eltern waren ihm dafür sehr dankbar, denn damit hat er unserem Sohn geholfen, zumindest einen gewissen Kontakt zur Außenwelt aufrechtzuerhalten.«

Ich nickte. Er fuhr fort. »Welche Art von Gesprächen zwischen meinem Sohn und Herrn Koyasu stattgefunden haben, weiß ich nicht. Ich habe auch nicht versucht, es herauszufinden, denn ich war der Meinung, dass dieser Austausch eine persönliche Angelegenheit zwischen den beiden bleiben sollte. Doch dann ist Herr Koyasu im vergangenen Herbst plötzlich verschieden, und M** verlor seine einzige Vertrauensperson und war wieder ganz allein. Da er weder das Gymnasium noch eine andere weiterführende Schule besuchte, verbrachte er seine Tage ausschließlich lesend in der Bibliothek.

Wie bereits erwähnt, mangelt es M** an vielen Fertigkeiten, die für ein normales Leben notwendig sind, aber er verfügt zum Ausgleich über die Fähigkeit, die es ihm ermöglicht, Bücher mit einer außergewöhnlichen Geschwindigkeit zu lesen und riesige Wissensmengen in seinem Kopf zu speichern. Allerdings verstehe ich nicht, was den Jungen an dieser Beschäftigung reizt, was er damit bezweckt. Ich weiß nicht einmal, ob ihm dieses extreme Verhalten womöglich eher schadet als nützt.

Wahrscheinlich hatte Herr Koyasu eine wie auch immer geartete Vorstellung davon, was in meinem Sohn vorging, und war vielleicht in der Lage, ihn entsprechend anzuleiten. Aber jetzt, wo Herr Koyasu nicht mehr da ist, kann ich leider niemanden mehr fragen.

Und nun ist der Junge verschwunden. Plötzlich in der Nacht verschwunden, auf unerklärliche Weise.«

Schweigend wartete ich darauf, dass er weitersprach. Nach einer kurzen Pause fuhr er fort. »Nun haben Sie die Nachfolge von Herrn Koyasu als Bibliotheksleiter angetreten. Nach dem, was meine Frau von Frau Soeda gehört hat, fühlte unser Junge sich anscheinend zu Ihnen hingezogen. Ich würde gerne wissen, worüber Sie und M** gesprochen haben. Der Inhalt könnte etwas mit seinem Verschwinden zu tun haben. Oder zumindest einen Hinweis darauf geben.«

Was sollte ich ihm antworten? Ich steckte in einem Dilemma. Schließlich konnte ich einem Vater, der sich (offensichtlich) ernsthafte Sorgen um seinen Sohn machte, nicht einfach ins Gesicht lügen. Andererseits konnte ich ihm auch nicht die Wahrheit sagen. Sie war zu kompliziert und zu weit von dem entfernt, was man gemeinhin als gesunden Menschenverstand bezeichnet. Ich musste abwägen, was ich sagen konnte und was nicht. Ich zermarterte mir das

Hirn und suchte nach Worten, die der Wahrheit zumindest nahekämen.

»Ich habe M** eine Art Parabel über eine gewisse Stadt erzählt. Eine fiktive Stadt. Meine Darstellung war in allen Einzelheiten genau und realistisch, beruhte aber letztlich auf Hypothesen. Ich habe auch nicht ihm direkt davon erzählt, sondern *jemand anderem*, und er hat es nur mitgehört. Jedenfalls schien er sich sehr für die Stadt zu interessieren.«

Das war das Maximum an »Wahrheit«, das ich ihm sagen konnte. Wenigstens log ich ihn nicht an.

Der Vater dachte mit Inbrunst darüber nach, als hätte man ihm einen schweren Brocken zu schlucken gegeben. »Laut M**s Mutter hat er mehrere Tage an seinem Schreibtisch gesessen und eifrig an etwas gezeichnet, das wie eine Landkarte aussah. Er war so vertieft, dass er sogar zu essen und zu schlafen vergaß. Könnte das etwas mit dieser Stadt zu tun haben?«

Ich nickte vage. »Ja, das könnte sein. Ich glaube, er hat nach meinen Worten eine Karte von der Stadt gezeichnet.«

»Und haben Sie diese Karte gesehen?«

Ich zögerte kurz, aber dann nickte ich. Ich konnte nicht lügen. »Ja, er hat sie mir gezeigt.«

»War die Karte exakt?«

»O ja, sogar erstaunlich exakt. Dabei hatte ich diese fiktive Stadt nur oberflächlich beschrieben.«

»M** verfügt über diese Gabe. Er kann aus winzigen, verstreuten Bruchstücken nahezu in Sekundenschnelle ein präzises Gesamtbild erstellen, zum Beispiel im Nu ein kompliziertes Puzzle aus 1000 Teilen zusammensetzen. Ich habe das immer wieder beobachtet, als er noch ganz klein war. Mit zunehmendem Alter wurde er immer wachsamer und bemühte sich, diese besondere Fähigkeit möglichst vor anderen zu verbergen.«

Warum der Junge seinen Drang, den Wochentag, an dem jemand geboren war, zu bestimmen, wohl dennoch nicht beherrschen konnte?

»Ich möchte Ihnen nicht zu nahe treten, aber könnten Sie mir ganz offen sagen, was Sie denken?«, fuhr der Vater fort. »Glauben Sie, es gibt einen Zusammenhang zwischen dieser fiktiven Stadt, von der M** durch Sie erfahren hat, und seinem plötzlichen Verschwinden?«

»Aus Sicht des gesunden Menschenverstandes kann ich da keinen Zusammenhang erkennen«, antwortete ich, meine Worte mit Bedacht wählend. »Die Stadt, von der ich M** erzählt habe, ist fiktiv, und was er gezeichnet hat, war eine detaillierte Karte von einer Stadt, die es in Wirklichkeit nicht gibt. Unser ganzer Austausch basierte auf einer Fiktion.«

Aus Sicht des gesunden Menschenverstandes.

Mehr konnte ich nicht sagen. Glücklicherweise schien der Vater ein Mensch zu sein, der in einer vom gesunden Menschenverstand regierten Welt lebte. Die Vorstellung, sein Sohn könnte tatsächlich in eine »imaginäre Welt« hinübergewechselt sein, war für ihn daher ausgeschlossen, wofür ich wahrscheinlich dankbar sein musste.

»Aber M** hatte auf jeden Fall ein starkes Interesse an dieser Stadt, nicht wahr? So wie Sie es schildern, war er gleichsam besessen davon?«, fragte der Vater. Sein Unbehagen war ihm anzusehen.

»So kam es mir vor.«

»In Ihrem Austausch mit meinem Sohn ging es also um diese fiktive Stadt. Gab es noch andere Themen?«

Ich schüttelte den Kopf. »Nein, eigentlich nicht. Sein Interesse galt einzig der fiktiven Stadt.«

Der Vater schwieg. Wieder ließ er sich die Sache durch den Kopf gehen. Aber seine Gedanken schienen sich im Kreis zu drehen und nirgendwohin zu führen. Der Tee vor uns wurde kalt. Wir rührten ihn beide nicht an. Schließlich ließ der Vater entmutigt die Schultern hängen und stieß einen tiefen Seufzer aus.

»Viele halten mich offenbar für einen kaltherzigen Vater«, vertraute er mir an. »Ich will mich nicht herausreden, aber kaltherzig war ich nie. Ich wusste nur nicht, wie ich mit dem Jungen umgehen sollte. Ich versuchte, so gut ich konnte, ihm näherzukommen, aber da war nichts zu machen. Es war, als spräche ich zu einer steinernen Statue.«

Er streckte die Hand nach seiner Teetasse aus, nahm einen Schluck von der erkalteten Flüssigkeit und stellte sie mit leichtem Stirnrunzeln wieder auf den Unterteller. »Ich machte diese Erfahrung zum ersten Mal. Ich habe drei Söhne, aber die beiden Älteren waren ganz normale Jungs, sie waren gut in der Schule und machten uns kaum Probleme. Sie wurden einfach erwachsen und zogen in die Großstadt, um sich ein neues Leben aufzubauen. Aber M** war von Geburt an anders. Ich weiß, dass er über einzigartige Fähigkeiten verfügt, aber ich habe keine Ahnung, wie ich als Vater damit umgehen, wie ich ihn erziehen soll.

Ich bin ein in der Öffentlichkeit recht bekannter Erzieher, aber ich schäme mich, zugeben zu müssen, dass ich bei meinem eigenen Kind versagt habe. Am meisten schmerzte mich, dass mein Sohn kein Interesse an mir hatte. Obwohl wir als Familie unter einem Dach lebten, schien er nicht einmal zu bemerken, dass ich existierte. Blutsverwandtschaft scheint für den Jungen keine Bedeutung zu haben. Ehrlich gesagt beneidete ich Herrn Koyasu manchmal und fragte mich traurig, was er hatte, was ich nicht hatte.«

Ich konnte nur Mitgefühl für M**s Vater empfinden. Vielleicht befanden wir uns gewissermaßen in einer ähnlichen Situation. Das brennende Interesse des Yellow-Submarine-Jungen galt auch nicht mir als Person, sondern allein der Stadt, in der ich mich einst aufgehalten hatte. Ich war für ihn nicht mehr als eine Station auf dem Weg in die Stadt. Sah er in mir nur ein Abbild der Stadt, wenn er vor mir stand?

»Ich habe Ihre Zeit über Gebühr in Anspruch genommen«, sagte M**s Vater mit einem Blick auf seine Armbanduhr. »Ich gehe jetzt zur Polizei und bitte sie nochmals, nach meinem Sohn zu fahnden. Dann werde ich noch einmal die Orte absuchen, an denen er sein könnte. Würden Sie sich bitte bei mir melden, wenn Ihnen noch etwas einfällt? Auf meiner Visitenkarte steht auch meine Handynummer.«

Er stand auf, schlüpfte wieder in seinen Mantel und verbeugte sich vor mir.

»Es tut mir leid, dass ich Ihnen nicht weiterhelfen kann«, sagte ich.

Der Vater schüttelte hilflos den Kopf.

Ich begleitete ihn hinaus und kehrte dann ins Empfangszimmer zurück. Eine Zeit lang blickte ich gedankenverloren aus dem Fenster. Die magere Katze schlich durch den Garten. Ich musste daran denken, wie der Yellow-Submarine-Junge sie und ihren Nachwuchs so unermüdlich beobachtet hatte.

Kurz darauf kam Frau Soeda mit einem Tablett ins Zimmer und räumte das Teegeschirr vom Couchtisch.

»Wie war Ihr Gespräch?«, fragte sie.

»Der Vater macht sich offenbar große Sorgen um den Jungen, aber ich konnte ihm nicht helfen.«

»Vielleicht brauchte er vor allem jemanden zum Reden. Es ist schwer, mit solchen Sorgen allein zu sein.«

»Hoffentlich wird der Junge gefunden.«

»Aber es ist sehr merkwürdig, dass er mitten in der Nacht verschwunden ist. Noch dazu bei diesem Frost.«

Ich nickte stumm. Ich spürte, dass Frau Soeda die gleichen Befürchtungen hegte wie ich: Vielleicht würde der Junge nie wieder auftauchen. Ich hörte es am Klang ihrer Stimme.

57

Der Junge tauchte nie wieder auf.

Auf die wiederholten Bitten seiner Eltern leitete die Polizei eine ausgedehnte Suche ein, fand aber letztlich keine Spur von ihm. Der Yellow-Submarine-Junge war nicht aufzufinden. Auch in der Bibliothek ließ er sich natürlich nicht blicken. Die Aufnahmen der Überwachungskameras am Bahnhof zeigten, dass er die Stadt weder mit dem Zug noch mit dem Bus verlassen hatte (die lokalen Züge und Busse waren die einzigen öffentlichen Verkehrsmittel, die dafür infrage kamen). Er hatte sich buchstäblich »in Luft aufgelöst«, wie sein Vater es ausdrückte. Soweit die Mutter wusste, hatte ihr Sohn weder Kleidung noch Gepäck mitgenommen, und wenn er überhaupt Geld bei sich hatte, dann nur ein paar Münzen, die gerade einmal für ein Mittagessen gereicht hätten. Es war einfach ein Rätsel. Zwei Tage verstrichen, dann drei.

Ich war wohl der Einzige, der zumindest eine Ahnung hatte, wohin er gegangen sein könnte. Er hatte einen Weg in die Stadt hinter der hohen Mauer gefunden (wie, wusste ich nicht) und war ihn gegangen. War wie ich damals durch einen geheimen Durchgang in seinem Innern in die andere Welt gelangt.

Das war natürlich nur eine persönliche Vermutung von mir. Einen Beweis konnte ich nicht liefern und auch keine logische Erklärung. Aber ich wusste es. Der Junge war in die Stadt hinübergewechselt, daran hatte ich keinen Zweifel. Sein spurloses Verschwinden ließ keinen anderen Schluss zu. Er hatte sich ernsthaft und von ganzem Herzen gewünscht, in die Stadt zu kommen, er hatte sich danach gesehnt, und wahrscheinlich hatte ihm sein angeborenes außergewöhnliches Konzentrationsvermögen den Übergang ermöglicht. Mit anderen Worten, er besaß die Fähigkeit. Eine Fähigkeit, die ich wohl auch einmal besessen hatte.

Ich stellte mir vor, wie der Yellow-Submarine-Junge die Stadt betrat. Am Eingangstor empfing ihn der stämmige Torwächter, riss ihm seinen Schatten weg und ritzte seine Augen, so wie er es bei mir getan hatte. Die Stadt brauchte einen Traumleser und würde ihn wahrscheinlich sofort als meinen Nachfolger einsetzen. Und wahrscheinlich, nein mit Sicherheit würde er ein weitaus tüchtigerer Traumleser sein, als ich es gewesen war, und der Stadt größeren Nutzen bringen. Immerhin war er imstande, alles augenblicklich in sämtlichen Einzelheiten zu erfassen, ohne dass seine Konzentration jemals nachließ. Und durch die ungeheure Menge an Informationen, die er in seinem Kopf gespeichert hatte, war er selbst schon eine Bibliothek – ein riesiger Wissensspeicher sozusagen.

Ich malte mir aus, wie der Junge in seinem Yellow-Submarine-Kapuzenpulli in der Bibliothek die alten Träume las. War das Mädchen bei ihm? Machte sie auch Feuer im Ofen, damit er es warm hatte? Und kochte sie den dunkelgrünen Kräutertee, um das Brennen in seinen Augen zu lindern? Bei diesem Gedanken überkam mich eine leichte Traurigkeit. Sie sickerte still in mein Herz wie farbloses, lauwarmes Wasser.

Am späten Montagmorgen bekam ich einen Anruf. Da ich freihatte, lag ich noch im Bett. Ich war schon einige Stunden wach, hatte mich aber nicht zum Aufstehen überwinden können. Durch einen Spalt im Vorhang fiel ein heller Sonnenstrahl, wie um mir meine Faulheit vorzuwerfen.

Es kam selten vor, dass bei mir zu Hause das Telefon klingelte. Wer sollte mich hier auch anrufen? Das laute Klingeln, das an meinem freien Tag durch die Wohnung schrillte, erschien mir unwirklich. So machte ich auch keine Anstalten aufzustehen, um den Hörer abzunehmen. Lange lauschte ich dem einförmigen Klingeln. Nach dem zwölften Mal hörte es endlich auf, als hätte das Telefon aufgegeben.

Aber nach einer Minute läutete es wieder. Diesmal noch lauter und schriller, so kam es mir vor – aber das bildete ich mir wohl nur ein. Nach etwa zehn Mal gab diesmal zuerst ich auf, verließ das Bett und nahm den Hörer ab.

»Hallo«, sagte eine Frauenstimme.

Ich wusste nicht gleich, wer dran war. Die Stimme klang weder jung noch alt. Weder hoch noch tief. Sie kam mir bekannt vor, aber ich konnte sie keiner Besitzerin zuordnen. Doch kurz darauf gelang es mir, sie mit einer Erinnerung in meinem Kopf zu verknüpfen, und mir fiel ein, dass es sich um meine Freundin aus dem Coffeeshop handelte.

»Guten Morgen«, krächzte ich.

»Geht es dir gut? Deine Stimme klingt so anders.«

Ich räusperte mich. »Mir geht es gut, danke. Ich hatte bloß einen Frosch im Hals und konnte nicht gleich richtig sprechen.«

»Vielleicht, weil du allein lebst. Wenn man länger mit niemandem spricht, bleiben einem manchmal die Worte im Hals stecken.«

»Geht dir das mitunter auch so?«

»Ja, schon. Ich bin ja noch Anfängerin, was das Alleinleben angeht.«

Ein kurzes Schweigen trat ein.

»Heute Morgen kamen zwei gut aussehende junge Männer in den Coffeeshop«, sagte sie dann, »um Kaffee zu trinken.«

»Klingt wie der Anfang einer Kurzgeschichte von Hemingway«, sagte ich. Sie kicherte.

»Aber die Geschichte war nicht ganz so *hard-boiled*«, sagte sie. »Um die Wahrheit zu sagen, die beiden waren nicht unbedingt wegen des Kaffees bei mir. Sie wollten kurz mit mir reden. Den Kaffee haben sie erst anschließend bestellt.«

»Sie wollten also kurz mit dir reden«, sagte ich. »Hatten sie ein erotisches Interesse an dir?«

»Nein, ich glaube nicht. Leider. Aber sie waren ohnehin ein bisschen zu jung für mich.«

»Wie alt waren sie denn?«

»Der eine war Mitte zwanzig, würde ich sagen, und der andere um die zwanzig.«

»Dann waren sie doch gar nicht zu jung.«

»Danke für das Kompliment«, sagte sie in ungerührtem Ton.

»Und worüber wollten sie mit dir reden? Ohne erotisches Interesse?«

»Es waren die beiden älteren Brüder des Mittwochsjungen.«

»Was für ein Mittwochsjunge?«

»Du weißt schon, der komische Junge, der neulich im Coffeeshop plötzlich reinkam und mir sagte, an welchem Wochentag ich geboren bin.«

Ich nahm den Hörer in die andere Hand und saugte die Luft ein.

»Seine Brüder waren bei dir im Coffeeshop? Aber warum?«

»Sie waren auf der Suche nach dem Jungen. Er ist verschwunden. Die beiden haben sich vor den Bahnhof gestellt, den Passanten ein ausgedrucktes Foto von ihm gezeigt und gefragt, ob ihn jemand irgendwo gesehen hätte.«

»Und sie kamen zu dir in den Laden, bestellten Kaffee und fragten dich das Gleiche.«

»Ja, und ich antwortete, dass ich ihn gesehen hätte. Natürlich. Und ich erzählte ihnen kurz, was an dem Tag passiert war. Dass er mich nach meinem Geburtsdatum gefragt und mir dann gesagt habe, ich sei an einem Mittwoch geboren. Was sich bestätigt habe, als ich später nachgeschaut hätte. Dass sich dies jedoch abgespielt habe, bevor er auf so mysteriöse Weise entrückt worden sei. Also hat ihnen das bei ihrer Suche wohl kaum geholfen.«

»Entrückt?«

»So haben sie sich tatsächlich ausgedrückt. Ihr jüngerer Bruder sei von zu Hause verschwunden, aber nicht weggelaufen oder so. Er sei einfach verschwunden, mitten in der Nacht, ohne Grund. Als wäre er ›entrückt‹ worden. So haben sie es gesagt.«

»›Entrückt‹ klingt ziemlich altmodisch.«

»Anscheinend ist das hier in den Bergen so was wie eine Redensart«, sagte sie. »Du wusstest es sicher schon. Ich meine, dass der Junge verschwunden ist.«

»Ja.«

»Auf meine Geschichte reagierten sie ziemlich erstaunt. Ihr Bruder sei ein menschenscheuer Charakter, der selten aus dem Haus gehe und schon gar nicht an Orte, die er nicht kenne. Weshalb hatte er an dem Tag trotzdem den Coffeeshop betreten? Wahrscheinlich, weil du, der neue Leiter der Stadtbibliothek, hier an der Theke gesessen und Kaffee getrunken hast, sagte ich. Der Junge müsse dich von draußen durch die Scheibe gesehen haben und sei hereingekommen, weil er anscheinend etwas mit dir zu besprechen hatte.«

Ich wusste nicht, was ich sagen sollte, also schwieg ich.

»Habe ich etwas gesagt, was ich besser nicht hätte sagen sollen?«

»Nein, überhaupt nicht. Er hat mich im Coffeeshop gesehen und ist reingekommen. Oder vielleicht ist er mir an diesem Morgen sogar gefolgt.«

»Und dann habe ich ihnen das mit dem Wochentag erzählt.«

»Jemandem den Wochentag seines Geburtstages zu sagen, ist übrigens so eine Art Begrüßung, wenn er jemanden zum ersten Mal trifft. Damit bringt er eine gewisse Zuneigung zum Ausdruck.«

»Eine ziemlich einmalige Art der Begrüßung, könnte man sagen, nicht?«

»In der Tat.«

»Die beiden sympathischen Brüder wollten nun wissen, warum sich ihr einzigartiger jüngerer Bruder so sehr für einen Neuankömmling wie dich interessierte.«

»Anscheinend kommt es nicht oft vor, dass der Junge von sich aus den Kontakt zu jemandem sucht, also war das wohl eine Ausnahme. Und sie haben sich gefragt, warum ausgerechnet zu mir.«

»Ja, wahrscheinlich. Aus dem, was sie sagten, schloss ich, dass der Junge kein übermäßiges Interesse an seinen beiden älteren Brüdern hatte. Obwohl sie unter einem Dach aufgewachsen waren, gab es, glaube ich, nie einen freundschaftlichen Austausch zwischen ihnen. Das ist natürlich nur mein persönlicher Eindruck.«

»Du hast eine gute Beobachtungsgabe.«

»Es ist weniger meine Beobachtungsgabe. Aber wenn man einen Laden wie diesen hat, entwickelt man so etwas wie Intuition oder Menschenkenntnis. Die Leute kommen rein und erzählen mir alles Mögliche. Ich höre nur zu und nicke. Meistens vergesse ich, was sie gesagt haben, aber ein Eindruck bleibt.«

»Ich verstehe.«

»Die beiden höflichen, gut aussehenden jungen Männer werden dich also sicher bald in der Bibliothek aufsuchen, um Anhaltspunkte für den Verbleib ihres jüngeren Bruders zu bekommen.«

»Natürlich habe ich nichts dagegen, mit ihnen zu sprechen. Nur kann ich ihnen bei ihrer Suche wahrscheinlich nicht helfen.«

»Weil er entrückt wurde?«

»Das weiß ich nicht«, sagte ich. »Aber ich habe gehört, dass sie schon wie wahnsinnig und überall nach ihm gesucht haben.«

»Sobald sie von seinem Verschwinden erfahren hatten, sind

sie aus Tokio hergeeilt, um ihren verzweifelten Eltern bei der Suche zu helfen. Der Ältere hat sich von seiner Firma beurlauben lassen, der Jüngere von der Universität. Bisher scheinen sie noch keine Hinweise gefunden zu haben, aber sie suchen offenbar sehr ernsthaft nach ihm. Als hätten sie, wie man so schön sagt, etwas gutzumachen.«

Als hätten sie etwas gutzumachen.

Das war wahrscheinlich genau der richtige Ausdruck. Als ich mit dem Vater des Jungen gesprochen hatte, war mir ein ähnlicher Gedanke gekommen.

»Heute ist Montag, da ist die Bibliothek doch geschlossen, oder?«

»Genau. Deshalb bin ich um diese Zeit zu Hause.«

»Stimmt. Übrigens muss ich dir etwas ganz Wichtiges sagen«, fiel ihr plötzlich ein.

»Was denn?«

»Es sind gerade frische Blaubeermuffins reingekommen.«

Vor meinem inneren Auge tauchten eine Tasse dampfender schwarzer Kaffee und ein warmer weicher Blaubeermuffin auf. Dieses Bild weckte meine Lebensgeister. Endlich hatte ich wieder ein gesundes Hungergefühl. Wie eine entlaufene Katze, die nach Hause gefunden hat.

»Ich bin in einer halben Stunde bei dir«, sagte ich. »Halte zwei Blaubeermuffins für mich bereit. Einen esse ich im Coffeeshop, den anderen nehme ich mit.«

»Geht in Ordnung. Zwei Blaubeermuffins. Einen davon zum Mitnehmen.«

58

Als ich den Coffeeshop betrat, saßen zwei Damen Mitte dreißig an dem kleinen Tisch am Fenster und redeten leise und mit ernsten Mienen aufeinander ein. Offenbar hatten sie sich getroffen, nachdem sie ihre Kinder zur Schule oder in den Kindergarten gebracht hatten, um sich in Ruhe zu unterhalten.

Ich setzte mich an die Theke, bestellte wie immer einen Becher schwarzen Kaffee und einen Blaubeermuffin dazu. Der Muffin war noch ein bisschen warm und ganz weich. Er wurde zu meinem Fleisch und der Kaffee zu meinem Blut. Vor allem aber waren sie eine wertvolle Nahrungsquelle.

Ich genoss es, meiner Freundin zuzusehen, wie sie geschickt hinter der Theke hantierte. Wie immer hatte sie ihr Haar zurückgebunden und trug eine rot karierte Schürze.

»Haben die beiden Brüder Fotos des Jungen am Bahnhof verteilt?«

»Ja, ich glaube schon«, sagte sie und blickte vom Abwasch auf.

»Aber bisher gibt es wohl keine Spur?«

»Anscheinend hat niemand den Jungen gesehen. Sein Verschwinden ist und bleibt geheimnisvoll. Es ist unerklärlich, wie er nachts allein aus dem Haus gekommen ist.«

»Es ist wirklich ein Rätsel.«

»Er erschien mir von Anfang an wie ein rätselhaftes Kind.«

Ich nickte. »Ein Kind mit erstaunlichen Fähigkeiten. Er sieht die Welt mit ganz anderen Augen als wir.«

Sie hielt beim Abwasch inne und sah mir einen Moment lang in die Augen. »Können wir nach Ladenschluss ein bisschen reden? Wenn du Zeit hast, meine ich.«

»Natürlich habe ich Zeit«, antwortete ich. Ich hatte nach Sonnenuntergang nichts weiter vor, als ein Buch zu lesen und dabei klassische Musik im Radio zu hören.

»Ich schließe wie immer um sechs. Kannst du kurz danach kommen?«

»Gut«, sagte ich. »Kurz nach sechs bin ich da.«

»Danke.« Der Coffeeshop füllte sich gegen Mittag, also beschloss ich zu gehen. Sie packte mir den Blaubeermuffin zum Mitnehmen in eine Papiertüte.

Als ich nach Hause kam, wusch ich als Erstes die Wäsche, die sich im Laufe der Woche angesammelt hatte. Während die Maschine lief, saugte ich Staub und reinigte das Bad. Ich putzte die Fenster und bezog das Bett neu. Als die Wäsche fertig war, hängte ich sie im Garten zum Trocknen auf. Anschließend bügelte ich ein paar Hemden, während ich ein Streichquartett von Alexander Borodin im Radio hörte. Bettwäsche zu bügeln, nimmt einige Zeit in Anspruch.

Der Sprecher im Radio erzählte, Borodin sei damals in Russland als Chemiker bekannter und beliebter denn als Musiker gewesen. In meinen Ohren klang das Streichquartett allerdings überhaupt nicht nach einem Chemiker. Doch vielleicht konnte man sagen, dass die geschmeidige Melodie und die heiteren Harmonien an chemische Verbindungen erinnerten.

Als ich mit dem Bügeln fertig war, schnappte ich mir eine Tragetasche und ging zum Supermarkt. Ich kaufte die Lebensmittel, die ich brauchte, und ging dann nach Hause, um mir etwas zu kochen. Ich wusch das Gemüse und räumte es in den Kühlschrank, packte Fleisch und Fisch um und fror ein, was eingefroren werden musste. Anschließend kochte ich mir eine Kürbis-Karotten-Suppe mit Hühnerbrühe. Bei diesen häuslichen Verrichtungen fand ich allmählich zu einer gewissen Normalität zurück.

Meinen spärlichen Kenntnissen über klassische Musik zufolge gehörte Alexander Borodin zu der sogenannten Gruppe der Fünf. Wer noch? Mussorgski, dann Rimski-Korsakow … An die anderen konnte ich mich nicht erinnern. Während ich den Kühlschrank einräumte, grübelte ich über ihre Namen nach, aber sie wollten mir partout nicht einfallen. Aber eigentlich spielte das auch keine Rolle.

Um halb sechs verließ ich das Haus. Tagsüber war das Wetter mild und trug bereits das Versprechen des Frühlings in sich, aber am Abend wehte plötzlich ein so kalter Wind, als wollte der Winter sein verlorenes Terrain zurückerobern. Die Hände in den Manteltaschen vergraben, machte ich mich auf den Weg zum Bahnhof. Ohne besonderen Grund stellte ich mir vor, wie Borodin in meinem Kopf eine schöne Melodie spielte, während er ein kompliziertes chemisches Experiment durchführte.

Nach sechs Uhr waren keine Gäste mehr da, und meine Freundin war dabei aufzuräumen. Sie hatte das im Nacken zusammengebundene Haar gelöst, die rot karierte Schürze abgelegt und trug eine weiße Bluse und enge Jeans. Ihre schlanke, durchtrainierte Figur wirkte sehr attraktiv. Sie war wohlproportioniert und hatte einen geschmeidigen, anmutigen Gang.

»Kann ich dir etwas helfen?«, fragte ich.

»Danke, es geht schon. Ich bin es gewohnt, allein zu arbeiten. Ich bin gleich fertig. Setz dich doch in der Zwischenzeit und entspann dich.«

Also setzte ich mich auf einen Hocker an der Theke und beobachtete, wie sie geschickt und zügig ihre Arbeit erledigte. Anscheinend folgte sie einem festen Ablauf. Sie trocknete das gespülte Geschirr ab und räumte es in den Schrank, schaltete alle Geräte aus, machte die Abrechnung und ließ zum Schluss die Jalousien herunter.

Nach Geschäftsschluss war es unangenehm *still* im Coffeeshop. Die Stille wirkte übertrieben tief. Tagsüber, wenn das Café geöffnet war, erschien es wie ein völlig anderer Ort.

Als sie fertig war, wusch sie sich gründlich die Hände mit Seife, trocknete jeden Finger einzeln mit einem Handtuch ab und setzte sich auf den Hocker neben mir.

»Stört es dich, wenn ich rauche?«

»Nein, natürlich nicht, aber ich wusste gar nicht, dass du rauchst.«

»Nur eine am Tag«, sagte sie. »Nach Ladenschluss setze ich mich an die Theke und rauche eine. Das ist ein kleines Ritual für mich.«

»Aber letztes Mal nicht.«

»Ich habe mich nicht getraut. Ich dachte, es würde dich

vielleicht stören.« Sie nahm eine Schachtel extralanger Mentholzigaretten aus der Kassenschublade, steckte sich eine in den Mund und zündete sie mit einem Streichholz aus einem Briefchen an. Mit zusammengekniffenen Augen nahm sie genüsslich einen Zug und stieß den Rauch aus. Offenbar waren es leichte Zigaretten. Wenn sie nicht zu viel rauchte, würde es ihr wohl nicht schaden.

»Sollen wir wie letztes Mal bei mir essen?«

Sie schüttelte leicht den Kopf. »Heute nicht, ich habe keinen Hunger. Vielleicht esse ich später eine Kleinigkeit, aber jetzt brauche ich nichts. Wenn es dir recht ist, würde ich gern hier mit dir reden?«

»Klar«, sagte ich.

»Trinkst du Whisky?«

»Manchmal, wenn ich Lust habe.«

»Ich habe hier einen guten Single Malt. Leistest du mir Gesellschaft?«

»Sehr gerne«, sagte ich.

Sie ging hinter die Theke und nahm eine Flasche zwölf Jahre alten Bowmore aus dem Regal. Sie war halb leer.

»Ein erstklassiger Whisky«, sagte ich.

»Ich habe ihn geschenkt bekommen.«

»Ist der Whisky auch so eine Art Ritual für dich?«

»Ja, genau«, sagte sie. »Das sind meine kleinen geheimen Rituale. Ich rauche jeden Tag eine Mentholzigarette und trinke ein Glas Single Malt. Ab und zu auch ein Glas Wein.«

»Singles brauchen solche kleinen Rituale, um gut durch den Tag zu kommen.«

»Hast du auch solche Rituale?«

»Mehrere«, sagte ich.

»Zum Beispiel?«

»Ich bügele. Ich koche Suppenfonds. Und ich trainiere meine Bauchmuskeln.«

Sie schien etwas dazu sagen zu wollen, überlegte es sich aber anders.

»Zum Whisky«, sagte sie, »nehme ich nur ein bisschen Wasser, kein Eis. Und du? Wenn du möchtest, kann ich dir welches reintun.«

»Ich trinke ihn wie du.«

Sie schenkte jedem von uns einen doppelten Whisky ein, fügte etwas Mineralwasser hinzu und rührte mit einem Cocktailquirl um. Wir stießen kurz an und nahmen jeder einen Schluck.

»Er schmeckt sehr aromatisch«, sagte ich.

»Man sagt, Whisky von der Insel Islay riecht nach Torf und Seeluft.«

»Das mag sein«, sagte ich. »Allerdings weiß ich nicht, wie Torf riecht.«

Sie lachte. »Ich auch nicht.«

»Trinkst du ihn immer so? Nur mit etwas Wasser?«, fragte ich.

»Manchmal trinke ich ihn pur oder *on the rocks*, aber meistens so. Es ist ein teurer Whisky, und so beeinträchtigt man das Aroma nicht.«

»Trinkst du immer nur ein Glas?«

»Ja, nur ein Glas. Manchmal genehmige ich mir noch eins vor dem Schlafengehen, aber mehr nicht, sonst kann ich vielleicht nicht mehr aufhören. Wenn man allein lebt, ist das ein Risiko. Und ich bin ja noch Anfängerin.«

Eine Zeit lang herrschte Schweigen. Diese Stille nach Geschäftsschluss lastete schwer auf mir. Um sie zu durchbrechen, beschloss ich, ihr eine Frage zu stellen.

»Kennst du die Gruppe der Fünf?«

Sie schüttelte leicht den Kopf. Gemächlich stieg der Rauch ihrer Mentholzigarette auf, bevor sie sie langsam im Aschenbecher ausdrückte.

»Nein, keine Ahnung. Hat das was mit Politik zu tun? Ist das eine anarchistische Gruppe oder so?«

»Nein, sie haben nichts mit Politik zu tun. Das sind fünf russische Komponisten aus dem 19. Jahrhundert.«

Sie sah mich erstaunt an. »Und ... was ist mit denen?«

»Eigentlich nichts. Ich wollte nur mal fragen. An drei kann ich mich erinnern, aber die Namen der anderen beiden fallen mir nicht mehr ein. Früher wusste ich sie immer. Das beschäftigt mich schon den ganzen Tag.«

»Die russische Gruppe der Fünf also«, sagte sie und lachte belustigt. »Du bist ein seltsamer Mensch.«

»Du hast heute Mittag gesagt, du hättest etwas mit mir zu besprechen.«

»Ja, aber jetzt weiß ich nicht mehr, ob ich mit dir darüber reden soll.«

Ich nahm einen Schluck von meinem Whisky. Während ich das Gefühl genoss, wie er mir die Kehle hinunterlief, wartete ich schweigend darauf, dass sie fortfuhr.

»Wenn ich es dir erzähle, wirst du vielleicht enttäuscht sein und keine Lust mehr haben, dich mit mir zu treffen.«

»Ich weiß zwar nicht, worum es geht«, sagte ich. »Aber meiner bescheidenen Erfahrung nach sollte man, wenn sich eine gute Gelegenheit bietet, etwas zu erzählen, sie auch nutzen. Hat man sie einmal verpasst, wird es meist kompliziert.«

»Aber ist jetzt wirklich der richtige Zeitpunkt?«

»Nach getaner Arbeit, einer Mentholzigarette und ein paar Schlucken eines erstklassigen Single Malt – welcher Moment könnte passender sein?«

Ein leichtes Lächeln erschien auf ihren Lippen, wie der Mond über einem Bergkamm aufgeht. Sie strich sich das Haar aus der Stirn. Sie hatte lange, schlanke, schön geformte Finger.

»Du hast sicher recht. Ich werde mein Bestes tun und es dir sagen. Vielleicht wirst du enttäuscht sein, vielleicht auch nicht. Und ich werde allein und beschämt zurückbleiben.«

Allein und beschämt?

Aber ich sagte nichts. Denn ich wusste, sie würde es mir erzählen.

»Es ist etwas, das ich normalerweise für mich behalte.«

Das Thermostat der Klimaanlage an der Decke gab plötzlich ein unerwartet lautes Geräusch von sich. Ich blieb stumm.

»Darf ich dir zuerst eine direkte Frage stellen?«

»Natürlich.«

»Bist du, wie soll ich sagen, als Mann an mir interessiert?«

»Ja, das bin ich. Natürlich bin ich interessiert.«

»Und beinhaltet das auch ein sexuelles Element?«

»Mehr oder weniger.«

Sie runzelte leicht die Stirn. »Und wie würdest du ›mehr oder weniger‹ konkret definieren? Das würde ich gern wissen, wenn es dir nichts ausmacht.«

»Äh, ja, gut. Also, ich habe heute Mittag mein Bett frisch bezogen, und als ich mit der Hand darüberfuhr, um es glatt zu streichen, habe ich mir überlegt, ob die Möglichkeit bestünde, dass du heute Nacht dort liegen könntest. Am Ende war es nicht mehr als eine Möglichkeit, aber eine sehr verlockende.«

Sie schwenkte das Whiskyglas in der Hand. »Ich bin froh, dass du das sagst«, erwiderte sie.

»Und ich bin froh, dass es dich froh macht. Aber ... irgendwie habe ich das Gefühl, dass die Geschichte noch weitergeht.«

»Allerdings«, sagte sie. Sie wählte ihre Worte langsam und mit Bedacht. »Leider kann ich deine Erwartungen in dieser Hinsicht und die damit verbundenen Möglichkeiten nicht erfüllen. Ich wünschte, ich könnte es.«

»Gibt es jemand anderen?«

Sie schüttelte nachdrücklich den Kopf. »Nein. Niemanden. Darum geht es nicht.«

Schweigend wartete ich darauf, dass sie fortfuhr. Wieder schwenkte sie langsam das Glas in ihrer Hand. »Mein Problem ist der Geschlechtsakt an sich.« Nach einem kleinen Seufzer fuhr sie resigniert fort. »Vereinfacht gesagt: Ich kann keinen Sex haben. Ich will es nicht, und ich kann es auch praktisch nicht.«

»Und als du verheiratet warst?«

Sie nickte. »Ehrlich gesagt hatte ich bis zu meiner Heirat nie Sex. Ich hatte ein paarmal einen Freund, aber es ist nie so weit gekommen. Ich habe es immer wieder versucht, aber es hat nicht funktioniert. Der Schmerz war einfach zu groß. Aber ich war zuversichtlich, dass es sich regeln würde, wenn ich verheiratet wäre. Vielleicht würde ich mich daran gewöhnen. Doch leider änderte sich auch nach der Hochzeit nichts an meiner Situation. Auf Wunsch meines Mannes hatten wir regelmäßig ehelichen Verkehr. Nach allen Regeln der Kunst.

Aber für mich war es nur schmerzhaft. Und irgendwann habe ich mich dann ganz verweigert. Unnötig zu sagen, dass auch das einer der Gründe für unsere Scheidung war.«

»Hast du eine Idee, woran es liegen könnte?«

»Nein, da fällt mir nichts ein. Ich hatte als Kind kein traumatisches Erlebnis, das mich vielleicht psychisch belasten würde. Nichts dergleichen. Ich habe keine Veranlagung zur Homosexualität, keine sexuellen Hemmungen oder Vorbehalte. Ich war ein ganz normales Mädchen, das in einer ganz normalen Familie aufgewachsen ist. Meine Eltern haben sich gut verstanden, ich hatte viele Freundinnen und war auch in der Schule nicht schlecht. Mein Leben war so normal, wie es nur sein konnte. Nur dass ich außerstande war, Sex zu haben, war nicht normal.«

Ich nickte. Sie führte ihr Glas zum Mund und trank einen kleinen Schluck.

»Hast du deswegen schon einmal professionelle Hilfe in Anspruch genommen?«, fragte ich.

»Ja, in Sapporo bin ich auf seinen Wunsch zweimal bei einer Psychotherapeutin gewesen. Einmal waren wir als Paar dort, und einmal bin ich allein hingegangen. Aber es hat nichts gebracht. Oder besser gesagt: Es kam nichts dabei heraus. Und offen gestanden war es eine Qual, mit einer Fremden über so etwas Privates zu sprechen. Auch wenn sie eine Expertin war.«

Plötzlich musste ich an das sechzehnjährige Mädchen von damals denken. Ich erinnerte mich noch genau, was sie an jenem Morgen im Mai gesagt hatte, als ich siebzehn war. Ich hatte ihre Stimme, ihren Atem noch deutlich im Ohr.

»Ich will dir gehören«, hatte das Mädchen gesagt. »Ganz und gar dir gehören. Ich will dir gehören, von Kopf bis Fuss. Eins mit dir sein. Wirklich.«

»Bist du jetzt enttäuscht?«

Hastig klärte ich mein getrübtes Bewusstsein und schaffte es, in die Realität vor mir zurückzukehren. »Ob ich enttäuscht bin, dass du kein gesteigertes Interesse an einer sexuellen Beziehung hast?«

»Ja.«

»Na ja, vielleicht ein bisschen«, antwortete ich ehrlich. »Aber ich bin froh, dass du von Anfang an so offen zu mir warst.«

»Und triffst du dich trotzdem weiter mit mir?«

»Natürlich«, antwortete ich. »Ich genieße es, mit dir zusammen zu sein und mich mit dir auf diese vertraute Weise zu unterhalten. Sonst kann ich das hier ja mit niemandem.«

»Mir geht es genauso«, sagte sie. »Aber ich glaube nicht, dass ich dir etwas zu geben habe. In diesem Bereich, meine ich.«

»Ich werde mich nach Kräften bemühen, *diesen Bereich* vorläufig zu vergessen.«

»Weißt du«, sagte sie, als würde sie mir etwas anvertrauen, »selbst ich finde es schade. Vielleicht viel mehr, als du denkst.«

»Aber wir haben es nicht eilig, oder? Mein Körper und meine Seele sind momentan getrennt. Sie sind an verschiedenen Orten. Deshalb

MÖCHTE ICH, DASS WIR WARTEN. BIS WIR BEREIT SIND, BIS ICH BEREIT BIN. VERSTEHST DU? ICH BRAUCHE FÜR ALLES VIEL ZEIT.«

Ich schloss die Augen und dachte an die Zeit. Früher – mit siebzehn – war die Zeit buchstäblich unerschöpflich gewesen. Wie ein riesiger Stausee voller Wasser. Deshalb brauchte ich mir um sie keine Sorgen zu machen. Aber so war es nicht mehr. Die Zeit, die mir blieb, war begrenzt. Und je älter ich wurde, desto wichtiger wurde der Gedanke an die Zeit. Denn unaufhaltsam tickte die Uhr.

»Woran denkst du?«, fragte sie mich, neben mir auf dem Hocker sitzend.

»An die russische Gruppe der Fünf«, erwiderte ich, ohne zu zögern, beinahe reflexartig. »Warum kann ich mich nur nicht erinnern? Früher hatte ich die Namen sofort parat. Wir haben sie in der Schule im Musikunterricht gelernt.«

»Du bist ein seltsamer Mensch«, sagte sie. »Warum beschäftigt dich das jetzt?«

»Es stört mich, wenn ich mich an etwas nicht erinnern kann, was ich eigentlich weiß. Geht es dir nicht auch so?«

»Mich stört es eher, wenn ich etwas nicht vergessen kann, an das ich mich nicht erinnern will.«

»Jeder ist anders«, sagte ich.

»Gehörte Tschaikowsky vielleicht zur Gruppe der Fünf?«

»Nein, die Gruppe hatte sich damals als Reaktion auf Tschaikowskys westlich orientierte Musik zusammengefunden.« Ich verstummte. Irgendwann war sie es, die das Schweigen brach.

»Es ist, als steckte etwas in mir fest. Deshalb geht alles schief.«

»Das mag sein, aber du bleibst nicht allein zurück.«

Sie dachte einen Moment lang über meine Worte nach. »Du wirst dich also weiter mit mir treffen?«

»Natürlich.«

»*Natürlich* ist wohl dein Lieblingswort?«

»Kann schon sein.«

Ich nahm eine Hand von der Theke und legte sie auf ihre. Fünf geschmeidige Finger verflochten sich sanft mit meinen. Verschiedene Arten von Zeit überlagerten und verbanden sich zu einer. Aus meinem Inneren streckte ein Gefühl, das dem der Traurigkeit ähnelte, aber einen anderen Ursprung hatte als sie, seine Ranken aus wie eine Schlingpflanze. Dieses Gefühl erinnerte mich an früher. Es gab wohl noch immer Bereiche in mir, die ich nicht ausreichend kannte. Bereiche, denen die Zeit nichts anhaben konnte.

Balakirew, flüsterte mir jemand ins Ohr. Wie ein guter Freund, der neben mir saß und mir Antworten auf Prüfungsfragen einsagte. Genau, Balakirew. Jetzt waren es schon vier. Vier von fünf. Einer fehlte noch.

»Balakirew«, sagte ich laut. So deutlich, als würde ich den Namen in die Luft schreiben. Ich blickte zum Hocker neben mir, aber sie schien mich nicht gehört zu haben. Sie hatte beide Hände vors Gesicht geschlagen und weinte lautlos. Tränen quollen zwischen ihren Fingern hervor. Ich legte ruhig meine Hand auf ihre Schulter und ließ sie lange dort. Bis ihre Tränen versiegten.

59

Auf der Visitenkarte des jungen Mannes stand der Name einer Kanzlei dreier bekannter Anwälte: Hirao, Hawakubo und Yanagihara. Sein Name war nicht dabei.

»Ich bin Anwalt, aber nur Assistent. So eine Art Lehrling oder Laufbursche«, erklärte mir der junge Mann und sah mir lächelnd in die Augen. Für mich klang es weniger bescheiden als einstudiert. Ich bot ihm und dem jungen Mann, der ihn begleitete, Plätze im Empfangsraum an. Sie saßen sehr ruhig, so als hätten sie kein rechtes Vertrauen in die Stabilität der Stühle.

»Das ist mein jüngerer Bruder«, stellte der Anwalt mir seinen Begleiter vor. »Er studiert Medizin an der Universität Tokio. Bald beginnt seine Zeit als Assistenzarzt, er ist daher sehr beschäftigt.«

»Freut mich«, sagte der jüngere Bruder höflich und verbeugte sich tief. Er wirkte äußerst wohlerzogen.

Der ältere Bruder war zierlich, der jüngere eher stämmig. Aber im Gesicht sahen sie sich sehr ähnlich. (Beide hatten die markanten Ohren vom Vater geerbt.) Sie hatten ebenmäßige, klare Gesichtszüge, und man sah ihnen ihre gute Erziehung an. Gekleidet waren sie in einem urbanen Stil. Der Ältere trug einen dunkelblauen Slim-fit-Anzug, ein weißes Hemd und eine grün und marineblau gestreifte Krawatte unter einem schwarzen Wollmantel, der Jüngere einen eng anliegenden grauen Rollkragenpullover, beigefarbene Chinos und einen dunkelblauen Colani. Ihre Haare hatten genau die richtige Länge und waren auf natürlich wirkende Weise mit Wachs in Form gebracht.

Meine Freundin aus dem Coffeeshop hatte sie durchaus treffend als »gut aussehende junge Männer« beschrieben. Beide waren adrett, wirkten intelligent, aber nicht überheblich und hinterließen auf jeden Fall einen guten ersten Eindruck. Sie hätten einer Zeitschriftenwerbung für Rasierwasser entsprungen sein können.

Der ältere Bruder sprach zuerst. »Anscheinend haben Sie sich öfter um M** gekümmert.«

»M** ist jeden Tag zu uns in die Bibliothek gekommen und hat fleißig gelesen«, sagte ich. »Dass er so plötzlich verschwunden ist, beunruhigt alle, die hier arbeiten. Hoffentlich wird er bald gefunden.«

»Als Familie tun wir alles, was wir können«, sagte der ältere Bruder. »Seit einigen Tagen verteilen wir überall Flugblätter mit seinem Foto. Aber bisher fehlt jede Spur von ihm. Niemand hat unseren kleinen Bruder gesehen. Das ist merkwürdig in so einem kleinen Ort mitten in den Bergen, und ohne Geld kann unser Bruder nicht weit gekommen sein. Wenn er von zu Hause weggelaufen wäre, müsste ihn doch jemand gesehen haben.«

»Das ist wirklich sehr merkwürdig«, stimmte ich ihm zu.

»Unser Vater sagt, es sei, als wäre er entrückt worden.«

»Entrückt?«, fragte ich.

»Ja, so was kommt hier in der Gegend wohl ab und zu vor. Vor allem kleine Kinder sind schon öfter von einem Tag auf den anderen spurlos verschwunden und nie wieder aufgetaucht. Solche Geschichten gibt es viele. Unser Vater fragt sich, ob so etwas passiert sein könnte. Denn eine andere schlüssige Erklärung gibt es nicht.«

»Angenommen, es handelt sich wirklich um so ein unerklärliches Verschwinden«, sagte ich. »Gibt es Möglichkeiten, auf diese Weise verschwundene Kinder wiederzufinden?«

»Unser Vater hat einen befreundeten Priester im Schrein beauftragt, jeden Tag Gebete für M**s Rückkehr zu sprechen. Er betet zu den Göttern, dass sie das Kind zurückbringen. Natürlich sind das nur Legenden, aber unser Vater braucht etwas, woran er sich festhalten kann. Denn mehr als beten kann er nicht.«

»Wie Sie sicher wissen, ist unser jüngerer Bruder M** kein sogenanntes normales Kind«, sagte der Medizinstudent. »Ihm fehlen bestimmte Kompetenzen, um ein normales Leben in der Gesellschaft zu führen. Andererseits wurde er wie zum Ausgleich mit ganz besonderen Eigenschaften geboren. Fähigkeiten, die man sich als gewöhnlicher Mensch kaum vorstellen kann. Man könnte sagen, dass er dem Reich der Götter näher ist als dem der Menschen. Vielleicht bedeutet das, dass die Götter ihn lieben oder dass er umgekehrt gegen ein göttliches Gebot verstößt.«

»M** steht der spirituellen Welt also näher als normale Menschen?«

»Ja, so könnte man es wohl ausdrücken«, sagte der jüngere

Bruder. »Insofern ist das, was unser Vater sagt, gar nicht mal so abwegig. Abgesehen natürlich von der Frage, ob es so etwas wirklich gibt.«

Der ältere Bruder warf dem jüngeren einen kurzen Blick zu, äußerte sich aber nicht. Offenbar gingen die Meinungen der Brüder in diesem Punkt auseinander. »Als Hypothese ist diese Geschichte sehr interessant, aber ich denke, wir sollten zunächst etwas pragmatischer vorgehen«, sagte der Ältere.

Aus Sicht des praktizierenden Juristen hatte er völlig recht. Vor Gericht beispielsweise hätte ein Begriff wie »Entrückung« natürlich keinen Bestand gehabt. Denn Derartiges ließ sich nicht schlüssig beweisen.

»Was immer wir tun, wir brauchen konkrete Hinweise, irgendetwas, das Licht in das Rätsel um das unerklärliche Verschwinden unseres jüngeren Bruders bringt. Je mehr Zeit vergeht, desto schwieriger wird die Suche. Deshalb wollten wir mit Ihnen sprechen. Entschuldigen Sie, dass wir Sie so überfallen, Sie sind sicher sehr beschäftigt.«

»Zeit habe ich genug. Ich möchte Ihnen helfen, so gut ich kann«, antwortete ich.

Der ältere Bruder nickte mehrmals und griff nach seinem Krawattenknoten, als wollte er sich vergewissern, dass er noch saß.

»Wie ich gehört habe, hatte M** ein gewisses Vertrauen zu Ihnen gefasst«, sagte er.

Ich zuckte leicht mit den Schultern. »Ich weiß nicht, ob man es Vertrauen nennen kann. Denn er hat sich mir nie direkt anvertraut. Wie ich Ihrem Herrn Vater schon sagte, hat er sich mir fast nur schriftlich oder durch Gesten mitgeteilt.«

»Allein das ist schon etwas Besonderes«, schaltete der Jüngere sich ein. »Nicht einmal uns hat sich M** auf diese Weise zugewandt, obwohl wir als seine Brüder unter einem Dach mit ihm aufgewachsen sind. Er reagierte nicht einmal auf Ansprache. Gegenüber unserem Vater verhielt er sich genauso. Selbst mit unserer Mutter sprach er nur das Nötigste.«

Der ältere Bruder nickte. »Genau. Von sich aus hat er nie etwas gesagt. Er lebte stets abgeschlossen in seiner eigenen Welt. Wie eine Auster auf dem Meeresgrund. Aber an Sie hat er sich von sich aus gewandt.«

»Ja, das stimmt«, sagte ich. »Er hat von sich aus mit mir kommuniziert.«

»Und er hat sogar ein Café in der Einkaufsstraße am Bahnhof betreten, weil er Sie darin gesehen hat. Für jemanden wie unseren jüngeren Bruder ist so etwas fast unmöglich.«

»Aber offenbar doch nicht ganz.«

Die Brüder schwiegen einen Moment. Auch ich sagte nichts und wartete darauf, dass sie fortfuhren.

Der Ältere sprach zuerst. »Entschuldigen Sie die Frage, aber wo und wie kam Ihre Beziehung zu M** zustande? Unser Bruder hatte offensichtlich Vertrauen zu Herrn Koyasu und sprach oft mit ihm. Aber er kannte ihn auch schon seit seiner Kindheit. Herr Koyasu hat ihn sehr gemocht und sich seiner angenommen. Deshalb ist es verständlich, dass M** an ihm hing. Es schien so etwas wie eine emotionale Bindung zwischen den beiden zu geben. Sie sind aber erst nach dem Tod von Herrn Koyasu aus Tokio hergekommen, um die Leitung der Bibliothek zu übernehmen. Warum fühlte sich unser Bruder zu Ihnen hingezogen?«

»Ich habe Ihrem Herrn Vater schon davon berichtet. Ich

hatte jemandem von einer imaginären Stadt erzählt, und Ihr Bruder scheint das zufällig mitgehört zu haben.«

»Ja, unser Vater hat uns davon erzählt. M** hat sich sehr für diese Stadt interessiert und sogar eine Karte davon gezeichnet, nicht wahr?«

»Ja.«

»Und Sie haben diese Stadt erfunden, ja?«

»Ja. Ich habe sie erfunden, als ich jung war. Eine Welt, die es in Wirklichkeit gar nicht gibt«, antwortete ich.

»Haben Sie die Karte noch?«

»Nein, M** hat sie mitgenommen«, log ich. Die Karte lag zu Hause in meiner Schreibtischschublade, aber aus irgendeinem Grund hatte ich keine Lust, sie den beiden zu zeigen.

Die Brüder wechselten einen Blick. »Würden Sie uns von dieser imaginären Stadt erzählen?«, fragte der Ältere.

Der Medizinstudent sprang ihm zur Seite. »Wir würden gern verstehen, was unseren Bruder vor seinem Verschwinden so interessiert hat.«

Ich gab ihnen einen kurzen Überblick über die Stadt mit der hohen Mauer. Sie waren so verzweifelt auf der Suche nach ihrem kleinen Bruder, dass ich nicht ablehnen konnte.

Ich beschrieb ihnen die Landschaft und die wichtigsten Merkmale der Stadt und betonte noch einmal, dass es sich um eine fiktive Geschichte handelte. (Natürlich erzählte ich ihnen nicht alles. Das Mädchen, das in der Bibliothek arbeitete, erwähnte ich beiläufig, aber die Trennung von meinem Schatten, die Verletzung der Augen und auch die Sache mit dem unheimlichen See ließ ich weg, denn ich wollte ihnen kein allzu gruseliges Szenario vermitteln.) Die Brüder hörten interessiert und meist schweigend zu, stellten aber doch einige kurze und präzise Fragen. Beide hatten einen scharfen Verstand und eine gute Auffassungsgabe. Ihr Vater hatte es mir leichter gemacht. Als ich zu Ende erzählt hatte, verfielen sie in bedrücktes Schweigen. Nach einer Weile ergriff der jüngere Bruder das Wort.

»Ich glaube, M** wollte irgendwie in die Stadt gelangen. Nach allem, was Sie uns erzählt haben, bin ich mir da ziemlich sicher. Wenn der Junge sich einmal etwas in den Kopf gesetzt hat, legt er eine derartige Willenskraft an den Tag, die man als gewöhnlicher Mensch nicht für möglich halten würde. Und der Gedanke an Ihre Stadt muss ihn wirklich fasziniert haben.«

Wieder schwiegen wir. Ein schweres, zähes Schweigen, das nirgendwohin führte. Sorgfältig wog ich meine Antwort ab. »Aber was immer Sie sagen, es ist eine fiktive Stadt, die in meinem Kopf entstanden ist. Sie existiert nicht wirklich. So sehr sich M** das auch wünschen mag, er kann nicht dorthin gelangen.«

»Aber M** ist wirklich verschwunden«, sagte der Medizinstudent. »In einer eiskalten Winternacht, im Schlafanzug und fast ohne Geld. Sein Verschwinden ist so unwirklich, dass einem auch unwirkliche Vermutungen in den Sinn kommen. Zumindest als Möglichkeit.«

»Was sagt denn die Polizei?«, fragte ich, um dem Gespräch eine andere Richtung zu geben.

»Die Polizei geht davon aus, dass M** sich nachts, als alle schliefen, angezogen, mit etwas Geld aus dem Haus geschlichen und irgendeine Möglichkeit gefunden hat, zum Beispiel per Anhalter, den Ort zu verlassen. Sie sagt, Jungen in dem Alter liefen häufig von zu Hause fort. Den Einwand unserer

Mutter, es fehle weder Kleidung noch Geld, nimmt man offenbar nicht ernst. Denn wie soll ich sagen, sie steht im Moment unter Schock und ist leicht hysterisch.«

»Die Polizei sagt, er werde sich schon melden, sobald er kein Geld mehr habe, oder irgendwann von selbst nach Hause kommen, als wäre nichts gewesen«, sagte der jüngere Bruder.

»Na ja, das ist die gängige Hoffnung in solchen Fällen«, entgegnete der ältere Bruder und seufzte.

»Aber das glaube ich nicht«, sagte der Jüngere. »Unsere Mutter ist in allem sehr genau und achtet auch auf Kleinigkeiten. Es mag sein, dass sie einmal etwas übersieht, aber in praktischen Dingen wie der Anzahl von Kleidungsstücken oder womöglich fehlendem Geld ist sie äußerst genau. Auch wenn sie mehr oder weniger verstört ist, in solchen Dingen irrt sie sich nie.«

»Offenbar glaubt die Polizei, dass auch ein von innen verriegeltes Haus irgendwo einen Ausgang hat«, sagte der Anwalt. »Das ist ja auch die nächstliegende rationale Erklärung. Jeder im Ort weiß, dass M** ›komisch‹, das heißt nicht normal ist. Die Leute halten es also für ganz natürlich, dass so ein Kind unvorhersehbare Dinge tut. Da mein Vater ein angesehener Bürger ist, reagiert die Polizei zwar höflich, aber zu mehr lässt sie sich nicht herbei.«

»Am besten wäre es, wenn er einfach zurückkäme, als wäre nichts geschehen«, sagte ich.

»Ja, das wünschen wir uns alle«, sagte der ältere Bruder. »Aber wir können nicht untätig herumsitzen und darauf hoffen. Er verfügt, wie gesagt, über keine soziale Kompetenz, und die Frage, wo er jetzt ist und was er tun könnte, bereitet uns große Sorgen.«

»Kommen wir noch einmal auf die imaginäre Stadt mit der Mauer zurück«, mischte sich der jüngere Bruder ein. »Was, glauben Sie, hat ihn an Ihrer Stadt am meisten fasziniert?«

Ich war um eine Antwort verlegen. Was sollte ich sagen? »Das weiß ich auch nicht. Er hat sich nicht dazu geäußert. Er hat nur mit großer Ernsthaftigkeit diese Karte davon gezeichnet. Aber meiner persönlichen Meinung nach war M** an der Stadt interessiert, weil dort die soziale Anpassungsfähigkeit, von der Sie sprachen, nicht erforderlich wäre. Er hätte dort nichts weiter zu tun, als in die Bibliothek zu gehen und zu lesen. Genau genommen wäre das im Prinzip das Gleiche, was er hier auch jeden Tag tut. Nichts anderes würde von ihm verlangt. Und in der Stadt käme dem Lesen eine große Bedeutung zu.«

»Welche Art von Lektüre wäre das?«, stellte der Rechtsanwalt die nächstliegende Frage. »Und warum hätte sie eine so große Bedeutung für die Stadt?«

Ich seufzte. Ich wusste nicht, warum, aber mit einem Mal fiel mir die magere Katze ein, die langsam durch den Garten der Bibliothek strich. Und ich sah vor mir, wie der Yellow-Submarine-Junge sie und ihre fünf Jungen unermüdlich beobachtete. Es kam mir vor wie etwas, das vor sehr langer Zeit geschehen war. »Ich kann selbst nicht gut erklären, worum es geht und was es bedeutet. Nur, dass es geheimnisvoll ist«, sagte ich.

»Aber diese Stadt entstammt doch ganz und gar Ihrer Vorstellungskraft?«, fragte der jüngere Bruder.

»Ja, das stimmt«, sagte ich. »Allerdings kann ich mir auch vieles dort nicht logisch erklären. Schließlich habe ich mir die

Stadt vor sehr langer Zeit ausgedacht. Damals war ich ein Teenager.«

Tatsächlich war die Stadt das gemeinsame Konstrukt eines siebzehnjährigen Jungen und eines sechzehnjährigen Mädchens. Ich hatte sie nicht allein erschaffen. Aber das konnte ich nicht sagen.

Die beiden Brüder überlegten, jeder für sich. Dann meldete sich der jüngere Bruder zu Wort. »Darf ich eine persönliche Vermutung äußern?«

»Natürlich, bitte.«

»Ich glaube, die Mauer, die die Stadt umgibt, ist das Bewusstsein, das Sie als Person ausmacht. Deshalb kann diese Mauer ihre Gestalt auch nach Belieben verändern. Das menschliche Bewusstsein ist wie ein Eisberg. Was über die Wasseroberfläche hinausragt, ist nur ein sehr kleiner Teil davon. Der größte Teil bleibt unsichtbar und im Dunkeln.«

»Sie sagten, Sie studieren Medizin«, erwiderte ich. »Was ist Ihr Fachgebiet?«

»Chirurgie. Nach Möglichkeit möchte ich Neurochirurg werden. Deshalb interessiere ich mich auch besonders für die Psychiatrie und habe wegen der Überschneidung mit der Neurochirurgie einige Kurse in diesem Fach belegt.«

»Verstehe«, sagte ich. »Hat der Zustand Ihres Bruders M** Ihre Entscheidung für diese Fachrichtung beeinflusst?«

»Ja, ich glaube schon. Aber er war nicht der einzige Grund.«

Der Anwalt griff ein. »Wir glauben natürlich nicht, dass unser jüngerer Bruder tatsächlich in dieser fiktiven Stadt gelandet ist. Das gehört in die Welt der Science-Fiction, ist also völlig irreal. Bitte glauben Sie nicht, dass wir Sie in irgendeiner Weise beschuldigen oder verantwortlich machen. Aber offen gesagt kann ich mich des Eindrucks nicht erwehren, dass Ihre Beschreibung der fiktiven Stadt der Auslöser für M**s Verschwinden war.«

»Wie meinen Sie das?«

»M** könnte sich zum Beispiel eingebildet haben, er hätte so etwas wie einen Durchgang zur Stadt gefunden. Immerhin hatte er damals hohes Fieber. Er stand auf, sah den Durchgang und verließ das Haus. Ich weiß nicht genau, wie er aus dem verschlossenen Haus herausgekommen ist, aber er hat es geschafft. Im Schlafanzug. Aber natürlich hat er diesen Durchgang nirgendwo gefunden. Und es war eine extrem frostige Nacht …«

Der jüngere Bruder übernahm. »Dann ist er vielleicht in den nahen Wald gelaufen und dort vor Kälte ohnmächtig geworden. Das kommt uns am wahrscheinlichsten vor.«

»Haben Sie die Umgebung abgesucht?«, fragte ich.

»Ja, wir sind überall herumgelaufen und haben gesucht. Aber wir konnten natürlich nur ein begrenztes Gebiet abdecken. Wir sind ja mitten in den Bergen. Am besten wäre es, wir würden einen großen Suchtrupp zusammenstellen und alles absuchen, aber das erscheint im Moment schwierig«, sagte der ältere Bruder.

Der Anwalt fuhr fort. »Wir wollen noch ein paar Tage bleiben und nach unserem kleinen Bruder suchen. So lange, wie wir können. Aber irgendwann müssen wir, so leid es uns tut, nach Tokio zurück, wo ich meine Arbeit und er sein Studium wieder aufnehmen muss.«

Ich nickte. Tokio zu verlassen und auch nur für eine Woche hierherzukommen, musste ein echtes Opfer für die beiden gewesen sein. Jeder ist mit seinem eigenen Leben beschäftigt. Der Jüngere zog ein Notizbuch aus der Tasche, schrieb etwas mit Kugelschreiber hinein, riss die Seite heraus und gab sie mir. »Das ist meine Handynummer. Rufen Sie mich jederzeit an, ganz gleich, wie unwichtig Ihnen etwas erscheint. Wenn Ihnen noch etwas über die Stadt mit der Mauer einfällt, melden Sie sich bei mir, ja?«

»In Ordnung. Mache ich.«

Nach kurzem Zögern wandte er sich mit ernster Stimme an mich, als würde er mir etwas anvertrauen. »Metaphorisch, symbolisch oder sinnbildlich, ich kenne mich da nicht aus, aber irgendwie kommt es mir vor, als hätte M** einen Durchgang entdeckt und wäre irgendwie in diese Stadt gelangt. Ins dunkle Reich des Unbewussten sozusagen, tief unter der Oberfläche.«

Natürlich sagte ich weder Ja noch Nein. Ich sah ihn nur schweigend an.

»Vielleicht würden wir unseren Bruder dort finden. Aber dorthin zu gelangen, ist für uns unmöglich«, sagte der jüngere Bruder.

Aber angenommen, sie würden den Yellow-Submarine-Jungen finden, würde er wahrscheinlich nicht in seine alte Welt zurückwollen. Doch das konnte ich seinen Brüdern natürlich nicht sagen.

Sie bedankten sich höflich und verließen leise den Raum. Als die beiden wohlerzogenen und offensichtlich intelligenten jungen Männer gegangen waren, ging ich zum Fenster und blickte lange in den verlassenen Garten. Vögel saßen auf den kahlen Ästen, zwitscherten kurz und flogen dann auf der Suche nach Futter davon.

»Metaphorisch, symbolisch oder sinnbildlich, ich kenne mich da nicht aus«, hatte der Medizinstudent gesagt.

Nein, es war weder metaphorisch noch symbolisch noch sinnbildlich, sondern wahrscheinlich die unerschütterliche Realität. Ich sah den *realen* Yellow-Submarine-Jungen vor mir, wie er durch die *realen* Straßen der Stadt ging. Und ich konnte nicht anders, als Sehnsucht zu empfinden. Nach dem Jungen und nach der Stadt.

60

In dieser Nacht hatte ich einen langen Traum. Oder zumindest so etwas Ähnliches wie einen Traum.

Ich ging allein auf einem Pfad durch den Wald. Es war ein bewölkter Winternachmittag, und kleine Schneeflocken tanzten durch die Luft. Ich wusste nicht, wo ich war.

Ziellos irrte ich umher. Irgendetwas schien ich zu suchen, aber ich wusste nicht, was. Doch das beunruhigte mich nicht sonderlich. Was immer ich suchte, ich würde es wissen, sobald ich es gefunden hätte.

Es war ein tiefer, dichter Wald, und um mich herum sah ich nur dicke Baumstämme. Das Laub raschelte laut unter meinen Füßen, ab und zu zwitscherten Vögel über mir, aber sonst war kein Geräusch zu hören. Es wehte kein Wind.

Schließlich gelangte ich durch eine Lücke zwischen den Bäumen auf eine offene, ebene Lichtung. Dort stand ein verlassen wirkendes altes kleines Haus, das vielleicht einmal als Berghütte gedient hatte. Anscheinend hatte sich seit Jahren niemand mehr darum gekümmert, denn das Holzdach war schief und die Balken von Insekten zerfressen und halb verrottet. Ich stieg die drei wackeligen Stufen zur Veranda hinauf und schob die verwitterte, quietschende Tür auf. In der Hütte war es dämmrig, es roch nach Staub. Niemand war zu sehen.

Instinktiv wusste ich auf den ersten Blick, dass ich mein Ziel erreicht hatte. Um zu dieser Hütte zu gelangen, hatte ich den langen Weg durch den tiefen Wald zurückgelegt, hatte mich durch Dickicht gekämpft und einen eiskalten Bach durchquert, immer begleitet von den unheilvollen Warnrufen der Vögel.

Leise betrat ich die Hütte und sah mich um. Die Fenster waren so verstaubt, dass ich kaum hinausschauen konnte, aber keines war zerbrochen (was an ein Wunder grenzte, so heruntergekommen, wie das Ganze war), und es drang ein wenig Licht herein. Die Hütte war sehr einfach und bestand nur aus einem Raum. Wer ihn zu welchem Zweck benutzte, entzog sich meiner Kenntnis. Ich stand in der Mitte und sah mich aufmerksam um, während sich meine Augen an das Dämmerlicht gewöhnten.

Das Innere der Hütte war buchstäblich leer. Es gab keine Möbel, keine Geräte, nicht das geringste dekorative Element. Irgendwann hatten ihre Bewohner sie aufgegeben und so zurückgelassen, wie sie war. Bei jedem meiner Schritte bogen sich die Dielen und knarrten laut. Als wollten sie eine dringende Warnung an die Geschöpfe des Waldes senden.

Die Hütte kam mir irgendwie bekannt vor. Ich musste schon einmal hier gewesen sein … aber ich konnte mich nicht erinnern, wann. Dieses starke Déjà-vu-Gefühl lähmte mich von Kopf bis Fuß. Als wäre eine unsichtbare, fremde Substanz in meinen Blutkreislauf eingedrungen.

An der Rückwand befand sich eine kleine Holztür. Vielleicht eine Abstellkammer oder ein Schrank. Ich beschloss, sie zu öffnen. Da ich nicht wusste, was dahinter lag, hätte ich lieber darauf verzichtet, aber ich konnte nicht anders. Schließlich war ich von weit her gekommen, um etwas zu suchen. Ich konnte nicht einfach umkehren, ohne die Tür zu öffnen. So leise wie möglich ging ich auf die Tür zu, blieb davor stehen und atmete ein paarmal tief durch. Nachdem ich mich beruhigt hatte, griff ich entschlossen nach dem rostigen Metallknauf und zog ihn langsam zu mir heran.

Mit einem trockenen *Knarren* sprang sie auf. Dahinter befand sich, wie erwartet, ein Geräteraum. Er war schmal und so lang, dass das Licht nicht bis nach hinten drang. Offenbar war er schon lange nicht mehr geöffnet worden, und die Luft roch säuerlich und abgestanden. Das Einzige, was sich darin befand, war eine Puppe. Wegen der Dunkelheit dauerte es ein wenig, bis ich erkannte, dass es sich um eine ziemlich große, aus Holz geschnitzte Puppe handelte. Sie musste über einen Meter groß sein und schien bewegliche Arme und Beine zu haben. Sie saß an die Wand gelehnt, sodass sie beinahe wie ein erschöpfter Mensch wirkte, der dort auf dem Boden saß. Als meine Augen sich an die Dunkelheit gewöhnt hatten, sah ich, dass die Puppe einen grünen Kapuzenpulli mit dem Bild eines gelben U-Boots darauf trug.

Ich beugte mich vor, um ihr ins Gesicht zu sehen. Die Farben waren stark verblasst, aber es war eindeutig das Gesicht von M**, das auf das Holz gemalt war. Er war es wirklich, aber das Gesicht wirkte wie eine Karikatur und hatte etwas von der übertriebenen Grimasse einer Bauchrednerpuppe. Die Puppe sah aus, als wollte sie lachen, hätte es sich aber mittendrin anders überlegt.

Und dann begriff ich. Das war es, was ich gesucht hatte. Ohne Zweifel. Um diese Puppe zu finden, war ich steile Hänge hinaufgekraxelt und hatte den tiefen Wald durchquert, vorbei an den Blicken finsterer Bestien. Mit angehaltenem Atem starrte ich auf die hölzerne Puppe.

Die Puppe war M**s abgeworfene leere Hülle. Er hatte seine fleischliche Hülle in diesem Wald in den Bergen zurückgelassen, und sie war zu einer schäbigen Holzpuppe verwittert. Seine Seele hingegen war dem lähmenden Gefängnis seines Körpers entkommen und hatte sich in der ummauerten Stadt niedergelassen. Dessen war ich mir jetzt sicher.

Aber was sollte ich mit dieser hölzernen Puppe anfangen, der abgeworfenen Hülle des Jungen? Sollte ich sie mitnehmen und seinen Brüdern zeigen, oder sollte ich sie hierlassen? Oder ein Loch ausheben und sie begraben? Ich konnte mich nicht entscheiden. Vielleicht wäre es das Beste, sie einfach dort sitzen zu lassen. Womöglich konnte sie dem Jungen später noch von Nutzen sein.

Da bemerkte ich es auf einmal. Der Mund der Puppe hatte sich bewegt. Es war dunkel, sodass ich zuerst an eine optische Täuschung glaubte. Dass ich Dinge sah, die gar nicht da waren. Aber so war es nicht. Als ich genauer hinsah, bewegte sich der Mund der Puppe leicht, aber eindeutig. Als wollte sie etwas sagen. Aber er klappte nur auf und zu, wie bei einer Bauchrednerpuppe.

Ich spitzte die Ohren und konzentrierte mich, um zu hören, was die Puppe zu sagen versuchte, aber alles, was ich vernahm, war der Wind, der wie ein alter, kaputter Blasebalg pfiff. Es schien mir jedoch, dass das Pfeifen allmählich die Form eines Wortes annahm. »Mehr …«, schien es zu sagen.

Erneut hielt ich den Atem an, sammelte mich und wartete.

»Mehr …«, wiederholte die leise, heisere Stimme dasselbe Wort – oder einen unbestimmten Laut, der diesem Wort nahekam.

Vielleicht hatte ich mich auch verhört. Vielleicht war es ein anderes Wort. Aber in meinen Ohren hatte es wie »mehr« geklungen.

»Mehr was?«, fragte ich die Holzpuppe – oder das, was von dem Yellow-Submarine-Jungen übrig geblieben war. »Wovon willst du mehr?«

»Mehr …«, wiederholte die Puppe im gleichen Ton.

Vielleicht wollte sie, dass ich näher kam. Vielleicht wartete eine wichtige geheime Botschaft aus einer fernen Welt auf mich. Mutig legte ich mein Ohr an den geheimnisvollen Mund.

»Mehr …«, ertönte es wieder. Etwas lauter als zuvor.

Ich hielt mein Ohr näher an den Mund.

In diesem Moment schnellte die Puppe überraschend mit dem Hals nach vorne und biss mich blitzschnell so fest und tief ins Ohr, dass ich fürchtete, sie hätte mir das Ohrläppchen abgebissen. Ich verspürte einen heftigen Schmerz.

Ich erwachte von meinem eigenen Schrei. Es war stockdunkel. Erst nach einer Weile merkte ich, dass ich geträumt hatte. Oder etwas Traumähnliches erlebt hatte. Ich war in meinem Haus und in meinem Bett. Es war also nur ein realistischer Traum (oder so etwas Ähnliches) gewesen. Es war nicht wirklich passiert. Trotzdem tat mein rechtes Ohrläppchen noch immer sehr weh. Das war keine Einbildung. Es pochte wirklich.

Ich stand auf, ging ins Bad, knipste das Licht an und betrachtete mein rechtes Ohr im Spiegel. Doch so genau ich es auch betrachtete, ich konnte keine Bissspuren entdecken. Mein Ohrläppchen sah so glatt und unverletzt aus wie immer. Aber der Schmerz war da. Es war ein echter Schmerz. Die Holzpuppe – oder jemand, der die Gestalt dieser Puppe angenommen hatte – hatte mich ins Ohrläppchen gebissen. Schnell, fest und tief. War das in meinem Traum geschehen oder »in der Dunkelheit unter der Oberfläche meines Bewusstseins«?

Die Uhr zeigte halb vier an. Ich zog meinen Schlafanzug und die durchgeschwitzte Unterwäsche aus, rollte sie zusammen und legte sie in den Wäschekorb. Dann trank ich ein paar Gläser kaltes Wasser. Ich wischte mir mit einem Handtuch den Schweiß ab, holte frische Unterwäsche und einen Schlafanzug aus der Schublade und zog die Sachen an. Das beruhigte mich ein wenig, aber mein Herz klopfte noch immer, als würde jemand mit einem Hammer auf ein Brett einschlagen. Alle Muskeln meines Körpers waren steif und verkrampft von der Erinnerung an den Traum und meinen lauten Schrei. Ich hatte ein sehr lebhaftes Bild vor Augen, an das ich mich bis ins kleinste Detail erinnerte, und der stechende Schmerz ließ auch mit der Zeit nicht nach.

Der Junge musste mir ins Ohr gebissen haben, um mir eine Botschaft zu übermitteln. Deshalb hatte er mich zu sich gelockt – anders konnte ich es mir nicht vorstellen. Aber was genau wollte er mir mit dem Biss ins Ohr sagen? Sollte ich mich bedroht fühlen? Oder war es ein besonderes (für ihn typisches) Zeichen der Nähe, dass er mir ins Ohr gebissen hatte? Ich konnte es nicht einschätzen.

Doch bei allem Schmerz in meinem Ohrläppchen verspürte ich im Grunde meines Herzens eine gewisse Erleichterung.

Endlich hatte ich *ihn* gefunden, in der Tiefe dieses entlegenen Waldes, in der alten, fast zerfallenen Hütte. Den »Leib«, den der Yellow-Submarine-Junge zurückgelassen hatte. Oder besser gesagt: seine Hülle. Sie war ein wichtiger Anhaltspunkt für die Deutung des mysteriösen Verschwindens (oder der Entrückung) des Jungen.

Allerdings konnte ich seinen Brüdern das Geschehene nicht berichten. Es würde sie nur verstören und in Verwirrung stürzen. Denn immerhin hatte ich es (wahrscheinlich) nur geträumt. Obwohl sie eigentlich ein Recht auf diese Information hatten. Mehrmals nahm ich die Nummer, die mir der Medizinstudent gegeben hatte, zur Hand und überlegte, was ich tun sollte. Doch am Ende rief ich ihn nicht an.

An diesem Tag ging ich in meiner Mittagspause in den Coffeeshop am Bahnhof. Es war voller als sonst. Ich setzte mich an meinen Stammplatz und bestellte einen schwarzen Kaffee und einen Muffin. Meine Freundin stand hinter der Theke, die Haare wie immer streng zurückgebunden.

Der Schmerz in meinem Ohrläppchen hatte deutlich nachgelassen, aber ich spürte noch die Nachwirkungen meines Traums. Es pochte weiter leise, aber wahrnehmbar, im Einklang mit meinem Herzschlag.

Aus dem Lautsprecher erklang ein Solo von Gerry Mulligan. Ich hatte es früher oft gehört. Während ich an meinem heißen schwarzen Kaffee nippte, kramte ich in meinem Gedächtnis, und der Titel des Stückes fiel mir wieder ein. Es war »Walkin' Shoes«, da war ich mir sicher. Es wurde von einem Quartett ohne Klavier gespielt, mit Chet Baker an der Trompete.

Als sich der Andrang gelegt hatte und meine Freundin etwas Zeit hatte, kam sie zu mir. Sie trug enge Jeans und eine einfache weiße Schürze.

»Du hast wohl viel zu tun«, sagte ich.

»Ja, ausnahmsweise«, erwiderte sie und lächelte. »Schön, dass du gekommen bist. Du hast gerade Pause, oder?«

»Ja, deshalb habe ich nicht viel Zeit«, sagte ich. »Aber kannst du mir einen Gefallen tun?«

»Welchen denn?«

Ich zeigte auf mein rechtes Ohrläppchen. »Könntest du dir mein Ohrläppchen ansehen? Habe ich da irgendwas? Ich kann es nämlich nicht gut sehen.«

Sie stützte beide Ellbogen auf die Theke, beugte sich vor und betrachtete mein Ohrläppchen aus verschiedenen Blickwinkeln wie eine Hausfrau am Gemüsestand einen Brokkoli. Dann richtete sie sich wieder auf.

»Ich sehe nichts, aber was meinst du mit irgendwas?«

»Bissspuren zum Beispiel.«

Misstrauisch runzelte sie die Stirn. »Hat dich jemand gebissen?«

»Aber nein.« Ich schüttelte den Kopf. »Niemand hat mich gebissen, aber als ich heute Morgen aufgewacht bin, tat mir das Ohr so weh. Womöglich hat mich in der Nacht ein großes Insekt gestochen oder gebissen.«

»Nicht zufällig ein flotter Käfer?«

»Nein, so was doch nicht.«

»Da bin ich aber froh.« Sie lächelte.

»Könntest du, wenn es dir nichts ausmacht, mit dem Finger ein wenig über mein Ohrläppchen streichen?«

»Natürlich, gern.« Sie griff über die Theke, nahm mein Ohrläppchen und strich ein paarmal sanft darüber.

»Du hast große, weiche Ohrläppchen«, sagte sie bewundernd. »Ich beneide dich. Meine Ohrläppchen sind ganz klein und hart. Irgendwie armselig.«

»Danke«, sagte ich. »Jetzt fühle ich mich schon viel besser.«

Und das war nicht gelogen. Nachdem sie mich sanft mit den Fingerspitzen gestreichelt hatte, war der Schmerz an meinem Ohr – sein schwacher, traumverlorener Rest – spurlos verschwunden. Wie Morgentau im neuen Sonnenlicht.

»Isst du mal wieder mit mir zu Abend?«

»Sehr gerne«, sagte sie. »Lass es mich nur wissen.«

Als ich wieder in der Bibliothek im Büro des Direktors saß und meinen täglichen Pflichten nachging, dachte ich die ganze Zeit über meinen Traum nach. Ich konnte nicht anders, obwohl ich mich bemühte, nicht daran zu denken. Er klebte lebendig an den Wänden meines Bewusstseins und wollte nicht weichen.

Warum hatte mir der Yellow-Submarine-Junge derart heftig ins Ohr gebissen?

Ich konzentrierte mich immer wieder auf diesen Punkt. Diese Frage quälte mich schon den ganzen Vormittag lang und traktierte meine Nerven wie mit spitzen Nadeln. *Warum hatte mir der Yellow-Submarine-Junge derart heftig ins Ohr gebissen?* Irgendeine Botschaft musste doch dahinterstecken. Und um sie mir zu übermitteln, hatte er mich in diesen Wald geführt.

Oder vielleicht wollte er seine Existenz auf dieser Welt meinem Bewusstsein und meinem Körper mit einem deutlichen Zeichen einprägen. Wie um mir einen schmerzhaften Stempel aufzudrücken, den ich nie vergessen würde. So stark war der Schmerz gewesen.

Aber wozu? Seine Existenz hatte sich ohnehin in mein Bewusstsein eingebrannt. Ich würde ihn sowieso nie vergessen. Und wenn er für immer verschwunden wäre.

Von dieser Welt, dachte ich.

Und ich hob den Kopf und sah mich noch einmal um. Ich befand mich im ersten Stock der Bibliothek, im Büro des Direktors. Decke, Wände und Boden kamen mir bekannt vor. Durch das hohe Fenster schien die Spätnachmittagssonne.

Von dieser Welt.

Als ich mich im Raum umsah, bemerkte ich, dass sich der Gesamtmaßstab allmählich verschob, anders war als sonst. Ja, die Decke war zu breit und der Boden zu schmal. Unter dem Druck hatten sich die Wände verformt. Der ganze Raum schien sich zu bewegen, pulsierte wie die feuchten und schleimigen Innenwände eines Organs. Die Fensterrahmen dehnten sich aus und zogen sich wieder zusammen, die Fensterscheiben vibrierten.

Zuerst dachte ich, es könnte ein starkes Erdbeben sein. Aber das war es nicht. Das Beben kam aus meinem Inneren. Die äußere Welt reproduzierte die Erschütterung in meinem Herzen. Ich stützte die Ellbogen auf den Schreibtisch, barg das Gesicht in den Händen und schloss die Augen. Langsam zählte ich im Kopf und wartete geduldig, bis das Trugbild nachließ.

Als ich nach einer Weile – etwa zwei oder drei Minuten – die Hände vom Gesicht nahm und die Augen öffnete, war das Gefühl bereits verschwunden. Der Raum stand still wie zuvor. Kein Schwanken, kein Zittern. Der Maßstab stimmte.

Aber als ich genau hinsah, erschien mir die Form des Raumes doch etwas anders als vorher. Ich hatte den Eindruck, die Ausdehnung verschiedener Bereiche hätte sich ein wenig verändert. Als ob man Möbelstücke nach dem Umräumen wieder an ihren alten Platz gebracht und sich dabei gewissenhaft bemüht hätte, den ursprünglichen Zustand wiederherzustellen, aber einige Verschiebungen nicht hätte vermeiden können. Es waren keine großen Veränderungen. Normale Menschen hätten den Unterschied wahrscheinlich gar nicht bemerkt. Ich aber bemerkte ihn.

Vielleicht bildete ich ihn mir aber auch nur ein. Oder ich war zu sensibel geworden. Vielleicht hatten meine Nerven sich noch nicht von dem lebhaften Traum (oder was auch immer es war) in der letzten Nacht erholt. Vielleicht waren die inneren und äußeren Grenzen des Traums verschwommen.

Ich legte sanft einen Finger auf das rechte Ohrläppchen. Es fühlte sich weich und warm an und tat nicht mehr weh. Der Schmerz war nur noch in meinem Bewusstsein lebendig. Vielleicht würde die Erinnerung daran niemals verschwinden. So kam es mir vor. Ja, es war wie ein Stempelabdruck, der eine deutliche Wärme ausstrahlte. Ein Stempel, der einen konkreten Schmerz mit sich brachte und die Grenze zwischen der einen und der anderen Welt zu überbrücken vermochte. Er würde wohl für den Rest meines Lebens ein Teil von mir bleiben.

61

Am späten Nachmittag desselben Tages rief ich im Coffeeshop an und lud meine Freundin zum Abendessen ein.

»Tut dir das Ohr noch weh?«, fragte sie.

»Danke der Nachfrage. Kein Problem mehr.«

»Lass dich nicht wieder von den bösen Insekten beißen«, sagte sie.

»Wollen wir uns später treffen?«

»Gerne, ich habe nichts vor. Holst du mich nach Ladenschluss ab?«

Ich legte auf, inspizierte den Kühlschrank und stellte in Gedanken ein Menü zusammen. Es würde nichts Aufwendiges werden, aber ich konnte ein Abendessen improvisieren. Eine Muschelsoße vorbereiten und einen Chablis kalt stellen.

Während ich über die einzelnen Schritte der Zubereitung nachdachte, wurde ich innerlich etwas ruhiger. Jedenfalls half mir die Beschäftigung mit solch praktischen Dingen, meine anderen Probleme zumindest vorübergehend zu vergessen. Zum Beispiel die Erinnerung an den Titel, den das Gerry Mulligan Quartet gespielt hatte.

Als ich am späten Nachmittag Frau Soeda begegnete, erzählte sie mir, dass die beiden Brüder des Yellow-Submarine-Jungen am nächsten Tag endgültig nach Tokio zurückkehren wollten.

»Sie sind sehr unglücklich, weil sie nicht den geringsten Hinweis auf M**s Verbleib gefunden haben. Aber sie haben ihren Beruf und ihr Studium und können nicht ewig hierbleiben.«

»Das tut mir leid, aber da kann man nichts machen, oder?«, sagte ich. »Die Suche der Polizei hat wohl nichts ergeben?«

Frau Soeda schüttelte den Kopf. »Ich will nicht behaupten, unsere Polizei sei unfähig, aber ich muss sagen, dass sie bisher nicht sehr hilfreich war. In einem kleinen Ort wie unserem mit so wenigen Einwohnern passiert nicht viel, höchstens mal ein Ehestreit oder ein Verkehrsunfall. Ich glaube, es fehlt an Personal und an der richtigen Herangehensweise.«

»Mir ist noch etwas eingefallen«, sagte ich. »Wenn der Junge weggelaufen wäre, irgendwohin weiter weg, dann hätte er doch auf jeden Fall seinen Yellow-Submarine-Kapuzenpulli getragen. Der ist wie eine zweite Haut für ihn. Er würde ihn auf keinen Fall zurücklassen, oder?«

»Da haben Sie recht. Wenn er weggelaufen wäre, hätte er den Pulli bestimmt mitgenommen. Anscheinend fühlt er sich darin besonders wohl.«

»Aber er hat den Pulli zurückgelassen.«

»Ja, sagt seine Mutter. Mich hat das auch beschäftigt, deshalb habe ich mich mehrmals vergewissert, aber sie ist sich ganz sicher.«

Als ich nach Bibliotheksschluss am Coffeeshop am Bahnhof ankam, war es kurz nach halb sieben. Der lange Winter neigte sich allmählich dem Ende zu, die Sonne ging später unter als zuvor, und es war auch nicht mehr so kalt. Die gefrorenen Schneehaufen am Straßenrand waren tagsüber in der Sonne geschmolzen und kleiner geworden. Das Schmelzwasser hatte den Pegel des Flusses sichtlich ansteigen lassen.

An der Glastür des Coffeeshops hing ein »Geschlossen«-Schild, die Jalousien waren heruntergelassen. Ich schob die Tür auf und trat ein. Meine Freundin saß allein auf einem Hocker an der Theke und las in einem Buch. Es war kein Taschenbuch, sondern ein dicker, gebundener Wälzer. Sie klappte ihn zu und lächelte mir entgegen. An ihrem Lesezeichen erkannte ich, dass sie das Buch fast durchhatte.

»Was liest du denn gerade?«, fragte ich, während ich den Dufflecoat auszog und an die Garderobe hängte.

»*Die Liebe in Zeiten der Cholera*«, antwortete sie.

»Magst du García Márquez?«

»Ja, sehr. Ich habe fast alles von ihm gelesen. Aber diesen Roman mag ich besonders. Ich lese ihn schon zum zweiten Mal. Und du?«

»Ich habe ihn früher viel gelesen. Als seine Bücher erschienen sind«, sagte ich.

»Diese Stelle gefällt mir besonders gut.« Sie schlug die Seite mit dem Lesezeichen auf und las mir vor.

Fermina Daza und Florentino Ariza blieben auf der Brücke, bis es Zeit zum Mittagessen war, kurz nachdem sie das Dorf Calamar passiert hatten, wo vor wenigen Jahren noch ständig Feste gefeiert worden waren, nun aber der Hafen in

Trümmern und die Straßen verlassen dalagen. Als einziges Wesen sah man vom Schiff aus eine weiß gekleidete Frau, die mit dem Taschentuch winkte. Fermina Daza verstand nicht, warum man diese Frau, die doch so verängstigt winkte, nicht abholte, doch der Kapitän erklärte ihr, dass es sich um die Erscheinung einer Ertrunkenen handele, die falsche Zeichen gäbe, um die Schiffe in die gefährlichen Strudel am anderen Ufer des Flusses zu locken. Sie fuhren so nah an ihr vorbei, dass Fermina Daza sie deutlich in der Sonne erkennen konnte, sie zweifelte nicht daran, dass die Frau nicht wirklich existierte, aber ihr Gesicht kam ihr bekannt vor.

»In seinen Geschichten sind das Wirkliche und das Unwirkliche, die Lebenden und die Toten eins, alles vermischt sich«, sagte sie. »Als wären es alltägliche und selbstverständliche Begebenheiten.«

»Das wird oft als magischer Realismus bezeichnet«, sagte ich.

»Ja, stimmt. Seine Geschichten mögen nach den Maßstäben der Kritik magischer Realismus sein, aber für García Márquez selbst waren sie ganz gewöhnlicher Realismus. In der Welt, in der er lebte, vermischten sich das Reale und das Irreale völlig selbstverständlich, und er schilderte die Dinge so, wie er sie sah.«

Ich setzte mich auf den Hocker neben ihr. »Du meinst, in seiner Welt existieren Reales und Irreales nebeneinander, und García Márquez ist nur ihr Chronist?«, fragte ich.

»Ja, wahrscheinlich. Und ich liebe diese Passagen in seinen Romanen.«

Sie löste ihr zusammengebundenes Haar, sodass es ihr

glatt über die Schultern fiel. Als sie es anhob, sah ich, dass sie kleine silberne Ohrringe trug. Sie nahm sie bei der Arbeit ab. Ihre Ohrläppchen waren wirklich klein und fest.

Unser Gespräch über die Romane von García Márquez erinnerte mich an Herrn Koyasu. Wäre sie ihm begegnet, hätte sie wahrscheinlich einfach akzeptiert, dass er bereits verstorben war. Magischer Realismus, Postmoderne hin oder her.

»Du liest wohl gern?«, fragte ich.

»Ja, ich habe schon als Kind viel gelesen. Jetzt bin ich oft zu beschäftigt, aber wenn ich Zeit habe, lese ich wenigstens ein bisschen. Seit ich hier bin, habe ich niemanden, mit dem ich über die Bücher reden kann, die ich lese, und das macht mich ein bisschen traurig.«

»Wie wärs mit mir? Vielleicht wäre ich ein guter Gesprächspartner?«

Sie lächelte. »Du bist schließlich Bibliotheksleiter.«

»Was ist mit der täglichen Zigarette und dem Single Malt?«

»Die Zigarette habe ich schon geraucht. Mit dem Whisky habe ich auf dich gewartet.«

»Sollen wir zu mir gehen und etwas essen? Ich kann uns schnell was Einfaches kochen.«

Sie legte den Kopf ein wenig schief, kniff die Augen zusammen und überlegte. »Wenn du nichts dagegen hast, könnten wir uns hier eine Pizza bestellen und ein Bier dazu trinken? Darauf hätte ich heute Appetit.«

»Klar. Pizza wäre nicht schlecht.«

»Was magst du, Margherita?«

»Mir ist alles recht, entscheide du.«

Sie drückte eine in ihrem Handy gespeicherte Kurzwahl

und bestellte routiniert die Pizzen. Mit dreierlei Pilzen belegt.

»Sie kommt in einer halben Stunde«, sagte sie mit einem Blick auf die Uhr an der Wand.

Während der dreißig Minuten, die wir auf die Pizza warteten, saßen wir nebeneinander an der Theke, unterhielten uns über die Bücher, die wir in letzter Zeit gelesen hatten, und leerten ein Glas Single Malt.

»Möchtest du das Zimmer sehen, in dem ich wohne?«, fragte sie, als wir die Pizza verzehrt hatten.

»Oben im ersten Stock?«

»Ja, es ist klein, die Decke ist niedrig, die Möbel sind billig, aber ich habe keine großen Ansprüche und kann dort ein bescheidenes Leben führen.«

Sie räumte die leeren Pizzakartons und das Geschirr weg und löschte das Licht im Coffeeshop. Dann ging sie vor mir her durch die Hintertür und eine schmale Treppe hinauf. Das Zimmer im ersten Stock war weniger schäbig, als sie es beschrieben hatte.

Es war tatsächlich klein und die Decke niedrig, aber es hatte die Atmosphäre einer sauberen und gepflegten Mansarde. Es gab eine Schlafcouch (die jetzt als Sofa diente), eine kompakte Küchenzeile mit Elektroherd, einen einfachen Arbeitstisch am Fenster, einen Stuhl und einen Laptop auf dem Tisch. Eine Kommode und einen Wandschrank. Ein kleines Regal mit Büchern. Fernseher und Radio fehlten. Das Bad hatte die Größe einer Telefonzelle, aber man konnte einigermaßen duschen (auch wenn man sich dabei wohl ziemlich geschickt anstellen musste).

»Die Möbel waren fast alle schon da. Sie stammen noch von meinem Vorgänger. Nur das Bettzeug habe ich neu gekauft. Ich konnte also quasi nur mit dem, was ich am Leib hatte, hier einziehen, worüber ich froh war. Waschen und kochen kann ich unten im Laden, und wenn ich ein schönes heißes Bad nehmen will, gibt es in der Nähe ein öffentliches Onsen. Meine Lebensqualität ist vielleicht nicht ganz zufriedenstellend, aber in Anbetracht meiner Lage kann ich keinen Luxus verlangen.«

»Immerhin wohnst du in der Nähe deines Arbeitsplatzes.«

»Das stimmt. Das ist mehr als praktisch. Kleinere Einkäufe kann ich im Internet erledigen, und was ich für den Coffeeshop brauche, lasse ich mir liefern. Meinen täglichen Bedarf kann ich in der Einkaufsstraße hier decken, so muss ich nicht so oft raus. Dieses abgeschottete Leben erinnert mich an den Film *Das Tagebuch der Anne Frank*. An ihr Versteck in Amsterdam. Eine niedrige Decke und ein winziges Fenster …«

»Aber du wirst von niemandem gejagt, du musst dich nicht verstecken. Du lebst ein Leben, das du dir selbst ausgesucht hast.«

»Aber wenn man auf so engem Raum lebt und sich nur zwischen Erdgeschoss und erstem Stock hin- und herbewegt, entsteht unweigerlich die Illusion, hartnäckig von jemandem oder von etwas verfolgt zu werden und sich vor einer drohenden Gefahr verstecken zu müssen.«

Sie holte zwei Dosen kaltes Bier aus dem kleinen Kühlschrank und schenkte uns ein. Wir setzten uns nebeneinander aufs Sofa und tranken. Es war kein besonders bequemes Sofa, aber ich hatte schon auf wesentlich schlechteren Sofas gesessen.

»Es wäre schön, Musik zu hören, aber ich habe nichts da«, sagte sie.

»Das macht nichts. Stille ist auch schön«, sagte ich.

Es ergab sich ganz natürlich, dass ich den Arm um sie legte und sie küsste. Sie sträubte sich nicht und lehnte sich spontan an mich. Aber ich wusste, dass sie nicht weiter gehen wollte. Ich hielt sie einfach in den Armen und drückte meine Lippen sanft auf ihre. Aber wenn ich darüber nachdachte, war es schon eine Weile her, dass ich jemanden geküsst hatte. Ihre Lippen waren weich, warm und ein wenig feucht. Es war auch lange her, dass ich die stabile Wärme eines menschlichen Körpers und seine Fähigkeit, Wärme zu spenden, gespürt hatte.

Lange saßen wir eng umschlungen auf dem Sofa, wahrscheinlich jeder in seine eigenen Gedanken versunken. Ich streichelte ihren Rücken, sie streichelte meinen.

Dabei konnte ich nicht umhin zu bemerken, dass ihr schlanker Körper von etwas unnatürlich Starrem umschlossen war. Vor allem die Wölbung ihrer Brüste wurde unnachgiebig von einem runden, künstlichen Material gehalten. Diese kuppelförmigen Schalen waren nicht aus Metall, wirkten aber auch zu hart, um aus gewöhnlichem Stoff zu sein. Sie waren elastisch, aber so fest, dass alles an ihnen abgeprallt wäre. Ich nahm all meinen Mut zusammen und fragte sie.

»Warum fühlt sich dein Körper so hart an? Als würdest du eine maßgeschneiderte Rüstung tragen.«

Sie lachte. »Das ist spezielle, eng anliegende Unterwäsche.«

»Ich kenne so was nicht, ist das nicht unbequem?«

»Nein, überhaupt nicht, aber ich bin auch daran gewöhnt.«

»Du zwängst dich also jeden Tag so ein? In diese spezielle Unterwäsche?«

»Ja, sie ist aus einem Stück. Wenn ich mich ausruhe oder schlafe, ziehe ich sie natürlich aus, aber unter Leuten trage ich sie immer.«

»Du bist schlank und hast eine gute Figur, da hast du es doch nicht nötig, dich so einzuschnüren.«

»Habe ich auch nicht. Wir leben ja nicht in der Zeit von Scarlett O'Hara. Aber in diesem Korsett fühle ich mich sicher. Richtig gewappnet. Sozusagen beschützt.«

»Beschützt? Vor mir zum Beispiel?«

Sie lachte. »Nein, wegen dir mache ich mir keine Sorgen, wenn ich das so sagen darf. Ich glaube nicht, dass du irgendwen zu etwas zwingen würdest, was er nicht will. Die Dinge, vor denen ich mich schützen will, sind allgemeiner Natur.«

»Allgemeiner Natur?«

»Ja, wie soll ich sagen, sie sind eher hypothetisch.«

»Hypothetische Dinge versus spezielle Unterwäsche.«

Sie lachte, und ich spürte, wie sie in meinen Armen leicht mit den Schultern zuckte.

»Einfacher ausgedrückt heißt das, dass es keine leichte Aufgabe wäre, dir das Zeug auszuziehen?«, fragte ich.

»Stimmt, bisher hat es noch niemand versucht, aber leicht ist es bestimmt nicht.«

»Du trägst eine spezielle Rüstung, die dich vor hypothetischen Dingen schützt.«

»Genau.«

Es herrschte eine längere Stille, in der mein Bewusstsein spontan in die Zeit zurückversetzt wurde, als ich siebzehn war. Wie ein Schiffbrüchiger, der von der starken Strömung der Flut mitgerissen wird. In mir veränderte sich die Szenerie.

Ich denke an die Wölbung deiner Brüste und an das, was unter deinem Rock ist. Ich stelle es mir vor. Aber sobald ich es mir vorstelle, versteift sich ein Teil meines Körpers. Wie bei einer unanständig geformten Marmorfigur. Mein erigierter Penis fühlt sich in der engen Jeans schrecklich an. Wenn er nicht bald wieder in seinen Normalzustand zurückkehrt, ist es fraglich, ob ich überhaupt aufstehen kann. Aber wenn er sich einmal versteift hat, lässt er sich nicht mehr willentlich in seinen ursprünglichen Zustand zurückversetzen.

»Woran denkst du?«, flüsterte sie mir ins Ohr.

Mein Bewusstsein kehrte ins Hier und Jetzt zurück. Ich befand mich im ersten Stock über dem Café in ihrer bescheidenen Behausung. Wir saßen eng umschlungen auf dem Sofa. Sie hatte sich in ein strammes Korsett gezwängt, um sich so gut wie möglich vor »hypothetischen Dingen« zu schützen.

»Es tut mir leid, dass ich nichts für dich tun kann«, sagte sie. »Ich mag dich wirklich. Deshalb würde ich es gern können. Wirklich. Aber ich kann einfach nicht.«

In der folgenden Stille ließ ich meine Gedanken kreisen. Dann durchdachte ich das Ergebnis, zu dem ich gekommen war, noch einmal.

»Würde es dir etwas ausmachen, wenn ich warte?«, fragte ich.

»Warten worauf? Dass ich in *diesem Bereich* positivere Gefühle entwickle?«

»So habe ich es nicht gemeint. Das musst du nicht.«

»Aber du meinst, ich sollte *es einfach auf mich zukommen lassen?*«

Ich nickte. Sie dachte eine Zeit lang ernsthaft über meinen Vorschlag nach. Dann blickte sie auf. »Das freut mich zu hören, aber es könnte lange dauern. Ob ich nun positiver empfinde oder alles auf mich zukommen lasse, vielleicht werde ich diese Art von Gefühlen nie wieder aufbringen können. Denn auf meiner Seite gibt es wohl noch einige Probleme zu lösen.«

»Ich bin ans Warten gewöhnt.«

Wieder überlegte sie.

»Ob es sich lohnt, so geduldig auf mich zu warten?«

»Ich weiß es nicht«, sagte ich, »aber das Gefühl, auf etwas warten zu wollen, hat seinen eigenen Wert.«

Ohne etwas zu sagen, drückte sie ihre Lippen auf meine. Ihre Lippen waren warm und weich und im Gegensatz zum Rest ihres Körpers nicht gepanzert.

In Gedanken an diesen warmen, weichen Teil ihres Körpers und an den harten, wehrhaften ging ich nach Hause. Es war eine schöne Mondnacht, und ich war leicht angetrunken vom Whisky und vom Bier.

»Ich bin ans Warten gewöhnt«, hatte ich zu ihr gesagt. Aber stimmte das denn wirklich? Mein Atem kondensierte zu einem weißen Fragezeichen in der Luft. Vielleicht war ich gar nicht ans Warten gewöhnt, sondern man hatte mir nur keine andere Wahl gelassen?

Außerdem – worauf hatte ich denn gewartet? Wusste ich es überhaupt? Oder hatte ich immer nur geduldig darauf gewartet, dass mir klar wurde, worauf ich wartete? Mein Leben erinnerte mich an eine dieser edlen Holzschachteln, in denen sich in endloser Reihe immer kleinere Schachteln befanden. Und mit ihnen wurde auch das, was sie enthalten sollten, immer kleiner. War das nicht genau die Essenz des Lebens, das ich in den letzten vierzig Jahren geführt hatte? Je länger ich darüber nachdachte, desto weniger wusste ich, wo mein Ausgangspunkt war und ob es überhaupt so etwas wie einen Endpunkt gab. Ich wusste weder ein noch aus. Ja, das war genau der richtige Ausdruck für meinen Zustand. Das klare, kühle Mondlicht beleuchtete den lebhaft rauschenden, vom Schmelzwasser angeschwollenen Fluss. Es gab verschiedene Arten von Wasser auf der Welt. Und alle flossen von oben nach unten. Natürlich und unaufhaltsam.

Oder hatte ich auf sie gewartet?

Der Gedanke kam mir ganz plötzlich. Eine Frau Mitte dreißig, die allein einen namenlosen Coffeeshop betrieb, die sich in ein enges Korsett zwängte, um sich vor hypothetischen, vermeintlich in ihrer Umgebung lauernden Dingen zu schützen, und die aus ihr selbst nicht bekannten Gründen keinen Geschlechtsverkehr zulassen konnte.

Ich mochte sie, und sie mochte mich. Daran gab es keinen Zweifel. Wir hatten uns (wahrscheinlich) in diesem kleinen Bergort gesucht und gefunden. Und doch trennte uns etwas – etwas von harter Konsistenz. Wie eine hohe Backsteinmauer zum Beispiel.

Hatte ich die ganze Zeit darauf gewartet, jemanden wie sie zu treffen? War mir eine neue Schachtel geschenkt worden?

Natürlich waren meine Gefühle für sie nicht die gleichen, die ich als Siebzehnjähriger für das Mädchen empfunden hatte. Eine so überwältigende, konzentrierte, heiße Inbrunst wie damals würde ich nie wieder erleben (und wenn, dann würde ich ihr Feuer wahrscheinlich nicht mehr ertragen können). Meine Gefühle für die Frau aus dem Coffeeshop waren breiter gefächert, in ein bescheideneres und weicheres Gewand gekleidet, durch Weisheit und Erfahrung gebändigt. Und sie waren langfristiger.

Und eine weitere wichtige Tatsache war, dass ich nicht alles von ihr wollte. Es hätte wahrscheinlich auch nicht in die kleine Holzschachtel gepasst, die ich in der Hand hielt. Ich war kein siebzehnjähriger Junge mehr. Damals hatte ich alle Zeit der Welt gehabt. Aber jetzt war es anders. Die Zeit, die ich hatte, die Möglichkeiten, sie zu nutzen, waren begrenzt. Was ich jetzt suchte, war die heitere Wärme, die sich hinter ihrem Panzer verbarg. Und das gleichmäßige Schlagen ihres Herzens hinter diesen Schalen aus diesem ganz eigenen Material.

War, was ich anstrebte, zu bescheiden für mein heutiges Ich? Oder war es zu viel und zu groß?

Unwillkürlich dachte ich sehnsüchtig an Herrn Koyasu. Wäre er hier gewesen, hätte ich ihm vieles erzählen können, und er hätte mich beraten, mir nützliche Ratschläge gegeben. Vieldeutige, geheimnisvolle Ratschläge, wie es sich für eine körperlose Seele geziemt. Und ich hätte sie bewahrt und lange darauf herumgekaut wie ein abgemagerter Hund auf einem Knochen, den man ihm zugeworfen hatte.

Eigentlich hatte ich Herrn Koyasu ja nur als Toten gekannt. Aber obwohl er nicht mehr lebte, war er so voller Lebenskraft, dass mir seine Gegenwart und seine Persönlichkeit höchst lebendig in Erinnerung waren. Was war wohl aus ihm geworden? War er noch irgendwo – wo, konnte ich mir nicht vorstellen –, oder war er für immer ins Nichts zurückgekehrt?

Fermina Daza verstand nicht, warum man diese Frau, die doch so verängstigt winkte, nicht abholte, doch der Kapitän erklärte ihr, dass es sich um die Erscheinung einer Ertrunkenen handele, die falsche Zeichen gäbe, um die Schiffe in die gefährlichen Strudel am anderen Ufer des Flusses zu locken.

Der kolumbianische Schriftsteller García Márquez unterschied nicht zwischen Lebenden und Toten. Was war wirklich und was unwirklich? Oder gab es in dieser Welt überhaupt so etwas wie eine Mauer, die das Reale vom Irrealen trennte?

Wahrscheinlich gab es sie. Nein, sie existierte definitiv. Aber sie war auch völlig unbestimmt. Je nach Situation und Gegenüber veränderte die Mauer ihre Härte und ihre Gestalt. Wie ein Lebewesen.

62

In dieser Nacht überwand ich die ungewisse Mauer. Oder vielleicht sollte ich sagen: *Ich glitt durch sie hindurch* – halb schwimmend wie durch eine gallertartige Masse.

Es war kein Traum. Die Szenerie erschien mir in jeder Hinsicht logisch, zusammenhängend und stimmig. Ich konnte jedes Detail wahrnehmen und erkennen. Ich stand in dieser Welt und vergewisserte mich immer wieder auf jede erdenkliche Weise, dass ich nicht träumte (ein Träumender hätte das nicht getan). Nein, es war kein Traum. Um eine Definition zu wagen, würde ich sagen: Es war eine Idee, die am Rande der Realität existierte.

Es ist Sommer. Die Sonne brennt, die Umgebung ist erfüllt vom frenetischen Zirpen der Zikaden. Der Sommer ist auf seinem Höhepunkt, August wahrscheinlich. Ich gehe durch einen Fluss. Die Hosenbeine bis zu den Knien hochgekrempelt, die weißen Turnschuhe in der Hand, wate ich durchs Wasser. Es kommt aus den Bergen, ist kalt und klar. An den Knöcheln spüre ich die Strömung. Der Fluss ist seicht. Es gibt auch tiefere Stellen, aber die kann ich umgehen. In diesen Tümpeln tummeln sich Schwärme kleiner silberner Fische. Mitunter huscht der Schatten eines tief fliegenden schwarzen Milans über das Wasser. Die Luft ist erfüllt vom Duft sommerlicher Gräser.

Der Fluss war mir vertraut. Als Kind hatte ich hier gespielt. In ihm geangelt oder einfach das Gefühl genossen, am Wasser zu sein. Aber ich war kein Kind mehr. Ich war mein *jetziges Ich*, Mitte vierzig. Ich ging allein durch den Fluss. Ich trug keinen Hut, und die Sonne brannte mir in den Nacken, aber ich schwitzte nicht und hatte auch keinen Durst. Ich ging vorsichtig und achtete darauf, wo ich hintrat, um nicht auf einem der bemoosten Steine auszurutschen. In der Ferne, dicht über dem Horizont, waren schneeweiße Wolken zu sehen, aber der blaue Himmel über mir war wolkenlos.

Ich wanderte flussaufwärts gegen die Strömung, ohne ein bestimmtes Ziel, einen bestimmten Ort, den ich erreichen wollte. Ich wollte einfach nur barfuß durchs Wasser gehen und die vertraute Landschaft um mich herum betrachten. Das Gehen war sozusagen mein Ziel.

Doch plötzlich fiel mir etwas auf. Während ich immer weiter flussaufwärts watete, schien sich eine gewisse, wenn auch langsame Verwandlung an mir zu vollziehen. Es war keine Wandlung des Bewusstseins, keine Verschiebung der Wahrnehmung oder der Perspektive, keine intuitive oder abstrakte Veränderung. Sie war konkret, sichtbar und fühlbar. Es war eine physische, wahrscheinlich körperliche Veränderung.

Ich war dabei, mich physisch zu verändern.

Mit jedem Schritt, den meine Füße taten, verwandelte ich mich weiter. Das war keine Einbildung. Auch kein Irrtum. Ich konnte den gleichmäßigen Rhythmus meiner Verwandlung praktisch am ganzen Körper spüren.

Zuerst wusste ich nicht, worin die Verwandlung bestand. Aber als ich meine Hände auf mein Gesicht legte, merkte ich, dass es sich verändert hatte. Meine Haut war glatter als zuvor, das schlaffe Fleisch unter meinem Kinn war verschwunden, und die Konturen meines Gesichts wirkten insgesamt straffer. Beim Betrachten meiner Arme und Beine erkannte ich, dass meine Haut ihre jugendliche Spannkraft zurückgewonnen hatte. Ich hatte kaum noch Falten. Meine wenigen Narben waren fast alle verschwunden.

Es gab keinen Zweifel. Im Vergleich zu vor wenigen Stunden war meine Haut deutlich jünger geworden. Und mein Körper fühlte sich leicht an, so als wäre eine schwere *Last* von ihm abgefallen. Die hartnäckige Verspannung in meinen Schultern, die mich so lange geplagt hatte, war wie weggeblasen, sie ließen sich leicht und geschmeidig bewegen. Die Luft in meinen Lungen fühlte sich frischer und lebendiger an. Auch die verschiedenen Geräusche der Natur drangen klarer und deutlicher an mein Ohr.

Hätte ich nur einen Spiegel, dachte ich. Dann hätte ich die konkreten Veränderungen in meinem Gesicht sehen können. Mein Spiegelbild würde mich um Jahre verjüngt zeigen. Vielleicht mit Mitte oder Ende zwanzig. Gesund und unbekümmert und (aus heutiger Sicht) ein wenig einfältig (so war ich wohl wirklich gewesen), aber mit vollem Haar, straffem Kinn und schmalen Wangen. Doch natürlich hatte ich keinen Spiegel zur Hand.

Selbstverständlich konnte mein Verstand mit dem, was mit mir geschah, nicht Schritt halten. Im Moment konnte ich nur vermuten, dass ich immer jünger wurde, je weiter ich flussaufwärts kam. Zugegebenermaßen eine etwas steile Hypothese, aber eine andere Erklärung für das, was mit mir geschah, hatte ich nicht. Ich betrachtete die Landschaft um mich herum, schaute hinauf in den tiefblauen, wolkenlosen Himmel und dann wieder hinunter in das klare Wasser, das meine Füße umspülte. Nirgendwo war etwas Besonderes oder gar Befremdliches zu entdecken. Überall bot sich meinem Blick nur die gewöhnliche Szenerie eines Hochsommernachmittags. Aber vielleicht hatte der Fluss trotz seiner Alltäglichkeit eine besondere Bedeutung. Vielleicht war ich unbewusst in ihn hineingestiegen.

Ich beschloss, mich weiter flussaufwärts zu begeben. Die Richtigkeit meiner Hypothese würde sich beweisen, wenn ich auf diesem Weg immer jünger würde.

Aber was dann? Wenn ich an der richtigen Stelle umdrehte und zurückging, also flussabwärts, würde ich dann wieder mein wahres Alter erreichen? Oder war der Prozess unumkehrbar? Das wusste ich natürlich nicht. Jedenfalls konnte ich im Moment nicht anders, als weiter flussaufwärts zu gehen. Meine Neugier trieb mich voran.

Ich duckte mich unter mehreren Brücken hindurch und setzte meine Wanderung durch das seichte Wasser fort. Ich begegnete niemandem. Alles, was ich unterwegs sah, waren ein paar kleine Frösche und ein Reiher auf einem Stein. Er stand regungslos auf einem Bein und starrte konzentriert in den Fluss.

Ab und zu sah ich ein paar Leute eine der Brücken überqueren, aber es waren nicht viele, und niemand blieb stehen, um zu mir hinunterzuschauen. Sie hatten Sonnenschirme aufgespannt oder ihre Hüte tief in die Augen gezogen, um sich vor den starken Strahlen der nachmittäglichen Sommersonne zu schützen. Kleidung und Hüte kamen mir seltsam altmodisch vor, aber vielleicht bildete ich mir das nur ein. Die Sonne blendete, und sie waren ziemlich weit weg.

Nur einmal beugte sich ein kleiner Junge über die Betonbrüstung und rief mir mit weit aufgerissenem Mund etwas zu, aber ich konnte nicht verstehen, was er sagte. Offensichtlich versuchte er, mir etwas Wichtiges mitzuteilen, aber seine Worte erreichten mich nicht. Eine dicke Frau, wahrscheinlich seine Mutter, zerrte den schreienden Jungen von der Brüstung weg, und sie gingen ihrer Wege. Sie würdigte mich keines Blickes, so als wäre ich gar nicht da. Außer dem kleinen Jungen achtete niemand darauf, wie ich barfuß durch den Fluss lief.

Hin und wieder blieb ich stehen, um meinen körperlichen Zustand zu begutachten. Dann setzte ich meinen Weg flussaufwärts fort. Es gab keinen Zweifel, ich verjüngte mich langsam, aber sicher. Ich passierte allmählich meine Zwanziger und näherte mich schließlich ihrem Anfang. Ich rieb meine Arme, die immer glatter zu werden schienen. Meine Sehkraft, die nach Jahren des Lesens nachgelassen hatte, kehrte zurück, mein Blick wurde klarer, als hätte sich Nebel gelichtet, und das überschüssige Fett, das sich hier und da angesammelt hatte, verschwand. Ich hatte immer sehr auf mein Gewicht geachtet, und doch hatte ich an mehreren Stellen beinahe unmerklich Speck angesetzt. Als ich mir durchs Haar fuhr, war es viel dichter und voller geworden. Und meine Beine waren so stark und ausdauernd, dass sie keinerlei Ermüdungserscheinungen zeigten.

Je weiter ich flussaufwärts wanderte, desto mehr veränderte sich die Landschaft um mich herum. Offensichtlich war ich auf dem Weg von der Ebene in die Berge. Die Brücken wurden weniger und das Grün um mich herum dunkler. Keine Menschenseele war zu sehen. Das Gefälle des Flusses war steiler als zuvor. An einigen Stellen gab es kleine Wasserfälle, an denen sich der Fluss staute und die ich erklimmen musste.

Und weiter flussaufwärts war ich wohl schon unter zwanzig (rückblickend waren meine Zwanziger kein besonders glückliches Alter gewesen) und im Teenageralter angekommen. Ich wurde dünner und mein Kinn spitzer. Meine Hüften wurden so schmal, dass ich meinen Gürtel enger schnallen musste. Wenn ich mein Gesicht berührte, fühlte es sich nicht mehr wie mein eigenes an, sondern wie das eines anderen Menschen. Oder vielleicht war ich tatsächlich einmal ein anderer Mensch gewesen.

Aber anscheinend war es nur meine Physis, die sich durch den umgekehrten Lauf der Zeit verändert hatte. Mein Bewusstsein und meine Erinnerungen gehörten definitiv zu meinem gegenwärtigen Ich. Ich hatte den Geist und die Erinnerungen eines Mannes in den Vierzigern bewahrt, während mein Körper sich in den eines Teenagers oder sogar eines Kindes zurückverwandelt hatte.

Auf meinem Weg kam ich an Sandbänken vorbei. Sie waren wunderschön, aus weißem Sand und mit sommerlichen Gräsern bewachsen. *Und da war das Mädchen.* Sie war noch sechzehn. Und ich war wieder siebzehn.

Deine flachen roten Sandalen hattest du in deine gelbe Plastikschultertasche gepackt und watetest nun ein Stück vor mir von Sandbank zu Sandbank. Kleine Blätter sprenkelten deine nassen Waden wie hübsche grüne Satzzeichen.

Erst blieb sie stehen, dann ging sie weiter vor mir her. Sie drehte sich kein einziges Mal um, als hätte sie nicht den geringsten Zweifel daran, dass ich ihr folgte. Sie schien nur darauf konzentriert, dem Lauf des Flusses zu folgen. Dabei summte sie manchmal leise und stockend ein (mir unbekanntes) Lied vor sich hin.

Mit unseren jungen, nackten Füßen wateten wir langsam durch das kühle, klare Wasser, das aus den Bergen kam. Während ich direkt hinter ihr ging, betrachtete ich mit zusammengekniffenen Augen ihr glattes schwarzes Haar, dessen Strähnen wie Pendel zwischen ihren Schultern hin- und herschwangen, als bewunderte ich ein glänzendes Stück erlesener Handwerkskunst. Ich war wie hypnotisiert und konnte meinen Blick nicht von dieser lebendigen, kleinen und schönen Bewegung losreißen.

Irgendwann blieb sie plötzlich stehen, als wäre ihr etwas eingefallen, und sah sich um. Sie stieg aus dem Wasser und ging barfuß über die weiße Sandbank. Dann strich sie sorgfältig den Saum ihres hellgrünen Kleides glatt und setzte sich auf eine ebene Stelle im Sommergras. Schweigend folgte ich ihr und ließ mich neben ihr nieder. Ein grüner Grashüpfer sprang aus dem nahen Gras und schwirrte eilig davon. Einen Moment lang folgten wir ihm mit unseren Blicken.

So verharren wir beide auf diesem Fleckchen Erde, bleiben in der Welt, in der wir siebzehn und sechzehn gewesen sind. Auf einer weißen Sandbank im Fluss auf dem grünen Sommergras. Nie werden wir über diesen Punkt hinauskommen. Und weder für mich noch für sie ist es notwendig, die Zeit weiter zurückzudrehen.

Hier überlagern sich meine Erinnerung und meine Wirklichkeit, verbinden und vermischen sich. Ich folge ihnen mit den Augen.

Du sitzt im Gras und schaust wortlos in den Himmel. Zwei kleine Vögel schiessen über ihn hinweg. Als ich neben dir sitze, überkommt mich ein wundersames Gefühl. Als ob tausend unsichtbare Fäden deinen Körper an meine Seele binden.

Ich möchte dir etwas sagen, aber ich kann nicht sprechen. Als hätte mir eine Biene in die Zunge gestochen und sie wäre geschwollen und gelähmt. In der Welt am Rande der Wirklichkeit sind mein Körper und mein Geist noch nicht eins.

Aber eines weiß ich. Ich werde für immer hierbleiben. Weder vorwärts- noch rückwärtsgehen. Die Zeiger der Uhr halten inne oder verschwinden ganz, die Zeit bleibt stehen. Irgendwann wird mir meine Zunge wieder gehorchen, und ich werde nach und nach die richtigen Worte finden.

Ich schließe die Augen. Nachdem ich ein wenig in dieser neutralen Dunkelheit verharrt habe, öffne ich sie wieder. Behutsam, damit ich nicht versehentlich etwas zerstöre. Und ich schaue mich noch einmal um, um mich zu vergewissern, dass die Welt von damals noch nicht verschwunden ist. Das kühle Rauschen des Wassers dringt an mein Ohr, und ich rieche das hohe Sommergras. Unzählige Zikaden schrillen in die Welt hinaus. Deine roten Sandalen und meine weißen Turnschuhe liegen nebeneinander im Sand. Wie kleine schlummernde Tiere. Unsere Füße sind bis zu den Knöcheln mit feinem weißen Sand bedeckt. Die Farbe des Himmels verrät mir, dass die sommerliche Dämmerung nicht mehr fern ist.

Ich strecke meine Hand aus und berühre deine neben mir. Ich umschließe sie mit meiner. Du erwiderst den Druck. Wir sind verbunden. Mein junges Herz schlägt heftig in meiner Brust. Meine Gedanken werden zu einem feinen, scharfkantigen Keil, der mit einem Hammer in die richtigen Lücken getrieben wird.

Und dann fällt mir etwas auf. Unversehens ist mein Schatten verschwunden. Die schräg von Westen einfallende Sommersonne lässt alle Schatten länger werden, aber sooft ich mich auch auf dem Boden umschaue, meiner ist nicht dabei. Wann ist er verschwunden? Wo um alles in der Welt ist er?

Doch seltsamerweise stört mich das nicht sonderlich, ich bin weder erschrocken noch verwirrt. Mein Schatten muss aus eigenem Antrieb verschwunden sein. Oder er hat sich aus irgendeinem Grund vorübergehend woandershin begeben. Aber er wird bestimmt zu mir zurückkehren. Denn wir sind eins.

Leise streicht der Wind über den Fluss. Ihre schlanken Finger flüstern mir heimlich etwas zu. Etwas Wichtiges, etwas, das sich nicht in Worte fassen lässt.

Zu der Zeit haben weder du noch ich einen Namen. Du bist sechzehn, ich siebzehn, sommerliche Dämmerung, lebhafte Fantasien im Gras am Flussufer – mehr gibt es nicht. Allmählich beginnen die Sterne über uns zu funkeln, aber auch sie sind namenlos.

Du siehst mir in die Augen. Mit einem Blick, so ernst und tief, als schautest du auf den Grund einer klaren Quelle. Du flüsterst, als würdest du mir etwas anvertrauen. Und drückst meine Hand.

»Verstehst du? Wir beide sind nur jemandes Schatten.«

Dann wache ich auf. Oder werde wieder auf den Boden der Tatsachen zurückgeholt. Deine Stimme klingt noch deutlich in meinem Ohr.

Verstehst du? Wir beide sind nur jemandes Schatten.

TEIL III

63

Eines Abends, als ich wie gewohnt auf dem Weg zur Bibliothek war, sah ich die Gestalt eines seltsamen Jungen.

Er stand ganz allein auf der anderen Seite der Brücke. Über dem Fluss lag leichter Abendnebel, wie er zu Frühlingsbeginn häufig auftritt. Er entsteht durch den Temperaturunterschied zwischen Wasser und Luft.

Aufgrund des Nebels kann ich den Jungen nicht deutlich erkennen. Aber seine auffällige Kleidung erregt meine Aufmerksamkeit. Er trägt einen grünen Kapuzenpullover mit einem gelben Bild auf der Brust. Ein Windstoß lichtet kurz den Nebel und lässt mich das Bild eines rundlichen U-Boots erkennen.

Es ist das gelbe U-Boot aus dem Beatles-Zeichentrickfilm *Yellow Submarine*. In dieser Stadt, in der jeder, dem man begegnet (auch wenn es nicht viele sind), gebrauchte Kleidung in gedeckten Farben trägt, ist der farbenfrohe Pullover ein echter Blickfang. Außerdem sehe ich den Jungen zum ersten Mal. Sonst hätte ich ihn wiedererkannt.

Der Junge scheint mich ebenfalls anzustarren, auch wenn

ich es nicht mit Gewissheit sagen kann. Er steht auf der anderen Seite der Brücke, der Wind hat sich gelegt, und Nebel wabert wieder über dem Fluss. Außerdem haben meine Augen sich noch nicht von den Verletzungen erholt, die man mir beim Eintritt in die Stadt zugefügt hat. Ich spüre nur – spüre, dass ich angestarrt werde, auf der Haut. Vielleicht will der Junge mir etwas mitteilen. Soll ich auf die andere Seite der Brücke gehen und ihn ansprechen? Fragen, ob er mir etwas mitzuteilen hat?

Aber ich war auf dem Weg zur Bibliothek und wollte nicht ohne triftigen Grund von meiner festen Route abweichen. Also ging ich auf meiner Seite des Flusses weiter flussaufwärts.

Der Schnee, der noch in weißen Flecken auf den Sandbänken lag, schmolz allmählich mit dem nahenden Frühling. Die Schneeschmelze hatte den Flusspegel ansteigen lassen. Die Einhörner, die instinktiv die Ankunft des Frühlings spürten, blickten verträumt um sich und warteten geduldig auf die grünen Triebe der Pflanzen. Der lange, harte Winter hatte viele von ihnen das Leben gekostet. Zum größten Teil waren es alte oder junge Tiere gewesen, die nicht stark genug waren. Diejenigen, die irgendwie überlebt hatten, waren durch den ständigen Nahrungsmangel abgemagert, und ihr Fell hatte den goldenen Glanz des Herbstes verloren.

Die Hände in den Manteltaschen, ging ich weiter die Uferstraße entlang, wie immer zielstrebig und in gleichmäßigem Tempo. Dennoch erfüllte mich eine ungewöhnliche Unruhe. Aus irgendeinem Grund ging mir das Bild des Jungen mit dem Yellow-Submarine-Kapuzenpulli nicht aus dem Kopf.

Fragen kamen mir in den Sinn. Warum war er der Einzige in der Stadt, der ein so knallbuntes, auffälliges Kleidungsstück trug? Und warum hatte er mich so angestarrt? Alle Bewohner der Stadt eilten mit gesenkten Lidern und schnellen Schrittes durch die Straßen, um dem Anblick von etwas Bedrohlichem zu entgehen – zum Beispiel den Blicken der großen, dunklen Aasgeier, die hoch über ihnen kreisten. Sie blieben weiß Gott nicht stehen, um jemandem ins Gesicht zu starren.

Den Zeichentrickfilm *Yellow Submarine* hatte ich auf der anderen Seite der Welt gesehen, bevor ich in die ummauerte Stadt gekommen war. Ich kannte also das Bild des gelben U-Boots. Auch an die Musik erinnerte ich mich. Aber den Inhalt des Films hatte ich völlig vergessen. *We all live in a yellow submarine* … Es bedeutete etwas und zugleich nichts.

Der Junge musste den Pullover zufällig – woher auch immer – gebraucht bekommen haben. Vermutlich hatte er jedoch keine Ahnung, was es mit dem gelben U-Boot auf sich hatte. Denn die Bewohner der ummauerten Stadt konnten die Beatles nicht hören. Und nicht nur die Beatles, sie konnten überhaupt keine Musik hören. Und wahrscheinlich wusste sowieso niemand, was ein U-Boot war.

In diese diffusen Gedanken versunken, schritt ich durch die abendliche Dämmerung. Auf Höhe des Uhrturms warf ich gewohnheitsmäßig einen Blick auf die zeigerlose Uhr, die nicht die Zeit anzeigte, sondern deren Bedeutungslosigkeit veranschaulichte. Die Zeit ist nicht stehen geblieben, hat aber ihre Bedeutung verloren.

Außer dieser gibt es keine Uhr in der Stadt. Morgens geht die Sonne auf, abends unter. Wer braucht da noch die Einteilung in Minuten? Wer will den Unterschied zwischen einem Tag und dem nächsten wissen – wenn es denn einen gibt?

Auch ich gehöre zu den Bewohnern der Stadt, die es nicht

nötig haben, die Zeit zu messen. Sobald die Dämmerung naht, ziehe ich mich um, verlasse das Haus und gehe den immer gleichen Weg zur Arbeit in die Bibliothek. Die Anzahl meiner täglichen Schritte bleibt wohl stets die gleiche. Daraufhin lese ich im Archiv der Bibliothek die alten Träume. Bis meine Augen und Fingerspitzen ermüden und ich aufhören muss.

Die Zeit hat dort keine Bedeutung. Wie der Kreislauf der Jahreszeiten dreht sie sich immer weiter. Auf der Stelle? Das weiß ich nicht. Vielleicht schreitet die Zeit auf ihre eigene Weise voran. Doch eigentlich kann ich sie nur als »immerwährenden Kreislauf« beschreiben. Alles Übrige bleibt allein ihr überlassen.

Doch an diesem Abend wird meine gewohnte Routine durch das Auftauchen des Jungen im Yellow-Submarine-Kapuzenpullover am gegenüberliegenden Ufer gestört. Meine Schritte auf dem Kopfsteinpflaster klingen anders als sonst. Auch kommt es mir vor, als würden sich die Ruten der Weiden auf den Sandbänken auf andere Weise wiegen.

In der Bibliothek wartet wie immer das Mädchen auf mich. Es kommt vor mir und bereitet alles für mich vor. In der kalten Jahreszeit zündet sie den Ofen an und macht mir an der Theke eine Tasse Kräutertee. Es ist ein besonderer Tee, der meinen verwundeten Augen wohltut. Er kann sie nicht heilen, aber er lindert die Schmerzen darin. Als Traumleser muss ich die Verletzung weiter erdulden.

Und solange ich Traumleser bin, kann ich das Mädchen jeden Tag sehen und viele Stunden mit ihr verbringen. Sie ist sechzehn, denn für das Mädchen ist die Zeit an diesem Punkt stehen geblieben.

»Ich habe vorhin einen Jungen auf der anderen Seite vom Fluss gesehen. Einen Jungen in einem Kapuzenpulli mit einem gelben U-Boot drauf. Er ist ungefähr so alt wie du. Kennst du ihn?«

»Kapuzenpulli? U-Boot?«

Ich erkläre ihr kurz, was ein Kapuzenpullover und ein U-Boot sind. Ich weiß nicht, wie viel sie davon versteht, aber ich kann ihr zumindest eine ungefähre Vorstellung davon geben.

»So einen Jungen habe ich noch nie gesehen«, sagt sie. »Sonst würde ich mich bestimmt an ihn erinnern.«

»Vielleicht ist er neu in der Stadt?«

Sie schüttelt den Kopf. »Hier ist niemand neu.«

»Bist du sicher?«

Sie nickt, während sie die Kräuter im Mörser zerreibt. »Ja, ganz sicher, nach dir ist niemand mehr in die Stadt gekommen. Absolut niemand.«

Die Einwohner der Stadt kennen jeden, der hier lebt. Ein Fremder fällt unweigerlich auf. Außerdem wird alles Kommen und Gehen vom Torwächter strengstens überwacht.

Das erstaunt mich. Denn schließlich habe ich den Yellow-Submarine-Jungen gesehen. Ich kann mich nicht verguckt oder es mir eingebildet haben. Aber ich beschließe, vorerst nicht weiter über den mysteriösen Jungen nachzudenken. Ich habe eine Aufgabe zu erledigen.

Nachdem ich den starken Kräutertee, den mir das Mädchen zubereitet hat, bis auf den letzten Tropfen ausgetrunken habe, gehe ich nach hinten ins Archiv. Ruhig beginne ich, den alten Traum zu lesen, den sie aus dem Regal genommen hat.

»Was ist mit deinem Ohr?«, fragt mich das Mädchen plötzlich. »Mit deinem rechten Ohrläppchen.«

Ich berühre mein rechtes Ohrläppchen. Sofort spüre ich einen stechenden Schmerz und verziehe leicht das Gesicht.

»Es ist dunkelrot. Als hätte dich etwas ganz fest gebissen.«

»Ich kann mich an nichts erinnern«, sage ich.

Ich kann mich wirklich nicht erinnern. Bis sie mich darauf aufmerksam gemacht hat, hat es nicht einmal wehgetan. Aber jetzt pocht mein Ohrläppchen heftig im Rhythmus meines Herzschlags. Als hätte es sich durch sie plötzlich an den Biss erinnert.

Sie kommt zu mir, betrachtet mein Ohrläppchen von allen Seiten und streicht mit dem Finger sanft darüber. Die Berührung beglückt mich. Auch wenn sie nur zwischen ihren kleinen Fingerspitzen und meinem Ohrläppchen stattfindet.

»Wir sollten ein Heilmittel auftragen. Warte kurz, ich mache dir eine Salbe«, sagt sie und verlässt eilig das Archiv.

Ich schließe die Augen und warte ruhig auf ihre Rückkehr. Mein Herz schlägt laut und regelmäßig wie ein Specht im Gehölz. Ich habe keine Ahnung, was mit meinem Ohrläppchen passiert ist. Ob mich wirklich etwas gebissen hat? Nein, so einen heftigen Biss – immerhin war etwas davon zurückgeblieben – hätte ich auf jeden Fall gespürt.

Aber was könnte mich gebissen haben? Ein Tier, ein Insekt? Aber ich habe hier noch nie ein Insekt oder irgendein anderes Tier gesehen. (Außer den Einhörnern, und es ist unvorstellbar, dass sich eines nachts angeschlichen hat, um mir ins Ohrläppchen zu beißen. Ausgeschlossen.)

Irgendwann kam das Mädchen mit einem kleinen Keramikgefäß zurück. Es war ein schlichtes Töpfchen mit einem kleinen Rand, das eine senffarbene, dickflüssige Salbe enthielt.

»Ich habe improvisiert, deshalb ist sie vielleicht nicht so wirksam, aber besser als nichts«, sagte das Mädchen, nahm etwas von der Salbe auf den Finger und rieb vorsichtig mein Ohrläppchen damit ein. Es fühlte sich angenehm kühl an.

»Du hast sie selbst gemacht?«, fragte ich.

»Ja, natürlich. Ich habe ein paar Heilkräuter aus dem Garten zusammengesucht.«

»Du kennst dich gut aus.«

Sie schüttelte verlegen den Kopf. »Die meisten Leute in der Stadt können so etwas. Es gibt hier keinen Laden, der Medizin verkauft, also müssen wir uns selbst helfen.«

Kurz nachdem sie die Salbe aufgetragen hatte, ließ der Schmerz in meinem Ohrläppchen nach. Sie schien das Ohr zu kühlen und den Schmerz zu lindern. Als ich es dem Mädchen sagte, lächelte sie zufrieden.

»Freut mich«, sagte sie. »Wenn du mit der Arbeit fertig bist, trage ich sie noch einmal auf.«

Ich kehrte an meinen Schreibtisch zurück und konzentrierte mich auf die alten Träume. Die Flamme der Rapsöllampe flackerte träge. Aber sie warf keinen Schatten an die Wand.

Niemand in dieser Stadt wirft einen Schatten. Auch ich nicht.

64

Am nächsten Tag sah ich den Jungen wieder. Er war klein und mager, und er trug den Yellow-Submarine-Pullover und eine Nickelbrille. Seine Haare reichten ihm bis zu den Ohren, seine Arme und Beine waren lang und dünn. Beunruhigt fragte ich mich, ob er richtig aß. Wie am Tag zuvor stand der Junge auf der anderen Seite der Brücke und starrte mich an. Als würde er um etwas bitten. Sonst war niemand zu sehen.

Da an diesem Tag kein Nebel über dem Fluss lag, konnte ich ihn besser erkennen als am Tag zuvor. Seine Erscheinung kam mir noch immer fremd vor. Oder besser gesagt: Ich hatte noch nie einen männlichen Jugendlichen in der Stadt gesehen. Abgesehen von dem Mädchen, das in der Bibliothek arbeitete, waren alle Menschen, denen ich auf der Straße begegnete, erwachsene Männer und Frauen mittleren oder höheren Alters (glaubte ich zumindest). Da sie alle mit gesenktem Kopf herumliefen, sodass ihre Gesichter nicht zu sehen waren, konnte ich ihr Alter nur an Haltung und Statur ablesen.

Einen Moment lang drängte es mich (stärker als am Vortag), die Brücke zu überqueren und ihn anzusprechen, aber dann überlegte ich es mir anders und ließ es. In unserer Stadt sprach man nicht mit Fremden, schon gar nicht auf der Straße, es sei denn, es gab einen zwingenden Grund. Selbst Blickkontakt war zu vermeiden. Das war eine wichtige Anstandsregel, die mir in Fleisch und Blut übergegangen war, seit ich in der Stadt lebte. Die Straßen waren zum Gehen da. Und auch das hatte man so schnell und so kurz wie möglich zu tun.

Es war also *nicht normal*, dass der Junge auf der anderen Seite der Brücke stehen blieb und mich direkt ansah, ohne weiterzugehen. Das war ein beispielloser Vorgang. Und das nicht nur an einem Tag, sondern an zweien hintereinander. Hatte er etwa die ganze Zeit auf mich gewartet? Aber wozu? Ich hatte keine Ahnung. Ich fühlte mich seltsam aufgewühlt.

Trotzdem blieb ich nicht stehen, sondern ging auf der Uferstraße weiter in Richtung Bibliothek.

Nachdem ich meine abendliche Aufgabe, in der Bibliothek Träume zu lesen, beendet hatte, begleitete ich das Mädchen wie immer nach Hause (wir gingen im Gleichschritt die gepflasterte Uferstraße entlang und sprachen kaum ein Wort). Aber auch als ich wieder in meiner Unterkunft war, ging mir der Yellow-Submarine-Junge nicht aus dem Kopf und starrte mich wie ein Nachbild meiner Erinnerung immer wieder an. Auch als ich ins Bett ging und einschlief, träumte ich von ihm. In meinen Träumen stand er auf der anderen Seite der Steinbrücke und schaute. Mehr geschah nicht. Er stand einfach da und sah mich unverwandt an. Regungslos.

Auch in dieser Nacht pochte mein rechtes Ohrläppchen wieder im Rhythmus meines Herzens. Da die Begegnung mit dem fremden Jungen auf der anderen Seite des Flusses und das schmerzhafte Pochen in meinem Ohrläppchen auf diese Weise zusammenfielen, konnte ich nicht umhin, mich zu fragen, ob es vielleicht einen Zusammenhang zwischen den beiden Ereignissen gab. Beide waren unerklärlich und ungewöhnlich und aus irgendeinem Grund fast gleichzeitig aufgetreten.

In der Nacht schreckte ich mehrmals auf. Das kam sehr selten vor. Seit ich in der Stadt lebte, wachte ich so gut wie nie mitten in der Nacht auf. Lag ich einmal im Bett, schlief ich bis zum Morgen durch, sodass ich mich körperlich und geistig erholen konnte. Doch in dieser Nacht hinderten mich Träume und das Pochen in meinem Ohrläppchen daran. Und auch die bruchstückhaften Schlafphasen waren nicht erholsam. Immer wieder musste ich mein Kissen aufschütteln, die zerwühlte Bettdecke glätten und mir den Schweiß abtrocknen. Ständig wälzte ich mich hin und her, bis irgendwann die Morgendämmerung meine unruhigen Träume beendete.

Bahnte sich da etwas an?

Ich wollte nicht, dass *sich etwas anbahnte*. Das konnte ich überhaupt nicht gebrauchen. Der jetzige Zustand sollte nicht enden, er sollte bis in alle Ewigkeit andauern. Aber ich hatte so eine Ahnung, dass eine einmal begonnene Veränderung – welcher Art auch immer – nicht mehr aufzuhalten war.

Am nächsten Tag kam ich zur gleichen Zeit – vermutlich war es die gleiche Zeit, aber in einer Stadt, in der es keine Uhren gab, konnte man das nie genau sagen – an der Brücke vorbei.

Doch heute war von dem Jungen nichts zu sehen. Seine Abwesenheit beunruhigte mich zutiefst.

Warum war er heute nicht da?

Es war ein widersprüchliches Gefühl. Einerseits war mir seine Anwesenheit unerwünscht. Andererseits stürzte mich seine Abwesenheit in tiefe Verwirrung. Woran lag das? Ich nahm mir vor, nicht mehr an den Jungen zu denken. Ich leerte meinen Kopf so weit wie möglich und ging weiter in Richtung Bibliothek. Aber wie immer gelang es mir nicht, meine Gedanken abzuschütteln. Der zierliche Junge im Yellow-Submarine-Kapuzenpullover starrte mich als eine Art Nachbild meiner Erinnerung an.

Das Mädchen saß vor dem rotglühenden Ofen und musterte mich unsicher. Dann kam sie auf mich zu, betrachtete aufmerksam mein rechtes Ohr und strich mit den Fingerspitzen sanft über das Ohrläppchen.

»Es sieht viel geschwollener aus als gestern«, sagte sie.

»Es hat die ganze Nacht gepocht. Ich habe nicht gut geschlafen.«

»Du hast nicht gut geschlafen?« Sie blickte auf und runzelte die Stirn. »So etwas sollte hier eigentlich nicht vorkommen«, fügte sie hinzu.

»Doch, ich bin immer wieder aufgewacht.«

Sie schüttelte den Kopf. »Ich habe ein paar Leute gefragt, ob sie etwas über geschwollene Ohrläppchen wüssten. Aber niemand hat so etwas je gesehen. Deshalb weiß ich noch immer nicht, was die Ursache sein könnte oder wie man es behandeln kann.« Sie öffnete den Deckel eines kleinen Fläschchens ohne Etikett, nahm eine Fingerspitze von der dunkelbraunen, klebrigen Salbe und rieb mein Ohrläppchen damit ein. Es brannte und fühlte sich ganz anders an als die erste Salbe, die sie gemacht hatte.

»Mal sehen. Hoffentlich hilft sie.«

Es war das erste Mal, dass ich sie so unsicher, fast ängstlich erlebte. Bisher war das Mädchen immer ruhig, nie hektisch oder verlegen gewesen und hatte seine Aufgabe in der Bibliothek stets mit Ruhe und Gelassenheit erfüllt. Und ihr besorgter Gesichtsausdruck verstärkte die vage Angst, die ich verspürte. Die Schwellung an meinem Ohrläppchen war kein einfacher Insektenstich, sondern möglicherweise das Symptom einer bösartigen Krankheit.

Vielleicht lag es daran, dass ich an diesem Abend außerstande war, die alten Träume zu lesen. Sie schmiegten sich nicht wie sonst in meine Handflächen. Sie erwachten zwar aus ihrem Schlummer, kamen mir entgegen, wichen dann aber verstört zurück und verschwanden – wahrscheinlich, um sich in ihrer Hülle zu verkriechen.

»Aus irgendeinem Grund klappt es heute nicht«, sagte ich nach mehreren vergeblichen Versuchen.

Das Mädchen nickte. »Wahrscheinlich kannst du dich wegen deines schmerzenden Ohrläppchens nicht konzentrieren. Wichtig ist, dass die Schwellung zurückgeht.

»Aber niemand kennt die Ursache dafür und weiß, wie man sie behandeln kann.«

Wieder nickte sie. Auf ihrem Gesicht lag ein Anflug von Melancholie, der sie ein paar Jahre älter aussehen ließ. Nicht mehr wie ein Mädchen, sondern wie eine erwachsene Frau. Was mich in nicht geringe Verwirrung stürzte. Mein bisheriger Eindruck von ihr verschob sich ein wenig.

Wir schlossen die Bibliothek früher als gewöhnlich. Vorläufig konnten wir dort nichts tun. Als ich sie wie üblich nach Hause bringen wollte, wies sie mich zurück. »Ich möchte heute lieber allein gehen.«

Einen Augenblick lang schnürte es mir das Herz ab, sodass ich kaum Luft bekam. Wenige Tage nach meiner Ankunft in der Bibliothek hatte ich begonnen, sie nach der Arbeit nach Hause zu bringen, und seitdem nicht einen einzigen Tag ausgelassen. Seite an Seite waren wir die Uferstraße entlang zu dem alten Haus im Arbeiterviertel gegangen, in dem sie wohnte. Und dieser Gang war für mich ein Teil meines Alltags geworden, der mir mehr bedeutete als alles andere. Diese Routine wurde heute zum ersten Mal durchbrochen. So als hätte man eine Sprosse aus einer Leiter entfernt.

»Liegt es daran, dass ich die alten Träume nicht lesen konnte? Oder dass mein Ohrläppchen geschwollen ist?«, fragte ich sie.

Sie beantwortete die Frage nicht. »Es gibt Dinge, über die ich nachdenken muss.«

Ihre Stimme hatte einen entschlossenen Unterton, der mir sagte, dass sie sich auf keine weiteren Fragen einlassen würde. Wir trennten uns ohne ein Wort. Sie ging flussaufwärts, und ich wandte mich flussabwärts in Richtung meiner Unterkunft. Ihre Schritte entfernten sich, dann waren sie nicht mehr zu hören. Nur noch das Rauschen des Flusses drang an mein Ohr. Es klang unendlich einsam.

Düstere Leere im Herzen, machte ich mich auf den Heimweg durch die dunklen Straßen. Der ungewohnte Abschied verdeutlichte mir, wie allein ich war. Hinzu kam, dass mein rechtes Ohrläppchen immer heftiger schmerzte. Das passte.

Ich musste irgendwie wieder in mein normales Leben zurück. Zurück in meinen normalen Alltag. Aber zuerst musste mein Ohr wieder heilen. Und der Yellow-Submarine-Junge musste aus meinem Kopf verschwinden.

Aber wie sollte ich das schaffen?

Zu Hause zog ich mich aus, löschte das Licht und ging ins Bett. Ich versuchte, an nichts zu denken. Aber das Pochen in meinem Ohrläppchen hielt unvermindert an, und auch das Bild des Jungen ließ sich nicht vertreiben. Die beiden rätselhaften Ereignisse schienen in mir eine unauflösliche Verbindung eingegangen zu sein.

65

Auch in dieser Nacht schlief ich unruhig.

Als ich aufschreckte, bemerkte ich, dass jemand am Kopfende meines Bettes stand und mich stumm ansah. Unmittelbar und stechend spürte ich seinen Blick auf meiner Haut. Ich wusste natürlich nicht, wie spät es war, aber es war auf jeden Fall tief in der Nacht. So tief, tiefer ging es nicht.

Mit weit geöffneten Augen lag ich im Bett und versuchte zu erkennen, wer es war. Es dauerte ein wenig, bis ich mich an die Dunkelheit im Zimmer gewöhnt hatte. Die einzige Lichtquelle war der Mond, der durch die Ritzen der Fensterläden fiel. Damit mich der andere nicht bemerkte, atmete ich langsam und leise durch die Nase und gab meinen Augen Zeit, die Dunkelheit zu durchdringen.

Doch trotz der Finsternis im Raum, meiner Wehrlosigkeit und der Anwesenheit des Fremden verspürte ich weder Beklemmung noch Angst. Mein Herzschlag wurde nicht schneller. Sein gleichmäßiger Takt beruhigte mich.

Was hatte das alles zu bedeuten? Ich wachte mitten in der Nacht auf, und irgendwer saß an meinem Bett und sah mir ins Gesicht. Eigentlich hätte ich verwirrt sein und Angst haben müssen. Das wäre jedenfalls die normale Reaktion gewesen. Aber ich blieb seltsam ruhig. Warum wohl?

Es schien, als hätte der Fremde meine Gedanken gelesen.

»Du bist an einem Mittwoch geboren«, sagte er. Es war die Stimme eines jungen Mannes, höher als die eines Erwachsenen. Wahrscheinlich lag sein Stimmbruch noch nicht lange zurück.

»Ich bin an einem Mittwoch geboren?«

»Du bist an einem Mittwoch geboren«, sagte er.

Ich wollte aufstehen, hatte aber keine Kraft. Ich war wie gelähmt, hatte kein Gefühl in Armen und Beinen. Auch das Pochen in meinem Ohrläppchen war nicht mehr zu spüren. Stimmte etwas mit meinen Nerven nicht? Mir blieb nichts anderes übrig, als reglos dazuliegen.

»Hat es irgendeine Bedeutung für mich, an einem Mittwoch geboren zu sein?«

»Nein. Es ist eine simple Tatsache. Der Mittwoch ist nur ein weiterer Wochentag. Deine Geburt an einem Mittwoch hat nichts weiter zu bedeuten«, sagte der junge Mann präzise und emotionslos, als erläuterte er ein unumstößliches mathematisches Gesetz.

In der Dunkelheit konnte ich noch immer kein Gesicht erkennen, aber es musste der Yellow-Submarine-Junge sein. Anders konnte ich es mir nicht vorstellen. Er war es, der mich in tiefster Nacht aufsuchte und mir die »simple Tatsache« meiner Geburt an einem Mittwoch als Mitbringsel überreichte.

»Hab keine Angst vor mir«, sagte der Junge. »Ich werde dir nichts tun.«

Ich nickte schwach, fast ohne das Kinn zu bewegen. Denn

ich war unfähig, den Mund zu öffnen, um auch nur ein Wort herauszubringen.

»Du bist sicher überrascht, dass ich mitten in der Nacht plötzlich an deinem Bett auftauche, aber es gab keine andere Möglichkeit, dich allein zu sprechen.«

Ich blinzelte ein paarmal. Blinzeln konnte ich. Auch das Kinn konnte ich leicht bewegen. Aber der Rest meines Körpers wollte mir nicht gehorchen.

»Du musst mir einen Gefallen tun«, sagte der Junge. »Deshalb bin ich hergekommen. Durch die Mauer.«

»Heißt das: ohne die Erlaubnis des Torwächters?«

»So ist es«, antwortete der Junge, der meine Gedanken las. Er konnte das. »Ich bin ohne Wissen des Torwächters gekommen. Ich habe keine offizielle Erlaubnis, mich in der Stadt aufzuhalten, ich bin sozusagen illegal hier. Ich komme so spät, damit mich niemand sieht.«

»Und dein Schatten?«, fragte ich. »Wer einen Schatten hat, darf die Stadt doch nicht betreten.«

»Ich habe keinen Schatten. Ich habe in der anderen Welt eine leere Hülle zurückgelassen, die man als meinen Schatten bezeichnen könnte. Oder vielleicht bin ich umgekehrt ihr Schatten, und mein richtiger Körper ist da drüben. Jedenfalls habe ich die Hülle tief im Wald versteckt, wo niemand sie findet, um in die Stadt hereinzukommen.«

Dann erklärte er mir, um welchen Gefallen er mich bat. »Meine Bitte ist folgende. Ich muss Traumleser werden. Mein einziger Wunsch ist es, alte Träume zu lesen. Da ich aber kein Einwohner dieser Stadt bin, kann ich diesen Beruf nicht offiziell ausüben. Deshalb möchte ich eins mit dir werden. Dann könnte ich jeden Tag in deiner Gestalt die alten Träume lesen.«

»Eins mit mir werden?«

»Ja. Vielleicht findest du das absurd, aber das ist es gar nicht. Es ist ganz natürlich. Dass du und ich eins werden. Denn ich bin ursprünglich du, und du bist ursprünglich ich.«

Tiefste Verwirrung überkam mich. Er war ich?

»Ja, genau. Du musst mir glauben. Ursprünglich sind wir eins. Doch aus irgendwelchen Gründen wurden wir zu getrennten Individuen. Aber hier in der Stadt können wir wieder eins werden. Und ich kann ein Teil von dir sein, Traumleser werden und für immer die alten Träume lesen.«

Er würde die alten Träume lesen … Bedeutete das, dass ich es nicht mehr zu tun brauchte?

»Nein, darum geht es nicht«, sagte der Junge. »Du wirst weiterhin in der Bibliothek die alten Träume lesen. Denn ich bin du, und du bist ich. Meine Kraft wird zu deiner Kraft. Wir sind wie Wasser, das sich mit Wasser vermischt. Deine Persönlichkeit und dein Alltag werden sich nicht verändern, wenn du dich mit mir verbindest. Deine Freiheit wird nicht eingeschränkt.«

Ich versuchte, die Dinge zumindest irgendwie in meinem Kopf zu ordnen. In Gedanken fragte ich ihn, warum er so erpicht darauf sei, alte Träume zu lesen.

»Weil es meine Berufung ist. Ich bin dazu geboren, alte Träume zu lesen. Aber in der Welt, zu der ich gehörte, gab es absolut keine Möglichkeit für mich, Traumleser zu werden. So bin ich zu dir gekommen. Bitte glaube mir und verbinde dich mit mir. Und lass mich weiter in dieser Stadt leben. Ich kann dir helfen, die Träume zu lesen. Und wenn du willst, kannst du für immer jeden Abend in die Bibliothek gehen und das Mädchen sehen.«

Wenn ich das wollte.

»Aber wie können wir diese ›Vereinigung‹ konkret bewerkstelligen?«

»Das ist ganz einfach. Lass mich dir ins linke Ohrläppchen beißen. Dann sind wir eins.«

»Du warst das also. Du hast mir schon ins rechte Ohrläppchen gebissen?«

»Ja, das war ich. Ich bin in die Stadt gekommen, indem ich dir auf der anderen Seite der Welt ins rechte Ohrläppchen gebissen habe. Und wenn ich dir hier auf dieser Seite ins linke Ohrläppchen beiße, werden wir eins sein.«

Ich brauchte Zeit, um über eine Entscheidung nachzudenken. Musste das Chaos meiner Gedanken ordnen. Meinen gelähmten Körper wieder in seinen normalen Zustand zurückbringen. Vermutlich war die Entscheidung, mich mit dem Jungen zu vereinen, eine äußerst wichtige. Möglicherweise würde sie die Umstände meines Menschseins stark verändern. Inwieweit konnte ich diesem eigenartigen fremden Jungen glauben? Übersah ich vielleicht etwas Wichtiges?

»Es tut mir leid, aber wir haben keine Zeit, lange nachzudenken. Ich bin ein unbefugter Eindringling. Es wäre sehr schlimm, wenn der Torwächter von meiner Anwesenheit erführe. Jemand aus der Stadt könnte mich sehen und ihm davon Meldung machen. Dann würde er mich sofort gefangen nehmen. Er hat die Macht dazu. Deshalb muss unsere Vereinigung so schnell wie möglich über die Bühne gehen.«

Ich verstand es noch immer nicht. *Warum war ich dieser Junge, und warum war dieser Junge ich?* Was hatte das zu bedeuten?

Allerdings glaubte ich allmählich – warum auch immer –,

akzeptieren zu können, was der unbekannte Junge mir mit solcher Gelassenheit erklärte, auch wenn ich die Logik dahinter nicht verstand.

»Bitte glaube mir. Wenn du dich mit mir verbindest, wirst du zu einem natürlicheren, authentischeren Selbst finden. Du wirst es nie bereuen. Und wenn du meinst, die Zeit dafür sei gekommen, kannst du auch wieder gehen. Du bist frei wie ein Vogel am Himmel.«

Frei wie ein Vogel am Himmel?

Sosehr ich mir auch den Kopf zerbrach, ich konnte keinen klaren Gedanken fassen. Ich war völlig benebelt, und irgendwann konnte ich gar nicht mehr denken. Ich war kurz davor, wieder einzuschlafen.

»Nicht einschlafen«, zischte mir der Junge ins Ohr. »Bleib wach. Bleib noch ein bisschen wach, und gib mir deine Erlaubnis. Erlaube mir, dir ins linke Ohrläppchen zu beißen. Ich brauche dein Einverständnis. Dringend. Jetzt ist die letzte Gelegenheit.«

Ich fühlte mich schrecklich schläfrig, zudem befand ich mich in einem Zustand der Gleichgültigkeit, in dem mir alles egal war. Ich wollte so schnell wie möglich in die angenehme Welt der Ruhe, des Schlafes eintauchen. Niemand sollte mich stören.

Egal, mach, murmelte ich im Halbschlaf. Wenn er mich unbedingt beißen wollte, sollte er doch.

Der Junge zögerte nicht lange und biss mir ins linke Ohrläppchen, so fest, dass vermutlich ein Abdruck seiner Zähne zurückblieb.

Und ich fiel in einen tiefen Schlaf.

66

Wie gewöhnlich wachte ich spät am nächsten Morgen auf und fühlte mich ganz normal, so wie immer. Das Taubheitsgefühl der letzten Nacht war verschwunden. Ich konnte Arme und Beine frei bewegen. Das Tageslicht fiel durch die Ritzen in den Fensterläden, und um mich herum herrschte Stille. Wie jeden Morgen.

Kaum war ich aufgewacht, erinnerte ich mich an die letzte Nacht und den Yellow-Submarine-Jungen und betastete sogleich meine Ohrläppchen. Erst das rechte, dann das linke. Keines von beiden war geschwollen oder tat weh. Es waren zwei ganz normale, weiche und gesunde Ohrläppchen.

Der Junge hatte mir in der Nacht zuvor so fest ins linke Ohrläppchen gebissen, dass ein Abdruck seiner Zähne zurückgeblieben sein musste. Ich erinnerte mich noch sehr deutlich, wie weh es getan hatte. Aber der Biss hatte weder Schmerzen noch einen Abdruck hinterlassen. Sehr merkwürdig.

Nach und nach rief ich mir das nächtliche Gespräch mit dem Jungen ins Gedächtnis. Ich konnte mich Wort für Wort daran erinnern, als hätte ich es aufgeschrieben.

Er hatte mir mit meiner Erlaubnis kräftig ins linke Ohr gebissen und war dadurch (wahrscheinlich) eins mit mir geworden.

Dennoch verspürte ich weder körperliches noch seelisches Unbehagen. In der Dunkelheit meiner fest geschlossenen Augen versuchte ich so tief wie möglich in mein Bewusstsein vorzudringen. Ich atmete tief ein und streckte Arme und Beine, bis meine Gelenke knackten. Ich trank mehrere Gläser Wasser und urinierte ausgiebig. Doch allem Anschein nach war dieser Morgen nicht anders als der vorherige. War der Junge wirklich eins mit mir geworden? Oder hatte ich vielleicht nur besonders lebhaft geträumt?

Nein, das konnte nicht sein. Zu deutlich erinnerte ich mich an den heftigen Schmerz, als er mir ins linke Ohr gebissen hatte (obwohl ich danach sofort eingeschlafen war), und auch das Gespräch mit ihm konnte ich Wort für Wort von Anfang bis Ende in allen Einzelheiten rekapitulieren. Das konnte kein Traum gewesen sein. Es war unmöglich, so realistisch zu träumen.

Allerdings, so dachte ich, gab es wohl mehr als nur eine Wirklichkeit. Was die Wirklichkeit anging, standen immer mehrere Möglichkeiten zur Auswahl.

Es war ein schöner, sonniger Spätwintertag. Ich verbrachte den Nachmittag bei geschlossenen Fensterläden im abgedunkelten Zimmer und ließ meine Gedanken ziellos umherschweifen.

Wenn der Junge und ich wirklich »eins geworden« waren, musste doch eine Veränderung – in meinem Fühlen und Denken – spürbar sein. Schließlich hatte eine neue Persönlichkeit Einzug in mich gehalten. Aber so sorgfältig und aufmerksam ich auch alles überprüfte, ich konnte keine solche Verwandlung an mir entdecken. Keine Widersprüche, kein Unbehagen. Ich war weiterhin mein altes Ich. Ich war ich, so wie ich mich immer gekannt hatte.

Aber ich konnte mir nicht vorstellen, dass der Junge mir etwas Erfundenes oder Halbgares erzählt hatte. Was er mir dort an meinem Bett gesagt hatte, musste eine unbestreitbare Wahrheit sein, so eindringlich hatte er mich davon zu überzeugen versucht. Und das Leuchten in seinen Augen war aufrichtig gewesen, als er mir erklärte, mit einem Biss in mein linkes Ohr eins mit mir werden zu können. Also hatte ich ihm meine Zustimmung gegeben. Der Biss hatte sich so entschlossen angefühlt, dass das »Einssein«, von dem er sprach, mit Sicherheit herbeigeführt worden war.

So waren der Junge und ich in tiefer Nacht und im Schlaf eins geworden. So wie Wasser in Wasser übergeht. Mit anderen Worten, wir waren in unseren ursprünglichen Zustand »zurückversetzt« worden.

Brauchte es vielleicht eine Weile, bis die mit dieser Verbindung einhergehenden Veränderungen für mich körperlich spürbar wurden? Musste ich einfach nur ruhig abwarten, bis sie eintraten? Oder gehörte es dazu, dass das neugeborene Subjekt (also mein gegenwärtiges Ich) überhaupt keine innere Wandlung wahrnahm? Eben weil dieses neue Ich bis ins Letzte eine vollkommen natürliche Einheit war?

Ich sei er, und er sei ich, hatte der Junge verkündet. Und so sei es nur natürlich, dass wir eins würden, wodurch ich zu einem authentischeren, wahreren Ich finden würde.

War ich dieses *wahrere Ich* geworden? War es – dieses Ich,

das ich nun war – mein wahres Ich? Aber wer konnte schon beurteilen, ob er sein wahres Ich war oder nicht? Wie sollte man eindeutig zwischen einem Subjekt und einem Objekt unterscheiden, die miteinander verschmolzen waren? Je mehr ich darüber nachdachte, desto weniger begriff ich.

Als es Abend wurde, zog ich mich an, verließ das Haus und machte mich auf den Weg zur Bibliothek. Ich ging die dunkle Uferstraße entlang bis zum Platz. Dort blieb ich stehen und blickte auf die Uhr ohne Zeiger, um nach der nicht vorhandenen Zeit zu sehen. Auf der anderen Seite der Brücke war niemand. Auch keine Einhörner. Außer den sich leicht im Wind wiegenden Weiden rührte sich nichts. Ich schloss die Augen und stellte mir eine Frage. Und auch dem Yellow-Submarine-Jungen in mir.

»Bist du da?«

Aber es kam keine Antwort. Nur tiefe Stille. Ich fragte noch einmal.

»Wenn du da bist, sag bitte etwas. Ich möchte nur deine Stimme hören.«

Natürlich keine Antwort. Ich gab auf und ging weiter zur Bibliothek.

Wahrscheinlich waren wir völlig miteinander verschmolzen. Eben eins geworden. Was wohl bedeutete, dass ich mit mir selbst sprach. In diesem Fall konnte ich natürlich keine Antwort erwarten. Und wenn etwas zurückkam, dann höchstens ein Echo.

Als das Mädchen in der Bibliothek mich bemerkte, kam sie auf mich zu und untersuchte, ohne ein Wort zu sagen, sogleich gründlich mein rechtes Ohrläppchen, das am Tag zuvor so geschwollen gewesen war. Das Mädchen drückte es sanft zusammen und strich mit dem Finger darüber. Dann untersuchte sie zur Sicherheit das linke Ohrläppchen auf die gleiche Weise. Dann wieder das rechte. Als ob das alles von größter Wichtigkeit wäre. Dann sah sie mich erstaunt an. »Seltsam, nicht wahr? Die Schwellung von gestern ist völlig zurückgegangen. Auch die Farbe ist wieder ganz normal. Als wäre nichts gewesen. Es war doch so geschwollen und rot. Was ist mit den Schmerzen? Pocht es noch?«

»Keine Schmerzen, kein Pochen«, antwortete ich.

»Das heißt, die Schwellung und die Schmerzen sind über Nacht verschwunden?«

»Vielleicht hat die neue Salbe, die du gestern Abend aufgetragen hast, so gut gewirkt.«

»Vielleicht«, sagte sie, aber es klang nicht überzeugt.

Aber ich konnte ihr ja nicht sagen, dass der Yellow-Submarine-Junge letzte Nacht bei mir gewesen war. Und auch nicht, dass er mir ins linke Ohrläppchen gebissen hatte und wir dadurch eins geworden waren. Er hätte gar nicht in der Stadt sein dürfen. Vielleicht war er jetzt, als ein Teil von mir, kein »illegaler Eindringling« mehr. Aber er war noch immer ein Fremder, den der mächtige Torwächter mit Gewalt hinauswerfen würde, falls er ihn entdeckte. Und wenn das geschähe, würde ich, der ich mit ihm eins war, wahrscheinlich mit ausgewiesen – nein, zweifellos würde man auch mich hinauswerfen. Ich konnte also niemandem anvertrauen, was in der letzten Nacht geschehen war.

Ich hatte jetzt ein Geheimnis vor dem Mädchen. Noch dazu ein sehr bedeutsames. Dieser Umstand beunruhigte mich ziemlich. Bis dahin hatte es nichts gegeben, das ich vor ihr verheimlichen musste …

Wie gewohnt bereitete sie mir den heißen grünen Kräutertee. Langsam trank ich den Becher aus und ließ mein aufgewühltes Gemüt zur Ruhe kommen. Ich beobachtete, wie sie sich leise und mit anmutigen Bewegungen durch den Raum bewegte und flink die notwendigen Arbeiten verrichtete. Wie stets genoss ich diese kleinen Momente der Zweisamkeit. Nichts hatte sich geändert. Die heitere Stille, das warme Wohlempfinden von heute waren nur die Wiederholung von gestern und würden morgen die Wiederholung von heute sein.

Das verschaffte mir eine gewisse Erleichterung. Um mich herum hatte sich, soweit ich sehen konnte, nichts verändert. Die Luft war die gleiche Luft und das Licht das gleiche Licht. Das Summen des Kessels auf dem Ofen, das leise Knarren der Dielen, der Geruch von Rapsöl. Alles war, wie es sein sollte. Nichts störte die Harmonie.

Nachdem ich meinen Kräutertee getrunken hatte, gingen das Mädchen und ich schweigend ins Archiv, um uns unserer Arbeit zu widmen. Ich setzte mich an den alten Schreibtisch und legte meine Handflächen auf den alten Traum, den sie mir gebracht hatte, und geleitete ihn sanft und behutsam aus seiner Hülle. Ich übte diese Tätigkeit nun schon so lange aus, dass es mir routiniert gelang, sein Misstrauen zu zerstreuen. Sanft glitt der Traum von selbst aus seiner Schale. Er sandte ein schwaches Leuchten aus, und ich spürte seine Wärme an meinen Handflächen.

Ich merkte, wenn die Träume entspannt waren und sich wohlfühlten. Denn sobald sie sich sicher fühlten, gaben sie ihre Zurückhaltung auf und begannen mir ihre Geschichten zu erzählen. Geschichten, die seit Ewigkeiten – wie lange wohl? – in ihnen eingeschlossen gewesen waren.

Doch seltsamerweise konnte ich an diesem Tag die Geschichten der alten Träume nicht vernehmen, ihre Stimmen drangen nicht an mein Ohr. Nur meine Hände spürten das seltsame Vibrieren, das entstand, wenn sie mit sich selbst sprachen. Und dass sie sprachen, war offenkundig. Aber ich konnte sie nicht hören.

Ich nahm an, dass es der Junge war, der die Träume las, nachdem ich sie geweckt und zum Sprechen gebracht hatte. Er war es, der ihre Stimmen wirklich hörte. Wir teilten uns also die Aufgabe des Traumlesens. Oder nein, ganz so war es nicht. Da der Junge und ich bereits zu einem Wesen verschmolzen waren, war es vielleicht nicht richtig, von Arbeitsteilung zu sprechen. Ich setzte wahrscheinlich nur *einige Teile* von mir auf die jeweils passende Weise ein.

Um ehrlich zu sein, hatte ich die Geschichten, die mir die alten Träume erzählten, nie ganz verstanden. Ihre Stimmen waren leise, sie sprachen schnell, waren häufig schwer zu verstehen, die Chronologie der Geschichten war durcheinander, und das meiste davon war mir unbegreiflich. So ließ ich ihre Worte im Allgemeinen an mir vorüberziehen. Ich war zu dem Schluss gekommen, dass meine Aufgabe als Traumleser darin bestand, ihr Inneres zu öffnen und sie frei sprechen zu lassen, und nicht darin, den Inhalt genau herauszulesen. Weder machte es mir etwas aus noch bedauerte ich es, wenn ich nicht verstand, was sie erzählten. Deshalb war es mir sehr willkommen, dass der Junge in der Lage war, sie zu verstehen. Mit Sicherheit nahm er ihre Geschichten in allen Einzelheiten wahr und speicherte sie fortlaufend in seinem Gedächtnis. Ich hingegen erwärmte die alten Träume nur liebevoll mit den Händen und befreite sie aus ihrer Umhüllung.

Und irgendwann hatte ein Traum dann alles von sich erzählt und wurde in Frieden entlassen. Er schwebte noch eine Weile im Raum, bevor er lautlos verschwand. Zurück blieb nur seine leere Hülle.

»Die Arbeit geht dir heute ziemlich schnell von der Hand«, sagte das Mädchen und schaute mir von seinem Platz gegenüber in die Augen. Sie schien beeindruckt.

Ich nickte nur. Ich brachte kein Wort heraus.

»Offenbar hast du das Traumlesen gemeistert.« Das Mädchen lächelte sanft. Das freut mich sehr. Für die Stadt, für dich und für mich.«

»Da bin ich froh«, sagte ich. Da bin ich froh, flüsterte auch der Yellow-Submarine-Junge in mir. Zumindest bildete ich mir ein, ihn gehört zu haben. Wie ein Echo aus der Tiefe einer Höhle.

Insgesamt lasen wir an diesem Abend fünf alte Träume. Da ich bisher immer nur zwei oder höchstens drei geschafft hatte, war das für mich ein großer Fortschritt, der das Mädchen sichtlich beglückte. Und ihr strahlendes Lächeln beglückte wiederum mich.

Nachdem wir die Bibliothek geschlossen hatten, begleitete ich das Mädchen nach Hause. Ihre Schritte auf dem Pflaster der Uferstraße klangen irgendwie unbeschwerter und fröhlicher als sonst. Schweigsam ging ich neben ihr her und lauschte nur gebannt ihren Schritten.

»Träume zu lesen, ist keine leichte Aufgabe«, sagte sie vertrauensvoll. »Das kann nicht jeder. Aber du weißt, wie es geht. Das freut mich sehr.«

Nachdem ich ihr nachgesehen hatte, bis sie in der Haustür verschwunden war, und wieder allein die Uferstraße entlangging, sprach ich den Jungen an, also eigentlich mich selbst. Hallo, bist du da?

Aber es kam keine Antwort. Nicht einmal ein Echo war zu hören.

67

In dieser Nacht erschien mir der Yellow-Submarine-Junge im Schlaf.

Schauplatz war ein kleiner, quadratischer Raum mit vier glatten Wänden und ohne Fenster. In der Mitte stand ein alter Holztisch, an dem der Junge und ich uns gegenübersaßen. Zwischen uns flackerte eine dünne Kerze in unserem Atem.

»Wo sind wir?«, fragte ich ihn, nachdem ich mich umgesehen hatte.

»In einem Raum in deinem Inneren«, sagte der Yellow-Submarine-Junge. »Tief unten, auf dem Grund deines Bewusstseins. Es ist kein besonders schöner Ort, aber im Moment der einzige, an dem du und ich uns treffen und miteinander reden können.«

»Kann ich dich nirgendwo anders sehen?«

»Nein, weil wir eins sind, können wir uns nicht so einfach trennen. Hier ist der einzige Ort, an dem wir zu zweit sein können.«

»Aber immerhin kann ich dich sehen, wenn ich hierherkomme.«

»Hier können wir von Angesicht zu Angesicht miteinander reden. Bis die kleine Kerze heruntergebrannt ist.«

Ich nickte.

»Da bin ich froh. Denn ich muss noch einmal mit dir reden.«

»Ja. Wir haben noch ein paar Dinge zu besprechen. Aber Worte sind nur Worte.«

Ich schaute auf die Kerze, prüfte ihre Länge und holte tief Luft.

»Also … du hast heute Abend in der Bibliothek statt meiner die alten Träume gelesen. Fünf an der Zahl.«

Der Junge sah mir in die Augen. »Ja, ich habe für dich gelesen. Ich hoffe, du bist mir nicht böse, dass ich dir so eigenmächtig deine Arbeit abgenommen habe.«

Ich schüttelte energisch den Kopf. »Nein, ich bin dir nicht böse. Im Gegenteil, ich bin dir dankbar. Die ganze Zeit, in der ich die alten Träume heraufbeschwor und sie durch mich hindurchgehen ließ, habe ich immer nur einen kleinen Teil von dem verstanden, was sie erzählten. Es war, als sprächen sie eine fremde Sprache.«

Der Junge sah mir schweigend in die Augen.

»Aber du kannst alles verstehen, was sie sagen, oder?«, fragte ich ihn.

»Ja, das kann ich. Der verborgene Sinn ihrer Geschichten dringt klar und deutlich zu mir durch. So klar, als würde ich ein gedrucktes Buch lesen. Aber ich kann sie noch nicht so gut aus ihrer Hülle befreien. Das kannst im Moment nur du.«

»Warum nur ich?«

»Deine Hände geben ihnen inneren Frieden, wärmen sie und führen sie liebevoll und natürlich ins Freie. Sie sind wie Schmetterlinge, die sich entpuppen.«

»Letztlich gleichen wir unsere jeweiligen Mängel gegenseitig aus. Ist es so?«

Der Junge nickte zustimmend. »Durch unsere Verbindung gleicht der eine die Mängel und Schwächen des anderen aus.«

»Ich wärme die alten Träume mit meinen Händen und löse sie aus ihrer Umhüllung, und du liest die Geschichten, die sie erzählen. Wir arbeiten sozusagen zusammen.«

»Um das möglich zu machen, bin ich in die Stadt gekommen. Wir sind dazu fähig, weil wir jetzt eins sind.«

Die Kerze auf dem Tellerchen wurde kürzer; es würde nicht mehr lange dauern, bis sie heruntergebrannt war.

»Lesen ist die Aufgabe, für die ich geboren wurde«, sagte der Junge. »Und diese gesammelten alten Träume hier sind wahrscheinlich die einzige Art von Literatur, die ich verstehen kann. Also muss ich sie lesen. Das ist meine Aufgabe und ganz natürlich für mich.«

»Wie lange werden wir *zusammenarbeiten*?«

Wie lange?, fragte der Junge tonlos. »Das ist eine sinnlose Frage. Die Uhr in dieser Stadt hat keine Zeiger.«

»Die Zeit vergeht hier nicht.«

»So ist es. Sie verharrt auf der Stelle.«

Ich dachte einen Moment lang nach.

»Wo es keine Zeit gibt, kann sich auch nichts ansammeln«, sagte ich dann.

»Genau, wo es keine Zeit gibt, kann sich auch nichts ansammeln. Was wie eine Ansammlung aussieht, ist nichts anderes als eine vorübergehende Illusion, die von der Gegenwart erzeugt wird. Stell dir vor, du blätterst in einem Buch. Die Seiten wechseln, aber die Seitenzahlen bleiben gleich. Es gibt keine Verbindung zwischen der neuen Seite und der vorherigen. Auch wenn sich die Landschaft um uns herum verändert, bleiben wir immer am selben Ort.«

»Es herrscht also immer nur Gegenwart?«

»Stimmt. Die einzige Zeit, die in dieser Stadt existiert, ist die Gegenwart. Nichts sammelt sich an. Alles wird ständig überschrieben und erneuert. Das ist die Welt, zu der wir jetzt gehören.«

Während ich noch über die Bedeutung seiner Worte nachdachte, flackerte die Kerze noch einmal auf und erlosch. Absolute Dunkelheit senkte sich über den Raum, und damit erlosch auch die Zeit.

68

Der Winter geht zu Ende, und der Frühling kommt. Die Zeit steht still, aber die Jahreszeiten wechseln. Auch wenn alles, was wir sehen, nur eine flüchtige Illusion der Gegenwart ist und die Seitenzahlen gleich bleiben, so oft wir auch umblättern, folgt ein Tag auf den anderen.

Nach und nach schmolz der verharschte Schnee, und das Schmelzwasser ließ den Fluss anschwellen. Die kahlen Bäume trieben aus und wurden grün, und das Fell der Tiere gewann von Tag zu Tag mehr von seinem Glanz zurück. Bald würde die Brunftzeit kommen, in der sich die Männchen mit ihren spitzen Hörnern schreckliche Wunden zufügten. Es würde viel Blut vergossen werden, und aus der blutgetränkten Erde würden unzählige bunte Blumen sprießen.

Endlich konnte ich meinen schweren Mantel, der so viel wog wie eine Ritterrüstung, zu Hause lassen und stattdessen in einer Wolljacke in die Bibliothek gehen. Sie war alt und offensichtlich jahrelang von jemand anderem getragen worden, hatte aber seltsamerweise genau meine Größe.

Ich freute mich, dass der Frühling kam. Endlich war der diesmal ungewöhnlich lange Winter vorbei. Wenn man in einer Stadt ohne Zeit lebt, ist es natürlich schwer zu sagen, was lange oder kurz ist, aber zumindest meinem persönlichen Empfinden nach hatte sich der Winter ewig hingezogen. So lange, dass ich schon fast gedacht hatte, es gäbe gar keine anderen Jahreszeiten. Ich war unwillkürlich dankbar, dass der Frühling nun tatsächlich Einzug gehalten hatte.

Und ich glaube, zu diesem Zeitpunkt hatte ich mich schon vollends daran gewöhnt, mit dem Yellow-Submarine-Jungen eins zu sein. Ich spürte keinerlei Unbehagen oder Ähnliches. Wir agierten als eine verschworene Einheit. Um es mit den Worten des Jungen zu sagen: »ungeteilt«. Daran war nichts Unnatürliches. Auch das Mädchen in der Bibliothek schien keinen Unterschied zu bemerken.

Sobald es Abend wurde, ging ich die Uferstraße entlang zur Bibliothek. Dort, auf dem Schreibtisch des Archivs, wärmte ich mit den Händen die alten Träume und befreite sie von ihren Hüllen, worauf der Junge sie sich begierig einverleibte. Das war die einzige Arbeitsteilung, die wir vornahmen – wir waren uns der Existenz des jeweils anderen stets bewusst –, aber unsere Zusammenarbeit verlief reibungslos und ohne Unterbrechung.

Wir schafften nun sechs oder sieben alte Träume an einem Abend. Dieser bemerkenswerte Fortschritt beeindruckte und erfreute das Mädchen. Zur Belohnung – so war es wohl gedacht – backte sie immer einen Apfelkuchen, den wir mit Genuss verzehrten.

»Hast du mal *Der Papalagi* gelesen?«, fragte mich der Yellow-Submarine-Junge. Wir saßen in dem kleinen Raum tief unter der Erde, die Kerze zwischen uns.

»In meiner Jugend«, sagte ich. »Es ist lange her, ich erinnere mich kaum noch an Einzelheiten, aber ich weiß noch, dass es um einen Häuptling auf einer der Samoa-Inseln geht, der seinem Volk von seinen Reisen durch Europa zu Beginn des 20. Jahrhunderts erzählt.«

»Ja, genau. Aber heute weiß man, dass die Geschichte reine Fiktion ist. Ein deutscher Autor lässt darin einen Südseehäuptling erzählen. Das Buch ist also eine Fälschung. Aber damals hielt man es für einen authentischen Erlebnisbericht, und es wurde viel gelesen. Kein Wunder. Denn es ist eine kluge und humorvolle Kritik an der modernen Zivilisation.«

»Ich habe es damals auch für echt gehalten«, sagte ich.

»Ob echt oder gefälscht, ist im Grunde egal. Fakten und Wahrheit sind zwei verschiedene Dinge. Jedenfalls ist in diesem Buch viel von Palmen die Rede. Sie haben eine wichtige Bedeutung im Leben der Inselbewohner und spielen als Metapher in den Reden eine große Rolle, was naheliegt und Dinge leichter verständlich macht.

Unter ihnen findet sich der Ausspruch des Häuptlings: ›Es ist noch niemand höher geklettert, als die Palme hoch war, die seine Beine umschlungen hielten. Bei der Krone musste er umkehren; es fehlte ihm der Stamm, um höher hinauf zu klimmen‹. Hier macht er sich über den Drang der Europäer lustig, ständig höher hinauszuwollen. ›Es ist noch niemand höher geklettert, als die Palme hoch war, die seine Beine umschlungen hielten‹, ist ein sehr konkretes und klares Bild, das jeder verstehen kann. Und anspielungsreich. Die Zuhörer des

Häuptlings – hätte es wirklich welche gegeben – hätten sicher zustimmend gemurmelt. Man kann noch so geschickt auf einen Baum klettern, man kommt nie höher als bis zu seiner Krone.«

Ich wartete schweigend darauf, dass er fortfuhr. Wie ein samoanischer Inselbewohner auf neue Erkenntnisse.

»Es mag im Widerspruch zu dem stehen, was der Häuptling sagt, aber sehen wir es doch einmal so: In meiner Vorstellung gibt es Menschen, die über die Palme, auf die sie geklettert sind, hinauswachsen. Du und ich zum Beispiel. Wir sind solche Menschen, oder?«

Ich malte mir die Szene aus. Ich bin auf die Spitze der höchsten Palme einer samoanischen Insel geklettert (ungefähr so hoch wie ein vierstöckiges Haus). Und will noch höher klettern. Aber natürlich hört der Baum hier auf. Über ihm erstreckt sich nur der blaue Südseehimmel. Oder das Nichts. Den Himmel kann man sehen, das Nichts nicht, weil es ja nur eine Idee ist.

»Wir sind also weit weg von der Palme im Nichts gelandet? An einem Ort, wo es nichts gibt, woran man sich festhalten könnte?«

Der Junge nickte kurz und entschieden. »Genau, wir schweben sozusagen im leeren Raum. Nichts hält uns fest. Trotzdem fallen wir nicht. Um fallen zu können, bräuchten wir das Vergehen der Zeit. Bleibt die Zeit stehen, schweben wir für immer im leeren Raum.«

»Und hier in der Stadt gibt es keine Zeit.«

Der Junge schüttelte den Kopf. »Zeit gibt es auch in dieser Stadt. Nur hat sie keine Bedeutung. Deshalb ist alles eins und in der Schwebe.«

»Das heißt, wenn wir in der Stadt bleiben, können wir für immer im leeren Raum schweben?«

»Theoretisch ja.«

»Aber wenn die Zeit aus irgendeinem Grund wieder in Bewegung geraten sollte, werden wir abstürzen. Aus großer Höhe. Und dieser Sturz könnte tödlich sein.«

»Vielleicht«, sagte der Junge unbekümmert.

»Das heißt also, um unser Leben zu retten, dürfen wir die Stadt nicht verlassen. Ist das so?«

»Wir werden wohl keinen Weg finden, unseren Sturz zu verhindern«, sagte der Junge. »Vielleicht aber eine Möglichkeit, dass er nicht tödlich endet.«

»Und die wäre?«

»Zu vertrauen.«

»Worauf?«

»Dass dich jemand auffängt. Aus tiefstem Herzen darauf zu vertrauen. Ohne Vorbehalt, absolut bedingungslos.«

Ich stellte mir die Szene vor. Unter der Palme wartete jemand mit starken Armen darauf, mich aufzufangen. Aber ich konnte nicht erkennen, wer es war, konnte sein Gesicht nicht sehen. Vielleicht eine Fantasiegestalt? »Hast du so jemanden? Jemanden, der dich auffangen würde?«, fragte ich den Jungen.

Er schüttelte entschieden den Kopf. »Nein, habe ich nicht. Jedenfalls nicht unter den Lebenden. Also werde ich für immer in dieser Stadt bleiben, in der die Zeit stillsteht.« Er presste die Lippen aufeinander.

Ich dachte nach. Wer, wenn überhaupt jemand, könnte mich auffangen, wenn ich abstürzte? Während ich noch vergeblich grübelte, erlosch plötzlich die Kerze. Pechschwarze Dunkelheit hüllte mich ein.

69

Kurz nachdem mir der Junge das Gleichnis von der Palme erzählt hatte, stellte ich subtile Veränderungen an mir fest. Ich verspürte ein Unbehagen, das ich mir nicht erklären konnte. In meinem Hals saß so etwas wie ein kleiner, harter Klumpen Luft, den ich nicht loswerden konnte. Immer wenn ich versuchte, einen Bissen zu schlucken, verursachte er eine leichte Reizung. Außerdem hatte ich ein Klingeln in den Ohren. Alltägliche Verrichtungen, die mir vorher leichtgefallen waren, fielen mir nun schwer.

Ich konnte nicht einschätzen, ob diese mir bis dahin unbekannten Phänomene auf den Wechsel der Jahreszeiten, meine Vereinigung mit dem Yellow-Submarine-Jungen oder eine andere Ursache zurückzuführen waren.

Wie soll ich dieses Unbehagen beschreiben? Mir war, als wollte mein Herz eine ganz andere Richtung einschlagen als mein Wille. Es schien sich auf unerklärliche Weise und gegen meinen Willen nach einem wilden Lauf zu sehnen, wie ein junges Kaninchen, das im Frühling zum ersten Mal über die Wiesen tollt. Und ich war unfähig, seine eigenwilligen

Triebe und Sprünge zu bändigen. Aber ich verstand nicht, was das plötzliche Auftauchen dieses fremden Springinsfeldes in mir bedeutete. Und warum mein Wille und mein Herz in so entgegengesetzte Richtungen strebten.

Andererseits verbrachte ich meine Tage, oberflächlich betrachtet, friedlich und in jeder Hinsicht ungestört. Nachmittags, bevor ich in die Bibliothek ging, las ich in dem riesigen Bücherfundus, den der Yellow-Submarine-Junge in der Außenwelt angehäuft hatte. Es war eine persönliche Bibliothek, nur für mich, und er öffnete sie mir bereitwillig.

In ihren hohen, langen Regalen reihten sich, so weit der Blick reichte, Schriften aus allen Epochen und Ländern. Meine verletzten Augen hatten sich noch nicht ganz erholt, aber all die Bücher, zu denen auch ich nun Zugang hatte, konnte ich ohne Beeinträchtigung lesen. Denn ich las nicht mit den Augen, sondern mit dem Herzen. Vom landwirtschaftlichen Jahrbuch bis Homer, von Tanizaki bis Ian Fleming. In dieser Stadt, in der es kein einziges Buch gab, war es für mich ein nie versiegendes Vergnügen, diese gestaltlosen und daher unsichtbaren Bücher frei und ohne Einschränkung lesen zu können.

Während ich in der inneren Bibliothek des Jungen stöberte, schien er selbst in tiefem Schlaf zu liegen. Oder er hatte sein Bewusstsein vorübergehend ausgeschaltet. Jedenfalls war ich allein, und die Zeit gehörte nur mir. An diesen Lesenachmittagen wurde das Wir zum Ich.

Und doch kam das wilde Kaninchen in mir keinen Augenblick lang zur Ruhe. Seine Energie schien unerschöpflich, und Ruhepausen benötigte es offenbar nicht. Mitunter störte es meine Konzentration beim Lesen erheblich und trampelte mit seinen kräftigen Hinterläufen heftig auf meinen Nerven herum. Und nachts ließ es mich nicht ruhig schlafen.

Offensichtlich ging in mir etwas Ungewöhnliches vor. Aber ich wusste nicht, was. Ich war einfach ratlos.

Von Zeit zu Zeit trafen der Yellow-Submarine-Junge und ich uns in dem kleinen quadratischen Raum in der Tiefe meines Bewusstseins, und wir sprachen, die kleine Kerze zwischen uns, leise über vielerlei Dinge. In unendlich dunkler Nacht. Doch nach und nach wurden diese Begegnungen seltener. Vielleicht weil unsere Verbindung mit der Zeit so selbstverständlich geworden war, dass wir uns nicht mehr mit Worten verständigen mussten. Ja, wahrscheinlich war es so.

Aber in dieser Nacht musterte mich der Junge mit einem ungewöhnlich ernsten Blick. Seine schmalen Lippen waren zu einem Strich zusammengepresst, und seine Nickelbrille funkelte im Licht der flackernden Kerze.

Ich hatte ihn wegen meines jüngsten Unwohlseins um Rat gebeten. Was ging eigentlich in mir vor?

»Anscheinend rückt die Zeit immer näher«, unterbrach er die tiefe Stille, die schon eine Weile angehalten hatte.

Ich verstand nicht, was er meinte.

»Welche Zeit?«

Der Junge breitete die Hände aus, als wartete er darauf, dass die richtigen Worte von der Decke fielen. »Die Zeit des Aufbruchs.«

»Du meinst, ich werde von hier fortgehen?«

»Ja, du spürst es bereits in deinem Herzen«, sagte der zierliche Junge in dem Kapuzenpulli mit dem Yellow-Submarine-Aufdruck.

»Hat das etwas mit dem wilden Kaninchen in mir zu tun?«

»Ja, das Kaninchen sagt es dir«, erklärte der Junge, der meine Gedanken las.

»Dass ich die Stadt verlassen werde?«

»Ja, dein Herz sehnt sich danach, sie zu verlassen. Besser gesagt: Du *musst* von hier fort. Ich spüre es schon eine ganze Weile. Und ich habe dich genau beobachtet.«

Ich musste erst einmal verdauen, was der Junge gesagt hatte.

»Du meinst, ich habe bislang nicht begriffen, was dieser Aufruhr in mir bedeutet?«

Der Junge legte den Kopf ein wenig schief. »Ja, denn dein Herz und dein Bewusstsein sind an verschiedenen Orten und uneins.«

Ich sah den Jungen an.

»Werde ich die Stadt verlassen?«, fragte ich.

Der Junge nickte. »Ja, das wirst du. Einst hast du deinen Schatten aus der Stadt entkommen lassen. Diesmal wirst du selbst die Mauer überwinden und mich zurücklassen. Du wirst dich von mir trennen und außerhalb der Mauer wieder eins mit deinem Schatten werden.«

Ich brauchte ein wenig, um die Dinge in meinem Kopf zu sortieren.

»Aber kann ich das überhaupt? Mich wieder mit meinem Schatten verbinden?«

»Wenn du es von *ganzem Herzen* willst.«

»Aber ich habe doch keine Ahnung. Ich weiß nicht einmal, wo mein Schatten jetzt ist und was er macht. Vor allem, ob er es geschafft hat, nach der Trennung von mir allein zu überleben?«

»Es ist alles in Ordnung«, sagte der Junge leise zu mir, die Flamme der kleinen Kerze zwischen uns. »Du brauchst dir keine Sorgen zu machen. Dein Schatten lebt und ist in Sicherheit. Und er vertritt dich hervorragend in der Außenwelt.«

Eine Zeit lang fehlten mir die Worte, und ich starrte dem Jungen unverwandt ins Gesicht. »Du bist meinem Schatten da draußen begegnet?«, sagte ich endlich.

»Mehrmals«, sagte der Junge mit einem kurzen Nicken.

Diese Aussage überraschte und verwirrte mich. Der Junge war meinem Schatten in der Außenwelt mehrmals begegnet?

»Ja, dein Schatten lebt gesund und munter auf der anderen Seite.«

»Und *ich* will mich wieder mit ihm vereinen.«

»Ja, *dein Herz* sehnt sich nach etwas Neuem, es braucht eine Veränderung, aber dein Bewusstsein hat das noch nicht ausreichend begriffen. Denn das menschliche Herz bekommt man nicht so leicht zu fassen.«

Wie ein junges Kaninchen auf einer Frühlingswiese, dachte ich.

»Ja, genau«, las der Junge meine Gedanken. »Das Herz ist wie ein junges Kaninchen auf der Frühlingswiese, und das langsamere Bewusstsein kommt nicht hinterher.«

»Mein aus der Stadt geflohener Schatten vertritt mich also sehr gut in der äußeren Welt – das sagtest du doch?«

»Ja, das stimmt, er hat dich mühelos vertreten.«

»Dann haben wir also die Rollen getauscht. Das heißt, er agiert jetzt eigenständig an meiner Stelle, und ich bin sozusagen ein untergeordnetes Wesen, so etwas wie der Schatten meines Schattens? Wie ist es möglich, Körper und Schatten so zu vertauschen?«

Der Junge überlegte. »Das kann ich auch nicht genau sagen. Das ist schließlich dein Problem. Aber mir selbst wäre es ziemlich egal, ob ich Körper oder Schatten bin. Egal was, das Ich, das hier und jetzt ist, das Ich, das ich wahrnehme, das bin ich. Mehr weiß ich nicht. Vielleicht solltest du genauso denken.«

»Ist es denn egal, ob du Körper oder Schatten bist?«

»Scheint so. Ich glaube, Schatten und Körper sind austauschbar. Also können sie auch die Rollen tauschen. Aber ob Körper oder Schatten, du bist und bleibst du. Daran gibt es keinen Zweifel. Statt sich ständig zu fragen, wer der Körper und wer der Schatten ist, wäre es vielleicht richtiger, sich den einen als das Alter Ego des anderen vorzustellen.«

Lange starrte ich forschend auf meinen Handrücken, wie um mich seiner fleischlichen Substanz zu vergewissern.

»Mir fehlt das Selbstvertrauen«, gestand ich ehrlich. »Ich weiß nicht, ob ich in die Außenwelt zurückkehren und dort alles schaffen kann. Ich lebe schon so lange in der Stadt, dass ich mich an das Leben hier gewöhnt habe.«

»Mach dir keine Sorgen. Folge einfach deinem Herzen. Solange du seine Impulse nicht aus den Augen verlierst, wird alles gut gehen. Und dein Gefährte wird dich bei deiner Rückkehr tatkräftig unterstützen.«

Ob das stimmte? War es wirklich so einfach? Ich konnte es noch immer nicht glauben.

»Wenn ich die Stadt verlasse, bleibst du dann hier?«

»Ja, ich bleibe in der Stadt. Ich bleibe auf jeden Fall. Auch wenn du nicht mehr da bist, kann ich meine Arbeit als Traumleser fortsetzen. Ich war darauf vorbereitet, dass du eines Tages gehen würdest. Die alten Träume sind mir jetzt etwas zugänglicher. Ich lerne allmählich, mich in sie einzufühlen. Es ist nicht leicht, aber ich mache langsam Fortschritte. Ich habe viel von dir gelernt.

»Und du wirst mein Nachfolger.«

»Ja, ich werde dein Nachfolger als Traumleser. Mach dir keine Sorgen um mich. Wie gesagt, das Lesen alter Träume ist meine Berufung. In einer anderen Welt als dieser könnte ich nicht leben. Das ist eine unumstößliche Tatsache.«

Die Stimme des Jungen war voller Überzeugung.

»Aber wird die Stadt es widerstandslos hinnehmen, wenn du eines Tages plötzlich an meiner Stelle die Träume liest? Du hast kein Recht, hier zu sein.«

»Sei unbesorgt. Die Stadt braucht mich genauso wie ich sie. Denn ohne Traumleser kann sie nicht existieren. Sie kann mich nicht vertreiben. Die Stadt und ihre Mauer werden sich unmerklich an mich anpassen.«

»Bist du dir da sicher?«

Der Junge nickte überzeugt.

»Aber selbst wenn ich die Stadt verlassen wollte, wie wäre das konkret möglich? Das dürfte nicht leicht sein. Ich müsste über die Mauer. Und die ist hoch und unüberwindlich.«

»Du musst es nur von ganzem Herzen wollen«, sagte der Junge in ruhigem Tonfall zu mir. »Bevor die kleine Kerze in diesem Zimmer erlischt, musst du es von ganzem Herzen wollen und die Kerze kraftvoll mit einem Atemzug ausblasen. Im nächsten Moment bist du in der Welt da draußen. Es ist ganz einfach. Dein Herz ist ein fliegender Vogel. Keine noch so hohe Mauer kann den Flügelschlag deines Herzens aufhalten. Du brauchst nicht wie früher zum See zu laufen und dich hineinzustürzen. Du brauchst nur von ganzem Herzen fest daran zu glauben, dass dein Gefährte dich bei deinem mutigen Sprung in die Außenwelt auffangen wird.«

Ich schüttelte stumm den Kopf und atmete ein paarmal tief durch. Was sollte ich sagen? Mir fehlten die Worte. Ich konnte die Situation, in der ich mich plötzlich befand, noch nicht richtig begreifen.

Zwischen meinem Bewusstsein und meinem Herzen lag eine tiefe Kluft. In einem Moment war mein Herz ein junges Kaninchen auf einer Frühlingswiese, im nächsten ein Vogel, der frei am Himmel flog. Aber ich hatte mein Herz noch nicht unter Kontrolle. Das Herz ist unergründlich, und unergründlich ist das Herz.

»Ich glaube, ich brauche etwas Zeit zum Nachdenken«, sagte ich schließlich.

»Natürlich. Überleg es dir gut«, sagte der Junge und sah mir in die Augen. »Denk ganz genau nach. Wie du weißt, haben wir hier viel Zeit zum Nachdenken. Paradoxerweise haben wir – weil es keine Zeit gibt – unendlich viel Zeit.«

Und die Kerze flackerte auf, erlosch und tiefe Dunkelheit trat ein.

70

Jedes Mal, wenn ich das Mädchen nach Hause brachte, verabschiedete ich mich mit den Worten: »Bis morgen«. Auch wenn sie genau betrachtet sinnlos waren. Denn in dieser Stadt gab es kein Morgen im eigentlichen Sinne. Aber obwohl ich das wusste, konnte ich nicht anders, als mich Abend für Abend mit »Bis morgen« zu verabschieden.

Sie lächelte immer ein wenig, wenn ich das sagte, entgegnete aber nichts. Mitunter öffnete sie leicht die Lippen, wie um etwas zu sagen, aber letztendlich erwiderte sie nie etwas. Sie drehte mir den Rücken zu, raffte ihren Rocksaum und verschwand im Eingang ihrer ärmlichen Gemeinschaftsunterkunft.

Und ich dachte an das Schweigen zwischen uns (das intime Schweigen, das wir teilten, wenn wir abends Seite an Seite die Uferstraße entlanggingen) und machte mich allein auf den Heimweg, noch immer mit einem leichten Geschmack des Tees in der Kehle. Ein weiterer Tag in der Stadt ging zu Ende.

»Bis morgen«, sagte ich öfter zu mir selbst, wenn ich die

Uferstraße entlangging. Obwohl ich wusste, dass es dort kein richtiges Morgen gab.

Doch an diesem *letzten Abend* brachte ich die Worte nicht über die Lippen. Denn es gab kein Morgen mehr, in keinem Sinne des Wortes.

Als ich mich stattdessen mit »Leb wohl« verabschiedete, sah das Mädchen mich so erstaunt an, als hörte sie die Wendung zum ersten Mal im Leben. Der ungewohnte Abschiedsgruß schien sie zu verwirren.

Ich blickte ihr ins Gesicht.

Und dann bemerkte ich es. Es war nicht zu übersehen. Ihr Gesicht zeigte eine leichte Veränderung. Ich konnte es nicht genau benennen, aber einige Details waren anders. Die Konturen hatten sich wie durch eine kleine Wellenbewegung leicht verändert. Es war, als wiche die Umrisszeichnung eines Bildes durch Vibration ein wenig von der ursprünglichen Form ab. Die Verschiebung war allerdings so gering, dass die meisten Menschen sie wahrscheinlich gar nicht bemerkt hätten.

Vielleicht hatte mein ungewohnter Abschiedsgruß diese Wandlung in ihren Zügen hervorgerufen. Oder vielleicht war es gar nicht ihr Gesicht, das sich veränderte, sondern ich veränderte mich. Vielleicht hatte sich die subtile Veränderung nicht in ihrem Gesicht vollzogen, sondern in meinem Inneren. Vielleicht war es mein menschliches Herz, das sich wandelte.

»Leb wohl«, sagte ich noch einmal zu ihr.

»Leb wohl«, antwortete sie. Langsam und vorsichtig, wie jemand, der zum ersten Mal etwas in den Mund nimmt, was er noch nie gegessen hat. Doch dann erschien wie immer ein kleines Lächeln auf ihren Lippen. Aber auch ihr Lächeln war nicht mehr dasselbe. Zumindest schien es mir so.

Was würde sie wohl am nächsten Tag denken, wenn sie erfuhr, dass ich nicht mehr in der Stadt war? Nein, dachte ich, sobald ich fort war, würde wahrscheinlich auch sie verschwinden. Vielleicht war sie ein Wesen, das die Stadt nur für mich erschaffen hatte. Es war also möglich, dass, sobald ich verschwunden war, auch sie verschwand. Und jemand anderes dem Jungen helfen würde, die alten Träume zu lesen. Der Gedanke zerriss mir fast das Herz. Mir war, als würde ich unsichtbar. Etwas Wichtiges war dabei, mir zu entgleiten. Ich würde es für immer verlieren.

Aber mein Entschluss stand unwiderruflich fest. Ich musste die Stadt verlassen. Musste den nächsten Schritt tun. So hatte ich es beschlossen, und so war der Lauf der Dinge. Das hatte ich jetzt begriffen. In dieser Stadt war kein Platz mehr für mich. In vielerlei Hinsicht.

Kurz darauf wandte sich das Mädchen von mir ab. Dann drehte sie mir wie immer den Rücken zu, raffte ihren Rock und verschwand im Eingang seiner Unterkunft. Flink und unbeirrt wie ein Nachtvogel in der Dunkelheit. Ohne eine überflüssige Bewegung.

Ich blieb allein zurück und starrte lange auf das, was von ihrer Gegenwart übrig geblieben war. Ihre anmutige Gestalt verblasste zusehends, bis sie ganz verschwunden war und das Nichts die entstandene Leere füllte.

Als ich allein am Ufer entlang nach Hause ging, sang eine Nachtigall ihr einsames Lied, und die Weiden auf den Sandbänken wiegten sich im Takt dazu. Der Fluss rauschte lauter als sonst. Es war Frühling.

In dieser Nacht trafen der Yellow-Submarine-Junge und ich uns in dem kleinen dunklen Raum tief unten in meinem Bewusstsein. Wir saßen uns an dem kleinen Tisch gegenüber, auf dem wie immer eine kleine Kerze brannte. Eine Zeit lang blickten wir schweigend in die Flamme. Unsere Atemzüge ließen sie leicht flackern.

»Hast du dir alles gut überlegt?«

Ich nickte.

»Und du hast keine Zweifel?«

»Nein, ich glaube nicht«, sagte ich. Ich glaubte nicht.

»Dann verabschiede ich mich jetzt also von dir«, sagte der Junge.

»Ich werde dich nicht wiedersehen, oder?«

»Nein, wahrscheinlich sehen wir uns nicht wieder. Aber ich weiß es nicht. Wer kann so etwas schon mit Gewissheit sagen?«

Noch einmal betrachtete ich den Jungen in dem Yellow-Submarine-Pullover aufmerksam und ohne Eile. Er nahm die Brille ab, legte die Fingerspitzen leicht auf die Augen und setzte sie dann wieder auf. Jedes Mal, wenn er die Brille wieder aufsetzte, hatte ich den Eindruck, dass er allmählich ein anderer Mensch wurde. Er schien von Augenblick zu Augenblick erwachsener zu werden.

»Es tut mir leid, aber ich bin unfähig, so etwas wie Traurigkeit zu empfinden«, gestand er mir. »Das ist mir angeboren. Aber wenn es nicht so wäre, also wenn ich ein normaler Mensch wäre, dann wäre ich sicher sehr traurig, dass wir Abschied nehmen müssen. Aber letztendlich kann ich mir das nur vorstellen, denn ich weiß nicht, was Trauer ist.«

»Danke«, sagte ich. »Allein dass du das sagst, macht mich froh.«

Wieder schwieg der Junge. »Vielleicht sehen wir uns wirklich nie wieder«, sagte er dann.

»Kann schon sein«, sagte ich.

»Hab Vertrauen in dein anderes Ich. Glaub an deinen Gefährten«, sagte der Junge.

»Er wird mich retten.«

»Ja, er wird dich auffangen. Hab Vertrauen. Der Glaube an dein anderes Ich ist auch der Glaube an dich selbst.«

»Ich muss gehen«, sagte ich. »Bevor die Kerze erlischt.«

Der Junge nickte.

Ich atmete tief durch und hielt inne. In diesen Sekunden gingen mir verschiedene Bilder durch den Kopf, eines nach dem anderen. Alle möglichen Bilder. Bilder, die ich sorgfältig gehütet hatte. Darunter war auch das Bild des Regens, der auf das weite Meer fiel. Aber ich zweifelte nicht mehr. Keine Zweifel. Glaubte ich zumindest.

Ich schloss die Augen, nahm all meine Kraft zusammen und blies die Kerze mit einem Atemzug aus.

Dunkelheit senkte sich herab. Eine Dunkelheit, tiefer als jede andere und unendlich weich.

NACHWORT

Eigentlich bin ich kein Freund von Nachworten zu meinen eigenen Romanen (oft wirken sie mehr oder weniger wie eine Art Erklärung), aber dieses Werk bedarf vielleicht einer gewissen Erläuterung.

Ursprung des Romans *Die Stadt und ihre ungewisse Mauer* ist eine mittellange Erzählung (oder eine etwas längere Kurzgeschichte) mit demselben Titel, die 1980 in der Literaturzeitschrift *Bungakukai* erschien. Sie umfasst etwa hundert Seiten. Obwohl sie veröffentlicht wurde, war ich von ihrem Inhalt keineswegs überzeugt (aus verschiedenen Gründen hatte ich das Gefühl, diese Geschichte voreilig in die Welt gesetzt zu haben), weshalb ich auf eine Veröffentlichung in Buchform verzichtete. So gut wie alle meine Erzähltexte sind in Buchform erschienen, aber dieser wurde weder in Japan noch in einem anderen Land publiziert.

Ich hatte jedoch von Anfang an das Gefühl, dass die Geschichte Aspekte enthielt, die für mich von entscheidender Bedeutung waren. Leider verfügte ich damals noch nicht über die schriftstellerische Fähigkeit, sie angemessen herauszuarbeiten. Ich hatte erst kurz zuvor als Romanautor debütiert und wusste noch nicht, was ich zu schreiben vermochte und was nicht. Ich bedauerte, die Erzählung veröffentlicht zu haben, aber es war nun einmal geschehen. Ich behielt sie im Kopf und wollte sie zu gegebener Zeit gründlich überarbeiten. Als ich die Erzählung schrieb, leitete ich einen Jazzclub in Tokio. Da ich zwei Berufe gleichzeitig ausübte, war mein Leben ziemlich hektisch, sodass ich mich nicht genügend auf das Schreiben konzentrieren konnte. Es machte mir Spaß, den Club zu leiten (ich mochte die Musik, und der Club florierte), aber nachdem ich mehrere Romane geschrieben hatte, beschloss ich, meinen Lebensunterhalt ausschließlich mit dem Schreiben zu verdienen, also schloss ich den Club und wurde Schriftsteller.

Auf diese Weise entlastet, beendete ich meinen ersten richtigen Roman – *Wilde Schafsjagd*. Das war 1982. Als Nächstes wollte ich »Die Stadt und ihre ungewisse Mauer« von Grund auf neu schreiben. Da es aber kaum möglich war, aus dieser Geschichte einen umfangreichen Roman zu machen, beschloss ich, sie um einen weiteren, ganz anders gearteten Erzählstrang zu ergänzen, sozusagen eine literarische »Doppelvorstellung« daraus zu machen.

Die beiden Stränge sollten sich abwechselnd und parallel entwickeln. Mein Plan bzw. meine grobe Vorstellung war es, sie am Ende zu einem Ganzen verschmelzen zu lassen. Aber selbst als ihr Autor wusste ich beim Schreiben noch nicht genau, wie sie am Ende zusammenkommen würden. Denn ich hatte keinen Entwurf gemacht, sondern einfach geschrieben, was mir in den Sinn kam …

Im Nachhinein betrachtet ist das eine ziemlich wilde Geschichte, aber ich verlor nie meinen Optimismus und hielt unerschrocken daran fest, dass »schon etwas dabei herauskommen« würde. Ich war zuversichtlich, dass am Ende alles gut gehen würde. Und als ich mich dem Ende näherte, verschmolzen die beiden Geschichten wie erwartet mühelos zu einer. Es war, als würden sich bei einem Tunnelbau die beiden Stollen genau in der Mitte treffen, sodass man sie mit einem Durchstich glücklich vereinen konnte.

Das Schreiben von *Hard-Boiled Wonderland und das Ende der Welt* war für mich aufregend und ein großes Vergnügen zugleich. Der Roman kam 1985 als Hardcover heraus. Ich war damals sechsunddreißig Jahre alt. In dieser Zeit gelang mir vieles wie von selbst.

Aber mit den Jahren, als ich weitere Erfahrung als Schriftsteller sammelte und älter wurde, hatte ich immer weniger das Gefühl, dass mein unfertiges – oder unausgereiftes – Werk *Die Stadt und ihre ungewisse Mauer* die Vollendung gefunden hatte, die es verdiente. *Hard-Boiled Wonderland und das Ende der Welt* war ein Gegenstück dazu, doch der Gedanke, dass es noch ein Gegenstück in einer anderen Form geben könnte, ließ mich nicht los. Anstatt es zu »überschreiben«, sollte es danebenstehen und, wenn möglich, das frühere Werk ergänzen.

Aber eine Vision, wie ein solches »anderes Äquivalent« aussehen könnte, war nicht leicht zu entwickeln.

Erst Anfang 2020 (jetzt haben wir Dezember 2022) hatte ich endlich das sichere Gefühl, *Die Stadt und ihre ungewisse Mauer* von Grund auf neu schreiben zu können. In der Zwischenzeit waren genau vierzig Jahre vergangen. Damals war ich einunddreißig gewesen, jetzt war ich einundsiebzig.

Es gibt in vielerlei Hinsicht einen großen Unterschied zwischen einem Debütanten mit zwei Jobs und einem Vollzeitautor, der eine gewisse Lehrzeit hinter sich hat (wenn ich das so sagen darf). Aber wenn es um die natürliche Leidenschaft geht, einen Roman zu schreiben, ist der Unterschied gar nicht so groß.

Hinzuzufügen wäre noch, dass 2020 das Jahr der Coronapandemie war. Anfang März, als das Virus in Japan zu wüten begann, nahm ich den Roman in Angriff und brauchte beinahe drei Jahre, um ihn fertigzustellen. Während dieser Zeit verließ ich kaum das Haus, unternahm keine längeren Reisen und schrieb Tag für Tag (wie der Traumleser, der in der Bibliothek die alten Träume liest) unter diesen ziemlich seltsamen und angespannten Bedingungen (unterbrochen von längeren Pausen/Abkühlungsphasen). Solche Umstände können von Bedeutung sein oder auch nicht. Wahrscheinlich waren sie von Bedeutung. Ich habe es selbst erlebt.

Ich beendete den ersten Teil der Geschichte und dachte, meine Arbeit sei getan, aber nachdem ich mit dem Schreiben fertig war und das Manuskript ein halbes Jahr lang hatte ruhen lassen, spürte ich es: »Das ist noch nicht alles, die Geschichte muss weitergehen.« So begann ich mit dem zweiten und dritten Teil, und es dauerte viel länger als erwartet, bis der Roman fertig war.

Auf jeden Fall bin ich sehr erleichtert, dass ich die ursprüngliche Geschichte von der Stadt und ihrer ungewissen Mauer noch einmal überarbeiten (oder in neuer Form vollenden) konnte. Denn dieser Text hat mich immer beschäftigt, ja gestört, wie eine kleine Gräte, die in meiner Kehle feststeckte.

Diese kleine Gräte war sehr wichtig für mich (als Schriftsteller und als Mensch). Das spürte ich wieder sehr deutlich, als ich in die Stadt zurückkehrte, um diese Geschichte nach vierzig Jahren neu zu schreiben.

Jorge Luis Borges zufolge gibt es im Grunde nur eine begrenzte Anzahl von Geschichten, die ein Schriftsteller im Laufe seines Lebens richtig erzählen kann. Wir können diese begrenzte Anzahl von Motiven nur in verschiedenen Formen und mit allen uns zur Verfügung stehenden Mitteln bearbeiten, könnte man sagen.

Mit anderen Worten: Die Wahrheit liegt nicht im unveränderlichen Stillstand, sondern im steten Wandel. Das ist das Wesen des Erzählens, wie ich es sehe.

Haruki Murakami
Dezember 2022

ZITATE

Gabriel García Márquez, *Die Liebe in den Zeiten der Cholera*. Aus dem Spanischen von Dagmar Ploetz. S. 486. © 1987, Verlag Kiepenheuer & Witsch, Köln

Erich Scheurmann, *Der Papalagi*. S. 142. © 2020, Oesch Verlag, Zürich

HARUKI MURAKAMI BEI DUMONT

Honigkuchen
Erzählung. Illustriert von Kat Menschik, 80 Seiten, auch als E-Book

Murakami T. Gesammelte T-Shirts
Über 100 farbige Abbildungen. 192 Seiten, gebunden, auch als E-Book

Erste Person Singular
Erzählungen. 224 Seiten, gebunden, auch als E-Book

Die Chroniken des Aufziehvogels
Roman. 1008 Seiten, gebunden, auch als E-Book

Die Ermordung des Commendatore I + II
Roman. Band 1: 480 Seiten, Band 2: 496 Seiten, gebunden, auch als E-Book

Birthday Girl
Erzählung. Illustriert von Kat Menschik, 80 Seiten, gebunden, auch als E-Book

Von Beruf Schriftsteller
Essay. 240 Seiten, gebunden, auch als E-Book

Wenn der Wind singt / Pinball 1973
2 Romane. 272 Seiten, gebunden, auch als E-Book

Von Männern, die keine Frauen haben
Erzählungen. 256 Seiten, gebunden, auch als E-Book

Die Pilgerjahre des farblosen Herrn Tazaki
Roman. 320 Seiten, gebunden, auch als E-Book

Die unheimliche Bibliothek
Erzählung. Illustriert von Kat Menschik, 64 Seiten, gebunden, auch als E-Book

Südlich der Grenze, westlich der Sonne
Roman. 224 Seiten, gebunden, auch als E-Book

Die Bäckereiüberfälle
Erzählung. Illustriert von Kat Menschik, 80 Seiten, gebunden, auch als E-Book

1Q84
Roman. Band 1 (Buch 1 + 2): 1024 Seiten, gebunden, auch als E-Book
Band 2 (Buch 3): 576 Seiten, gebunden, auch als E-Book

Schlaf
Erzählung. Illustriert von Kat Menschik. 80 Seiten, gebunden, auch als E-Book

Wovon ich rede, wenn ich vom Laufen rede
Essay. Mit farbigen Abbildungen, 168 Seiten, gebunden, auch als E-Book

Der Elefant verschwindet
Erzählungen. 192 Seiten, gebunden, auch als E-Book

Wie ich eines schönen Morgens im April das 100%ige Mädchen sah
Erzählungen. 192 Seiten, gebunden, auch als E-Book

Blinde Weide, schlafende Frau
Erzählungen. 416 Seiten, gebunden, auch als E-Book

Hard-boiled Wonderland und Das Ende der Welt
Roman. 512 Seiten, gebunden, auch als E-Book

Afterdark
Roman. 240 Seiten, gebunden, auch als E-Book

Tony Takitani
Erzählung. Mit farbigen Filmaufnahmen. 64 Seiten, gebunden

Wilde Schafsjagd
Roman. 304 Seiten, gebunden, auch als E-Book

Kafka am Strand
Roman. 640 Seiten, gebunden, auch als E-Book

Nach dem Beben
Erzählungen. 192 Seiten, gebunden, auch als E-Book

Sputnik Sweetheart
Roman. 240 Seiten, gebunden, auch als E-Book

Tanz mit dem Schafsmann
Roman. 464 Seiten, gebunden, auch als E-Book

Untergrundkrieg. Der Anschlag von Tokyo
Essay. 400 Seiten, gebunden, auch als E-Book

Naokos Lächeln. Nur eine Liebesgeschichte
Roman. 432 Seiten, gebunden, auch als E-Book